Ein Dom für die Ewigkeit

Andere Bücher von Lexi Blake

ROMANTISCHE SPANNUNG

Herren und Diener
Der Dom, der mich liebte
Die Männer mit den goldenen Handschellen
Ein Dom für die Ewigkeit

Perfect Gentlemen (von Shayla Black und Lexi Blake)
Ein One-Night-Stand ist nicht genug
Ein Bodyguard für gewisse Stunden
Nur Rache ist süßer
Alte Sünden leben länger
Präsidenten sind zum Küssen da

ROMANTIC SUSPENSE

Masters and Mercenaries
The Dom Who Loved Me
The Men With The Golden Cuffs
A Dom is Forever
On Her Master's Secret Service
Sanctum: A Masters and Mercenaries Novella
Love and Let Die
Unconditional: A Masters and Mercenaries Novella
Dungeon Royale
Dungeon Games: A Masters and Mercenaries Novella
A View to a Thrill
Cherished: A Masters and Mercenaries Novella
You Only Love Twice
Luscious: Masters and Mercenaries~Topped
Adored: A Masters and Mercenaries Novella
Master No
Just One Taste: Masters and Mercenaries~Topped 2
From Sanctum with Love

Devoted: A Masters and Mercenaries Novella
Dominance Never Dies
Submission is Not Enough
Master Bits and Mercenary Bites~The Secret Recipes of
Topped
Perfectly Paired: Masters and Mercenaries~Topped 3
For His Eyes Only
Arranged: A Masters and Mercenaries Novella
Love Another Day
At Your Service: Masters and Mercenaries~Topped 4
Master Bits and Mercenary Bites~Girls Night
Nobody Does It Better
Close Cover
Protected: A Masters and Mercenaries Novella
Enchanted: A Masters and Mercenaries Novella
Charmed: A Masters and Mercenaries Novella
Treasured: A Masters and Mercenaries Novella, Coming June 29, 2021

Masters and Mercenaries: The Forgotten
Lost Hearts (Memento Mori)
Lost and Found
Lost in You
Long Lost
No Love Lost

Masters and Mercenaries: Reloaded
Submission Impossible, Coming February 16, 2021

Butterfly Bayou
Butterfly Bayou
Bayou Baby
Bayou Dreaming
Bayou Beauty, Coming August 2021

Lawless
Ruthless
Satisfaction
Revenge

Courting Justice
Order of Protection
Evidence of Desire

Masters of Ménage (by Shayla Black and Lexi Blake)
Their Virgin Captive
Their Virgin's Secret
Their Virgin Concubine
Their Virgin Princess
Their Virgin Hostage
Their Virgin Secretary
Their Virgin Mistress

The Perfect Gentlemen (by Shayla Black and Lexi Blake)
Scandal Never Sleeps
Seduction in Session
Big Easy Temptation
Smoke and Sin
At the Pleasure of the President

URBAN FANTASY

Thieves
Steal the Light
Steal the Day
Steal the Moon
Steal the Sun
Steal the Night
Ripper
Addict
Sleeper
Outcast
Stealing Summer

LEXI BLAKE WRITING AS SOPHIE OAK

Texas Sirens
Small Town Siren
Siren in the City

Siren Enslaved
Siren Beloved
Siren in Waiting
Siren in Bloom
Siren Unleashed
Siren Reborn

Nights in Bliss, Colorado
Three to Ride
Two to Love
One to Keep
Lost in Bliss
Found in Bliss
Pure Bliss
Chasing Bliss
Once Upon a Time in Bliss
Back in Bliss
Sirens in Bliss
Happily Ever After in Bliss
Far From Bliss, Coming 2021

A Faery Story
Bound
Beast
Beauty

Standalone
Away From Me
Snowed In

Ein Dom für die Ewigkeit

Herren und Diener, Buch 3
Lexi Blake

Ins Deutsche übersetzt von Anna Buschmann

Ein Dom für die Ewigkeit
Herren und Diener, Buch 3
Lexi Blake

Herausgegeben von DLZ Entertainment LLC

Copyright 2012 DLZ Entertainment LLC
Redaktionell bearbeitet von Chloe Vale and Kasi Alexander

Copyright 2020 der deutschsprachigen Ausgabe by Anna Buschmann
Ins Deutsche übersetzt von Anna Buschmann

ISBN: 978-1-942297-47-5

McKay-Taggart-Logo entworfen von Charity Hendry

Danksagung

Dieses Buch wäre ohne die starke Unterstützung meiner Freunde und Familie nicht erschienen. Chloe Vale arbeitete unermüdlich, es zu redigieren und mich im Zaum zu halten – schon ein Job an sich. Dieses Buch ist ihr ebenso geschuldet wie mir, falls sich also jemand beschweren möchte, sollte sie oder er sich vielleicht an Chloe wenden. Vielen Dank auch an den unglaublichen Kasi Alexander für seine hervorragende Überarbeitung. Die reizende Fiona Archer fungierte als meine britische Sprachtrainerin. Dank an Liz Berry für ihre unermüdliche Unterstützung. Dank an Sheri Vidal für ihre Beteuerung, dass ich nicht verrückt bin, und ihr großartiges Wirken mit Lexi's Doms and Dolls, und an Leah Christensen für die Einrichtung der Gruppe. Und ein großes Lob an Riane Holt, die pingeligste Korrekturleserin aller Zeiten. Du hast aus dem Buch ein viel besseres gemacht, als es ursprünglich gewesen war.

Ich möchte auch meinem Ehemann und Shayla Black danken, den beiden Personen, die mich bei der Erkundung und Erforschung von einer der großartigsten Städte der Welt begleiteten – London. Dies ist mein Liebesbrief an London und seine Menschen. Und ich verspreche, von nun an rechts stehen zu bleiben.

Prolog

Dublin, Irland

Liam öffnete langsam seine Augen, betend, dass die Welt tatsächlich zu einer Art gewaltsamem Ende käme. Der Boden unter ihm schien nicht ganz verlässlich zu sein. Er bewegte und drehte sich, und mit ihm sein Magen.

Er stöhnte. Keine Apokalypse. Nur ein scheiß, verfickter Kater, der allen Katern ein Ende bereitete. Er hatte sich am Abend zuvor besoffen. Kleine Lichtblitze kamen zurück. Er und Rory im Pub. Sie hatten nicht mehr als ein Pint trinken wollen. Wie war ihm alles entglitten?

Liam setzte sich auf, sein Kopf hämmerte. Das Morgenlicht strömte durch das kleine Fenster über ihm. Früher Morgen oder später Nachmittag? Er zwang seine Augen, sich auf den völlig fremden Raum zu konzentrieren.

Feminine Farben und Schnickschnack dominierten den Raum. Hatte er Sex gehabt? *Fuck.* Daran sollte er sich erinnern. Er wandte sich um. Jo. Er war nicht allein im Bett. Blonde Haare. Schöne Beine, soweit er das beurteilen konnte. Sie schien eine Bauchschläferin zu sein.

Er rieb sich mit der Hand übers Gesicht. Vielleicht sollte er sich einfach rausschleichen. Wo zur Hölle war sein Bruder?

Seine Zunge fühlte sich dick in seinem Mund an. Wieviel

verfickt nochmal hatte er gestern Abend getrunken? Er hatte nicht vorgehabt mehr als sein Bier zu trinken und etwas Braten und Kartoffeln zu essen.

Sein Kopf fühlte sich benebelt an. Irgendwas stimmte nicht. Er hätte sich nicht während eines Einsatzes betrunken. Sicher, die Mission war fast vorbei, doch er musste sich noch mit dem Leiter treffen und zum wirklich gefährlichen Teil übergehen. Nicht, dass es nicht gefährlich war, sich mit der russischen Mafia gut zu stellen, doch der Waffenhändler, den sie trafen, stellte das Ende des Spiels dar. Sie brächten diesen mysteriösen Händler zur Strecke und die Inhaberobligationen zurück. Nur Gott wusste, wohin das ganze Geld der Mafia von dort aus verschwände. Der MI6 vermutlich. Seine Mutter würde sich im Grab umdrehen. Sie war die IRA in Person, er jedoch war ein Mann der neuen Welt, und das beinhaltete auch die Zusammenarbeit mit den verfluchten Briten. Sie zahlten gut, und die Wahrheit war, dass ihre Schicksale in dieser neuen verdammten Welt irgendwie miteinander verbunden waren. Ihre Volkswirtschaften waren wie siamesische Zwilling miteinander verwoben. Die Welt war noch ein kleinerer Ort gewesen zu der Zeit, als seine Mutter die Briten verflucht hatte.

Er streckte sich und versuchte die Frau neben ihm nicht zu wecken – das Mädchen, das er anscheinend gefickt hatte, ohne eine einzige Erinnerung daran zu haben. Er stand schließlich auf sehr wackeligen Beinen und hielt inne, zwang sich, sich auf sie zu konzentrieren. Er sollte irgendeine Erinnerung an sie haben. Irgendwas. Die Andeutung eines Lächelns. Ein verführerisches Wort.

Nichts.

Wo war der Packen mit den Wertpapieren? Rory hatte sie zuletzt. Sein Kopf hämmerte. Sie brauchten diese Schuldscheine. Sie waren der Beweis, dass sie von Leonov kamen. Der Waffenhändler, den sie gesucht hatten, akzeptierte nur diese Anleihen, kein anderes Zahlungsmittel. Sie waren am Arsch, wenn jemand sie an sich genommen hatte. Der Waffenhändler verschwände und ginge mit seinem Uran woanders hausieren.

Schmutzige Bomben. Das war es, was dieser Scheißkerl Leonov versuchte für seine Kunden zusammenzubauen.

Leonov war selbst ein Waffenhändler, aber ein unbedeutender, der versuchte im Nahen Osten aktiv zu werden. Er und Rory hatten ein Jahr ihres Lebens damit verbracht, diesen Kerl zu jagen, und endlich hatten sie den Deal ausgehandelt. Der G2, MI6 und sehr wahrscheinlich auch die CIA hatten den Plan gehabt, die Anleihen, die Liam und Rory diesem russischen Mafioso abgenommen hatten, zu verwenden, um das Geschäft abzuschließen und den Namen desjenigen Waffenhändlers zu erfahren, der das Uran angeboten hatte.

Und dafür bekam er eine verfickt mickrige Entlohnung, wie sein amerikanischer Freund Ian sagen würde. Er musste nur den Job zu Ende bringen und nach Hause kommen, um sich etwas wohlverdiente Erholung zu gönnen. Er hatte sechs Wochen Zeit dafür, die vor ihm lagen. Sechs Wochen, um sich auszuruhen, zu essen und zu ficken und sich den Arsch volllaufen zu lassen. Nicht unbedingt in dieser Reihenfolge.

Es fühlte sich an, als sei eine schmutzige Bombe in seinem verfluchten Gehirn explodiert.

Er seufzte. Er sollte sie wenigstens aufwecken und sich verabschieden. Zur Hölle, vielleicht könnte sie ihm ein kleines Frühstück machen. Er könnte etwas Wurst vertragen. Beruhigte vielleicht seinen sich drehenden Magen.

Und sie könnte ihm sagen, wo verfickt nochmal Rory zu finden war.

Er lehnte sich rüber und berührte ihre Schulter.

Seine Berührung traf auf kalte Haut. So viel kälter als einfach nur kalt. Mit erwachendem Entsetzen drehte er sie herum. Tiefblaue Linien umschlossen ihre Kehle, schlanke Ranken, die die Stellen markierten, an der ihr der Sauerstoff abgeschnitten worden war. Sie war erwürgt worden, und das nicht von fleischigen, männlichen Händen. Die Quetschungen waren zu perfekt. Ein Seil, vermutete er.

Dann sah er sie. Ein Stück Schnur von wahrscheinlich neun Metern Länge, denn so hatte er sie gekauft. Jute. Die Art, wie er sie im Shibari benutzte.

Er hatte das Mädchen nicht getötet. Er täte einer Sub nie etwas zu leide. Er spielte nicht, wenn er betrunken war. Die Panik begann ihn zu überwältigen. Er hob das Seil auf. Es musste seins sein. Die junge Frau hätte nicht zufällig Jute herumliegen. Es musste aus seinem Rucksack stammen.

Was zur Hölle war passiert? Fragen hämmerten ihm durch den Kopf wie Wellen, die auf einen Felsen schlugen.

Sein Telefon. Es lag auf dem Boden. Er hob es auf. Er brauchte Rory. Hatten sie sich auf der Suche nach etwas Vergnügen getrennt? Er traute es seinem Bruder zu. Rory war wild und geriet schneller in Schwierigkeiten als jeder, den Liam kannte. Er wählte die Nummer eins. Das passte. Sein jüngerer Bruder war die Nummer eins in seinem Leben. Liam war derjenige gewesen, der Rory dazu überredet hatte, ihm in die irischen Streitkräfte zu folgen. Er hatte gedacht, dass die Armee seinem jüngeren Bruder Gut täte, und er hatte Recht behalten. Als die G2 ein wenig verdeckte Arbeit anbot, war Rory ihm wieder gefolgt. Rory war verdammt gut in dem Job. Er erwies sich schließlich als ein Mann, auf den Liam stolz sein konnte.

Der Anruf gelangte direkt zur Mailbox. *Fuck.*

„Rory, du musst mich anrufen. Gott, bitte wach auf, Bruder. Ich steck' in der Scheiße. Ich weiß nicht mehr, was passiert ist, aber ich bin in einem Bett aufgewacht..." Was zur Hölle tat er da? Er wusste es verdammt nochmal besser, keine belastende Nachricht auf der Mailbox seines Bruders zu hinterlassen. Er schüttelte den Kopf, als er nach seiner Hose suchte. „Ruf mich einfach an."

Er zog sich an so schnell, wie er konnte. Boxershorts, dunkelblaue Jeans, Socken, Stiefel. Er fand sein Hemd zusammengerollt in der Ecke des allzu aufgeputzten Zimmers des toten Mädchens. Wie alt zur Hölle war dieses Mädchen? Das spielte jetzt keine Rolle mehr, denn sie alterte keine Sekunde länger. Sie steckte auf ewig in diesem weiß-rosa Zimmer fest, ein purpurner Kragen Verletzungen um den Hals.

Seine Hände zitterten, als er das schwarze T-Shirt herauszog. Warum war es nass? Hatte er Bier darüber verschüttet?

Warum konnte er sich nicht erinnern?

Blut. Es hinterließ Flecken auf seinen Händen, als er das T-Shirt wieder fallen ließ. Sein Hemd war von Blut getränkt.

Er starrte einen Moment lang darauf. Blut? Es war kein einziger Tropfen Blut an dem Mädchen.

Er griff nach seiner Jacke, schloss den Reißverschluss. Er fand seine Tasche auf der Kommode liegen, offen, als hätte er sie nur für einen Moment dort liegen lassen. Das Einzige, was fehlte, waren sein Seil und ein Messer. Sein Magen geriet auf eine Art und Weise in Bewegung, die nichts mit dem Alkohol der vergangenen Nacht zu tun hatte. Wo war das Messer?

Wen sollte er anrufen? Die Polizei? Den G2? Der irische Geheimdienst würde die Tatsache lieben, dass ein Soldat auf einen derartigen Scheißball geraten war. Er war kein Geheimdienstler. Er war eine Art Vertragsarbeiter. Er hatte gehofft, dass man ihn hiernach fragte, ob er einsteigen wolle.

Niemand wollte ihn einstellen, wenn er im Knast landete. *Fuck. Fuck. Fuck.* Was war geschehen? Warum konnte er sich nicht erinnern?

Er wählte erneut Rorys Nummer. *Wach auf, du Mistkerl. Ich stecke in Schwierigkeiten.*

Er hielt den Hörer ans Ohr geklammert, doch der Klang aus einem anderen Zimmer rief ihn herbei. Es klingelte. Vertraut klingend.

Rorys Telefon läutete. In diesem Haus. Im nächsten Raum. Und er ging noch immer nicht ran. Liams Herz hämmerte, während sein Verstand nach Gründen suchte, warum sein Bruder nicht antwortete. Es war eine verdammt kurze Liste.

Liam verließ das Zimmer des toten Mädchens und fand sich in der Hölle wieder.

Kapitel Eins

London, England
Fünf Jahre später

Liam beobachtete, wie das Mädchen mit den dunklen Haaren ins Licht trat. Das Mädchen? Sie war eine Frau im wahrsten Sinne des Wortes. Avery Charles war achtundzwanzig Jahre alt, aber nach dem, was er sich zusammenreimen konnte, hatte sie wohl genug Scheiße für zwei Leben durchlebt. Warum sah sie dann immer noch so verdammt unschuldig aus?

Die Frau vor ihm war nicht sein Typ. Nicht mal annähernd. Sie war zu weich, zu kurvig, zu viel. Zu ernst, offen gestanden. Er bevorzugte junge Frauen, die einfach eine gute Zeit erleben wollten. Doch etwas an ihr zog ihn an. Vielleicht lag es an ihrem Hintergrund oder an der Art, wie ihre Haut gewissermaßen erglühte, wenn sie den großen Rundbau des Britischen Museums betrat. Sie tat es hinreichend. Sie war fast jeden Tag hier, und er verfolgte sie, beobachtete, wie sie sich von Raum zu Raum bewegte, jedes Ausstellungsstück studierend, bevor ihre Mittagspause vorbei war. Sie glitt aus den dunklen Ecken des Museums in das brillant schimmernde Licht der Vorhalle, um ein Sandwich zu kaufen, das sie aß, bevor sie zurück zur U-Bahn lief und wieder arbeiten ging.

18

Und jeden Tag hielt sie inne, sobald das Licht auf ihr Gesicht fiel. Sie bewegte sich von den dunklen, verstummten Räumen der Exponate in den schonungslosen Glanz des weiß marmorierten Mittelpunkts des Museums. Sie reckte das Kinn hoch und aalte sich im Licht, als ob sie sich einen Moment Zeit nähme, um darin einzutauchen.

Liam verließ die Dunkelheit nie.

„Ist sie das Ziel?", fragte Ian Taggart, er flüsterte.

Er brauchte gar nicht so leise zu sein. Das Museum brummte vor Aktivität, aber sein Chef war ein vorsichtiger Mann. Paranoid, doch wenn wirklich alle draußen hinter dir her waren, war es keine Paranoia. Es war klug.

„Ja", antwortete Liam, seine Stimme ebenso leise. „Avery Charles. Sie arbeitet für Molina. Sie wurde vor sechs Monaten seine persönliche Assistentin."

Sie war vorläufig sein Hauptziel. Es war einfach gewesen, Daten über Molina zu sammeln. Er war eine öffentliche Person. Innerhalb von Minuten, nachdem bestätigt worden war, dass Thomas Molina, Philanthrop, auf irgendeine Weise mit dem skrupellosen CIA-Agenten, den seine Firma seit Monaten verfolgte, in Verbindung stand, hielt er bereits eine vollständige Akte über den Mann in den Händen. Molina galt als einigermaßen seltsam. Er hatte sich als Teenager bei einem Reitunfall verletzt. Er war mehrfach an der Wirbelsäule operiert und mit Beinen zurückgelassen worden, die nie wieder richtig funktionierten. Er verschwand für viele Jahre und lebte ein abgeschiedenes Leben, nachdem seine Eltern verstorben waren.

Er war jetzt alleiniger Besitzer eines riesigen multinationalen Konzerns, zog es jedoch vor, seine Zeit mit einer Wohltätigkeitsunternehmung namens United One Fund zu verbringen.

Es war leicht gewesen Molina zu finden. Seine persönliche Assistentin hatte ausgiebigere Recherchearbeit erfordert.

„Wissen wir, ob sie irgendwelche Verbindungen zu Black hat?" Irgendwie schaffte es Ian, die Frage wie eine Drohung klingen zu lassen. „Entschuldigung. Nelson. Wir sollten den Teufel bei seinem richtigen Namen nennen. Hat sie irgendwelche Verbindungen zu Eli

Nelson?"

Das war die große Frage des Tages. Die scheinbar süße Avery Charles, die noch nicht mal einen Strafzettel bekommen hatte, sollte für einen Mann arbeiten, der tatsächlich Verbindungen zu Eli Nelson, dem skrupellosen CIA-Agenten, pflegte? „Das bezweifle ich. Wenn ich eine Wette abschließen müsste, würde ich Geld darauf setzen, dass sie lediglich die persönliche Assistentin eines der weltweit federführenden Philanthropen ist. Sie umgibt eine Weltverbesser-Atmosphäre, die ich von hier aus spüren kann. Mir wird leicht übel davon."

Es machte ihn ein wenig geil, doch das sagte er Ian auf gar keinen Fall. Und es gab keine Möglichkeit es zu erklären, weil sie einfach nicht sein Typ war. Auf keinen Fall. Keinesfalls. Nun, sie war jetzt nicht mehr sein Typ. Er hatte weiche, üppige Frauen aus gutem Grund aufgegeben. Sie fickten die geistigen Fähigkeiten eines Mannes. Ne. Sie war jetzt nicht mehr sein Typ. Er hatte nur schon lange keinen Sex mehr gehabt. Das war die einzige Erklärung.

„Alex untersucht Molina. Er prüft die Finanzen seiner Stiftung." Ian runzelte die Stirn, als er sich umsah. „Das gefällt mir nicht."

Ian Taggart mochte keine Wohltätigkeitsorganisationen? Das war eine Überraschung, denn der Mann war praktisch eine Wohltätigkeitsorganisation an und für sich. Liam wusste, dass er heute noch am Leben war aufgrund seines Gespürs für Wohltätigkeit. „Den Berichten der Presse zufolge, ist er praktisch ein Heiliger."

Ian lächelte, obwohl es bei ihm eher einem räuberischen Zähnefletschen glich „Ich glaube nicht an Heilige. Sünder. Also, das kann ich glauben." Er seufzte, als er zur Vorhalle zurückblickte. Avery bestellte ein Sandwich und eine Tasse Kaffee. „Sind Adam und Jake eingezogen?"

Ians Augen wanderten durch den Saal, ständig nach einer Bedrohung suchend.

Sie waren nicht bewaffnet. Er fühlte sich ohne Waffe ein wenig nackt. Es war zu gefährlich an einem so öffentlichen Ort und sie waren nicht gerade in offizieller Funktion hier. Das war seine Schuld. Jeder im Team hatte versucht ihm die Rückkehr nach Europa auszureden, doch es war Jahre her gewesen. Er hatte sich verändert. Vielleicht war es an der Zeit, sich seinen Dämonen zu stellen und die Erinnerung an seinen Bruder zu ehren.

Nachdem er Eli Nelson zu Fall gebracht hatte.

„Sie sind letzte Woche in ihr Gebäude eingezogen. Oh, wir hatten so ein Glück, dass ihre Nachbarin beschlossen hat, die Stadt für eine Weile zu verlassen und gezwungen war die Wohnung unterzuvermieten." Liam behielt Avery im Auge, während sie sieben Pfund fünfzig bezahlte. Sie lächelte den Kerl vor ihr an. Wie konnte die Frau so lächeln, strahlend und offen nach allem, was ihr passiert war? Sie lächelte, als ob sie die Feuerprobe bestanden hätte und stets ein volles Herz in ihrem Körper trüge.

Natürlich konnte das alles nur gespielt sein.

„Ich denke, du wirst feststellen, dass Adam und Jake genug zahlen, um die Dame gut zu entschädigen", erklärte Ian. Sein Körper ging in Alarmbereitschaft, die Schultern gestrafft. „Wer verfickt nochmal ist das? Ich dachte, du hast gesagt, sie hätte keinen Freund."

Liam fühlte, wie sich seine Augen verengten, als Avery den großen blonden Mann begrüßte. Er war offensichtlich Brite. Der coole Schnitt seines Anzugs sowie die zutiefst anmaßende Art, wie das Arschloch ihr einen Luftkuss auf die Wangen gab, sagten alles. Er musste sich bücken, weil Avery klein war. Sie war klein und kurvenreich, und der britische Bastard schaute ihr in die Bluse.

„Ich habe ihn noch nie gesehen", sagte Liam. Eine ganze Woche lang war er ihr gefolgt, und hatte kein einziges Mal gesehen, wie sie einen Mann auch nur ansah, der nicht aus Marmor gemeißelt und zur Zeit des britischen Imperialismus von einem weit entfernten Ort nach London zurückgebracht worden war. Der einzige Mann, mit dem er sie gesehen hatte, war ihr Chef. Sie schob ihn zweimal pro Woche durch den St. James Park, wo sie ihm eine Decke um seine unsicheren Beine legte, bevor sie den Ausflug machten. Molina konnte mit Hilfe eines Stockes gehen, doch der Millionär fuhr im Rollstuhl auf ihren Spaziergängen.

Ian machte bereits Aufnahmen mit seinem Handy. Es war an Ians persönliche Nutzung angepasst. Hohe Auflösung, Superfokus. Jedes Bild, das Ian machte, wurde sofort an das Hauptquartier weitergeleitet, wobei es zunächst über Adams

Gesichtserkennungssoftware geleitet wurde. Sie hätten den Namen und die Lebensgeschichte des Typs minutenschnell.

Warum zur Hölle wollte er dem blonden Vogel in den Arsch treten? Die tagelange Überwachung von Avery Charles und die wiederholte Beschäftigung mit ihrer tragischen Geschichte hatten ihn fürsorglich werden lassen. Sie hatte viel durchgemacht. Und der junge Liam – der Liam, der er gewesen war, bevor er seinen Bruder verloren hatte – hätte sich über sie hergemacht.

Allerdings, es war eine schlechte Idee, fürsorglich gegenüber einer Frau zu werden, die eventuell in den internationalen Terrorismus verwickelt war.

Sie setzte sich an einen der langen Tische, gefolgt vom blonden Dreckskerl. Er schwang seinen großen Körper in den Sitz ihr gegenüber, als sie lebhaft zu sprechen begann. Er griff nach ihrer Hand und wiegte sie in seiner, doch sie zog sich fast sofort zurück, nach ihrem Kaffeebecher greifend.

Kein Sex da. Keine Intimität. Sie war unbeholfen, unsicher über seine körperliche Zuneigung.

„Er ist nicht ihr Freund." Ian wusste mit ziemlicher Sicherheit, was er sah. Ian war ein Meister im Lesen von Körpersprache. Wohl deshalb, weil er tatsächlich ein Lehrmeister war. Und das war der Grund, warum Liam wollte, dass Ian sie sich persönlich ansah.

„Was hältst du von ihr?", fragte Liam.

Ian hatte sie zwei Stunden lang beobachtet, seitdem sie in Holborn aus der U-Bahn gestiegen war. Liam war ihr seit Tagen gefolgt, und sie nahm garantiert die gleichen Züge. Sie verließ die Büros in Charing Cross und kaufte eine Flasche Wasser. Wechselte von der Bakerloo zur Picadilly Line und stieg in Holborn aus. Von dort aus wäre sie schnell über die New Oxford zur Bloomsbury Street und zum Museum gelaufen, doch Avery schien immer eine Möglichkeit zu finden, um zu schlendern und sich Details anzusehen, die ihr ins Auge fielen. Und sie hatte oft eine Kamera dabei. An einem Tag hatte sie zwanzig Minuten damit verbracht, Tulpen in Straßenkisten zu fotografieren.

Es war zum Verrücktwerden. Langweilig. Fad wie Spülwasser. Und er begann sich zu fragen, ob sie eine Welt sah, die er nicht sah.

Ian lehnte sich zurück, nahm die Karte des Museums heraus, die er gekauft hatte, und tat so, als studierte er sie. „Ich denke, sie ist faszinierend. Angesichts dessen, was ich über ihren Hintergrund weiß, hätte ich sie mir ein wenig zerrütteter vorgestellt, als sie zu sein scheint."

Ja. Das war das Problem. Auf den meisten Frauen, die verloren hatten, was Avery verloren hatte, lasteten solche Spuren wie Narben. Es wäre ihnen von den Augen abzulesen, doch die von Avery waren klar und kristallblau. „Der Unfall ist zehn Jahre her."

„Diese Art von Schmerz verschwindet nie." Ians Lippen formten sich zu einer grimmigen Linie, und er schloss die Augen für einen Moment. Als er sie wieder öffnete, drückte sein Gesicht eine vorsichtige Leere aus. „Sie hat ihren Mann und ihr Baby bei einem Unfall verloren. Und ihr wäre beinahe der Genuss abhandengekommen, ihre Beine nutzen zu können. Der Unfall mag vielleicht schon zehn Jahre her sein, doch ich versicher' dir, dass sie das jeden Tag spürt. Oder vielleicht nicht. Vielleicht ist sie nicht fähig zu lieben. Ich hab' Leute getroffen, die dazu unfähig sind."

„Sie arbeitet für eine Wohltätigkeitsorganisation", betonte Liam. Ihm gefiel die kalte Art nicht, in der Ian sprach. Ian war nicht derjenige gewesen, der sie Tag für Tag beobachtet hatte. Ian war nicht derjenige gewesen, der gesehen hatte, wie sie anhielt und mit Leuten auf der Straße sprach, und wie sie einem verlorenen Kind geholfen hatte. Sie hatte ihn umarmt und seine Hand gehalten, während alle anderen einfach weiterliefen, als ob es nicht ihr Problem wäre.

Ian zuckte die Achseln. „Ich hab' mal für ein vegetarisches Restaurant gearbeitet, als ich undercover ermittelte. Das heißt nicht, dass ich Tiere nicht schrecklich lecker fand. Sie bekommt einen guten Gehaltsscheck von Molina. Er bezahlt ihre Wohnung. Bist du sicher, dass sie nicht mit ihm fickt?"

„Sie geht jeden Abend nach Hause, und sie geht allein. Wenn sie ihn nicht im Büro fickt, bezweifle ich das ernsthaft." Sie war nicht der Typ dafür. Oder doch?

„Ich finde es nur seltsam, dass sich Molina sonst wen hätte leisten können und sich für sie entschieden hat." Ian faltete seine Karte zusammen. „Na, los. Bis wir bereit sind, irgendjemanden reinzuschicken, müssen wir Abstand halten. Lass uns zurück zum

Club gehen. Eve sollte jetzt in der Stadt sein. Ihr Flug kam heute Morgen an. Und ich will sehen, ob Adam rausgefunden hat, wer der blonde Typ ist."

Ian begann davonzulaufen. Als glaubte der große Bastard, Liam liefe ihm einfach nach. Doch er tat es, weil sie etwas zu klären hatten. Liam hielt so lange den Mund, bis sie den Eingang in der Russell Street verließen und ans Tageslicht kamen.

„Was meinst du mit „irgendjemandem", Ian?"

Ian unterbrach seinen Schritt nie. „,Irgend', wie etwas Unbestimmtes, nicht näher Spezifiziertes. „Jemanden", als ein solcher, der noch zu bestimmen ist."

Dreckskerl. „Du sprichst, als hättest du noch nicht entschieden, wer reingeht und das Mädchen verfolgt."

„Adam und Jake kümmern sich um die Nachbarschaft."

„Ja, und das wird uns nicht weiterbringen. Es sind nicht ihre Nachbarn, die sie einlädt, in ihrem Büro zu Mittag zu essen oder bei ihr zu schlafen."

„Adam und Jake sind verdammt gute Einbrecher." Ian bog Richtung U-Bahn-Station ab. „Frag Serena. Sie wird dir diese Geschichte gern erzählen. Wir haben Glück gehabt, dass sie sie geheiratet haben, und sie uns nicht bis ans Ende unseres beschissenen Lebens verklagt hat. Ernsthaft, das ist eins der wenigen Dinge, die dieser Einsatz gebracht hat. Sie haben ihr ein Halsband um den Hals gelegt und ihr einen Ring an den Finger gesteckt. Schwupps, wech ist die Klage. Und die Leute sagen BDSM täte Kerlen nicht gut."

Was nicht seine Frage beantwortete. „Versuch nicht, mich ersetzen zu lassen. Das ist mein Einsatz. Ich hab' die Verbindung zwischen Nelson und Molina entdeckt. Das is' meiner."

Ian blieb stehen. Es verging eine Weile. „Ich bin mir nicht sicher, ob du der Richtige für dieses Mädchen bist. Wir haben vielleicht nur eine Chance jemanden in ihr Bett zu kriegen, und sie ist einfach nicht dein Typ."

„Das ist mein Einsatz. Ich werd' mich darum kümmern." Er schickte nicht jemand anderes rein. „Außerdem, wer zur Hölle soll die Rolle ihres Freundes spielen können? Adam und Jake sind nicht mehr zu haben. Sean hat gekündigt. Planst du etwa eine Romanze mit dem Mädchen?"

Ian runzelte wieder die Stirn. „Alex hat sich danach erkundigt."

Hurensohn. „Nein. Das ist nicht dein Ernst. Eve...was ist mit Eve?"

Alex und Eve waren seit Jahren geschieden, doch für Liam bestand kein Zweifel, dass Eve ihren Mann noch immer liebte. Ex. Selbst er kriegte es nicht auf die Reihe. Alex lebte seit seiner Scheidung wie ein verdammter Mönch.

„Alex versucht das hinter sich zu lassen, und dazu gehört, sich für's Team einzusetzen. Du hast Recht. Wir verfügen über wenig Männer, denen es nichts ausmacht, ein wenig bei ihrer Arbeit zu spielen." Ian brummte etwas böse, seine Frustration offensichtlich. „Verfluchter Dreck, ich will so'n Scheiß nicht machen. Ich mag's nicht, für Informationen ficken zu müssen."

Niemand mit einem halben Esslöffel Moral tat dies gern, doch es war manchmal nötig. Eli Nelson war eine Gefahr für jeden in Liams Team. Wenn Liams Instinkte Recht behielten, war er eine Gefahr für jeden auf der Welt. Nelson hatte schon versucht Staatsgeheimnisse an China zu verkaufen. Angesichts dieser Gefahr war es das kleinere Übel, Avery Charles' weibliches Herz zu verletzen. „Doch dieser Fall ist anders. Das ist Nelson, und wir kommen nicht weiter, wenn wir versuchen nach den Regeln zu spielen. Er würde nicht zögern, alles und jeden flachzulegen, wenn er müsste, um an die für ihn relevanten Informationen zu gelangen. Wir dürfen es ebenso wenig. Es steht zu viel auf dem Spiel."

Ian senkte das Basecap, das er auf dem Kopf trug, und zog die Oyster Card heraus, die er zuvor gekauft hatte. Liam fand die seine. Die kleine Karte war das Tor zum U-Bahnnetz und der einfachste Weg, um in London überallhin zu gelangen. „Ich hab' die CIA verlassen, weil ich den Mann nicht mochte, den sie aus mir gemacht hat, doch ich geb' zu, dass ich Nelson kriegen muss. Ich muss es. Ich werd' nicht eher ruhen können, bis dass der Mann unter der Erde liegt. Er hätte fast meinen Bruder getötet und hat mein Team dazu benutzt, dieses Land zu verraten. Die CIA hat einen Scheiß getan, ihn verhaften zu lassen, also werd' ich's selbst tun. Genau deshalb werd' ich mich um das Mädchen kümmern. Schick mir ihre Akte. Ich nehm' morgen Kontakt auf."

25

Er versuchte ihn zu erreichen und griff nach Ians Arm. „Nein, das machst du nicht. Das ist mein verfluchter Einsatz, und ich übernehme das Mädchen."

Ians Blick wurde arktisch kalt, als er die Hand auf seinem Ärmel betrachtete. „Vorsicht. Dein Irisch kommt hervor."

Scheißdreck. Liam holte tief Luft und zwang sich wieder im sanften Akzent des Mittleren Westens zu sprechen. Er hatte ihn im Laufe der Jahre perfektioniert, weil er besser tarnte als sein richtiger Akzent. Während der ersten Jahre, die er bei McKay-Taggart Security gearbeitet hatte, kannten nur Alex und Ian seine wahre Stimme. Er musste sich zusammenreißen. „Tut mir leid. Es ist schwer ganz von ihr umgeben zu sein."

„Ja. Ein verdammt guter Grund für dich zu Hause zu sein."

Liam hatte dieses Argument etwa eine Million Mal gehört. „Ich weiß, wie diese Stadt funktioniert, besser als jeder andere im Team, und ich hab' noch Underground-Kontakte. Mein Einsatz, Ian. Und meine Spur."

Ian senkte die Stimme, sein Mund verzog sich zu einer störrischen Linie. „Sieh nur zu, dass der Grund, warum du dich hier aufhältst, der Einsatz ist und nicht das Mädchen. Was ich bisher noch nicht gesagt hab', aber das hast du wohl selbst bemerkt, ist die Tatsache, dass sie unglaublich unschuldig erscheint und höchst wahrscheinlich unterwürfig ist. Du kennst die Anzeichen. Sie ist penibel höflich und ordnet sich jedem unter. Als der Museumsdozent mit ihr sprach, glitten ihre Augen unmittelbar auf den Boden. Sie ist eine Sub, und eine süße noch dazu. Eine gefährliche Kombination für Männer wie uns. Ich bin nicht blöd, Li. Der Grund, warum du mit Club-Subs rumhängst, ist der, dass sie hardcore und nur nach Spaß aus sind. Die Frau da drinnen ist nicht auf Party aus. Sie meint es ernst, und das kann nur auf die ein' oder andere Art enden. Entweder ist sie nicht sauber und du fühlst dich beschissen, weil du sie ins Gefängnis oder ins Grab schicken wirst. Oder sie ist lupenrein und du brichst ihr das Herz, weil sie – wenn sie so unschuldig ist, wie sie aussieht – sich in dich verlieben muss, damit du sie ins Bett kriegst. Und du fühlst dich beschissen. Du hast jahrelang als Verstärkung gearbeitet. Bist du wirklich bereit, die Führung zu übernehmen?"

26

Er war jahrelang ein Weichei gewesen, versteckt hinter seinen Teamkollegen, die er alle wirklichen Risiken hatte übernehmen lassen. Klar, ist mal auf ihn geschossen worden, doch den Einsatz zu leiten bedeutete, die Verantwortung für die Gesundheit und Sicherheit aller Beteiligten zu übernehmen, und das schloss Avery Charles ein, falls sie wirklich eine unschuldige Zuschauerin war.

„Ich bin bereit."

Ian nickte. „Dann ist es dein Einsatz. In dem Augenblick jedoch, in dem Nelson sich aufbäumt, übernehme ich."

Ian schob sich durch das Drehkreuz. Liam holte tief Luft. Eine Hürde weiter. Nun musste er sich überlegen, wie er am besten an Avery Charles herankam.

Es half nicht, dass allein der Gedanke, in ihr Bett zu steigen, seinen Schwanz hart werden ließ. Ja, er konnte sich nicht selbst belügen. Sie mochte ein süßes, unschuldiges Ding sein oder doch etwas Schmutziges unter all dem Zucker verstecken.

So oder so wusste er genau, was Avery Charles bedeutete. Sie brächte Ärger. Zum Glück war er ein Mann, der mit ein bisschen Ärger umgehen konnte.

* * * *

Avery lächelte Simon Weston an. Er war ein sehr netter Mann, und sie war so zutiefst desinteressiert, dass sie ein Gähnen unterdrücken musste.

Und das war wirklich keine nette Art zu denken. Er war nichts anderes, als höflich zu ihr gewesen. Sie zwang sich, sich auf ihn zu konzentrieren. Simon war sehr süß und brachte sie oft zum Lachen, doch sie hielten sich in völlig verschiedenen Abteilungen auf, so dass sie nicht die Möglichkeit hatten, viel Zeit miteinander zu verbringen.

Obwohl er zu versuchen schien, sich in ihrer Nähe aufzuhalten. Es war ein Rätsel.

„Ich habe Jason neulich erzählt, dass er einfach den neuen Inder in Soho ausprobieren muss. Das Fischcurry ist unglaublich. Nichts dergleichen, was ich hatte, als ich in Bangalore war, doch es ist das Beste, was du in London kriegen kannst." Simon lehnte sich leicht

27

vor. „Du weißt, dass wir eines Tages dort zu Mittag essen könnten. Das Essen hier kann nicht besonders gut sein."

Es war überteuert, und sie musste es häufig auf dem Weg zurück nach Charing Cross runterschlingen, doch kein Ort konnte sich mit der hiesigen Ansicht messen. Sie hatte ihre eine Stunde damit verbracht, durch die Räume der Elgin-Marbles zu wandeln, hatte sich jede Objektbeschriftung sorgfältig durchgelesen und war verblüfft dieselben Werke zu sehen, welche das Parthenon einst geschmückt hatten. Sie bekam fast feuchte Augen, wenn sie darüber nachdachte, Simon Weston hingegen schien nicht wie ein Mann, der verstand, dass ein Haufen alter Marmor ihre Phantasie beflügelte. Ihr war bewusst, dass, obwohl sie viele faszinierende Gespräche mit ihrem äußerst intellektuellen Chef führte, sie sich einsam fühlte. Thomas interessierte sich für Wirtschaft und Geschäfte. Obwohl er es versuchte, sah sie, wie sich sein Blick versteinerte, sobald sie begann über Kunst zu sprechen. Simon war genauso. Und ihre Gedanken schweiften dahin. Was hatte er gesagt? Oh. Das Essen. „Es ist okay. Ein Sandwich ist ein Sandwich, wobei ich Lachs und Frischkäse inzwischen liebe."

Sie hatte manchmal eine unaufmerksame Wahrnehmung.

Simons Finger trommelten auf dem Tisch. „Es geht das Gerücht um, dass du jeden Tag herkommst."

Sie hielt inne, halbwegs dabei, ihr Sandwich zum Mund zu führen. „Es gibt Gerüchte über mich? Du meine Güte, ihr Jungs müsst euch wirklich langweilen."

Sie war das ödeste Ding der Welt. Das größte und gewaltigste öffentliche Ärgernis ihrerseits bestand darin, dass sie gelegentlich vergaß zu recyceln. Nun, das und die Tatsache, dass jeder annahm, sie schliefe mit ihrem Chef. Was sie nicht tat.

Simon schmunzelte. Er war durchaus entzückend. Er war groß und schlank und sah so gut aus wie ein Hollywood-Schauspieler, doch er schien auch ein wenig berechnend zu sein. Sie konnte es sich nicht zusammenreimen, doch da war etwas in seiner Art, wie er sie ansah, was ihr das Gefühl gab, als beurteilte er sie und träfe seine Entscheidungen auf Grundlage einer Matrix in seinem Kopf. „Nun, das Leben beim United One Fund kann recht langweilig sein, aber mit dem Chef in der Stadt hat es sich deutlich verbessert. Wir haben den großen Boss nie persönlich getroffen, weißt du. Und seine reizende Assistentin zu treffen war sogar noch besser."

Avery legte ihr Sandwich aus der Hand, absolut unfähig zu bestimmen, wie sie mit dem Problem Simon Weston umgehen sollte. Er war Anwalt und seit fast einem Jahr bei der Firma. Wie fast alle Mitarbeiter des Fonds, wie sie ihn gern nannten, hatte sich Simon mit einer Gehaltskürzung abgefunden, um für eine Stiftung zu arbeiten, die bekannt für ihre gute Arbeit war.

Er war offensichtlich ein guter Mann. Also, warum dachte sie, dass er Hintergedanken hatte, ihr nachzustellen? Nichts an ihm sagte ihr, dass er sich zu ihr hingezogen fühlte, mit Ausnahme seiner Worte. Und warum dachte sie, solle sie ihren Instinkten folgen? Sie hatte doch keine. Sie wusste kaum, wie sie in der Welt der Partnersuche zu funktionieren hatte. Sie wusste so gut wie nichts über Männer. Ihre einzige Erfahrung war Brandon gewesen und die Erinnerung an ihn lag in weiter Ferne. Wenn sie an ihren Mann dachte, erinnerte sie sich an ein glückliches, süßes Lächeln und die unbeholfene Art, wie er sie geliebt hatte. Sie waren so verdammt jung gewesen. Er war ein Geist, ihre Erinnerungen verblassten allmählich. Sie war quasi wieder Jungfrau.

Nur dass Jungfrauen ihre Babys nicht vermissten.

Avery atmete tief durch und zwang sich in die Gegenwart zurück. Der Moment war alles. Vorwärts. Immer vorwärts.

Ihr war sehr wohl bewusst, dass jede Frau im Fonds sie für völlig geisteskrank hielt, dass sie den großen, schlanken blonden Gott eines Mannes abwies. Es schien das Gerücht nur zu verstärken, dass sie mit Thomas schlief.

Ihre neuen Nachbarn waren einfacher. Die zwei Amerikaner, die eingezogen waren, nachdem Frau Elenora Pettigrew entschieden hatte, dass sie Landluft brauchte, waren perfekt. Sie waren umwerfend. Einfach göttlich. Man konnte ungezwungen mit ihnen reden. Nun, mit Adam. Jacob grummelte häufig, doch er war freundlich genug. Sie konnte sie ansehen, wie sie wollte, denn sie waren auch schwul.

Zumindest dachte sie das. Sie war irritiert hier in England. Nein. Sie waren Amerikaner. Sie waren schwul. Hetero-Amerikaner trugen keine rosa Polos mit engen Jeans.

Es wäre einfacher, Simon wäre schwul.

„Ich bin nicht schwul." Simons wütende Worte rissen sie aus ihren Gedanken.

Verdammt. Hatte sie das laut ausgesprochen? „Was? Ich fragte, ‚was hast du gesagt?' Entschuldige. Ich hab's nicht mitbekommen."

Er starrte sie einen Moment lang an, als ob er zu entscheiden versuchte, ob sie echt sei. Sie schenkte ihm ihr schönstes dummes Lächeln. Sie musste sich nicht verstellen. Sie kam sich wirklich dumm vor. Sozial unbeholfen. Sie hatte so viel Zeit allein verbracht, manchmal sprach sie laut vor sich hin. Es war gut gegangen, als sie jahrelang im Krankenhaus gelegen und sich der Reha unterzogen hatte. Niemand stellte die verrückte Frau, die mit sich selbst sprach, in Frage. In der realen Welt war sie, gelinde gesagt, seltsam, doch irgendwie hatte sie es geschafft, hier in London einen übernatürlichen Ort für sich zu finden.

Simons errötetes Gesicht erschien wieder vollkommen charmant. „Ich sagte, der Fonds ist interessanter geworden, seitdem du da bist."

„Liegt es daran, dass ich mich routinemäßig zum Affen mache und die Treppe runterfalle?" Ihr Bein gab zu den merkwürdigsten Zeiten nach. Das Personal bezeichnete sie inzwischen als die „wundersam stürzende Dame". Sie gab regelmäßige Vorstellungen um neun und gegen Mittag. Jeder war willkommen.

Simon runzelte die Stirn. „Ich empfinde das nicht als sehr amüsant. Dein Bein ist schwach. Die Leute sollten das nicht kommentieren."

Sie seufzte. Warum war er hier, wenn sie so offensichtlich nicht zusammenpassten? Er war sehr anständig, sie ein wandelnder *Three Stooges*-Film. „Das ist die Wahrheit der Dinge."

„Wenn sich das Personal über dich lustig macht, rede ich mit Molina und sorge dafür, dass sie entlassen werden."

Ja, das war der Kern des Problems. Die Hälfte der Zeit, war sie sich sicher, war das, was Simon für sie empfand, Mitleid. Die andere Hälfte fragte sie sich, ob er nicht versuchte in der Hierarchie nach oben zu gelangen, indem er sich so dem Boss näherte. „Sie machen sich nicht über mich lustig. Sie helfen mir darüber zu lachen. Es ist lustig, Simon. Ich unterhalte mich über das ernsthafteste Thema der

Welt und klinge zutiefst intellektuell, und auf einmal lieg' ich auf dem Boden. Manchmal bemerkt die Person, mit der ich spreche, erst nach ein paar Schritten, dass ich nicht mehr bei ihr bin. Es wäre was anderes, wenn sie mich dort liegen ließen und mich auslachten. Sie helfen mir auf."

Er lehnte sich in seinem Stuhl zurück, sein Gesichtsausdruck stur. „Wie auch immer, ich weiß nicht, ob das ein Grund zum Lachen ist."

Wenn sie nicht lachen konnte, musste sie weinen, und sie war des Weinens so müde. Es fühlte sich gut an zu lachen. Es fühlte sich gut an zu arbeiten. Es fühlte sich gut an eine heile Welt zu erkunden, die sie sich nie hätte vorstellen können zu erleben.

Und in letzter Zeit fragte sie sich, ob es sich gut anfühlte mehr als nur Museen und Parks zu erkunden. Sie wurde neugierig, ob sie auch imstande war, Intimität auszukundschaften. Doch sie wusste verdammt gut, dass sie sie nicht mit Simon erkundete. Obwohl er einen wahrlich stattlichen Mann mit breiten Schultern und magerer Gestalt darstellte, brannte in seinen Augen kein Feuer, wenn er sie ansah.

Und sie hatte ein großes Bedürfnis gebraucht zu werden.

Sie beschloss das Thema zu wechseln. „Ich sollte mir also etwas ansehen?"

Er nickte und griff in seine Aktentasche. „Entschuldige. Du bist nicht an dein Telefon gegangen, und das hier kam gerade rein. Es handelt sich um einen potenziellen Spender, er will sich jedoch mit Molina treffen. Wir alle wissen, dass du diejenige bist, die darüber entscheidet, wer sich mit Molina trifft. Es handelt sich um eine beträchtliche Spende."

Er reichte ihr den Ordner. Zwei Millionen und etwas Wechselgeld. Ja, das war reichlich. Sie warf einen Blick auf den Namen. Lachlan Bates. Sie hatte keine Ahnung, wer das war. Molina war leicht introvertiert. Es gab nur wenige Leute, mit denen er sich regelmäßig traf. Einige Freunde, wie der, den er in London besuchen wollte. Sie fand es ziemlich lustig, dass ihr überaus zimperlicher Chef einmal pro Woche die Zeit fand, seinen Freund in einem Fish-and-Chips-Laden an der Themse neben dem Tate Modern zu treffen. Sie hätte gedacht, dass Thomas nicht so etwas

Gewöhnliches wie Fish and Chips aß. Er war eher ein Kaviar und *Foie-gras*-Typ.

Simon zeigte auf seine Akte. „Er behauptet ein Selfmade-Millionär zu sein. Irgendwas mit Software oder so."

„Ich werde einen Blick auf die Akte werfen und mit Thomas darüber reden. Es ist allerdings seltsam. Üblicherweise laufen Spenden dieser Größe über Monica. Ich bin überrascht, dass es auf deinem Schreibtisch gelandet ist." Sie hatte nur selten mit vorliegenden Spenden zu tun, und es war überhaupt nicht Simons Ressort.

Er zuckte mit den Achseln. „Es ist einfach auf meinem Schreibtisch zusammen mit einigen anderen Unterlagen aufgetaucht. Wahrscheinlich ein Fehler. Ich dachte, du seist die Person, die sich darum kümmert. Du bist die Einzige, die ihn so nennt."

Sie war sich sehr wohl bewusst, dass Thomas Molina missverstanden wurde. Aus irgendeinem Grund war das Personal völlig eingeschüchtert von ihm, doch zu ihr war er goldig. Vielleicht wegen des Rollstuhls, an den er eines Tages gefesselt war. Sie hatte einige Zeit in einem solchen verbracht. Sie verstanden einander, wenn es um den quälenden Schmerz ging einfach nur zu laufen. „Es ist sein Name. Ich werde ihn nicht beschädigen."

Simon starrte sie an. „Ich verstehe Amerikaner manchmal nicht. Komm mit. Ich bring dich zurück. Vielleicht kann ich dich überzeugen, mit mir zu Abend zu essen."

Sie hatte die beste Ausrede der Welt. Dank Gott für die neuen Nachbarn. „Ich kann nicht. Ich habe ein paar Freunden versprochen, sie zum Abendessen zu treffen."

Sie hatte sich bereit erklärt, den Neuankömmlingen dabei zu helfen, ein paar Orte auszukundschaften. Adam und Jake behaupteten, sie seien völlig verloren. Jake war von seinem amerikanischen Unternehmen in ihre Londoner Büros versetzt worden und Adam war sich nicht sicher, was er tun wollte. Vielleicht mochte er touristische Dinge mit ihr unternehmen. Sie hatte freitags frei, und sie plante einige Tages- und Wochenendausflüge. Es wäre lustig, einen Begleiter zu haben.

Wenn er nicht herausfände, was für ein totaler Freak sie war, könnten sie vielleicht Freunde werden.

Ihre kleine Wohnung im Financial District war eigentlich die Wohnung von Thomas Molinas Bruder. Jetzt gehörte sie ihr, während sie sich in London befanden. Thomas hatte ihr großzügig ein Zimmer in seinem Haus in der Stadt angeboten, doch sie hatte ein wenig Raum für sich gebraucht. Nach so vielen einsamen Jahren, doch umgeben von Menschen, brauchte sie etwas Unabhängigkeit. Und sie hatte ein paar großartige Orte zum Essen gefunden. Sie war recht aufgeregt, ihre Entdeckungen mit den neuen heißen Typen von nebenan zu teilen.

„Und ich hab dich schon wieder verloren", sagte Simon mit einem langen Seufzer.

„Entschuldige. Ich drifte ab. Ich kümmer' mich darum. Danke, dass du mich darauf aufmerksam gemacht hast. Wir brauchen alle Gelder, die wir für die neuen Kongo-Pläne kriegen können." Der Kongo befand sich am Rande eines Bürgerkriegs, oder in der Spirale, in einer echten Demokratie häuslich zu werden. Der Fonds sollte dazu beitragen, dass das Land alles bekam, was es brauchte, um den richtigen Weg einzuschlagen. Satte Menschen waren glückliche Menschen. Gebildete Menschen neigten zur Demokratie. „Es tut mir leid wegen meiner Pläne heute Abend."

„Klar", sagte Simon. „Vielleicht ein anderes Mal. Lass mich dich wenigstens zurück ins Büro begleiten. Du kannst mir erklären, welche Faszination dieser Ort auf dich ausübt. Ein oder zwei Tage sehe ich ein, aber du kommst schon eine Weile hierher."

„Und es könnten noch zwei weitere Monate sein, und ich hätte immer noch nicht alles gesehen." Sie packte ihr Sandwich ein. Es konnte warten, bis sie wieder an ihrem Schreibtisch saß.

Sie folgte Simon langsam und trat aus dem Licht des großen Rundbaus heraus. Morgen besuchte sie die Ägyptischen Galerien. Und vielleicht fände sie jemanden, mit dem sie reden könnte. Wie diesen unglaublich gutaussehenden Kerl, den sie hier schon ein paar Mal gesehen hatte. Groß, geheimnisvoll und hinreißend. Er schien von dem Britischen Museum genauso besessen zu sein wie sie. Und heute hatte er sogar einen Freund mitgebracht. Einen blonden Wikinger von Mann.

Er war schön gewesen, aber nicht so wie der dunkelhaarige Mann. Sie hatte die ganze Woche an ihn gedacht. Zwei zufällige

Blicke auf denselben Mann, und sie träumte von ihm. Vielleicht war es nicht einmal derselbe Typ.

Vielleicht sollte sie aufhören, diese verdammten Liebesromane zu lesen. Sie vermittelten ihr verrückte Erwartungen.

Sie folgte Simon Richtung Bahn und dachte an ihren grünäugigen geheimnisumwobenen Mann.

Kapitel Zwei

Liam ging durch die äußerst unscheinbaren Türen des The Garden. Es gab nichts außerhalb des Chelsea-Clubs, was etwas über den dekadenten Spielplatz im Inneren des sechsstöckigen, langweilig aussehenden Gebäudes preisgab. Von außen betrachtet hätte es sich um jeden beliebigen Büroraum handeln können. Es gab keine Ausschilderung, keine den Weg markierenden Neonlichter. Wenn ein Besucher in das The Garden wollte, musste er den Zugang kennen und ward besser von Damon Knight, Eigentümer und dem Club zugehörigen Dom, bestätigt.

„Ian." Damon stand hinter der Rezeption und sprach mit einer Hostess. Sie war bereits für den Abend in Fetischkleidung gekleidet. Die perfekt junge und knackige Sub war genau sein Typ. Dünn mit schönen Titten und so viel Make-up, wie eine einzelne Frau niemals tragen sollte. Sie konnte nicht älter als zweiundzwanzig sein, also warum wirkte sie so viel älter und härter als Avery? Und warum verfickt nochmal bekam er diese Frau nicht aus dem Kopf?

Damon Knight stand in fast der gleichen vollen Größe da wie Ian, seine Schultern breit und stark und sein Körper noch immer fit vom jahrelangen Dienst im SAS, dem britischen Special Air Service. Er war ein alter Freund von Ian. Anscheinend waren die zu Doms gewandelten früheren Spezialkräfte wie zusammengeschweißt.

Liam musste nur hoffen, dass Damon nicht auch mit dem MI6

zusammenarbeitete. Liam konnte sich gut vorstellen, dass die britische Variante der CIA sich gern mit ihm hinsäße und darüber spräche, was genau in Dublin vor all den Jahren geschehen war.

Nicht, dass er viel dazu zu sagen hätte, denn er erinnerte sich verdammt noch mal nicht mehr daran, was passiert war.

Er war jahrelang auf der Flucht gewesen, doch jetzt war er wieder direkt hinein in die Höhle des Löwen spaziert.

„Damon." Ian streckte die Hand aus und schüttelte die des ehemaligen SAS-Soldaten. „Danke, dass du uns aufnimmst."

„Kein Problem." Damons Akzent klang kultiviert, kein Hauch eines gebürtigen Londoners oder Landeis zu hören. Er war eine echte Oxford-Aufzucht. „Ich bin froh euch hier zu haben. Euch alle. Mehr, als ich erwartet hatte."

Das letzte sagte er mit einem breiten Grinsen, als wäre der Mann von der Aussicht auf ein kleines Chaos begeistert.

Ian runzelte eine Augenbraue, ein sicheres Zeichen, dass er nicht glücklich war. „Ich habe dich wissen lassen, dass du Eve noch erwarten kannst. Und das ist Liam O'Donnell. Er leitet die Operation. Er ist derjenige, der die Verbindung zwischen Molina und Eli Nelson entdeckt hat."

Damon wandte sich Liam zu und hielt ihm die Hand entgegen. Wollte der große Kerl seine Hand schütteln, wenn er wüsste, dass ihn seine Regierung vermutlich als Verräter betrachtete? Liam zögerte nicht. Er schüttelte Damon die Hand. „Schön, Sie kennenzulernen, O'Donnell. Ihr Team befindet sich im Konferenzraum. Und ich habe allen, die im Sanctum Rechte genießen, dieselben Rechte im Garden angeboten. Fühlen Sie sich frei den Club zu genießen. Besonders der hübschen kleinen Brünetten, die Ihre Jungs mitgebracht haben. Soweit ich weiß, ist sie sowas wie eine Berühmtheit. Siobhan da hinten sagt, ihre Bücher sind schwer in Mode."

Ian machte plötzlich einen frostigen Gesichtsausdruck. „Das würden sie nicht."

Liam verkniff sich ein Lachen. Da steckte wer in ernsthaften Schwierigkeiten. „Oh, ich wette, das würden sie. Sie haben gerade erst geheiratet, Ian. Ich wette, die kleine Serena mochte es nicht, dass sich ihre Jungs ohne sie nach Europa aufmachten."

„Ich bring sie um." Ian lief durch den Kerker zu den Aufzügen. Liam folgte ihm, Damons Lachen hallte durch den großen Raum.

Der Garden war ganz anders als das Sanctum, der Club, den Ian in Dallas besaß. Das Sanctum war ein Verlies, und so sah es auch aus. Der Garden war reines Theater. Es war eine der ungewöhnlichsten Räumlichkeiten, in denen Liam je gewesen war. Ein großes Loch befand sich in der düsteren Mitte des Gebäudes, ein gewaltiges Dachfenster, das ermöglichte, dass Licht den Raum füllte. Der große Kerker war als dekadenter, wilder Garten angelegt, mit Weinreben und dunklen Pflanzen, die die Wände zu durchdringen schienen. Liam schaute jedoch nicht wirklich hin. Er war auf einer Mission, und ein Haufen nachtblühender Blumen war nicht wirklich sein Ding. Er sah ein paar zweckdienliche Schauplätze. Eine Wand wurde von Andreaskreuzen dominiert, und es gab einen Raum mit Strafböcken aus Plüsch. Damon Knight schien in der Dramatik seines Kerkerraums zu gedeihen.

Ian stieß mit dem Daumen auf den Aufzugsknopf, seine Ungeduld schien von Minute zu Minute zu wachsen. Liam folgte ihm in den Aufzug.

Der Gedanke, bevorzugte VIP-Rechte in diesem Club zu genießen, war etwas, wofür er dankbar sein wollte. Er könnte dieses Ventil gebrauchen. Eine schöne Sub zu versohlen, wäre ein gutes Mittel, um sich am Ende eines Tages zu entspannen. Vielleicht brauchte Siobhan einen Partner. Darauf könnte er sich einlassen.

Die Wände des Aufzugs waren aus Glas. Liam starrte hinaus und nach unten, während sie in den vierten Stock fuhren. Er konnte den Kerker unter sich sehen.

Eine plötzliche Vision von Avery Charles zwischen den gewundenen Ranken ergriff ihn. Ihre leuchtende Haut ließe sie wie eine Perle inmitten der dunklen Pflanzen aussehen, wie eine Blume, die in der Dunkelheit blühte. Er hatte sie zumeist im Sonnenlicht gesehen. Ließe sie die Dunkelheit erhellen?

Die Fahrstuhltüren öffneten sich, und Liam wurde aus seiner Vision gerissen. Er war dabei, so böse wie seine Freunde zu werden. Er fühlte, wie ein Grinsen sein Gesicht erhellte, denn seine Freunde standen kurz davor, in den Arsch getreten zu werden. Ian sah aus, als ob er auf Blut aus wäre.

Der vierte Stock sah eher wie ein Büroraum aus. Liam trat aus dem Aufzug, und es war, als wäre er in die reale Welt zurückversetzt worden. Er folgte Ian zum Sitzungssaal.

Liam öffnete die Tür zum Versammlungsraum. Dieser war hell erleuchtet und mit einem teuer aussehenden Konferenztisch und Stühlen ausgestattet. Hightech-Geräte standen auf einem Tisch in der Ecke, und eine große Projektionsfläche war an der gegenüberliegenden Wand zu finden.

Adam Miles saß am Tisch und fummelte an den Geräten herum. Alex McKay schaute ihm über die Schulter. Nichts Problematisches dort. Und dann entdeckte er Jacob Dean. Jake stand in einer Ecke, sich leise mit einer hübschen Brünetten unterhaltend. Liam fühlte, wie ein Lächeln sein Gesicht kreuzte. Diese Dunkelhaarige sollte nicht hier sein. Sie war nicht ansatzweise ein Mitglied des Teams. *Zum Glück*. Ian ginge ihm nicht mehr auf den Sack, wo er jetzt ein neues Ziel hatte.

„Jacob Dean", begann Ian mit eisiger Stimme, die jedem Soldaten, dem er diese angetan hatte, zu Tode erschreckt haben musste. „Willst du mir erklären, warum sich eure Frau in meinem Sitzungssaal befindet, wenn sie sich ohne Risiko im Lone Star State aufhalten sollte?"

„Ich habe euch gesagt, das ist nicht die Art es ihm zu sagen", sagte eine tiefe, weibliche Stimme. Sie versuchte nicht ihre Belustigung zu verbergen, während sie sich anmutig von ihrem Sitz erhob. Eve St. James. Liam konnte nicht anders als lächeln. Die Psychiaterin des Teams hatte eine beruhigende Präsenz. Eve war hinreißend, mit glattem blondem Haar und einem schönen Gesicht, das immer perfekt geschminkt war. Sie bildete exakt das Bild einer gelassenen kompetenten Weiblichkeit schlechthin ab. Sie zwinkerte in Liams Richtung. „Ich denke, ich habe euch beiden gesagt, dass ihr sie verstecken und beten solltet, dass Ian das nie herausfindet."

Jake schob Serena hinter sich, als ob Ian jeden Moment angreifen wollte. „Also, Ian, wir müssen darüber reden."

Adam erhob sich, eilte in Millisekunden vom Schreibtisch weg und platzierte auch seinen Körper vor Serena. Dachten sie wirklich, dass Ian das Mädchen töten würde? „Sie musste mit uns kommen."

Ian verschränkte die Arme vor seiner massiven Brust. „Oh, das würd' ich gern hören. Ist Serena chirurgisch mit einem von euch verbunden? Hat sie einen Krankheitszustand erreicht, der sie nötigt, in der Nähe einer ihrer Herren zu sein, oder sie stirbt sonst? Submissivitis?"

„Ian, wir haben gerad erst geheiratet. Du kannst von uns nicht erwarten, dass wir unsere Frau zurücklassen", argumentierte Adam.

„Ach, wirklich? Das habe ich."

Liam stand neben Ian, verspottete nur seine Ultra-Alpha-Haltung ein wenig. Vielleicht doch sehr. „Möchtet ihr mir mitteilen, wie ihr die kleine Miss Sunshine unserem Ziel erklären wollt? Ich dachte, ihr macht das Schwulending als Tarnung."

„Unsere Tarnung ist verlässlich." Adam zeigte runter auf seine Hose, eine lächerlich enge Jeans, die sich um seine Beine formte. „Sieh, Jeggings. Vertrau mir, es gibt keine Sorgen an dieser Front."

Jake grinste. „Sie hatten keine in meiner Größe. Ich schätze, Kerle in meiner Größe tragen keine Jeggings."

Ein Arm kroch um Adams Taille. „Ich finde, du siehst heiß aus, Babe. Und ich wohne nicht exakt bei ihnen, weißt du, Ian. Ich habe ein sehr schönes Hotelzimmer in Kensington. Das liegt genau auf der anderen Seite der Stadt."

„Es gibt keinen Ort in London, der nicht wenige U-Bahn-Haltestellen entfernt ist. Du steigst heute Abend wieder in ein Flugzeug", sagte Ian.

Jake und Adam begannen sich aufzuplustern. Serena bewegte sich von ihnen weg und trat Ian selbstbewusst gegenüber. Dafür musste sie doch zu ihm aufsehen. Sie war gut dreißig Zentimeter kleiner als er.

„Ich fliege nicht nach Hause."

Ian knurrte.

„Genau. Ich fliege nicht nach Hause, Sir." Serena behauptete sich, obwohl sie leicht zusammenzuckte. „Ich bin eventuell schwanger."

Ians Augen flackerten. „Warum hast du dann zuletzt Wodka Tonics getrunken?"

„Es ist zu früh, um das genau zu sagen." Serena hatte die Augen weit aufgerissen, ein Hauch von Unfug lag darin.

„Oh, das kann ich feststellen, Serena", schoss Ian zurück. „Ich kann jetzt sofort da rausgehen und einen Test finden, auf den du pinkeln kannst."

Das war Ian. Immer ein Wohltäter.

„Halt dich zurück, Ian." Jake zog sie zurück.

„Nicht, wenn sie den Einsatz stört", antwortete Ian.

Serena rollte dermaßen mit den Augen, dass ihr Arsch mit Sicherheit zu einem gewissen Zeitpunkt des Tages rot würde. Sie war eine furchtbar süße kleine Göre. „Ich werde bei nichts stören. Und ich werde nicht gehen. Wir versuchen, dass ich schwanger werd'. Ich kann nicht schwanger werden, wenn sich meine Ehemänner auf einem anderen Kontinent aufhalten. Und bevor du mir anbietest, ihr Sperma per UPS zu versenden, solltest du wissen, dass ich die Absicht habe, es auf die altmodische, traditionelle Art und Weise zu tun."

Ja, Serena Dean-Miles war so traditionell, dass sie zwei Männer geheiratet hatte. Nun, rechtlich gesehen, hatte sie einen geheiratet, doch der andere gehörte dazu. „Serena, du musst in Kensington bleiben. Du kannst dich nicht bei Jake und Adam sehen lassen. Ich will dich noch nicht mal im Umkreis einer Meile in der Nähe des Liverpooler Bahnhofs sehen."

Averys Wohnung befand sich im Gebäude direkt gegenüber des Bahnhofs. Sie war günstig gelegen zwischen einem Fast-Food-Laden und einem Pub namens Dirty Dick's.

Serena drehte sich zu ihm um, ihre Augen leuchtend, als ob sie eine Begnadigung erkannt hätte, die ihr soeben angeboten wurde. „Das verspreche ich. Ich werde mich diesem Teil der Stadt nicht nähern. Ich arbeite an einem Buch. Ich stehe unter extremem Termindruck, also ist es sehr unwahrscheinlich, dass Sie mich überhaupt sehen werden. Ich schicke ihnen einfach eine SMS, wenn ich meinen Eisprung habe."

Adam grinste. „Wir schlafen abwechselnd mit ihr zum Baby-Machen. Das nächste Mal ist mein Sperma dran."

Ian stöhnte. „Gott, das musste ich nicht hören."

Liam konnte den Impuls nicht nachvollziehen, ein winziges menschliches Etwas zu schaffen, das völlig von ihm abhinge und unzählige Stunden an Pflege bedürfte. Einfach. Das war die einzige Art zu leben, und das bedeutete haarige Verstrickungen wie Kinder zu vermeiden. Er konnte kaum Freundschaften aufrechterhalten. „Können wir mit dem eigentlichen Teil der Arbeit für heute Abend fortfahren?"

Er wollte das blonde Arschloch, das sie angebaggert hatte, zur Strecke bringen. Sie hatte ihn offensichtlich gekannt. Er brauchte keine Konkurrenz. Er musste der Einzige sein, woran die kleine Avery dachte. Er musste einen Weg finden ihre Obsession zu werden.

Serenas Augen leuchteten auf, und sie rannte zu ihrem Notizblock. Liam stöhnte. Wenn er sie bleiben ließe, würde sie das ganze Team mit Fragen überfluten, und später würde dieses kleine Treffen zweifellos in einem ihrer Bücher auftauchen.

„Jake und Adam, keine Zivilisten erlaubt." Liam wollte nicht einer ihrer verdammten Helden werden. Sie hatten unweigerlich ihre Eier an irgendein Mädchen verloren.

Serena schaute auf. „Was? Na, komm schon. Ich will nur ein paar Notizen machen."

Adam schnappte sich einfach zärtlich seine Sub und lief mit ihr zur Tür. „Du hast sie genug bedrängt, Liebes. Zeit zu gehen und zu warten, bis wir fertig sind. Du wusstest, dass wir arbeiten. Ich bringe dich zurück in den Kerker."

Sie schmollte ihn an. „Ja, aber ich dachte, ich könnte zusehen."

„Diesmal nicht, Baby. Bleib solang im Club und löchre Master Damon nicht mit Fragen", sagte Jake, während sein Partner die Tür öffnete.

„Doch es scheint so interessant zu sein." Serenas Stimme verklang, während Adam sie davontrug.

„Wir können froh sein, wenn Damon nicht unsere, wie er sagen würde, Hinterteile hinausbefördert." Ian knurrte kurz, bevor er sich auf den Stuhl an der Spitze des Tisches warf. „Berichte, Leute."

„Er ist in fantastischer Stimmung." Eve breitete die Arme aus und umarmte Liam. „Wie geht es dir?"

Da war ein abschätzender Blick in ihren Augen, während sie ihn musterte. Dieser Blick war nicht zu leugnen. Es war der Blick, den eine Psychiaterin ihrem geschätzten Patienten zuwarf. Manchmal dachte Liam, dass Eve seinen Fall als eine Gelegenheit nutzte, um ihren eigenen Problemen zu entrinnen, doch er gönnte es ihr. Sie bewahrte seine Geheimnisse und er bewahrte ihre. Es hatte sich eine schöne Freundschaft zwischen ihnen entwickelt. „Es geht mir gut."

„Bist du sicher?" Eve berührte sein Hemd, strich es glatt. Manchmal behandelte Eve ihn wie ein Kind, das beruhigt und bemuttert werden musste. Möglicherweise, weil sie ihn wie eines nach etwas schreien gehört hatte.

„Er sagte, es geht ihm gut, Eve. Du brauchst ihn nicht wie ein kleines Kind zu behandeln." Alex starrte sie an, seine Arme vor der Brust verschränkt. Alex war fast so groß wie Ian, wobei er von schlankerer Gestalt war. Er sah jedoch genauso verfickt gemein aus, als er Liam anstarrte.

Denn Liam wusste, was Alex dachte. Alex dachte, Liam schliefe mit Eve. Alex verstand nicht, dass die Zeit, die er und Eve zusammen verbrachten, nichts mit Sex zu tun hatte. Alex war brutal eifersüchtig, und ein einfaches Gespräch hätte das klären können, doch das war einfach nicht Liams Problem. Alex brauchte nicht zu wissen, dass er auf beruflicher Ebene mit Eve verkehrte. Das war es, was die Schweigepflicht zwischen Arzt und Patient bedeutete, und er würde sich deswegen nicht schuldig fühlen. Das tat er schlicht nicht.

„Ich glaube, ich kann Fragen alleine stellen, Alex." Eves Stimme klang eiskalt, und sie wandte sich von Liam ab, durchquerte den Raum und nahm wieder Platz.

Zur Hölle verflucht. Er wollte sich einen Scheiß darum scheren. Eve war seine verfluchte Therapeutin, und Alex brauchte nichts davon zu wissen. Er konnte sich denken, was er wollte. Es bedeutete Liam gar nichts. Es war ihm egal. Die Mission war das Einzige, was zählte.

Yeah, er wollte sich das immer wieder sagen.

Adam kam in den Raum zurück. Er bediente die kleine Drehscheibe an der Wand und das Licht wurde gedimmt. Liam nahm Platz. Es war Showtime.

„Also, wer ist der blonde Typ?", fragte Liam.

Adam joggte durch den Raum, auf die Fernbedienung in seiner Hand klickend. „Okay. Ich hab' die Infos über diesen Kerl. Simon Weston. Fünfunddreißig. Single. Sowas von britisch. Er ist ein Anwalt. Jura in Cambridge. Klassenbester. Trat direkt nach der

Schule in eine kleine Spitzenkanzlei ein. Er ist der zweite Sohn des Herzogs von Norsely. Finanziell ist er auf Rosen gebettet. Nach allem, was ich rausfinden konnte, ist er ungefähr zehn Millionen Pfund wert. Er war einige Zeit in der Royal Air Force, denn es ist anscheinend das, was Westons männlicherseits so tun."

Er war also reich und hatte betitelte Verwandte. Fein. „Warum ist er hinter Avery Charles her?"

Liam nahm die Schärfe in seiner eigenen Stimme wahr. Der Saftsack sollte mit einem abkömmlichen Popstar ausgehen. Was wollte er mit einer leicht übergewichtigen Brünetten, die so verfickt weich war, dass sie praktisch im Sonnenlicht dahin schmolz?

„Er verließ Hannover und Giles letztes Jahr, um dem United One Fund beizutreten. Jetzt leitet er die Rechtsabteilung der Wohltätigkeitsorganisation. Er hat nichts mit Molinas gewinnorientierten Geschäften zu tun."

„Also ist er ein Weltverbesserer?", fragte Eve, sie klopfte mit dem Stift auf den Tisch.

„Ich weiß es nicht. Er scheint sehr begierig darauf zu sein, sich seinem neuen Chef anzunähern. Das wurde vor ein paar Wochen aufgenommen. Die Londoner Belegschaft gab eine überraschende Willkommensparty. Es war alles entsprechend vornehm. Scheinbar hat Molina die Londoner Büros niemals vorher besucht." Adam klickte auf die Fernbedienung, und ein Bild von Simon und Molina erschien. Simon saß auf einem Stuhl, offenbar an einem Banketttisch, und Molina stand neben ihm, auf seinen Stock gelehnt. Molina war ein dunkelhaariger Mann mit einem runden Gesicht und einem mürrischen Lächeln. Während Simon Weston einen Smoking trug, war Molina professorenmäßig in Hose und Tweed-Blazer gekleidet. Er sah sehr nach intellektuellem Philanthropen aus.

Warum traf sich dieser Mann mit Eli Nelson?

„Es ist tatsächlich merkwürdig", erklärte Adam. „In Cambridge war er völlig in konservative Parteipolitik involviert. Er schrieb mehrere veröffentlichte Essays, in denen er die Labor Party verurteilte, darunter auch Beschwerden über die Höhe der Auslandshilfe, die westliche Länder austeilen, und eine ausgiebige Erörterung gegen das Arbeitslosengeld selbst. Er mag kein Arbeitslosengeld."

„Beschränk deine Witze auf ein Minimum. Also was geschah, dass dem Jungen plötzlich das Herz blutete?" Ian starrte auf den Bildschirm.

„Keine Ahnung", antwortete Adam.

„Vielleicht war es ein Mädchen." Jake lehnte sich vor, die Hände auf dem Tisch. „Wenn du dir ernsthaft Sorgen um diesen Kerl machst, können wir uns die Vorgeschichte seiner Beziehungen ansehen. Wir wissen alle, dass wir zu seltsamen Dingen neigen, sobald ein Mädchen im Spiel ist. Dinge, die wir üblicherweise nicht tun. Die wir nie wieder tun wollten."

„Serena hat uns überredet Tofu zu probieren. Es lief nicht sehr gut." Selbst bei schwachem Licht konnte Liam den Ausdruck der Schadenfreude auf Adams Gesicht sehen.

„Ich bin allergisch. Ich muss es sein." Jake schauderte ein wenig.

Yeah, Liam verstand das nicht. Er wollte nichts Ekelhaftes probieren, nur weil eine Frau ihn darum bat. „Simon ist nicht vorbestraft?"

„Nicht im Geringsten. Doch dem würd' ich nicht unbedingt viel Glauben schenken", antwortete Jake. „Sein Vater ist adlig. Das bedeutet in dieser Gegend immer noch was, und es ist mit Sicherheit in der kleinen Stadt von Bedeutung, in der Simon aufgewachsen ist. Es wäre einfach jugendlichen Leichtsinn zu vertuschen."

„Jedoch keine größeren Probleme", sagte Alex. „Die hiesigen Boulevardblätter lieben eine gute ‚königlich versagt'-Geschichte. Im Ernst, wir denken aufdringliche Reporter in den Staaten zu haben? Sie können den Briten nicht das Wasser reichen. Ich habe drei Geschichten über die Familie Weston in den letzten Ausgaben der Boulevardpresse gefunden. Zwei berichteten über die Heirat seines älteren Bruders, des Erbfolgers des Herzogs, und eine über das neue Rezeptbuch seiner Mutter. Die Familie scheint sauber zu sein."

„Okay, also lasst uns ein paar Fragen über unsere britischen Freunde stellen, mit Damon angefangen." Liam blickte zu Ian. „Wird er ein Problem damit haben, seine Fühler nach diesem Kerl auszustrecken?"

„Damon war aufgeregt, als ich ihn bat uns zu helfen", sagte Ian, sich wieder in seinem Stuhl zurücklehnend. "Anscheinend findet er das Club-Geschäft nicht so aufregend, als wenn auf seinen Arsch geschossen wird. Es ist ihm recht sich umzuhören."

„Dann ist gut, also lasst uns zum eigentlichen Grund dieses Treffens kommen. Adam?" Liam wartete, als Adam auf die Fernbedienung klickte, und Avery Charles' Gesicht den Bildschirm ausfüllte. Er studierte sie für einen Moment. Es war eine Aufnahme, die er selbst gemacht hatte, als er ihr im St. James Park gefolgt war. Sie lächelte ein wenig, ein geheimnisvoller Blick. Ein kleines Mona-Lisa-Lächeln. Ihr dunkles Haar hing an ihren Schultern herab wie ein stufenförmiger Wasserfall. *Fuck.* Was dachte er? Stufenförmiger Wasserfall? Ihr Haar war braun, und sie war leicht attraktiv auf eine angenehme Art und Weise. Sie war ein wenig untersetzt. Ihre Brüste hatten wohl Körbchengröße C, und sie waren natürlich, denn sie hingen ein wenig.

„Hübsches Mädchen." Alex starrte auf die Leinwand, offensichtlich Avery betrachtend. Yeah, das gefiel Liam nicht.

„Sie hat auch viel durchgemacht", murmelte Eve, es sorgfältig vermeidend, ihren Ex-Mann dabei anzusehen. Sie blickte auf ihre Notizen herab. „Avery Charles wurde als Avery Adamson geboren und stammt aus einer ziemlich wohlhabenden Familie. Sie war das einzige Kind. Ihre Eltern starben bei einem Flugzeugabsturz. Sie wurde zu ihrer Tante geschickt, die den Großteil von Averys Treuhandfonds verprasst hat."

„Aschenputtel." Adam seufzte. „Entschuldige, ich hab' Serena von ihr erzählt und sie sagte, Avery erinnere sie an Aschenputtel."

Ian langte rüber und schlug Adam auf den Kopf. Eine seiner patentierten Aktionen. „Sprich nicht mit deiner Frau über den Fall, Arschloch. Verstehst du das Wort ‚vertraulich'?"

„Au, eines Tages, Ian." Adam rieb sich den Kopf. „Das weiß ich doch, aber all diese Informationen sind öffentlich zugänglich. Es schien nichts falsch daran, mit ihr zu reden."

Und Liam hatte entdeckt, dass Serena sehr aufmerksam war. „Was glaubt sie?"

Adam sah Liam in die Augen. „Sie vermutet, dass eine Verwandte, die das College-Geld ihrer Schutzbefohlenen verbraucht, um Designerklamotten für die eigene Tochter zu kaufen, wahrscheinlich nicht sehr nett zu Avery war. Avery hat sehr jung geheiratet. Knapp achtzehn Jahre alt. Sie hat versucht zu fliehen."

„Ihr Mann war ein Kerl aus ihrer High School. Brandon Charles", fuhr Eve fort.

„Wie war ihr Fonds eingerichtet?", fragte Ian.

Eve gab Ian eine Kopie der Akte. „Er wäre Avery im Alter von fünfundzwanzig Jahren übereignet worden, oder im Falle, sie heiratete. Ansonsten genoss ihre Tante volle Kontrolle über den Zugang zum Fonds, um Avery zu erziehen."

Sie hatte also nicht aus Liebe geheiratet. Sie hatte geheiratet, um an ihren Treuhandfonds zu gelangen. Berechnend. Liam täte gut daran, sich dessen zu erinnern. „Sie heiratete also an ihrem achtzehnten Geburtstag. Ich frage mich, ob sie einen Vertrag mit diesem Burschen Brandon vereinbart hatte."

„Wenn sie einen abgeschlossen hatte, schloss dieser die Vollziehung der Ehe mit ein. Sie bekamen Madison Rachelle Charles acht Monate später, nachdem sie durchgebrannt waren. Zu diesem Zeitpunkt waren etwa eine Million Dollar in dem Treuhandfonds übrig, der sich in der Größenordnung von fünfzehn Millionen hätte bewegen müssen." Eve schüttelte den Kopf. „Ich hätte ebenso versucht ihn zu retten. Ich hätte mir den erstbesten Kerl gesucht, der bereit gewesen wäre mich zu heiraten, und wäre mit ihm durchgebrannt. Der Trust war nicht sehr gut eingerichtet, doch Averys Tante war Anwältin. Sie wusste, wie das System funktioniert."

„Also richtet die Tante den Fonds so ein, dass sie ihn allein und uneingeschränkt nutzen kann?" Das klang nicht besonders fair. „Warum sollten ihre Eltern das tun?"

„Ihr Vater war der Letzte des familiären Geldadels. Er zog seine Wohltätigkeitsarbeit allem anderen vor. In dem Moment, als das Geld zu ihm floss, war die Industrie, die das Geld geschaffen hatte, verschwunden. Er war kein besonders guter Verwalter. Er hatte Millionen für verschiedene Wohltätigkeitsprojekte ausgegeben", erklärte Alex. „Und wenn es um einen Anwalt ging, dachte er wahrscheinlich, dass seine Schwägerin zur Familie gehörte und ihm nicht schaden würde. Soweit ich das beurteilen kann, ist diese ganze Gruppe äußerst naiv."

„Erzähl mir von dem Unfall. Der Autounfall", korrigierte Ian.

„Ist es möglich, dass die Tante daran beteiligt war? Sie musste aufgebracht gewesen sein, das Geld verloren zu haben."

Sie kamen vom Thema ab. Liam musste das Gespräch wieder auf den vorliegenden Fall lenken. „Sie fuhren spät eines Nachts nach Hause und gerieten mit Höchstgeschwindigkeit in eine Kollision mit einer Sechzehnjährigen. Brandon war sofort tot. Das Baby starb ein paar Tage später. Sie befanden sich beide auf der Beifahrerseite. Avery fuhr. Ihre Wirbelsäule wurde bei dem Unfall beschädigt. Sie lag mehrere Monate im Koma. Die Sechzehnjährige wurde vor Gericht gestellt, doch der Fall wurde wegen schlechter Beweislage verworfen."

Sie war eines Tages aufgewacht, und ihre Welt war verschwunden. Liam wusste, wie sich das anfühlte. Fragte sie sich, wo sie waren? Fragte sie sich manchmal, ob das alles ein schrecklicher Fehler gewesen war und sie irgendwo da draußen in der Welt waren und sich fragten, warum sie nicht nach ihnen suchte? Liam kannte das Gefühl, was es bedeutete, keinen Zentimeter Abstand zum Tod eines geliebten Menschen zu haben.

„Hart." Ian lehnte sich vor und sah sich die Akte an, die Adam vorbereitet hatte. „Das ist also zehn Jahre her? Wie lange hat es gedauert, bis sie wieder laufen konnte?"

Eve runzelte die Stirn. „Sie ging jahrelang in Krankenhäusern ein und aus. Zu Beginn verbrachte sie Zeit mit Brandons Mutter, doch etwas geschah und die Familie Charles brach jegliche Kommunikation mit ihr ab, als sie zwanzig war. Ich hab' noch nicht herausgefunden, warum. Sie schickt noch immer Blumen zum Geburtstag ihrer Schwiegermutter, doch sie werden zurückgeschickt."

Avery hatte niemanden auf der ganzen Welt. Wie hatte sich diese Isolation auf sie ausgewirkt? War sie unter dem scheinbar süßen Äußeren verbittert?

„Sie traf Thomas Molinas Bruder in der letzten Klinik während ihrer Rehabilitation", fuhr Eve fort. „Sie unterzog sich vor zwei Jahren einer experimentellen Operation, nachdem sie ein Jahr zuvor als Teilnehmerin einer medizinischen Forschungsstudie zugelassen worden war. Sie hat Glück gehabt. Innerhalb von acht Monaten nach der OP konnte sie wieder laufen. Sie traf Brian Molina letztes Jahr.

Er unterzog sich einer Rehabilitation für seinen Knieersatz in derselben Einrichtung, in der sie sich befand. Sie schlossen eine Freundschaft."

„Schlafen zusammen?", fragte Ian.

Liam übernahm. Er kannte die Akte so gut wie Eve. „Das bezweifle ich. Sie war schwach zu dieser Zeit. Es sieht nicht so aus, als hätten sie etwas anderes geteilt als eine Freundschaft. Als Thomas Molina beschloss, aus seinem Haus und in die Welt hinauszuziehen, empfahl Brian Avery als Assistentin und Begleiterin. Trotz ihrem Mangel an Qualifikation wurde sie als Assistentin eines der führenden Philanthropen der Welt eingestellt. Brian starb, kurz nachdem sie eingestellt worden war. Drogenüberdosis".

Avery war jetzt nicht mehr schwach. Sie war stark genug, einen Liebhaber zu haben, doch sie hatte anscheinend keinen. Nichts am Verhalten Molina gegenüber ließ ihn glauben, dass sie wirklich intim miteinander waren. Molina war vermutlich interessiert, doch Avery schien nichtsahnend.

Er hatte dafür zu sorgen, dass sie nicht ahnungslos war, wenn es um ihn ging. Keinesfalls. Sie würde sich seiner sehr, sehr gewahr sein.

„Der beunruhigende Teil an der Sache ist das fehlende Geld", sagte Adam.

„Fehlendes Geld?" Liam hatte nichts von fehlendem Geld gehört.

Adam drehte seinen Computer herum, um Liam den Bildschirm zu zeigen. „Ich hab' gestern Abend ihre Finanzen überprüft. Sie müsste die Million aus ihrem Treuhandfonds noch haben. Ihre medizinische Versorgung und Ausgaben übernahm erst die Versicherung, und sie wurde dann aus dem Forschungstopf bezahlt. Wo also ist das Geld? Im Laufe mehrerer Jahre hat sie den Treuhandfonds aufgebraucht. Jede Abhebung erfolgte in bar und betrug genau neuntausendneunhundertneunundneunzig Dollar."

Der Betrag blieb unterhalb der Meldevorschriften der Bank. Alles über zehntausend wäre der Regierung gemeldet worden. Irgendjemand war gewieft. Irgendjemand wollte keine Aufzeichnungen darüber, was sie mit ihrem Geld anstellte.

„Gib mir den vollständigen Bericht." Es sah so aus, als sei Avery Charles nicht ganz so unschuldig, wie sie aussah. Sie war nur menschlich. Sie hatte ihre Geheimnisse.

Liam hatte die Absicht, jedes einzelne davon zu entdecken.

* * * *

„Kennen Sie einen Lachlan Bates?" Avery verputzte soeben das letzte Stück Sandwich, als ihr Chef ins Büro spazierte.

Sie war sich sicher, dass er gut zwanzig Minuten gebraucht hatte, um an seinen Schreibtisch zu gelangen. Als er sich geweigert hatte, seinen Rollstuhl zu benutzen, hatte er auf dem Weg vom Aufzug in sein Büro zwangsläufig angehalten und mit allen gesprochen. Aufzug. Sie hatte an den britischen Ausdruck für Aufzug gedacht, anstelle des amerikanischen. Sie war so europäisch geworden.

Sie wünschte, sie kennte wen, dem sie Postkarten hätte schicken können.

„Habe ich dich verloren, Liebes?" Thomas stand an ihrem Schreibtisch und lehnte sich schwerfällig auf seinen Stock, sein Gesichtsausdruck amüsiert. Er hatte seinen Stock in der rechten Hand und ein Tablet in der linken. Er benutzte das Tablet so, wie die meisten Menschen einen Laptop benutzten. Obwohl seine Beine gebrechlich waren, seine Finger und Hände waren es nicht. Sie hatte sie schon einmal über die virtuelle Tastatur fliegen sehen. Sie konnte nicht texten, ohne Anmut dabei zu missen.

Sie seufzte und konzentrierte sich wieder. „Entschuldige. Ich habe an was gedacht."

„Du hast an Lydia und Frank Charles gedacht, nicht wahr?" Thomas war immer brutal aufmerksam gewesen. Avery fragte sich manchmal, ob der Mann Gedanken lesen konnte. „Du bekommt diesen wehmütigen Gesichtsausdruck, wenn du an sie denkst. Ich wünschte, du würdest mir erlauben, mit ihnen Kontakt aufzunehmen."

Sie schüttelte den Kopf. „Ich versuch's weiter. Irgendwann vielleicht verzeihen sie mir." Wohl nicht, doch sie wollte ihn nicht bitten einzugreifen. Er hatte genug mit sich zu tun.

Thomas zwinkerte ihr zu. Er sah etwas älter als seine neununddreißig Jahre aus, als ob ihn der Schmerz zu zermürben begänne. Er war ein attraktiver Mann, doch die Anspannung um seine Augen ließ sie sich stets wundern, wie er mit dem ständigen Schmerz fertig wurde. Sein Oberkörper war fit und kräftig, sein Unterkörper jedoch schien dünn unter der Hose zu sein. Sie hatte seine Beine tatsächlich nie gesehen. Selbst an den heißesten Tagen trug er schwere Hosen. Er hielt sie völlig verborgen. Das konnte sie nachvollziehen. Sie erinnerte sich, wie es sich angefühlt hatte, als sie ihre eigenen Beine nicht hatte bewegen können. „Wenn jemand dieses Wunder vollbringen kann, dann bist du es, Avery. Du begreifst, dass sie dir nichts zu verzeihen haben. Du versuchst Gutes in der Welt zu tun. Dafür bewundere ich dich sehr."

Doch ihre Schwiegereltern verständen nie, warum sie getan hatte, was sie getan hat. „Danke." Es war an der Zeit, ein fröhlicheres Thema anzustimmen. „Anscheinend will dieser Lachlan Bates auch Gutes in der Welt tun. In der Größenordnung von zwei Millionen Dollar."

Thomas' braune Augen weiteten sich. „Zwei Millionen. Das ist eine schöne runde Summe. Wer ist dieser Typ? Ich habe noch nie von ihm gehört."

„Keine Ahnung. Soll ich ein Dossier über ihn zusammenstellen?" Thomas wusste gern, woher sein Geld kam. Er hatte einige große Spenden in der Vergangenheit abgelehnt, weil er nicht wollte, dass sein Geld für politische Zwecke missbraucht wurde. Sie warf einen Blick auf die Notizen, die Simon ihr gegeben hatte. „Und es ist nicht genau eine runde Summe. Die Spende beträgt   zwei   Millionen einhundertfünfzigtausendfünfhundertdreiundfünfzig. Was für ein seltsamer Betrag. Glaubst du, prozentual berechnet?"

Manchmal gaben religiöse Spender einen Prozentsatz ihres Einkommens.

Thomas blieb stehen, legte sein Tablet zur Seite und griff sich die Mappe. „Das ist seltsam, aber nicht ganz ungewöhnlich. Es ist möglicherweise ein Prozentsatz für seine religiösen Überzeugungen oder wahrscheinlicher für seine Steuern, je nachdem, wo er tatsächlich lebt. Ich werde mich darum kümmern. Mach dir keine

Sorgen. Du musst dich für mich ganz auf den Black-and-White-Ball konzentrieren. Es sind nur noch ein paar Wochen."

Es war ihre größte europäische Spendenaktion des Jahres. Das war genau der Grund, warum sie in London waren. Sie organisierte eine riesengroße Veranstaltung. Ihre Handflächen wurden leicht feucht, wenn sie nur daran dachte. Sie war nicht elegant. Sie war nicht einmal sehr gesellig. Warum plante sie eine Party für tausend europäische Prominente?

„Beruhig dich." Thomas berührte ihre Wange. Er war sehr liebevoll zu ihr. Er hatte sie immer ermutigt und unterstützt. Er war so etwas wie eine Vaterfigur geworden. „Du machst das schon. Du koordinierst genau richtig. Die Caterer und Designer haben einen unfehlbaren Geschmack. Folge ihren Hinweisen, doch scheue nicht davor zurück, ihnen deine Wünsche mitzuteilen. In Ordnung?"

„Ja, Sir. In der Tat muss ich runtergehen und mit den Floristen sprechen. Ich möchte sicher sein, dass wir den Markt weißer Tulpen in London aufkaufen. Der Planer der Veranstaltung sagte mir, dass sie momentan voll in Mode seien. Selbstverständlich versucht der Eventplaner nicht im Budget zu bleiben." Der Veranstaltungsplaner war ein reizender Mann namens Sascha, der mit dickem New Yorker Akzent sprach und neonfarbige Smokings bevorzugte. Sie war erst beunruhigt, doch sein Stil war raffiniert und elegant außerhalb seiner persönlichen Garderobenwahl.

Sie stand auf, nach ihrer Tasche greifend. Es war ein heller Tag, einer der wenigen. Sie wollte unbedingt im Sonnenschein spazieren gehen und nicht im Büro eingepfercht sein. „Bist du sicher, dass du nichts brauchst? Ich könnte es verschieben."

Er schüttelte den Kopf. „Keineswegs, meine Liebe. Geh nur. Genieß den Nachmittag. Du bist hiermit angewiesen, bis mindestens Montagmorgen nicht mehr in dieses Büro zu kommen." Er griff nach dem Tablet und nahm es behutsam mit dem Ordner Lachlan Bates' an sich. Er begann in Richtung seines Büros zu schlurfen. „Und wir sind nur noch für ein paar Wochen hier. Wenn du nicht durch das Britische Museum kommst, wirst du weder den Tower noch die National Gallery sehen, oder Churchills War Rooms besichtigen können. Wir werden eine Weile nicht mehr nach London kommen. Ich möchte nicht, dass du etwas verpasst. Und das

Eye. Mach auf jeden Fall einen kleinen Ausflug. Die Aussicht ist spektakulär. Geh jetzt."

Sie holte ihn ein und gab ihm eine impulsive Umarmung. Er schien für einen Moment überrascht. Sein Arm schlang sich um sie und drückte sie fest an sich. „Du bist zu gut zu mir, Thomas."

Er zog sich zurück. „Nein. Die Welt ist grausam gewesen. Ich bin genau das, was du verdient hast. Jetzt geh und amüsiere dich."

Sie zwinkerte ihm zu, als sie sich los in den wunderbaren Londoner Nachmittag machte.

* * * *

Thomas Molina stand am Fenster und tat das, was er am liebsten tat – er beobachtete, wie Averys Arsch hin und her schaukelte, während sie ging. Sie hatte eine süße, sexy Gangart, die seinen Schwanz jedes Mal hart werden ließ, wenn sie einen Raum betrat.

So süß. So unschuldig. So verfickt naiv, doch er hatte die Absicht, diese Unschuld zu seinem Vorteil nutzen.

Geduld. Sie erforderte Geduld. Sie hatte ihn heute zum ersten Mal von sich aus berührt. Sie hatte ihre Arme um ihn geschlungen und ihre Brüste an seiner Brust gerieben. Er hatte sie vorher schon umarmt, aber diesmal hatte sie die Zuwendung initiiert.

Was täte er dafür, sie auf seinen Schreibtisch zu schleudern und seinen Schwanz tief in sie hinein zu schieben. Er wollte sie mehr als er je eine Frau gewollt hatte. Sie war schnell zu seiner Obsession geworden.

Sie verschwand um die Ecke. Das war gut so, denn wenn er sie in seine Arme zöge und auf den Schreibtisch würfe, könnte das sein Spiel verraten.

Als er sich versichert hatte, dass seine Bürotür verriegelt war, schloss er die Jalousien und ließ den Stock an der Seite seines Schreibtisches baumeln. Verfickter Stock. Verfickter Rollstuhl. Er war auf keines der beiden angewiesen, doch Thomas Molinas Behinderung kam ihm von Zeit zu Zeit gelegen. Zu schade, dass der arme alte Kerl unter der Erde lag, auch dank seines eigenen lieben Bruders, der eine gute Gelegenheit wahrgenommen hatte, seinen von Partys geprägten Lebensstil zu finanzieren, als es sich angeboten hat.

Brian Molina war ein hoffnungsloser Drogenabhängiger gewesen. Er hatte es ziemlich gut versteckt, doch er hätte alles für noch einen Schuss getan. Sogar seinen Bruder töten und jemand anderem erlauben, seine Identität aus absolut ruchlosen Gründen anzunehmen. Es war wirklich zu schade, dass Brian schließlich auf die Nadel getroffen war, die seine Liebe nicht erwidert hatte. Eine Dosis reines, ungeschnittenes China White und es gab keinen Molina mehr, der hätte behaupten können, er sei nicht genau der, der er zu sein behauptete.

Er war seit Jahren schon Thomas Molina. Der arme Krüppel war so isoliert und einsam gewesen, dass ihn niemand in Frage gestellt hatte, als er den United One Fund übernommen hatte. Eine kleine Gewichtszunahme. Viel plastische Chirurgie, und er war reich und mächtig geworden und interessierte sich zutiefst für die Notlage der Menschen in Kriegsgebieten.

Ja. Er mochte Kriegsgebiete. Kriegsgebiete waren der perfekte Handelsort für das, was er gern verkaufte. Gewehre. Minen. Granaten.

Nunmehr Biokampfstoffe. Ja, die waren der Trend der Zukunft. Eine gute Biowaffe konnte eine Bevölkerung auslöschen, während die Infrastruktur erhalten blieb und darauf wartete, dass die Sieger die Macht übernahmen. Er war der verfickt blutrünstige Zuhälter-Daddy der Kriegsführung. Und er hatte das perfekte Transportsystem. Niemand überprüfte die Lieferungen des United One Fund. Niemand kam auf die Idee, den Heiligen der westlichen Welt in Frage zu stellen.

Er schmuggelte Waffen in Kriegsgebiete unter dem Deckmantel, Kindern Hilfe zu leisten.

Scheiß auf Kinder. Er wollte und brauchte sie nicht, wobei er in letzter Zeit angefangen hatte darüber nachzudenken, dass Thomas Molina eine Frau gut täte. Süße, naive, das-hab'-ich-auch-schon-erlebt Avery würde nicht mal hinterfragen, warum er das Licht ausließe, wenn er sie fickte. Sie würde ihm glauben. Sie würde ihn nicht in Frage stellen, weil er in jeder Hinsicht Thomas Molina geworden war.

Und das alles mit Hilfe der besten Organisation, die es gab. Der verdammten CIA. Nun, vielleicht nicht der gesamten CIA, doch mit der Unterstützung eines rechtschaffenen Bastards von Agenten war er von einem erbärmlichen Laufburschen zum Leiter eines Schwarzmarkt-Waffenimperiums geworden.

Es sollte einem Werd'-schnell-reich-Schema folgen. Doch das Problem bestand darin, dass ihm bewusst geworden war, dass er Gefallen an dem Spiel fand. Er mochte es, Thomas Molina zu sein. Er mochte die opulenten Partys und eleganten Versammlungen. Er mochte die Art, wie Avery ihn ansah.

Er konnte sich nichts vormachen. Er war in ihren Bann geraten. Sie hatte etwas an sich, das ihn zu ihr hinzog. Er hätte die kleine Närrin ganz für sich allein, doch würde sie seine Pläne nicht ändern.

Es wäre jedoch das Beste, wenn sie keine Verbindung mehr zu ihrem früheren Leben hätte. Ihre anhaltende Besessenheit, von ihren ehemaligen Schwiegereltern Vergebung zu erlangen, hielt sie zu sehr in ihrer Welt fest. Und er zog es definitiv vor, sie hätte keine Familie neben ihm, wenn er sie endlich eingebunden hatte.

Ein kurzer Anruf und es war erledigt. Er musste sie hin und wieder daran erinnern, wie sehr Avery sie verletzt hatte. Die Wunden waren tief, doch es war gut, sie ab und zu wieder zu öffnen. Das Letzte, was er wollte, war, dass Avery jemand anderem nahe kam als ihm. Er nähme sie mit hinaus in die ganze Welt, wobei er nie länger als ein oder zwei Monate an einem Ort bliebe. Sie wäre so gezwungen, sich an ihn zu klammern. Das Reisen schweißte sie zusammen. Schließlich könnte er sogar ein Heilmittel für seine Krankheit „finden" und in ihrer Nähe normal sein.

Doch zuerst musste er sich mit dem Sachverhalt Lachlan Bates befassen. Er öffnete den Ordner und nahm den kleinen Scanner von seinem Schreibtisch. Seine persönlichen Daten waren wichtiger als alles andere. Der Scanner schickte die Datei sofort auf sein Tablet, und er schloss das Original dann in seinem Stadthaus weg.

Lachlan Bates war kein Mann, sondern ein Code. Er hatte eine Lieferung, die nächsten Monat verschifft wurde. Lachlan Bates war der sorgfältig ausgewählte Code für einen neuen Käufer. Der Betrag der Spende war Schlüssel für die Art der Waffen, die jeweilige Anzahl und das Land der Lieferung. In diesem Fall war der Käufer sehr an Thomas' großer Lieferung von Maschinenpistolen des Typs P90 und mehreren anderen hochpreisigen Artikeln interessiert.

Es war perfekt. Das bedeutete, dass seine nächste Sendung komplett war. Es bedeutete, dass er etwa zehn Millionen damit machte.

Das Leben von Thomas Molina zu übernehmen hatte ihm einen schönen Haufen Geld eingebracht, seine Wohltätigkeitsorganisation zu einem Umschlagplatz für Waffengeschäfte zu verwandeln brächte ihm jedoch das ein, wonach er sich wirklich sehnte. Macht.

Er hätte die Macht und ebenso die Frau, die er wollte.

Avery war süß, so perfekt unschuldig.

Es lag an ihm herauszufinden, wie bestechlich sie war. Er freute sich auf die Arbeit.

Aber zuerst musste er sich mit dem Problem Eli Nelson befassen. Verfickt, er wünschte sich der ehemalige CIA-Agent wäre nicht entlarvt worden. Der Mann ging ihm schon auf den Sack.

Und Thomas mochte es nicht, wenn ihm etwas auf die Nüsse ging.

Kapitel Drei

Am folgenden Tag, während Avery auf die Mumie in ihrer Glasvitrine starrte, huschten ihre Gedanken woanders hin. Sie dachte an ihr Abendessen des vorherigen Abends. Adam und Jake waren ein so süßes Paar. Sie hasste es zuzugeben, doch sie hatte es genossen wieder amerikanischen Akzent zu hören. Adam hatte ein himmlisches Abendessen zubereitet, und sie hatte für kurze Zeit vergessen, wie einsam sie war. Sie versuchte heute nicht darüber nachzudenken.

In der Ägyptischen Galerie gab es viele wundersame Dinge, einige davon so schön wie in den griechischen und römischen Räumen, doch die Mumien waren definitiv auf ästhetisch weniger ansprechende Weise interessant. Sie stand in dem Raum mit einer Person, die vor Jahrhunderten gelebt hatte. Jahrtausenden. Eine innige Verbindung zu einem fernen Vorleben. Ihre Gedanken waren abstrus, aber es war ihr freier Tag. Sie konnte ihren umherschweifenden Geist tun lassen, was er so oft tat, und war nicht besorgt ein so umfangreiches Abkommen, wie das mit Lachlan Bates, das Thomas ihr entzogen hatte, in den Sand zu setzen. Es war seltsam gewesen. Üblicherweise mochte er sich nicht selbst um Sachen kümmern. Er hatte ihr wiederholt gesagt, dass er sie eingestellt hatte, damit er nicht mit den Leuten sprechen musste.

Aber sie war erleichtert, dass er sich mehr für ihre Spender interessierte. Möglicherweise bedeutete es, dass er geselliger war. Und es war nicht so, als spräche er nie mit Spendern. Er hatte in diesem Jahr drei Ordner von Monicas Schreibtisch geholt, je über eine Million Dollar.

Sie ließ los. Sie wollte heute nicht an die Arbeit denken. Sie wollte den Nachmittag damit verbringen Mumien anzustarren.

Hier fühlte sie sich nicht wirklich vertraut. Nicht, dass sie sich sonst vertraut fühlte. Sie war aus New York, doch es schien angemessen zu sein, das zu sagen. Zu denken. Solange sie es nicht laut sagte. Avery schaute sich um, doch niemand sah sie an, als sei sie eine Verrückte. Die Störung ihrer Impulskontrolle war in großen Städten viel besser zu verheimlichen. Keiner bemerkte das Mädchen, das Selbstgespräche führte, bei so vielen wirklich verrückten Leuten, die herumliefen. Gerade heute früh hatte sie ein Gespräch mit einem Mann in der U-Bahn geführt, der glaubte Heinrich der Achte zu sein und seinen Tower zurückhaben wollte.

Ja, sie sollte sich den Tower von London ansehen. Auf jeden Fall.

Mumien. Sie zwang sich, sich zu konzentrieren. Sie fühlte ein Lächeln über ihre Lippen gleiten. Es war so viel schöner, wenn sich ihre weitschweifenden Gedanken um Mumien und historische Stätten drehten, als um Bettpfannen und die Frage, ob ihre Beine jemals wieder funktionierten. Oder wo ihr Baby jetzt war, wo es nun nicht mehr in ihren Armen lag.

„So schlimm kann's nicht sein. Ich glaube, es macht ihm nichts aus hier festzusitzen."

Avery zuckte, als sie eine tiefe Stimme vom Rande einer besonders dunklen Überlegung wegzog. Sie drehte sich auf dem Absatz um und, wie bei jeder plötzlichen Bewegung, knickte ihr schwaches Bein unter ihr ein. Sie befand sich auf dem Weg, zu Boden zu fallen, nur dass sie diesmal direkt auf die alte, wahrscheinlich unbezahlbare Mumie zusteuerte. Gott, sie würde alle möglichen Alarme auslösen und hochkantig aus dem Museum und vielleicht auch aus England rausfliegen, und dann müsste sie eine neue Arbeit finden, und wer wollte eine Frau einstellen, die mumifizierte Leichen anpöbelte und verhaftet worden war?

Und auf einmal stoppte sie einfach. Zwei große Arme schlossen sich um sie, gaben ihr aus dem nahendem Chaos Auftrieb. „Geht es dir gut?"

Ohne auch nur einen Moment darüber nachzudenken, trieben ihre Arme nach oben und um seinen Hals, ihre Fingerspitzen streiften warme, köstlich feste Haut. Der dunkelhaarige Mann, den sie zuvor schon gesehen hatte, von dem sie gestern Abend phantasiert hatte, hielt sie in seinen Armen. Gelocktes, mitternachtsschwarzes Haar und Smaragde als Augen. Er war sündhaft in eine schwarze Motorradjacke und ein T-Shirt gekleidet, das seine äußerst wohldefinierte Brust ausformte. Musste er es eine Nummer zu klein kaufen? Musste er wie ein großes altes hinreißendes Törtchen von Mann rumlaufen, wenn sie so lange auf Diät gewesen war?

„Die Sprache verloren? Nun, die hässliche Fresse dieses Kerls täte mit mir das Gleiche."

Sie hatte ganz sicher geglaubt, er sei Brite. Sie hatte über einen lyrischen Akzent phantasiert, der seinem Mund entstammte, aber nein, er klang nach Mittlerem Westen, amerikanisch. Und sie sollte etwas sagen, da der Mann immer noch da stand und sie hielt, als wäre sie seine jungfräuliche Braut oder so ähnlich. Jungfrau. Das war sie nicht. Es sei denn, da wüchse nach zu vielen Jahren vaginalem Nichtgebrauch etwas nach. *Gott, sag was, Avery.* „Es tut mir so leid."

Er kräuselte die Lippen zu einem kleinen flirtenden Lächeln. Sie konnte ihre Augen nicht von ihm abwenden. Er war der allerschönste Mann, den sie je gesehen hatte. Auch wenn dieses Lächeln seine Augen nicht ganz erreichte. „Ich denke, ich bin derjenige, der sich entschuldigen sollte. Ich wollte dich nicht erschrecken. Es schien nur endlich an der Zeit zu sein mit dir zu reden. Ich folge dir schon seit Tagen. Wir scheinen denselben Geschmack zu haben, was Museen betrifft."

Er hatte sie auch bemerkt? Das war merkwürdig. Sie verschwand sonst im Hintergrund, wenn sie nicht gerade hinfiel. Sie war sich wohl bewusst, dass sie keine große Schönheit war. Sie sah nicht schrecklich aus, aber sie war unscheinbar attraktiv, was gewöhnlich eine energische Persönlichkeit erforderte, um richtig hübsch zu erscheinen. Sie war nicht gerade aggressiv. Sie war eher eine „beobachte aus der Ferne und träume" Art von Frau.

Es gab jetzt keine Distanz mehr zwischen ihnen. Gar keine. Sie konnte die Wärme seines Körpers an ihrem spüren, die Härte seiner Form. Wie lange war es her, dass sie festgehalten worden war? Berührt? Nichts dergleichen über Jahre hinweg, was nicht einen Therapeuten anbelangte, der ihre Muskeln massierte, um sie vor dem Verkümmern zu bewahren. Ihre Schwiegermutter hatte sie kein einziges Mal mehr berührt, seitdem sie erfahren hatte, was Avery getan hatte. Keine mütterlichen Umarmungen mehr. Sogar die paar Freunde zu Hause hatten sie behandelt, als sei sie zerbrechlich. Keine Berührung erlaubt, damit Avery nicht zerbrach. Der Prachtvolle Grünäugige schien nicht zu denken, dass sie zerbrach. Seine Arme waren eng um ihren Körper geschlungen und hielten sie fest an seiner Brust.

„Darf ich dich absetzen? Glaubst du, dass du stehen kannst?"

Sie fühlte, wie sie errötete. Sie machte sich komplett zur Idiotin. Er hatte sie nur aufgefangen, weil sie gefallen war. Mal wieder. Hätte sie jemals wieder das Gefühl, die Kontrolle über ihren Körper zu haben? „Ja. Es geht mir gut. Es tut mir so leid für die ganze Sache, beinahe eine Mumie getötet zu haben."

Er stellte sie auf die Füße, sie so lange festhaltend, bis sie stabil zu sein schien. Er lächelte zu ihr herunter, ein eindeutiges Vergnügen in seinen Augen. Sie schienen jetzt so viel wärmer zu sein als kurz zuvor. „Ich glaube, der ist schon tot, Schatz. Dem Sicherheitsmann wiederum hättest du fast einen Herzinfarkt verpasst."

Sie keuchte und schaute sich um. Tatsächlich stand der Museumsangestellte dort in Jackett mit Funkgerät an seiner Seite. Sein Gesicht war leicht gerötet, aber er hatte seinen Platz wieder eingenommen.

„Machen Sie sich nicht daraus, Ma'am. Frauen fallen bei diesem Anblick ständig in Ohnmacht." Der Sicherheitsmann zwinkerte in ihre Richtung.

Avery schenkte ihm ein Lächeln. „Nun, vielleicht ist Ägypten zu viel für meine Verfassung. Ich denke, ich werde jetzt etwas essen gehen und mich für diesen Anblick stärken." Es war wirklich an der

Zeit sich zurückzuziehen. Tief einatmen. Selbstbewusst lächeln. Sie wandte sich wieder dem heißen Typen zu. So nannten alle Frauen in den New Yorker Büros einen, der wie der Grünäugige aussah. Heißer Typ. Sie hatten Recht. Sie könnte wirklich einen Ventilator gebrauchen. „Vielen Dank für die Rettung."

„Kein Problem." Er schien auf etwas zu warten.

Es war ein unangenehmer Moment, doch eigentlich bestand ein Großteil ihres Lebens aus solchen. „Auf Wiedersehen."

Sie drehte sich vorsichtig um und hoffte einen anmutigen Abgang zu machen.

„Also, wie klingt das? Ich glaube, auf der anderen Straßenseite gibt es einen Fish-and-Chips-Laden." Heißer Typ hielt Schritt mit ihr. Nicht, dass ihm das schwer fiele. Er war so viel größer. Wahrscheinlich machte er einen Schritt zu den zweien ihrer leicht unbeholfenen.

Sie hielt inne. Er flirtete. Warum? Er gehörte deutlich nicht in ihre Liga. Sie war nicht gerade gut in solcherlei Dingen. Er war bei Weitem umwerfender als Simon, und ihr war nicht ersichtlich, warum er hinter ihr her sein sollte, was über die Folgen für seine Karriere hinaus ging. Dieser Typ kannte nicht einmal ihren Namen. Sie entschied höflich zu sein. Vielleicht tat sie ihm einfach nur leid. „Danke für das Angebot. Ich komme wirklich alleine klar. Vielen Dank für die Rettung."

„Gern geschehen", antwortete er, sich nicht rührend. Er blieb einfach vor der Treppe stehen und versperrte ihr den Weg. „Magst du Fish-and-Chips nicht? Du weißt, dass du dich in England befindest, oder?"

„Ja, ich weiß, dass ich in England bin." Aus der Fassung gebracht. Er brachte sie aus der Fassung. „Ich mag Fish-and-Chips sehr gern."

Ein breites Lächeln erhellte sein Gesicht. „Ausgezeichnet. Ich könnte ein Pint vertragen. Ich brauche auch eine Stärkung, bevor wir zu den Mumien zurückkehren. Ernsthaft, das sind schon ein paar hässliche Kerle. Warum sollte jemand wollen, dass sich ihre Körper so lange erhielten? Ich möchte sofort eingeäschert werden."

„Es war Teil ihrer Religion. Sie brauchten einen Körper, wenn sie ins Jenseits gelangen wollten. Ich bin mir ziemlich sicher, dass sie sich nicht vorgestellt haben, in einem Museum Tausende Kilometer entfernt zu landen und von Touristen angegafft zu werden." Sie war gerade dabei, über Toleranz gegenüber anderen Religionen zu streiten, doch das ging völlig am Thema vorbei. „Ich habe dich nicht gebeten, mit mir zu Mittag zu essen."

Er nickte, sich aus dem Weg hinauslehnend, um andere den Saal betreten zu lassen, doch blockierte immer noch ihr Vorwärtskommen. „Ja, du vergaßt. Ich gebe zu, es war ein wenig unhöflich von dir, aber ich hab' beschlossen zu glauben, dass du ein wenig abgelenkt warst, nach deinem Beinahezusammenstoß mit dem alten Tut.

„Das war nicht König Tut."

Er zuckte mit den Achseln. „Yeah, ich bin kein besonders großer Freund von ägyptischer Geschichte. Wir haben also beschlossen, dass du leicht abzulenken bist, was deine sozialen Fähigkeiten völlig beeinträchtigt, doch glücklicherweise bin ich ein sehr fokussierter Typ und kann für uns beide höflich sein. Ich kann dir zeigen, wie die höfliche Welt funktioniert." Er streckte eine große Hand aus. „Lee Donnelly. Ich arbeite im Bauwesen in den Staaten. Ich hab' gerad' einen großen Renovierungsauftrag in Dallas abgeschlossen und mir zwei Monate frei gegönnt, um ein paar Freunde hier in London zu besuchen. Jetzt kommt der Teil, wo du mir die Hand schüttelst und mir deinen Namen und deine Tätigkeit sagst."

„Avery Charles." Er hatte sie irgendwie in die Ecke gedrängt. Sie konnte nicht anders, als seine Hand zu nehmen. Sofort fand sie ihre Hand ganz in seine eingehüllt. Wärme durchströmte ihren Körper. Er hatte starke Hände, schwielig und rau von der Arbeit, so schön jedoch zu berühren. Lee. Sie mochte den Namen. Er war gediegen und männlich und einfach. „Ich bin die persönliche Assistentin eines Mannes, der einen Wohltätigkeitsfonds leitet."

Er nickte ihr zu, als sei sie eine langsam Lernende, die endlich begriffen hatte. „Sieh, das war gar nicht so schwer. Und du lebst hier in London?"

Sie wollte irgendwie weglaufen, doch sie hatte plötzlich das Gefühl, dass er ihr folgte, und dass er so viel schneller wäre. Sie war gefangen. In die Falle gelockt. Na, und warum sollte sie den

Nachmittag nicht mit dem schönsten Mann genießen, den sie je getroffen hatte? Es war nichts Schlimmes dabei. Sie verbrachte so viel Zeit allein, dass es schön wäre, mit dem gutaussehenden Fremden zu essen, und er wusste offensichtlich sonst nichts anzufangen. Er fühlte sich vermutlich genauso fehl am Platz wie sie und suchte nach etwas Gesellschaft. Denn, obwohl die Mitarbeiter des United One Fund freundliche Menschen waren, bat sie niemand mit ihnen zu Mittag zu essen. Sie hatten ihre eigenen Cliquen und Freundschaften, und so wäre es überall, wo sie und Thomas hingingen.

Was könnte es schaden eine Freundschaft zu schließen? Wahrscheinlich suchte er nur jemanden, der ihn zum Mittagessen einlud. Es könnte schön sein, sich mit jemandem unterhalten zu können.

„Ich komme aus New York", antwortete sie, die Schultern lockernd, die sie fast bis zu den Ohren angespannt gehalten hatte. Nun, da sie entschieden war ihn kennen zu lernen, war sie erpicht darauf ihm ein paar Fragen zu stellen. „Bist du aus Dallas?"

„Ursprünglich nicht, wobei ich die letzten Jahre dort verbracht habe. Wow. Es wird spät. Die Zeit vergeht wie im Flug, wenn man Spaß hat." Er bewegte sich aus der Tür, seine Hand bewegte sich in einer anmutigen Geste. „Lass uns wat zu freten holen, wie es in meiner Gegend heißt. Ich bin am Verhungern."

Sie folgte ihm aus dem Museum und hoffte die ganze Zeit, dass sie keinen Fehler machte.

* * * *

Liam folgte ihr bis zur Tür ihres Gebäudes.

„Danke, dass du mich nach Hause begleitet hast." Sie errötete wunderschön im frühen Abendlicht. Die Menschen eilten die Bishopsgate Street auf und ab, doch sie schien eine innere Ruhe zu haben, die sie von der rasenden Geschwindigkeit Londons abhob.

Er war überrascht, wie beschützend er sich in den letzten fünf Stunden verhalten hatte. Avery bewegte sich mit Vorsicht, wenn sie daran dachte, jeder Schritt gut durchdacht mit der Absicht, sie im Gleichgewicht zu halten. Wenn sie jedoch nicht daran dachte, lag eine süße Anmut in ihren Schritten, ein Schwingen ihrer kurvenreichen Hüften, die ihn verzückten.

Sie war völlig anders als jede andere Frau, die er jemals kennen gelernt hatte. Pfiffig. Süß. Liebenswürdig.

War das alles nur gespielt? Er glaubte nicht, daher war die Frage eher, wie sie sich mit einem Mann eingelassen hatte, der mit Eli Nelson Geschäfte machte.

„Was ist mit deinem Bein passiert? Es ist dein rechtes Bein, nicht wahr?" Er hatte während des ganzen Mittagessens und der Stunden im Museum darauf gewartet, dass sie es zur Sprache brächte. Die meisten Leute sprachen gern über ihren vergangenen Schmerz und brachten ihn als eine Art Entschuldigung für alle Dinge in ihrem Leben vor. Nicht Avery. Sie hatte ihn nicht ein einziges Mal erwähnt. Alles, was er in der ganzen Zeit, als sie durch das Museum gelaufen waren, aus ihr herausbekommen hatte, war, dass sie in New York geboren war. Sie hatte keine Geschwister, und ihre Eltern waren gestorben, als sie noch jung war.

Keine Erwähnung ihrer beschissenen Kindheit. Keine Erwähnung von alledem, was sie verloren hatte.

Sie errötete, sich auf die Unterlippe beißend. Fuck, er mochte ihre Lippen. Trüge sie glänzenden Lippenstift, hätte sie ihn schon vor Stunden abgetragen. Die hübsche rosa Farbe war ihr ganz natürlicher Ton, ihre Unterlippe eine üppige Schmolllippe. Als sie mit der Zunge darüber glitt, verhärtete sich sein Schwanz als Reaktion darauf. „Ich hatte einen Unfall. Einen Autounfall. Es hat meine Beine irgendwie beeinträchtigt. Ich bin immer noch schwach auf der rechten Seite, daher all die Beinahezusammenstöße. Sonst bin ich nicht so ungeschickt. Ich versuche meine Missgeschicke auf einmal pro Tag zu begrenzen."

Doch sie war abgelenkt worden. Er hatte sie in der letzten Woche sorgfältig studiert. Sie hatte Recht. Sonst war sie nicht so tapsig. Sonst ging sie mit umsichtiger Entschlossenheit ihres Weges, doch sie hatte den ganzen Nachmittag lebhaft geredet, als bereite es ihr eine besondere Freude, einen Begleiter auf der Tour zu haben.

Sie war einsam. Das konnte er sich zu Nutze machen.

Das Problem war, er begann zu glauben, dass er auch einsam war. Er hatte den Nachmittag mit ihr viel zu sehr genossen. Der

Wert seiner Verabredungen vergangener Jahre hatte darin bestanden, ein williges junges Ding aufzureißen und sie eine Weile zu toppen, bis er sie fickte und zum Taxipreis ihrer Wege entließ.

Er hatte bislang noch keinen so gemütlichen Nachmittag mit irgendeiner Frau verbracht, die einfach Kunst oder seltsame Hundestatuen betrachtete. Und doch hatte er sich ertappt, wie er den großen Marmorhund anstarrte, den jemand im antiken Griechenland vor Tausenden von Jahren gemeißelt hatte, Avery zuhörte, wie sie über die klaren Linien und die perfekte Konstruktion plauderte, und einzig und allein darüber nachdenken konnte, dass er vielleicht genauso wenig weiterkam wie dieser Hund. Womöglich war er aus Marmor gemeißelt, regungslos, unverändert, seit jenem Tag, an dem er seinen Bruder verloren hatte.

Es war dumm, doch fünf Stunden mit der Frau, und er hatte sich so entspannt wie seit Jahren nicht mehr.

Aber er hatte eine Aufgabe zu erledigen. „Ich habe in meiner Zeit einige Unfälle gehabt. Die Arbeit auf dem Bau kann für einen Mann die Hölle sein. Irgendwann erzähle ich dir von dem Loch in meinem Rücken. Mann gegen Nagelpistole. Nagelpistole gewann."

Er hatte die volle Absicht, ihr diese Erfindung zu erzählen, sobald er sie in die Horizontale gebracht hatte. Es gab keine Möglichkeit die Schusswunde, die er während seiner SAS-Jahre erlitten hatte, zu übersehen, die Nagelpistole aber war eine zweckdienliche Lüge.

Ihre Augen weiteten sich. „Das klingt schrecklich."

Er zuckte mit den Achseln. „Yeah, nun, mein Körper ist übersät von Narben, aber wer hat die nicht? Ohne ein paar Narben, hat man nicht wirklich gelebt."

Sie schämte sich wieder, ihr ganzes Gesicht errötend. Müsste er wetten, würde er sagen, sie wäre nicht in der Lage zu lügen, um ihr Leben zu retten. „Ich weiß, wie das ist. Vielen Dank für den schönen Tag. Es tat gut, jemanden zum Reden zu haben."

Sie waren wieder genau an dem Punkt, wo sie vor dem Mittagessen gewesen waren. Behutsam. Bedacht. Für einige Stunden hatte sie sich geöffnet und gelächelt. Für einen Moment hatte sie sogar seine Hand gehalten, als eine Welle von Menschen aus der U-Bahn in Holborn geströmt war. Sie hatten an den Gleisen gestanden, sich über alle Orte unterhaltend, die sie sehen wollte, und über alles, was sie unternehmen wollte, solange sie in London war, als sich die Türen der U-Bahn geöffnet hatten und geschäftige Londoner vorbei geeilt waren. Sie wären fast getrennt worden. Sie hatte die Hand ausgestreckt, die nach seiner suchte, mit einem nervösen Blick in den Augen, als ob sie die Menge erschreckte.

Er war von den seltsamsten Emotionen überwältigt worden. Er hatte sie nah an sich heran gezogen, als sie vom Gedränge überflutet wurden, und mit seiner linken Hand hatte er ihren Hinterkopf bedeckt und sie an seine Brust gezogen.

Und nun entließ sie ihn ohne auch nur ein weiteres Date? Das würde nicht passieren. „Der Tag ist noch nicht vorbei."

Sie runzelte die Stirn. „Was willst du von mir?"

Damit hatte er nicht gerechnet. Er hatte eine schamhafte Einladung ins Haus erwartet, oder den Versuch, sich ein weiteres Date zu angeln. „Ich mag dich."

„Du kennst mich doch gar nicht, und ich bin nicht blind. Es gibt viel hübschere Frauen, die allein nur diese Straße entlanglaufen. Ich habe den ganzen Tag darüber nachgedacht, und ich verstehe nicht, was du willst. Wenn du es mir bitte sagst, werd' ich sehen, ob ich es dir geben kann."

Er starrte sie einen Moment lang an, versuchend ihr Spiel zu verstehen. „Wovon redest du?"

Sie seufzte, als ob sie versuchte zu überlegen, wie sie das sagen könnte, was sie sagen wollte. „Ich hab' nicht viel Geld, aber wenn du 'was brauchst, kann ich dir ein wenig geben."

Er rückte ihr auf die Pelle, Wut begann in seinem Bauch zu wachsen. Was genau dachte sie, wer er war? „Du sagst mir gefälligst, wovon du redest, und tust es jetzt, Mädchen."

Verdammt, doch er hatte ihn nur beinahe verloren und war in seinen irischen Akzent verfallen.

Sie zitterte leicht, als er sie gegen das Gebäude drückte. Ihre Augen glitten von rechts nach links, nach ein wenig Hilfe suchend, doch jeder ignorierte sie. Liam zählte darauf. Es war eine große Stadt. Solange sie einfach nur um Hilfe schrie, ignorierte jeder ihre kleine Szene. Es war an der Zeit dieser Sub zu zeigen, wer hier wen toppte.

„Du hast ein Bild von mir im Kopf, Avery, nicht wahr?" Er war sich sehr wohl bewusst, dass seine Stimme tiefer klang, als sie sie den ganzen Tag gehört hatte. Es war die Stimme, die er beim Training einer Sub anwandte. Hart. Unnachgiebig. Dominant. „Mit einfachen Worten ausgedrückt. Ich würd's gern hören."

„Du machst mir Angst." Sie hob die Hände vor den Oberkörper, als ob ihn das vielleicht aufhören ließ.

„Und ich fühle mich beleidigt." Ihm schwebten zwei Vorstellungen vor, die sie wohl über ihn haben könnte. Beide waren beleidigend. Keine von beiden gerechtfertigt. „Korrigier mich, wenn ich falsch liege, aber glaubst du, ich bin mittellos und brauche ein Almosen?"

Sie wurde wütend, blickte auf ihre Hände. „Nein. Offenbar nicht. Du bist sehr gut gekleidet. Du hast offensichtlich Geld."

Es war also Tür Nummer zwei. „Du glaubst, ich hol es mir, indem ich Frauen für Geld abschleppe. Du denkst, wenn du mich zu dir nach oben einlädst, stimmst du zu mit mir Sex gegen Geld zu haben. Sag mir, Kleines, wie viel hätte ich von dir verlangt?"

Die Sub hielt ihn für einen Stricher, wie? Der Gedanke gefiel ihm gar nicht. Irgendwo in seinem Hinterstübchen wusste er, dass er darüber lachen sollte, doch es machte ihn einfach nur wütend. Sie war so süß und unschuldig, er nur der hässliche, ekelhafte, brutale Kerl. Es klang viel zu sehr nach seinem Zuhause.

„Hilft es, wenn ich dachte, dass du von hohem Wert bist, und ich mir Gedanken gemacht habe, dass ich das Geld nicht habe?" Diese großen Augen blickten zu ihm auf, weit aufgerissen und leicht verängstigt, doch mit einem Hauch an Frechheit in ihren Worten.

Er übte seine Überlegenheit mit Druck aus, ihr auf die Pelle rückend, bis sich ihre Körper berührten. „Nun gut, Avery. Wenn ein Mann schon beschuldigt wird sich zu prostituieren, ist das Mindeste, was ihm vorgeworfen werden kann, kostspielig zu sein. Und nein. Ich hatte nicht vor etwas in Rechnung zu stellen, aber wollte dir auf jeden Fall an die Wäsche gehen."

„Ich glaube nicht, dass das eine so gute Idee ist", begann sie.

Doch er hatte vom Sprechen die Nase voll. Den ganzen Tag mit ihr zu reden, hatte ihr wohl das Gefühl vermittelt, er sei zu dumm, keine Arbeit zu finden, die seinen Schwanz nicht mit einbeziehen würde. Dass sie seine Arbeit darstellte und definitiv seinen Schwanz mit einbezog, spielte keine Rolle. Alles was jetzt zählte, war einen sehr guten Eindruck auf die Dame zu machen.

Bevor sie noch ein Wort herausbrachte, folgte der Überraschungsangriff, mit gesenktem Kopf drückte er seine Lippen auf ihre.

Er hatte ihren ersten Kuss bereits geplant. Er hatte es wie ein Trainer betrachtet, der ein Fußballspiel plante. Er hatte jeden Moment im Kopf durchgespielt, jeder Schritt sollte das Maximum an Averys Vertrauen gewinnen. Behutsam. Sanft.

Die ganze sorgfältige Planung wurde geradewegs mit dem Wind davon geblasen, als seine Lippen ihre berührten. Er war überwältigt von dem Bedürfnis sie zu dominieren. Er hob die Hände, verstrickte sie in der weichen Wolke ihres Haars und nahm ihren Kopf zurück, um sich ihren Mund vornehmen zu können. Er drückte seine Lippen auf ihre, formte sie um die wie von einer Biene gestochene Unterlippe. Er saugte sie in seinen Mund ein und streichelte sie mit seiner Zunge. So prall und fest. Er wollte daran saugen und ein wenig daran knabbern. Ja, vielleicht mochte sie einen kleinen Biss Schmerz. Gott wusste, er tat es.

„Öffne den Mund für mich", forderte er. Er konnte sie zwingen es zu tun, doch er wollte ihre Hingabe. Er wollte, dass sie es wollte. Er hatte die volle Absicht zu verschwinden, sie sollte jedoch vorher heiß und verzweifelt sein. Er wollte, dass sie die ganze verfickte Nacht an ihn dachte.

„Ich glaube nicht..." Sie klang atemlos. Ihre Hände befanden sich noch immer an seiner Brust, drückten ihn aber nicht weg. Tatsächlich bewegte sie ihre Hände beinahe unruhig auf seiner Brust. „Gott, ich muss aufhören zu denken."

Sie drehte den Kopf nach oben und das war die einzige Einladung, die er brauchte. Er nahm ihren Mund ein, diese sexy Lippen öffneten sich für ihn. Seine Zunge tauchte hinein und sie war genauso süß und heiß, wie er sie sich vorgestellt hatte. Sein Mund verschlang ihren, verleitete ihre Zunge mit seiner.

Eine ganze Weile lag sie in seinen Armen und rührte sich nicht, doch dann glitt ihre Zunge beinahe schüchtern an seiner entlang, als hätte sie irgendwann im Laufe der Zeit vergessen sich mit diesem besonderen Spiel zu vergnügen, doch sie wollte es probieren.

Ihre Arme trieben aufwärts, und er spürte, wie sie sich auf die Zehenspitzen stellte, sich in den Kuss stürzte. Pure Lust strömte durch Liams Körper, als sie sich ihm öffnete.

Das. Das war es, was er seit dem ersten Moment, als er sie gesehen hatte, wollte. Diese süße, perfekte Harmonie, die zwischen ihnen herrschte. Jetzt gab es keine Mauer mehr, keine Skepsis. Es war ähnlich wie in der U-Bahn-Station, als sie Angst gehabt hatte, von ihm getrennt zu werden. Sie klammerte sich an ihn, als wäre er ihr Rettungsanker, als wäre er das Einzige, was zwischen ihr und dem Weggefegt-Werden stand.

Und es gefiel ihm. Er hatte nie eine anhängliche Frau gewollt. Er hatte ihnen nichts zu bieten. Deshalb hatte er sich für Frauen entschieden, die Bescheid wussten, die wussten, dass alles nur ein amüsantes Spiel war und das Einzige, was sie je aus ihm herausholen konnten, ein momentanes Vergnügen war.

Avery wusste nicht einmal, wie das Spiel hieß.

Und es war nicht wichtig. In diesem Moment war alles, was zählte, dass sie sich unterwarf und er in sie eindringen konnte. Wenn er einmal in ihr drin war, hatte er sie. Er würde verdammt sichergehen, dass, wenn sie in diesen Schlamassel verwickelt war, sie sich für die richtige Seite entschied, mit wem sie sich einließ. Sie täte es, weil er sie in so viel Freude verwickelte, dass ihre Loyalität ihm und nur ihm allein galt.

Er presste seinen Schwanz gegen ihren Bauch, um keinen Zweifel aufkommen zu lassen, was zwischen ihnen passierte. Er wollte ihr Geld nicht. Er wollte ihren Körper und ihre Geheimnisse. Ja, dafür ließe er sich nieder.

Sie zog die Arme enger um ihn herum, und er konnte fühlen, wie ihre Brüste an seine Brust stießen, als sich ihr Bein mit seinem verwirrte. Kontrolle. Seine wich dahin und es schien, als wäre ihre nicht weit davon entfernt.

Und dann knickte ihr Bein ein, ihr ganzer Körper erschlaffte.

Liam verstärkte seinen Halt und hielt sie aufrecht, doch der Moment war gebrochen.

Und er hätte sie verdammt nochmal fast auf der Straße vor dem Liverpooler Bahnhof gefickt, so dass jeder hätte zusehen können.

Die verdammte Polizeistation war keinen Block weit entfernt, und er hatte sich fast in der Öffentlichkeit auf sie gestürzt. Was zum Teufel war hier gerade passiert?

Er hatte fast alles vergessen.

„Es tut mir so leid", murmelte Avery.

Der Plan. Er hatte einen Plan gehabt, bevor er seinen verdammten Verstand verloren hatte. Sie hatte ihn beleidigt. Sie hatte versucht Mauern zu errichten. Er hatte sie zerlegt, doch manchmal war es besser, unter einer Wand hindurch zu schlüpfen, als sich direkt durch sie hindurch zu bohren. Er wollte, dass Averys Wände so sehr bröckelten, dass es ihr nicht wieder möglich wäre, sie wieder aufbauen zu können. „Tut's dir leid, dass du gefallen bist, oder dass du mich 'ne Hure genannt hast?"

Sie keuchte, der Klang versetzte ihn beinahe in Entschuldigungsmodus, doch das war der Plan, und er hielte sich daran. Er entschuldigte sich nicht.

„Gibt es hier ein Problem, Avery?"

Verfickter Adam. Er stand an der Tür des Gebäudes, eine Einkaufstüte in der Hand. Er schaute sie mit besorgter Miene an.

Avery schnüffelte ein wenig, während sie sich wegschob. Der Glanz von Tränen schien von ihren blauen Augen, ihre Unterlippe zitterte leicht. Fuck, wie hatte er jemals denken können, sie sei einfach? Sie war einfach umwerfend, und traf ihn direkt in den Bauch, als er sie weinen sah. „Nein. Überhaupt nicht. Mir geht es gut. Ich habe mich nur verabschiedet von meinem...Freund...ähm, diesem Typen, den ich kennen gelernt habe."

Doch für einen Moment heute hatte es sich angefühlt, als seien sie Freunde. Nur für ein paar Minuten hatte er aufgehört Agent zu sein und sich wie der Liam gefühlt, der er gewesen war, bevor er Rory verloren hatte.

Aber er war ein Arschloch von Agent und brauchte sie, um an den Mann ranzukommen, der ein Terrorist war oder auch nicht. Was auch immer passiert war, das konnte er nicht vergessen. Sie war ein Job und nichts weiter. Er hatte seinen Haken ausgeworfen und sie mit Sex geködert, doch ein wenig Schuld konnte nicht schaden.

„Denk darüber nach, wenn du heute Abend schlafen gehst, Schatz", knurrte er in ihre Richtung. „Ich wollte dich. Nicht Geld.

Dich, und du hast mich wie Dreck behandelt. Süße Träume."

Er drehte sich um und zwang sich davon zu laufen. Das nächste Mal, wenn er sie sah, hätte er die moralische Überlegenheit, und er würde sie zu seinem Vorteil nutzen.

Er stieg in die U-Bahn, hoffend und betend, dass die nächste Schlacht nicht lange auf sich warten ließ.

Kapitel Vier

„Willst du reden?", fragte Adam, als er die Schlüsselkarte in die Tür schob. „Was ist passiert?"

Was passiert war? Avery war sich nicht ganz sicher, außer dass sie es total versaut hatte und sie nahezu alles täte, um sich bei dem armen Mann zu entschuldigen. Er war absolut großartig gewesen, sie schrecklich und misstrauisch. „Ich glaube, ich habe diesen Mann gerade beschuldigt sich zu prostituieren."

Dieser Mann. Sie versuchte sich zu distanzieren. Sein Name war Lee.

Adam ließ beinahe die Tasche fallen, die er trug. „Ist das dein Ernst?"

Avery nickte.

„Heilige Scheiße. Warum bin ich nicht früher hier gewesen? Ich sah nur, wie ihr euch beide mitten auf der Straße aufeinander gestürzt habt. Habt ihr euch auf einen Preis oder so geeinigt? Na, komm. Lass uns rein und zu mir gehen. Du siehst aus, als könntest du einen Drink vertragen."

Sie konnte mehr als einen vertragen. Sie drehte sich um, um zu sehen, ob sie Lee in der Menge finden konnte, aber er war die Rolltreppe runter in der Tiefe des Liverpooler Bahnhofs verschwunden. Diesmal würde er nicht von ihrem schlimmen Bein gebremst werden. Sie war sehr beeindruckt gewesen, wie geduldig er sich verhalten hatte. London war eine rasende Stadt. Im Gegensatz zu den Staaten nutzte fast niemand eine Rolltreppe, um aus Spaß damit zu fahren. Sie war ein Mittel, um eine Person so viel schneller an ihr Ziel zu bringen. Sie war oftmals fast auf Rolltreppen niedergetrampelt worden, weil sie sich nicht schnell genug bewegen konnte.

Lee hatte sie einfach nach rechts geschoben und sich hinter sie gestellt, ein Arm um ihre Taille, um sie gegen die dahin hetzenden Pendler auszubalancieren. „Immer rechts stehen", hatte er ihr zugeflüstert.

Und sie hatte den Mann brutal beleidigt.

„Er ist weg, Avery. Komm mit hoch zu mir", bot Adam an. „Du kannst mir alles darüber erzählen, während ich koche."

Oder sie würde zu sich gehen und sich in ihrem Zimmer verstecken und ekelhaften Mikrowellenfraß zu sich nehmen. Nein. Wenn sich heute etwas für sie erwiesen hatte, dann das Bedürfnis nach mehr Geselligkeit. Vielleicht lernte sie somit, wann es angemessen und richtig war jemanden zu beschuldigen, der versuchte sie des Geldes wegen zu verführen.

Sie folgte Adam hinein. Der Concierge schaute von der Rezeption auf. Das Gebäude war eine Mischung aus Miet- und Eigentumswohnungen, die von großen Unternehmen gekauft und von ihren Mitarbeitern genutzt wurden. Der Concierge war die Gemeinschaft von Expats gewöhnt.

„Einen schönen Tag im Museum verbracht, Miss Charles?" Er war in einem perfekt gebügelten Anzug gekleidet.

Sie nickte. „Ja, danke, wobei ich befürchte, es ist Zeit für mich, 'was anderes zu sehen. Vielleicht können Sie mir morgen weitere Ausflüge vorschlagen?"

Er nickte. „Absolut. Ich werde Sie gut unterhalten, Miss. Herr Kelly, willkommen zurück. Ich hoffe, Sie hatten eine gute Zeit auf dem Markt."

„Absolut", antwortete Adam, als er den Knopf des Aufzugs drückte. Er geleitete sie

hinein, und schnell waren sie im siebten Stock, und er öffnete die Tür der Wohnung, die er und sein Partner bewohnten.

Avery kannte Jake und Adam erst seit kurzer Zeit, doch sie fühlte sich bereits völlig wohl mit Adam. Er hatte eine Art an sich, beruhigend auf eine Frau zu wirken. Sie musste sich keine Gedanken machen, warum er sich für sie interessierte, oder ob er überhaupt an ihr interessiert war, denn das war er schlichtweg nicht. Er war in seinen Freund verliebt, ein demonstratives Paar waren sie jedoch nicht. Als sie gestern Abend auf ihrer Terrasse saß, hätte sie sogar schwören können, dass sie flüchtig gesehen hatte, wie sie sich schlugen, aber es war wohl freundlich gemeint. Vielleicht waren Jungs einfach Jungs, egal ob schwul, hetero, oder...

Jake sprach am Telefon, als sie eintrat, seine Stimme beschwichtigend. Er war auch ein heißer Typ. Jacob war allzu kräftig amerikanisch männlich, während Adam zu den gut gekleideten und manierlichen Europäern passte, doch ohne Zweifel, der Mann trainierte.

Keiner von ihnen war so schön wie Lee. Hatte sie einen Fehler gemacht? Hätte sie ihm nachgehen sollen?

Sie war noch nie so geküsst worden. Nicht in ihrem ganzen Leben. Es war, als wäre die ganze Welt dahin geschmolzen, und nichts war wichtig, geschweige denn real außer ihm. Sie hatte sich an ihn geklammert, sich um ihn geschlungen und ihm vertraut, dass er sie hochhielt. Sie hatte mit ihrem Mann ein Kind gezeugt, aber nichts hatte sie auf Lees Kuss vorbereitet.

Sie zitterte immer noch, als sie nur daran dachte.

„Hey, Babe", sagte Adam, die Tüte auf dem Tresen deponierend. „Rate mal, was? Unsere kleine Nachbarin hat schließlich einen Freund und ihn dann der Hurerei beschuldigt, bevor sie noch eine Stichprobe genommen hat."

Jake klappte die Kinnlade ein wenig herunter. „Ist das dein Ernst? Wie ist er damit umgegangen?"

Sie tauschten einen langen Blick aus. Adam schien ein Lächeln unterdrückt zu halten. Er begann eine Flasche Wein zu entkorken. „Nicht so gut, wie es aussieht. Er schien ein wenig außer Kontrolle geraten zu sein, wenn du mich fragst."

„Schön", schoss Jake zurück. Er hielt seine Hand über dem Telefon. „Also musst du mit Avery hier reden und sicherstellen, dass sie okay ist, richtig?"

Avery schüttelte den Kopf. „Es geht mir gut."

„Sie ist am Rande in Tränen auszubrechen", sagte Jake, sie erstaunt anblickend. „Oh, Rand gebrochen. Liebes, du weinst. Du brauchst ein Glas Wein und eine Schulter, an der du dich ausweinen kannst. Warum erzählst du Adam nicht, was passiert ist? Er ist gut darin, furchtbare Situationen in Ordnung zu bringen. Er gerät selbst öfter in solche hinein."

Sie verfehlte nicht den Mittelfinger, den Adam unauffällig in Richtung seines Partners zeigte, aber er lächelte, als er sich zu ihr umdrehte. „Ich kann helfen."

„Problem beigelegt", sagte Jake. „Du kümmerst dich um Avery, und ich kümmer' mich um das andere kleine Projekt, das wir am Laufen haben."

Adam wurde rot. „Du Sohn einer...ja, Schatz. Ich schlage vor, du kümmerst dich jetzt darum. Ich muss das Abendessen vorbereiten. Deins könnte vergiftet sein."

Doch Jake sprach wieder in sein Telefon, Adam völlig ignorierend. „Yeah. Ich versteh', Boss. Kein Problem. Ich kann in zwanzig Minuten da sein. Nein, er hat noch was zu tun. Er wird nicht mit mir kommen. Er kommt überhaupt nicht mit."

Adam hielt die Augen kurz geschlossen, doch als er sie wieder öffnete, lächelte er sie an. „Komm schon, Liebling. Wir werden das auch ohne Jake schultern. Trink ein Glas Wein. Mir wurde versichert, dieser Chianti sei makellos. Setz dich an den Tresen und leiste mir Gesellschaft, während ich koche."

Mit einem kurzen Winken ging Jake zur Tür hinaus.

Die Wahrheit war, Jake machte sie ein wenig nervös. Und trotzdem hatte sie das Gefühl, dass gerade etwas zwischen den beiden Männern passiert war, und sie hoffte, dass sie nicht der Grund dafür gewesen war. „Ich kann wieder zu mir gehen."

Adam war wieder ganz sein höfliches selbst. „Auf keinen Fall. Für die kleine Aufgabe, um die sich Jake kümmert, ist eigentlich nur einer von uns vonnöten. Ich würd' lieber hören, was dir heute passiert ist."

Sie nahm einen Schluck Wein. Er lag vollmundig auf der Zunge. Ihre Zunge. Sie hatte sich außer Kontrolle gefühlt, als seine Zunge an ihrer entlang geglitten war. „Ich habe heute diesen Mann getroffen."

Adam nahm einen Schluck, bevor er sein Schneidebrett herauszog und sich daran machte, Gemüse zu schneiden. „Das war eindeutig. Wie ist sein Name, und warum warst du der Meinung, dass er dem ältesten Berufsstand der Welt angehört?"

„Sein Name ist Lee Donnelly, und er schien mich zu mögen", versuchte sie zu erklären.

„Und das macht ihn zu einem Stricher?"

„Kerle stehen nicht auf mich." Sie errötete wieder. „Ich hatte seit zehn Jahren keine Verabredung mehr."

„Du machst Witze." Er hielt inmitten des Schnitts inne. „Warum?"

Sie zuckte die Achseln. „Keiner hat mich gefragt."

Das war nur die halbe Wahrheit, doch sie wollte Adams Mitleid nicht. Also, sie wollte kein Mitleid, das über die ganze „sie bekam kein Date, dass sie vom Leben erlöste"-Sache hinausging. Das war schon erbärmlich genug.

„Das verstehe ich nicht, Avery." Adam widmete sich wieder dem Sellerie. „Was ist los mit den Männern in New York?"

„Ich denke, sie stehen auf hübschere Frauen." Und die Frauen, die nicht den größten Teil ihres Erwachsenenlebens in Krankenhäusern verbracht hatten. Und Frauen, die nicht jahrelang in tiefer Trauer gelebt hatten.

„Wir müssen an deinem Selbstwertgefühl arbeiten, Schatz." Adam schaute sie sich nachdenklich an. „Du bist hübsch. Du weißt es nur nicht. Und du kleidest dich nicht entsprechend deines Körpertyps."

Sie blickte auf ihren etwas konturlosen Pullover und ihre Jeans herab. „Es ist gemütlich."

„Ja, aber, Gemütlichkeit ist nicht gleich Sexappeal. Und ein Pullover mit *V*-Ausschnitt wäre genauso bequem, doch der würde dir nicht so den Oberkörper abschneiden, wie der mit Rundhalsausschnitt. Du hast Körbchengröße *C*, oder?"

Er schien viel über Brüste zu wissen, dafür dass er schwul war. Sie hatte 80*C*. „Ja. Warum?"

„Weil deine Brüste für einen Rundhalsausschnitt oder die Rollkragenpullis, die du trägst, zu groß sind. Du musst etwas mehr

Haut zeigen, um sie auszugleichen. Und deine Haut ist übrigens ziemlich schön. Du solltest mehr davon zeigen. Und ich würde eine Jeans mit 'nem kleinen Klunker am Hintern kaufen. Du hast einen schönen Arsch."

„Tu ich das?" Sie hatte nicht wirklich Bilanz ihres Hinterns gezogen, mit Ausnahme der Tatsache gezwungen gewesen zu sein, Jahr für Jahr darauf zu sitzen. „Ich habe ihn für etwas groß erachtet."

In der Art, wie er daraufhin grinste, begann sie sich beinahe zu fragen, ob da nicht ein Hauch an Bisexualität drin steckte. Es schien im Großen und Ganzen eine Beleidigung für Frauen zu sein, dass er mit Männern schlief. „Überhaupt nicht. Männer mögen ein wenig mehr Arsch in der Hose, wenn du weißt, was ich meine. Nun, Heteros tun das. Ich denke, es ist nur gerecht zu behaupten, dass dein Stricher auf etwas anderes scharf war als dein Geld. Hat er dich das Mittagessen zahlen lassen?"

„Nein." Lee hatte mit Nachdruck darauf bestanden, die Rechnung zu übernehmen. Sie hatte sie sich geschnappt, doch er hatte sie so lange eindringlich angesehen, bis sie ihm die Rechnung übergeben hatte, und hatte sich dann mit Freude darum gekümmert. „Und er hat auch später den Kaffee bezahlt."

Adam sah nachdenklich aus, als er eine weitere Tomate zum Würfeln auswählte. „Okay. Die meisten Stricher wollen eher, dass die Frau für alles zahlt. Sie neigen eher nicht dazu ihre Kundinnen zu beköstigen. Ihre Kundinnen beköstigen sie. Und davon abgesehen sollte man meinen, dass sich ein Stricher besser kleidet."

„Er war ganz gut gekleidet." Er sah äußerst gut aus. Ziemlich geil. Heiß. Gott, sie hatte den Kerl weggestoßen. Was war los mit ihr?

Adam schnaufte leicht und schüttelte den Kopf. „Er hatte einen Flecken auf der Jeans. Ich bezweifle, dass er's bemerkt hat. Ein Stricher hätt's bemerkt. Es sah wie Farbe oder sowas aus. Er hätte eine Anzugshose getragen. Anzugshosen sehen professioneller aus."

„Er sagte, er arbeite im Baugewerbe." Seine Hände waren voller Schwielen und rau, als ob er ständig mit ihnen arbeitete. Als ob er genau das täte, was er gesagt hatte, das er tat.

„Ach so, dann weiß er's wohl und es stört ihn nicht. Wahrscheinlich hat er sich bei der Arbeit eingeschmiert, und wie viele Heteros ist es ihm scheißegal, weil sie ihm noch passt. Auch hier, ein Stricher hätte sich mordsmäßig aufgedonnert. Er sah eher nach Verstümmelung aus, so wie er gekleidet war. Um ehrlich zu sein, ist er gar nicht so heiß. Bist du sicher, dass du ihn magst? Er scheint mir eher ein Mistkerl zu sein. Du weißt doch, einer, der herumläuft und Frauen küsst, die ihm nicht gehören. Soll ich ihm eine reinhauen, wenn wir ihn das nächste Mal sehen?"

„Er ist kein Mistkerl." Jetzt, wo sie sich nicht mehr in der Situation befand, sah sie die Dinge etwas klarer. Er war den ganzen Nachmittag nett gewesen. Er war ein wunderbarer Begleiter gewesen und hatte auf sie aufgepasst, und sie hatte es ihm vergolten, indem sie ihn schrecklich beleidigt hatte. „Er ist ein lieber Mann. Ich kann nur nicht nachvollziehen, was er in mir sieht."

Adam legte sein Messer weg, seufzend. „Ich denke, für heut' Abend ist kein Abendessen vorherbestimmt. Ich denke, du musst anfangen dich anders zu betrachten, sonst wirst du jeden Typen wegstoßen, der versucht sich an dich ranzumachen." Er machte eine Pause. „Du willst doch, dass sich ein Typ da draußen an dich ranmacht, oder? Ich beweg mich hier jetzt auf Glatteis. Stehst du auf Frauen, Schatz? Weil es nicht so aussah, als deine Zunge halb in seinem Hals steckte."

„Okay, ähm." Sie musste lachen. Sie hatte nicht halb in seinem Hals gesteckt. Es war genau der richtige Abstand in seinem Mund gewesen, so dass ihre Zungen in einer Weise aneinander rieben, die sie fast dahinschmelzen ließ. „Ich mag Männer. Ich weiß nur nicht, ob ich bereit bin. Ich war verheiratet."

„Ich dachte, du hättest seit Jahren keine Dates mehr gehabt. Wie alt warst du?"

„Kaum achtzehn." Sie war so jung und so richtig, richtig dumm gewesen, doch ihre kurze Ehe mit Brandon war eine bittersüße Erinnerung für sie, eine unverfälschte Zeit in ihrem Leben, in der sie geliebt und umsorgt wurde und die ganze Welt schien, als ob einmal alles richtig liefe.

Adam stieß ein Pfeifen aus. „Das ist jung. Wie lange bist du schon geschieden?"

„Ich habe mich nicht scheiden lassen." Sie hasste es, diese Unterhaltung zu führen. Es war wohl genau deshalb in Ordnung für sie Freundschaften zu vermeiden. Sie waren aufwändig und ungewiss, und sie war sich nicht sicher, ob sie wirklich mutig genug war sich herauszuwagen und sich zu öffnen. Und sie wüsste es nicht, bis sie es nicht versuchte. Sie konnte nicht durchs Leben stolpern und Menschen verletzen, so wie sie es heute getan hatte. Wenn sie das tat, dann hätte sie einfach in diesem Auto bleiben und mit Brandon und ihrem wertvollen Baby sterben sollen. Sie schuldete ihnen mehr als das Leben, das sie gelebt hatte. „Brandon ist gestorben."

Sie konnte sich nicht dazu durchringen, Madison zu erwähnen. Er musste nichts über Madison wissen.

„Schatz, es tut mir so leid, das zu hören." Adam legte seine Hand auf ihre, eine warme Erinnerung daran, dass er da war. Es hielt sie im Jetzt, während ihre Gedanken sonst in die Vergangenheit drifteten.

Das war es, was ein Freund geben konnte, das wurde ihr schließlich klar. Das war es, was Lee vielleicht hätte geben können. Vielleicht nicht auf lange Sicht, aber nicht viel in ihrem Leben hatte länger als eine kleine Weile angehalten.

„Danke, aber das ist schon lange her."

„Und seitdem hattest du keine Dates mehr?", fragte Adam.

Irgendwie war das Mitleid in seinen Augen jetzt nicht mehr so furchtbar. Vielleicht war es kein Mitleid, und sie sollte aufhören so darüber zu denken. Vielleicht war das, was einige Leute anboten, Empathie, und das war ein Geschenk. Verbindung. Schmerz konnte Menschen verbinden. Wenn man ihn mit anderen teilte und sie Verständnis entgegenbrachten, könnten Freunde vielleicht helfen den Schmerz zu lindern. „Nicht ein Mal."

Er runzelte die Stirn, aber seine Augen weiteten sich fragend. „Hmm, also wenn du kein Date hattest, dann befürchte ich das Naheliegendste. Richtig?"

Sie konnte sich absolut denken, was das Naheliegendste bedeutete. „Kein Sex."

„Oh, Schatz, das tut weh. Wir müssen zusehen, dass du flachgelegt wirst." Adam grinste. Er war hinreißend, wenn er grinste. Aber er ließ ihr Herz nicht so klopfen wie Lee. Lee hatte das allersüßeste Grübchen. Nur eines, auf der rechten Seite im Gesicht.

Rechts bleiben, Liebes. Sie hatte sich so behütet gefühlt, als er ihr Schutz geboten hatte, als wäre er ein Bollwerk gegen eine Welt, die darauf beharrte einzudringen.

„Ich hab' ein paar Freunde hier, die ich anrufen kann", bot Adam an. Er streckte eine Hand aus. „Zum Daten. Nicht zum Liebe machen, es sei denn, du willst es."

„Ich will ihn." Lee war derjenige, der all ihre weiblichen Teile erweckt hatte. Sogar ehe sie ein Wort mit ihm gesprochen hatte, war sie von Phantasien über ihn beflügelt gewesen.

Adam runzelte die Stirn. „Bist du dir sicher? Denn ich kenn' diesen Kerl, er ist sehr nett und wirkt nicht so wie ein Mistkerl. Im Ernst, ich kann ihn in etwa zwanzig Minuten hier sein lassen. Er ist so viel einfacher als der wütende Kerl mit Farbe auf der Jeans."

Aber sie mochte den wütenden Kerl mit Farbe auf der Jeans. „Ich will ihn. Ich will ihn zumindest finden, um mich zu entschuldigen."

Und erfahren, ob er vielleicht in Erwägung zieht, sie wieder zu küssen. Wahrscheinlich nicht. Sie hatte das wahrscheinlich zerstört, doch sie musste es versuchen. Sie konnte es nicht lassen. Sie würde es bereuen, und sie hatte in diesem Leben mehr als genug zu bereuen.

„Hast du eine Idee, wie du ihn finden kannst? Du sagtest, er sei Tourist, korrekt?", fragte Adam. „Hat er dir gesagt, in welchem Hotel er schläft?"

Sie dachte über ihr Gespräch in der Mittagspause nach. Er wohnte bei einem Freund in Chelsea. Das war nicht hilfreich. Sie hatten über alle Orte gesprochen, die sie sehen wollten. Er war konkreter geworden. „Er fährt morgen früh mit einem Freund zum London Tower."

Er hatte sie dazu eingeladen. Zu diesem Zeitpunkt hatte sie sich gefragt, ob das nicht wieder ein weiterer Versuch war, etwas Geheimnisvolles aus ihr herauszuholen. Es war ein Freundschaftsangebot gewesen...vielleicht mehr.

Adam schob das Gemüse in den Müll.

„Hey, hattest du damit nicht gerade etwas vorgehabt?"

„Das hatte ich", gab er ihr Recht, als er sich die Hände wusch. „Ich hab' vorgehabt eine wunderbare Pasta Primavera zu machen, wie sie mir ein Freund zu Hause beigebracht hat. Es ist eine von Jakes Lieblingsspeisen, doch während wir uns unterhalten, kostet er wohl gerad wieder am Pfläumchen. Süßes, honigsüßes, cremiges Pfläumchen. Yeah. Er stiehlt wohl auch gerad mein Stück Pflaume, weil er ein gieriger Bastard sein kann. Der kriegt heut' Abend kein Abendessen."

Sie war äußerst verwirrt wegen der ganzen Pflaumen-Geschichte. „Ich denke, er wird satt sein, wenn er zu viel Pflaumen isst."

„Oh, er kriegt nie genug von dieser Pflaume. Es ist eine Pflaume für die Ewigkeit. Er nascht einfach so lange an der Pflaume, wie es dauert. Arschloch." Er schenkte ihr ein strahlendes Lächeln. „Doch du und ich gehen einkaufen, und werden unsere Verschönerungsbehandlung mit einem brillanten Essen abschließen. Ich werd' dir beweisen, wie wunderschön du sein kannst. Na, komm, Avery. Vertraust du mir?"

Er streckte ihr eine Hand aus.

Neue Kleidung? Vielleicht Make-up? Es war nicht von Bedeutung, wenn sie nicht wirklich ein neues Leben wollte.

„Ja. Ich geh mit dir mit." Sie fühlte, wie ein Lächeln über ihr Gesicht huschte. Vielleicht sprach Lee nicht mehr mit ihr, doch wie er sie geküsst hatte, ließ sie fühlen, dass er wirklich interessiert war. Es war verrückt zu glauben, doch sie musste es versuchen.

Er war das Interessanteste, was ihr seit Jahren passiert war. Sie hatte sich, als sie den Job bei Thomas angenommen hatte, dazu entschlossen, neue Dinge auszuprobieren. Damals hatte es Museen und touristische Sehenswürdigkeiten und Berufsbezogenes beinhaltet.

Sie wollte jedoch Sex wagen. Sex haben mit einem schönen Mann, der sie wieder fühlen ließ. Es wäre nicht für immer. Es wäre nicht mal von langer Dauer, doch nur für eine kleine Weile, in der sie sich gewollt und geliebt fühlte.

Nur für eine kleine Weile.

„Ich bin bereit, wenn du es bist, Schatz. Lass uns die Stadt einnehmen." Adam schien bereit, sich in ein wenig Spaß zu stürzen.

Sie war es auch. Sie hatte es tierisch vermasselt, doch sie hatte einen Plan. Sie träte Lee gegenüber, und täte es auf die eine oder andere Weise. Kein Versteckspiel mehr.

Sie wäre Adam etwas schuldig. Vielleicht backte sie ihm eine Pastete. Er schien Pasteten wirklich zu mögen.

Sie folgte Adam in die Nacht hinaus, bereit von vorne zu beginnen.

* * * *

Liam lief stundenlang herum, sich über den Impuls hinwegsetzend zu Averys Wohnung zurückzukehren, sie zu seinen Füßen auf die Knie gehen und um Verzeihung bitten lassen. Er gäbe schließlich nach, aber nicht bevor er sie nicht ein wenig betteln ließe. Dann würde er ihr zeigen, wie nachsichtig er sein konnte. Er würde mit Spanking beginnen. Eine Sub sollte immer diszipliniert sein, das aber war nicht der Punkt beim Spanking. Es ging darum, sie heiß und bedürftig zu machen. Nur wenn sie ihn anflehte, gäbe er seinen Widerstand auf und ihr seinen Schwanz, der dann in eine enge, heiße Pussy glitt und sich für sie beide wie eine verfickte Erleichterung anfühlte.

Yeah, er täte nichts dergleichen.

Nachdem er sich vergewissert hatte, dass ihn niemand beschattete, machte er sich auf den Weg zurück zum Garden. Er musste einen Bericht einreichen. Was verfickt nochmal sollte er aufschreiben? Zielperson geschnappt, bevor sie einen nationalen Zwischenfall auslöst. *Zielperson gezwungen Fish-and-Chips zu essen. Zielperson fast auf der Straße gefickt.* Ja, das käme gut an. Ian gefiele das sehr gut.

Damon stand an der Rezeption, sich mit ein paar Männern unterhaltend. Ein Dom mit seinem männlichen Sub, wie es aussah. Vom Halsband des dünneren Mannes hing eine Leine. Damon nickte ihnen zu, als er Liam sah. Ein breites Grinsen machte sich auf dem Gesicht des Saftsacks breit, und Liam hatte die plötzliche Offenbarung, dass Damon auf dem neuesten Stand war, was sich heute zugetragen hatte. Der winzige Draht, den er trug, hatte alles aufgezeichnet, was er und Avery gesagt hatten, und ihm jederzeit Verstärkung zugesichert.

Verfickter Alex, der wahrscheinlich nicht abwarten konnte allen zu erzählen, was passiert war.

„Ich bin in der Gegenwart eines noblen Mannes von Welt", sagte Damon mit diesem scheiß-vornehmen Akzent. „Zahlt Ian dir nicht genug?"

Er zeigte dem Wichser seinen verlängerten Mittelfinger. „Verpiss dich! Wo ist Eve?"

Sie war die einzige, die ihm nicht die Hölle heiß machte.

„Li", rief Ian, als er die Tür öffnete, die zur Umkleidekabine führte. „Schön zu sehen, dass du doch beschlossen hast, dich uns anzuschließen. Ich war einen Moment lang besorgt, dass du dich für eine andere Karriere entscheidest. Was macht die Kunst?"

„Du mich auch, Ian." Er hatte es verkackt. Er war sich nicht sicher, wie, denn sie schien so glücklich, bis er versucht hatte eine Einladung in ihre Wohnung zu bekommen. Er war sich so sicher, dass sie an seinem Haken zappelte und er sie an Land ziehen könne.

Verfluchte Scheiße. Was, wenn sie ihn nicht mehr sehen wollte? Was, wenn er seine Chance verpasst hatte, sie ins Bett zu kriegen? Würde Ian Alex reinschicken? Würde er selbst reingehen? Der Gedanke fühlte sich nicht gerade gut an. Die Vision von Avery mit einem anderen im Bett fühlte sich wie ein Angriff an. Der Mann in ihrem Bett sollte er sein.

„Ich weiß, dass ich's verkackt hab'."

„Du bist viel zu schnell bei ihr vorgegangen", sagte Ian mit etwas Ernüchterung.

Er war schnelle Frauen gewohnt. Die meisten Frauen, mit denen er sich verabredete, hatte er gefickt, bevor er ihre Nachnamen kannte. Auf einmal schien das bedeutungslos. Kalt und einsam. „Sie schien auf dich anzuspringen."

Ian seufzte und setzte sich in Richtung Aufzüge in Bewegung. „Na los, ab nach oben. Eve sagte, sie erwartet dich. Damon, wenn's dir nichts ausmacht, einen Blick auf die Akten zu werfen, die ich dir geschickt hab'?"

Der große Dom nickte. „Kein Problem. Ich werd' dich wissen lassen, wenn mir etwas Ungewöhnliches auffällt."

Liam folgte Ian, sein Hirn nach einem geeigneten Argument durchforstend, das ihn im Spiel hielt.

„Ich lass' Damon alle Dateien durchsehen, die sich Adam über die Mitarbeiter des United One Fund angeln konnte", erklärte Ian, während er den Knopf des Aufzugs drückte. „Er hat ein gutes Auge. Er könnte 'was finden, was ich übersehen hab'. Oben im fünften Stock wohnen nur Alex und Eve. Ich hab' eine Wohnung hier in Chelsea gemietet, falls du die Wohnung deines Freundes präsentieren musst."

Es war alles Teil eines ausgeklügelten Plans, Avery glauben zu lassen, er sei ein Tourist.

„Naja, ich glaub', das brauche ich wohl nicht mehr. Wie lange hat's gedauert, bis er dir gesagt hat, wie sehr ich's verkackt hab'? Hat er dir das Band sofort geschickt oder dir nur eine Zusammenfassung gegeben?" Bitterkeit stieg in ihm auf.

Ian drehte sich um, mit überraschtem Gesichtsausdruck. „Sprichst du von Alex? Alex hat mir einen Scheißdreck erzählt. Er hat das Band oder den Bericht noch nicht eingereicht. Jake hingegen rief von Serena aus an und hat uns erzählt, dass Avery davon ausgegangen ist, dass du im Fleischhandel tätig bist."

„Ficker." Jake war angeblich sein Freund. Obwohl, Liam hätte wohl dasselbe getan.

„Alex ist professionell. Das ist alles, was ihm geblieben ist." Der Aufzug klingelte und Ian trat hinein. „Wann lässt du ihn endlich vom Haken?"

Liam zwängte sich hinein. Aufzüge in Europa waren fast wie die Autos. Klein, schlank, und nicht für übergroße Männer gebaut. „Was meinst du?"

„Er glaubt, du schläfst mit Eve."

„Was geht mich das an, Kumpel." Er zuckte zusammen. Er musste das lassen. Er war zu lang entspannt gewesen. Er musste in seiner Rolle bleiben, auch wenn sie allein waren. Er zwang sein irisch in die Knie. „Was zwischen mir und Eve passiert ist, geht ihn nichts an."

Ians Hand schoss heraus und der Aufzug blieb stehen. „Er liebt sie."

Das war offensichtlich. „Aber sie sind geschieden, und sie scheint nicht zu ihm zurückkehren zu wollen."

Ian knurrte ein wenig. Sein Standardzustand. „Ich hasse diese Scheiße. Er ist mein bester Freund und ist dabei einen schrecklichen

Fehler zu begehen. Wenn er sich wieder verabredet, werden alle verletzt sein. Siehst du, so 'ne Scheiße passiert dir in der Armee nicht. In der Armee läuft es sauber ab. Dein Kumpel hält dir den Rücken frei und das Einzige, was auf dich zukommt, ist eine Kugel oder 'ne Bombe oder so 'n Scheiß. Frauen sind viel gefährlicher."

„Was ist mit der CIA?"

Ian blieb stehen, seine Mundwinkel verzogen sich abwärts. „Nichts läuft da sauber. Das solltest du wissen."

Er hatte für einige europäische Geheimdienste gearbeitet, während er noch beim SAS gewesen war. Er wäre vielleicht vom Geheimdienst rekrutiert worden, wenn sein Leben nicht in die Luft geflogen wäre. Liam seufzte. Er schuldete Ian etwas. „Ich kann es ihm sagen, doch das heißt nicht, dass er mir glauben wird."

„Ich weiß." Er drückte auf den Knopf und der Aufzug setzte sich wieder in Bewegung. „Ich nehme an, dass du mir nicht erklären willst, warum du deine Nächte mit Eve verbringst, in denen du sie manchmal erst um zwei oder drei Uhr morgens verlässt?"

Liam drehte sich zu Ian um. „Was, verfickt nochmal? Lässt du mich beschatten?" Er seufzte. „Verflucht. Sag Alex, dass er aufhören muss sie zu verfolgen. Das ist echt unheimliche Scheiße."

„Er stellt ihr nicht nach. Als sie in der Firma angefangen hat, einigten Alex und ich uns auf bestimmte Sicherheitsvorschriften, was Eve angeht. Sie verließ das FBI unter äußerst harten Umständen, und es gibt ein paar Leute da draußen, die sie gern verletzt oder tot sähen. Sie hätte einem Leibwächter nicht zugestimmt."

„Ah, du lässt den Pförtner ihres Gebäudes jeden, der kommt und geht, durchleuchten." Er erinnerte sich an den Pförtner, der die Nachtschichten übernahm. Er war groß und kräftig und hatte das Aussehen eines ehemaligen Militärangehörigen. Ja, er sah ihn vor sich. „Und Alex hat seine Berichte über mich gelesen und falsche Schlüsse gezogen. Wir ficken nicht, Ian."

Er schuldete seinem Chef die Geschichte nicht. Er war Alex nichts schuldig. Warum also machte er den Mund auf und die Wahrheit kam ans Licht?

„Eve hat mich unter Hypnose gesetzt."

Die Tür des Aufzugs öffnete sich zum fünften Stock, und Ian

hielt ihn erneut an. „Du versuchst dich zu erinnern, was in dieser Nacht passiert ist, oder?"

Liam starrte vor sich hin. „Auf dass es mir Gutes bringt."

„Bist du bereit dafür? Du warst so lang nicht mehr an diesem Fall dran." Ians Gesicht schien nun verschlossen.

„Ich muss es für mich wissen. Kannst du dir vorstellen, wie es ist, wenn sich dein ganzes Leben verändert und du dich verdammt noch mal nicht mehr erinnern kannst, warum?" Es fraß an ihm. Er hatte es jahrelang unterdrückt, doch es sprudelte an die Oberfläche wie ein wütender Whirlpool, der ihn in die Tiefe zu zerren drohte. Er musste es wissen.

Ian stieß einen tiefen langen Seufzer aus und er nickte. „Sei nur vorsichtig. Manchmal entwickeln sich die Dinge anders, als wir uns wünschen. Ich hoffe nur, dass du nicht vergisst, dass die Vergangenheit Vergangenheit ist. Eve befindet sich im zweiten Raum links."

Liam lief langsam aus dem Fahrstuhl hinaus. „Danke. Und sag Alex, dass ich nicht mit seiner Ex bummer'. Soweit ich das beurteilen kann, vögelt sie mit niemandem. Sie führt ein Leben wie eine gutgekleidete Designnonne."

„Und Liam. Du hast es nicht verkackt. Adam hat mir 'ne SMS geschickt. Er geht mit Avery einkaufen, damit sie hübsch aussieht, wenn sie morgen nach dir sucht. Du hast wohl erwähnt, dass du dich mit einem Freund im Tower triffst. Sie plant dorthin zu kommen."

Seine Herzfrequenz stieg steilartig an. *Ein verficktes sehr gut, yeah.* Sie hatte den Köder geschluckt. „Schön."

Er hatte sie nicht verschreckt. Sie wollte ihn noch immer, und jetzt war er in der Machtposition. Sie fühlte sich schuldig, und er bekäme sie damit genau dorthin, wo er sie haben wollte – direkt ins Bett, wo er ihr ihre Geheimnisse entlocken konnte.

Und er entschied, ob er sie beschützen oder den Wölfen zum Fraß vorwürfe.

Er ging den Flur entlang und klopfte an Eves Tür. Er war schon einmal den Wölfen zum Fraß vorgeworfen worden. Er hatte überlebt. Er war sich nicht sicher, ob Avery Charles überlebte.

Eve ging an die Tür und ließ ihn herein. Es dauerte nicht lange, bis er sich wieder in der Hölle befand.

* * * *

Fünf. Er zählte fünf Leichen auf dem Boden. Nicht ganz. Die blumengemusterte Couch war mit zweien drapiert. Abscheuliche Sache. Wie etwas, das ein Studienanfänger in einem Second-Hand-Laden findet und zurück in seine erste Wohnung zerrt.

Sie. Er sah ein Foto von dem toten Mädchen, neben dem er aufgewacht war, an der Wand. Sie lächelte inmitten ihrer beiden stolzen Eltern. Ihre Haut war nicht Kalkfarben, und um ihren Hals lag kein Seil.

Die Zeit hatte sich verlangsamt. Er wusste, dass er in Panik geraten sollte, aber irgendwas ließ ihn innehalten. Sieh hin.

„Was siehst du?", fragte Eves Stimme.

„Körper. Blut." Liam konnte ihre Stimme hören, aber er befand sich in dem Moment. Er konnte den Gestank des Kais durch das offene Fenster riechen. Das verwirrte ihn. Er hatte sich nicht in der Nähe von Wasser aufgehalten. Der Pub, in dem er gewesen war, lag am Rande der Stadt. Er sollte sich mittags mit dem Geheimdienst zur Nachbesprechung treffen. Er sollte seinen Kontakten die Anleihen zeigen, um grünes Licht für das Treffen mit dem Waffenhändler zu bekommen.

„Ich habe die Anleihen nicht", hörte er sich selbst sagen.

„Nein, die hast du nicht. Rory hat die Anleihen. Siehst du Rorys Bündel?" Eves ruhige Stimme hielt ihn gefesselt.

„Nein. Ich sehe nur sie. Die Toten. Scheiße, warum kann ich mich nicht erinnern?" Es war die Geschichte seines Lebens. Die wichtigsten vierundzwanzig Stunden seines Lebens und alles, woran er sich erinnern konnte, waren Bruchstücke, Scherben eines Albtraums. Die Wahrheit war irgendwo in seinem Kopf vergraben.

„Keine Panik." Eves Stimme klang jetzt fester. „Verlier nicht den Faden, Liam. Vergiss nicht, dass du in Wirklichkeit hier bei mir bist. Du kannst jeden Moment zurückkehren, aber du bist sicher, bleib dort."

Es hatte sich nicht sicher gefühlt. Diese kleine Wohnung hatte sich in eine Leichenhalde verwandelt. Niemand hatte sich bei diesen Opfern um ein Seil bemüht. Allen war die Kehle aufgeschlitzt, ihre

Köpfe nach hinten gekippt, grauenhafte, blutig perverse Lächeln erzeugend.

Jemand hatte seine Arbeit genossen. Er hatte darin geschwelgt.

„Bleib, wo du bist, Liam. Geh in deiner Erinnerung nicht weiter. Sag mir, was du siehst. Nicht die Leichen. Ich weiß, dass du dich erinnerst. Was siehst du noch?"

Er zwang sich über das Blut hinwegzusehen. Die Einrichtung war davon beschichtet, der Teppich getränkt. Wohin er auch immer ging, er träte überall auf dem Teppich hinein. Er schaute zum kleinen Tisch vor der Couch. Er war mit Müll übersät, der Spiegel jedoch erregte seine Aufmerksamkeit. Es war ein alter Spiegel mit rosafarbenem Plastikgriff, aber es waren die Rückstände, die ihn wirklich zum Nachdenken brachten.

„Ich sehe Anzeichen dafür, dass jemand Koks geschnieft hat. Eve, ich hab' das Zeug noch nie in meinem Leben angefasst. Die SAS hätte mich am Arsch. Sie überprüfen es von Zeit zu Zeit und fast immer vor und nach einem solchen Einsatz. Sie tun es eventuell unter dem Deckmantel einer ärztlichen Untersuchung, doch jeder weiß, wonach sie suchen."

Er hatte noch nie auch nur einen Joint geraucht. Er hätte nicht mal zum Spaß auch nur etwas Koks geschnupft. Rory war eine andere Geschichte. Rory war spontan. Manchmal zu spontan. Er war impulsiv, und es war wichtig, Rory auf dem Boden zu halten, sonst könnte er ihn verlieren.

Pass auf deinen Bruder auf, Liam. Er braucht dich. Er konnte die Worte seiner Mutter selbst unter Hypnose noch immer hören. Sie waren Teil seines Lebens geworden. Sie waren zu seiner Schmach geworden.

„Bleib bei mir", sagte Eve.

Er atmete tief durch. Dies, so hatte Eve erklärt, war wie ein Gemälde, wo er im Zentrum stand und lediglich beobachtete. Er konnte die Erinnerung kontrollieren, sie verlangsamen oder zur Beschleunigung zwingen. Solange er die Kontrolle behielt, war er sicher. „Ich erinnere mich an keinen dieser Menschen. Nicht die geringste Ahnung von ihnen, selbst wenn sie noch lebten. Auf dem Boden liegt eine Rechnung des Pubs. Dort müssen wir sie getroffen haben, doch wir sind kilometerweit entfernt. Kilometerweit von dem

Gasthaus, wo wir übernachteten."

„Ich möchte, dass du jetzt ruhig bleibst, Li. Ich möchte, dass du das Telefon wieder klingeln lässt. Ich möchte, dass du Rory für mich findest."

Das war der Moment, in dem er zwangsläufig die Kontrolle verlor und das Nachsinnen übernahm. Genau hier schaltete sein Gehirn immer ab, und er erwachte schreiend aus der Hypnose.

Doch etwas war anders. Er fühlte sich ruhiger, gelassener. Er konnte es tun.

Das Telefon klingelte. Er hasste das Geräusch, doch er ließ es klingeln. Es klingelte, ihm den Weg zu etwas führend, das er nicht finden wollte.

„Du musst ihm folgen, Li. Es ist in Ordnung. Das ist vor Jahren passiert. Es kann dir jetzt nicht mehr wehtun."

Sie lag falsch. Dies hätte immer das Potential ihn zu vernichten. Es war das Versagen seines Lebens. Trotzdem ließ er das Klingeln in seinem Kopf ertönen. Er stand einen Moment lang da, als die Zeit begann zu beschleunigen. Er konzentrierte sich darauf in diesem Moment zu verweilen. Er fühlte das Telefon in seiner Hand, wie seine Finger zu kämpfen schienen, es festzuhalten. Seine Knie fühlten sich schwach an, ein Brechreiz stieg in seinem Magen auf.

Und dieser Geruch. Von Blut und dem Kai. Jemand hatte ein Fenster offen gelassen. In der Ferne konnte er die Docks sehen. Er hörte das Geräusch von schäumendem Wasser. Befanden sie sich auf dem Wasser?

Liam zwang sich, sich umzudrehen. Der Anrufbeantworter ging wieder ran. Rory hatte nichts persönlich aufgezeichnet. Es war nur eine Computerstimme, die ihn aufforderte eine Nachricht zu hinterlassen, und dann ein langer Piepton.

Doch er hatte das Klingeln lang genug gehört. Er legte den Hörer auf und sah es. Das, was er nicht sehen wollte.

Rorys Stiefel lagen auf dem Boden. Sie ragten knapp über den Rand der Couch hinaus. Irgendwas stimmte nicht mit den Stiefeln. Es lag an der Art, wie sie auf dem Boden lagen. Sein Hirn konnte den Eindruck nicht ganz verarbeiten. Was war falsch an den Stiefeln? Er schüttelte den Kopf. Die Stiefel konnten nur eines bedeuten.

Sein Bruder lag auf dem blutgetränkten Boden.

„Rory?" Seine Stimme klang kleiner, jünger. Ein Junge nach seinem jüngeren Bruder rufend. *Bitte steh auf. Bitte.*

Was ist passiert? Nichts. Keine Bewegung. Die Stiefel lagen still, als hätte sie jemand dorthin gemalt, und sie waren nicht echt. Als ob sie etwas wären, das er nicht erreichen und anfassen kann.

Und das Läuten begann wieder.

Sein Telefon. Jemand rief ihn an.

Nicht rangehen. Nicht rangehen. Nicht rangehen.

Panik stieg in ihm auf. Feuer schien aus seinen Augenwinkeln aufzuflammen. Kontrolle. Er verlor die Kontrolle. *Nicht rangehen.* Er starrte auf das Telefon. Schlimme Dinge würden passieren, wenn er an das Telefon ginge.

„Wach auf, Li. Komm da raus."

Liam konzentrierte sich. Er war in Eves Zimmer. Verfickt. Er wischte sich den Schweiß weg. Er tropfte ihm die Stirn herunter und in die Augen. Er stand auf. Er hatte sich hingelegt. Verwirrung. Er hasste das Gefühl. In dem einen Moment hatte er noch das Klingeln des Telefons gehört, und im nächsten war er hier und tat Gott weiß was.

„Du hast versucht aus dem Fenster zu steigen, Li. Du schienst absolut die Absicht gehabt zu haben dich aus dem Fenster zu stürzen." Eve war außer Atem, ihre stets perfekte Kleidung zerknittert. Ihre Hände zitterten leicht.

„Habe ich versucht, dich zu verletzen?" Verfickte Scheiße. Es war das Letzte, was er tun wollte. Eve war seine Freundin. Sie versuchte ihm zu helfen, und wenn er ihr wehtat, könnte er sich das nie verzeihen. Hatte er nicht schon genug Menschen verletzt, die ihm in seinem Leben wichtig waren? Warum lernte er es nie?

Sie schüttelte den Kopf. „Nein. Das hast du nicht. Liam, du hast mir nicht wehgetan. Du hast nur versucht aus irgendeinem Grund aus dem Fenster zu steigen. Ich musste dich aufhalten, und es war knapp." Sie atmete tief durch. „Ich glaube, du bist nahe an etwas dran."

Ja. Er war kurz davor, seinen verdammten Verstand zu verlieren. Er fuhr sich mit einer Hand durchs Haar. „Diesmal bin ich weitergekommen."

Eve streckte die Hand aus und nahm seine Hand in ihre. „Du hast die Kontrolle viel länger behalten. Es wird besser. Doch nächstes Mal sollten wir jemanden mit etwas mehr Kraft im Oberkörper dazu einladen."

Er drückte ihre Hand und zog sich dann zurück. „Das denke ich nicht."

„Warum? Li, Ian würde dich nicht für etwas verurteilen, das vor Jahren passiert ist. Wie ich Ian kenne, weiß er wahrscheinlich mehr, als er zugibt. Er hätte dich nicht ins Boot geholt, wenn er dir nicht vertraute."

„Wenn Ian etwas wüsste, warum sollte er es mir dann verdammt nochmal nicht sagen?" Ian wusste nichts. Das war unmöglich. Wüsste er was, hätte Ian es ihm gesagt. Ian war die einzig verdammte Person auf der Welt, der er völlig vertraute. Ian hatte ihn gerettet, als alle Beweise gegen ihn sprachen.

Auf wackeligen Beinen fand Eve zurück zu ihrem Stuhl. „Wenn Ian dachte, dass du noch nicht bereit bist, hätte er es vielleicht vor dir verheimlicht. Ich behaupte nicht, dass er von irgendeinem Scheiß weiß, Li. Ich sage nur, dass er wahrscheinlich den Vorfall geprüft hat, auch wenn du ihn gebeten hast, es nicht zu tun."

Das hatte er nicht. Liam hatte selbst Nachforschungen angestellt und ein paar Leute angerufen, denen er vertraute, doch alles, was er herausfand, war, dass er und Rory als vermisst galten und für tot erklärt wurden.

Und die einzigen Erinnerungen, die ihm von der ganzen verdammten Angelegenheit geblieben waren, bevor er mit Eve die Therapie begonnen hatte, war im Wasser mit Blut an den Händen zu sich gekommen zu sein, und an die Stiefel. Er erinnerte sich an das tote Mädchen und die Leiche von Rory, und dass die Anleihen verschwunden waren.

Er war mit dem Gesicht nach unten erwacht und wäre beinahe ertrunken, mit keinerlei Rückbesinnung, wie er dorthin gelangt war. In einem Moment hatte er auf die Stiefel seines Bruders gestarrt, und im nächsten lag er im Wasser.

Als er aus dem Wasser gestiegen war und ihm bewusst wurde, wie tief er in der Scheiße steckte, rief er Ian Taggart an.

Acht Stunden später saß er in einem Flugzeug in die Staaten.

Liam setzte sich und traf ein paar Entscheidungen. „Wenn Ian etwas wusste, dann hatte er einen Grund, es vor mir zu verheimlichen. Er ging vermutlich davon aus, dass ich noch nicht bereit war es zu erfahren. Er war derjenige, der mir half das Gebäude zu finden, in dem ich mich befunden hatte, und er war derjenige, der herausfand, dass es noch am selben Morgen explodiert war.

Eve lehnte sich nach vorn, ihren Augen strahlten vor Klugheit. „Ich glaube, du wusstest, dass das Gebäude explodiert. Deshalb wolltest du heut Abend aus dem Fenster steigen."

„Nun, keiner von uns hat der Zeitung ihre Erklärung eines Gaslecks abgekauft", sagte Liam. „Ich hab' versucht dutzenden Hinweisen zu folgen, und sie alle endeten im Nichts. Keiner wusste, wohin die Anleihen verschwunden sind. Wenn sie benutzt worden waren, dann mit absoluter Diskretion. Der Waffenhändler, den wir erledigen wollten, verschwand auf mysteriöse Weise wie vom Erdboden."

„Du hast mir nie gesagt, warum du deine SAS-Gruppe nicht kontaktiert hast, um zu erklären, was passiert ist.

Das war einfach. „Ich weiß ja nicht, was passiert ist. Nicht wirklich. Ich glaube, jemand hat mir was in den Drink gemischt und danach ist alles verschwommen. Sie vermuten, ich sei gestorben. Ich hielt es für das Beste, es dabei zu belassen. In den ersten Jahren hab' ich noch versucht herauszufinden, was passiert ist, und dann nach und nach aufgegeben. Ich glaub', ein Teil von mir hat sich stets Gedanken gemacht.

„Li, du hast das Mädchen nicht getötet."

Ihr Gesicht verfolgte ihn immer noch. Er fand ihren Namen erst viel, viel später heraus, doch ihr Gesicht erschien ihm jede Nacht. „Es war mein Seil. Was, wenn ich es in einem Rausch von Drogen getan habe? Was, wenn ich sie alle getötet habe?"

„Wenn du sie alle getötet hättest, wüsstest du, wo die Anleihen sind. Das ist alles kein Zufall. Du wurdest als Sündenbock benutzt. Irgendjemand hat die Anleihen gestohlen und du solltest dafür verhaftet werden, doch sie haben ihre Arbeit zu gut gemacht. Die SAS traf die Entscheidung, dass auch du bei der Explosion gestorben bist. Sie glauben wohl, dass die Anleihen zerstört wurden, und das sind sie wahrscheinlich auch."

Liam bezweifelte das. Warum den Ort in die Luft jagen? Es machte keinen Sinn. Nichts davon tat es. „Ich bekam in dieser Nacht einen Anruf."

Eve nickte. „Ja. Das war das weiteste, wie wir bisher gekommen sind. Wir sind noch nie über den Fund von Rorys Leiche hinausgekommen. Dieser Anruf hat dich zum Fenster laufen lassen. Es könnte erklären, warum du schließlich im Wasser aufgewacht bist. Wir müssen herausfinden, worum es ging und wer es war. Du musst da nochmal hin. Nimm dir ein paar Tage Zeit. Mach deine Arbeit. Denk nicht darüber nach. Wenn du so weit bist, versuchen wir es wieder, doch ich brauch Verstärkung, die mir Rückendeckung gibt, falls du nochmal vorhaben solltest, einen Kopfsprung zu machen, Li. Ich weiß, du willst Antworten, aber ich lass es nicht zu, dass du dich dafür umbringst."

Er stand auf. Er war fertig für die Nacht. Er brauchte ein Pint oder besser zwölf, um die Bilder aus dem Kopf zu kriegen.

Der Kerker befand sich unten. Er könnte seine Erinnerungen im Körper einer Sub den Flammen übergeben, während er es ihr ein- und austrieb, bis er endlich Schlaf fand.

Eve folgte ihm aus dem kleinen Raum, den sie als ihr Büro nutzte. „Sag mir 'was, Liam."

Er drehte sich um, erschöpft und bereit den Teil seiner Nacht begrüßen zu können, der nicht eine Überprüfung seiner Alpträume beinhaltete. „Was?"

„Was denkst du über das Charles-Mädchen? Dein erster Instinkt. Hat sie etwas mit Eli Nelson zu tun?"

Eine Vision perfekt blauer Augen ergriff ihn. Sie war zunächst so schüchtern gewesen, doch als sie nachgab, hatte sie sich so um ihn geschlungen, als könne sie nicht genug kriegen, als könne er ihr niemals genug geben, um sie ganz und gar zu befriedigen. Als ob sie ihn für den Rest ihres Lebens wollte.

„Wenn sie involviert ist, hat sie keine Ahnung, wer er ist. Es ist, als ginge ich in einen Raum, in dem sie mit rauchender Pistole in der Hand steht und ein toter Körper auf dem Boden liegt, und ich suchte stets nach dem Mörder. Sie ist unschuldig." Nach dem einen Tag, den er mit ihr verbracht hatte, gab es für ihn keinen Zweifel mehr.

Es wäre ihr nicht möglich eine Entscheidung zu treffen, die jemandem eine Verletzung zufügen könnte.

Eve nickte, während sie die Tür öffnete, um ihn herauszulassen. „Das entspricht meiner Einschätzung. Mein Profil ist das einer sehr mutigen jungen Frau. Sie hat viel durchgemacht, Li. Wenn sie unschuldig ist, warum solltest du ihr dann noch mehr zumuten?"

Weil er sie so sehr wollte, dass er sie immer noch auf seiner verfickten Zunge schmeckte. Weil sich sogleich, als er wieder an sie gedacht hatte, all diese elenden Vorstellungen verflüchtigt hatten, und er nur noch sie sah. Weil sie anders war. „Nur weil sie unschuldig ist, heißt das nicht, dass sie nichts weiß. Wahrscheinlich weiß sie gar nicht, dass sie was weiß."

„Adam könnte es ohne sexuelle Komponente herausfinden. Als guter Freund. Über den Verrat eines Freundes kommt sie vielleicht leichter hinweg als über den eines Liebhabers. Vor allem, weil ich bezweifle, dass sie davon schon viele hatte. Du hast vor mit ihr zu schlafen, nehme ich an."

Er würde mit ihr schlafen. Er würde sich in ihr ertränken, bis er nicht mehr klar sehen konnte. „Ich werd' versuchen, ihr nicht wehzutun, aber ich muss mich ihr nähern. Hast du an den Umstand gedacht, was passiert, wenn es gefährlich wird, und sie jemanden braucht, der sie beschützt?"

Ja. Er ließ es großzügig klingen. Er wollte die Tatsache verbergen, ein gieriger Fucker zu sein, der sie benutzte, um sich selbst zu vergessen. Eve brauchte das nicht zu wissen.

Sie seufzte, als ob ihr klar wäre, dass sie diesen Kampf nicht gewinnen konnte. „Na, denn. Vergiss nicht, dass sie noch immer zerbrechlich ist. Sie muss nicht noch mehr Menschen verlieren, die sie liebt."

Avery würde ihn nicht lieben. Sie käme zu ihm, weil sie etwas noch nicht gefunden hatte. Sex. Lust. Hingabe. Doch lieben würde sie ihn nicht. Er war nicht liebenswert. Das fände sie schon noch früh genug heraus.

Er schloss die Tür hinter sich und spürte lediglich die Augen, die auf seinen Rücken gerichtet waren.

Mutterfickender Alex. Er stand um die drei Meter entfernt, Liam anstarrend.

„Weißt du, das ist erbärmlich, McKay. Du hast dich in einen zweitklassigen Stalker verwandelt." Er würde an dem Burschen vorbei und runter in den Kerker flitzen. Er nähme sich die erste hübsche Brünette, die er finden könnte.

„Ich mach' mir nur Sorgen um sie." Alex' ganzer Körper schien in sich zusammengesackt zu sein. Er schüttelte den Kopf und drehte in Richtung Flur um. „Sie ist eine Wahnsinnsfrau. Behandle sie gut."

Fuck. Fuck. Fuck.

Alex stieg in den Aufzug, und Liam joggte hinterher, um ihn einzuholen. Er stieg ein und drückte aufs Erdgeschoss, um zur Bar zu gelangen.

„Ich kauf dir jetzt ein Pint. Du wirst mir gefälligst zuhören und aufhören mich anzusehen, als sei ich der Spielplatz-Tyrann, der dir dein Lieblingsspielzeug weggenommen hat. Ich schlaf nicht mit Eve. Sie ist meine Therapeutin, und wenn du lachst, behalte ich mir das Recht vor, dir in die Eier zu treten."

Er war zutiefst amüsiert über Alex' schockierten Blick.

Er könnte nicht mit einer anderen Person schlafen. Er wollte nur mit Avery schlafen. Vielleicht war ein Geständnis die bessere Alternative. Er hatte gehört, dass ein Geständnis gut für die Seele sei.

Und Bier. Viel Bier.

Kapitel Fünf

Avery blickte auf den weißen Prunkbau vor ihr. Der Tower von London. Sie stand am westlichen Eingang, erstaunt auf diejenige Sehenswürdigkeit blickend, die an die zahlreichen historischen Hinrichtungen erinnerte, und fragte sich, wie sie jemals glauben konnte ihn hier zu finden. Eine Schar Touristen lief um den Ticketschalter. Der Tower war riesig. Sie fände ihn niemals hier, und sie hatten keine Telefonnummern ausgetauscht.

Sie kam sich wie eine Idiotin vor. Sie stand dort in zu engen Jeans und einem Pulli, der ein tiefes *V* ausformte, das direkt auf ihre Brüste zeigte, und sah nicht die geringste Spur von Lee. Es war wahrscheinlich das Beste. Sie sah bescheuert aus. Sie brachte kein sexy Aussehen zustande. Adam hatte ihr beibringen müssen, wie sie sich schminken konnte. Sie war sich noch immer nicht sicher, ob sie gut aussah.

Tränen stiegen ihr in die Augen, während sie ihre Handtasche umklammerte. Sie hatte es dermaßen verkackt und bekäme keine zweite Chance bei Lee. Er vergaß sie, wahrscheinlich hatte er das bereits. Er fände eine Frau, die keine Mauer um sich herumführte. Sie fühlte sich ein wenig wie der Tower. Umgeben von Mauern, unwillig, jemanden rein oder raus zu lassen.

Sie hatte in der Nacht zuvor von ihm geträumt. Sie hatte

geträumt, dass er sie nicht auf der Straße geküsst hatte. Sie hatten sich in ihrem Schlafzimmer geküsst. Er hatte sie gehalten und berührt, und sie hatte keine Angst gehabt. Sie war offensiv gewesen. Sie hatte so viel gegeben, wie sie konnte. Sie war hinreichend Frau für ihn gewesen.

Sie war in heißem Schweiß aufgewacht und konnte immer noch sein Gewicht auf ihrem Körper spüren, das sie runtergedrückt hielt. Er hatte sie festgenagelt, und sie so gezwungen ihn zu nehmen, doch sie hatte es geliebt.

Und das würde nicht passieren, weil sie so eine klägliche Idiotin gewesen war.

Sie blickte sich um. Es war die richtige Zeit, aber es waren einfach so viele Leute da. Wenn sie am Ticketschalter stände, könnte sie ihn vielleicht finden. Es sei denn, er hätte die Karten woanders gekauft. Es waren eine Menge Touristenpakete in London erhältlich.

Schwer seufzend ging sie zum Ticketschalter und wartete. Es war eine Art Selbstkasteiung. Sie gab der Sache eine halbe Stunde und ginge dann. Oder vielleicht kaufte sie einfach eine Karte und verbrachte den Tag hier. Allein.

Ihr Handy klingelte. Sie zog es heraus, wissentlich, wer es war. Keiner außer Thomas rief sie an, obwohl sie Adam ihre Nummer gegeben hatte.

Ihre Schwiegereltern hatten die Nummer ebenfalls, doch sie riefen niemals an, und das wusste sie.

„Hallo, Thomas."

Sie hörte ein warmes Glucksen am anderen Ende der Leitung. „Was macht das Museum heute?"

Er hatte ihr tagelang zuhören müssen, wie sie über das British Museum und all seine Wunder gesprochen hatte. Während ihrer Spaziergänge durch den St. James Park hatte er sich nach allen Räumlichkeiten erkundigt und war ein äußerst höflicher Begleiter gewesen. Er muss sich zu Tode gelangweilt haben. Jedes Mal wenn sie ihn gefragt hatte, ob er mitkommen wollte, hatte er eine berufsbedingte Ausrede gefunden. „Ich habe mich dieses Wochenende einer Veränderung unterworfen. Ich bin im Tower."

„Sehr schön, meine Liebe. Ich freue mich, dass du dich

zerstreut. Wir werden nicht für immer in London sein. Wir werden bald nach Dubai weiterziehen müssen."

In den Büros in Dubai koordinierte der UOF die meistern seiner Hilfsprogramme für Afrika und Asien. Thomas bestand darauf aktiv zu sein. Ihr war mitgeteilt worden, dass er viele Verabredungen in Dubai wahrnähme. Weitaus mehr, als er es in London tat. Er hatte nur drei Gebertreffen besucht, seitdem sie den Teich überquert hatten.

Drei Treffs. Und das waren nicht die größten Geldgeber gewesen. Was hatte Thomas dazu bewogen, sich Zeit für diese Zusammenkünfte einzuräumen? Wie tickte ihr Chef wirklich? Das war eine Frage, die sie sich seit dem Tod seines Bruders immer häufiger gestellt hatte. Brian war derjenige gewesen, der sie einander vorgestellt hatte. Sie kannte ihn eigentlich erst seit ein paar Monaten, doch er war sehr nett gewesen. Sie hatte bei der Beerdigung an Thomas' Seite gestanden.

Sie wartete immer noch auf seinen bevorstehenden Zusammenbruch. Er käme. Niemand war so stark, einen Bruder zu verlieren, ohne weinen zu müssen.

„Ich bin bereit. Zudem machen wir diese Reise jährlich, oder? Wir werden nächstes Jahr wieder in London sein."

Seine Stimme klang nun leise und etwas intimer. „Das werden wir, Avery. Wir werden uns auf eine Routine einspielen, du und ich. Im nächsten Jahr plane ich etwas mehr Freizeit ein, so dass ich mir die Sehenswürdigkeiten mit dir ansehen kann. Ich weiß nicht, ob es mir gefällt, dass du allein in London herumstreifst."

Mit wem sollte sie sonst noch herumlaufen? „Ich habe eine Menge Spaß gehabt."

„Ich weiß, dass du den hattest, und habe es genossen dich aufblühen zu sehen", sagte er. Es gab einen Moment von Stille, bevor er wieder sprach. „Ich habe mich gefragt, ob du dich heute etwas einsam fühlst. Vielleicht könnten wir zu Mittag essen. Ich fürchte, der Tower ist ein bisschen zu viel für einen Mann meines Alters."

Sie konnte nicht anders, als ein klein wenig zu lachen. „Du bist nicht viel älter als ich."

„Oh, nicht in Jahren gemessen, Liebes, doch in allem anderen, was zählt, bin ich ein alter Mann. Ich muss mich am Montag mit diesem Kollegen Bates treffen, und das bedeutet, dass ich erst am Dienstag wieder im Büro bin. Warum kommst du nicht vorbei und leistest mir etwas Gesellschaft?"

Sie schnupperte ein wenig. Es sah nicht so aus, als hätte sie etwas Besseres zu tun, und Thomas klang einsam. Vielleicht konnte sie ihm helfen sich auf das Treffen mit Bates vorzubereiten. Es war komisch. In der Regel hielt er sie eng an seiner Seite, doch er bestand darauf, diejenigen Spender allein zu treffen, für die er sich überhaupt entschied sie zu sehen. Ihr Chef hatte ein paar kleine Macken, doch darin waren die Reichen wirklich anders. „Nun, ich glaube nicht, dass meine Verabredung auftauchen wird, also könnte ich wohl eine Weile vorbeischauen und mich beim Schach vernichtend schlagen lassen."

„Eine Verabredung? Ich hatte nicht die geringste Ahnung, dass du jemanden triffst. Ist es Theresa? Sie scheint ziemlich nett zu sein."

Theresa arbeitete in der Werbung und im Marketing für die UOF. Sie war zehn Jahre älter und verbrachte ihre gesamte Freizeit mit ihrem Mann und ihren fünf Kindern. „Nein. Nicht Theresa."

Sie konnte seine Missbilligung am Telefon hören. „Nun, ich hoffe, nicht mit den jüngeren Mädchen, Avery. Sie können ziemlich wild sein. Mir gefällt der Gedanke nicht, dass du bei ihren Sperenzchen mitmischst."

Manchmal klang er wie ein überfürsorglicher Vater. „Es ist niemand aus dem Büro. Es ist ein Mann, den ich gestern im Museum getroffen habe, doch es sieht nicht so aus, als würde er noch auftauchen."

Es gab eine lange Pause. „Ich habe nicht gewusst, dass du nach männlicher Gesellschaft suchst."

Was war los mit Thomas? Sein Tonfall klang ohne Zweifel eisig. „Ich war nicht wirklich auf der Suche. Er hat mich irgendwie aufgegabelt."

„Nun, es ist wohl das Beste, wenn er nicht auftaucht. Männer nutzen Frauen wie dich aus." Seine Stimme klang sogleich wieder weich wie Seide. „Ich erwarte dich also in etwa zwanzig Minuten, oder so in etwa? Ich lasse den Koch ein schönes Mittagessen zubereiten."

Seine Worte verschwanden irgendwo in den Hintergrund, denn Lee stand direkt vor ihr. Er war nicht zu verwechseln. Er starrte sie an, während die Hitze dieser smaragdgrünen Augen sie fast versengte. Sie konnte nicht sagen, ob er stets vor Wut glühte oder glücklich war sie zu sehen. Sie wusste nur, dass sie sich seiner so sehr bewusst war.

Ihr Herzschlag beschleunigte sich. War es Wollust? Liebe auf den zweiten Blick? Das spielte nicht wirklich eine Rolle, denn sie fühlte zum ersten Mal seit Ewigkeiten etwas. Sie hatte sich vorgemacht, dass es ihr gut ginge, dass sie die Tragödie überwunden hatte und wieder zu leben begonnen hatte, doch alles, was sie gefühlt hatte, waren nur Echos der echten Gefühle gewesen.

Das war es, was sie seit Jahren vermisst hatte. Herzklopfende Leidenschaft bei seinem Anblick.

„Ich muss gehen, Thomas. Er ist da." Sogar in ihren eigenen Ohren klang ihre Stimme gehaucht.

„Was? Avery, wir sollten darüber reden. Was weißt du über diesen Mann?"

Sie wusste, dass er des Wartens überdrüssig geworden war. Lee pirschte sich an, die Distanz verringernd.

„Leg auf, Avery", sagte er mit einer tiefen Stimme, die keinen Ungehorsam duldete. Yeah, das gefiel ihr irgendwie auch.

„Wir sehen uns Dienstag, Thomas. Es tut mir leid, dass ich es nicht zum Mittagessen schaffe." Sie legte den Hörer auf und schaute auf. Er drang in ihren Raum ein, sie somit zwingend den Kopf nach hinten zu legen, um ihn anzusehen. Es war eine unverfrorene Demonstration seiner Alpha-Männchen-Dominanz. Er war größer. Hochgewachsen. Er war stärker. „Hallo, Lee."

Sein dunkles Haar fiel ihm über die Stirn, als er zu ihr runter starrte. „Bist du zu dem Schluss gelangt, dass du dir meine Person leisten kannst?"

Tränen stiegen ihr in die Augen. Verdammt, sie hatte sich geschworen, dass sie nicht weinte. „Wirst du dafür sorgen, dass ich es bereue hergekommen zu sein?"

Wenn es sein musste, entschuldigte sie sich und ginge dann. Es war ein dummer Fehler gewesen, doch sie hatte nicht beabsichtigt ihn zu verletzen.

Seine Augen wurden etwas weicher, seine Hand kam vor, um ihr Haar zu berühren. Er strich eine lose Strähne von ihrem Gesicht. „Warum bist du hier?"

Sie konnte ihr Gesicht vollkommen wahren. Sich entschuldigen und gleich wieder losmachen und brauchte niemals zu wissen, ob er sie zurückwies. Er könnte vollkommen in ihre Fantasie verbannt werden. Sie wäre in Sicherheit. Sie könnte sich auf den Weg zu Thomas machen und den Nachmittag mit Schachspielen und Tee trinken verbringen, und würde nie wissen, ob Lee ihr Leben verändert hätte.

„Weil ich möchte, dass du mir verzeihst, dass ich so viel Angst hatte."

Er blickte auf ihre Brust hinab, unverhohlen auf das Tal ihrer Brüste schauend, die oh so einsehbar waren, weil Adam sie überzeugt hatte, dass ein Pulli mit V-Ausschnitt eine leckere Idee sei. „Hast du dein Aussehen für mich verändert?"

„Ich wollte hübsch aussehen." Wenn er sie auslachte, bräche sie sogleich zusammen.

Ein strahlendes Lächeln kreuzte sein Gesicht, als käme die Sonne hinter den Wolken hervor. „Du kannst nicht nicht hübsch aussehen, Avery. Du bist wunderschön. Und dir ist verziehen. Sag mir was, Schatz. Bist du hergekommen, um einfach nur eine gute Freundin zu sein? Ich hab' dir ganz deutlich gesagt, was ich von dir will."

Sex. Gott, er wollte Sex. „Ich bin nervös. Ich kenne dich nicht wirklich."

„Dann solltest du mich kennenlernen."

„Du wirst wieder abreisen. Du wirst in die Staaten zurückkehren."

„Nicht so bald. Ich bin für ein paar Monate hier, und dann werden wir sehen. Avery, ich werd' dich nicht drängen. Lass uns hier ein bisschen umsehen, und wir werden sehen, wo es hingeht. Ich mag dich. Betrachten wir den heutigen Tag als ein Date und sehen weiter. Kannst du mir so weit vertrauen?"

Er zog sich zurück und ihr war es wieder möglich zu atmen. „Ja. Ich möchte den Tag mit dir verbringen."

Sie war sich nicht sicher, ob sie dem schnellen Abschleppversuch gerecht werden konnte, doch auf ein Date konnte sie sich einlassen. *Gott.* Sie hatte ein Rendezvous. Er streckte die Hand aus, wobei er seine langen Finger durch ihre hindurchfädelte. Wärme breitete sich auf ihrer Haut aus.

„Na komm. Ich möchte dir meinen Freund vorstellen. Sein Name ist Ian. Lass dich nicht von ihm erschrecken. Er sieht nur so aus, als verspeiste er kleine Kinder zum Frühstück."

Avery folgte ihm. Der Tag klang definitiv vielversprechend.

* * * *

Thomas starrte auf das Telefon in seiner Hand, eine unheilige Wut drohte ihn zu ergreifen.

Was zur Hölle dachte sie, was sie da tat? Hatte sie 'nen Einheimischen aufgegabelt? Oder einen verflucht verfickten Touristen?

Er hätte darauf bestehen sollen, dass sie hier bei ihm wohnte, aber nein, er hatte sie in die winzige Wohnung Brians geschickt, die er gewöhnlich genutzt hatte, weil er noch nicht so weit war, sein Spiel zu spielen. In Dubai hatte er vor sich mit einigen Ärzten zu treffen, die „findige neue Therapieformen" zur Stärkung seiner Beine anwenden könnten. Er hatte auch ein paar plastische Operationen von höchst ungewöhnlicher Art geplant. Thomas Molina hatte in seinem elenden Leben viele Wirbelsäulenoperationen über sich ergehen lassen müssen. Das Fehlen von Narben hatte keine Rolle gespielt, bis er beschlossen hatte, Avery in sein Bett zu kriegen. Sie würde nach Narben und dünnen Beinen Ausschau halten. Er musste einen Vorwand dafür haben, dass sie doch stärker waren, als sie ausgesehen hatten. Den Huren, denen er Geld zahlte, war das scheißegal, sie wussten nicht mal, wer er war.

Wer er sein sollte. *Fuck.* Manchmal brachte es das alles durcheinander. Er musste den verfickten Stock loswerden, damit er wieder Mann sein konnte.

Dieser Stock machte ihn krank, und Gott, wie sehr er diesen verfickten Rollstuhl hasste. Er war ein Mann. Ein brillanter Mann, der sich bis an die Spitze gemordet hatte, und dass er Avery nicht einfach verschlingen konnte, machte ihn nervös. Sie sollte in seinem Bett liegen, um seinen Schwanz bettelnd.

Er sollte ihr Gott sein.

Vielleicht war sie doch nicht so unschuldig, wie er gedacht hatte.

Wer war dieser Wichser?

Molina atmete tief durch. Er war nicht durch seine Impulsivität dorthin gelangt, wo er jetzt war. Er war auch ein brillanter Menschenkenner. Avery war süß und einsam, und er hatte schlicht zu lang darauf gewartet, seinen Zug zu machen. Er hatte es rausgeschoben, weil sich der Umgang mit Eli Nelson jetzt schwieriger gestaltete, wo er die Agentur verlassen hatte.

Nelson war eine Gefahr für alles, was ihm lieb und teuer war. Nelson war auch für den Deal mit Lachlan Bates unersetzlich.

Zehn Millionen waren zu viel, um sie außer Acht zu lassen, nur weil sein Schwanz mit einer spielen wollte, für die er nicht bezahlen musste.

Er zwang sich, sich zu beruhigen. Wenn er sie nochmal anrief, könnte er sie verlieren. Er musste den unterstützenden Boss spielen. Er hatte von Anfang an Recht gehabt. Er musste sie von der Herde trennen. Er brauchte sie allein und verwundbar.

Das war ein langfristiges Spiel, und er war verdammt gut in langfristigen Spielen. Geduld hatte ihn dahin gebracht, wo er jetzt war. Geduld und die Bereitschaft, jeden zu zerstören, der sich ihm in den Weg stellte. Sogar seine eigene Familie. Sich um einen Touristen zu kümmern, war ein Kinderspiel.

Er hatte ihre Freundschaften hier in London absichtlich zerstört. Ein kleines Wort hier und kleines Wort dort, und plötzlich lud sie niemand mehr zum Mittagessen ein und sie war ungebunden, ihre Nachmittage mit ihm zu verbringen. In Dubai wäre es noch einfacher. Sie fühlte sich als Frau in einem muslimischen Land noch isolierter. Er sorgte dafür, dass die sie umgebenden Menschen freundlich genug waren, doch sie auf Distanz hielten. Sie wäre allein und von dem Bedürfnis erfüllt, von einem Mann beschützt zu werden.

Doch es schadete nicht herauszufinden, wer dieser Scheißkerl war, mit dem sie sich traf, bevor er ihn tötete. Ein Mann in seiner Position konnte nicht vorsichtig genug sein. Das Letzte, was er brauchte, war ein Trottel von Geheimdienstler, der hereinstolperte und alles verkackte.

Er drückte einen Knopf an seinem Schreibtisch, und innerhalb weniger Sekunden öffnete sich seine Tür.

„Sie haben geläutet, Sir?" Malcolm war tadellos in einem dreiteiligen Anzug gekleidet. Auf dem Papier war er Thomas Molinas Fahrer. In Wirklichkeit war er ein viel größeres Schwergewicht. Malcolm war sein Vollstrecker.

Malcolm war seit dem Tag seiner Wiedergeburt an seiner Seite. Das hatte er Eli Nelson zu verdanken.

„Finden Sie Avery und folgen Sie ihr."

Malcolm machte nie eine andere Miene als eine ausdruckslose, nichtssagende Fassade, die er selbst dann auflegte, wenn er Kehlen aufschlitzte. „Soll ich sie töten, Sir?"

Auch hier sah er sich gezwungen, sich zu beherrschen. „Nein. Sie hat einen Freund."

„Es geschehen noch Zeichen und Wunder?"

„Ich brauche Ihren Sarkasmus nicht." Malcolm hatte deutlich gemacht, dass er seine Anziehung zu Avery nicht verstand, indessen hatte der Mann auch nichts mit Unschuld am Hut. Soweit Molina wusste, war Malcolms große Liebe seine SIG Sauer und sein Bankkonto. „Ich brauche Informationen über diesen Mann. Sie können ihren Anruf zurückverfolgen. Rufen Sie sie an, wenn Sie sie ausfindig machen müssen, doch soweit ich weiß, ist sie heut' Morgen im Tower von London unterwegs. Ich will nicht, dass sie merkt, dass sie beobachtet wird."

„Und was soll ich mit ihrem Freund machen?", fragte Malcolm, in seinen Augen sprühte ein kleiner Funken, als ob er sich sicher wäre, was nun käme.

„Besorgen Sie mir Informationen, und dann können Sie die Dinge so handhaben, wie Sie es für richtig halten, wobei Sie dafür sorgen, dass Avery außen vor bleibt." Ja. Er mochte diesen Plan. Avery wäre noch verwundbarer, und sie würde sich ihm zuwenden.

Er war seit Monaten ihr Chef und Freund gewesen. Dieser Wichser war gerad' erst aufgetaucht. Sie würde sich ihm zuwenden.

Ohne Zweifel.

Er nickte zur Tür, Malcolm hinausweisend.

Der Mann, den Avery traf, hatte ein „haltbar bis"-Datum. Er kannte es bloß noch nicht.

Und wenn er starb, wandte sich Avery ihrem Freund zu. Sie läge im Nu in seinen Armen.

Ruhe überkam ihn. Er war viel zu emotional. Malcolm mochte es nicht verstehen, doch Molina war sich seiner hinreichend bewusst, um Averys Reiz zu erkennen.

Er hatte seine Seele schon vor langer Zeit verkauft, doch er war immer noch in der Lage, wahre Unschuld und Reinheit zu schätzen.

Er wollte sie lediglich korrumpieren. Das war seine letzte Eroberungsgrenze.

Wenn er Avery in sein Bett gekriegt hatte, würde er diese hübsche Seele verdrehen, bis ihre genauso schwarz wie seine war. Es machte ihm Spaß. Er täte es mit Freude und einer gehörigen Portion Schmerz – sowohl emotional als auch körperlich. Ihre Tränen nährten seine Seele.

Molina zog die Akte über „Lachlan Bates" heraus und machte sich wieder an die Arbeit. Er pfiff ein wenig dabei vor sich hin. Schließlich machte die Arbeit Spaß.

* * * *

Liam war bereit, Adam zu töten. Er war es, der Avery überzeugt hatte, mit zur Schau gestellten Brüsten herumzulaufen. Er schaute über den Tisch und hätte schwören können, dass er quasi eine Brustwarze sah. Er war ihr durch mittelalterliche Gefängnisräume und vorbei an den Kronjuwelen gefolgt, und das Einzige, woran er dachte, war die Tatsache, dass jeder Mann, der im Tower herumlief, auf ihre Brüste starrte.

Und ihren Hintern. Gestern hatte sie eine vollkommen respektable Jeans getragen, die nicht jede ihrer Kurven eng umschlang. Der Jeans gestern waren keine kleinen Diamanten auf die Pobacken genäht, die jeden Mann nur dazu einluden herauszufinden, wie viele Schätze sich darunter verbargen.

„Also, was sagtest du, woher du kommst, Avery?", fragte Ian in absolut makellosem Londoner Akzent. Nur in der Art, wie er seine Vokale abrundete, lag der leisesten Hauch von Arbeiterklasse.

Avery lächelte ihn an, quer über den Tisch gelehnt. Sie hatte kein halbes Glas Wein getrunken, ihr Gesicht war jedoch bereits errötet und sie entspannt, ihre Hüfte streifte seine, während sie im Séparée saßen.

„Ich komme ursprünglich aus New York, doch jetzt lebe ich irgendwie aus dem Koffer", erklärte sie. Anfangs schien sie Ian gegenüber etwas misstrauisch zu sein, doch sie brauchte nicht lange, um mit ihm warm zu werden. Sie hatte ihn und Ian damit aufgezogen, wie schwer es für sie beide gewesen war, durch die engen Treppen und in die kleinen Räume des Towers zu gelangen. Der Turm war nicht für wuchtige Männer gebaut worden.

Das war es, worauf Ian gewartet hatte. Für Liam stand es außer Frage. Er hatte eine Pause abgewartet, um sie dazu zu bringen, über ihre Arbeit zu sprechen. Schuldgefühle machten sich in Liams Bauch breit, und er sehnte nach den Stunden zurück, in denen sie nur Touristen gewesen waren, die ihre Zeit zusammen genossen. Er war viele Male in London gewesen und hatte den Tower besichtigt, doch ihn nochmal durch Averys begeisterte Augen zu sehen, war eine neue Erfahrung für ihn. Sie wollte alles sehen. Sie hatte in dem gleichen Hof gestanden, in dem Anne Boleyn spazieren gegangen war, und er sah, wie sie ihren Gedanken folgte, sich wohl vorstellte, wie es gewesen sein musste, ihre Stunden gezählt, gefangen im Inneren.

„Und was genau tun Sie?", fragte Ian.

„Ich bin so was wie ein Mädchen für alles. Ich assistiere meinem Chef bei der Leitung einer Wohltätigkeitsorganisation."

„United One Fund", schlug Liam vor. „In der Art, wie du sie gestern beschrieben hast, ist es ein Hilfsfonds."

„Wir gehen in kriegszerstörte oder von einer Katastrophe heimgesuchte Länder und verteilen Nahrung, Wasser und alle lebensnotwendigen Güter. Wir bieten auch Mikrokredite an. Wir geben Kleinkredite in der Größenordnung von fünfzig bis hundert Dollar aus, die Frauen in Ländern der so genannten Dritten Welt hilft, ein Geschäft zu gründen und sich und ihre Kinder zu ernähren. Wir arbeiten auch mit einigen ärztlichen Organisationen zusammen."

Sie war eine Gläubige. Es stand ihr direkt ins Gesicht geschrieben. Avery Charles glaubte daran, dass sie die Welt im Kleinen rettete. Liam hatte das einst gedacht, damals während seiner SAS-Tage. Bevor er sich in einem düsteren, blutgetränkten Höllenloch wiederfand.

Avery mochte glauben, doch Liam hatte seine Zweifel. Wenn ihr Boss so engelhaft war, warum traf er sich dann mit Eli Nelson? Und was sollte Nelson mit einer humanitären Organisation zu tun haben?

„Also hat die Organisation ihren Sitz in den Staaten?", fragte Ian. Für einen Außenstehenden schien es eine rein höfliche Frage zu sein. Wie ein Freund, der die trivialen Dinge einer neuen Freundin abfragte. Doch Ian Taggart kannte bereits die Antworten auf seine Fragen. Auf die meisten jedenfalls, sowieso. Er wollte Avery beim Lügen ertappen.

Scheinbar wie von selbst strichen Liams Finger über ihre. Ian ertappte sie nicht bei einer Lüge. Sie wusste nicht mal zu lügen.

„Ich würde nicht wirklich Sitz sagen. Es gibt überall kleine Büros. Das Londoner Büro ist eines der größten, doch Thomas beabsichtigt, den größten Teil des restlichen Jahres in Dubai zu bleiben. Von dort aus werden wir viel in Afrika unterwegs sein."

„Das ist interessant." Und potenziell sehr gefährlich. Thomas Molina wäre ein Ziel von Entführern und einer Reihe von Unruhen. „Macht Ihr Chef das jedes Jahr?"

Sie schüttelte den Kopf. „Oh, nein. Das ist ganz neu. Bis vor ein paar Jahren leitete Thomas alles von seinem Haus im entlegenen Teil von New York aus. Er war sehr isoliert. Er hatte einen Unfall in der Kindheit, durch den seine Beine sehr schwach wurden."

„Also hat sich Molina von einem Tag auf den anderen entschieden, die Welt zu sehen?", fragte Liam. Es war seltsam. Liam hatte einige Berichte gelesen, die darauf hindeuteten, dass Molina agoraphobisch war.

„Ich denke schon", antwortete Avery. „Er scheint es hier in England wirklich zu lieben. Wir gehen im St. James Park spazieren, und er hat diesen Laden, in dem er gerne isst. Von dort kann er die Aussicht auf die Themse und die St.-Pauls-Kathedrale genießen. Ab und an trifft er dort einen Freund. Es ist alles sehr geheimnisvoll. Ich führe seinen Terminkalender, doch ich werde nie gebeten, einen Namen dort einzutragen. Nur, dass er dort zu Mittag isst und nicht gestört werden will. Ich glaube irgendwie, es ist eine Frau. Ich muss zugeben, dass es mich ein wenig neugierig macht."

Es war keine Frau, mit der Molina sich traf. Es war Eli Nelson. Und er wüsste liebend gern, wann das nächste Treffen stattfände. Das Séparée, in dem sie sich befanden, war klein. Liam beschloss, es noch etwas enger zu machen, indem er noch mehr Platz einnahm. Er legte seinen Arm um das Rückteil der Kabine und rutschte ganz nah an sie heran, bis seine Finger ihre Schulter streichelten.

Sie lehnte sich in ihn hinein, seine Zuneigung entgegennehmend. Währenddessen hatte seine Bewegung ihre Hüfte geradewegs an ihre Handtasche geschoben.

„Warum legst du dieses Monstrum nicht rüber auf Ians Seite des Séparées? Er macht eh nichts Interessantes mit der Hälfte seiner Bank."

Ian schnitt eine Grimasse. „Nun, wir können nicht alle nach London kommen und innerhalb weniger Tage ein Mädchen finden. Ich bin schon seit Jahren hier und immer noch verdammt allein. Manch einer geht langsamer vor."

Soweit Liam gestern Nacht von Alex gehört hatte, wechselte Ian auch hier stetig Subs. Er ackerte sich durch den Garden, wie er es sonst im Sanctum tat. Immer mit Vertrag, nie für mehr als ein oder zwei Nächte. „Ja, Kollege, du wirst einsam sterben, so wie du vorgehst."

Ian zuckte mit den Schultern. „Wenigstens ist alles friedlich. Und, hey, ich kann jetzt sagen, dass ich mich mit Averys Tasche treffe."

Avery übergab sie ihm. Ian legte sie so zur Seite, dass ihre große schwarze Tasche viel Platz hatte, und im gleichen Moment, indem Avery ihren Kopf drehte, sah Liam, wie er ihr Handy in der Hand hatte. Es war in seiner Tasche verschwunden, ehe sich Avery ihm wieder zuwenden konnte.

Ian rutschte aus der Kabine und streckte sich. „Ich geh aufs Klo. Bin sofort zurück."

Ihr Telefon zu kopieren und zu markieren war der erste Teil des

Geschäfts heute. Sie zogen alle sich darauf befindlichen Daten runter und richteten das Telefon so ein, um es orten zu können. Sie duplizierten ihr Telefon und ihre Nummer, so dass sie bei jedem Anruf, den Avery erhielt, mithören konnten. Liam pflegte keinen Vorbehalt dagegen, dies zu tun. Es war ein klarer Eingriff in ihre Privatsphäre, doch auch der beste Weg, um sie zu schützen, falls ihr Chef Dreck am Stecken hatte.

Aber es erforderte eben auch, dass sich die Zielperson nicht bewusst war, dass das Telefon jemals in fremde Hände gelangt war.

„Vielleicht sollte ich Ian folgen. Ich denke, ich werde das Badezimmer aufsuchen und meine Haare richten. Ich fühl' mich ganz schön vom Wind durchgepustet", sagte Avery.

Und natürlich nähme sie ihre Handtasche und checkte ihr Telefon. Sie war ein Gewohnheitstier. Sie überprüfte ihr Telefon regelmäßig auf Nachrichten. Er musste ihre Routine unterbrechen.

Er drehte sich leicht zu ihr, während sich sein Arm um ihre Schultern legte. „Bleib einen Moment bei mir. Ich hab' dich den ganzen Tag nicht allein gehabt. Ich bin froh, dass du heute zu mir kamst, Avery."

Ihre Augen weiteten sich, als sie zu ihm aufblickte, doch er sah ihr an, wie sie eine Entscheidung traf. Sie zwang sich zu entspannen, indem sie ihren Körper eng an seinen schmiegte. „Ich wollte es fast nicht tun. Ich hatte Angst, du würdest nicht mit mir reden."

„Ich hab' irgendwie das Gefühl, dass ich in ein oder zwei Tagen wieder vor deiner Tür gestanden hätte. Ich war ein wenig angefressen, dass du mich für einen Stricher gehalten hast, doch als ich mich beruhigt hab', ist mir klar geworden, dass ich dir nicht die ganze Wahrheit über mich erzählt hab'. Ich hab' mich ganz schön an dich rangemacht. Das ist ein Teil meiner Persönlichkeit. Ich hab' gestern Abend nochmal über alles nachgedacht. Vielleicht hast du eine Ahnung von mir gekriegt und bist zu den falschen Schlüssen gekommen." Ehrlichkeit funktionierte manchmal. Ehrlichkeit ließe sie genau dort sitzen, wo sie war, bis sich Ian und Alex finden konnten und ihre Arbeit erledigt hatten. Alex hatte sie den ganzen Tag über beschattet und auf eine Chance gewartet. „Ich bin mit Sicherheit kein Stricher, doch ich hab' einige...Neigungen, die du vielleicht kennen solltest, bevor du dich entscheidest dich mit mir einzulassen."

Sie biss sich auf diese umwerfende Unterlippe, deren Anblick er geradewegs in seinem Schwanz fühlte. „Neigungen? Wie meinst du das? Bist du bi?"

Er schüttelte den Kopf. „Ich bin hundertprozentig hetero, Schatz. Aber ich mag es meinen Partnerinnen hin und wieder den Hintern zu versohlen. Keinesfalls brutal. Vielleicht kleine Auspeitschspielchen. Ich habe für den sexuellen Part einer Beziehung gern das Sagen."

Ihr ganzer Körper erglühte, die Röte rauschte wie eine Flutwelle über sie hinweg. Yeah, jetzt hatte er ihre Aufmerksamkeit. „Bist du ein Sadist?"

Ah, die Unerzogenen. Er war schon zu lange von Grace und Serena umgeben gewesen. Er hatte vergessen, dass es Frauen gab, die BDSM nicht verstanden. Es war ihm so vorgekommen, also ob heutzutage alle solche Romane lasen. „Nein. Ich bin kein Sadist. Naja, ein bisschen davon mag dabei sein, doch ich füge meinen Subs nie mehr Schmerzen zu, als sie wollen. Ich bin ein Dom. Weißt du, was das bedeutet?"

„Ich habe den Begriff schon einmal gehört. Einige der Frauen im Büro sprachen über Fetischclubs und Doms." Sie hauchte die Worte hinlänglich aus, dass er sich sicher sein konnte, dass sie fasziniert war. Es lag an ihm sie noch neugieriger zu machen.

„Ian gehört zu einem solchen Club", sagte Liam. „Und ich gehöre zu einem in den Staaten. Ich bin dort Stammkunde, wobei ich keine Vollzeit-Subs hab'. Ich spiele dort herum. Ich trainiere dominante Männer und einige Paare. Ich bin ein Meister in der Kunst des Shibari und allen anderen Spielarten des Suspension Bondage." Ihre Augen glichen nun Knopfaugen und ein sexy kleines Lächeln hellte ihr Gesicht auf. „Meister?"

Es war an der Zeit, es ihr angenehm zu machen. „Ja, Meister. Sicherheit ist sehr wichtig, genauso wie die richtige Ausgestaltung und entsprechendes Benehmen. Vor allem beim Spielen in der Öffentlichkeit. Unter vier Augen und mit einer Person, die mir wichtig ist, läuft es weniger formell. Es ist intimer, und wir können unsere eigenen Regeln aufstellen."

Er konnte sehen, wie der Puls an ihrem Hals raste. Ihre Atmung war flacher als zuvor.

„Ich weiß nicht, Lee. Ich bin nicht sehr erfahren."

„Aber du bist auch keine Jungfrau mehr." Er hatte Jungfräulichkeit nie geschätzt. Er hatte seine eigene im Alter von fünfzehn Jahren an eine Frau in seinem Wohnblock verloren. Er erwartete nicht, dass er auf eine Frau ohne eigenen kleinen Vorlauf traf.

Sie blickte herab, ihre Augen verdunkelten sich leicht. „Das war vor langer Zeit, und seitdem hat es niemanden mehr gegeben."

Fuck. Eve hatte ihm zwar gesagt, dass sie nicht glaubte, dass Avery viele Liebhaber gehabt hatte, doch sie hatte seit zehn Jahren gar keinen Sex gehabt? Er hatte sich in seinen Zwanzigern durch drei Kontinente gefickt, während sie eine verdammte Nonne gewesen war. Er spürte, dass seine Rolle etwas nachließ. Seine Neugierde auf sie war kein Schauspiel. Sie war echt und entsprang echten emotionalen Beweggründen. „Warum?", sagte er.

Sie hob den Kopf wieder, in ihren Augen lag jedoch Traurigkeit. „Aus vielen Gründen."

Sein Arm schlang sich enger um sie und zog sie zu sich heran. Er folgte seinem Instinkt. Er mochte zwar ein Mistkerl sein, aber er war ein guter Dom. Ein guter Dom wusste, wann eine Sub Trost brauchte. *Fuck.* Was war los mit ihm? Er war kein Kuscheltyp. Alex McKay war der Dom, zu dem jede Sub zum Kuscheln und Ausweinen lief. Liam war der Dom, zu dem alle Subs zum Auspeitschen und sinnlosen Ficken rannten, doch Avery zu halten, fühlte sich richtig an. Ihre Weichheit hüllte ihn quasi ein. „Du musst mir nicht sagen warum."

Sie runzelte einen Moment die Stirn, dann fand ihr Kopf seine Schulter, ihre Hand auf seiner Brust liegend. „Nach meinem Unfall musste ich für einige Zeit immer wieder ins Krankenhaus. Ich denke, mein Genesungsprozess hat jahrelang gedauert. Nicht, dass die Leute in Krankenhäusern keinen Sex hätten. Ernsthaft. Den haben sie. Und zwar viele. Aber ich nicht."

Er kannte die Geschichte, doch sie von ihr zu hören, ließ sie irgendwie realer erscheinen. „Du hattest eine Operation?"

„Eine Menge. Ich hab' einige Jahre in Pflegeheimen verbracht." Sie erschauderte etwas.

Pflegeheime. Traurige nasskalte Orte, die nach Pisse und Scheiße und Tod rochen. Er konnte sich nicht vorstellen, wie sie im Bett rumhing, verstoßen und vergessen. „Warum zur Hölle haben sie dich da reingesteckt?"

Sie machte es sich gemütlicher, ihn enger umarmend, als ließe sich die Geschichte mit mehr Körperkontakt leichter erzählen. Seine schroffe Frage schien sie nicht zu stören. „Es gab niemanden, der sich um mich hätte kümmern können. Meine Eltern waren bereits tot. Mein Mann und, nun, mein Mann starb bei dem Unfall. Ich habe keine Geschwister. Ich war allein, und ich konnte mich nicht selbst versorgen, also bezahlte die Versicherung einige Zeit für ein Pflegeheim. Es war nicht so schlimm."

Jetzt versuchte sie ihn zu beruhigen, mit der Hand streichelte sie ihm über seine Brust, als ob er nun Trost nötig hatte. Und das hatte er auch irgendwie.

„Wo waren die Eltern deines Mannes?" Seine Familie hätte zu deiner werden sollen, nachdem ihr geheiratet habt." Familie sollte zusammenhalten. Er hatte keine Familie mehr, doch wäre Rory verheiratet gewesen, hätte er verflucht dafür gesorgt, dass es seiner Frau gut ergangen wäre.

„Sie waren schon älter, als Brandon geboren wurde. Er war ihr einziges Kind. Sie waren am Boden zerstört, nachdem Brandon und...nun ja, sie waren nach Brandons Tod fertig. Sie besuchten mich, aber sie konnten sich nicht um mich kümmern. Es war okay. Es war gut ab und zu Besuch zu haben."

Jemand so süß wie sie hätte jeden Tag Besucher haben sollen, hätte jemanden auf der Welt haben müssen, der auf sie zuging und verfickt nochmal etwas Verantwortung übernahm. Es war ihm bereits klar, dass sie ein sich sorgender Mensch war. Und scheiße, sie versuchte Menschen zu helfen, die sie nicht mal kannte. Er konnte sich gut vorstellen, dass sie das schon ihr ganzes Leben tat, also wo waren all diese Menschen, denen sie geholfen hatte, wenn sie sie brauchte? Wo war ihre verfickte Tante gewesen? Sie hatte ihm nicht von ihrer Tante erzählt, so dass er sie nicht auf sie ansprechen konnte. Es war schwer auseinanderzuhalten, was Lee und was Liam wusste. „Wie lange hat es gedauert, bis du aus dem Heim kamst?"

„Ich musste jahrelang immer wieder rein. Doch dann konnte ich mich für diese experimentelle Operation qualifizieren. Es war ideal, weil die beteiligten Ärzte und Krankenhäuser Zuschüsse erhielten, um die Kosten für alles zu decken, so dass ich nicht mehr auf die Versicherung angewiesen war. Und innerhalb eines Jahres konnte ich laufen, wirklich wieder laufen. Ich traf diesen Mann namens Brian Molina, und er stellte mich Thomas vor, meinem Chef, und jetzt kann ich mir die Welt ansehen und habe ein ganz neues Leben. Ich fühle, wie mir diese Jahre in gewissem Maße verloren vorkommen. Ich war wie stillgelegt. Ich war nicht bereit für irgendeine Art von Beziehung."

Und das Zögern in ihrer Stimme verriet ihm, dass sie auch jetzt vielleicht nicht dazu bereit war, doch er wollte ihr entsprechend Schub geben. Sie befand sich in der Schwebe. Er würde nicht den Unbeteiligten spielen. Bei jeder anderen Frau hätte er sich zurückgezogen und sie zu sich kommen lassen. Er hätte sie machen lassen und ihr somit zu verstehen gegeben, dass er sie jederzeit nehmen oder verlassen konnte, so dass keine falschen Erwartungen aufkamen.

Doch dies war ein Job. Und als er die halbe Nacht wach war und an sie dachte, war ihm klar geworden, dass er ihr nicht mit seiner üblichen vorsichtigen Distanz begegnen wollte. Er wollte ihr nahe kommen.

Mitten in der Nacht hatte er die Tatsache anerkannt, dass er diese Zeit mit ihr verbringen wollte. Er zöge weiter, wenn es vorbei war, doch er würde sie genießen, solange sie sich hier befand. Nur für ein paar Tage wäre er nicht der rechtschaffene Bastard, den er die letzten zehn Jahre gespielt hatte. Er würde dem Mann frönen, der er hätte sein können. Offen. Liebevoll. Jemandem wie Avery würdig sein.

Er neigte ihren Kopf nach oben, ihr Gesicht nahe an seines bringend. Adam hatte sie anscheinend zu einer Make-up-Beratung gebracht. Sie war geschminkt, doch das hob nur ihre ohnehin schon süßen Züge hervor.

Sie war nicht die schönste Frau, die er je gesehen hatte. Nicht mal annähernd. Er war mit so vielen reizenden Frauen zusammen gewesen, jünger und dünner. Warum nur fühlte er sich von ihr angesprochen? Warum hatte er sich die ganze Nacht mit schmerzendem Schwanz und schlechtem Gewissen rumgeschlagen?

Er schob das Gewissen beiseite. Es war eine ungewollte Einmischung. Und sein schmerzender Schwanz tollte sich nicht, bis er sie hatte. Was er alsbald zu haben hoffte.

„Wir können das so langsam angehen, wie du willst, aber ich muss meine Karten auf den Tisch legen. Ich will ehrlich zu dir sein." Gott, er war ein Bastard, aber es war doch die Wahrheit. Er wollte ehrlich zu ihr sein. Er konnte es nur nicht. „Jegliche sexuelle Beziehung mit mir wird mit meiner Dominanz und deiner Devotion einhergehen. Ich kann eine Weile Vanilla spielen, aber nicht ewig. Ich brauch' Kontrolle."

Das war keine Lüge. Er kriegte es nicht auf die Reihe, keine Kontrolle zu haben. Er war bereits ein klein wenig Kontrollfreak vor dem Vorfall gewesen, der seinem Bruder das Leben gekostet hatte. Er war jetzt noch viel schlimmer.

„Vanilla?", fragte Avery, Humor in der Neigung ihrer Mundwinkel abzulesen.

Ja, er hatte viel zu viel Zeit in Clubs verbracht. Er hatte vergessen, dass einige Leute von dieser Sprache noch nicht gehört hatten. „Das ist der kinky Ausdruck für nicht BDSMler. Von der Art, die kein Bondage und kein Versprechen deiner Hingabe beinhaltet."

„Na, und was bekommt die Sub als Gegenleistung für all diese Hingabe?"

Das war einfach. „Multiple Orgasmen."

Sogar in dem schwachen Licht konnte er sehen, wie sich ihre Pupillen weiteten. Sie war sexuell erregt von dem Gespräch. „Nun, ich muss zugeben, dass ich Vanille nie wirklich mochte. Ich mag lieber Erdbeeren."

Danke dafür. Er beugte sich vor und streichelte ihre Lippen mit seinen, in dem weichen Gefühl schwelgend, das von ihr ausging. Alles an Avery war weich und feminin. Eine seiner Hände kam hoch, um sie in ihren Haaren versinken zu lassen. Sie waren in einem Zopf zusammengebunden, doch er mochte es offen und lang getragen. Es war am besten, so zu beginnen, wie es ihm vorschwebte. Avery zu lehren sich ihm hinzugeben, ihm in bestimmten Situationen ungefragt zu gehorchen, könnte ihr das Leben retten. Yeah, so konnte er es rechtfertigen. Er löste den Pferdeschwanz, die weichen braunen Locken fielen ihr an den Schultern herab. „Trag dein Haar für mich offen. Ich mag es lang."

Sie erschauderte leicht. Sie spielte mit ihrem Mund an seinem. Sie wurde immer kühner in ihrer Zuneigung. „Ich denke, das lässt sich machen."

Er zog ein nur ein klein wenig an ihrem Haar, zog es leicht mit der Faust zurück. „Du machst es, um mir zu gefallen. Du wirst es tun, weil ich es sexy und schön finde."

Ihre Stimme klang weich, bloß ein wenig zittrig. „Ja. Mach ich." Sie hielt ihr Kinn trotzig geneigt. „Darf ich auch Forderungen stellen? Ich weiß, dass ich die Unterwürfige sein sollte, doch ich mag auch etwas brauchen. Ich glaube, mir gefällt der Gedanke nicht, dass du mich einfach kontrollierst, aber machen darfst, was du willst."

„Ah, das liegt nur daran, dass du von dem Machtaustausch noch nicht gehört hast. Beachte, dass ich das Wort Austausch verwendet habe. Versuch zu verstehen, es gibt so viele Modi, BDSM zu praktizieren, wie es Menschen gibt, die es praktizieren. Ich spiele gerne. Ich mag es zu wissen, dass meine Geliebte sich an mich wendet, wenn sie was braucht. Ich werde dich beschützen wollen. Und ich geb' dir gern, was du brauchst. Es gibt mir ein gutes Gefühl. Es gibt mir das Gefühl gebraucht zu werden." Daran hatte er bislang noch nicht gedacht. Er hatte sich anfangs mit dem Lebensstil befasst, weil er einen Weg gesucht hatte Rorys Augenmerk zu lenken, ihm Kontrolle zu lehren. Sein Bruder hatte die Macht, jedoch nicht die Pflichten eines Doms genossen, und Liam hatte einen Ort gefunden, der ihm entsprach. Er hatte ihn hinsichtlich seines ehrlichen Austauschs genossen. Doch jetzt meinte er alles genau so, wie er es sagte. Er wollte plötzlich wichtig für diese Frau sein. Wenn auch nur für ein bisschen. „Also sag, was du brauchst. Es funktioniert nicht, wenn du nicht mit mir sprichst."

Sie seufzte. „Ich hatte echt nur eine Beziehung vorher. Brandon und ich waren noch so jung. Ich glaube nicht, dass wir tatsächlich über Dinge wie Sex gesprochen haben." Sie errötete, das Rosarot auf ihren Wangen tat nichts, was ihre Schönheit beeinträchtigte. „Es ist schwierig darüber zu reden."

„Nein, das ist es nicht. Es ist ganz einfach. Es ist natürlich, Baby. Wie soll ich wissen, was du brauchst, wenn du es mir nicht sagst?"

Avery schien Mühe zu haben die richtigen Worte zu finden. „Naja, ich muss wissen, dass du bei mir bist. Ich bin nicht doof. Ich weiß, dass es nicht für immer ist oder so, aber solange wir...wie hast du es genannt?"

Sex. Sie sprach über Sex. Sie sprach über's Ficken und darüber, seinen Schwanz tief bis zum Anschlag seiner Eier zu nehmen, bis er nicht mehr geradeaus sehen konnte, und das Wort, das er benutzte, schien so brutal unangemessen. „Spielen."

„Solange wir spielen, möchte ich mir sicher sein, dass ich deine einzige Spielkameradin bin. Ich weiß, das klingt altmodisch. Ich mag vielleicht nicht auf der Höhe der Zeit..."

Er unterbrach sie, weil er es ihr so einfach machen wollte. „Avery, das verspreche ich dir. Wenn du in mein Bett kommst, wenn du dich mir unterwirfst, bist du die Einzige für mich. Wie lange das auch immer andauern wird, ich gehöre dir. Willst du wissen, wie ich das bewerkstellige?" Fuck, er hatte es bis jetzt nicht wirklich bewerkstelligt. Er hatte sich nur aus Spaß die Hörner abgestoßen, doch seine Überzeugungen schienen zu verschmelzen, sich zu etwas Wahrhaftigem und Fühlbarem zu formen. Er hatte nie wirklich einen Kodex gebraucht, doch jetzt war es leicht zu wissen, was er wollte. „Es ist wie eine beidseitig befahrene Straße. Ich will dich, Avery, und nicht, wie zufällig aufgerissen. Ich will dich kennenlernen. Ich will dich ergründen. Wie lang das auch immer andauern mag, ich werd' nur mit dir zusammen sein. Wenn du mein bist, dann bin ich verfickt nochmal auch dein."

Gott, er meinte es wirklich ernst. Was verfickt nochmal war mit ihm passiert? Er war nach London gekommen und hatte seinen verfickten Verstand verloren.

„Okay."

So einfach war es nicht. Gott. Sie brauchte 'nen verdammten Wärter. „Was meinst du?"

„Ich will's versuchen."

Er wollte das klargestellt haben. „Du willst was versuchen?"

Da war sie wieder, tiefe Röte. „Du weißt schon."

Ja, er wusste schon, doch er wollte sie nicht so leicht von der Angel lassen. Sie wäre sein. Für eine kurze Zeit gehörte sie ihm, und er bekäme alles, was er wollte, und er wollte, dass sie loslegte, schmutzige Dinge zu sagen. Ja. Er wollte ihr beibringen, sie lehren Vergnügen zu bejahen, so dass sie nichts anderes erwartete. „Nein, ich weiß nicht. Drück dich klar aus."

Avery errötete leicht. „Ich möchte mit dir intim werden."

So süß. So höflich. So nicht stattfindend. „Das klingt, als sollte ich in meinen Pyjama steigen und Geheimnisse mit dir austauschen. Ich bin nicht deine Freundin, Avery. Sag mir, was du willst. Das ist Lektion Nummer eins. Kommunikation und Ehrlichkeit sind der Schlüssel zu der Beziehung, die ich will. Ich muss dich deutlich sagen hören, was du willst."

Sie zögerte, doch nur einen Moment lang. Er war nicht überrascht. Tief in ihrem Herzen war sie ein tapferes Mädchen. Sie hatte so viel durchgemacht und dennoch ein offenes Herz behalten. Verdammt, er verstand das nicht. „Ich möchte, dass wir miteinander schlafen."

„Ich bin nicht sehr schläfrig." Er wollte sie damit nicht durchkommen lassen.

Sie stöhnte etwas, ganz offensichtlich frustriert. „Du weißt, das ist nicht das, was ich meine."

„Ja, das tu' ich. Also sag, was du willst."

„Ich will Sex haben."

„So emotionslos. Ich muss darüber nachdenken."

„Ich will Liebe machen."

„Süß, aber nicht das, wonach ich suche."

Ihr Gesicht legte sich in Falten, die süßeste Schnute ziehend. „Verdammt nochmal, Lee. Ich will ficken."

Das machte ihn scharf und bereit. Sie hatte ficken so süß erhitzt gesagt, sie hatte mit ihren Augenbrauen ein *V* auf ihrem Gesicht geformt, als hätte der ganze Vorfall ihr höfliches Zartgefühl beleidigt. Sie würde lernen, dass für Höflichkeit kein Platz zwischen ihnen war.

Er knurrte nur etwas. „Ich will auch ficken, Baby. Ich will die ganze Nacht ficken."

Er zog sie unnachgiebig zu sich, ihre Brüste prallten gegen seine Brust. Er wollte sie mit den Händen umschließen, ihr Gewicht in seinen Händen spüren, an ihren Brustwarzen zupfen, bis sie harte kleine Punkte waren, die um seinen Mund flehten. Er legte seine Lippen auf ihre, und die Art erregte ihn, wie sie reagierte. Sie blühte auf unter ihm, seinen Kuss begrüßend. Er wollte ihre Beine weit ausgebreiten, sie zwingen seinen Schwanz bis zum Schaft zu nehmen. Er würde sie so hart ficken, dass sie sich an keinen anderen Mann mehr erinnern konnte, und ihr Körper gebrandmarkt war. Er würde ihre Muschi ficken. Er würde ihren Arsch nehmen. Er würde die Hitze ihres Mundes um seinen Schwanz spüren. Und wenn sie vom Ficken wund war, würde er sie immer noch wollen. Er würde ihre Brüste einschmieren und ein weiteres Loch für seinen Schwanz schaffen.

Es gäbe keinen Zentimeter auf ihrem Körper, der nicht mit seinem Ejakulat bedeckt wäre.

Er schob seine Zunge in ihren Mund. Sie hatte sich eingewöhnt. Er musste sie nicht daran erinnern, ihren Mund für ihn zu öffnen. Sie war so unterwürfig. Sie folgte seiner Führung. Ihre Arme wanden sich um seinen Hals. Das liebte er auch.

Er kannte einige Doms, die nur an der Hülle ihrer Subs interessiert waren. Ian selbst bot lediglich Vergnügen an, das nur bei absoluter Unterwerfung folgte. Ian ließe nicht zu, dass eine Sub ihre Arme um ihn legte. Er gab Subs, mit denen er schlief, eindeutig zu verstehen, dass alles, was er anzubieten hatte, sein Schwanz und eine Nacht voller Orgasmen war. Liam war auch so gewesen, wobei er nie so weit gegangen war nicht zu zulassen, von einer Sub berührt zu werden. Er mochte keine Angriffslust, doch Liam musste wissen, ob Avery ihn auch wollte. „Du schmeckst so gut, Baby."

Sie ließ ihre Zunge über seine gleiten. Ja. Sie ging so vorsichtig vor, doch er ging ihr unter die Haut. Er konnte es spüren. Er wollte es so. Sie glitt unter seine, bevor er auch nur ein Wort zu ihr gesagt hatte. Sie war wie eine süße kleine Blume, die sich ihren Weg durch seinen verlassenen Garten wand und ihm etwas Leben einhauchte.

Es war ihm egal, dass sie sich in einem Pub befanden. Er wollte sie vor sich ausbreiten und nehmen. Erst wenn er in sie eingedrungen war, wüsste er wirklich, dass er die Kontrolle hatte.

Jahre waren vergangen, in denen sie niemanden genommen hatte, doch sie nähme ihn.

Er war ein abscheulicher Mutterficker von Bastard, doch sie ließe sich von ihm nehmen, und nur für ein paar Minuten käme er sich wie ein König vor. Sein Schwanz pochte. Er wollte sie an sich ran pressen, doch der verdammte Tisch war im Weg. Er zog sie nah zu sich ran, sie so hinzuschieben versuchend, dass sie auf seinem Schoß sitzen konnte. Er wollte, dass sie sich für ihn auseinanderspreizte, so dass sie fühlen konnte, was sie ihm antat.

„Soll ich gehen?"

Avery schreckte auf. Auf Ians Worte hin zog sie sich von Liam zurück. *Bastard*. Er hätte Liam noch ein paar Minuten mehr Zeit geben können. *Fuck*. Er gäbe sich nicht mit Minuten zufrieden. Er wollte Stunden. Tage. Monate in ihr. Aber das konnte er Ian nicht wissen lassen. Er musste den Coolen spielen.

Er setzte sich zurück, sich an die Rückwand des Séparées lehnend. „Jemand bereit für 'was zu essen?"

Ian kniff die Augen zusammen. Er hielt den Kiefer leicht vorgeschoben, das Liam verriet, dass er über etwas nicht glücklich war, er tätschelte jedoch die Tasche neben ihm. Er hatte mit dem Telefon getan, was er konnte, aber er war offenbar nicht begeistert von dem Ergebnis.

Und Liam war es egal. Es war Zeit sich Ian zu entledigen. Es war Zeit seinen Platz in Averys Leben einzufordern. Es war Zeit, seinen Platz in ihrem Bett einzufordern. Gott, sein Schwanz war so verfickt hart. Er musste sich unter Kontrolle bringen.

„Ich glaube, ich sollte gehen", sagte Ian. „Es war ein Riesenspaß, Lee. Und Avery, es war so schön dich kennenzulernen. Ich hoffe, wir sehen uns."

„Im Club?", fragte Avery.

Fuck. Yeah, das hätte er vielleicht nicht erwähnen sollen.

Ian machte einen leicht kalten Gesichtsausdruck. „Im Club?"

Liam zuckte mit den Schultern. „Ich möchte offen und ehrlich mit ihr sein."

Ian presste die Lippen aufeinander. „Es sollte ein Underground-Club sein, Lee."

Ian träte ihm in den Arsch, doch Liam wollte sich ihm

verbunden fühlen. „Nun, ich will, dass sie mit mir underground ist. Ich genieße alle Rechte im Garden, oder nicht? Ich kann eine Sub mit reinnehmen. Ich hab' mir den Vertrag durchgelesen."

Ian seufzte. „Ja. Klar kannst du eine Sub mit reinnehmen. Danke, dass du mich darüber informierst, dass du wahrscheinlich eine Sub mit reinbringst. Das wird es mir leichter machen, mich auf deine Bedürfnisse einzustellen."

Oder mit anderen Worten, er war froh darüber, dass Liam nicht einfach aufgetaucht war und den ganzen Verein in Panik versetzt hatte, weil er mit ihrem Ziel hereinspazierte.

Doch er hatte vor mit ihrem Ziel reinzugehen, weil sie es brauchte. Und er brauchte es auch.

Ian nickte ihm kurz zu. „Bis später, Kumpel."

Er schob sich aus der Kabine, und Liam fand sich mit Avery allein wieder. Endlich. Er wandte sich ihr wieder zu. Jede Pore ihrer Haut war errötet, doch sie sah zu ihm auf, ihre Augen klar.

„Nun, Avery, bist du dabei oder raus? Wenn du willst, dass ich dich nach Hause begleite und dich wie ein Gentleman vor deiner Tür verlasse, tu ich das. Bittest du mich aber rein, werden sich die Regeln ändern."

Sie zögerte, doch nur einen Moment. „Komm mit mir nach Hause."

Er nahm ihre Hand und führte sie in die Nacht hinaus.

Kapitel Sechs

Avery fummelte an den Schlüsseln zu ihrer Wohnung rum. Ihre Hände zitterten. Der Wein, den sie aufgesogen hatte, war durch eine Schicht ihrer Hemmungen gedrungen, doch hatte sie jetzt ganz neue Sorgen gefunden, als ihr bewusst wurde, wo sie war. Hier gab es keinen Wein mehr und keine Gespräche, hinter denen sie sich verstecken konnte. Da war nur eine leere Wohnung.

Mit Ausnahme, dass sie nicht mehr leer wäre, sobald Lee hereinkäme. Sie wäre ausgefüllt von einem superheißen Mann und einer Frau, die seit zehn Jahren keinen Sex mehr gehabt hatte. Irgendwie dachte sie sich, dass Lee sehr wohl innerhalb der letzten zehn Jahren Sex gehabt hatte. Verrückten, kinky Sex. Dominanten Sex. Bondage-Sex.

Warum lief sie nicht weg? Sie sollte doch wegrennen, oder nicht? Sie spielte nicht in seiner Liga. Er war so viel attraktiver als sie. Er stand auf verrückten Sexkram und sie war absolut unerfahren. Sie war übergewichtig. Wie wollte sie sich mit ihm nackig machen?

Wie wollte sie die Tatsache verbergen, dass sie nie besonders sexy gewesen war? Sie hatte keine Ahnung, was sie tun sollte.

Öffne die Tür. Sie sollte die Tür öffnen. Das war wirklich der erste Schritt. Das Problem war der zweite Schritt. Der zweite Schritt könnte leichter sein, doch wer wusste, wie tief sie fallen würde. Ganz schön tief. Die Frage war, konnte sie den Moment, in dem sie mit 100 Sachen pro Stunde auf den Beton aufschlug, überleben? Wusste sie wirklich, was sie da tat?

Wusste sie wirklich, was sie wollte?

„Ich könnte dir die Tür öffnen, wenn es solche Probleme macht." Lees tiefe Stimme holte sie aus ihren Gedanken heraus, ihren Ängsten.

Sie fuhr zusammen. Wie lange hatte sie schon dort gestanden?

„Entschuldige." Sie versuchte sich zu konzentrieren, die Tür zu öffnen.

Bevor sie den Schlüssel umdrehen konnte, zog er sie herum, presste sie mit dem Rücken gegen die Tür. Er drang in ihren Raum ein, nahm ihr die Luft zum Atmen und ließ ihre Kehle vernebelt und atemlos zurück.

Er stieß mit seiner Brust gegen ihre. „Du bist leicht abzulenken. Ich muss dir 'was geben, auf das du dich konzentrieren kannst."

Er beugte sich vor und strich seine Lippen über ihre, dann mit seiner Zunge, ihre Unterlippe gemächlich nachzeichnend. Er streichelte mit seiner Zunge über ihre Lippen und dann fühlte sie, wie seine Hand eine Faust in ihrem Haar formte und sie nach hinten zog, als er ihren Mund flutete. Was tat er mit ihr? Sie fühlte diesen Kuss tief in ihrem Inneren. Er glitt über ihre Lippen, ließ ihre Haut aufleuchten und fand den Weg zu ihren Brüsten, in ihren Brustwarzen gipfelnd, und war schließlich weiter abwärts zu spüren.

Was wollte sie? Oh, sie wollte das.

Sie ließ die Schlüssel fallen, als ihre Hände zu seiner Brust wanderten. Sogar durch die Baumwolle seines Shirts konnte sie fühlen, wie muskulös er war. Jeder einzelne Zentimeter von ihm war hart und perfekt geformt. Er überragte sie und gab ihr das Gefühl, klein und zart zu sein. Sie wand ihre Arme um seinen Hals, ihn zu sich ziehend, an ihm haftend.

Er hielt ihren Kopf, dominierte ihren Mund, während er seine linke Hand zu ihrem Hintern führte, ihre Pobacke umschlang und sie näher zu sich zog, während er sie gegen die Tür drückte. Sie war gefangen, und es fühlte sich so gut an. Außer Kontrolle. Sie war schon vorher außer Kontrolle gewesen, aber das war ganz schrecklich gewesen. Dies hier war eine Achterbahnfahrt, und sie hätte gern gewusst, wohin sie führte.

Lee zog sich zurück, sein wunderschönes Gesicht war errötet und hart. „Lass uns reingehen. Ich kümmer' mich um den Schlüsselkram."

Er kniete sich kurz runter, schnappte sich den Schlüssel und öffnete die Tür mit einer flinken Bewegung.

Und sie war sofort wieder nervös, als sie ihm hinein folgte. Sie war nicht gut beim Sex. Die einzige Erfahrung, die sie gemacht hatte, war mit Brandon gewesen, und sie war gleich beim ersten Mal mit ihm schwanger geworden. Einen Monat später war sie verheiratet, und ihre Schwangerschaft war hart gewesen. Sie hatten eine Zeit lang bei seinen Eltern gelebt. Es war komisch gewesen zu versuchen ein Sexualleben zu führen, während sie sich krank und müde fühlte, und sich seine Eltern im Zimmer nebenan befanden. Als sie sich wieder gut gefühlt hatte, bekamen sie ihr Baby, danach war ihr Leben zur Hölle geworden.

Sie war praktisch eine Jungfrau, er ein Mann, der in Sexclubs ging.

Was dachte sie sich dabei?

Sie folgte ihm hinein und schloss die Tür hinter sich ab. Sie war allein mit ihm. Vielleicht, wenn sie nur das erste Mal durchstände, wäre es okay. Der Kuss-Teil war schön, doch sie wusste, dass sie den eigentlichen Sex nur über sich ergehen ließe. Es war okay, weil sie das Küssen und Halten danach wirklich mochte.

Ihre Hand fand den Lichtschalter, ihre kleine Wohnung wurde beleuchtet. Es gab nur ein Schlafzimmer, und Lee stand gleich daneben.

„Komm her." Seine Stimme war samtig weich, ließ ihr Herz rasen. Er hatte seine Jacke ausgezogen, sie über das kleine Ledersofa geschleudert.

Sie hatte nicht viel Besuch gehabt. Thomas kam nie zu ihr nach Hause. Niemand aus dem Büro schien mehr als nur eine Bekanntschaft pflegen zu wollen außer Simon. Es waren keine Freundinnen vorbeigekommen. Es fühlte sich seltsam an, nicht allein zu sein.

„Hast du deine Meinung geändert?", fragte Lee. Sein Gesicht

war höflich ausdruckslos, jegliche Emotion gewichen. Er stand da, die Schultern gestrafft, und ihr war klar, dass sie ihn nicht wiedersah, wenn sie ihn abwies. Nicht, weil er ginge, sondern weil sie nie den Mut hätte, es noch einmal zu versuchen.

„Nein." Sie wollte ihn. Sie wollte nur nicht, dass er wusste, wie vernarbt ihr Körper war, oder wie viel Zellulitis sie hatte. Sie wollte nicht, dass er feststellte, dass sie nicht fähig war, einen dieser verrückt herausgeschrienen Orgasmen zu haben, die Frauen in Filmen immer zu haben schienen. Sie war nicht die Art von Frau, doch wenn sie das Licht ausließe und die richtigen Geräusche machte, dachte er vielleicht, dass sie voll funktionsfähig sei.

Sie war nur noch eine kurze Zeit in London. Das war nicht für immer, doch sie wollte ihn, solange sie auch immer hatten. Er war so offen und ehrlich gewesen. Das war es, was sie bei einem Mann brauchte. Sie hatte ihm nicht alles erzählt. Sie hatte Teile ihrer Tragödie ausgelassen, denn sie wollte, dass er sie als starke Frau ansah, mit der er eine Partnerschaft eingehen konnte. Wüsste er von Madison, sähe er sie nur als ein Fall von Mitleid an. Eine kinderlose Mutter.

Was, wenn er ihre Kaiserschnittnarbe sähe? Vielleicht änderte sie ihre Meinung doch.

„Na, komm." Er streckte seine Hand aus.

Sie wusste, dass sie wegrennen sollte, doch sie bewegte sich einfach weiter auf ihn zu, ihre Hand schwebte empor, als ob sie ein unsichtbares Seil zog und an ihn band.

Langsam kreuzte ein sexy Lächeln sein Gesicht. „Du siehst aus, als wolltest du zurück in den Tower gehen und als Bewohnerin dortbleiben."

Ja. Das konnte sie glauben, denn dieses ganze Ereignis könnte sie wieder zurück ins Gefängnis ihrer Einöde befördern. Jetzt, wo sie mit ihm hier war, wurde ihr klar, wie einsam sie gewesen war. Es hatte niemanden gegeben, der ihre Hand gehalten und ihren Körper mit seinem beschützt hätte. Ihr Vater war wunderbar gewesen, doch er war gestorben. Ihr Mann war noch ein Kind gewesen, das nicht die Chance bekommen hatte, zu einem liebevollen Mann heranzuwachsen.

Mit Lee war es das erste Mal, dass sich jemand schützend vor sie gestellt hatte. Es waren die kleinen Dinge, zu denen sie sich hingezogen fühlte. Er stellte sicher, dass er derjenige war, der direkt parallel zur Straße lief. Er sorgte dafür, dass sie einen Sitz in der U-Bahn fand und dann aufgetürmt wie ein Leibwächter über ihr stand.

Mit Lee war es das erste Mal seit Jahren, dass sie sich sicher fühlte.

Das musste funktionieren.

Sie ließ sich von ihm zu sich ziehen, in der Empfindung schwelgend, wie sich sein Körper an ihrem anfühlte. Sicherheit war nur eines der Dinge, die er sie fühlen ließ. Ihr Körper ward in dem Moment lebendig, als er sie berührte. „Küss mich noch mal."

Sein Gesicht erhärtete sich etwas, und seine Stimme glich einem leisen Knurren. „Frag mich freundlich."

War dies Teil eines der Spiele, die er gern spielte? „Bitte küss mich."

„Lass uns mit den Regeln beginnen. Du sprichst mich mit „Herr" an, wenn wir spielen."

Das könnte sie machen. Es hatte tatsächlich etwas Sexyhaftes. „Würdest du mich bitte küssen, Herr?"

„Mit Vergnügen, Schatz." Seine Stimme wurde seidig weich, wenn er glücklich war. Er senkte die Lippen auf ihre hinab und übernahm die Führung.

Sie liebte diesen Teil. Sie war schon geküsst worden, sicher, doch nicht so. Das war ein langes gemächliches Verschlingen ihres Mundes. Lee küsste nicht einfach flüchtig, fickte sie und ging dann seines Weges. Er nistete sich ein, als wollte er sie stundenlang küssen, tagelang, als wollte er niemals aufhören. Immer und immer wieder nahm sein Mund ihren ein, ihre Zungen in einer fließend tänzerischen Bewegung, und es war so einfach, alles außer ihm zu vergessen.

Er hielt inne um Luft zu holen, diese grünen Augen glühten quasi im schummrigen Licht. „Möchtest du noch einen Drink? Hast du was in der Küche?"

Ne. Sie war auf Besuch nicht vorbereitet. „Ich habe ein paar Flaschen Wasser.

„Morgen holen wir Bier und Scotch. Ich trinke gern Scotch vor dem Abendessen. Und wir müssen überlegen, was du trinken magst." Seine Hände hörten nie auf sich zu bewegen. Er streichelte sie immer irgendwo, als ob er sich schlicht nicht zurückhalten konnte. „Also warum setzen wir uns nicht und reden darüber, wie es weitergeht?"

Sie konnte keinen weiteren Moment mehr ertragen, indem sie sich unterhielten. Wieso konnte er nicht einfach über sie herfallen und es hinter sich bringen? Das Gefühl in ihrer Magengrube unvorbereitet zu sein war wieder zu spüren. Sie fühlte sich besser, wenn die ganze Sache vorbei war, und sie wusste, dass sie ihn zufrieden stellen konnte. Sex war nicht so schwer. Sie musste ihm nur zeigen, dass sie ihn wollte, und ihn sie nehmen lassen. Das war leicht. Dann fühlte sie sich besser.

Es sei denn, er würde einen Blick auf ihren so gar nicht perfekten Körper werfen und sich nach Schottland retten. Licht aus. Das sollte kein Problem sein.

„Ich will nicht warten." Mut war gefragt. Sie stellte sich auf die Zehenspitzen und küsste ihn nochmal.

Er stand einen Moment lang da, doch dann fanden seine Hände ihren Hintern, die sie hochzogen. „Fuck, ich sollte dich das nicht mit mir machen lassen. Es gibt einen Weg, das zu handhaben, wenn du jedoch nicht warten kannst, kann ich es auch nicht."

Seine Finger griffen sich ihre Pobacken, sie so hochziehend, bis ihr Becken an seinem ruhte. Sie konnte die harten Konturen seiner Erektion spüren. Er wollte sie. Er rieb dieses dicke Teil an ihr. Groß. Es war wirklich groß, viel größer als Brandons gewesen war. Sie wimmerte etwas.

„Ruhig", sagte er, seine Stimme wie Kies. „Du kannst mich nehmen. Du bist gebaut, um mich zu nehmen."

Da war sie sich nicht so sicher. Er hatte die Größe eines schweren LKWs, während sie doch besorgt war, dass ihre Mädchenteile eher einem aerodynamischen Mittelklassewagen entsprachen, doch das machte nichts. Sie pfiff auf den Penetrationsteil. Das war der Teil, den sie durchstehen musste, um zum guten Part zu gelangen, in dem er glücklich war und sie die ganze Nacht festhielt.

„Ich sorge dafür, dass du bereit bist. Lass mich dich einfach führen." Die Worte gingen ihr unter die Haut. So verlockend. Sie konnte sich einfach nach ihm richten, und alles war gut.

Er öffnete die Tür und führte sie in ihr winziges Schlafzimmer. Das Bett dominierte den Raum und ließ nur wenig Platz für einen Schrank und einen Nachttisch. Sie war wohl die einzige Person auf der Welt, die nach London kam und dachte, die Wohnfläche sei größer, als sie es gewohnt war, doch Krankenhauszimmer täten einem Mädchen das an.

„Wo ist der Lichtschalter, Baby?", fragte Lee.

Sie antwortete ihm nicht. Sie wollte kein Licht. Die Helligkeit im Raum, die durch die Jalousien von der geschäftigen Straße unter ihnen eindrang, war schon schlimm genug. Sie konnte ihren Körper nicht zur Schau stellen. Er war nicht schön. Sie ließ ihre Hände das tun, was sie die ganze Zeit schon gewollt hatte. Sie berührte ihn. Seine Brust, seine Arme. Stahl, bedeckt von weichem, warmen Fleisch. Sie zog am unteren Rand seines T-Shirts.

„Verdammt, Avery. Ich versuche, das erste Mal auf deine Art zu spielen, doch besser du verstehst, dass ich danach das Sagen habe." Er zog das Shirt aus und warf es zur Seite.

Sie war sich noch immer nicht ganz sicher, was er meinte. Panik drohte sie zu überkommen. Ihr Verstand hörte nicht auf zu rasen. Selbst als er sie dieses Mal küsste, konnte sie nicht aufhören, daran zu denken, dass sie nichts Schönes unter ihrer Kleidung trug. Sie trug eine Baumwoll-Unterhose mit Minimizer-BH. Er musste an Frauen gewöhnt sein, die Reizwäsche trugen. Sie war nicht die Art von Frau. Als Adam sie aufgefordert hatte etwas mit Rüschen besetztes zu kaufen, hatte sie gelacht und sich geweigert, weil sie darin lächerlich ausgesehen hatte. Sie hätte albern ausgesehen.

Gott, sie war es satt, albern auszusehen.

Arme kranke Avery. Armes Ding, das Universum muss sich gegen sie gerichtet haben. Es wäre besser gewesen, sie wäre mit ihnen gestorben. Was für ein Leben wird sie nun haben?

Sie hatte das Flüstern gehört. Es hatte sich in ihr Gehirn eingebrannt.

Lees Hände fanden ihren Pullover und zogen ihn aus. Würde er denken, dass ihre Brüste ok waren? Sie hingen schon 'was runter. Ihre Brustwarzen waren zu groß. Sie waren nicht klein und aufrecht und frech.

Konzentrier dich, Avery. Das wird wieder. Du wirst das durchstehen. Du schaffst das.

Sie zitterte etwas, als er ihren BH öffnete. Ihre Brüste hüpften frei. Ja. Hingen definitiv. Gott, sie war erst achtundzwanzig. Sollten sie nicht noch richtig straff sein?

Doch sie hatten ein Baby gestillt. Ihr Baby.

Lees Hände spielten mit ihren Brüsten, in ihre Brustwarzen zwickend, während er ihren Nacken küsste.

Sie zuckte etwas zusammen. Er war grob.

Lee zog sich zurück. „Hab' ich dir wehgetan?"

„Nein." Es war nicht schlecht gewesen. Sie versuchte sich ihm wieder zu nähern, doch er entfernte sich.

„Das sollte nicht wehtun, Avery."

„Hat es nicht."

„Doch, hat es."

Sie seufzte und überlegte sich, ihren Pullover wieder zu schnappen. Sie hasste es, bloßgestellt zu werden. „Es war nicht schlecht. Sei einfach etwas sanfter."

Er starrte sie an. „Das war in etwa so sanft, wie ich sein kann. Ich werd' noch viel rauer werden, Avery. Ich war nicht besorgt, dass ich 'was falsch gemacht hab'. Das war etwas eines kleinen Reizes, der angenehm sein sollte. Deine Brustwarzen sind sexuelle Zonen. Doch du musst dafür in Stimmung sein. Du bist nicht in Stimmung, oder, Avery?"

Es fühlte sich wie eine Anschuldigung an. „Es ist alles gut."

„Dann zieh den Rest deiner Kleidung aus und lass mich deine Muschi fühlen. Ich kann dir in zwei Sekunden sagen, ob du bereit bist für Sex oder nicht."

Sie griff jetzt nach ihrem Pullover und hielt ihn vor sich, um ihre Brüste zu bedecken. „Was bist du so?"

Er stand auf, sie daran erinnernd, wie groß er war. Er war ein Tiger, der sich in einem kleinen Käfig befand, räuberisch und unruhig. „Du willst, dass ich dich auf das Bett werfe und es hinter mich bringe, oder?"

„Wäre das so schlimm? Ich stoß' dich nicht weg. Ich biete dir Sex."

„Nein, du bietest mir einen Quickie. Ich mag Quickies nicht besonders. Und schlimmer noch, du bietest mir einen Quickie, bei dem ich etwas nehme und nichts zurückgebe. Ich fange an zu glauben, dass du keine gute Meinung von mir hast. Erst kommst du auf die Idee, dass ich ein Stricher sei, der versucht dich um Geld zu bringen, und jetzt bin ich wer, der nur ficken will, und dem das Vergnügen seiner Partnerin egal ist."

Der Raum war eisig kalt geworden, Lee strahlte es aus. Er schien drei bis vier Zentimeter gewachsen zu sein, und wenn er seinen Mund geöffnet hätte und darin plötzlich Reißzähne zu sehen gewesen wären, hätte es sie nicht schockiert. Er war ein Raubtier, sie ein flauschiges kleines Häschen, das einen netten Snack abgäbe.

„Ich verstehe. Ich belästige dich nicht wieder." Sie musste ihn zum Gehen bewegen. Es war alles ein riesengroßer Fehler gewesen. Sie war für all das nicht bereit. Sie war keine sexy Frau. Sie hatte ihre Chance auf eine Beziehung gehabt, und die war in jenem Auto gestorben, das Licht ihres Lebens war mit dem von Brandon und Madison ausgelöscht worden.

Vielleicht hatten die Krankenschwestern recht gehabt. Vielleicht wäre es besser gewesen zu sterben.

Lee schnaubte etwas. „Du bist nicht die Frau, für die ich dich gehalten habe."

Yeah, das hatte sie schon häufiger begriffen. „Du solltest gehen."

„Erst wenn ich auch was gesagt hab'." Er griff nach seinem Shirt. „Du kuschst. Wenn es daran liegt, dass ich nicht derjenige bin, den du willst, dann ist das absolut in Ordnung, du solltest dir und mir die Höflichkeit erweisen es auch zu sagen."

„Das ist es nicht."

„Yeah, das denke ich mir. Du hast aufgegeben. Du lässt dich von Angst beherrschen. Das ist keine Art zu leben. Es ist die Art zu existieren, bis das Unvermeidliche geschieht. Ist das die Art und Weise, wie du dein Leben lebst, Avery Charles? Du willst dich einfach bis zu deinem Tod treiben lassen und keinerlei Risiko eingehen, weil es sowie nicht klappt?"

Wie konnte er das sagen? Ein kleiner Funken Wut jagte durch ihren Körper. Das hatte sie nicht verdient. Ihr war sehr wohl bewusst, dass es am besten wäre, ihn aus der Wohnung zu scheuchen. Warum sollte es sie kümmern, dass er sie für einen Fußabtreter hielt? Doch das tat es. „Mir ist der Nutzen meiner verdammten Beine abhandengekommen, Lee. Ich hab' mich nicht in meinen Zwanzigern treiben lassen. Ich hab' sie in einem verfickten Krankenhausbett verbracht, darum kämpfend wieder laufen zu lernen."

„Das ist, was ich will. Das ist die Frau, die ich gesehen hab'. Und du verfluchst mich so oft du willst. Ich merk es mir für deine spätere lustvolle Folter."

Und was zum Teufel war das jetzt? Rechtschaffener Zorn brannte in ihr. „Meine Folter? Du hast kein Recht mich zu foltern. Und ich kann fluchen. Ich entscheid' mich meist dagegen, doch glaub' nicht, dass es mir nicht durch den Kopf geht, Arschloch. Ich hab' versucht dir 'was zu geben. Ich hab' versucht dir meinen Körper zu geben."

„Genau an der Stelle hast du's versaut, Kleine. Ich will deinen Körper nicht. Ich will deine Seele. Ich will alles von dir. Und ich will ganz sicher deine Orgasmen. Ich will sie alle. Ich werd' ein gieriger Mistkerl sein, alle genießend und nur für mich hortend. Du wolltest mir deinen Körper geben? Den kann ich mir an jeder Straßenecke kaufen, Schatz. Du bist diejenige, die jetzt egoistisch ist."

„Wie kann es egoistisch sein Sex anzubieten? Ich verstehe nicht, was du willst." Sie kam vom Gipfel ihrer Wut runter. Sie hasste dieses Gefühl. Ihre Gefühle glichen einem umherhüpfenden Tischtennisball.

„Du hast mir nicht wirklich etwas von dir angeboten." Lee zog sich etwas zurück, seine Stimme etwas weicher werdend.

„Was willst du von mir?" Sie war wahrlich ratlos. Und sie wünschte sich, sie hätte ihren BH anbehalten.

Er nahm ihr den Pullover aus der Hand, griff herüber und schaltete das Licht an. „Zuerst möchte ich, dass du aufhörst dich vor mir zu verstecken. Du bist es, die es hier geschmacklos macht, indem du vorgibst, es sei schmutzig und des Tageslichts nicht würdig."

„Das habe ich nicht so gemeint." Sie hatte nur versucht, es

reibungslos über die Bühne zu bringen.

„Doch, das hast du. Sag, dass du mich wirklich willst." Seine Stimme klang nun positiv sanft. Seine Hand umschloss ihre Wange, sie zwingend zu ihm aufzuschauen. Gott, er war wunderschön. Kein Mann sollte solch dermaßen sinnliche Lippen haben.

„Ich will dich." Sie wollte ihn so sehr. Sie vertraute nur nicht darauf, dass es möglich sein konnte, dass er sie wollte.

„Nein, das willst du nicht, doch du wirst es." Er trat zurück und steckte sein Shirt in die Hose. „Wir machen's auf meine Art. Wir haben's auf deine versucht, die hat nicht geklappt, also übernehm' ich jetzt die Kontrolle. Das hätte ich von vornherein tun sollen. Wenn ich davon ausginge, dass du welche hättest, würd' ich dich jetzt auffordern dir Fetischkleidung anzuziehen, doch du hast nicht zufällig ein Korsett und 'was in PVC im Schrank versteckt, oder?"

„Ich weiß nicht, was PVC ist", gab sie zu, ihre Courage schmerzte sie etwas. „Ich glaub' nicht, dass das eine gute Idee ist, Lee. Ich glaub' nicht, dass ich sein kann, was du brauchst. Ich hab' keinerlei Erfahrung, und die Erfahrung, die ich gemacht hab', war nicht sehr gut. Versteh mich nicht falsch. Ich hab' meinen Mann geliebt, doch der Sex war nicht spektakulär. Ich glaub', ich gehör' zu diesen Frauen, die nicht sexy sein können. Ich hab' versucht dir zu gefallen, doch das tu' ich nicht."

Sogar in dem schummrigen Licht konnte sie sehen, wie er sie anstarrte, abschätzte. „Und ich glaub', du gehörst zu diesen Frauen, die es nicht lassen können endlos lang darüber nachzudenken, bis dass sie ihrem Körper die Führung überlassen. Sieh, Avery, den Sex, den du gehabt hast, hattest du als Kind. War dein Mann älter als du? Erfahrener?"

Sie schüttelte den Kopf. Sie waren beide noch Jungfrau gewesen.

„Dann hast du keine Ahnung, wie es sein kann. Ich betrachte Sex anders als die meisten Menschen. Es ist ein Austausch und der sollte gut für beide Seiten sein. Ich will nicht, dass du die Beine spreizt und ich dich nehmen kann, nur weil du willst, dass dich jemand hält. Wenn du willst, dass ich dich halte, dann frag mich. Ich will, dass du deine Beine spreizt, weil du keine einzige Sekunde länger auf meinen Schwanz warten kannst. Ich will deine Muschi willig und bereit, feucht für einen großen Schwanz, um ihn einführen und tief eintauchen zu können. Ich will, dass deine Nippel steif werden, wenn ich einen Raum betrete, weil du dich an all die schmutzigen Sachen erinnerst, die ich mit ihnen anstelle. Ich will, dass du mich willst. Ich kann dich dazu bringen, dass du dich nach mir sehnst. Ich will keinen Sex im Vorbeigehen, der mich einschläfert, den ich fünf Minuten später wieder vergessen hab'. Ich will die ganze Nacht ficken. Ich will es den ganzen nächsten Tag noch spüren, weil sich mein Schwanz so daran gewöhnt hat, tief in deinem Körper zu stecken. Wenn du genau das willst, dann zieh dir jetzt das sexieste Teil an, das du hast, und sei damit einverstanden, dass ich der Boss bin, wenn es um Sex geht." Er drehte sich um und ging hinaus. „Ich geb' dir fünf Minuten, um dich zu entscheiden. Ich warte im Wohnzimmer. Wenn du mich wirklich willst, ziehst du dich genauso an, wie ich's dir gesagt hab', und präsentierst dich mir zur Begutachtung. Und Avery, kein BH und keine Unterwäsche. Du wirst sie nicht brauchen."

Die Tür schloss sich hinter ihm und sie musste sich erinnern, wie sie zu atmen hatte.

Sie war nicht sexy. Sie war nicht wollüstig.

Doch was wäre, wenn sie es sein könnte? Lee hatte nicht mit allem recht gehabt, mit einigen Dingen lag er jedoch richtig. Er hatte ihr gesagt, dass er die Kontrolle übernehmen wollte, doch dann hatte sie versucht alle Entscheidungen zu treffen. Er hatte mehr Erfahrung, doch sie hatte beschlossen, alles besser zu wissen. Sie hatte nicht auf ihn gehört.

Er wollte Kontrolle. Er verlangte, dass sie ihn wirklich wollte. Sie verstand es nicht, doch wenn sie es je verstehen wollte, musste sie es versuchen.

Sie hatte sich selbst wieder das Laufen beigebracht. Das war ein riesiger Berg gewesen, den sie erklommen hatte. Warum war sie hier so ängstlich? Sie hatte Schlimmerem gegenübergestanden, aber machte sich ins Hemd, weil sie keine Unterwäsche und keinen BH tragen sollte? Sie hatte so viel verloren. War sie bereit auch das hier zu verlieren?

Was riskierte sie? Sie könnte dumm aussehen. Sie könnte zuletzt mit einem gebrochenen Herzen dastehen, doch zumindest hätte sie sich bewiesen, dass es noch funktionierte.

Sie hatte den Ozean überquert, um ihr Leben zu ändern – um ein Leben zu leben. Was wäre ein Leben ohne ein paar Risiken?

Sie holte ihr Handy raus und schickte eine kurze SMS an Adam, die ihn wissen ließ, dass sie zu Hause war und mit wem, so dass sie, falls sie serienmäßig ermordet wurde, wenigstens einen Ausgangspunkt hätten, wo ihre Leiche zu finden sein könnte.

Doch sie wollte es tun, weil sie sich bei Lee sicher fühlte. Und weil sie endlich verstehen wollte, was es wirklich bedeutete jemanden zu wollen.

* * * *

Liam zwang sich zur Geduld. Warum hatte er ihr dieses verdammte Ultimatum gestellt? Was hatte er sich dabei gedacht?

Er hatte darüber nachgedacht, wie die Beziehung sein sollte. Er hatte nicht an den verdammten Einsatz gedacht. Er hatte nachgedacht, was er brauchte und über die Vorstellung, dass sie ihn nicht so wollte, wie er sie wollte. Sein Schwanz war tagelang hart gewesen, als er daran gedacht hatte, sie zu nehmen, doch er hatte ihre Erregung gespürt. Sie war rührend gewesen im Vergleich zu seiner.

Sie verstand einfach nicht, was sie alles miteinander anstellen konnten. Sie war wie eine Jungfrau.

Gott, er tat es nicht mit Jungfrauen.

Doch er wollte es mit dieser tun. In dem Moment, als er herausgefunden hatte, was das Problem war, hatte er auf Schongang gestellt. Hatte er bisher gedacht hart zu werden, schickte ihn die Erkenntnis, dass Avery noch nie einen Orgasmus gehabt hatte, ins „zwei Viagra genommen"-Gebiet.

Er hatte endlich verfickt nochmal was anzubieten. Er war nicht für etwas Längerfristiges gemacht. Er war ein Mistkerl von Freund. Verdammt, er hatte sich, seit er mit Katie Reilly zu Zeiten seines Abiturs rumgemacht hatte, nicht mehr Freund schimpfen können. Danach kam die Armee und der SAS, dann die Zusammenarbeit mit dem Geheimdienst. Frauen waren ein Trost gewesen, mehr nicht.

Dann wurde sein Bruder getötet, und nichts konnte ihn mehr

trösten. Er hatte sich endlich niedergelassen und einen kleinen Platz für sich im Sanctum gefunden, doch war kein Freund von irgendeiner.

Aber er war gut darin Mädchen heiß zu machen. Er wusste gut, wie und wo er eine Frau anzufassen hatte, so dass sie keuchte und darum bettelte. Und er war sich verfickt nochmal sicher, wie er seinen Schwanz zu nutzen hatte. Er konnte ihr beibringen, dass ihr Körper zur Vergnügung gebaut war. Das konnte er ihr geben.

Wenn sie auf sein Angebot eeinginge.

Die Minuten verstrichen und er fragte sich, wie er das wohl retten konnte. Und er hatte noch nicht mal die Wohnung verwanzt, was er hätte tun sollen. Ian träte ihm in den Arsch.

Alex müsste es versuchen, wenn sie ihn rausschmiss. Er konnte den Gedanken an Alex' Händen an ihr nicht ertragen. Alex wäre sanft. Alex würde sie mit Höflichkeit behandeln. Alex hätte ihr nicht gesagt, sie gingen entweder gemeinsam seinen Weg oder jeder von ihnen nähme die entsprechende Autobahn.

„So in Ordnung?"

Er drehte sich um, überrascht, dass sie es geschafft hatte sich an ihn ranzuschleichen, doch er war seit Tagen nicht mehr bewusst bei der Mission gewesen. Sein Verstand und sein Schwanz waren in perfekter Harmonie gewesen, konzentriert auf sie.

Sie stand vor dem winzigen Badezimmer, mit Jeans-Minirock und einem Tank-Top bekleidet, das eigentlich hätte verboten sein sollen. Oh, es hätte bei jeder anderen absolut in Ordnung ausgesehen. An einer Frau mit kleineren Brüsten hätte es sportlich gewirkt. Bei Avery sah es lasziv aus, als wartete sie nur darauf, dass ein Mann es ihr vom Leib riss, um ihre Brüste in den Mund saugen zu können, so dass ihre Brustwarzen hart und ihre Muschi feucht wurden.

Sie fuchtelte herum beim Versuch, den Rock weiter herunterzuziehen. „Sonst trage ich ihn mit einer Leggins. Naja, ich hab' ihn tatsächlich gestern gekauft. Ein Freund sagte, er sähe gut aus, aber ich find' ihn zu kurz."

Er war viel zu kurz und qualifizierte ihn zur Fetischkleidung. Er würde Adam ein Bier kaufen müssen. *Gewiefter Mistkerl.* „Lass mich mal sehen. Dreh dich um."

Sie biss sich auf die Unterlippe, drehte sich aber langsam um, den Blick auf ihr Hinterteil freigebend.

„Stopp", befahl er. Sie hätte wohl so lange weitergemacht, bis sie sich vollständig im Kreis gedreht hätte, doch er wollte ihren Hintern sehen. Er stöhnte ein wenig. Ihr Hintern war rund, mit schön gebauten Hüften, die sich von der Taille aus zu einem wirklich spektakulär reizvollen Hintern ausweiteten.

Sein ganzes Leben lang hatte er vollschlanke Frauen verehrt. Er hatte sich jahrelang verleugnet, sich für dünne, kleine, junge Dinger entschieden, weil ihm nicht wie bei dieser das Wasser im Munde zusammenlief. Diese kaum im rechtlichen Sinne legalen Frauen hatten nur eines von ihm gewollt – eine gute Zeit. Sie hatten ihn nicht bewegt. Sie hatten ihn nicht dazu gebracht, dass er in sie versinken und nie wieder gehen wollte.

„Bück dich." Er wollte sehen, wie freundlich genau Adam gewesen war. Sie zögerte. „Das wird nicht funktionieren, wenn du mir nicht gehorchst."

Ihre Augen weiteten sich. „Ich weiß nicht, ob mir das Wort 'gehorchen' gefällt."

Wie sollte er ihr das erklären, so dass sie es verstand? BDSM mochte seltsam und fremd erscheinen, aber für ihn machte es Sinn. „Stell es dir wie eine Regelung vor. Sieh, du hast doch bestimmte Anweisungen, die du befolgst, um ein gewünschtes Ergebnis zu erzielen? Um zum Beispiel einen Schreibtisch zu bauen oder so was ähnliches? Befolgst du Anweisungen? Gehorchst du da Regeln?"

„Ja."

„Warum glaubst du, es gäbe keine Regelung, wie Sex funktioniert? Du wolltest nicht mit mir darüber sprechen, was du willst. Du hast mich in den Raum gestoßen, damit ich ja nicht das Licht anmache, weil du verdammt genau wusstest, dass ich's dort anmache, oder nicht?"

Sie blieb stehen, wo sie war. „Ja. Ich will nicht, dass du mich siehst. Ich sehe nicht wie eines der Mädchen aus den Zeitschriften aus."

Er seufzte, das Geräusch kam tief aus seiner Brust. „Die Mädchen in den Magazinen sind retuschiert und viel zu dünn. Auf dem Foto werden ihnen noch ein paar Pfunde hinzugefügt, so dass diese Mädchen so dünn sind, dass ich sie aus Angst, ich zerbräche sie, nicht ficken könnte. Ich will eine Frau, Avery, nicht irgendein winzig verdammtes Ding, dessen Taille nur beweist, dass sie nichts isst. Ich will eine Frau, die mich nehmen kann. Ich will eine Frau, an der ich mich festhalten kann. Also bück dich, denn ich will deinen Arsch sehen. Ich will ihn sehen, weil ich schon seit Tagen von ihm geträumt habe. Er ist heiß und rund und so verfickt reizvoll, dass ich es kaum ertragen kann. Mach mich heiß, Avery. Zeig mir deinen Arsch."

Sie brauchte einen Moment, doch dann beugte sie sich vor, ihre Wirbelsäule gekrümmt. Der Rock wölbte sich, bis er deutlich sehen konnte, dass sie seinem Edikt bezüglich der Unterwäsche gefolgt war. Ihre runden, geschwungenen Arschbacken lugten aus dem spärlich knappen Saum ihres Rocks hervor. Süße Backen. So verfickt hübsch.

„Das ist wunderschön, Liebes." Fuck, sein Schwanz fühlte sich elendig an und er konnte es noch nicht einfach so mit ihr tun. Er musste ihre Grenzen hinausschieben. Er wollte, dass sie schrie, und das ging nicht, wenn er ihr einfach nur seinen Schwanz hineinschob.

Seine Fingerspitzen fanden ihre Oberschenkel. Im gleichen Moment, in dem er sie berührte, keuchte sie und stand aufrecht.

„Hab' ich dir wehgetan?" Er kannte die Antwort auf die Frage. Er hatte sie erschreckt, weil sie es nicht erwartet hatte, doch sie musste hier und jetzt lernen, dass er sie auf jede erdenkliche Weise berührte, wenn er wollte.

„Nein." Sie schauderte, doch der Raum war nicht kalt. Das Zimmer war schön und angenehm warm.

„Dann beugt dich wieder vor. Ich berühre dich nur, Avery." Er konnte nicht erwarten, dass sie sich wie eine ausgebildete Sub verhielt. Er musste geduldig sein und ihr beibringen, was er wollte. Später, wenn sie so reagierte, würde er sie übers Knie legen und sie die flache Hand auf ihrem Arsch spüren. Fuck, sein Schwanz liebte diese Vorstellung.

„Das ist seltsam, weißt du", sagte sie, aber fügte sich.

„Seltsam liegt im Auge des Betrachters." Er strich mit der Hand an ihren Oberschenkeln entlang. Weiche, süße Haut. „Ich finde es seltsam, wie nicht-BDSMler einfach miteinander ins Bett springen und ficken und den Moment nicht mit wahrer Wollust genießen, nicht miteinander reden, was geht und was nicht. So viele Menschen erwarten einfach nur das Sex geschieht, doch wirklich großartiger Sex erfordert Arbeit, wie alles im Leben. Du musst mit deinem Partner reden. Wenn du mit einem Partner an einem Projekt arbeitest, würdest du doch auch mit ihm reden, nicht wahr?"

„Ja." Ihre Stimme kam mit einem leichten Keuchen heraus. „Aber es klingt bei dir so, als sei dies Arbeit. Es fällt mir schwer Sex als ein Projekt zu betrachten, das ich managen muss."

Er berührte kaum ihre Pobacken, nur ein kleines Kitzeln an ihrem Fleisch, und sie verkrampfte ihre Muskeln. „Nur, weil du es nicht ernst nimmst."

„Ich nehme das sehr ernst", schoss sie zurück.

„Nein, du nimmst die Wahl deines Partners ernst, doch nicht Sex. Den Sex selbst siehst du als etwas an, das du geben musst, um zu dem zu gelangen, was du wirklich willst, nämlich Geselligkeit und Zuneigung. Das kannst du mit Sex nicht kaufen, Avery. Das kommt oder kommt nicht, kein Mann gibt 'was drauf. Nicht wirklich. Er wird den Sex von dir annehmen, auch wenn er dich nicht besonders mag. Er wird ihn nehmen, weil du ihn so leicht anbietest. Nochmal – keine Beziehung, sondern Sex. Du bietest mir leichten Sex an. Sex, bei dem ich nicht arbeiten muss, doch ich will arbeiten, weil ich dich mag, und ich Zuneigung für dich empfinde. Verstehst du das?"

„Du denkst, ich sollte nach mehr fragen."

„Nein, ich denke, du solltest mehr verlangen."

„Das klingt nicht sehr unterwürfig, Lee."

Er seufzte, als er ihre Pobacken ein letztes Mal berührte und zurückwich. „Du kannst jetzt hochkommen." Er sank wieder in ihre Couch. Sie tat es, für das, was er brauchte. Für das, was sie brauchte. „Komm, setz dich auf meinen Schoß."

Sie bewegte sich etwas unbeholfen beim Versuch, den Rock runterzuziehen. „Ich krieg' ihn nicht weit genug runter. Wenn ich mich auf deinem Schoß setze, rutscht her hoch."

„Setz dich auf meinen Schoß, Avery". Seine Stimme wurde hart und er freute sich über ihre Antwort. Sie tat, was er wollte, auch wenn sie sich süßerweise Zeit damit ließ und tapfer versuchte, so viel Stoff wie möglich zwischen ihnen zu lassen. Sie machte es sich gemütlich, sich aufrecht haltend.

So jedoch nicht. Er zog kurz mit seiner Hand, und der Rock lag auf ihrer Taille.

Avery kreischte etwas, doch er hielt sie genau dort, wo er sie haben wollte. „Lee, du verstehst nicht. Ich... Ich ruinier dir die Hose. Gott, ich muss mich sauber machen."

„Oh, wird die kleine Muschi meines Babys endlich feucht?" Er legte eine Hand auf ihr Knie.

Sie versuchte die Beine zu kreuzen. „Ja, und wie. Es fühlt sich sehr dreckig an."

Er konnte sie jetzt riechen. Das Vorbeugen und dass Präsentieren ihres Hinterns hatte etwas mit ihr getan. Genauso wie der Dirty Talk. Yeah, er wusste schmutzige Dinge zu sagen. „Dreckig ist gut. Ich will, dass diese Muschi feucht und willig ist, wenn ich anfange, sie zu verspeisen."

Ihre Haut verfärbte sich in den schönsten rosa Farbton. „Wie kannst du nur so reden?"

„Wie?" Er umschloss ihre Knie. „Hör auf mich zu unterbrechen. Fang an mit mir zu sprechen."

Sie entspannte sich etwas, sie breitete die Knie aus und gab ihm Zugang. „Der Dirty Talk. So hat noch nie jemand mit mir gesprochen."

„Und es gefällt dir nicht?" Er schlich sich mit einer Hand höher und fragte sich, ob sie ihn anlöge. Offensichtlich gefiel es ihr. Er konnte die Hitze ihrer Muschi spüren. Ihre hübschen Augen weiteten sich, als er begann etwas süß Unflätiges von sich zu geben.

„Es gefällt mir. Ich hätte nicht gedacht, dass es mir gefällt. Ich höre nicht gern viel Gefluche, doch wenn du es sagst, klingt es anders."

„Weil wir an einem sicheren Ort sind. Baby, es gibt einen riesigen Unterschied zwischen einem Bauarbeiter, der rüber schreit, wie schön deine Titten aussehen, und mir, der dir sagt, wie ich diese wunderschönen Titten mit meinem Mund berühren und nie mehr verlassen will. Es ist nichts Respektloses dabei, wenn ich sag', wie sehr ich deine kleine Muschi ficken will."

„Ich weiß nicht, warum."

Er tat nicht so, als ob er sie missverstände. Er wusste verdammt gut, wovon sie sprach. „Wir müssen an deinem Selbstwertgefühl arbeiten, Baby. Ich will dich ficken, weil du meinen Schwanz hart machst. Ich will dich ficken, weil ich mir ganz schön sicher bin, dass du der süßeste Fick bist, den ich je hatte. Du wirst wie Zucker auf meinem Schwanz sein. Ich werde bald süchtig nach diesem kleinen Bissen Sonnenschein sein und keine andere Muschi wird mir das gleiche antun. Aber hier spiele ich die Dom-Karte, Avery. Ich versuche, es langsam anzugehen, doch wenn du wieder mit dir anfängst, versohl ich dir den Hintern. Wenn ich noch ein Wort aus deinem Mund höre, dieser Körper sei nicht sexy, wirst du über meinen Schoß gelegt und kriegst zwanzig. Hast du das verstanden?"

Sie vergrub ihren Kopf an seiner Schulter und schrie leicht auf. Ihr Körper zitterte.

Er hatte sie zu Tode erschreckt. Sein Herz drohte zu zerbrechen. Er hatte es schon wieder verkackt. Er hatte sie falsch eingeschätzt. Er war sich ihrer natürlichen Hingabe so sicher gewesen, doch was, wenn sie damit nicht umgehen konnte? Er hätte spielen sollen, wie nicht-BDSMler ihre Sexualität ausleben. Er hatte die Chance ergriffen, weil er sie so verfickt sehr wollte. Liam, nicht Lee. Kein verdammtes Konstrukt, das er sich für seine Undercover-Arbeit ausgedacht hatte, sondern Liam, der Verkorkste, der sie auf einer Ebene brauchte, von der er nie gewusst hatte, dass es sie gab.

Und nun schmiss sie ihn raus, weil er sich wie ein brutaler Bastard verhalten hatte.

Ihr Gesicht kam hervor und statt Tränen sah er ein Lachen und eine hübsche rosa Rötung. Sie lachte, sie kräuselte die Lippen süß vor Lachen. „Lee, du machst mich verrückt. Ich glaube, ich bin ein Freak, denn die Sache mit dem feucht werden ist wieder passiert, als du angefangen hast darüber zu reden, mich zu versohlen.

Ihr Lachen erfüllte die Luft zum ersten Mal in dieser ganzen Nacht und es sah aus, als hätte sie Spaß. Spaß mit sich. Spaß mit ihm.

„Spanking kann sehr erotisch sein", sagte er, seine Hände schlossen sich fester um sie, zogen sie zu ihm zurück. „Es kann auch höllisch wehtun."

Ihre Stimme klang tiefer, intimer als vorher. Sie richtete die

Augen auf ihn, fragend. „Woher willst du das wissen?"

Es war an der Zeit für echte Ehrlichkeit. Er fühlte, wie er lächelte, als er zu ihr runter blickte. Es fühlte sich so verfickt richtig an, sie auf seinem Schoß sitzen zu haben. Als ob sie dort hingehörte. „Ich hab's dir gesagt, Baby. Ich wurde angelernt. Du wirst im Club Sanctum nicht trainiert, ohne alles selbst ausprobiert zu haben. Wie soll ich wissen meine Partnerin zu versohlen, wenn ich selbst nicht versohlt wurde?"

Sie kuschelte sich an ihn. „Ich wünschte, ich wäre dabei gewesen, um das zu sehen. Ich versuche mir vorzustellen, wie du auf dem Schoß von jemandem liegst. Ich bin froh, dass du es auch probiert hast. Es scheint nicht fair zu sein, dass du einfach Regeln aufstellen und ganze Disziplin erteilen darfst, wenn du nicht selbst weißt, wie sich das anfühlt."

Sie hatte sich etwas entspannt, doch ihre Beine lagen wieder nebeneinander und das ließ er nicht durchgehen. „Halt die Beine gespreizt, Avery. Ich will an deine Muschi kommen. Während wir miteinander spielen, gehört deine Muschi mir."

Sie verzog das Gesicht, spreizte aber die Beine. „Warum nennst du es Spiel?"

„Weil wir von intimen Szenen sprechen. Ich bin kein Dom rund um die Uhr. Einige Doms sind es, doch ich möchte eine Partnerin haben, keine Sklavin. Ich will Verantwortung für den Sex haben und ich will, dass eine Frau, die sich tief zu mir verbunden fühlt, zu mir kommt, wenn es Probleme gibt. Verstehst du?"

Das war wichtig. Es war Teil seiner Tarnung. Er musste ihr Liebhaber werden, so dass, wenn die Kacke am Dampfen war, und das würde sie, sie sich an ihn wendete und ihn auf sie Acht geben ließe. Er musste es schaffen, dass sie hierüber nie zögerte. Er brauchte sie, um sich ihm zuzuwenden, ihm zu vertrauen.

Sie wusste nicht mal seinen Namen. Sie hatte nie seine echte Stimme gehört.

Ein strahlendes Lächeln kreuzte ihr Gesicht. „Ich verstehe, doch du solltest wissen, dass ich ein sehr langweiliges Leben führe. Ich weiß nicht, wie sehr du mich künftig retten musst. Mir passiert nie etwas." Sie runzelte die Stirn. „Außer bei Autounfällen. Ich sollte wohl besser nicht fahren." Sie keuchte etwas, mit einer Hand bedeckte sie ihren Mund. „Ich kann nicht glauben, dass ich darüber gerade Witze gemacht habe."

Er hätte eigentlich nicht wissen können, was für ein Durchbruch das für sie war, doch er spürte es. Sie hatte sich wohl noch nie darüber lustig gemacht, außer mit ihm. Sie hatte sich ausreichend sicher gefühlt, um mit ihm über das Schlimmste zu scherzen, was ihr je passiert war. Eine tiefe Zuneigung wand sich in seinem Bauch. Sie war so süß und sie vertraute ihm. Sie täte es besser nicht. Er war ein Bastard, der sie in jedem Moment, den sie zusammen verbrachten, belog, doch sie vertraute ihm und das bedeutete Liam viel.

„Wie wär's, wenn ich verspreche zu fahren." Seine Hand lag auf ihrem Oberschenkel, nur ein paar Zentimeter von dieser Muschi entfernt. Er konnte die Hitze spüren, die von ihr ausging. Sie versengte ihm fast die Finger. „Ich denke, du wirst feststellen, dass ich mich ziemlich gut auf dem Fahrersitz mache."

„Ich hab' ein wenig Angst." Sie blickte zu ihm auf, er war von wahrer Begierde fast zerrissen.

Er musste die Kontrolle über sich erlangen. „Dafür gibt es keinen Grund. Lass mich auf dich Acht geben. Überlass mir die Kontrolle. Ich verspreche, dich nicht in die Irre zu führen."

„Du willst mich wirklich? Bist du ehrlich?"

Er log ihr das Blaue vom Himmel herunter, außer dem Part, dass er sie haben wollte. Er wollte sie wie seinen verfickt nächsten Atemzug. Er brauchte sie verfickt noch mal. „Das bin ich. Ich werd' dich nicht anlügen, Baby."

Er würde sie an jedem Tag ihrer Beziehung belügen, weil dies der einzige Weg war, um sie zu schützen. Er würde ihr genau das sagen, was sie zu hören verlangte. Er würde ihr sagen, dass er ein Mann sei, der sie mit offenem Herzen lieben könne.

Sie brauchte nie zu wissen, dass er gar kein verficktes Herz hatte.

Er presste seine Lippen auf ihre und genoss, wie gut sie sich anfühlte. „Lass mich dich haben."

Sie brauchte nie zu erfahren, wie er sie wirklich sah. Wie Liam und nicht Lee sie sah. Liam betrachtete sie als seine Entlohnung. Ihre Süße, ihre unschuldige Fürsorge, war die Entlohnung für jede

Art von Schmerz, den er ertragen hatte. Er hatte sich geopfert und sie war seine Belohnung.

Sein Preis bestand aus ein paar Tagen, höchstens einer Woche, in der es ihm erlaubt war sie zu lieben, tief in ihrer Unschuld zu versinken und so zu tun, als sei er ihrer würdig.

„Lass mich dich haben, Baby", flüsterte er an ihren Lippen.

Sie ließ ihre Arme nach oben treiben, seinen Hals umschließend. „Ja."

Liam nahm sich ihre Lippen vor und forderte seinen Preis ein.

Kapitel Sieben

Avery fand sich in einem langsamen Anflug von Wahnsinn wieder. Lee küsste sie unaufhörlich, seine Hände so nah am Zentrum ihres Körpers. Sie hatte ihre Vagina nie als ihr Herzstück begriffen, doch sie spürte nunmehr überdeutlich, dass sie der Ort war, von dem alle Gefühle ausgingen.

Ihre Muschi, Gott, sie dachte über sie als ihre Muschi, war feucht. Willens. Bereit. Sie hatte es nie so gewollt, wie jetzt. Sie hatte nie wirklich verstanden, was das Wort wollen bedeutete, bis sie sich auf Lee Donnellys Schoß gesetzt und die Beine gespreizt hatte.

„Ich möchte dich anfassen. Sag mir, dass deine Muschi heut Nacht mir gehört."

Seine Stimme strömte irgendwie geradewegs zu ihrem Becken. Was war das für ein vibrierendes Gefühl, das sie immer wieder überkam? Sie sollte vorsichtiger sein, doch jedes verdammte Wort, das er sagte, machte Sinn. Ehrlichkeit. Kommunikation. Vertrauen. Alles Worte, die sie sicher fühlen ließen.

Ihre Muschi hatte nie jemandem tatsächlich gehört. Sie war ihr eigentlich egal. Sie war kein Teil ihres Körpers gewesen, der wichtig war. Ihre Beine hatten im Mittelpunkt ihrer Welt gestanden, ihre weiblichen Teile waren dagegen ziemlich nutzlos.

Bis seine Hände über ihre Haut geglitten waren. Jedes Stück Fleisch erglühte unter seinen Fingern. Was hatte er gefragt? Ihr Hirn fühlte sich an wie Brei. Ihre Muschi gehörte ihm? „Ja."

Es war leicht, denn niemand sonst hatte ihre Muschi je gewollt. Es war jahrelang ihre gewesen, kraft des Rechts Teil ihres Körpers zu sein, doch sie hatte nichts Interessantes mit ihr angestellt. Sie hatte sich keine Gedanken darüber gemacht. Lee hatte es ihr vor Augen geführt, so dass ihr die Antwort nicht schwerfiel.

Die Luft entfloh ihrer Lunge, als seine Finger eindrangen. Er teilte die Schamlippen, seine Finger weiteten ihre Muschi und wirbelten in ihr herum. Er zwickte an ihrer Klitoris, was sie sich winden ließ und nach mehr verlangte.

„Sag mir, was dir gefällt", forderte er.

Er fragte nicht. Er befahl es und das tat etwas mit ihr. Er wollte reden. Er wollte wissen, was sie heiß machte. Wie sagte sie ihm, dass er es war, der sie wirklich heiß machte? Er brauchte nur einen Raum zu betreten und ihre Temperatur stieg, ihr Interesse erwachte.

„Ich liebe es, wenn du mich küsst." Sie vergötterte die Art, wie sich sein Mund auf ihrem bewegte. Zuvor war Küssen etwas zu Vernachlässigendes gewesen, das es zu ertragen galt, um zu dem Part zu gelangen, bei dem sie gehalten wurde. Damit hatte er Recht gehabt. Alles, was sie sich anfangs gewünscht hatte, war von ihm gehalten zu werden, doch das änderte sich jetzt. Sie hielt die Beine gespreizt und es fühlte sich gut an. Seine Finger spielten in ihrer Muschi und sie wollte mehr.

Er hörte auf seine Hand zu bewegen. Er ließ sie genau auf ihrer Muschi liegen, senkte die Lippen und bedeckte ihre. Seine Zunge begann sanft mit ihrer Unterlippe zu spielen und sie öffnete den Mund, willens sie eindringen zu lassen. Sie war noch nie so geküsst worden, wie Lee sie küsste. Als sie zuvor geküsst worden war, hatte es sich unbeholfen und plump angefühlt, Lee jedoch atmete sie ein. Er gab ihr das Gefühl, dass sie eine köstliche Leckerei war, die es zu genießen galt.

Er ließ sie sexy fühlen.

Seine Finger, die vorher so sanft waren, wurden fester, kräftiger, als er ihre Muschi liebkoste. Er teilte ihre Schamlippen und tunkte den Finger hinein.

„Da will mein Schwanz sein, Liebes. Er will genau dort zu deinem Vorhof, darauf wartend einzutauchen." Sein Finger strich um ihren Eingang herum, zog lange, langsame Kreise, ihr Erregung entlockend. „Spürst du es?"

Sie keuchte, als ein einziger Finger nach innen eintauchte. Sie hatte tatsächlich echten Sex gehabt, aber nichts so Erotisches. Lee hatte recht gehabt. Sie hatte Sex als Vorwand gebraucht, um Liebe und Zuneigung zu gewinnen, doch was sie jetzt wirklich wollte, war Sex. Schmutzig. Unanständig. Dreckigen Sex.

Sie wollte auf diesem Finger reiten und sehen, wohin er sie führte. Ihre Hüften schienen sich wie von selbst zu bewegen, als wären sie von seiner Hand magnetisch angezogen.

„Wer hat hier das Sagen?", fragte Lee, sein Mund nah an ihrem Ohr. Warmer Atem hüllte ihre Haut ein, der sie schaudern und nach mehr verlangen ließ.

Sie dachte nicht einmal nach. All ihre Gedanken konzentrierten und richteten sich auf diesen einen Finger. Er suggerierte ihr diese Vorstellung. Sein Schwanz. Hartes männliches Fleisch. Sein Finger massierte sie rings um ihre Muschi herum, doch sie verlangte nach mehr. Sie wollte ihn reinkriegen. „Du hast es. Du hast das Sagen."

Die Worte drängten einfach heraus, doch das war ihr egal. Das Einzige, was sie interessierte, war diesen Finger tief reinzukriegen und endlich zu wissen, worum es bei dem ganzen Getue ging. Sie hatte Romane gelesen und Filme gesehen, in denen Sex das A und O menschlicher Existenz zu sein schien, doch sie hatte bis jetzt keinen Funken Verständnis dafür gehabt. Sie drückte die Hüfte nach unten und versuchte, ihn in eine Falle zu locken, um so zu erzwingen, dass er seinen Finger tief hineinsteckte.

Sie schrie beinahe auf, als er den Finger komplett wegzog.

„Ich bin froh, dass du einverstanden bist, Liebes. Nun hoch mit dir und zieh die restlichen Klamotten aus. Ich will dich sehen."

Sie blinzelte ein paar Mal, bevor sie verstand, was er gesagt hatte. „Doch ich war so nah."

Ein sexy kleines Lächeln kräuselte seine Lippen. „Nein, warst du nicht, doch du wirst es sein. Avery, vertrau mir. Ich werde dir geben, was du brauchst. Jetzt gib mir, was ich brauche. Ich will dich sehen."

Sah er nicht genug von ihr? Ihre Muschi war für ihn sichtbar. Warum musste er danach drängen? Die meisten Männer hätten einfach ihren Rock hochgeschoben und sich bedient, aber nein, Lee Donnelly musste einen enormen Zirkus daraus machen.

Weil es wichtig war. Weil Sex von Bedeutung sein sollte, die über einen Orgasmus und anschließendes Einschlafen hinausging. Weil er es ernst nahm.

Sie war endlich dahintergekommen. Ja, er harrte auf Lust, doch darüber hinaus hielt er nach etwas anderem Ausschau. Er suchte nach einer Verbindung. Er suchte nach Vertrauen und Ehrlichkeit, all die Dinge, die sie auch wollte. Diese ganze Nacht hätte ein leicht zu vergessendes und vermutlich wohl bedauernswertes Techtelmechtel werden können, doch Lee schien ihr etwas vermitteln zu wollen. Dass sie von Bedeutung war. Dass das, was sie wollte, von Bedeutung war, und sie sich nicht mit weniger abfinden sollte, und sie das, was er wollte, ebenso ernst zu nehmen hatte.

„Sprich mit mir, Avery." Ernsthafte grüne Augen hefteten sich an sie. Er wollte sie mit nichts davonkommen lassen und das erschien ihr plötzlich sexy.

„Ich habe Angst, dass du mich nicht mehr willst, wenn ich mich ausziehe."

Er stöhnte und legte seine Stirn an ihre. „Verdammt, Baby. Wir haben noch viel Arbeit vor uns. Du hattest einen Unfall und nun machst du dir Sorgen, dass mir die Narben nicht gefallen werden, stimmt's?"

„Ja, obwohl die meisten verblasst sind. Ich mache mir außerdem Sorgen darüber, wie dick ich bin. Ich bin nicht dünn wie ein Bleistift und meine Brüste hängen. Ich habe Dehnungsstreifen." An die hatte sie nicht wirklich gedacht. Sie erzählten eine Geschichte, diese Dehnungsstreifen und die Art, wie ihre Brüste hingen, und es war unausweichlich, dass er die Kaiserschnittnarbe entdeckte, die ihren Körper oberhalb ihres Beckens kurvenförmig spaltete. Würde er fragen? Würde er wissen, was sie bedeutete? Wäre es von Bedeutung, wenn sie es ihm nicht sagte? „Ich hab' ein Baby bekommen, als ich achtzehn war."

Sie hatte niemandem von Maddie erzählt. Thomas hatte es nur herausgefunden, weil er vor ihrer Einstellung Nachforschungen über sie angestellt hatte. Sie hatte diesen Teil ihres Lebens höchst geheim gehalten, doch auf seinem Schoß sitzend, mit ihrem warmen Körper und seinen Armen um sie herum, mutete es falsch an, ihn zu verschweigen. Das war es, was sie tat, wurde ihr plötzlich klar. Sie verschwieg ihn. Sie nutzte die Kenntnis darüber wie eine Mauer, um an einem sicheren Ort zu bleiben. Niemand musste die wahre Avery Charles kennen, dann konnte ihr gewiss niemand etwas antun, plötzlich jedoch schien es, dass niemand wirklich eine Verbindung zu ihr herstellen konnte. Niemand konnte sie lieben.

Sein Gesicht wurde weicher. „Was ist passiert? War es der Unfall?"

Diese Hände, die einen Augenblick zuvor so dominant und entschlossen waren, streichelten und zogen sie nah zu sich heran. Seine Art, Geborgenheit zu geben, war fließend, verwandelte sich im Nu von der eines räuberischen, sexuellen Mannes zu einer schützenden und aufgeschlossenen. Er hatte gesagt, er gäbe ihr, was sie brauchte. Und was er zu brauchen schien, war ihr Vertrauen. „Ich möchte heute Abend nicht darüber reden, Lee. Bitte. Ich versuche nicht, dich nicht teilhaben zu lassen. Ich will nur nicht, dass es heute Abend um die Vergangenheit geht."

Er seufzte. „Ich werd' dir die Geschichte schon noch entlocken, Avery. Am Ende werd' ich sie dir alle entlocken, doch heute Abend spielen wir's, wie du es willst."

Sie nickte. Er hatte ihr etwas gegeben und es war an der Zeit, seine Liebenswürdigkeit zu erwidern. Sie sprang von seinem Schoß auf. Noch gerade eben hatte sie sich sexy und stark gefühlt, jetzt fühlte sie sich wieder unbeholfen und unansehnlich. Und ihre Muschi war richtig feucht. Sollte sie sie sauber waschen?

„Warte mal." Lee sah unverschämt dekadent aus, wie er so auf ihrer kleinen Couch saß. Sie war viel zu klein für ihn, doch er nahm den Raum ein, als ob er ihm gehörte. „Rühr deinen Rock noch nicht an. Ich mag es so. Du siehst aus, als hättest du ihn für deinen Herrn hochgezogen, damit er mit dir spielen und sich auf einen schönen langen Fick vorbereiten kann. Deine Muschi ist furchtbar hübsch. Warum hast du damit begonnen dich zu rasieren? Die meisten Frauen, die keinen Sex haben, würden sich darum gar nicht kümmern."

Er starrte auf ihre Muschi. Es fühlte sich so seltsam und heiß an. „Operationen. Ich musste mich einigen in diesem Bereich unterziehen und sie haben mich immer rasiert. Ich habe es gehasst, wie es sich anfühlt, wenn es wieder nachwächst."

Manchmal hatte das Rasieren ihrer Mädchenteile die einzige Gelegenheit dargestellt, dass sie überhaupt berührt wurden.

„Es ist wunderschön." Sein Daumen kam heraus und strich damit langsam an ihrer Mitte hinunter. Sein Daumen war von ihrem Saft überzogen und offenbar ohne jegliche Hemmung saugte er ihn in seinen Mund ein. „Du schmeckst so verdammt gut, Baby. Hat überhaupt irgendwer jemals diese Muschi vernascht? Hat schon einmal jemand seinen Mund darauf gelegt und eine Mahlzeit aus ihr gemacht?"

Ja, es war genau das, was sie brauchte. Sie musste in den Augenblick eintauchen, um die ganze Tragödie ihrer Vergangenheit zu verdrängen. Sie war dort so lange gewesen, heute Abend wollte sie es nicht. Sie wollte in diesem Augenblick sein und der Augenblick waren sie und Lee. „Nein. Niemand hat mich dort je mit dem Mund berührt."

Lee lehnte sich zurück, die Beine übereinandergeschlagen. „Das dachte ich mir. Dazu kommen wir noch. Jetzt zieh dich aus. Ich fordere dich nicht dazu auf, weil ich mich noch entscheiden muss, ob ich mit dir schlafen will oder nicht. Ich werd' dich ficken, Baby. Das ist eine ausgemachte Sache. Ich fordere dich dazu auf, weil ich dich nackt sehen will."

„Ich habe nicht gedacht, dass du mich dazu überhaupt aufforderst", murmelte sie, ihr Herz raste ein wenig.

„Ausgezeichnet, dann lernst du dazu. Zieh dich aus. Das nennen wir die Präsentation. Eine gute Sub präsentiert sich ihrem Herrn, zeigt ihm genau das, was sie anzubieten hat – ihren schönen Körper und ihr Vertrauen, dass er sich um sie kümmern darf.

Er ließ ihr keinen Ausweg. Er sagte genau das Richtige. Konnte sie tatsächlich vertrauen? Er war fast zu gut, um wahr zu sein, doch ihr waren so selten gute Dinge in ihrem Leben begegnet, dass sie es riskierte. Sie wollte den Augenblick mit beiden Händen ergreifen und falls später alles zerbrechen sollte, fände sie einen Weg sich selbst zu verzeihen. Sie zog das Oberteil über den Kopf und legte es auf den Stuhl hinter ihr, bevor sie sich an ihrem Rock zu schaffen machte. Mit leicht zitternden Händen öffnete sie dessen Knopf und Reißverschluss. Sie zog sich den Rock runter, wobei ihre Hände die Narben auf ihrem rechten Bein berührten, doch diese hatte er bereits gesehen. Anscheinend hatten sie ihn nicht gestört.

Die ganze Zeit über saß er angelehnt dar, still, als ob er auf den Beginn einer Vorstellung wartete. Sie faltete den Rock, richtete den Blick jedoch auf ihn. Sie hatte seine Erektion zuvor gespürt, als sie auf seinem Schoß gesessen hatte, doch diesmal beulte sie seine Jeans derart, dass nicht zu übersehen war, wie lang und dick er war. Es musste sich um eine optische Täuschung handeln. Er konnte nicht so riesig sein. So erregt konnte er nicht sein.

„Du bist hinreißend, Baby. Dreh dich um und lass mich deinen Hintern sehen." Seine Stimme hatte sich vertieft, sich zu einem reichen Honig verdickt.

Sie drehte sich um im tiefen Bewusstsein, dass er ihren Hintern betrachtete.

„Bleib, wo du bist."

Sie hörte, wie er aufstand und die Couch verschob. Sie hörte seine Schritte auf dem Boden, doch sie stand still, schließlich hatte er sie bis jetzt nicht in die irre geführt. Er schien darauf bedacht zu sein, sie auf Spannung zu halten, doch sie erkannte schnell, dass es sie auch im hier und jetzt hielt. Ihre Gedanken, normalerweise so hastig und zerrissen und in eine Million Richtungen zerstreut, waren konzentriert. Sie konzentrierten sich auf ihn und den ekstatischen Zustand ihres Körpers. Er hatte so recht gehabt. Sie hatte versucht, ihn zu drängen, weil sie nicht von der Existenz dieses Orts gewusst hatte. Er hatte Gehorsam von ihr verlangt, damit ihr rebellisches Hirn abschalten konnte.

Sie schloss die Augen und wartete darauf, was er vorhatte.

Ein einzelner Finger lief an ihrer Wirbelsäule hinab. „Ich finde dich reizend, Avery. Ich werde es dir am Ende beweisen, weißt du. Es mag eine Weile dauern, doch wenn ich dich erstmal hunderte von Male genommen hab, wirst du dir eingestehen müssen, dass ich nach dir verlange. Du wirst dir eingestehen müssen, dass dieser Körper sexy ist und zum Ficken gemacht wurde." Seine Fingerspitzen ruhten auf der Basis ihrer Wirbelsäule. „Ich werde dich auf jede Weise nehmen, die ein Mann eine Frau nehmen kann. Hast du verstanden?"

Ne. Und sie konnte auch nicht richtig denken, weil er seine Hand tiefer bewegte und ihre Pobacken streichelte, doch er verlangte nach einer Antwort. „Ja. Du wirst mit mir schlafen."

„Nein", korrigierte er. „Ich werde dich ficken. Dreh dich um. Ich will meine Muschi sehen."

Sie drehte sich wieder um, als sie jedoch ihr rechtes Bein zu sehr belastete, ließ es nach.

Lee war gleich dort, hielt sie im Gleichgewicht und vergewisserte sich, dass sie sich nicht auf dem Boden wiederfand. Er schlang die Arme um ihre Taille, zog ihren Unterleib an seinen heran. Er hielt sie im Gleichgewicht, wobei sie den rauen Stoff seiner Jeans auf der Haut spürte, als die harte Linie seiner Erektion an ihrem Bauch rieb.

„Ich hab' dich", murmelte er. Er beugte sich vor, rieb ihre Lippen aneinander. „Ich lass' dich nicht fallen, Baby."

Doch sie befand sich im freien Fall, heftig und schnell. Es war unmöglich, das zu leugnen. Er war das Aufregendste, was ihr seit Jahren widerfahren war, und sie war nicht der Typ Frau, der das einfach von sich wies. Sie bereitete sich auf einen heftigen Fall vor, doch sie konnte nicht vor ihm zurückweichen. „Dank dir."

Er lächelte, lockerte den Griff und fiel auf die Knie. Er sah zu ihr auf, sein dunkles Haar durcheinander und perfekt. „Es heißt, ich danke dir, mein Herr, wenn wir spielen."

Das konnte sie ihm geben. „Danke, mein Herr." Sie berührte sein Haar, fühlte Seide an ihren Fingerspitzen. „Danke für alles, mein Herr."

Ein arrogantes Grinsen kreuzte sein Gesicht. „Oh, Baby, dieses Dankeschön hab' ich mir noch gar nicht verdient, doch ich denke, damit werd' ich jetzt anfangen. Du hältst still oder ich hör' auf. Dies ist nur eine kleine Vorspeise, um sicherzugehen, dass du verdammt lecker und bereit bist. Später werd' ich dich ausbreiten und diese Muschi nach Herzenslust verspeisen, doch mein Schwanz stirbt langsam. Ich muss verdammt schnell in dich eindringen."

Seine Hände lagen auf ihren Hüften, um sie an Ort und Stelle zu halten, als sein Gesicht direkt in ihrer Muschi verschwand.

Sie war einen Moment lang schockiert, doch dann rann seine Zunge über ihre Klitoris und sie konnte nicht mehr denken. Feucht und fest glitt seine Zunge über ihr Fleisch, ließ sie erglühen und sich winden. Sie dachte, sie liebte es, wenn seine Finger in ihrer Muschi spielten, doch sie waren nichts im Vergleich zu seiner Zunge. Feuer schien ihren Körper aufzulecken, drohte, sie zu verzehren.

Ihr war bewusst, dass es abscheulich, schmutzig war. Er hatte seinen Mund überall auf ihren weiblichen Teilen und sie war feucht und cremig und er leckte alles auf. Sie starrte auf seinen dunklen Kopf herab, wie er sich bewegte, als er ihre Muschi von vorne bis hinten bearbeitete.

„Spreiz die Beine. Ich brauche mehr." Er stöhnte an ihrer Haut. Sie fühlte, wie es auf ihrem Körper knisterte.

Sie spreizte die Beine und seine Zunge bohrte sich in die Höhe, drang in ihre Muschi ein, wie es sein Schwanz sicherlich auch würde. Sanft, aber kräftig spießte er sie mit der Zunge auf. Er liebte sie mit nichts anderem als seinem Mund. Er stieß in ihre Muschi hinein und leckte sie dann bis zu ihrer Klitoris, übte diesmal erhöht Druck aus.

Sie konnte nicht anders und schrie auf.

„Das ist genau, was ich will. Gib diese kleinen Laute von dir, Baby. Lass mich hören, wie sehr du es willst." Er ließ ihre Hüften los und teilte ihre Muschi mit den Daumen, enthüllte die Klitoris vollständig. Er legte seine Lippen direkt auf sie und sog sie ein.

Avery war unfähig zu atmen. Beinahe. Sie war dem so nahe, dass sie es schmecken konnte. Sie spürte, wie ihr Blut zu pochen begann. Ihre Arme zitterten.

Und er hielt inne.

Lee erhob sich, bewegte sich mit einer Anmut, von der Avery nicht sicher war, ob sie einer solchen je gewahr werden könnte, und ließ sie völlig fassungslos zurück. Sie rang nach Luft, doch es fiel ihr schwer, denn er zog sein Shirt über den Kopf und konfrontierte sie mit einer Vision der perfektesten Brust, die sie je gesehen hatte.

Breite Schultern und perfekt geformte Brustmuskeln führten zu einem Eightpack und einer schlanken Taille. Noch während sie versuchte, die Schönheit seiner Brust zu erfassen, zog er seine Jeans über die Hüften und sein Schwanz wippte frei. Er zog etwas kleines blaues quadratförmiges aus der Tasche und hielt es in der linken Hand.

Yeah, sowas hatte sie noch nie zuvor gesehen. Lang und dick mit pflaumenförmigem Kopf. Sie wollte das Licht ausschalten, doch hätte ihn dann nicht ansehen können. Michelangelo hätte keinen perfekteren Mann formen können.

Doch er war nicht perfekt. Er hatte eine Menge Narben. Eine lange lief ihm quer über die Brust und durchbrach dort seine seidenglatte Haut.

Er streckte die Hand aus, zog ihre Finger an seine Brust. „Berühr' sie nur. Wir alle haben Narben, Avery. Deine machen dich nicht weniger schön. Sie bedeuten einfach, dass du's überlebt hast."

Ja, sie hatte überlebt, doch erst jetzt hatte sie das Gefühl gelebt zu haben. Sie lief mit den Fingern über die Narbe, die sein Überleben kennzeichnete. „Das war doch keine Nagelpistole, oder?"

Er schüttelte den Kopf. „Ich war in der Armee. Ich wurde in Afghanistan in einen Messerkampf verwickelt. Ich habe überlebt und bin glücklich darüber, hier bei dir zu sein."

Sie war ihm so nahe, dass sich ihre nackten Körper fast berührten. „Darf ich dich berühren?"

Er lächelte leicht. „Du berührst mich bereits. Frag, was du willst, Avery. Sprich in schmutzigen Worten, wie ich es dir beigebracht habe. Was willst du berühren? Sei nicht schüchtern. Ich kann deine Muschi immer noch auf der Zunge schmecken. Es gibt keinen Platz mehr für Schüchternheit. Und wenn du am Ende deiner Bitte ein höfliches, süßes kleines 'mein Herr' anbringst, würde mich das sehr glücklich machen."

„Ich möchte deinen Schwanz anfassen, mein Herr." Die Worte sprachen sich jetzt einfacher. Er hatte recht. Diese Intimität war so süß und rein wie jede Umarmung.

Er führte ihre Hand hinunter. „Berühr mich. Nimm mich in deine Hand und halte meinen Schwanz fest. Streichle mich. Ich zerbreche nicht."

Er fühlte sich so groß an in ihrer Hand. Sie konnte ihn gerade noch umschließen. Er legte seine Hand auf ihre und bewog sie, härter vorzugehen. Er zeigte ihr, wie er es mochte berührt zu werden, indem er mit ihrer Hand über seinen Schwanz glitt, auf und ab streichelte, von der umfangreichen Basis seines Penisschafts hoch, bis sie seine Eichel bedeckte.

Sie liebte das tiefe Stöhnen, das aus seiner Brust kam, als sie übernahm. Sie brauchte sich keine Sorgen zu machen, ob es ihm gefiel oder nicht. Er zeigte ihr, wie. Er spräche mit ihr. Darin bestand eine solch süße Ungezwungenheit. Eine cremige Perle der Erregung schmückte seine Eichel, von der ihre Finger bald überzogen waren.

„Gut so, Baby." Er brummte ihr anerkennend zu.

Er pulsierte in ihrer Hand und wurde sogar größer, während sie ihn streichelte.

„Halt. Ich will nicht in deiner Hand kommen, doch das werde ich, wenn du nicht aufhörst." Er ließ ihre Hand nicht los, sondern zog sie nur von seinem Schwanz weg. Er ging zur Couch zurück und ließ seinen großen Körper hineinfallen, dass er saß. „Ich will in dir sein."

Sie stand da und beobachtete, wie er die blaue Verpackung in seiner Hand aufriss und sich dann ein Kondom überzog. Sie tat das wirklich. Er war groß und hart und bereit zu ficken. Das Wort sprach sich jetzt ganz leicht. Es war ihr vorher hässlich vorgekommen, doch jetzt spürte sie die Anziehung dahinter.

„Na komm. Reite mich." Er zog sie langsam zu sich auf den Schoß. „Setz dich rittlings auf mich und nimm meinen Schwanz."

„Willst du nicht ins Schlafzimmer gehen?", fragte Avery.

Sein Blick verhärtete sich. „Nein. Das will ich nicht, und wenn du mir nicht gehorchst, versohle ich diesen herrlichen Hintern. Ich erkläre dir das, weil es alles neu ist, aber künftig gibst du mir das, was ich will, oder du wirst etwas Disziplin zu spüren bekommen."

Sie wartete nicht auf eine Erklärung. Sie benahm sich wieder dumm und unausstehlich. Er war perfekt gewesen und sie zweifelte ihn an. Er hatte ihr mehr Freude bereitet, als sie je in ihrem Leben gehabt hatte, und sie stieß ihn stets zurück. Es war dumm. Sie wollte das nicht mehr machen. Sie kletterte auf seinen Schoß.

„Das ist, was ich will." Seine Hände umkreisten ihre Taille. Sie konnte seine Eichel an ihrer Muschi spüren, neckte sie. Sie legte die Hände auf seine Schultern und schwelgte in dem Gefühl von hartem Stahl unter weicher Haut. „Ich lass' dich das Tempo bestimmen, weil du so verdammt eng sein wirst. Ich möchte dir nicht wehtun. Dieses Mal bestimmst du das Eindringen."

Er ließ eine Hand zwischen sie sinken und brachte seinen Schwanz in Stellung. Seine Augen waren nach unten gerichtet und starrten auf die Stelle, in die er in sie einzudringen begann. „Gott, das ist so verdammt schön."

Seine Stimme war tief, kehlig, und hatte eine schöne musikalische Qualität angenommen, die sie bis jetzt noch nicht gehört hatte. Sie passte so viel besser zu ihm als der übliche flache Rhythmus seiner Stimme. Avery schwor sich, ihn immer, wenn sie zusammenkamen, dazu zu bringen, so zu sprechen.

Sie senkte sich vorsichtig auf ihn, sich bewusst, dass ihr ganzer Körper beteiligt war. Sie spürte, wie feucht sie war.

„Verdammt, Baby, du fühlst dich so gut an. Sag mir, dass du mich willst."

Ob sie ihn wollte? Wie konnte er daran zweifeln? Sie sah ihn prüfend an in dem Versuch, eine Andeutung von Täuschung zu entdecken, dass er ihr etwas vorspielte, sein Gesicht war jedoch vor Erregung und Verlangen angespannt. All seiner Schönheit zum Trotz war er auch nur ein Mann und sie zollte ihm keinerlei Anerkennung. Sie schaute sein wunderschönes Gesicht und seinen Körper an und dachte, er konnte noch nie einen Moment der Unsicherheit erlebt haben. Das war falsch. Er war ein Mensch und er bat sie um etwas.

Sie beugte sich vor und berührte seine Lippen mit ihren. Er brauchte sie und sie wollte ihm verdammt nichts vorenthalten. Sie konnte sich auf seinen Lippen schmecken, würzig, süß und so intim, dass ihr Herz schmerzte. „Ich will dich, Lee. Ich brauche dich. Ich brauch' dich so wie meinen nächsten Atemzug."

Er zog sie an ihren Hüften zu sich. „Nimm mehr."

Er übte nicht annähernd so viel Kontrolle aus, wie er sie glauben lassen wollte. Das verstand sie nun, und das machte es so viel einfacher, auf seinen Schwanz zu sinken. Er füllte sie aus, drang soweit möglich vor und weitete ihre Muschi, bis sie dachte, sie würde platzen, doch sie war entschlossen jeden Zentimeter dieses harten, heißen Schwanzes zu nehmen. Sie wollte ihn. Sie sehnte sich danach.

Sie überließ der Schwerkraft die Arbeit, sank nieder, wurde aufgespießt. Sein Gesicht war angestrengt, seine Augen waren nach unten gerichtet. Er war so pervers, wie er ihrer Muschi zusah, die seinen Schwanz nahm, und sie ebenso schlimm, wie sie sein Gesicht ansah und triumphierte, wie sehr er offenbar liebte, was sie taten.

„Fühlst du, wie hart du mich machst? Ich bin so verdammt hart, Avery. Das bist alles du." Selbst als er bekam, was er wollte, gab er ihr immer noch.

Tränen stachen ihr in die Augen, denn sie begriff nicht, was sie getan hatte, um diesen Mann zu verdienen. Er machte sie mutig. Er ließ sie ehrlich sein. „Fühlst du, wie feucht du mich machst? Ich wusste nicht, dass ich so feucht werden kann. Ich wusste nicht, dass ich mich so gut fühlen kann, Lee. Dein Schwanz fühlt sich so gut an."

Ihre Worte schienen ihn die Kontrolle verlieren zu lassen. Er fluchte und schwenkte die Hüfte nach oben. „Fuck. Fuck. Ich brauche dich."

Er türmte sich auf und Avery ritt auf seiner Welle. Sie bewegte die Hüfte in einem Rhythmus, der ihr ganz natürlich vorkam. Sie sank tiefer und nahm ihn auf. Sie wollte ihn ganz. Sie wollte jeden Zentimeter seines massiven Schwanzes. Sie wollte fühlen, wie er gegen ihren Leib stieß. Sie zwang sich tiefer herab, jeder Zentimeter ein Genuss, eine erlesene Unannehmlichkeit, denn sie nahm nicht irgendeinen Schwanz. Sie nahm ihn. Alles von ihm.

Sie nahm ihn bis zu seiner Basis. Das Empfinden, ihn in sich zu spüren, erfüllte sie, steigerte ihre Begierde. Begierde. Sie begehrte. Es gelüstete sie, und es fühlte sich gut an.

Sie balancierte sich an seinen Schultern aus und schob sich hoch. Er hatte ihr gesagt, sie solle ihn reiten, und genau das tat sie. Sie ließ ausnahmsweise ihren Instinkten freien Lauf. Sie hob die Hüfte und senkte sie und hob sie wieder, ließ jeden Zentimeter seines Schwanzes an ihrer Muschi entlang gleiten. Auf und ab. Auf und ab. Jeder Moment ein reines Vergnügen.

Seine Hand glitt zwischen ihnen hindurch, umkreiste und rieb ihre Klitoris.

In dem Moment, in dem er sie berührte, ging sie ab, strömte reine Lust durch ihre Adern. Der Orgasmus ließ ihren Körper schaudern, sie gab sich dem hin und ließ sich mitreißen. Sie machte sich nicht die Mühe, ihr Stöhnen zurückzuhalten. Lee wollte es. Sie gab es ihm.

Seine Hand hielt sie fester, zwang sie abwärts und hielt sie fest, als er kam. Sie spürte seinen Puls, die Spannung verlängerte ihren eigenen Orgasmus. Er vergrub sein Gesicht in ihrer Schulter, während seine Hüften immer wieder hochkamen, dem Abschluss seines Vergnügens entgegen ritten.

Er schauderte, als sie sich auf ihn fallen ließ.

„Perfekt", stöhnte er an ihrem Hals.

Sie umarmte ihn fest. Es war perfekt gewesen. Jeder Moment.

* * * *

Liam hob Avery auf, das Gefühl ihres Gewichts in seinen Armen genießend. Sie war totes Gewicht und er fühlte ein arrogantes Grinsen, das sein Gesicht kreuzte. Er hatte sie völlig erschöpft. Ihre Arme brachten es kaum fertig, sich um seinen Hals zu schlingen, während er zu ihrem Schlafzimmer ging.

Er trat hinein, legte sie hin und schlug die Decken zurück. Er zog sie nicht ganz weg. Sie war nackt und ungeschützt und völlig glücklich darüber. Er hatte sie dorthin gebracht.

Warum also war er so verdammt unruhig?

Ihre hübschen blauen Augen öffneten sich und sie sah zu ihm auf. „Hi."

Er war heftig von dem Drang ergriffen wegzulaufen. Er fühlte sich hin- und hergerissen zwischen dem Verlangen, sie nochmals zu ficken, und so weit wie nur möglich wegzukommen.

Doch er musste seine Arbeit machen. Er lächelte ihr, wie er hoffte, sanft zu. „Hey, Baby."

Er kletterte neben ihr ins Bett. Sie wälzte sich zu ihm rüber und kuschelte sich an ihn, ihre Hand auf seiner Brust. Sie klebte an ihm, ihre Haare kitzelten auf seiner Haut. Sie war überall. Er konnte ihre Haut fühlen, den Atem aus ihrer Brust strömen hören, den Sex riechen, der ihre Muschi noch immer umhüllte. Sein Schwanz zuckte, sogar als sie langsam einschlief.

Er hatte seit Jahren neben niemandem geschlafen. Weder kuschelte er, noch frühstückte er am nächsten Morgen. Er machte nicht einen auf Freund.

Er könnte nicht einschlafen. *Fuck*. Die Hälfte der Zeit wachte er schreiend auf. Wie zum Teufel würde er das erklären? Würde sie ihm abkaufen, dass er Alpträume vom Bau hatte?

Sie seufzte leicht und drehte sich im Schlaf herum, befreite ihn. Er hatte gedacht, er würde sie die ganze Nacht ficken, doch das war zu viel auf einmal.

Er rollte sich vom Bett und verließ ihr Schlafzimmer so leise wie möglich. Er konnte darin nicht atmen. Sie war ihm zu nahe. Der Sex hatte sich nicht wie ein verfluchter Einsatz angefühlt. Er hatte vergessen, warum er sich dort befand, sein ganzes Sein hatte sich auf ihren Körper und ihre Lust konzentriert.

Sie war so süß gewesen. Sie hatte ihn bekämpft, doch als sie sich entschied, sich zu fügen, hatte sie es wunderbar gemacht. Er war sich ziemlich sicher, dass er eines Tages mit ihrem Geschmack auf den Lippen sterben würde, und dem Gefühl, wie diese enge Fotze seinen Schwanz festhielt. Sie war so eng, enger, als er es je zuvor gespürt hatte, und sobald sie sich endlich hingegeben hatte, war sie heißer als die Hölle, wie ihre Brüste hüpften, als sie auf seinem Schwanz ritt.

Liam holte tief Luft. Der Sex war nicht das Problem gewesen. Der Sex war der beste gewesen, den er je gehabt hatte. Darüber würde er nicht lügen. Der Sex war unglaublich gewesen und er würde nicht lange warten, bis er sie wieder nahm. Er wäre morgen in ihr, jedoch erst, wenn er wieder Kontrolle über sich hatte. Das war das Problem. Als er in Avery Charles war, interessierte er sich nur für sie. Als gäbe es keinen Auftrag. Als wäre Thomas Molina nicht von Bedeutung. Als wäre Eli Nelson nicht von Bedeutung. Alles, was zählte, war so tief in sie einzudringen wie irgendwie möglich.

Avery Charles kannte nicht mal seinen richtigen Namen. Sie hatte nie seine wirkliche Stimme gehört, außer in den wenigen Momenten, in denen er sich vergessen hatte und einfach nur er selbst sein wollte.

Er fuhr sich mit der Hand durchs Haar, fand seine Jeans und stieg hinein. Sein Telefon. Er brauchte sein verfluchtes Telefon. Er konnte das Ding summen hören. Ein Text erschien auf dem Bildschirm. Adams Codenummer. Er hatte keine Namen im Telefon gespeichert, nur Codenummern, die ihn wissen ließen, wenn einer aus dem Team versuchte, ihn zu erwischen.

Öffne die Tür, wenn sie gesichert ist. Wir müssen reden.

Liam bewegte sich vorsichtig, nachdem er ihre Schlüssel vom Esstisch genommen hatte. Er nahm sein Shirt und trat in seine Stiefel. Er brauchte eine gute Entschuldigung, wenn sie erwachte. Er könnte etwas aus dem Laden die Straße runter holen. Er überprüfte ihr Schlafzimmer. Das Mondlicht schien hinein. Das Laken war leicht von ihr heruntergerutscht, eine Brust war enthüllt. Ihre Brustwarze war rosa und steif. Sie drehte sich, als ob sie ihn suchte, kam aber wieder zur Ruhe. .

Wäre sie seine Sub, würde er dafür sorgen, dass sie nie Kleidung trug, wenn sie allein waren. Sie sorgte sich wegen einiger Narben? Das war ihm scheißegal. Sie waren nur eine Abbildung ihres Überlebens. Sie war so wunderschön, dass sie die Narben brauchte, sonst wäre sie zu perfekt.

Er starrte sie eine Minute lang an. Warum hatte er ihre Schönheit nicht vom ersten Moment an gesehen? Oh, sie war hübsch, doch ohne ihre Kleidung war sie umwerfend.

Das Telefon in seiner Hand vibrierte erneut, ein ungeduldiges Ding.

Er schloss die Tür zu ihrem Schlafzimmer und machte sich auf den Weg zur Außentür, wobei er sich nah an der Wand bewegte, damit das Holz unter seinen Füßen kein Geräusch von sich gab. Er schloss die Tür auf und da lehnte Adam an der gegenüberliegenden Wand und wartete auf ihn. Er streckte eine Faust in die Luft.

Ruhig. Er wollte, dass Liam schwieg. Was zur Hölle war hier los?

Adam öffnete die Tür zur Wohnung, die er und Jake teilten, und winkte ihm zu rüberzukommen. Liam wollte sie nicht verlassen. Nicht, wenn etwas vor sich ging, doch er musste es wissen. Und er musste sowieso eine Kopie ihrer Schlüssel machen. Er schloss die Tür hinter sich und folgte Adam hinein.

Jake sah vom Computer, der auf dem Tisch vor ihm stand, auf. „Alter, Shirt?"

„Wenn ihr wolltet, dass ich mich anziehe, hättet ihr das sagen sollen. Ich bin aus dem Bett gestiegen, um diese kleine Nachricht zu beantworten." Er versuchte cool zu spielen. Er zog sich das T-Shirt über den Kopf.

„Das hat nicht lang gedauert", sagte Adam. „Ist sie eingeschlafen?"

„Ja. Sie ist gesichert." Sie war die Type, die nachts schlief, denn ihr Gewissen hielt sie nicht wach. Sie war die Type, die einen Mann verdiente, der nicht weglief, nachdem er sie gefickt hatte.

„Geht es ihr gut?", fragte Adam. Er hielt eine Hand hoch, um eine sofortige Reaktion von Seiten Liams zu stoppen. „Ich frage nur, weil ich etwas Zeit mit ihr verbracht habe. Sie ist sehr süß und wirklich naiv. Sie ist es nicht gewohnt, Sex zu haben."

Er mochte es so beschrieben nicht hören, doch da war es. Es war Sex gewesen. Schlimmer, schmutziger Sex mit einer Frau, die noch nicht mal wusste, mit wem sie schlief. Hieße sie Liam O'Donnell in ihrem Bett willkommen? Er bezweifelte es. Liam O'Donnell war kalt, und er benutzte Frauen. Er würde sich weder an sie kuscheln, noch sie beschützen.

Warum war es ihm also so natürlich vorgekommen, sie auf der Rolltreppe zu beschützen? Warum hatte er sich bereits darauf eingestellt zu wissen, wann ihr Bein nachgab, damit er sie auffangen konnte? Sie benahm sich etwas rücksichtslos mit dem Bein. Sie schien einen Sturz quasi in Kauf zu nehmen, doch das musste sie nicht, denn er war da, um sie aufzufangen.

Lee Donnelly war da, um sie aufzufangen. Liam war es scheißegal.

Yeah, nicht mal er kaufte sich diese Lüge noch ab. „Avery geht es gut. Also was ist das Problem?"

Adam sah aus, als ob er streiten wollte, doch zum Glück übernahm Jake die Sache.

„Ich erhielt gerad' einen Anruf von Ian, er ist ein wenig besorgt um Averys Wohnung. Es sieht so aus, als seien wir nicht die einzigen, die ihr Telefon nachverfolgen", sagte Jake.

Fuck. Jemand beobachtete sie. „Molina?"

Adam zuckte die Achseln. „Vermutlich, aber wir sind uns nicht sicher. Ich arbeite daran. Du verstehst, dass, wenn sie daran beteiligt ist, es Sinn macht, dass ihr Telefon abgehört wird. Jeder von Eli Nelsons Kontakten hat wahrscheinlich ein Auge auf sie geworfen."

„Oder jemand beobachtet sie, weil er ein paranoider Freak ist und sie benutzt." Sie war nicht beteiligt. Er wusste es tief in seinem

Inneren. Er wusste auch, dass es dumm war. Er sollte so früh zu Spielbeginn noch keine Urteile fällen. Verflucht, er sollte gar kein Urteil fällen. Ihre Schuld oder Unschuld spielte eigentlich keine Rolle. Abgesehen davon, dass es für ihn eine Rolle spielte. „Ich will wissen, wer sie beobachtet."

Die Vorstellung, jemand behielt sie im Auge, ließ eine Welle der Wut in ihm aufsteigen.

Adam lächelte seinem Partner zu. „Ich hab' dir gesagt, dass er nicht so dumm ist wie du."

Jake rollte mit den Augen. „Lass uns diesen alten Kohl nicht schon wieder aufwärmen. Und lieber Gott, erwähne es nicht gegenüber Serena. Immer, wenn eine unschuldige Frau zu Unrecht beschuldigt wird, muss ich ein oder zwei Nächte auf dem Sofa schlafen." Jake wandte sich Liam zu. „Im Ernst, Li, wenn du was für dieses Mädchen übrig hast, lass sie nicht wissen, dass du auch nur den geringsten Zweifel hattest. Lass sie denken, dass du immer nur da warst, um sie zu beschützen. Es geht absolut daneben, wenn du sie auch nur ganz behutsam danach fragst, ob sie eventuell in etwas Kriminelles verwickelt ist."

Adam riss den Mund vor Staunen auf, sein Kiefer klappte herunter. „Bist du irre? Du hast sie sanft gefragt? Ich war dabei, Arschloch."

Und Liam hatte keine Zeit für ihren Scheiß. „Ich lass' Avery nicht meine Eier an ihrer Handtasche festbinden, so wie ihr euch von Serena rumkommandieren lasst. Sie ist einfach ein liebes Mädchen und ich will nicht, dass ihr etwas zustößt, nur weil sie in eine furchtbare Situation verwickelt wird."

Adam und Jake tauschten einen langen Blick aus. Sie führten ein stummes Gespräch. Liam beneidete sie oft um ihre seltsame Verbindung. Eine solche hatte er nie gehabt. Nicht mal mit seinem Bruder. Die Beziehung zu seinem Bruder war zeitweise angespannt gewesen. Er war immer damit beschäftigt gewesen Rorys Wut im Zaum zu halten, ebenso wie seine gewalttätigen Tendenzen.

„Okay, du weißt, was du willst", sagte Jake gleichmäßig. „Jetzt müssen wir also davon ausgehen, dass ihre ganze Wohnung vermutlich verwanzt ist. Du musst vorsichtig sein, wenn du da drin bist. Die Wohnung gehört Thomas Molina. Sein Bruder hat sie vor zehn Jahren gekauft. Wenn er ihr Telefon abhört, hat er die Wohnung wahrscheinlich auch verwanzt."

Er musste sie zu sich bringen. Es war der einzige Weg, sie in Sicherheit zu bringen. „Ich besorg' uns eine Wohnung und wir bleiben dort."

„Oder ihr bleibt, wo ihr seid, und macht euch die Tatsache zunutze, dass wir wissen, dass sie achtgeben. Guck mal, Adam wird eine Kopie ihrer Schlüssel machen und wir riskieren es reinzugehen. Du hast alles nach Kameras abgesucht, richtig?" Jake streckte die Hand aus, schweigend um die Schlüssel bittend, die Liam in der Hand hielt. Er hatte mehrere kleine Quadrate aus leicht knetbarem Ton auf dem Tisch ausgelegt. In dem Moment, in dem Liam ihm Averys Schlüssel aushändigte, begann er sie in den Ton einzuarbeiten, um Abdrücke nehmen und sie nachmachen zu können. Für ihre Wohnung. Ihr Büro. Das Büro ihres Chefs und seine Akten.

Während sie im Schlafzimmer gewesen war, hatte er die Wohnung äußerst gründlich nach Kameras abgesucht. Nichts. Avery hielt die Wohnung picobello. Es gab keinen Schnickschnack oder ähnliches, indem eine Kamera hätte versteckt sein können, die Wohnung könnte jedoch verwanzt sein. Glücklicherweise hatte er keinen verfluchten Ton gesagt, den er nicht hätte sagen dürfen. Alles, was die Bastarde hätten kriegen können, war schmutziges Gerede und eine Menge Stöhnen. „Keine Kameras, aber ihr solltet euch nach Wanzen umsehen, damit wir uns sicher sein können. Habt ihr die Wartungsunterlagen der Wohnung abgerufen?"

Er hatte das Gebäude selbst überprüft, noch bevor er sich Avery angenähert hatte. Es war gut bewacht. Sie musste eine Schlüsselkarte durchziehen, um in das Gebäude rein und raus zu kommen. Deshalb war es so wichtig gewesen, dass Jake und Adam tatsächlich in dem Gebäude waren. Es gab einen Concierge, der alle überprüfte. Er zwang Besucher sich an- und abzumelden. Doch betrachtete er Molina wirklich als Besucher, wo Molina jetzt, da Brian tot war, die Wohnung besaß?

„Da war ein Elektriker namens Howard Pullman", erklärte Adam. „Er hat etwa eine Woche vor ihrem Einzug fünf Stunden in der Wohnung verbracht, also sollten wir annehmen, dass sie verwanzt ist. Die Wohnung war möbliert. Sie brachte nur ihre Klamotten und den Laptop mit. Sie hatte zwei Besucher. Dich und Simon Weston."

Liam spürte, wie sich ein merkwürdiges Gefühl in seinem Bauch breitmachte. Simon Weston. Er hatte bei ihr rumgeschnüffelt. Liam war nicht blöd. Er hatte Simon beobachtet, wie er ihr folgte. Der Mann hatte Interesse gezeigt, Avery jedoch nicht. Was hatte er in ihrer Wohnung zu suchen, dieser verfluchte hocharistokratische Scheißkerl? „Irgendwas stimmt nicht mit Weston. Hat Ians Mann was rausgefunden?"

„Damon Knight sagt, er sei sauber. Nichts in seinen Akten, das ihn schlecht aussehen lässt, doch nochmal, er ist quasi Mitglied des Königshauses, so dass alles vertuscht werden kann. Betitelt zu sein, ist hier von Bedeutung", sagte Adam.

Er war mit so'ner Scheiße aufgewachsen. „Das musst du mir nicht sagen. Ich weiß."

Adam lachte auf. „Entschuldige. Ich hör so selten, dass dein irischer Akzent hervorkommt, dass ich's manchmal fast vergesse."

Doch er war heut Abend hervorgekommen. Er war hervorgekommen, als er hodentief in Avery gesteckt hatte, weil er an nichts anderes hatte denken können als an sie.

„Jetzt geh runter und lauf zu Tesco und hol dir was zu trinken." Jake gab ihm Averys Schlüssel zurück, nachdem er sie äußerst sorgfältig gereinigt hatte. „Es ist eine gute Ausrede, falls sie wach ist, wenn du zurückkommst."

Sie hatte erwähnt, dass sie kein Bier hatte. Er könnte sich ein Sixpack holen. Er könnte ein paar trinken, bevor er zurück zu ihr ins Bett kroch. Vielleicht würde er sie nicht mit seinen Albträumen zu Tode erschrecken.

„Okay. Das mache ich." Tesco war einen halben Block entfernt. Vielleicht täte ihm ein Spaziergang gut. Seinen Kopf frei machen. Er lief hinaus. Je schneller er sich das Six-Pack holte, umso schneller war er wieder bei Avery. Er fühlte sich zerrissen. Er wollte von ihr weg, doch er musste sie auch beschützen.

Er nickte dem Concierge zu. Avery hatte Liam eintragen lassen, als sie früher hergekommen waren. Käme er wieder rein? „Ich geh' mir nur schnell ein Bier holen. Ist das okay?"

Der Concierge nickte. „Nur zu, Kumpel. Frau Charles hat Sie als Person vermerkt, die nachts kommen und gehen kann. Sie ist eine sehr nette Dame und sie scheint Sie mehr zu mögen als den anderen."

Das brachte Liam dazu, sich noch einmal umzudrehen. „Anderen? Meinen Sie Weston?"

Der große Kerl zuckte die Achseln, eine Schulter bewegte er auf und ab. „Er ist ein Arsch, dieser jemand. Freut mich, dass sie jemanden nettes gefunden hat."

Weston wurde zu einem Problem. Liam schob sich durch die Außentüren des Gebäudes und bog nach links, überquerte die Straße. Der Liverpooler Bahnhof brummte vor sich hin. Menschen strömten auf die Straße. Es wäre so einfach, verloren zu gehen, sich der Menge anzuschließen und zu verschwinden. Er hatte es mehr als einmal getan. Er starrte auf die Schar der Menschheit, die London an einem Samstagabend darstellte.

Sie hetzten sich. Sie tummelten sich. Sie schliefen. Sie saßen nicht herum und fragten sich, wer genau sie waren, weil sie es verflucht einfach wussten. Sie schauten einem geschenkten Gaul nicht ins Maul. Sie empfingen das Geschenk mit beiden Händen.

Liam seufzte, weil er verdammt gut wusste, dass er den Leuten auf der Straße vermutlich viel zu viel Anerkennung zollte. Sie überfluteten die Seitenstraße neben der Kneipe, Pints und Weingläser in den Händen, alle in modischer Garderobe. Sie hatten die Woche hinter sich gebracht, in welcher Bank sie auch immer arbeiteten, und sich jetzt darauf eingestellt zu vergessen, wie verdammt langweilig ihr Leben eigentlich war.

Keiner von ihnen hatte eiertief in dem süßesten Ding der Welt gesteckt.

Er war der einzige Mensch auf der Welt, der wusste, was es bedeutete mit Avery Charles zu schlafen. Kein anderer Mann auf der Welt hatte es getan.

Das war etwas, an das er sich festhalten konnte.

Er überquerte gerade die Straße, als er ihn sah. Simon Weston kam auf ihn zu, seine Augen zielgerichtet. Er lief wie ein Mann, der genau wusste, wohin er ging.

Liam wich hinunter in die Seitenstraße aus, nach hinten

Ausschau haltend, wo Weston hin ging. Offenbar zu Avery, doch er durfte nicht hinein. Bevor er gegangen war, hatte er sich versichert, dass Averys Telefon auf Vibrationsalarm gestellt war. Sie schlief. Sie wachte nicht auf und ließ den Scheißkerl rein. Oder?

Liam versuchte, sich unter die Menge zu mischen, Weston jedoch bog in dieselbe Straße ein.

Er kam immer näher. Liam machte Halt. Er war in die Enge getrieben worden und er hatte verflucht Recht. Er hatte gewusst, dass etwas mit Simon Weston nicht stimmt. Der große blonde Mann stolzierte geradewegs auf ihn zu.

„Kommen Sie jetzt ruhig mit mir mit, oder muss ich erst meine Waffe ziehen?", fragte Weston. „Ich habe ein paar Fragen zu Ihrer Beziehung zu Avery Charles. Wir können in meinen geheimen Unterschlupf gehen oder ich kann Sie direkt zu Scotland Yard bringen, Mr. O'Donnell."

Liam seufzte. Das Arschloch war vom MI6 und er war am Arsch.

„Ich bin bei einer Operation. Ich weiß, Sie werden mir nicht glauben, aber ich versuche zu helfen." Es konnte nicht schaden, es zu versuchen.

Weston lächelte leicht und griff nicht nach seiner Waffe. „Wissen Sie, dass Sie für die CIA arbeiten?"

Liam starrte ihn an.

„Ja, das hatte ich auch nicht gedacht. Ian Taggart erzählt Ihnen gar nichts, oder? Folgen Sie mir, wenn Sie die Wahrheit wissen wollen. Wenn nicht, kann ich Sie von Scotland Yard abholen lassen. Ich kenne da ein paar Leute in Irland, die sich gern mit Ihnen über die Morde an sechs Universitätsstudenten unterhielten. Ich glaube, der G2 hält Sie für tot. Sie können nach Irland zurückgeschickt werden, das wissen Sie. Ich bin zufälligerweise der Meinung, dass Sie nichts mit der Scheiße zu tun hatten. Mein Auto steht gleich da oben an der Straße."

Liam stand da, dachte an Avery, die wohlbehalten in ihrem Bett lag. Wenn sie aufwachte, würde sie sich fragen, wo er hingegangen war.

Er beeilte sich, um ihren Möchtegern-Liebhaber einzuholen. Er hatte den Preis gekriegt, doch Weston wusste die Wahrheit.

Kapitel Acht

Liam saß am Tisch einem leeren Stuhl gegenüber. Es war ein fader, nichtssagender Raum in einem dementsprechend langweiligen Haus, das niemandem in einem Vorstadtviertel außerhalb Londons auffiele. Der kleine Raum wurde von einem Spiegel dominiert, der an der gegenüberliegenden Wand hing. MI6. Wer auch immer hinter dem Spiegel zusah, gehörte zum MI6, und er befand sich mitten im Bauch des Tieres.

Er hätte ihr Bett nicht verlassen dürfen, doch er war nicht bekannt dafür, gute Entscheidungen zu treffen, wenn es um Frauen ging. Er saß auf dem Stuhl, völlig regungslos. Sie hatten ihm Essen und Getränke angeboten, er wollte jedoch nichts verflucht anfassen. Er wollte nicht riskieren, dass das Essen verunreinigt war. Das Mindeste, was sie täten, wäre ihm den Zugang zum Klo zu verwehren, nachdem er ein paar Tassen Tee getrunken hatte. So liefen die Dinge ab. Folter stände in kleinen Schritten bevor.

Also wartete er.

Die Tür öffnete sich und Simon Weston kam mit einem Aktenordner hinein. Er war noch immer in seinem schicken Anzug gekleidet und sah selbst um verfluchte zwei Uhr morgens von Kopf bis Fuß hocharistokratisch aus.

„Sie werden hier nicht festgehalten, Mr. O'Donnell. Wenn Sie gehen wollen, tun Sie es. Ich fahre Sie selbst zurück", bot Weston an, in Richtung Tür winkend. „Ich möchte darauf hinweisen, dass ich Ihnen nicht das Telefon genommen oder die Tür verschlossen habe. Ich möchte mich lediglich mit Ihnen unterhalten."

So freundlich. So höflich. „Sie haben mir gedroht, mich an Scotland Yard zu übergeben."

Ernst dreinblickende blaue Augen starrten zurück. „Ich brauchte ein kleines Druckmittel, sonst hätten Sie mir wahrscheinlich gesagt, dass ich mich verpissen soll."

„Oh, Junge, ich hätte es vermutlich noch viel schlimmer gemacht." Es fühlte sich so verdammt gut an, einfach er selbst zu sein. Vielleicht hätte er den Schein wahren sollen, doch es schien keine Rolle zu spielen. Wenn sie wüssten, wer er war, würde die Operation auffliegen und Ian hätte ihn am Arsch, so dass es verdammt egal war, ob er mit dem Akzent seiner Mutter sprach oder nicht.

Warum hatte er Ian nicht angerufen? Weston hatte recht. Kein einziges Mal hatte der MI6-Agent versucht ihm das Telefon wegzureißen. Soweit Liam es beurteilen konnte, war sonst niemand in dem kleinen Haus. Er wettete nicht sein Leben darauf, doch sie hatten ihn sowieso ohne seine Waffe erwischt. Es gab zu viele Kontrollpunkte in London, während des Touristenscheiß mit Avery, und dann war da noch der Umstand, dass er immer beabsichtigt hatte sich mit ihr nackt auszuziehen. Seine ins Kreuz gesteckte SIG vorzufinden, hätte seine Deckung wohl auffliegen lassen.

Er war hingegen stets im Besitz seines Telefons, jedoch hatte er nicht mal darüber nachgedacht, seinen Freund anzurufen.

Denn Weston lockte ihn mit einem Köder, den er vor seiner Nase baumeln ließ. Informationen. „Sie sagten, Sie hätten Informationen über meinen Chef. Mein Chef ist Ian Taggart. Ich arbeite nicht für die verdammte CIA."

Die Augen des Engländers leuchteten kurz auf. „Sie nicht, doch die Frage lautet für wen arbeitet Taggart? Sie wissen, was über die Agentur gesagt wird. Einmal der Agency zugehörig, immer der Agency zugehörig."

Liam kaufte es ihm nicht ab. Ian hatte genauso für die CIA gearbeitet, so wie Liam für den Geheimdienst gearbeitet hatte. Sie waren Soldaten, die von Zeit zu Zeit herbeigerufen wurden. Das war alles. Mit Ausnahme dessen, was Eli Nelson sagte, als er zu Sean sprach, kurz bevor er verschwunden war, kurz bevor er sowohl Sean als auch Grace fast getötet hatte. Sean hatte Liam erzählt, wie der skrupellose CIA-Agent Lügen über seinen Bruder und seinen CIA-Status verbreitete. Er hatte gesagt, dass Ian für die CIA Drecksarbeit erledigte. Er hatte behauptet, Ian sei ein Mörder. „Er ist vor langer Zeit ausgestiegen."

Weston winkte ab. „Darauf kommen wir gleich nochmal zurück. Vorerst möchte ich über unsere gemeinsamen Interessen sprechen."

Und das war der Hauptgrund, warum er seinen Arsch in Westons undefinierbaren Benz geschoben hatte. Weston bearbeitete Averys Fall, und Liam musste wissen, was der MI6 wusste und ob sie ihn ausschalten wollten. „Avery. Ich nehme an, dass da etwas bei United One Fund im Gange ist."

Weston runzelte die Stirn. „Ja. Offensichtlich." Er studierte Liam für einen Moment. „Sie sind nicht wegen Molina hier. Sie sind wegen jemand anderem hier. Wegen wem? Was wissen Sie, was ich nicht weiß?"

Liam lehnte sich zurück, jetzt hatte er offensichtlich das Sagen. Und er war kein Idiot. „Sagen Sie mir erst, was beim UOF los ist. Seit wann arbeiten Sie dort schon undercover?"

„Ich vermute, dass Sie es bereits wissen, ich werde Ihre Informationen jedoch bestätigen. Ich wurde vor etwa einem Jahr beim UOF angestellt, als wir begannen einige verdächtige Sendungen, die nach Afrika gingen, zu verfolgen, die uns zu denselben Flugzeugen führten, die die Hilfspakete vom UOF hingeflogen hatten."

Liam drehte sich der Magen im Sturzflug um. Verdächtige Lieferungen, die nach Afrika gingen, bedeuteten in der Regel nur eines. „Er handelt mit Waffen?"

Weston seufzte. „Jemand ist dabei. In einigen der am stärksten vom Krieg zerrütteten Gebiete Afrikas sind vermehrt hochwertige und kostengünstige Waffen aufgetaucht. Und wir haben einige Lieferungen nach Pakistan verfolgt, die uns ein wenig beunruhigt haben."

„Wenn sie in Pakistan sind, haben die Taliban Zugang zu ihnen und sie können gegen die alliierten Truppen eingesetzt werden", vermutete Liam. „Doch es gibt Hunderte von Waffenhändlern. Ist dieser eine besonders groß?"

„Er hat im Alleingang beide Seiten eines neueren blutigen Bürgerkriegs in einem kleinen afrikanischen Land bewaffnet. Wenn das das Werk derselben Person oder Organisation ist, dann üben sie erheblichen Einfluss auf den Kontinent aus und dem MI6 gefällt der Gedanke nicht, dass dasselbe im Nahen Osten geschehen könnte.

Ihm gefiel der Gedanke auch nicht. Und ihm gefiel der Gedanke gar nicht, dass Avery involviert war. „Wie haben Sie Molina mit den Waffenlieferungen in Verbindung gebracht?"

Westons Gesicht sprach Bände. „Das habe ich nicht wirklich. Verstehen Sie mich nicht falsch. Ich kann die Hilfslieferungen mit den Transporten in Verbindung bringen, doch Sie wissen so gut wie ich, dass sich Molina auf Unwissenheit berufen und seine Spuren verwischen kann."

„Was zur Hölle hat Molina im Waffengeschäft zu suchen?", fragte Liam, der sich soeben verdammt bewusst wurde, dass er ein Stück zusammengefügt hat, doch nicht zufrieden war, wie es zusammenpasste. Eli Nelson wäre an Waffengeschäften interessiert. Die Rüstungsindustrie wäre für einen Mann mit Nelsons Verbindungen sehr verlockend. Sein Problem war, wo Molina da reinpasste.

„Ich weiß es nicht", gab Weston zu. „Sehen Sie, der Typ war jahrelang ein Einsiedler. Er gründete die UOF mit dem Geld seiner Familie, leitete sie jedoch viele Jahre lang von zu Hause aus. Dann tauchte er vor ungefähr drei Jahren bei einer Vorstandssitzung mit seinen Anwälten und seinem Bruder im Schlepptau auf, feuerte alle und fing neu an. Er behauptete, es sei wegen der Misswirtschaft der Gelder."

Das stimmte mit dem überein, was Liam gelesen hatte. Thomas Molina und sein Bruder hatten die effektive Kontrolle über den Fonds zurückerobert und einige Jahre später war Brian Molina an einer Überdosis Drogen gestorben. „Wie weit scheinen die Geschäfte zurückzureichen?"

„Ich habe Lieferungen bis zu drei Jahre zurückverfolgt, aber nochmal, auch hier fehlen mir die Geschäftszahlen, um das zu belegen. Ohne sie ist es sinnlos. Ich habe alle Daten gesammelt, die mir möglich waren zu sammeln, doch ich habe sie noch nicht geknackt. Es gibt einige Dateien, in die komme ich nicht hinein. Dafür brauche ich Avery.“

Und das erklärte sein aufdringliches Verhalten, dessen Zeuge er geworden war. „Sie hatten nicht viel Glück im Ressort Romantik.“

Weil dieser Arsch nicht Averys Typ war. Er war es.

Weston runzelte die Stirn. „Ja, das hatte ich nicht. Sie müssen mir verraten, welchen Ansatz Sie gebrauchten. Ich hab' jeden verfluchten Verführungstrick versucht, den ich kenn'.“

Doch sie brauchte keine Verführung. Sie brauchte einen Mann, der sie beschützen konnte, der sie forderte. Sie war in ihrem tiefsten Inneren demütig. Sie musste sich gebraucht fühlen, und, verflucht, Liam brauchte sie auch. „Das Problem hatte ich nicht.“

„Ja, das habe ich mitgekriegt. Sie scheint Ärsche mit dunklen Haaren zu mögen.“ Seine Augen hatten sich verengt, seine Frustration war offensichtlich. Also hatte es der nahezu königliche Bastard nicht gemocht abgewiesen zu werden. Arschloch hasste wahrscheinlich die Tatsache, dass sich Avery einen gewöhnlichen irischen Strolch ausgesucht hatte, um sich zu betten. Gott segne die Amerikaner und ihren Egalitarismus, denn wenn er sich auch nur für eine Sekunde vorstellte, dass Avery mit diesem Bastard flirtete, wäre er wohl über den Tisch gestiegen und dem Bastard an die Gurgel gegangen, doch er war sich der Wahrheit bewusst. Avery hatte niemanden außer ihn gewollt. Sie hatte gewartet. Sie hatte auf ihn gewartet.

„Sie erkennt offenbar was Gutes, wenn sie es sieht.“ Er ließ seine Arroganz zum Vorschein kommen. Weston musste begreifen, dass er den von Avery Charles kommenden Informationsfluss kontrollierte. Falls er am Ende doch mit dem MI6 zusammenarbeitete, musste das Team die Tatsache begreifen, dass Avery seine Spionin war und er derjenige, der die Verantwortung für sie tragen und die Entscheidungen treffen würde. „Ich bin dabei. Ich hab' sie genau da, wo ich sie haben will. Wobei sie wahrscheinlich verdammt sauer auf mich sein wird, wenn ich nicht vor Tagesanbruch zu ihr zurückgekehrt bin.“

Jetzt, da er von ihr weg war, wusste er, dass es ein schrecklicher Fehler wäre, sie allein aufwachen zu lassen. Sie würde glauben, er hätte sie benutzt. Sie zöge sich zurück und jedes Stück Boden, das er gewonnen hatte, wäre verloren. Er konnte das jetzt ganz deutlich sehen. Er musste dort sein.

„Ich bringe Sie vor Tagesanbruch zurück", sagte Weston, seine Augen wurden schmal. „Ich möchte dem Mädchen nicht wehtun. Obwohl ich noch nicht weiß, ob sie involviert ist."

Was nur bewies, dass er ein Idiot war, doch Liam beabsichtigte nicht, etwas preiszugeben. „Ich halte mich mit einem Urteil zurück, bis ich etwas mehr Zeit mit ihr verbracht habe. Sind Sie derjenige, der ihr Telefon verwanzt hat?"

Weston machte einen leeren Gesichtsausdruck. „Nein. Das wurde es offenbar bereits, als ich es aus ihrer Tasche zog. Ich habe ein Interface auf dem Gerät zwischengeschaltet, aber ich hab' nichts Interessantes rausgekriegt. Ich hab' sie viel mit ihrem Chef reden hören, doch nichts, was über die Arbeit hinausging, und Pläne, ihn durch verschiedene Parks zu führen. Und sie hat in den letzten Tagen mit einem schwulen Kerl geredet. Angesichts des Zeitpunkts, zu dem er in ihr Gebäude zog, vermute ich, dass er zu Taggart und der Agentur gehört."

Und Liam vermutete, dass Weston bereits alles wusste. Dies war eine Schachpartie. „Adam. Er bearbeitet ihren Fall aus der Sicht eines Freundes. Er ist von unschätzbarem Wert, um sich ihr zu nähern. Adam weiß, wie er eine Frau dazu bringt, ihm zu vertrauen."

„Oder ich hab' den Scheiß total falsch in Angriff genommen. Sie unterstehen Taggarts Leitung und alle wissen, was das heißt. Verraten Sie mir etwas, O'Donnell, haben Sie sie schon gefesselt?"

Er fühlte einen Kloß im Hals. „Das geht Sie einen Scheißdreck an. Verraten Sie mir etwas. Haben Sie ihr Haus verwanzt? Haben Sie die verdammte Show heut Abend genossen?"

„Auch hier waren wir nicht die Ersten. Dieser Ort war schon vor ihrem Einzug verwanzt. Ich vermute Molina, aber ich kann es nicht beweisen. Und ja, ich hab' heut Abend mitgehört. Dadurch konnte ich mich vergewissern, dass ich mit Ihnen zusammenarbeiten muss, wenn ich an die Informationen rankommen will, die ich benötige. Oder ich muss Sie für meine Seite gewinnen." Weston lehnte sich vor. „Kommen Sie zum MI6 zurück, O'Donnell. Hier gehören Sie hin. Ich lass' all Ihre irischen Probleme verschwinden.

Ich weiß verflucht gut, dass Sie diese Kinder nicht getötet haben."

„Wie?" Er war sich selbst nicht sicher. Es war eine Frage, die ihn jeden Tag quälte, seitdem er sich erinnerte. Er war sich nicht völlig sicher, dass er sie nicht getötet hatte.

Weston hielt inne, seine Finger klopften auf den Ordner vor ihm. „An wie viel erinnern Sie sich von der Nacht, in der Sie die Anleihen verloren haben? Ich verzichte auf die Vorstellung der Mission. Ich vermute, Sie wissen, was Sie tun sollten. Sie und Ihr Bruder waren als Spione tätig und allen Unterlagen zufolge haben Sie Ihre Arbeit getan. Sie haben sich gut gestellt mit der russischen Organisation, die wir des Terrorismus verdächtigten. Leonov gab Ihnen etwa zehn Millionen Dollar in Form von Inhaberobligationen, die für den Kauf einer bestimmten Menge Uran bestimmt waren. Ihre Hauptaufgabe war herauszufinden, woher das Uran kam."

„Ich erinnere mich." Das tat er. An nicht viel mehr, aber so viel wusste er. „Ich wurde in einem Pub unter Drogen gesetzt. Es war an dem Abend, bevor wir den Waffenhändler hätten treffen sollen. Mein Bruder starb in dieser Nacht."

Der Anblick dieser Stiefel ging ihm nicht mehr aus dem Kopf. Sogar in seinen Sitzungen mit Eve hing er an diesen Stiefeln und dem Klingeln seines Telefons fest. Und er kam stets nicht dahinter, ob es Wirklichkeit oder eine Fiktion war, die er sich in seinem Kopf ausdachte, weil die Natur jede Art von Vakuum verabscheute.

„Erzählen Sie mir etwas, O'Donnell. Für wen haben Sie an diesem Tag gearbeitet?"

Er zuckte mit den Achseln. Er arbeitete als Agent. Er wusste selten genau, wer hinter einer Operation steckte. „Ich sollte mich vor einem hochrangigen Agenten des irischen Geheimdienstes verantworten, aber ich wusste immer, dass der MI6 beteiligt war."

„Doch wir haben nur die gedeckt, die die Operation wirklich geplant haben. Es war alles die CIA."

Liam wurde ganz ruhig. „Nein. Es war eine britische Operation. Sie brauchten jemanden mit irischem Akzent und glaubwürdigen IRA-Verbindungen, um in die Zelle zu gelangen. Meine Mutter gehörte der IRA an. Rory und ich gaben das vor langer Zeit auf. Wir waren unserem Land gegenüber loyal und der Krone freundlich gesinnt. Die CIA hatte nichts damit zu tun."

Liam hasste das Scheiße-fressende Grinsen, das Westons Gesicht kreuzte. „Die CIA ist selten unbeteiligt und Sie sollten nicht so naiv sein. Sie haben die Operation geplant. Sie wählten dafür Spione des britischen SAS aus. Sie hatte die Finger überall im Spiel, bei jeder Bewegung, die wir machten. Sehen Sie, das war, bevor ich rekrutiert worden bin. Ich bin erst vor vierundzwanzig Monaten dazugestoßen, doch ich habe die Akten studiert, seitdem ich herausfand, wer Sie sind. Haben Sie gedacht, Sie könnten herkommen und meine Operation ruinieren? Ich bin ein Experte von Ihnen geworden. Und ich weiß, wer Sie verraten hat."

Und er verdrehte die Tatsachen. *Arschloch.* „Warum sagen Sie es mir dann nicht?"

Er reichte Liam den Ordner. „Haben Sie sich nie gefragt, warum Ian Taggart so bereit war, Sie aufzunehmen? Sie haben in den drei Jahren vor dieser Nacht zwei Operationen mit ihm durchgeführt. Warum zum Teufel sollte er Himmel und Hölle in Bewegung setzen, um Sie zu retten?"

Ein kalter Schauer lief Liam über den Rücken. „Er ist ein guter Kerl."

„Er ist ein Mann mit einer Vergangenheit, die wir nicht mal ansatzweise begreifen."

„Er ist mein Freund." Dieses Wort bedeutete Liam etwas. Er hatte nicht viele Freunde. Seine Crew war bei McKay-Taggart. Das war seine kleine Familie, und sie hatten ihn nicht in die Irre geführt. Sicher, manchmal hielt er Adam für einen unausstehlichen Scheißkerl, doch er dachte über ihn wie über einen Cousin, dem er einen Schlag verpassen wollte. Er gehörte stets zur Familie, egal, wie sehr er mit den Augen rollte.

„Ian Taggart war der Agent, der die Operation leitete." Die Worte strömten aus Westons Mund wie eine Landmine, die bereit ist zu explodieren.

„Ich glaube Ihnen nicht." Ian hätte es ihm gesagt. Ian wusste verdammt gut, dass das die Operation war, die ihn seinen Bruder, sein gottverdammtes Leben gekostet hatte. Ian hätte ihn nicht auf diese Weise verraten.

Dieser Manila-Ordner befand sich zwischen ihnen. Liams Augen klebten an ihm fest. Schmucklos. Es besaß keine

Beschriftung, doch plötzlich wurde er gewahr, dass dieser Ordner sein Leben verändern könnte. Er wollte ihn nicht öffnen. Er wollte wieder bei Avery im Bett sein. Er hätte all seine Ängste beiseite schieben und sie nochmal nehmen sollen. Sein Schwanz wäre bereit gewesen. Es war sein Hirn gewesen, das gezögert hatte, weil er Angst davor hatte, was sie ihm bedeutete.

Wäre er noch mit Avery im Bett, wäre er nicht mit dieser verdammten Akte konfrontiert.

„Ian Taggart ist ein brillanter Spion." Es schwang eine ekelerregende Sympathie in Westons Stimme, die Liam nervös machte.

Ian war sein Freund. Und er wusste verdammt gut, was Weston zu tun versuchte. Er versuchte, einen Keil zwischen Liam und sein Team zu treiben. Er versuchte, Liams Loyalität zu zerstören. Manipulation war eine Kunst und der MI6 bildete seine Agenten gut aus. „Ich kenne Ian Taggart. Das wird nicht funktionieren. Ich weiß, dass er früher für die CIA gearbeitet hat. Wenn er sich wieder mit ihnen berät, dann hat er seine Gründe."

Sie suchten nach Eli Nelson. Nelson war ein skrupelloser CIA-Agent. Es machte einfach Sinn, dass Ian seine Kontakte nutzte. Es war sicherlich kein Verrat. War es nicht.

„Wie gut kennen Sie Ian?"

Liam rollte mit den Augen. Das war so durchschaubar und er war bereit, Westons Theorie der offenen Tür zu testen. Er hatte ein paar wichtige Informationen. Er hatte das Mädchen. Falls Ian wirklich mit der CIA in Kontakt stand, dann hatten sie wahrscheinlich einen gewissen Einfluss und konnten den MI6 vielleicht dazu überreden, ihn drinnen zu lassen, obwohl er es wahrscheinlich gar nicht nötig hatte. Weston war trotz seines Charmes, seines guten Aussehens und seines sichtlich vielen Geldes nicht ins Bett der Dame gelangt. Liam war es. Sie vertraute ihm, nicht Simon Weston. Wenn sie an Avery herankommen wollten, mussten sie Liam in ihrer Nähe behalten und vielleicht, nur vielleicht, würde er Informationen mit ihnen teilen.

Das war seine Operation. Er traf die Entscheidungen. Er hatte vielleicht nicht das Recht, die Operation auf britischem Boden durchzuführen, doch er hatte jetzt ein Druckmittel. Sie hatten zu lange gewartet, um ihn rauszuholen.

Er versicherte sich, dass seine Stimme zuversichtlich klang, auch wenn sein Hirn in zwölf verschiedene Richtungen dachte. „Ich kenne Ian Taggart seit Jahren. Ich habe mit ihm gearbeitet, mit ihm trainiert. Ich kenne den Mann."

„Sagen Sie mir etwas, O'Donnell, wie oft spricht er über seine Frau?"

Sowas von transparent. „Er war nie verheiratet. Machen Sie sich nicht lächerlich. Ian Taggart ist ein Mann, der am unwahrscheinlichsten heiratete."

Der Gedanke, Ian stecke einem Mädchen einen Ring an den Finger, war lächerlich.

Weston schlug den Ordner so lässig auf, als öffnete er nicht die Büchse der Pandora. Liam schaute hinunter. Eine Heiratserlaubnis von vor fünf Jahren, die besagte, dass Ian Mitchell Taggart und Charlotte Marie Dennis in London, England, geheiratet haben.

„Und?" Ian war ein tiefes Gewässer. Läge eine gescheiterte Ehe in seiner Vergangenheit, liefe er nicht herum und heulte sich darüber aus. Er war nicht wie Sean, und jetzt Adam und Jake, die das Bedürfnis verspürten so über ihre Beziehungen zu jammern, als befänden sie sich am helllichten Tag in einer wandelnden Fernsehshow, die der Aussprache über Vaginas gewidmet war. Ian würde sie begraben, wie es sich für einen Mann gehörte.

„Sie wissen also nichts über Charlotte Taggart? Sie wissen nicht, dass sie Ians Tarnung für seinen letzten Europa-Einsatz war? Dass er sie heiratete, weil er eine Tarnung brauchte?"

Liam wand sich innerlich. Er wettete, dass Charlotte Taggart vermutlich stinksauer war. Oder höchstwahrscheinlich wusste sie nicht mal, dass er sie benutzt hatte. Sie war vermutlich in aller Stille geschieden worden und führte nun ein total langweiliges mittelamerikanisches Leben mit drei Kindern und einem fetten Ehemann, der nicht wusste, dass es möglich war, einen anderen Menschen innerlich zu enthaupten.

Avery würde dieses Leben wollen. Avery würde weitermachen, nachdem er sie benutzt hatte, und nicht zu dem idiotischen Mann zurückblicken, der nicht klug genug gewesen war, sie zu lieben.

Dachte Ian jemals an Charlotte?

Westons Hand schob die Heiratsurkunde beiseite und ein anderes sehr förmlich aussehendes Dokument kam darunter zum Vorschein. „Hat er jemals erwähnt, dass er es war, der ihr eine Kugel in den Rücken jagte? Charlotte Taggart wurde beseitigt, nachdem ihr liebender Ehemann sie nicht mehr brauchte. Oh, er behauptete Scotland Yard gegenüber, dass sie tot gewesen sei, als er sie fand, doch das ist eindeutig genug für mich. Und möchten Sie wissen, welche Operation er zu dieser Zeit durchgeführt hat? Möchten Sie wissen, warum er in England 'auf Hochzeitsreise' war?"

Die Seiten flogen einfach weiter, ein Buch des englischen Nachrichtendienstes des Schreckens. Sein Magen formte sich zu einer Woge böser Verdächtigungen. Ian hatte nur wenige Wochen vor Rorys Tod eine Frau geheiratet und er war zu dieser Zeit in England.

Als er Ian an diesem Tag vor so langer Zeit anrief, hatte Ian Liam gesagt, dass er in Dallas sei. Doch gemäß seinem Reisepass hatte er sich in England aufgehalten. Er war mit dem Mord an seiner Frau beschäftigt gewesen.

Hatte Ian seine Frau ermordet?

„Laut jeglicher Berichte des MI6 war Ian Taggart zum Zeitpunkt des Todes seiner Frau noch ein aktiver CIA-Agent. Die US-Regierung ebnete den Weg für eine Untersuchung des Vorfalls. Zu dieser Zeit hatte er eine Operation in Zusammenarbeit mit dem G2 und dem MI6 durchgeführt."

Liam schüttelte den Kopf. „Nein. Ich habe nie mit der CIA gesprochen."

Weston seufzte. „Warum sollten Sie? Sie waren Infanterist, O'Donnell. Sie waren entbehrlich. Sie haben lange genug beim Geheimdienst gearbeitet, um zu wissen, dass die rechte Hand nicht wissen muss, was die linke Hand tut, und meistens merkt keine der Hände, dass ein Hirn hinter dem Vorgehen steckt. Ian Taggart leitete die Operation, die Ihren Bruder tötete. Es war sein Baby. Das war der einzige Grund, warum er überhaupt in Europa war. Er hatte diese Russen jahrelang verfolgt. Sie haben einige Male mit ihm zusammengearbeitet. Wie hat er es wohl geschafft, Sie so einfach aus Irland rauszukriegen? Jeder hätte nach Ihnen oder Ihrer Leiche gesucht, doch Ian Taggart kauft Ihnen einfach ein Flugticket in die Staaten? Nein. Die CIA hat Sie rausgeholt. Taggart hat einen Deal mit ihnen gemacht. Warum zur Hölle sollte der Mann seine neu gegründete Firma riskieren, um jemanden aufzunehmen, der vielleicht oder vielleicht auch nicht sieben Menschen getötet hat, einschließlich seines eigenen Bruders? Selbst wenn Sie die Mordanklage unberücksichtigt lassen, haben Sie die Operation versaut. Die Anleihen sind weg, weil Sie die Entscheidung trafen, mit einem Bier zu feiern. Warum zur Hölle hätte er Sie aufnehmen sollen, wenn er Sie nicht beobachten wollte? Er beobachtet Sie seit Jahren, O'Donnell, und wenn er von Ihnen bekommt, was er braucht, werden Sie wie seine liebende Frau enden."

Weston enthüllte ein abscheuliches Foto. Eine schöne Frau mit pechschwarzen Haaren, die in die Kamera starrte, mit leeren kristallblauen Augen. Charlotte Taggart. Tot und gegangen.

„Ihre Leiche verschwand zwölf Stunden, nachdem sie für tot erklärt worden war, aus dem Leichenschauhaus. Ich habe mich immer gefragt, was er damit gemacht hat. Wir bekamen keine Gelegenheit, eine Autopsie durchzuführen. Ich vermute, wir hätten sonst Beweise gegen ihn gefunden." Weston lehnte sich zurück, verschränkte die Arme vor der Brust. „Taggart ist in eine Menge scheußlicher Geschäfte verwickelt. Also warum sagen Sie mir nicht, warum er auf meine Insel gekommen ist? Ich muss es wissen, damit ich einen Plan erarbeiten kann, um ihn aufzuhalten. Er ist genauso gefährlich wie alles andere, in das Molina verwickelt ist."

Liam starrte auf das Mädchen. Sie verwandelte sich in ein anderes Mädchen. Jünger, weniger schön, aber sie hatte ihr Leben noch vor sich. Hatte er dieses Leben weggewürgt? Hatten seine Handlungen an diesem Abend, so unschuldig sie auch gewesen sein mögen, diese kleine blonde Frau in den Tod geführt? Wie viele Frauen waren wegen dieser einen Operation gestorben?

Wie würde Avery auf einer Totenbank aussehen, ihr Gesicht ohne das Leben, das sie von innen heraus erleuchtete?

Wäre Avery Charles eine weitere Frau auf einer Totenbank? Er erinnerte sich nicht an das andere Mädchen, doch er würde mit dem Gefühl von Averys Armen um sich herum sterben. Er würde sie immer auf der Zunge schmecken können.

„O'Donnell?" Westons Stimme schien von weit her zu kommen, sie zog ihn dennoch von diesem sehr dunklen Ort weg. Irgendwo im Hintergrund konnte er ein Telefon klingeln hören. Es war nicht real. Das wusste er. Das Telefon war in seinem Kopf. In seinen Albträumen. Wer hatte ihn angerufen? War es Ian Taggart gewesen? Warum konnte er sich nicht erinnern?

Liam zwang sich zurück in die Gegenwart. Er hatte mit genug Scheiße im Hier und Jetzt zu tun. Er brauchte sich nicht in der Vergangenheit zu verlieren. Sein Gesichtsausdruck war geschult. Was auch immer, er war nicht im Begriff eine emotionale Entscheidung zu treffen. Er brauchte Zeit. Er musste sich sortieren. Ihm war schon einmal übel mitgespielt worden und Menschen waren gestorben. Er wollte den gleichen Fehler nicht noch einmal machen.

„Ich kann Ihnen helfen." Westons Stimme war sanft und freundlich. „Ich weiß, was es bedeutet, dieses überflüssige Stück Scheiße von Spion zu sein. Ich hatte hier drüben mit der gleichen Scheiße zu kämpfen."

Liam bezweifelte, dass der zweite Sohn eines Herzogs wirklich so verflucht entbehrlich war. Liam war hart aufgewachsen. Er wusste, was es bedeutete, mit leerem Bauch und über den Boden rennenden Ratten einzuschlafen. Was auch immer er in dieser Welt an Wert hatte, er musste für alles kämpfen.

Weston hatte keine Ahnung, was es bedeutete, absolut entbehrlich zu sein.

Die Tür öffnete sich unerwartet und sein Abend war komplett. Damon Knight kam herein und sah völlig anders aus als im Garden. Sein Leder war verschwunden, ersetzt durch einen perfekt geschnittenen Anzug und ein Stirnrunzeln, das einen Mann aus drei Metern Entfernung einfrieren konnte. Er kam herein, als gehörte ihm der Ort.

„Wollen Sie mir das erklären, Weston?"

Weston blickte zurück. Seine Augen hatten sich geweitet und im Gesicht des Agenten spiegelte sich eine Sekunde lang Panik wider, bevor er einen ruhigen, aber verärgerten Blick annahm. Und es war brutal offensichtlich, dass sie sich kannten. Falls Weston schockiert darüber war, dass der Besitzer eines BDSM-Clubs in seinen geheimen Unterschlupf gekommen war, so war es nicht ersichtlich. „Er schläft mit meiner Zielperson. Ich habe ihn untersucht und entdeckt, dass er Verbindungen zu einer amerikanischen Sicherheitsfirma unterhält. Nicht, dass es leicht war, das herauszufinden. Sie waren ziemlich erfolgreich darin, seinen wahren Namen zu verbergen."

„Ja, McKay-Taggart", schoss Knight zurück. „Das weiß ich."

Weston hielt für eine Minute inne. Yeah, das hatte er nicht gewusst. Zu erkennen an seinem Augenaufblitzen, bevor der Agent weiterfuhr. „Ich habe der Technik ein paar Aufnahmen der Überwachungskamera von Ihnen gegeben." Er warf einen Blick zurück auf Liam. „Sie waren ziemlich gut darin, den Kopf unten zu halten, doch ich fand einen Moment, in dem Sie zu etwas aufsahen, das Avery Ihnen zeigen wollte.

Liam konnte sich denken, was dann passiert war. „Sie haben mein Gesicht durch eine Gesichtserkennungssoftware laufen lassen und einen Treffer vom G2 erhalten."

„Eigentlich von mehreren Quellen", gab Weston zu.

Knight sah nicht so aus, als ob ihn das einen Scheiß interessierte. „Agent Weston, wiederholen Sie mir bitte die Parameter Ihrer Mission. Ich glaube, die haben Sie vergessen. Ich weiß verdammt gut, dass Sie nicht befugt waren, diesen Mann zu verhören."

Westons Frustration ließ sein Gesicht verhärten. „Er geht mit ihr ins Bett. Was verdammt hätte ich denn tun sollen? Hätte ich seine Spur nicht zurückverfolgen sollen?"

„Sie haben nicht nur eine Spur verfolgt, oder?", argumentierte Knight. „Hätten Sie eine Spur verfolgt, wäre Sie auf seine sehr solide Tarnung gestoßen."

Liam sah zum Dom hinauf und wollte keine Sekunde mehr abwarten. „Sie sind beim MI6. Gibt es einen Grund, warum Sie sich nicht die Mühe gemacht haben, mir das zu sagen?"

Knights Schultern versteiften sich. „Sprich mit Ian."

Klar, natürlich wusste Ian Bescheid. Ian wusste alles.

„Wir sind keine Feinde, Liam", sagte Knight. „Das ist genau der Grund, warum ich diesen Kampf hier mit Junior vor Ihnen führe. Sie müssen Seiner Lordschaft verzeihen. Ihm wurde die Information nicht weitergeleitet, weil er es nicht zu wissen brauchte. Er ist etwas zu gründlich und er macht eine Menge Arbeit auf eigene Faust. Hätte er das Protokoll befolgt und seinen Betreuer kontaktiert, so wie es eigentlich vorgesehen ist, dann hätte diese kleine Szene vermieden werden können.

Knights Augen richteten sich auf den Ordner, blitzen kurz auf, bevor er ihn hochnahm. „Was zur Hölle haben Sie getan, Weston?"

„Ich habe meinen Job gemacht", leierte der Engländer zurück und Liam verstand nun, dass Weston vielleicht doch eine Ahnung hatte, was es bedeutete, aus dem Informationsfluss ausgeschlossen zu sein, wie ein kleines Rädchen im Getriebe, das leicht auszutauschen war.

„Ihre Aufgabe bestand darin, an Informationen über Molina zu kommen, nicht darin, einen unserer Verbündeten zu linken."

„Ich bin mir nicht so sicher, ob Taggart ein Verbündeter ist. Warum ist er hier? Warum platzt er mitten in meine Operation?", fragte Weston, seine Fäuste geballt.

„Das ist nicht Ihre Operation. Es ist meine, und wenn Ihnen das nicht gefällt, können Sie einen schönen langen Urlaub machen, Eure Lordschaft. Ich komme gleich auf Sie zurück." Knight wandte sich zurück zu Liam. „Vögeln Sie das Mädchen bereits?"

Er hatte den wildesten Drang, dem Arschloch so lange ins Gesicht zu schlagen, bis er Knochen erblickte, doch er zuckte nachlässig mit den Achseln. „Yeah. Ich bekomm', was wir brauchen."

Es sah aus, als wäre er mit mehr als nur Avery im Bett. Er könnte weggehen. Es war eine Option. Er könnte verschwinden, doch dann wäre sie allein und der Gnade von Männern ausgesetzt, die keine hatten. Und er würde die Wahrheit nie erfahren. Nicht über sich, seinen Bruder oder Ian.

„Guter Mann. Ian wartet in einem Auto auf Sie. Er war sehr verärgert, als er erfuhr, dass Sie sich in Gewahrsam befinden. Im Ernst, ich dachte, er risse jemandem den Kopf ab."

Knight fuhr sich mit der Hand übers Gesicht, eine Geste des Überdrusses. „Also los. Er wird Sie zum Haus des Mädchens zurückbringen. Sie müssen bei ihr sein, bevor sie aufwacht. Frauen mögen es nicht, wenn man sich aus ihren Betten schleicht. Ich kümmere mich um den hier." Knight drehte sich um, als Liam aufstand, um hinauszugehen. „Sprechen Sie mit Ian. Dieser Haufen Infos ist bedeutungslos ohne die Wahrheit dahinter. Diese Informationen können auf die verschiedenste Art interpretiert werden, und Ian ist der einzige, der die Wahrheit kennt. Ich würde diesem Mann mein Leben anvertrauen."

Liam nickte, schenkte Knight ein Lächeln, das, so hoffte er, eher unbeschwert aussah. „Hey, Kumpel, ich kenn' Ian schon seit Jahren. Er hat mich beschützt. Ich werd' nicht zulassen, dass irgendwelche Papiere diese Tatsache ändern."

Er war jedoch innerlich betäubt, als er das Haus verließ. Diese Akte hatte die Dinge verändert und er musste der Sache auf den Grund gehen. Die Frage war, wie er das anstellen sollte. Er konnte niemandem in seinem Team trauen. Er hatte keine Ahnung, ob sie da mit drin steckten.

Er hasste dieses Gefühl. Er hatte darauf vertraut, dass sie ihm den Rücken freihielten. Er hatte Seite an Seite mit diesen Leuten gekämpft und geblutet. Wie konnte er so denken? Wie konnte er denken, dass Jake und Eve in eine Verschwörung verwickelt waren, um ihn in Unwissenheit zu halten?

Es war nur Paranoia, wenn sie nicht hinter ihm her waren.

Ian stand neben einem schwarzen BMW, ein verärgerter Ausdruck lag auf seinem Gesicht. „Li, wir müssen reden. Ich habe dir nichts von dem Ml6-Scheiß erzählt, weil Damon mich darum bat. Er hat es uns erleichtert, uns ihrer Operation anzuschließen. Er hätte nicht im Traum daran gedacht, dass Weston deine Deckung auffliegen lässt und tatsächlich versucht dich zu verhaften."

Doch das hatte Weston nicht getan. Weston hatte nur versucht ihm eine Menge Informationen zu präsentieren, die vor fünf Jahren gut zu wissen gewesen wären. „Kein Problem, Chef."

Ian wusste nicht, was Weston ihm gezeigt hatte. Er würde es früh genug erfahren. Knight würde ihn aufklären, doch wenigstens heute Abend musste sich Liam keine Erklärungen anhören. Er brauchte Zeit zum Nachdenken.

Ian starrte ihn argwöhnisch an, als Liam auf den Beifahrersitz sprang. „Bist du in Ordnung? Er hat doch nicht irgendeinen Scheiß mit dir abgezogen, oder?"

Weston hatte ihm den Teppich unter den Füßen weggezogen. Er hatte die einzige Welt erschüttert, die Liam das letzte halbe Jahrzehnt gekannt hatte. „Er hat mich keinem Waterboarding unterzogen, Boss. Er hat mir altes Gebäck angeboten. Das war Folter."

Ian seufzte. „Ich bin froh, das zu hören. Ich wollte mich selbst um den kleinen Scheißer kümmern, doch Damon hat es mir ausgeredet. Du bist jetzt offiziell entlastet. Damon hat sich darum gekümmert."

„Gut." Liam starrte geradeaus. „Lass los. Ich will nicht, dass Avery ohne mich aufwacht."

Er hüllte sich in seinen mittelwestlichen Akzent ein, wie unter eine Sicherheitsdecke, die er zu seinem Schutz überzog. Er war auf einer Mission und diese hatte weitaus größere Parameter, als er angenommen hatte, denn nun musste er herausfinden, ob Ian Taggart an der Ermordung von Rory beteiligt war.

Ian drehte die Zündung und entfernte sich von dem vorstädtischen Haus. „Was ist los? Damon hat es gerade geschafft, einen Deal auszuhandeln, der dich offiziell von jedem Fehlverhalten entbindet und die Dinge mit dem G2 gerade sein lässt. Du bist entlastet, Li. Hast du nichts dazu zu sagen?"

Wenn Weston recht behielt, hätte Ian es jederzeit selbst tun können. „Das ist toll, Mann, doch ich habe gerade kein Verlangen, nach Hause zu gehen oder so. Ich weiß es zu schätzen."

Ians Augen blieben auf die Straße gerichtet, doch Frustration schwang in seiner Stimme. „Bist du sicher, dass es nicht etwas gibt, über das du reden willst? Hast du gemischte Gefühle darüber, dass du mit Avery Charles geschlafen hast? Sie beschützen sie, weißt du?"

„Ja." Wie hatte Ian seine Frau geschützt? „Ich weiß. Das ist gut. Es geht mir gut."

Ian fuhr den Rest des Weges in Schweigen gehüllt, während Liams Hirn mit einer Million Möglichkeiten spielte.

Leider war keine von ihnen gut.

Kapitel Neun

Avery erwachte, ins frühe Morgenlicht blinzelnd. Sie streckte sich, ihre Muskeln schmerzten auf köstliche Weise. Jeder Moment der vorherigen Nacht flammte noch einmal zum Leben auf. Sie hatte mit Lee Donnelly Liebe gemacht, dem großen, wunderschönen Lee mit den breiten Schultern, dem schönen Gesicht und dem schmutzig-wie-die-Sünde-Mund.

Sie hatte mitten in der Nacht mit ihm geschlafen, doch jetzt war es Morgen und Zeit dafür geradezustehen. Morgens sah sie nicht gerade großartig aus. Er würde vermutlich aus reiner Höflichkeit bleiben und frühstücken, denn er war so ein Typ Mann, er würde sich dann jedoch aus der Situation befreien, dafür musste sie cool und gefasst aussehen. Gott, sie war nicht cool und gefasst. Sie zog das Laken hoch, nicht bereit, sich umzudrehen und neben sich zu schauen. Was, wenn er schon weg war?

Wie liefen solche Dinge? Wie war sie auf die Idee gekommen, dass sie mit einem One-Night-Stand zurechtkäme?

Das Laken, das sie umklammert hielt, wurde ihr plötzlich aus den Händen gerissen und kühle Luft wehte um ihre Brüste.

„Ich brauch' dich." Lee setzte sich rittlings auf sie, seine Augen auf ihre Brust gerichtet. Er sah anders heute Morgen aus. Fort war der geduldige Typ, der ruhig erklärte, was er wollte, und an seiner statt war ein hungriges Raubtier. Er war auffallend nackt, sein Körper schlank und überall hart. Das weiche Licht des Morgens konnte seine unvermittelt scharfen Konturen nicht abschwächen.

Und es gab keine Möglichkeit, seinem Schwanz auszuweichen. Er war ganz steif, der dicke, bauchige Kopf seines Schwanzes berührte fast seinen Nabel, als er zu ihr hinab starrte.

Es gab keine Freundlichkeit mehr an ihm. Da war Provokation und eine kühle Distanz, die sie etwas erschreckte. Zum ersten Mal verstand sie wirklich, dass sie klein und schwach war, und er sie wahrscheinlich mit bloßen Händen töten konnte. Letzte Nacht war noch zivilisiert gewesen angesichts all des Dirty Talks, er schien jedoch im Lichte des Tages etwas anderes zu verlangen.

Er beugte sich vor, umfasste ihre Handgelenke mit den Händen. Sie war unter seinem Körper gefangen, ihre Brüste berührten sich, sein Schwanz klopfte beinahe an ihre Muschi. Sein Gewicht drückte sie tief ins Bett. Sein Gesicht sah fast grausam aus, wie er auf sie herabblickte.

„Willst du, dass ich gehe, kleines Mädchen? Die letzte Nacht war für dich. Wenn du mich in diesem Bett bleiben lässt, ist der heutige Morgen für mich und es wird vielleicht nicht so schön. Es wird schmutzig sein und es wird ganz nach meinem Willen laufen.“

Was war mit ihm geschehen? Sie durchforschte sein Gesicht. Ja, er benahm sich wie ein dominantes Arschloch, doch etwas in seinen Augen ließ sie stutzig werden. Und was er gesagt hatte. Er brauchte sie.

Sie hatte ihn die Nacht zuvor gebraucht und er hatte ihr alles gegeben, was sie sich hätte wünschen können. Sie hatte nicht vor, sich etwas vorzumachen. Sie war schon halb in ihn verliebt. Sie wollte sich von ihm nicht abschrecken lassen.

Und war es nicht das, was er versuchte? Sie zu drängen, um zu sehen, ob sie ihn wirklich akzeptieren konnte?

Plötzlich hatte sie nicht mehr so viel Angst vor ihm. Sie hob den Kopf und ließ ihre Nasen einander berühren. Ihr Körper wurde bereits heiß. „Gestern Abend war es gar nicht so sauber, mein Herr.“

„Fuck.“ Der kalte Ausdruck verschwand, als wäre er nie da gewesen, und er schlug seinen Mund auf ihren.

Er hielt sie in Position und Avery verstand, was es bedeutete eingeatmet zu werden. Genau das war es, was er mit ihr machte. Er dominierte ihren Mund, küsste sie, als ob er sie zum Atmen bräuchte. Immer und immer wieder nahm er ihren Mund und sie überließ ihn ihm gern. Als er ihre Handgelenke losließ, schlang sie ihre Arme um ihn. Sie schlug ihre Beine um seine und bot ihm alles, was sie hatte. Er machte sie so rasant so heiß, als vertraute ihr Körper bereits darauf, dass dieser Mann gut für sie sorgte.

Er bewegte sich von ihrem Mund zu ihrem Hals, seine Finger auf ihren Brustwarzen. „Sag mir, dass du mir gehörst."

Das war einfach. Sie begann zu glauben, dass sie von dem Moment an ihm gehört hatte, als er sie vor den Mumien aufgefangen hatte. „Ich gehör' dir."

Sie war sich nicht sicher, warum er so schnell so besitzergreifend geworden war, doch er schien Bestätigung zu brauchen und sie fand darin ihre eigene. Er verhielt sich nicht wie ein Mann, der sie im Stich ließe.

„Das gehört mir. Das gehört verfickt mir." Da war er wieder, dieser musikalische Ton, den er annahm, wenn er sehr erregt war. Sie liebte ihn. Er flüsterte ihr derart über die Brüste, kurz bevor er eine in seinen Mund saugte und sich bereit machte, sie zu verschlingen.

Sie wurde weich, ihr ganzer Körper gab nach. Sie brauchte hier nicht zu denken. Ihr Verstand lief ihr nicht davon. Alles, was sie tun musste, war zu fühlen. Alles, was sie tun musste, war die Verbindung zwischen ihnen fließen zu lassen.

Sie stöhnte kurz auf, als er ihr in die Brustwarze biss. Es war ein kurzer, messerscharfer Schmerz, doch er schien etwas tief in ihrem Inneren zu entzünden. Der Schmerz löste sich in eine surrende Hitze auf.

„Ja, das sind meine, die es lustvoll zu foltern gilt. Du magst doch ein bisschen Folter, oder, Liebes?" Er rückte zur anderen Brustwarze vor und biss vorsichtig zu. Sie zuckte nicht. Sie hob die Brüste und begrüßte ihn. „Ja, ich werd' diese wunderbaren Titten klammern und sie mit einer Kette verbinden. Dann kann ich daran ziehen, wann immer ich will, und du wirst meinen Biss zu spüren bekommen."

Dunkle Vorstellungen zischten ihr durch den Kopf. Er hatte ihr gesagt, was er zu tun gedachte, doch hatte es bis jetzt nicht in die Realität umgesetzt. Er wollte sie fesseln. Er wollte, dass sie gefesselt und hilflos den Launen seines Schwanzes ausgeliefert war. Ihr fiel es jetzt so viel leichter über dieses Wort nachzudenken. Das Monster, das sich an ihrer Muschi rieb, war kein Penis. Es war ein großer harter Schwanz. Er hatte ihr so viel Freude am Abend zuvor bereitet. Sie wollte ihn wieder in sich haben.

„Fuck, Liebes. Ich will nicht warten. Sag mir, dass ich dich jetzt haben kann." Er brummte an ihrer Haut.

Ihr wildes Biest. Er hatte ihr gesagt, entweder sein Weg oder jeder nähme die jeweilige Autobahn, und nur wenigen Minuten Liebkosung und er war wieder domestiziert. „Bitte, Lee. Ich brauch dich auch."

Er bäumte sich auf, mit den Händen drückte er ihre Knie auseinander. Er spreizte sie weit auseinander und schaute auf ihre Muschi hinunter. Etwas Wildes war in sein Gesicht zurückgekehrt, doch jetzt konnte sie mit ihm umgehen. „Du wirst dich von mir fesseln lassen, nicht wahr? Du lässt mich dir den Hintern versohlen. Du wirst meine Sub sein."

Sie war bereit, beinahe alles mit ihm zu versuchen. „Ja."

„Aber nicht jetzt. Ich brauche dich jetzt zu sehr." Er führte die Hand zu ihrem Beistelltisch und kehrte mit einem Kondom zurück. Er hatte das Kondom im Nu über seinen Schwanz gerollt. „Nimm mich."

Er spielte nicht mehr wie am Abend zuvor herum. Er schob seinen Schwanz hinein. Er weitete sie und zwang diesen großen Schwanz mit einem langen, durchdringenden Stoß rein. Er kniete vor ihr, hielt seine Hände auf ihren Beinen und kontrollierte die Penetration. Er nahm sie hart. Das war es, was er gemeint hatte. Er übte die Kontrolle aus und er kriegte, was er bräuchte.

Und das, was er wollte, war sie.

„Fuck, du fühlst dich gut an." Er stieß in langen Zügen zu, mit den Eiern schlug er an die Kurve ihres Hinterteils, als er sich hineinschob.

Und er fühlte sich spektakulär an. Trotz des Wundseins, das sie fühlte, reagierte ihr Körper, leuchtete unter ihm auf. Sie spürte die köstliche Druckwelle kurz vor dem Bersten.

„Niemand hat dich je so fühlen lassen." Es war keine Frage.

Sie wusste nur eine Antwort. „Keiner außer dir."

Sie stöhnte, als er sich vorbeugte und begann sein Becken über ihre Klitoris zu reiben.

Ein arrogantes Lächeln erhellte sein Gesicht, doch sie war glücklich. Dieses dümmlich maskuline Lächeln war wunderschön und es schien alle Dämonen verjagt zu haben. Er war wieder Lee. Er lehnte sich herunter, wobei er seinen Körper auf ihren drückte, auf ihr lag, als er sie weiter fickte. „Ich bin froh, Liebes. Und ich werd' all diese scheußlichen Dinge mit dir tun. Du bist mein. Ich bin dein. Wir sind jetzt zusammen. Verstehst du?"

Das tat sie nicht wirklich, aber sie wusste, dass er sie für eine Weile bei sich haben wollte, wahrscheinlich während seiner Zeit in London, und das war wirklich das Einzige, was sie sich wünschen konnte. Sie würde die Dinge weiter mit ihm erkunden und Erinnerungen sammeln, die sie warm hielten, wenn er weg war. „Ja. Wir sind zusammen."

Er küsste sie noch einmal, seine Zunge drang ein, als sein Schwanz die perfekte Stelle tief im Inneren traf und sie losging. Ihr ganzer Körper straffte sich und löste sich in einer Welle wogender Lust.

Der Griff seiner Hände festigte sich, als er ein letztes Mal hineinstieß und sich hingab. Sein Gesicht war so offen und ehrlich, als er kam. Er tauchte in sie ein, gab sich vollkommen dahin und sank schließlich auf sie, seinen Kopf vergrub er an in ihrem Hals.

Das war, was sie brauchte. Sie schlang sich um ihn. Es war diese Nähe, nach der sie sich gesehnt hatte, jetzt jedoch wusste sie, dass sie so viel süßer war, weil der Sex an sich tief und intim gewesen war.

Er rollte nicht von ihr herunter. Er schnüffelte in die Tiefe, sein Kopf an ihrem Hals verborgen, sein großer Körper drückte sie in die Matratze. „Ich hab' letzte Nacht nicht geschlafen. Ich bin so müde. Ich möchte bei dir bleiben."

Sie wollte nicht, dass er irgendwo anders hinginge. „Du kannst so lang' bleiben, wie du möchtest."

Er hob den Kopf, diese smaragdgrünen Augen suchten nach ihren. „Du lügst mich nicht an, oder? Du bist so, wie du zu sein scheinst."

Er war also schon mal verletzt worden und das war es, worum

es bei dem ganzen besitzergreifenden Gebaren ging. Sie schenkte ihm ein kleines Lächeln. „Ich bin langweilig, Lee. Ich bin fast dreißig Jahre alt und fange gerade erst an zu leben. Ich habe nichts, worüber ich lügen könnte."

Er küsste sie, eine kleine Berührung seiner Lippen. „Du bist alles andere als langweilig." Er seufzte und rollte von ihr herunter. Er lief in ihr Bad und gähnte, als er zurückkam, sein Haar war ungekämmt, der Körper des griechischen Gottes jedoch stets zur Schau gestellt. Sie konnte nicht anders als hinstarren.

„Bist du hungrig?"

Er kräuselte die Lippen. „Um dich herum? Immer. Aber ich muss schlafen, Liebes. Stört es dich, wenn ich mich ein paar Stunden hinlege? Du kannst mich mittags aufwecken und wir machen für den Rest des Tages, was immer du willst. Wir können an der Themse entlang bis zum Eye hochlaufen."

Sie grinste. „Das fänd' ich schön. Ich hab' gehört, es ist möglich Champagner während der Fahrt zu trinken."

Er legte sich hin, sein Gesicht so viel weicher als zuvor. Er griff zu ihr hoch und berührte ihre Wange. „Champagner soll es sein." Sein Blick wurde ernst. „Doch während ich schlafe, habe ich einen Job für dich."

„Okay."

„Ich möchte, dass du ins Internet gehst und BDSM nachschlägst. Ich möchte, dass du darüber liest, denn ich will dich in ein paar Tagen in einen Club mitnehmen, und ich muss wissen, ob du damit umgehen kannst. Ich kann auch auf Vanilla machen, wenn du möchtest, ich würd' dir jedoch gern' meinen Lifestyle zeigen."

Jetzt war sie an der Reihe, sich herunterzubeugen und ihn zu küssen. Er sah so perfekt aus, wie er da lag, ein riesiger Tiger inmitten ihres flauschigen, weiblichen Bettzeugs. „Ich hab's dir gesagt. Ich mag Erdbeere."

„Gut. Denn ich will, dass dein Arsch so hübsch und rosa wird wie eine Erdbeere."

„Jetzt warte mal", sagte sie lachend. „Ich sprach über den Geschmack."

„Ja, davon krieg' ich auch noch was, Baby. Wobei du mehr nach Honig schmeckst." Er gähnte erneut.

Er sprach auf so schmutzige Weise, doch sie wollte ihn nicht anders. Sie stieg aus dem Bett und griff nach ihrem Morgenrock.

„Nein." Sein Körper war auf dem Bett aufgebahrt, doch sein Blick war auf sie gerichtet.

„Nein?"

„Kein Morgenmantel. Keine Kleidung. Bleib nackt für mich."

„Du schläfst gleich."

„Und du bist gleich allein in der Wohnung. Bleib nackt und denk an mich. Wenn jemand an die Tür kommt, kannst du dir eine Jogginghose und ein T-Shirt anziehen, aber keinen Slip und keinen BH. Ist das klar?"

Sie biss sich bei dem Gedanken, nackt herumzulaufen, auf die Unterlippe. Es erschien seltsam. „Ist das dieses BDSM-Zeug?"

Er öffnete ein einziges Auge, doch es genügte, dass sie ein kleiner Schauer überkam. „Ja. Das ist dieses BDSM-Zeug, Liebes. Gib dich mir hin und füg' dich oder wir reden über deine lustvolle Qual."

Die Art, wie er das Wort „Qual" aussprach, klang, als sei es gar nicht so schlimm. Nichtsdestotrotz. „In Ordnung. Aber können wir über den BH reden?" Ihre Brüste waren wirklich zu groß, um sie frei schwingen zu lassen.

Er hatte die Augen wieder geschlossen. „Ich weiß nicht. Können wir über Analplugs reden?"

Also keinen BH. „Ich bin okay."

„Ich dachte mir, dass du's bist." Er seufzte und drehte sich um, den Blick auf das erstaunlichste Hinterteil freigebend, das sie je gesehen hatte.

Arsch. Es war ein wunderschöner Arsch. Ihr Freund hatte einen echt wunderbaren Arsch.

Sie zog leise ihre Trainingshose und ein T-Shirt aus der Kommode und machte sich auf in die Dusche.

* * * *

Thomas Molina starrte auf den vor ihm liegenden Bericht. Noch keine Bilder, lediglich ein Haufen von Zahlen und Orten und Daten, die das scheinbar langweilige Leben eines Lee Aaron Donnelly ausmachten. Sein Führerscheinfoto aus Texas war so pixelig, dass Thomas es kaum erkennen konnte.

Nach allem, was Malcolm innerhalb der letzten achtzehn Stunden ausgegraben hatte, war Lee Donnelly ein Nichts. Er hatte erbärmliche achttausend Dollar auf seinem Girokonto und zwanzig auf einem Sparkonto. Er besaß eine kleine Firma, die auf den individuellen Einbau von Küchen spezialisiert war, doch hatte sie seinem Partner in den Staaten überlassen, während er in England umherstrich.

Er war ein Niemand.

Und er war der Mann, der Avery Charles letzte Nacht gefickt hatte.

Er hatte mitgehört und sein Schwanz war hart geworden, selbst als sich ihm der Magen umgedreht hatte. Avery war eine ziemliche Hure gewesen. Es machte ihn eher traurig, dass er die Wohnung nicht für Videoaufnahmen verkabelt hatte, dann hätte er ihr beim Rumhuren zusehen können.

„Und der Artikel ist an Brandon Charles' Eltern rausgegangen." Malcolm saß ihm gegenüber, eine Augenbraue vor offensichtlicher Neugier hochgezogen. „Irgendein Grund, warum sie sich dafür interessieren sollten, dass Ärzte ohne Grenzen Berufsanfänger als Chirurgen rekrutiert?"

Oh, das würde sie interessieren. Es würde sie sogar sehr interessieren und sie hoffentlich dazu anspornen, Avery zu kontaktieren und ihr ein wenig die Hölle heiß zu machen. Sie hatte es nötig, daran erinnert zu werden, wer verdammt sie war und was sie getan hatte.

Er wollte, dass ihre Welt zusammenbrach, damit sie sich daran erinnerte, auf wen Verlass war. Und wenn ihr neuer Lebensgefährte verschwand, hätte sie niemanden, an den sie sich wenden konnte, außer ihren Freund.

„Das geht Sie nichts an." Malcolm brauchte nicht zu wissen, warum und wozu. Er brauchte nur seine Arbeit erledigen. „War es Ihnen möglich, ihm gestern Abend zu folgen?"

Es war etwas merkwürdig gewesen. Loverboy Lee hatte Avery ins Bett gebracht und war dann ein paar Minuten in der Wohnung rumgelaufen, bevor er sie verließ. Zuerst hatte er gelächelt, absolut sicher, dass Avery nur bekommen hatte, was sie verdiente. Sie hatte irgendein beliebiges Arschloch gefickt und er sich genommen, was er wollte, und sie dann verlassen.

Er war tatsächlich mit der Vorstellung einer rührseligen Avery eingeschlafen, die die ganze Nacht bereute.

Doch der Bastard war stundenlang weg gewesen, nur um wieder zurückzukommen und wieder zu ihr ins Bett zu steigen. Und sie nochmal zu ficken.

Er hatte sich nicht wie ein Mann angehört, der beabsichtigte zu gehen. Er hatte sich wie ein Perverser angehört, der was Gutes entdeckt hatte und sich reinstürzte. Er hatte sie gefickt und ihr befohlen, ohne Kleider rumzulaufen. Auch hier wäre Video wünschenswerter gewesen.

Malcolm runzelte die Stirn. „Nein. Da war eine Menschenmenge vor einer Kneipe neben ihrer Wohnung. Ich verlor ihn. Ich wartete und holte ihn wieder ein. Es schien, als wäre er in eine Art Laden gegangen. Sie wissen schon, solche mit braunen Papiertüten. Er hatte zudem einen Blumenstrauß. Keine Ahnung, warum er dafür verflixte Stunden brauchte. Schätze, er musste erst einen finden, der geöffnet hatte."

Molina konnte sich nur denken, was sich in dieser braunen Papiertüte befand. Sexspielzeug. Donnelly hatte einen Club erwähnt und sie hatten über BDSM gesprochen. Donnelly hatte wohl einen auf Dom gemacht und ihr mit reichlich viel verficktem Herz und Schmerz-Gequatsche erzählt, wie er sich um sie kümmern wollte und wie Sex für zwei Menschen vorhergesehen war. Weichei. Donnelly spielte nur damit, ein Dom zu sein, und er verstand die Bedeutung von Sex überhaupt nicht.

Sex war für die Frau ein Mittel, um ihre Existenz zu rechtfertigen. Sex war für den Mann ein Mittel, um zu kontrollieren und zu erobern.

Sie verstände zu guter Letzt, was Sex bedeutet, wenn Avery unter ihm läge.

„Wollen Sie, dass ich ihn eliminiere?", fragte Malcolm.

„Letztendlich, aber ich will nicht, dass Avery dabei ist, wenn Sie es tun. Und besorgen Sie mir ein paar Bilder von diesem Bastard, die nicht so unscharf sind und ich nichts erkenne. Haben

Sie Lachlan Bates ausgeleuchtet?" Es war Zeit, sich der eigentlichen Arbeit zu widmen. In wenigen Tagen traf er sich mit Eli Nelson. Er wollte wissen, ob er den Wichser töten sollte.

„Er ist echt", antwortete Malcolm. „Er hat ein persönliches Interesse in dem Teil Afrikas. Er beabsichtigt die Rebellen zu bewaffnen, weil er die Ressourcen dort kontrollieren will. Sie werden seinen richtigen Namen und ein Dossier über seine Firma in der E-Mail finden, die ich an Ihr Tablet geschickt habe."

Ausgezeichnet. Dann hat Nelson ihm tatsächlich einen Dienst erwiesen. Es gefiel ihm nicht, dass Nelson fünfzehn Prozent verlangte, jedoch war es ein großes Geschäft. Er konnte es sich leisten, großzügig zu sein. Fürs Erste. Und vielleicht könnte Nelson mit dem Donnelly-Problem helfen. Irgendwas stimmte nicht mit dem Mann.

„Richten Sie ein Konto ein. Ich schreibe einen Bericht und werde Mr. Bates' Spende mit der Begründung ablehnen, dass er die Kriterien nicht erfüllt hat. Ich werd's begraben. Avery hat davon Wind bekommen, doch hierbei erweist sich ihr neues Fickspielzeug als eine willkommene Ablenkung. Und lassen Sie Monica wissen, dass ich ihr beim nächsten Mal die Kehle nachts aufschlitzen werde, wenn sie erneut einfach einen unserer Spender durchwinkt."

Er dachte noch immer darüber nach. Wenn er Avery an Ort und Stelle hätte, spielte es keine Rolle. Sie würde ihm gehorchen oder er würde sie töten.

„Ich werde dafür sorgen, dass sie es weiß." Malcolm sagte es mit einem leichten Lächeln. Er war ein Mann, der seine Arbeit zu genießen schien. „Und ich bereite die Sendung vor. Wir haben ein Hilfspaket, das bald rausgeht. Die P90er und die C4 werden in ein paar Tagen zur Verfügung stehen. Unsere SAMs, die Boden-Luft-Raketen, brauchen etwas länger. Doch die Landminen sind bereits auf Lager."

„Besorgen Sie die Flugabwehrraketen oder wir sind am Arsch. Wir müssen beweisen, dass wir sie in die Finger kriegen können. Mein Kontakt hat mir einige reiche Käufer aus dem Nahen Osten versprochen, aber wir brauchen die SAMs." Er hatte sich einen Namen gemacht. Er war reich geworden, doch der Nahe Osten war der verfickte Broadway für Waffenhändler. Wenn er es dorthin schaffte, schaffte er es überallhin. Und es brächte ihm genug Geld ein, um eine verdammte Insel zu kaufen und jeden zu töten, den er wollte.

Es brächte ihn weit von seiner ekelhaften, rattenverseuchten Kindheit weg.

„Das werde ich." Malcolm erhob sich. „Und ich werde Donnelly ausschalten, sobald der richtige Zeitpunkt gekommen ist. Was wünschen Sie, was ich mit dem MI6-Agenten mache, der ständig um Avery herumschnüffelt?"

Thomas lächelte. „Nun ja, er stellt kein Problem dar, oder? Er ist durchaus nicht in ihr Bett gestiegen. Er hält einen Haufen Nichts in der Hand und das weiß er auch. Simon Weston ist ein Idiot. Er ist ein armer kleiner, reicher Junge, der James Bond spielt. Er ist gefährlicher, wenn wir ihn auslöschen. Wir wissen, wer er ist. Er hat keine Ahnung, was vor sich geht. Lassen Sie ihn vorerst in Ruhe."

Simon Weston war ein Kind, das sich im Männerspiel versuchte. Letztendlich würde er sterben, jedoch erst dann, wenn es für Thomas keine andere Möglichkeit mehr gäbe. Er wollte es nicht riskieren, ein schlechtes Blatt zu spielen, bis er dazu gezwungen wurde.

Er hatte zu viel geopfert, zu hart gekämpft.

Und er befand sich so kurz davor, wie ein König in der Hackordnung ganz oben zu stehen. Kein MI6-Agent hielte ihn zurück. Und er kriegte seine Königin. Kein Arschloch, keine Hackfresse, kein Bauarbeiter hielte ihn von ihr fern.

Er ließe sie jedoch dafür zahlen.

Malcolm nickte und ging hinaus. Thomas widmete dem Bericht erneut seine Aufmerksamkeit und dachte darüber nach, wie sehr er dem Bastard wehtun wollte.

* * * *

Avery fuhr zusammen, als sie die Tür öffnete und sich wünschte, sie hätte sich doch mit der BH-Sache durchgesetzt. Sie fühlte sich wie ein Idiot, doch sie wollte auf gar keinen Fall nach unten gehen, um ihren Gast zu treffen, und sie konnte ihn genauso wenig abweisen. Als der Concierge angerufen und ihr gesagt hatte, dass Simon unten sei, hatte sie allerdings darüber nachgedacht. Doch der Black and White Ball lag vor ihnen und Simon war entscheidend für den Erfolg.

„Hey."

Ihre Augen weiteten sich, als sie begriff, dass es Simon Weston war. Er war lässig in T-Shirt und Jeans gekleidet, er trug jedoch seine Aktentasche in der Hand. Gott, sie wünschte sich inständig, sie trüge den BH. Es war unmöglich es zu verstecken. Ihre Brüste waren zu groß. „Hi. Brauchst du was?"

Seine Augen verengten sich leicht. „Bist du mit etwas beschäftigt? Ich kann später wiederkommen."

Sie benahm sich rüpelhaft. „Ach, nein. Bitte komm herein. Entschuldige, ich habe nur niemanden erwartet."

Er kam herein, sein großer Körper füllte ihren Flur. „Kein Problem. Ich habe gerade mit Monica gesprochen, das Streichquartett hat abgesagt. Sie ist panisch und ihre Schwester bekommt ein Baby. Ich habe ihr gesagt, dass ich die CDs der Alternativen herbringe und dich entscheiden lasse. Der Ball ist schließlich dein Ding."

Sie seufzte. „Thomas hat gewollt, dass ich die Planung übernehme. Ich hab' ihm gesagt, dass Partyplanung nicht gerade mein Ding ist. Ich habe einen Partyplaner angeheuert, doch Thomas gefiel die Musik nicht, die er ausgewählt hatte. Ich habe versucht jemanden zu finden, der ihm gefällt. Deshalb stürzte ich mich auf Monica. Sie steht auf dieselbe Art von Musik. Ich weiß es sehr zu schätzen, dass du sie hergebracht hast."

Sie nahm ihm die vier CDs aus den Händen.

„Kein Problem. Ich habe heute Nachmittag sowie nichts anderes vorgehabt. Außer den Vorbereitungen für die jährliche Prüfung. Ein unglaublicher Spaß, du kennst das."

Sie war nackt in der Wohnung herumgelaufen. Es war zunächst seltsam gewesen, doch sie hatte sich schnell daran gewöhnt. Nach dem Duschen hatte sie Wäsche gewaschen und einen Haufen Kekse gebacken. Ihr wurde alles um sie herum zutiefst gewahr. Es war eine befreiende Erfahrung gewesen.

Doch jetzt war sie sich wieder voll ihrer selbst bewusst. Und weshalb? Sie war kein Kind. Sie hatte Simon nichts zu beweisen.

Sie waren Kollegen. Es war belanglos, ob sie seiner Meinung nach ohne BH lächerlich aussah. Lee mochte es. Lee war ihr Liebhaber. In dem Fall war seine Meinung die einzige, die zählte. Sie konnte sich zurück in ihr Schneckenhaus verkriechen oder sie konnte anfangen sich mal ernst zu nehmen.

„Die Prüfung klingt absolut grauenhaft", gab sie zu. Simon war ein kluger Mann. Er wusste wahrscheinlich viel mehr über Streichquartette als sie. „Könnte ich dich irgendwie überreden zu bleiben und mir deine Meinung dazu zu sagen? Ich fürchte, wenn du es mir überlässt, werde ich ene-mene-muh-mäßig abzählen. Klingt eigentlich nach einem guten Namen für ein Streichquartett."

Er lachte, ein Lächeln machte sich auf seinem schönen Gesicht breit. „Was nur deutlich macht, wie verzweifelt du mich brauchst. Das ist ein furchtbarer Name für eine eigentlich sehr vornehme Gruppe von Musikern. Weißt du nicht, dass sie Namen tragen wie das Bachman-Barnes-Quartett oder The Buckingham Strings?"

Zum allerersten Mal fühlte sie sich wohl mit ihm. „Yeah, ich bin mehr die Rock'n'Roll-Braut. Also bleib und hilf mir. Ich kann dich mit Haferflocken-Schokokeksen bezahlen. Ich mach Haferflocken mit rein, damit ich sie zum Frühstück essen kann und mich trotzdem nicht schämen muss. Dank der Haferflocken."

„Du isst also wie eine Fünfjährige. Ich mag es." Simon zwinkerte ihr zu, während sie ihn in den kleinen Raum führte, der sowohl als Ess- als auch als Wohnzimmer diente. Er hob die Augenbrauen beim Anblick einer Lederjacke, die über einem der Esszimmerstühle lag. „Neue Jacke"

Sie rümpfte die Nase in seine Richtung. Sie wollte nicht verbergen, dass sie nun ein Liebesleben führte. „Die gehört Lee."

Simon kicherte ein wenig, als er zu ihrem CD-Player hinüberging. „Du hast also einen Freund gefunden?"

„Das habe ich. Er ist eingeschlafen." Sie schnappte sich die Kekse und brachte sie heraus. „Möchten du Tee?"

„Kaffee, bitte. An den habe ich mich gewöhnt, als ich in Boston zur Schule ging." Der sanfte Klang einer Geige schwang durch die Luft. „Ich stell es etwas lauter, um die volle Wirkung erzielen zu können."

Liebliche Musik erfüllte den Raum. Sie war etwas laut. Sie

stellte die Kaffeemaschine an. Innerhalb weniger Sekunden füllte sich die Tasse.

„Das gefällt mir", schrie sie gegen die Musik an. Sie war sich nicht sicher, warum er sie so laut brauchte, er schien jedoch zufrieden.

Er gab ihr seine Zustimmung durch ein Daumen-hoch und nahm sich einen Keks. Sie setzte sich auf der Couch neben ihn. Er beugte sich vor. „Mozart. Sie sind recht gut, doch der Cellist ist nicht ganz im Takt."

Sie konnte es nicht raushören. Das alles klang schön für sie.

„Hey, ich habe soweit alles für diese Prüf-Sache vorbereitet, doch ich kann ein paar Akten nicht finden." Er rutschte nah an sie ran und lehnte sich vor, um ihr ins Ohr zu flüstern. „Weißt du, ob Molina Akten in seinem Büro aufbewahrt?"

„Welche genau?", fragte sie, und ihre Stimme stieg an.

„Ähm, lass mich überlegen. Oh, ich hab' sie mir notiert." Er holte eine Mappe aus seiner Aktentasche und reichte sie ihr. „Ich hab' sie gesucht, weil ich die Konten mit den Spendern abgleichen muss."

Sie las sich die Namen durch und ein Hauch von Kühle durchdrang sie. Bates. Hughes. McMillian.

Hughes und McMillian waren Spender, die Thomas aus verschiedenen Gründen abgelehnt hatte. Bates Akte war der aktuelle Fall, dem er seine ganze Aufmerksamkeit schenkte. Die drei Spender, mit denen er sich persönlich getroffen hatte. Die einzigen Akten, die er in seinem Büro aufbewahrte. Warum tauchten jene Akten immer wieder auf? Es war Thomas' Firma. Er konnte eine Spende ablehnen, wenn er wollte. Es stand ihr nicht zu, ihn zu hinterfragen. Und doch war sie neugierig. „Ich werd' es für dich überprüfen."

Irgendwie wollte sie einen Blick in die Akten werfen. Warum lehnte ihr Chef sie ab? Als sie ihn gefragte hatte, wies er sie mit der Begründung zurück, sie erfüllten die Kriterien nicht, doch sie war sich nicht sicher, welche Kriterien dem zu Grunde lagen. Warum gab es überhaupt Kriterien? Geld war nur Geld.

Vielleicht wirkte es sich steuerlich aus. Doch was ihr wirklich auf die Nerven ging, waren die persönlichen Verabredungen. Molina traf sie immer persönlich, bevor er ihre großen Spenden ablehnte.

Und sonst fand das niemand seltsam? Molina traf sich mit niemandem gern. Er vermied oft Treffen, ließ die Abteilungsleiter sich um das Tagesgeschäft kümmern. Meistens zog er es vor, in seinem Büro oder in seinem Haus zu bleiben.

Einer der forschenden Ärzte ihrer Studie hatte wegen Veruntreuung von Geldern aus dem Fonds seine Lizenz verloren. Er hatte einige interessante Buchhaltungspraktiken angewandt. Er hatte falsche Quittungen für alle Arten von medizinischen Geräten eingereicht, doch sich die Gelder selbst in die Tasche geschoben. Es weitete sich zu einem enormen Skandal aus. Der Arzt hatte ein Spielproblem und war mit der Auszahlung seiner Wetten in Verzug geraten.

Steckte Thomas in Schwierigkeiten?

„Ist hier eine Party im Gange?" Lee schritt durch den Raum, nur seine Jeans tragend, sein großer Körper ausgestellt. Er drehte die CD leiser, dann richtete er seine Augen auf Simon.

Und er schien nicht glücklich über ihren Gast. Sie hatte getan, worum er sie gebeten hatte, und hatte einen guten Teil des Vormittags damit verbracht, BDSM und Doms und Subs zu recherchieren, und eines der Dinge, das sie herausgefunden hatte, war, dass Doms dazu neigten herrisch und besitzergreifend zu sein.

Und beschützend und wunderbar.

Sie stand auf und ging zu Lee hinüber, sich an ihn kuschelnd. Eine der besten Websites, die sie entdeckt hatte, war der Blog einer Sub, die über die besten Mittel schrieb, die sie gefunden hatte, um ihrem Dom zu begegnen. Es gehörte zu den Aufgaben einer Sub, das wilde Biest zu besänftigen. Tatsächlich schlang er die Arme um sie und zog sie fest an sich. „Lee, das ist Simon Weston. Er ist ein Freund von der Arbeit."

„Und er hat etwas Arbeit mitgebracht." Lee klang nicht so, als ob ihn billigte, doch nachdem er sie etwas gedrückt hatte, hielt er ihm die Hand hin. „Schön, Sie kennenzulernen."

Simon stand auf, streckte ihm die Hand entgegen. „Gleichfalls. Ich habe nur ein paar CDs für Avery vorbeigebracht. Sie leitet dieses Jahr den großen Ball. Er findet in ein paar Wochen statt, wissen Sie."

„Oh, ich werd' in der Nähe sein", versicherte Lee ihm.

Und sie hätte ein Date. Damit hatte sie nicht gerechnet. Sie müsste Adam dazu bringen, mit ihr einkaufen zu gehen. Sie hatte einfach geplant ihr altes schwarzes Kleid zu tragen. Sie brauchte etwas Sexyhaftes.

Ein kleines Lächeln zog seine Mundwinkel nach oben. „Kekse. Das gefällt mir. Gibt es Milch dazu?"

Ihr gefiel es irgendwie, dass er Milch und Kekse genoss. Er war so ein großer, grober Kerl. „Im Kühlschrank. Ich hol sie."

„Nein, Baby, ich kümmer' mich darum. Du hast die Kekse gemacht." Er beugte sich vor und flüsterte ihr ins Ohr. „Und wie es aussieht, warst du sehr gehorsam." Er schien mit ihrem kleinen Kuss nicht zufrieden gewesen zu sein. Er zog sie zu sich ran und bedeckte ihren Mund mit seinem, wobei sich seine Arme enger um sie schlossen. Er strahlte Besessenheit und Dominanz aus. Avery wurde weicher, überließ ihm die Führung. Er hatte absolut nichts, worauf er eifersüchtig sein musste. „Bin gleich wieder da."

„Vielleicht sollte ich gehen", sagte Simon. „Ich wollte mich nicht aufdrängen, falls ihr Pläne habt."

„Keine Pläne", sagte Avery.

„Doch, die haben wir", rief Lee aus der Küche. „Ich hab' viele Pläne und sie beinhalten keinen Dritten."

Sie spürte, wie ihr ganzer Körper errötete. „Lee!"

Er kam mit einem Glas Milch in der Hand und einem unschuldigen Gesichtsausdruck zurück. „Ich dachte, wir hätten dieses Eye-Ding mit dem Champagner vor. Will Weston hier mit Touristen rumhängen?"

Simon schüttelte den Kopf. „Überhaupt nicht." Er griff nach der Mappe, die er ihr gegeben hatte, und legte sie auf den Tisch. „Entscheid' dich für das Bradford-Quartett, Liebes. Und wenn es dir nichts ausmacht, mir mit den Akten zu helfen, wäre ich dir sehr dankbar."

„Sicher." Sie war etwas beunruhigt, doch sie wollte es lieber wissen. Sie mochte Thomas, doch etwas stimmte nicht. Sicher gab es eine vernünftige Erklärung, aber sie wollte es wissen.

Sie begleitete Simon hinaus. Als sie zurückkam, saß Lee auf der Couch und mampfte Kekse. Er deutete ihr an, sich auf seinen Schoß zu setzen.

Es dauerte eine Weile, bis sie wieder aufstand. Erst viel später dachte sie daran, die Mappe wegzupacken. Sie hatte gedacht, sie hätte sie auf dem Tisch liegen lassen, doch im Laufe der Zeit war sie auf die Couch gewandert.

Avery verstaute die Mappe in ihrer Aktentasche. Dieses besondere Rätsel konnte einen Tag warten. Es gab einige Orte, die es zu sehen galt, und nichts war spektakulärer als Lees Körper, der sich Richtung Dusche bewegte.

„Komm mit mir."

Sie ließ all ihren Argwohn hinter sich und schloss sich ihrem Liebhaber an.

Kapitel Zehn

Liam rollte aus dem Bett und wunderte sich, niemals so viel geschlafen zu haben wie in den letzten vier Tagen. Er hatte jede Nacht in Averys Bett geschlafen, Liebe mit ihr gemacht und war dann friedlichen eingeschlafen. Wenn er aufwachte, kuschelte er sich eng an sie. Außer, dass er heute Morgen niemanden zum Kuscheln hatte. Er runzelte die Stirn und sah sich um, bevor er hörte, wie die Dusche aufgedreht wurde.

Er musste sie besser trainieren. Sie hätte ihn wecken sollen. Er mochte es gern mit ihr zu duschen. Vier Tage mit Avery Charles gelebt und er bewies, wie widersinnig sein eigenes verficktes Gerede war. Er hatte versprochen, dass er sie dazu brächte, sich nach ihm zu verzehren, doch er war derjenige, der unter Abhängigkeit litt. Er war süchtig danach, ihr Dom zu sein. Er war süchtig nach ihr.

Er seufzte und lief sich mit einer Hand durchs Haar. Ein leises Vibrieren surrte, sein Handy glitt ein Stück über den Nachttisch.

Irgendwann müsste er schließlich antworten. Avery ging heute wieder zur Arbeit. Sie hatte ein paar Urlaubstage genutzt und sie mit ihm verbracht. Er hatte sie vier Tage in seiner Nähe gehabt, doch es gab heute irgendeine Art von Besprechung, der sie sich nicht entziehen konnte.

Vier Tage Freiheit. Vier Tage im Paradies. Vier Tage, während derer er an nichts anderes gedacht hatte als an sie. Er hatte sein verficktes Telefon ignoriert. Er hatte sich von Jake weggedreht, als sie sich im Flur begegnet waren. Er tat so, als wüsste er nicht, was er wusste.

Ian hütete Geheimnisse und Liam musste herausfinden, wie er damit umgehen sollte. War er ein Mitglied des Teams oder eine Schachfigur, die Ian Taggart vor sich herschob?

Er war der Frage tagelang ausgewichen, hatte es vorgezogen ganz in Avery zu versinken. Er hatte sie gefickt und sie durch ganz London geführt. Und sie wieder gefickt.

Er hatte begonnen sie zu trainieren. Kein Hardcore. Nur leichtes Fesseln und die üblichen Benimmregeln.

Sein Telefon surrte einfach ununterbrochen. Er blickte hinunter. Eve. *Verdammt.* Sie fuhren die großen Geschütze auf. Er ging ran. „Donnelly.“

„Kann ich sprechen?“, fragte Eve. Was sie wirklich fragte, war, ob auf Lautsprecher gestellt oder ihm jemand nah genug war, um sie möglicherweise über das Telefon zu hören.

„Sicher.“ Er stellte nie auf Lautsprecher und seine Lautstärke war immer leise gestellt.

„Liam, du musst reinkommen. Ian ist so besorgt.“ Ihre Stimme klang sanft durch die Leitung. „Wir sind alle besorgt. Ich weiß, was Weston dir gezeigt hat, und Ian bekäme gern die Chance, es zu erklären.“

Damon Knight hatte sich den Dateiordner angesehen. Es war eine richtige Vermutung gewesen, dass er seinen Freund wissen ließe, dass er aufgeflogen war. Liam dachte schnell nach, denn er wusste, dass irgendwo irgendjemand seinen Part des Gesprächs mithörte. Er hoffte, dass die Arschlöcher die Show gestern Abend genossen hatten. Avery, hatte sich herausgestellt, schrie gern. „Es ist so schön von dir zu hören. Yeah, ich werd' für eine Weile in London bleiben. Ich glaube, dass ich sobald keine neuen Jobs annehme.“

Sie seufzte am anderen Ende der Leitung. „Liam, das ist deine Familie. Willst du uns wirklich einfach fallen lassen, weil irgendein Arschloch dir einen Floh ins Ohr setzt?“

„Ich weiß nicht. Ich brauche Zeit, um darüber nachzudenken.“

„Er ist bereit, dich aus dem Einsatz abzuziehen, Li.“

Eine Welle wilder Wut überkam ihn. Auf keinen verfickten Fall. Er hielt die Stimme ruhig. „Das ist keine gute Idee.“

„Jemand spürt deiner Tarnung nach. Sie haben ein Auge auf dich geworfen."

„Das ist nur zu erwarten." Er musste sich bald damit befassen.

„Bitte, Liam", flehte Eve. „Komm in den Club heut Abend. Sprich mit Ian. Er ist ganz schön im Arsch deswegen."

„Das bezweifle ich." Doch es fiel ihm schwer, Nein zu Eve zu sagen. Sie hatte ihm so sehr geholfen. „Ich hab' nicht alle Infos, die ich benötige, um ein fundiertes Urteil zu fällen."

Weil es so viel schöner gewesen war, sich auf Avery zu konzentrieren. Er hatte sie aus den Schwierigkeiten herausgehalten. Er hatte Adam die Namen übermittelt, die Weston ihr hinterlassen hatte, um die Akten ausfindig zu machen. Er hatte seine Arbeit getan. Meistens.

Er hatte es geschafft Simon Weston nicht zu töten. Er hatte ernsthaft daran gedacht, als er den Bastard erwischt hatte, wie er immer noch um Avery herumschnüffelte. Und versuchte, Avery tiefer in das Spiel hineinzuziehen. Das war es, was ihn wurmte. Weston wusste, dass Avery nichts damit zu tun hatte, und er versuchte dennoch, sie hineinzuziehen. Sie war keine verdammte Agentin. Sie musste da raus.

„Du wirst die Wahrheit nicht erfahren, wenn du dich fernhältst. Bitte, Li. Komm heute Abend in den Club."

„Ich werd' nicht allein da sein. Ich müsste eine Freundin mitbringen. Gibt es damit ein Problem?" Er hatte nicht vor Avery allein zu lassen. Er war nicht glücklich, sie zur Arbeit gehen zu lassen. Etwas braute sich in ihrem Kopf zusammen. Er hatte sie erwischt, wie sie von Zeit zu Zeit auf diese Namen starrte, ihre Augen glasig, während sie nachdachte. Sie konnte in ihre Gedanken versinken und sich darin für eine Weile verlieren. Er hasste das. Er hasste es nicht zu wissen, was sie dachte.

„Das lässt sich arrangieren", stimmte Eve schnell zu. „Ich kann mit ihr reden, während du mit Ian sprichst. Li, du musst reinkommen. Ich hab' Ian noch nie so wütend und, ehrlich gesagt, so verärgert erlebt. Er hat dem MI6-Agenten fast mit dem Tod gedroht, weil er diese Scheiße mit dir abgezogen hat."

Yeah, Liam könnte wetten, dass er das gemacht hatte. Ian mochte es nicht, wenn seine Pläne durchkreuzt wurden. „Es ist immer gut, die Wahrheit zu wissen."

„Du kennst die Wahrheit nicht, Li." Es gab eine kleine Pause. „Kannst du nicht mit ihm reden?"

Er wusste, dass er es tun musste. „Ja. Wir sind heut Abend da."

Ein langer Seufzer war über die Leitung zu hören. „Ich danke dir."

Er legte auf. Was wollte er tun? Er war gefangen. Er saß in der Falle. Er musste sich darüber klarwerden, was zur Hölle er da tat, und zwar schleunigst. Nicht nur für sich, sondern für Avery. Weston hatte ihn in eine Ecke gedrängt. Er hatte Avery Namen zum Recherchieren gegeben. Diese Namen standen irgendwie in Verbindung mit dem Waffenhandel oder Weston vermutete jedenfalls, dass sie das taten. Weston zog Avery weiter rein und Liam wusste nicht, was er dagegen machen sollte, außer sie in Ketten der Lust und Zuneigung zu legen, so dass sie ihm vielleicht gehorchte, wenn es hart auf hart kam und die Kacke am Dampfen war.

Denn er war sich mehr als sicher, dass die Kacke am Dampfen wäre.

Sie ging wieder zur Arbeit und er wollte herausfinden, was genau beim United One Fund vor sich ging und welche Rolle Eli Nelson darin spielte. Ihrem Terminplan zufolge wollte sich Molina morgen mit Nelson treffen. Zumindest dachte er sich, dass es Nelson sei.

Das Nelson-Projekt war morgen eventuell eine beschlossene Sache und er würde sich dann auf Molina konzentrieren. Er musste in Molinas Büro gelangen.

Er hatte den Schlüssel zum Büro, es war ihm jedoch nicht gelungen, die Sicherheitscodes zu kopieren, um das Gebäude betreten zu können. Er war aufgeschmissen wegen des Sicherheitssystems, doch wenn Avery mit ihm dort wäre, könnte er hineingelangen. Er musste nur sicherstellen, dass sie ihn nicht in das Büro gehen sah. Das könnte problematisch werden.

Er könnte gezwungen werden, mit Weston zu arbeiten. Er wollte sich die Akten lieber ohne Weston ansehen. Er musste sicherstellen, dass es unmöglich war Avery mit irgendetwas in Verbindung zu bringen. Es wäre nicht das erste Mal, dass ein krimineller Mistkerl seine Assistentin in eine Falle lockt. Grace Taggart war der Beweis dafür.

Bates. Hughes. McMillian. Das waren die Namen der Akte, die Weston auserkoren hatte.

Laut Averys Terminplaner waren sie die einzigen Spender, die sich mit Molina getroffen hatten. Es lag eine Verbindung zu den Waffengeschäften vor, er brauchte jedoch die Originaldokumente, um all das zusammenzufügen. Etwas Großes war im Gange. Er konnte es spüren. Deshalb war Nelson hier. Der ehemalige CIA-Agent braute etwas zusammen und dazu benutzte er den UOF. Er mochte sie schon seit langem benutzt haben. Selbst wenn sie Nelson morgen in Gewahrsam hätten, wollte Liam Molina zu Fall bringen. Es war die einzige Möglichkeit, um sicherzustellen, dass sich Avery in Sicherheit befände.

„Hey." Avery schenkte ihm ein breites Lächeln, als sie in den Raum kam.

Er konnte nicht anders. Er sah sie und er verspürte ein Bedürfnis. „So begrüßt du mich?"

Sie sank auf die Knie, ihre Beine gespreizt, genau wie er sie trainiert hatte. Es war die formelle Begrüßung zwischen einer geliebten Sub und ihrem Dom. Es war ein Bekenntnis ihres Paktes. Unterstützung zu geben und sich gegebenenfalls zu fügen auf Seiten der Sub, zu verehren und Schutz zu geben seitens des Doms.

Er hatte so jahrelang gespielt, doch letztendlich mit dieser Frau ins Schwarze getroffen. Es herrschte Ehrlichkeit. Es gab keine Verdrehung der Tatsachen. Sie gaben nicht vor, Freunde zu sein und Mitbewohner und Liebhaber auf Teilzeit. Sie waren ein Dom und eine Sub mit klar abgegrenzten Rollen. Sie machte ihn weich. Er stärkte sie. Es entsprach nicht immer zwangsläufig den Geschlechtslinien. Es gab viele Dominas, die ihre männlichen Partner bestärkten. Doch für ihn und Avery war es so. Sie zeigte ihm, dass er in jemandem versinken konnte, und er war bemüht, ihr zu zeigen, wie verfickt richtig sie war.

Ihren Kopf gesenkt, ihre Knie gespreizt, die Handflächen nach oben gewandt auf den Oberschenkeln.

Sie war perfekt und sein Schwanz reagierte, andererseits wurde er immer hart um sie herum. Er stieg aus dem Bett und war keinesfalls verlegen, nackt zu sein. Er hatte nicht geduscht. Er hatte immer noch ihren Schweiß und ihre Erregung auf seiner Haut. Er liefe den ganzen Tag damit herum, wenn er könnte. Er versenkte seine Hand in ihr Haar, ihr für ihre Hingabe dankend. „Du weißt, dass du hinreißend bist, Liebes."

„Du sagst es mir sicherlich genug." Er musste ihr Gesicht nicht sehen. Er konnte ihr Lächeln spüren.

Sie war wunderschön. Wie hatte er auch nur für einen Moment gedacht, dass sie es nicht sei? „Geh heute mit mir Mittagessen."

Ihr Gesicht kam zum Vorschein. Nur wenige Tage und sie lächelte schon mehr. Sie war so viel selbstbewusster. „Das war keine Frage. Kann ich antworten oder würdest du mir einfach sagen, wann ich bereit sein soll?"

Göre. Yeah, er liebte das. „Mittags. Ich bin mittags da. Ich bin verrückt nach dir, du kleine Göre. Wir gehen heute Abend in den Club. Bist du bereit?"

Ein selbstsicheres Lächeln, von dem er verdammt gut wusste, dass er es bis vor ein paar Tagen nicht gesehen hätte, kreuzte ihr Gesicht. „Ja. Bin ich. Wobei ich keine Fetischkleidung habe. Ich sollte welche haben, oder? Ich hab' gelesen, dass Clubs Leute in Alltagskleidung manchmal nicht reinlassen."

Sie hatte sich in den letzten Tagen zu einer Expertin gewandelt. Und ihm war aufgefallen, dass sie begonnen hatte eine Schriftstellerin namens Amber Rose zu lesen. Serena wäre begeistert eine neue Anhängerin zu haben.

„Ich kümmer' mich darum. Du wirst tragen, was ich für dich aussuche, und nur das, was ich aussuche." Er müsste einen Abstecher machen. Sein erster Gedanke war, Eve zu bitten, ihr ein paar Kleidungsstücke zu besorgen. Es war ihm bislang scheißegal gewesen, was eine Frau trug. Es war für ihn nur von Belang gewesen, wie schnell er es ihr ausziehen konnte. Doch die Vorstellung, Avery trüge nur das, was er ihr aussuchte, machte sich in seinem Hirn breit.

„Also wohl keine Unterwäsche?" Sie runzelte die Stirn. „Früher mochte ich Unterwäsche, weißt du."

„Warum diese hübsche kleine Muschi verstecken, Baby?" Ihre Brustwarzen erreichten bereits ihren Höhepunkt. Er könnte sie wieder nehmen. Wenn er sie rund um die Uhr auf seinen Schwanz spießen würde, könnte er sie so vielleicht aus Schwierigkeiten heraushalten. Er wollte sich nach den Namen dieser Akten erkundigen. Er wollte, dass sie ihm sagte, dass sie nicht daran dachte, sie selbst zu überprüfen, doch er konnte es nicht riskieren, jemandem einen Tipp zu geben. Sie hörten hier mit und jemand hatte ihre Verfolgung aufgenommen. Er hatte den Beschatter an dem Nachmittag aufgegabelt, nachdem sie das erste Mal miteinander geschlafen hatten. Jemand beobachtete Avery Charles und er konnte nicht sicher sein, wer. Ihr unheimlicher Chef oder Nelson? Hatte Nelson ihn dazu gezwungen? Erschien Nelson zu dem Treffen oder verschwände er wieder in der Versenkung?

Er wollte sie gerade küssen, als er bemerkte, dass sich ihr Bein verkrampfte. Er zog sie hoch. „Du musst mir sagen, wenn es dir wehtut."

Sie hielt sich für einen süßen Moment an ihm fest, ihre Brustwarzen streiften seine Brust. „Es tat nicht weh, Lee. Das geschieht nur ab und zu."

Es gefiel ihm nicht, dass ihr Bein jeden Moment nachgeben konnte. Es war nicht schlimm, wenn er in der Nähe war, weil er immer aufmerksam und bereit war, sie aufzufangen, doch was war, wenn sie allein war? „Ich denke, du solltest zu Hause bleiben."

Sie schnaubte leicht. „Lee, wenn ich jedes Mal zu Hause bliebe, weil etwas mit meinem Bein nicht stimmte, würd' ich das Bett nie verlassen.

Und warum war das ein Problem? „Ich kann dir Essen ans Bett bringen. Wir können einfach dort bleiben."

Ein gequälter Blick kreuzte ihr Gesicht, als ob sie sich an fürchterliche Dinge erinnerte. „Das habe ich viel zu viele Jahre getan."

Sie hatte das Bedürfnis, auf eine Weise unabhängig zu sein, wie andere es nicht kannten. Gewiss bestand Unabhängigkeit in ihrer Version darin, in der Lage zu sein, allein zu gehen. In den letzten Tagen hatte er sie wirklich kennengelernt. Er hatte blöden Touristenscheiß unternommen, der ihn ganz schön Haare hätte lassen sollen, doch er hatte die Welt mit ihren Augen gesehen und musste zugeben, dass er Spaß gehabt hatte.

Sie hatte am Strand von Dover gestanden, die Klippen in der Ferne bestaunt. Sie hatten sich was zu essen geholt und sie hatte erzählt, wie schwer es im Krankenhaus gewesen war. Er wollte sie beschützt wissen, doch sie brauchte etwas Freiheit.

Er bewegte sich auf einem sehr schmalen Grat. Er wollte die Tür verschließen und sie nie wieder rauslassen, was sie erdrückte, als sie begann sich selbst zu finden.

Er trat einen Schritt zurück. Es stand ihm nicht, zu sie einzusperren. Nun ja, nicht länger als ein paar Stunden und nur zum Spielen, jedoch nicht auf Dauer. „Dann zum Mittagessen, aber versprich mir, dass du die Übungen machst, die wir besprochen haben."

Sie stöhnte. „Du bist ein harter Lehrmeister."

Er hatte sich über ihr Bein informiert. Sie brauchte täglich Training, um stark zu bleiben. Er brauchte sie, um stark zu bleiben. „Ja, das bin ich. Es ist mir ernst. Tägliche Workouts."

Sie grinste ihn an. Ihr Lächeln versetzte ihm jedes Mal einen Tritt in den Magen. „Solange du versprichst, dein Hemd auszuziehen und mit mir zu trainieren."

„Für dieses freche Mundwerk kriegst du noch den Hintern versohlt." Er schlug ihr mit einem Klatschen leicht auf den Arsch und nahm ihn danach in beide Hände. „Zieh dich an. Ich kümmer' mich um alles für heut Abend. Du musst dich heute nur aus Schwierigkeiten heraushalten."

Der morgige Tag war ein ganz anderes Thema. Und der heutige Abend könnte sich als aufreibend erweisen. Er hatte sich vier Tage lang versteckt. Er war in ihr versunken gewesen und hatte für einen kurzen Moment vergessen, dass er sie anlog und manipulierte. Und hatte all jene hässlichen Fragen über die Vergangenheit und über Ian gemieden.

Er setzte sich und beobachtete, wie sie anfing sich anzuziehen. Er gestand sich die Wahrheit ein. Er begann darüber nachzudenken, Lee Donnelly zu werden. Er könnte McKay-Taggart verlassen und einfach der Mann werden, für den sie ihn hielt. Seine Tarnung gäbe es her. Er arbeitete eigentlich gut mit den Händen. Er könnte als rechtmäßiger Auftragnehmer arbeiten. Er könnte der Mann sein, in den Avery sich verliebte.

Sie hatte nichts gesagt, doch er hatte es ihr an den Augen abgelesen. Er war sich nicht sicher, ob er die Worte erwidern könnte, doch, fuck, er wollte sie hören. Er war ein gieriger Bastard, wenn es um sie ging. Er wollte alles.

Wenn sie herausfände, dass er nicht der war, für den er sich ausgab, was würde sie wohl sagen? Würde sie vor ihm weglaufen?

Vielleicht war der beste Umgang damit, es ihr nie zu sagen. Ian ließe ihn gehen. Er war sich dessen ziemlich sicher. Wenn Ian es nicht täte, dann ließe Liam so viel Scheiße auf ihn ab, dass er es täte.

Was zur Hölle geschah mit ihm, dass er es in Betracht zog, alles hinter sich zu lassen, was ihm lieb und teuer war?

Avery schlüpfte in ihre kleinen Kitten Heels. Sie trug selten mehr als ein oder zwei Zentimeter hohe Absätze. „Hey ho, auf zur Arbeit I go.“

„Gib mir eine Minute, ich komme mit dir mit.“ Er schnappte sich seine Jeans.

„Lee, das musst du nicht machen.“

„Ich will's aber.“ Er musste. Er musste in der Nähe bleiben. Er hatte sich zu Beginn mit ihr als Arbeitseinsatz befasst, doch er fragte sich langsam, ob sie nicht das Einzige war, was es jetzt wert war, beschützt zu werden.

Er zog sich schnell an und lief nah bei ihr, als sie sich zur Station Liverpool aufmachten. Als er sie dort abgesetzt hatte, dachte er ernsthaft darüber nach, ob er nicht einfach vor dem Gebäude warten sollte, bis es Mittag war, doch sein Beobachter war ihm immer noch dicht auf den Fersen. Schweren Herzens machte er sich auf den Weg zurück in ihre Wohnung. Es war der einzige Ort, an dem kein Auge auf ihn gerichtet war.

Es war langsam Zeit herausfinden, wie sehr er im Arsch war.

* * * *

Liam nickte dem Portier zu, als er durchging. Avery hatte ihn auf die Liste genehmigter Besucher gesetzt, und er besaß nun eine Schlüsselkarte für das Gebäude. Sobald er zurück in der Wohnung war, konnte er sich an seinen Computer setzen und damit beginnen, alles Mögliche zu finden, was Simon Westons Geschichte bewies oder widerlegte.

Die Türen des Fahrstuhls schlossen sich. Wie die meisten Aufzügen in London war er recht eng gebaut. Wenn er mit Avery zusammen darin fuhr, mussten sie eng beieinander stehen. Er hatte bereits erwogen, den Aufzug zwischen den Stockwerken anzuhalten und sich mit ihr zu vergnügen. Er würde ihren Rock hochziehen und seinen Schwanz befreien und sie hart und schnell ficken. Sobald er den Aufzug wieder freigäbe, hielte sie sich eng an ihm fest. Die Lust machte sie platt. Er liebte es, wie willenlos und gesättigt sie aussah, nachdem er ihr einen Orgasmus abgerungen hatte.

Die Türen öffneten sich auf der richtigen Etage, bevor er jedoch aussteigen konnte, flog ihm eine Faust ins Gesicht. Er war abgelenkt gewesen, seine Gedanken bei Avery, und hatte somit kaum Zeit gehabt, dem Wichser auszuweichen. Er duckte sich, sein Instinkt übernahm. Er stürmte auf den Kerl los, lief vornübergebeugt genau auf dessen Bauch zu. Adrenalin strömte durch seinen Körper und rauschte so wirkungsvoll durch seine Adern wie eine Erregung. Avery war nicht da, also konnte er einen guten Kampf gebrauchen. Wenn er sich schon nicht mit ihr verausgaben konnte, wäre er wenigstens nach ein wenig Blut aus.

Er stieß gegen die gegenüberliegende Wand, der Rücken seines Gegners prallte dagegen.

Liam war hart aufgewachsen. Er hatte sein halbes Leben auf den Straßen Dublins gedarbt und kämpfte verdammt nicht fair. Er war jetzt im Vorteil. Er hörte, wie sich sein Gegner Luft in die Lungen zog. Er hatte sie mit dem Schlag gegen die Wand aus ihm herausgeschlagen. Liam holte gerade mit dem Knie aus, vollkommen bereit, den Scheißkerl zu entmannen.

„Bitte nicht", sagte eine ihm bekannte Stimme. Adam. Liam trat zurück. Adam stand genau vor ihm im Flur, gegen die Wand gelehnt. Und Jake. Jake war kurz davor gewesen, seine Eier zu verlieren. „Serena wäre äußerst aufgebracht, wenn die Hälfte ihrer Chancen auf eine Schwangerschaft verloren wäre. Nicht, dass ich das nicht erledigen könnte. Ich kann's, doch sie würde ihn fertig machen. Sie hat eine Schwäche für traurige Geschichten."

Liam knurrte etwas, dem Raubtier ward seine schöne fette Mahlzeit verweigert. „Was zur Hölle sollte das?"

Jakes Augen tauchten auf einmal auf. „Adam hat zu früh mit dir gesprochen. Ich hatte dich genau da, wo ich dich haben wollte."

Genau. „Du wolltest, dass ich dir die Eier bis in deine Eingeweide hochschieb'?"

„Als ob du dazu imstande wärest. Ich wollt gerad' austreten und dich zurückzustoßen, um dann meine Hände um deinen Hals zu legen und dich in unsere Wohnung zu schleifen und deinen Arsch zu bearbeiten, bis du zur Besinnung kommst", gelobte Jake feierlich.

„Du hättest die Arme gar nicht mehr heben können nach dem, was ich mit dir vorhatte." Jake musste high sein zu denken, er hätte in diesem kleinen Kampf die Oberhand.

„Oder wir könnten alle einfach damit aufhören, uns gegenseitig zu schlagen, und es ausdiskutieren", schlug Adam vor.

„Weichei", schoss Jake zurück. Er beugte seine Hand und streckte sich.

„Ich bin nicht der Masochist hier." Adam drehte sich zu ihm. „Sprichst du bitte mit uns? Du hast dich vier Tage lang wie ein verdammtes Arschloch verhalten."

Er hatte sie auf Schritt und Tritt gemieden. Und sie waren seine Freunde oder zumindest schienen sie es zu sein. *Verdammt.* Seit Simon Weston die Akte vor ihn hingelegt hatte, haderte er mit sich. „Ich bin mit Avery ins richtige Fahrwasser gekommen."

„Ich hab' keine Ahnung, was du zur Hölle gemacht hast", schoss Jake zurück. „Ich denke, vielleicht hast du auf deinem Arsch gesessen oder einen besseren Deal bekommen und entschieden, etwas mit der Konkurrenz anzufangen."

Wut flammte auf. Jake bat geradezu um eine gründliche Tracht Prügel. „Willst du mir erklären, was du damit meinst?"

„Was, hinsichtlich höflich zu fragen, verstehst du nicht, Arschloch?", sagte Adam zu seinem Partner. Er wandte sich wieder an Liam. „Wir waren uns einig, dass wir nur mit dir reden, doch dann musste der Neandertaler hier barbarisch brutal werden. Sieh mal, Ian hat uns erzählt, was passiert ist. Können wir bitte reden?"

Er bekam das Gefühl, dass, wenn er es nicht täte, sie auf das Thema drängten. „Gut. Ihr habt bis elf Uhr dreißig. Ich muss Avery treffen." Er folgte Adam hinein, Jake war ihm dicht auf den Fersen.

„Ich gehe davon aus, Ian hat euch beiden gesagt mich in die Enge zu treiben?"

Adam drehte sich um, sein Blick verwirrt. „Nein. Ich mache mir Sorgen um dich."

Er sah tatsächlich so aus, als hätte er keine Ahnung. „Ian hat nicht erwähnt, dass uns der MI6 auf der Spur ist?"

Jake schloss die Tür hinter sich. „Doch, er und Damon haben uns erklärt, was vor sich ging, was du wüsstest, wenn du dir die Mühe gemacht hättest, auf Textnachrichten zu reagieren und zu dem von ihm einberufenen Treffen zu kommen."

Liam hatte es ignoriert. Er war mit Avery in der Kathedrale von Canterbury gewesen. Er hatte eine verdammte Bustour gemacht und ihre Hand gehalten, als er sich bewusst gewesen war, dass er hätte arbeiten sollen. „Welche Ausrede hatte Damon?"

Adam runzelte die Stirn. „Ausrede? Er braucht eine Ausrede, um dem MI6 anzugehören?"

„Er braucht eine Entschuldigung dafür, es uns nicht gesagt zu haben."

„Ian wusste es. Hör mal, Li, der einzige Grund, warum wir noch hier sind und unsere Ärsche noch nicht in die Staaten zurückgeschickt wurden, ist, dass Ian mit dem MI6 zusammenarbeitet. Er hat noch Verbindungen, und er nutzt sie, um uns hier zu halten. Wir hatten keine Ahnung, dass der MI6 gegen UOF und Molina ermittelt. Wir sind nur aus zwei Gründen noch hier: Ians Verbindungen und die Tatsache, dass du geschafft hast, was Weston nicht gelungen ist."

„In Averys Bett zu gelangen. Sagt mir was. Warum übernimmt der MI5 nicht? Sie könnten sich einfach die Unterlagen holen, die sie benötigen." Und Avery wäre für immer raus aus der Sache und sie müsste nicht erfahren, das er involviert war.

„Du kennst die Antwort darauf", sagte Jake, der sich mit der Hand durchs Haar fuhr, als er sich aufs Sofa setzte. „Gott, Li, was zur Hölle geschieht mit dir? Wo ist dein Kopf?"

„Die Waffengeschäfte finden auf ausländischem Boden statt. Sie schickten Weston hin, weil seine Familie eine Menge Wohltätigkeitsarbeit in Afrika und Asien geleistet hat." Adams Augen verengten sich. Er konnte brutal intelligent sein, wenn er wollte. „Worüber hast du mit Weston genau gesprochen, wenn ihr nicht über die Operation gesprochen habt? Mann, sieh mal, irgendwas geht hier vor. Der MI6-Typ zieht dich ein und plötzlich tust du so, als kennst du keinen von uns. Was hat er gesagt?"

Er schüttelte den Kopf. „Auch Weston ließen sie im Dunkeln. Er wusste nicht, dass wir eine Abmachung mit Knight hatten."

„Warum ließ er dich dann nicht verhaften?", fragte Jake. „Adam hat Recht. Weston zieht alle Register. Er versucht dich gegen uns aufzubringen. Welchen Trick hat er angewandt?"

„Das spielt keine Rolle", schoss Liam zurück. Jetzt, da er gezwungen war sich dem zu stellen, wurde ihm klar, dass er seinen Mund nicht eher öffnete, bis er mit Ian gesprochen hatte. „Ich hab' bereits mit Eve gesprochen. Ich nehme Avery heut Abend bei mir auf, also ist das alles völlig unnötig, und wenn morgen alles gut geht, sind wir vielleicht in ein oder zwei Tagen zu Hause. Sagt mir etwas. Übergeben wir Nelson den Briten oder hat Ian das auch mit der CIA geklärt?"

„Nelson ist verleugnet worden. Er ist eine Schande für die CIA und eine potenzielle Bedrohung für alle, die für deren Hauptverwaltung in Langley arbeiten. Was glaubst du, was wir tun werden?" Jake starrte ihn an, den Mund zu einer harten Linie verzogen.

Morgen war also der Tag des Attentats. „Und der MI6-Einsatz?"

Adam zuckte mit den Achseln. „Nicht unser Problem, sobald wir Nelson ausgeschaltet haben. Wir hatten gestern Abend eine längere Verschnaufpause mit Damon. Sie glauben, dass Nelson wahrscheinlich versucht einen Kauf zu tätigen. Zuerst vermuteten sie, Molina kassiere nur Schmiergelder, um den Waffenlieferungen einen sicheren Transport zu ermöglichen, doch die Treffen mit Molina lassen mich glauben, dass er der Mittelsmann ist. Er ist ein Dealer."

„Wie kommt ein Boderline-agoraphob-ans-Haus-Gefesselter dazu, erst eine Wohltätigkeitsorganisation zu leiten und dann in Waffengeschäfte verwickelt zu sein? Hier stimmt was nicht." Es war ein Rätsel und es gefiel ihm nicht. Es fühlte sich für ihn nicht gut an. Und wenn Nelson ausgeschaltet war, wo bliebe Avery?

„Keine Ahnung, aber auch das ist was, womit sich der MI6

befassen muss. Wir schalten Nelson nicht im Angesicht Molinas aus. Wir haben das Restaurant verwanzt, wo sie sich treffen werden. Die Briten haben zugestimmt, eine ihrer Agentinnen undercover als Kellnerin einzusetzen. Wir folgen Nelson und schalten ihn aus, sobald es sicher ist. Molinas Wirken bleibt unberührt und der MI6 kann herausfinden, woher die Waffen stammen, und wir können wieder nach Hause und zur Normalität zurückkehren." Jake drehte sich um, sein Blick wurde eisiger. „Hast du einen Ausstiegsplan für das Mädchen?"

„Sie ist nicht „das Mädchen". Ihr Name ist Avery", fauchte Liam fast zurück.

Jake fluchte und griff nach seinem Geldbeutel. „Scheißkerl. Ich hab' nur achtzig. Ich schuld' dir zwanzig."

Adam lächelte, die ganze Anspannung fiel von seinem Gesicht. „Ich hab's dir gesagt."

Liam beschlich das ernsthafte Gefühl, dass er die Zielscheibe ihres Spotts war. „Wie?"

Jake sah plötzlich mehr wie Jake und weniger wie ein missbilligender großer Bruder aus. „Ich hab' mir etwas Sorgen um Avery gemacht. Sie ist ein süßes Mädchen. Ich hab' keine Sekunde lang geglaubt, dass sie was damit zu tun hat."

„Hat sie nicht. Sie hat keine Ahnung, was los ist." Wobei dieser Wichser Weston die Samen gesät hatte. Es lag an ihm dafür zu sorgen, dass sie keine Früchte trügen. Und wenn morgen womöglich alles zusammenbräche, musste er einen Weg finden, zu bleiben. Er musste den MI6 davon überzeugen, ihn länger bleiben zu lassen.

„Und sie ist in dich verliebt", sagte Adam, seine Stimme wurde weicher und nahm einen widerlich sympathischen Klang an.

Liam wich ihm aus. „Ich mach' das nicht mit euch Typen. Habt ihr mich verstanden? Ich werd' mich nicht in irgendsoeinen verfickten Gefühlskreis setzen und über Liebe und Babys kriegen labern. Fickt euch beide selbst."

„Doch du hast über Liebe und Babys kriegen mit ihr nachgedacht", dachte Jake laut.

„Nein, hab' ich nicht." Das hatte er nicht. Es war ein flüchtiger Gedanke gewesen. Er war nicht von Bedeutung. „Sie ist ein nettes Mädchen und ich will nicht, dass ihr irgendwer wehtut, das ist alles."

„Also willst du sie verlassen?", fragte Jake. „Ich will mein Geld zurück."

„Das hab' ich nicht gesagt." Warum ließ er es nicht dabei beruhen? Er ließ alles ruhen. Er hatte kein Wort gesagt, was Weston ihm gezeigt hatte. Abgesehen von den Sitzungen mit Eve sprach er weder über seine Vergangenheit noch über seinen Bruder. Warum war er dann tatsächlich dazu geneigt, mit Adam und Jake darüber zu sprechen? Er brauchte Sean. Sean würde einfach ein Bier aufmachen und sich neben ihn setzen. Nach einer Weile würde er Liam auf den Rücken hauen, und das entspräche ihrer überaus männlichen Diskussion über Gefühle. Kein einziges Wort gesprochen. Nichts durchdacht, weil ein echter Mann einen solchen Scheiß nicht wirklich durchdachte. Er tat einfach, was seine Frau ihm sagte.

Verfluchte Scheiße. Er hatte soeben darüber nachgedacht, Avery zu heiraten.

„Hol ihm ein Bier", sagte Jake. „Li, setz dich. Ich mach den Fernseher an, und wir suchen uns Fußball."

Er ließ sich ins Sofa hineinplumpsen, die Realität überkam ihn. Er wollte sie nicht verlassen, und das nicht nur, weil er Angst hatte, sie könnte verletzt werden. Er mochte sie. Er mochte, wer er war, wenn er mit ihr zusammen war.

Sie war verletzt worden. Sie hatte alles verloren. Sie hatte ihr Zuhause und ihre Eltern und ihr Geld verloren. Sie hatte sich emporgezogen und geheiratet und ein Kind bekommen, als sie selbst noch ein Kind war. Sie hatte sie ebenfalls verloren, zusammen mit der Fähigkeit zu gehen. Sie hatte gekämpft. Sie hatte sich selbst wieder das Laufen beigebracht und sie hatte sich sofort wieder in die Welt geworfen, weil das Mädchen nicht aufzugeben wusste.

Er hatte vor langer Zeit aufgegeben. Das war ihm jetzt klar. Er hatte gearbeitet und war herumgelaufen, doch er hatte seit dem Tag in der Wohnung am Kai nicht mehr richtig gelebt. Der Mann, der er einst gewesen war, lebendig und lebhaft und glücklich, war gestorben und ein ganz anderer Mensch war aus dem Wasser gezogen worden. Verschlossen, kalt, distanziert. Er hatte Muschis hinterhergejagt, die keine Rolle spielten. Er hatte Frauen gefickt, die ihn nicht berührten, genau deshalb, weil er verdammt gut wusste, dass sie ihn nicht bewegen konnten.

Etwas Kaltes wurde ihm in die Hand gedrückt und er nahm einen langen Schluck. Das leise Gemurmel eines Ansagers füllte den Raum. Jake setzte sich neben ihn, ohne ein Wort zu sagen, und Adam reichte ihm ein Bier, bevor er in den Stuhl sank und auf den Fernseher starrte.

Jo. Das war, was er brauchte. Er vertraute Adam und Jake. Da war etwas tief in seinem Inneren, das ihnen vertraute, weil sie in so vielerlei Hinsicht den Platz seines Bruders eingenommen hatten. Sie gingen ihm verdammt auf die Nerven. Die Hälfte der Zeit wollte er sie einfach nur schlagen. Und er war glücklich, dass sie hier waren.

„Es ist Football", hörte er sich sagen.

Jake schnaubte etwas. „Footballs sind oval und viel männlicher als der andere Scheiß."

„Und interessanter. Macht da überhaupt jemand tatsächlich Punkte?", fragte Adam.

Verfickte Plebejer. Er lachte, seine Spannung löste sich. Er überlegte sich, was er mit Avery machen sollte. Er hatte etwas Zeit. Damon Knight beabsichtigte nicht ihn aus dem Land zu werfen. Sie brauchten ihn und er gäbe ihr Schutz. „Das nennt man Fußball, Jungs, und wir brauchen all die Polsterung und so 'n Scheiß nicht. Das ist ein Spiel für Männer."

Sie fingen an zu diskutieren, die Spannung war jedoch verschwunden. Seine Probleme waren immer noch da, aber er konnte damit umgehen.

Und er käme mit Ian klar. Er würde ihm zuhören. Das und noch mehr schuldete er dem Mann. Das schuldete er ihnen allen und er ließe sie nicht im Stich. Er hatte seit vier Tagen geschmollt. Es war Zeit sich wieder ins Spiel zu bringen und seine Leute zu unterstützen.

Eben das, was Familie ausmacht.

Kapitel Elf

Avery schaute zu Simon Weston auf. Es war jetzt so viel einfacher, freundlich zu dem Mann zu sein, jetzt, da sie Lee hatte. Sie fühlte sich nicht mehr unwohl mit ihm. Sie hatte sich sogar ertappt, dass sie halbwegs mit ihm flirtete. Es war nahezu pervers, dass ihr das Flirten vorher nicht gelungen war, doch jetzt, da sie einen Freund hatte, war sie mit einem kleinen harmlosen Schlagabtausch einverstanden. Und Simon war entspannter, so dass sich eine sehr schöne Freundschaft entwickelte.

„Wie war deine freie Zeit? Ich hab' es geschafft, das Quartett für den Ball zu engagieren." Er saß auf der Kante ihres Schreibtisches, einen Becher Kaffee in der Hand.

Sie zuckte leicht zusammen. „Es tut mir so leid, dir das überantwortet zu haben."

Er lächelte, ein ungekünsteltes Strahlen, das sein Gesicht erhellte. „Hey, kein Problem. Ich freue mich, dass es dir gut geht. Dieser Lee scheint in Ordnung zu sein. Und es ist offensichtlich, dass er dich ziemlich glücklich macht." Er nickte in Richtung Tür zu Thomas Molinas Büro. „Mir ist aufgefallen, dass er zuletzt viel Zeit im Büro verbracht hat. Und er ist schlecht drauf. Solltest du nicht dafür sorgen, dass er entspannt ist?"

Jo. Sie hatte sich eine ganze Menge von den Mitarbeitern

anhören müssen, seitdem sie hereingekommen war. Anscheinend war Thomas eine Bürde gewesen, die ganz schön Geduld erfordert hatte. „Ich werd' mein Bestes geben. Lass alle wissen, dass er morgen nicht da ist, so dass sich alle eine extra-lange Mittagspause gönnen können." Sie erinnerte sich an den Blick, den Monica ihr zuwarf. „Und ich spendier' die erste Runde nach der Arbeit."

„Kommst du auch und trinkst mit uns?", fragte Simon, eine aristokratische Augenbraue gehoben.

„Sicher. Ich muss dich jedoch warnen, ich bin ein totales Leichtgewicht und werd' wahrscheinlich noch schwerfälliger als üblich."

„Ich denke, das kriegen wir hin. Wir sind alle bereit dir zu helfen, das weißt du."

Sie lehnte sich zurück und fragte sich, wie viel sie von ihm verlangen konnte, ohne wie eine vollkommene Idiotin zu klingen. „Ich weiß es nicht. Ich scheine hier nicht reinzupassen."

„Du würdest einfach gut reinpassen. Du bist eine unglaublich liebenswürdige Frau, Avery. Hast du dich schon mal gefragt, warum du hier keine Freunde gefunden hast?"

Sie war sozial nicht besonders befähigt. Sie fühlte sich oft unbeholfen und fehl am Platz. Ihre Zwanziger waren ein langer Krankenhausaufenthalt gewesen. Sie konnte sich den lieben langen Tag mit Ärzten unterhalten und mit medizinischem Jargon um sich schleudern, doch war beinahe verloren, wenn es um Smalltalk ging. Sie mochte Science-Fiction-Filme und Liebesromane, zwei Dinge, die zweifellos den meisten Menschen einen leeren Blick ins Gesicht zauberten.

Doch sie fühlte sich nun selbstbewusster. Sie hatte Adam und Jake, und vor allem hatte sie Lee. Und jetzt hatte sie Simon. Und ihr war versichert worden, dass sie wohl im Club, in den Lee sie mitnehmen wollte, Freunde fände. Er hatte frohlockend bemerkt, dass Subs gern zusammenhielten.

„Ich glaub', ich hab' mich etwas distanziert." Sie hatte es nicht richtig versucht. Sie hatte einige der Frauen gefragt, ob sie mit ihr zu Mittag essen wollten, und als sie nicht konnten, hatte sie aufgegeben. Warum hatte sie das getan? Warum hatte sie sich in ihr Schneckenhaus verzogen? Weil sich jemandem annähern auch bedeutete zu entscheiden, wie viel sie über sich preisgab. Denn was zur Hölle sollte sie sagen, wenn sie nach ihrer Vergangenheit gefragt wurde? „Doch damit bin ich jetzt durch. Ich werd' mehr im Hier und Jetzt sein."

Es war einfach gewesen, dies als eine Übergangsbeschäftigung anzusehen, so dass sie sich nicht verpflichtet fühlte, sich öffnen zu müssen, und sie somit nie über Maddie sprechen musste. Es war einfach, zu den Menschen auf der Straße freundlich zu sein, weil sie nie wirklich ein Teil ihres Lebens wären. Selbst mit Thomas war es einfach. Er sprach gern über Geschäfte und Nachrichten und Sport. Nur selten vertiefte er sich in wahrlich persönliche Themen. Er konnte sich stundenlang mit ihr unterhalten, doch er stellte ihr keine lästigen persönlichen Fragen.

Gott, hatte sie sich aus diesem Grund so wohl bei ihm gefühlt?

„Du bist nicht distanziert, Liebes", sagte Simon mit einem vorsichtigen kleinen Stirnrunzeln. „Vielen Menschen war klar gemacht worden, Abstand zu halten."

„Von wem? Wer würde nicht wollen, dass ich Freunde finde?" Das ergab keinen Sinn.

Simon nickte in Richtung Thomas' Tür. „Er war sehr subtil, doch ich habe es begriffen. Wir sollten die Finger von dir lassen."

„Warum sollte er das tun?" Er hatte unter anderem darauf bestanden, dass sie neue Menschen kennen lernen und die Welt sehen sollte.

Und er hatte sie gebeten, mit ihm in seinem Stadthaus zu wohnen. Oh, er hatte ihr natürlich ein separates Zimmer angeboten, doch er hatte sie gebeten zu bleiben. Erst als sie ihm deutlich gemacht hatte, dass sie ihre eigenen vier Wände bräuchte, hatte er ihr die Wohnung am Liverpooler Bahnhof angeboten, er war aber etwas mürrisch darüber gewesen.

Versuchte Thomas mehr als nur ihr Freund zu sein? „Ich bin sicher, das hast du nur missverstanden, aber ist egal. Ich bin noch für eine Weile hier, und ich werd' es genießen."

„Dieser Freund scheint dir gut zu tun." Simon stieß sich vom Schreibtisch weg. „Und lass mich wissen, wenn du was über unsere fehlenden Akten herausfindest."

Sie nickte. Sie wollte morgen danach sehen, wenn Thomas

unterwegs war, um seinen geheimnisvollen Freund zu treffen. Der Mann war nie ins Büro gekommen, aber er schien Thomas nahe zu stehen.

Thomas' Tür öffnete sich und er hatte einen schmerzverzerrten Gesichtsausdruck, als er in der Tür stand, seinen Stock in der Hand. „Avery, du bist hier. Ich habe mich gefragt, ob du wieder zur Arbeit kämest oder ob ich dich verloren hab'."

Er sah aus, als hätte er sich nicht um sich gekümmert. Sie plagte ihr schlechtes Gewissen. Sie hatte sich in ihre Beziehung mit Lee gestürzt und Thomas war ins Strauchein geraten. Egal, was er seinen Mitarbeitern gesagt hatte, er hatte ihr unsagbar geholfen und sie könnte sich dafür nicht revanchieren. Er hatte ihr eine Chance gegeben, als es sonst niemand getan hatte, und sie waren durch eine Tragödie miteinander verbunden. Sie wussten beide, was es bedeutet, einen geliebten Menschen zu verlieren. Sie hatte so viel verloren und er hatte seinen Bruder verloren.

„Ich bin da." Sie stand auf und schnappte sich ihren Laptop. „Ich sagte dir, dass ich zur monatlichen Vorstandssitzung zurück bin."

„Es wird verschoben. Dubai braucht ein paar Stunden, um die Zahlen zusammenzutragen. Sie hatten einen Spender, der sich in letzter Minute zurückgezogen hat, und das wirkt sich auf das Budget aus. Anscheinend benötigt der Scheich eines kleinen Landes seine zwei Millionen jetzt, um einen Putsch zu verhindern. Er seufzte. „Wir müssen die Kongo-Lieferung ganz neu überdenken. Neben dem Verlust dieses Gebers müssen wir uns auch damit auseinandersetzen, dass das Getreide, das wir geplant hatten zu kaufen, teurer ist als zugesagt. Hat wohl was mit einer gottverdammten Dürre zu tun. Ich muss diese Lieferung realisieren, Avery."

Ja, das machte ihn mürrisch. Sie hatte sich eine schlechte Zeit ausgesucht, um Urlaub zu nehmen. „Es ist okay. Wenn es ein paar Wochen später wird, kommt sie dennoch an."

Sein Gesicht nahm einen brutalen Rotton an. „Es wird nicht später. Wenn es später wird, wird ein verdammter Kopf rollen. Hast du mich verstanden?"

Es war das erste Mal, dass sie ihn fluchen hörte, und sie machte einen Schritt zurück. Er war immer sanft zu ihr gewesen. Sie hatte Gerüchte gehört, dass er böse werden konnte, doch sie hatte sie abgetan. Sie zweifelte nicht daran, dass der Mann, der vor ihr stand, skrupellos sein konnte.

„Jawohl", sagte Simon sanft. „Ich werde ein paar der amerikanischen Kontaktpersonen ans Telefon holen. Wir werden Getreide oder Geld auftun, das verspreche ich. Das ist für die Kongo-Lieferung gedacht, richtig? Ich habe gehört, dass wir eine große Spende zu erwarten haben. Ein Mann namens Lachlan Bates, hörte ich. Wir können das Geld dazu nutzen, um Getreide zu kaufen."

Thomas' Gesicht nahm einen leeren Ausdruck an. Er holte tief Luft, dann war er wieder sein sonniges Selbst. „Entschuldige, Liebes. Ich hab' leichte Schmerzen. Mir tun die Beine heut weh. Weston, Sie sind Rechtsberater. Machen Sie sich keine Sorgen deshalb. Ich lasse Monica sich darum kümmern. Die Bates-Spende geht wohl nicht durch. Ich kümmer' mich."

„Natürlich, Sir." Simon nickte und warf ihr einen kurzen Blick zu, bevor er das Büro verließ.

„Ich spreche selbst mit Monica." Vielleicht war es ein gutes Zeichen, dass er sich in ihrer Nähe gehen ließ. Sie konnte mit etwas schlechter Laune umgehen. Sein Gesichtsausdruck war etwas gänzlich anderes. Er war rechtschaffen wütend gewesen, doch sie musste versuchen ihn zu beruhigen.

„Avery, es tut mir leid." Er lehnte sich an die Tür. „Ich wollte dich nicht anschreien. Es war schwer gewesen, allein voranzukommen. Ich glaube, du verstehst das."

Sie hatte jahrelang gekämpft. Wieder kam Schuld auf. „Ja, ich verstehe. Es tut mir leid. Ich wollte nur ein paar Tage für mich haben."

„Doch du warst nicht allein, oder?"

Es war unmöglich, den Vorwurf nicht zu hören, der in seiner Stimme mitschwang. Sie würde sich wegen Lee nicht schuldig fühlen. „Ich war mit meinem Freund zusammen."

„Er ist ein Amerikaner, richtig? Ein Tourist?"

„Er ist noch eine Weile hier."

Er humpelte zum Schreibtisch hinüber. „Ich hasse das. Ich hasse es, dass er dich benutzt."

„Er benutzt mich nicht. Er geht mit mir aus."

„Er wird nicht hier bleiben", sagte Thomas, erneut die Stirn runzelnd. „Wirst du mit ihm zurück nach Amerika gehen?"

„Nein." Lee hatte noch nicht mal erwähnt, wann er zurückginge, geschweige denn, dass er sie eingeladen hätte mitzukommen.

„Kommt er nach Dubai mit uns? Kommst du überhaupt mit nach Dubai? Ich wüsste gern, ob du mich im Stich lassen wirst." Er kämpfte mit seinem Stock, ging zurück in sein Büro und ließ die Tür offen, damit sie ihm folgen konnte.

Sie hatte versucht, nicht darüber nachzudenken. Sie hatte eine gute Arbeit. Sie wurde gut bezahlt und sie glaubte daran. Und er hatte seine Arbeit in den Staaten, über die er nie sprach, doch soweit sie verstanden hatte, war es seine Firma. Er konnte das nicht einfach hinter sich lassen. Es ging alles zu schnell, um Entscheidungen zu treffen.

Zu Beginn hatte sie ein paar Wochen mit ihm verbringen wollen, doch jetzt war ihr verdammt klar, dass sie mehr wollte und sie ihn nicht darum bitten konnte. Sie kannte ihn seit einer Woche. Sie konnte ihn nicht bitten, lebenslange Entscheidungen auf Grundlage ein paar weniger Tage zu treffen. „Ich fliege nach Dubai."

Es sei denn, Lee bat sie darum, es nicht zu tun, und dann würde sie höchstwahrscheinlich den besten Job, den sie je hatte, für die Chance aufgeben, mit ihm zusammen zu sein. Sie war so dumm, doch sie wusste, dass sie es bereute, es nicht versucht zu haben. Sie könnte sich verzeihen, wenn alles zusammenbräche, jedoch nicht, wenn sie es nicht versucht hätte. Ihr dummes, hoffnungsvolles Herz ließe sich nicht abschalten, egal, was für schlimme Dinge passiert waren.

„Ich bin froh, das zu hören, denn ich würde den Gedanken hassen, allein gehen zu müssen." Er setzte sich hinter seinen Schreibtisch, den Stock lehnte er gegen das Holz. „Ich werde in Dubai einige Ärzte aufsuchen. Sie denken, dass sie mir eventuell mit meinen Beinen helfen können."

„Das ist wunderbar." Sie wusste, wie sehr es ein Leben

verändern konnte. Ihr Telefon vibrierte in ihrer Tasche.

„Ich mag dich einfach. Ich möchte nicht, dass du verletzt wirst."

Sie zog ihr Hany heraus und blickte darauf. Ihre Schwiegermutter. Ihr Herz beschleunigte sich leicht. Brandons Mama. Sie hatte seit zwei Jahren nicht mehr angerufen. Avery hatte alles versucht, um die Frau dazu zu bringen, mit ihr zu reden.

„Jemand Wichtiges?", fragte Thomas.

„Ich muss rangehen. Ist es okay?" Was, wenn etwas nicht in Ordnung wäre? Oder was, wenn sie endlich reden wollte? Wie spät war es jetzt in den Staaten?

Er nickte. „Selbstverständlich, aber ich brauche dich bei diesem Treffen bei mir. Wir bestellen Mittagessen."

Verdammt. Lee würde sich aufregen, doch sie musste arbeiten. Sie hasste es, es zuzugeben, doch obwohl sie sich mit Lee sehr wohl fühlte, war die Wahrheit, dass er wohl in die Staaten zurückkehrte und sie nach Dubai ginge. „Ich werde dort sein."

Sie verließ das Büro und ging sofort ans Telefon. „Lydia? Bist du das?"

Ihre Hände zitterten.

„Hör zu, du kleine Schlampe, ich hab' dir gesagt, du sollst uns nie wieder kontaktieren. Was verstehst du daran nicht? Dachtest du, wenn du uns diesen Artikel schickst, ändert sich etwas daran, dass Brandon und Madison tot sind?"

Die Worte schlugen ihr um die Ohren. „Wovon redest du?"

„Es ist mir egal, was sie macht. Hast du verstanden? Ich will sie tot. Ich will meinen Sohn zurück. Du bist eine Verräterin. Du bist eine gottverdammte Verräterin und ich will dich auch tot sehen!" Ihre Schwiegermutter, einst so süß, klang abscheulich. „Ich hasse dich. Ich hasse dich. Du hast sie getötet, nicht wahr? Du wolltest es so."

Das Telefon fiel ihr aus der Hand, Übelkeit stieg in ihr auf. Tränen drohten, doch sie war auf der Arbeit. Sie konnte jetzt nicht zusammenbrechen. Sie konnte nicht weinen. Sie musste stark bleiben.

„Avery, Liebes? Geht es dir gut?" Thomas stand in der Tür, seine Augen auf sie gerichtet. In seinen Augen lag ein erwartungsvoller Blick, als ob er darauf wartete, ob sie zusammenbräche.

Sie konnte nicht. Nicht hier. Das war ihr kleines Stück Hölle, und sie zöge niemanden sonst mit hinein. Sie nahm das Telefon wieder an sich und schaltete es schnell aus. Es war ihr unmöglich, das Zittern in ihrer Stimme zu unterdrücken. „Es ist alles gut."

„Ich sehe deutlich, dass dem nicht so ist." Thomas war schneller bei ihr, als sie erwartet hätte. Er legte ihr eine Hand auf die Schulter. „Worum ging es?"

Avery schüttelte den Kopf. „Ich bin mir nicht ganz sicher. Es war Lydia."

Sein Gesicht wurde weicher, er streichelte ihre Schulter. „Es klang, als sei sie etwas verärgert."

Ihr ganzer Körper fühlte sich geschwächt an. „Sie erwähnte einen Zeitschriftenartikel. Ich weiß nicht, wovon sie sprach. Sie sagte, ich hätte ihn ihr geschickt. Aber ich habe ihr nichts geschickt." Eine tiefe Müdigkeit drohte sie zu überkommen. Würde es niemals enden? Sie hatte eine Entscheidung getroffen, die zwar positiv schien, sie damit jedoch absolut von der einzigen Familie getrennt hatte, die ihr geblieben war. Sogar ihre Tante hatte sich auf die Seite ihrer Schwiegereltern gestellt.

„Nach allem, was du mir erzählt hast, ist sie ein bisschen verloren, Liebes. Sie könnte einen Artikel gesehen haben, der sie an Brandon erinnerte, und mochte sich in den Kopf gesetzt haben, dass du ihn an sie verschickt hast. Sie ist niemand, den du zurückholen kannst, Avery. Ich weiß, du wünschst dir eine Familie, doch sie wird dir niemals verzeihen."

Sie wünschte sich, er hörte auf zu reden. Er sagte nichts, was sie nicht schon wusste. „Ich dachte nur, sie würde eines Tages wieder zu sich kommen."

„Nein. Das wird sie nicht. Die allermeisten verstünden nicht, was du getan hast. Sie empfänden es als völligen Verrat an ihrem Mann und ihrem Kind. Deshalb solltest du nicht darüber reden. Ich verstehe es, doch die meisten anderen Menschen täten es nicht. Deine Schwiegereltern sind der Beweis." Er war ihr nahe, rieb seinen Körper an ihren, als er sie an sich zog. „Ich bin derjenige, der dich akzeptiert, Avery. Ich bin dein Freund. Es tut mir so leid, dass du diesen Anruf erhalten hast."

Sie ließ sich von ihm umarmen. Er schien wirklich so lange ihr einziger Freund gewesen zu sein. Als sie den Job angenommen hatte und sie in New York gewesen waren, hatte sie ihr ganzes Dasein ihrer Arbeit gewidmet. Brian war kurz danach gestorben und sie war Thomas' nicht von der Seit gewichen, zwei fassungslose Opfer, allein auf dem schier endlosen Meer.

Sie schnüffelte ein wenig.

„Es ist alles gut, Avery." Thomas' Hände glitten ihr über den Rücken. „Ich kann mich um dich kümmern."

Seine Stimme war tiefer als zuvor, und sie konnte die Wärme seines Atems an ihrem Hals spüren. Ein kleiner Schauer durchfuhr sie. Sie mochte ihm nicht so nahe sein. Es fühlte sich anders an als vorher. Es fühlte sich intimer an, und sie war sich nicht sicher, ob ihr das gefiel. Vielleicht lag es daran, dass sie mit Lee zusammen war, doch sie wollte Thomas auf einmal nicht so nah sein.

„Sir, ich musste mit Ihnen sprechen", unterbrach eine männliche Stimme.

Thomas hob den Kopf und sein Gesicht erschien, als fletschte er die Zähne. Es war so schnell verschwunden, dass sie sich fragte, ob sie es tatsächlich gesehen hatte. „Malcolm, ich hoffe, es ist von Bedeutung."

„Ich würde Sie nicht unterbrechen, wenn es nicht so wäre." Malcolm war Thomas' Sicherheitschef. Mit einer Gestalt von einem Meter fünfundneunzig war Malcolm sowas wie ein kleines Rätsel. Er sprach spärlich und er verschwand für längere Zeiträume. Thomas hatte fast immer einen Leibwächter bei sich, doch Malcolm war der einzige, der ihr Angst machte.

Thomas trat zurück, griff wieder nach seinem Stock. „Wir sehen uns in einer Stunde oder so, Liebes. Bitte bestell Essen für alle. Nimm meine Karte."

Er ging in sein Büro und Malcolm schloss die Tür hinter sich, sie war wieder allein.

Sie wollte Lee. Sie wollte ihn anrufen und ihm sagen, er solle sie abholen, und sie ginge mit ihm hin, wo immer er wollte.

Und er würde sie nach dem Warum fragen und sie müsste zugeben, was sie getan hatte. Würde er es verstehen? Oder wäre er wie ihre Schwiegereltern und empfände es als Verrat? Sie war sich nicht sicher, ob sie es riskieren konnte.

Am Ende nahm sie das Telefon in die Hand und entschied sich für den Ausweg eines Feiglings. Sie schrieb ihm eine SMS, in der sie ihm erklärte, dass sie ihn nicht zum Mittagessen treffen könne.

Ihr Telefon klingelte beinahe prompt. Lee. Sie konnte jetzt nicht mit ihm sprechen. Sie bräche zusammen. Sie schrieb ihm erneut eine SMS. *In einer Besprechung. Kann nicht reden.*

Das sind zwanzig, Liebes. Glaub nicht, dass ich das vergesse. Hole dich um fünf ab.

Zwanzig. Er wollte ihr den Hintern versohlen. Sie würde sich über die Ungerechtigkeit aufregen, doch wenigstens hatte er sie für einen Moment von ihren Problemen abgelenkt.

Yeah, sie bekäme ein Spanking dafür.

Mit zitternden Händen setzte sie sich wieder und ging ihrer Arbeit nach.

* * * *

Molina schleuderte seinen Stock wütend lärmend von sich.

Er hasste diesen Stock. Er war in den letzten Jahren notwendig gewesen. Er brauchte ihn, um seine Heuchelei aufrechtzuerhalten, doch wie sehr er es verabscheute, als schwach und verletzlich angesehen zu werden. Er sollte imstande sein, Avery in die Knie zu zwingen, ihre Beine zu spreizen und sie zum Schreien zu bringen, aber nein, er musste die Rolle des Weicheis spielen.

Eines Tages wüsste sie ganz genau, wie stark er war.

„Vorsicht, Boss, es könnte jemand reinkommen." Malcolms Stimme war absolut nichtssagend, als hätte er bei nichts Intimen dazwischengefunkt. Der Idiot wählte immer den ungünstigsten Zeitpunkt. Sie hatte weich in seinen Armen gelegen. Sie war bereit, seine Lippen auf ihren zu akzeptieren, und Malcolm hatte alles ruiniert. Sie war entsetzt über den Anruf ihrer Schwiegermutter. Es war exakt, wie er es geplant hatte. Jetzt beruhigte sie sich. Jetzt sammelte sie diese schier endlose Versorgung an Lebensmut um sich wie einen Panzer.

„Nennen Sie mir einen guten Grund, warum ich Sie nicht sofort feuern sollte." Und mit Feuer meinte er wirklich, Malcolms Kopf mit einer verdammten Pistole wegzuschießen. Das mochte ihn beruhigen.

Falls Malcolm von seinem harten Ton tangiert war, zeigte er es nicht. Sein Gesicht war ausdruckslos und gleichförmig wie immer, als er vor Molinas Schreibtisch Platz nahm. „Sie sagten, Sie wollten was Aktuelles über Lee Donnelly. Ich dachte, ich leg Ihnen etwas vor."

„Haben Sie schon ein Bild vom Gesicht des Bastards?" Molina warf seinen Körper in den Stuhl und zuckte dann vor schrecklichem Schmerz zusammen. Er war hart, doch immer, wenn er in ihrer Nähe war, wurde er hart. Der Gedanke, sich an all der Unschuld zu bedienen, ließ ihn die Fäuste ballen.

„Nein, habe ich nicht. Es ist ein wenig beunruhigend. Es ist, als wüsste der Bastard, was er tut." Malcolm legte eine Mappe vor ihn hin. Er öffnete sie und zog vier Fotos heraus. Nicht ein einziges davon zeigte eine gute Aufnahme von Donnellys Gesicht. Er war groß und gut gebaut, mit breiten Schultern und Armen, die aussahen, als hätten sie regelmäßig Fitnessstudios von innen gesehen. „Er trägt immer eine Baseballmütze und neigt dazu, seinen Kopf gesenkt zu halten. Er achtet darauf, dass sie innen geht. Sehen Sie, wie er immer zur Straße hin außen läuft?"

Höfliches Arschloch. Leider schien er auch immer in Averys Richtung zu blicken, so dass die meisten Bilder seinen Kopf von der Seite zeigten. Avery hingegen war auf fast jedem Bild, ihr Gesicht strahlend. Sie hielt sich an ihrem neuen Freund fest, ihre Augen waren stets auf ihn gerichtet. Sie sah glücklich aus, wo sie vorher immer so verloren und traurig gewirkt hatte.

Ihm wurde in diesem Moment bewusst, dass es ihr Elend war, das ihn anzog. Sie kämpfte so tapfer dagegen an. Es war interessant zu beobachten, wie sie wild um sich schlug und kämpfte und so tat, als sei ihr Leben in Ordnung.

Sie war so mutig, und er fragte sich, was sie dazu bringen könnte, vor Angst zu kuscheln.

Er wollte derjenige sein, der sie schließlich zerbrach. Und er wollte nicht zulassen, dass dieser ekelhafte Wichser das änderte.

„Schalten Sie ihn aus."

„Boss, für einen Zivilisten bewegt er sich ziemlich gut."

Malcolm runzelte die Stirn. Für ihn kam es einem Hilfeschrei gleich. „MI6? Er kann nicht bei der CIA sein. Nelson hat ihn zurückverfolgt", folgerte Molina.

„Und es gab nichts an seiner Vorgeschichte, was Nelson beunruhigte. Aber ich schau ihn mir an und denke, dass er einen gefährlichen Eindruck macht." Malcolm lehnte sich zurück, sein Blick auf die Bilder gerichtet. „Ich hatte auch das Gefühl, verfolgt zu werden. Aber ich krieg' den Bastard nicht. Das gefällt mir nicht."

Molina seufzte. Malcolm benahm sich wie eine besorgte alte Frau. „Wir wussten bereits nach zwei Wochen, nachdem wir Weston eingestellt hatten, dass der MI6 uns beobachtet. Das ist nichts Neues. Sie sind verzweifelt. Sie wissen, dass sie nichts gegen uns in der Hand haben, und die Zeit läuft ihnen davon. Sie versuchen nur ihre fortdauernde Existenz zu rechtfertigen. Sie werden nichts finden. Ich hab' die Dateien und sie sind verschlüsselt."

„Codes können geknackt werden."

„Sicherlich geht das. Besonders, wenn sie wie Codes aussehen." Er wurde langsam zu alt, um zu streiten. „Ich will Donnellys Tod."

Ihre Blicke trafen sich für einen kurzen Moment, bevor er zustimmte. „Alles klar, ich sollte Sie jedoch daran erinnern, dass Sie einen Plan bezüglich Avery Charles hatten, und es klug wäre, ihn zu befolgen."

„Es gefällt mir nicht, dass sie mit ihm vögelt." Es wurmte ihn. Sie sollte eigentlich warten. Er hatte sie isoliert, damit sie keine Freunde hatte, und sie hatte trotzdem jemanden zum Ficken gefunden.

„Sie war keine Jungfrau mehr."

Doch er war sich sicher, dass sie seit dem Tod ihres heranwachsenden Mannes keinen Sex mehr gehabt hatte. Sie wäre eng. So verfickt eng. Er könnte sie zerreißen. Er könnte sie zwingen, ihn anzuflehen, und trotzdem würde er ihn reinschieben. Er würde sie weiten und sie ficken, bis sie blutete. Das wäre wie eine Art von Jungfräulichkeit. „Ich hab' dich nicht nach deiner Meinung gefragt."

„Es ist meine Aufgabe, dafür zu sorgen, dass dieser Deal reibungslos abläuft, Sir, und Avery Charles, die Scotland Yard 'Vergewaltigung' zuruft, könnte ein Problem darstellen. Warten Sie, bis wir sie sicher im Nahen Osten haben, dann können wir uns um sie kümmern. Das Haus in Dubai ist bezugsfertig und ich habe eine breite Front bewaffneter Wachen aufgetrieben, die dafür sorgen wird, dass sie nicht abreisen kann. Sie können Ihren Geschäften nachgehen und sie so lang behalten, wie sie Sie unterhält. Sie haben sehr hart gearbeitet, Sir. Vermasseln Sie es jetzt nicht."

„Ich will seinen Kopf."

„Das könnte sich als problematisch erweisen. Köpfe sind schwer. Wie wäre es, wenn ich ihm den Schwanz abschneide? So viel einfacher in der U-Bahn zu transportieren." Malcolm verzog keine Miene.

„Das ist mir scheißegal. Ich will ihn tot sehen. Erledigen Sie es so, dass es wehtut." Er seufzte. Er hatte wirklich keine Zeit für diesen Scheiß. „Töten Sie ihn einfach. Tun Sie es nicht in ihrer Wohnung. Lassen Sie es wie einen zufälligen Akt aussehen. Ich will nicht, dass sie glaubt, dass es etwas mit ihr zu tun hätte. Nicht jetzt."

Er ließe sie das später wissen, wenn die Zeit reif war und sie nicht mehr wegkonnte. Avery war die Frau, auf die er gewartet hatte. Die, für die er sich geopfert hatte. Die, die alles lohnenswert machte. Er hatte schon einige Schlampen getötet, doch sie hatten seiner Seele nicht so gedient, wie er glaubte, dass es Avery täte.

„Ich regel' das für Sie."

Sobald er den Deal mit Lachlan Bates abgeschlossen hatte, könnte er zunächst Dubai und dann einen noch isolierteren Ort ansteuern und wie ein König leben. Er würde noch reisen, doch sein Heimatgebiet wäre sicher. Avery wäre sicher.

Alles, was er tun musste, war die nächsten Wochen zu überstehen und dafür zu sorgen, dass die Lieferung auslief. Was bedeutete, dass er einen Weg finden musste, um den Preis des gottverdammten Weizens zu senken, oder er wäre gezwungen, einen neuen Spender zu finden, denn er übernähme die Kosten dafür nicht.

Er musste ohnehin schon für zu viele Tötungen zahlen. Malcolm ermordete Menschen nicht für umsonst, was eigentlich ein Minus für seine weitere Anstellung darstellte.

„Hier noch eine Übersicht der Einzelheiten für Ihr morgiges Treffen", sagte Malcolm und schob ihm einen Umschlag entgegen. Er war unbeschriftet, doch er wusste, von wem er war.

Eli Nelson. Ein weiteres Problem, mit dem er sich

auseinandersetzen musste. Er schuldete dem Mann noch was. Doch Nelson hatte sich seinen Anteil genommen, und jetzt wollte er mehr. Nichtsdestotrotz, er hatte Verbindungen. Ohne ihn wäre das Geschäft mit Lachlan Bates nicht zustande gekommen. Nelson hatte eine echte Chance, ihm zu helfen in den Nahen Osten zu gelangen. Die Länder Afrikas waren im Vergleich zu denen im Nahen Osten Peanuts. Und er belieferte herzlich gern beide Seiten des unabwendbar pakistanisch-indischen Konflikts. Nelson arbeitete hart daran, diesen kleinen Krieg herbeizuführen.

Das war es wert ihn zu beteiligen. Bis zu einem gewissen Punkt.

Er öffnete die Anweisungen und seufzte. „Haben Sie eine Ahnung, worum es bei diesem Scheiß geht?"

Malcolm zuckte mit den Achseln. „Ich mache mir nur Notizen, Boss."

Es gäbe keine zweite Notiz, keine Chance, um eine Erklärung für dieses sehr seltsame Begehren zu verlangen. Er würde ihnen entweder entsprechend Folge leisten oder nicht.

Und auch das wurmte ihn. Nelson hatte ihm einfach seinen Auftakt, seine neue Identität gegeben. Er hatte es möglich gemacht, die alte abzulegen, wie eine Schlange, die sich häutet. Sobald er über sein altes Leben nachdachte, tat er es mit einer Art verzweifelter Übelkeit. Die Dinge, die er getan hatte, um seiner abstoßenden Familie zu gefallen, reinzupassen, versuchen zu zeigen, wer er war. Nelson hatte ihn gelehrt, dass es in Ordnung sei, seinen Instinkten zu folgen, auf sich selbst aufzupassen und die anderen verrotten zu lassen.

Oh, manchmal vermisste er sie. Nun ja, er vermisste einen von ihnen, doch dieses Leben war erloschen. Er hatte es ausgelöscht und es konnte ihn jetzt nicht mehr berühren.

Und vielleicht hatte Nelson ihn alles zu gut gelehrt. Manchmal war es die beste Lösung für ein Problem, alles mit einem Male loszuwerden.

Nachdem er gekriegt hatte, was er wollte.

„Natürlich tue ich, was er verlangt. Schließlich ist er mein Mentor." Er machte sich nicht die Mühe zu erwähnen, dass er seinen letzten Mentor ermordet hatte.

Malcolm war sein Verbindungsmann zu Nelson. Es schien, als

wäre es das Beste, ihre Treffen auf ein Minimum zu beschränken, damit sie nicht miteinander in Verbindung standen. Malcolm hatte keine Verbindungen. Seine Tarnung war so gut, dass Molina überrascht wäre, wenn sich Malcolm noch an seinen ursprünglicher Name erinnerte.

„Soll ich Monica reinschicken, Sir?" Malcolm stand auf und schritt zur Tür.

Süße, dumme Monica. Sie dachte, er heiratete sie. Sie war gut genug, um Dateien zu verstecken, und sie hatte einen bemerkenswert flexiblen Kiefer. Sie konnte sich um sein Problem kümmern. „Ja."

Malcolm verschwand und Molina fand seinen Stock. Es war wieder Showtime.

Kapitel Zwölf

Liam beobachtete sie. Er hatte etwas mehr Aufregung erwartet, Avery hingegen war verschlossen, und das schon seit Stunden. Sie hatte vor dem Bürogebäude auf ihn gewartet, nicht, wie er geplant hatte, drinnen. Er wollte die Beschaffenheit des Geländes erkunden, doch sie stand draußen, ihr Gesicht war kreideweiß, die Hände auf ihrer Handtasche liegend. Sie war ihm zur U-Bahn gefolgt, saß während des Abendessens neben ihm, sie hatte sich jedoch gar nicht eingebracht.

Es ging ihm an die Nieren. War sie so besorgt über den bevorstehenden Abend?

„Wir könnten einfach nach Hause fahren", sagte er. Das Letzte, was er wollte, war sie zu drängen und sie womöglich zu verlieren, und das aus Gründen, die weit über die Operation hinausgingen. Er wollte, dass sie diesen Teil seines Lebens genoss. Ihm war letzten Endes bewusst geworden, wie sehr er das brauchte. Bisher hatte er es immer als Spaß angesehen, doch jetzt wollte er die Verantwortung. Er wollte die tiefe Bindung, die mit D/S einherging.

Sie runzelte die Stirn und sah ihn an, mit den Augen blinzelnd, als ob sie versuchte zu verarbeiten, was er gesagt hatte. „Was?"

Oder sie hatte nur nicht zugehört. „Ich sagte, wir können einfach nach Hause gehen. Du scheinst deine Meinung geändert zu haben."

Sie schien komplett verändert, Punkt. Ihr Lächeln war den ganzen Abend über erzwungen gewesen, ihre Konversation gekünstelt. Sie war sonst so präsent, wenn sie mit ihm zusammen war, und jetzt schien sie ganz woanders zu sein. Sie schüttelte den Kopf, ihr Blick wanderte zum Gebäude auf der anderen Straßenseite. „Nein. Mir geht's gut. Ich freu' mich darauf."

„Ich versprach dir, dich für deinen Ungehorsam zu versohlen. Freust du dich wirklich darauf?" Sie hatte nach der Drohung abgeschaltet. Hatte er sie doch falsch eingeschätzt? War sie wirklich dermaßen besorgt wegen eines erotischen Spankings?

Der Hauch eines echten Lächelns erhellte schließlich ihr Gesicht. „Naja, es ist etwas unfair, weißt du. Ich musste arbeiten. Ich bin mir nicht sicher, ob es mir gefällt, wegen meiner Arbeit versohlt zu werden, doch darum geht es auch nicht wirklich, oder? Es ist ein Spiel, wie du meintest. Es ist nur ein lustiges Spiel, um unsere Fantasie anzuregen. Lee, ich hab' keine Angst vor dir."

Das sollte sie aber. Sie liefe weg, wenn sie auch nur die Hälfte der Dinge wüsste, die er unter dem Vorwand, Menschen zu schützen, getan hatte. „Dann sag mir, was los ist."

Bis zu diesem Zeitpunkt hatte er Angst davor gehabt, zu fragen. Er war ein feiger Arsch von Schlappschwanz gewesen, der seinen Job, sie zu beschützen und zu trösten, nicht erledigt hatte. Er mochte noch nie eine Sub auf Dauer gehabt haben, doch sogar er wusste, dass das seine wichtigste Aufgabe als Dom war. Er fürchtete sich jedoch vor der Antwort, also ließ er sie brüten.

Sie schüttelte den Kopf. „Es war einfach ein harter Tag, Lee. Der Getreidepreis ist gestiegen, das hat bei allen Panik ausgelöst. Es tut mir leid, dass ich so distanziert bin. Das wollte ich nicht und ich möchte nicht, dass du denkst, ich sei nicht interessiert, den Club zu erkunden. Ich möchte gern. Ich begreife plötzlich, dass wirklich schmutziger Sex ein großartiges Mittel zum Stressabbau sein kann."

Jahrelang hatte er Subs zwecks Stressabbau benutzt, doch Avery zu hören, wie sie es so beschrieb, ging ihm ans Herz. Sie verschwieg ihm etwas. Sie hielt etwas zurück und er hasste das. Ein böser kleiner Verdacht schoss ihm durch die Adern. Sie hatte ihn schon früher für einen Gauner gehalten. Was, wenn die perfekte kleine Prinzessin ihn nur für Sex benutzte? Hatte er wirklich geglaubt, dass sie an ihm mehr interessiert war als nur etwas Stressabbau? Sie war klug. Sie war privilegiert aufgewachsen. Ja, sie hatte ihre Eltern und einen gewissen Lebensstandard verloren, doch gingen solche Überzeugungen je wirklich verloren? Sie hatte einen Jungen aus gutem Hause geheiratet.

Aus seiner Familie waren alle tot und er trug eine Mitschuld am Tod seines Bruders. Er war in einem Armenviertel geboren und trank stets billiges Bier.

Sie legte eine Hand auf seine Brust. „Lee? Geht es dir gut?"

Er zwang sich zu einem leeren Gesichtsausdruck. Sie war sein verdammtes Kryptonit. Er war ausgebildet, hatte jahrelang gearbeitet und nun war alles hinfällig, weil ein einigermaßen hübsches Mädchen etwas von sich gab, das ihn verletzte.

Das war das Problem. Er wusste, dass sie nicht schön war. Auf intellektuellem Niveau wusste er, war sie eher bescheiden. Doch wenn er sie anblickte, glich sie schlichtweg der Sonne am Himmel, und er wusste, dass sie ihn niemals liebte. Sie verdiente etwas Besseres.

„Hey, vielleicht könnte ich auch etwas Stressabbau gebrauchen." Er war sich durchaus bewusst, dass in seinen Worten eine fiese Schärfe lag. Er hatte den ganzen Tag an sie gedacht, auf sie gewartet und sie wollte ihn zum Stressabbau benutzen. Zu diesem Spiel gehörten zwei und er spielte den Dom. Sie war für seinen Nutzen hier. „Du gehst in den Club und darin wartet eine Freundin von mir auf dich. Ihr Name ist Eve und sie wird dich nach hinten in die Umkleideräume führen."

„Du gehst nicht mit mir hin?" Zum ersten Mal seit Stunden sah sie wirklich zu ihm auf.

Er konnte nicht anders, als sich weicher zu zeigen. „Du musst dich umziehen. Sobald du hinter die Lobby gelangst, ist ausschließlich Fetischkleidung angesagt, und Männer und Frauen haben getrennte Umkleidekabinen."

„Das klingt seltsamerweise normal für einen Ort wie diesen."

„Nur, weil du einen Ort wie diesen nicht kennst. Es gibt Regeln vor Ort. Ich kann dich nackt im Club herumführen und alle wissen, wie sie sich zu verhalten haben. Wenn nicht, kann ihnen der Arsch aufgerissen werden. Es gibt darin keine sexuell gesetzesfreie Zone. Es läuft sehr diszipliniert ab."

„Du gebrauchst dieses Wort sehr oft." Sie setzte sich in Bewegung und folgte ihm über die Straße, wobei sie ihre Augen immer noch auf das Gebäude vor ihr richtete, als ob sie versuchte hinter die Leere der Außenwand zu sehen.

„Disziplin ist wichtig." Er war einen guten Teil seines Lebens undiszipliniert gewesen. Erst bei der Armee und dann beim SAS hatte er zu ihr gefunden. Als sein Bruder starb, war seine Disziplin wie weggeblasen, doch Ian Taggart hatte sie ihm zurückgegeben. Jetzt war die einzige Frage, die Liam hatte, warum.

Wenn Avery sich umzog, hatte er vor, ein paar Antworten von seinem Chef zu bekommen.

„Woher kennst du diese Person, Eve?", fragte Avery, ein leichter Vorwurf in der Stimme.

Sie wollte also etwas eifersüchtig auf ihren Lustknaben sein, wie? Es lag ihm auf der Zungenspitze, sie in die Irre zu führen, sie glauben zu lassen, Eve sei eine Liebhaberin. Eve war eine hinreißende Frau. Avery würde sich mit ihr vergleichen und vermutlich feststellen, dass ihr was fehlte, und dann wäre sie nicht mehr in der Machtposition. Und dennoch konnte er es nicht tun. Er nahm sie bei den Schultern und drehte sie zu sich, so dass sie ihn ansah. „Sie ist nur eine Freundin. Sie ist Ians Schwester, also ist sie fast sowas wie meine eigene Schwester. Aber sie ist eine perfekt erfahrene Sub."

Sie war eine abgefahrene Sub, denn sie ertrug jeglichen Schmerz und verweigerte jedes Vergnügen, doch niemand schien im Stande zu sein Eves Schale diesbezüglich zu knacken. Sie erlaubte Alex mit ihr in einer Session zu spielen, zog sich jedoch selbst bei dem Gedanken an ein liebevolles Auffangen danach zurück.

„Sie ist Ians Schwester? Und sie spielen in demselben Club?"

Yeah, vielleicht hatten sie diesen Teil der Tarnung nicht gut durchdacht. „Oh, ich glaube, sie versuchen einander so weit wie möglich aus dem Weg zu gehen, doch es wäre nicht sicher für sie, irgendwo anders zu spielen. Hör jetzt auf Zeit zu schinden. Bist du dabei oder nicht?"

Sie nickte zur Tür. „Ich bin dabei. Ich will sehen, was da drinnen vor sich geht."

Ah, süße Neugier. Sie hatte manch Katze getötet, doch diesmal könnte sie ihn stattdessen töten.

Er öffnete die Türen und begleitete Avery in die äußerst nobel aussehende Lobby. Eve wartete an der Rezeption und sah aus wie eine Frau, die häufig am Empfang eines Sexclubs arbeitete.

Ihr Lächeln war strahlend, als sie hereinkamen, doch er konnte das Missfallen in ihrer Stimme hören. „Lee, es ist so schön dich zu sehen. Es ist so lange her. Ich habe doch erwartet, dass du früher vorbeikommst." Ihr britischer Akzent war mindestens ebenso perfekt wie der von Ian. Liam dachte häufiger, dass sie eine Gruppe von Menschen seien, die Schauspieler hätten werden können, wären sie nicht so verdammt gut im Töten. „Du musst Avery sein."

Avery streckte ihr die Hand hin, Eves höflich schüttelnd. Sie war drei oder vier Zentimeter kleiner als Eve und, obwohl sie für die Arbeit gekleidet war, konnte sie mit Eves Gespür für Mode nicht mithalten. Avery hatte stets etwas Schräges an sich, egal, ob es ein Knopf war, den sie übersah, oder ein kleiner Riss im Rock. Vollkommen unvollkommen war sie, dafür wollte er ihr nah sein und sie sollte nie denken sich ändern zu müssen.

„Schön, dich kennenzulernen." Sie sah sich in der Lobby um. „Es sieht so normal aus."

Eve lachte, ihr Gesicht erhellte sich. „Oh, das ist ein schöner Gedanke. Wenn nur die ganze Welt so normal wäre. Ich denke, du wirst hier eine etwas andere Spielart des Normalen vorfinden als die der meist anderen Menschen. Komm mit, meine Liebe. Lee hat Sachen für dich rausgelegt. Ich helfe dir. Ich nehme an, du hast noch nie ein Korsett getragen, oder?"

Ihre Augen weiteten sich. „Nein."

Eve zwinkerte ihr zu. „Dann werd' ich dir definitiv helfen müssen. Ich geb' dir einen kleinen Rat. Atme jetzt durch, solang du kannst." Sie begann Avery zur Damenumkleide zu führen. Sie drehte ihren blonden Kopf leicht zu ihm. „Ich führe Avery herum. Lee, Schatz, ich glaube, du wirst Ian finden, der darauf wartet, mit dir zu sprechen."

Er nickte. Er könnte wetten, dass Ian wartete. Ian säße oben in seinem Büro hinter seinem provisorischen Schreibtisch, darauf wartend, Liam zu schelten. Ian konnte auf seine eigene sehr seltsame Weise förmlich sein. Liam hatte schon erlebt, wenn er einen auf *Three Stooges* machte, wobei Ian das häufiger mit Adam abzog und ansonsten herausfände, dass Liam zurückschlug.

Liam ging durch die Tür zu den Umkleideräumen der Männer. Ian konnte warten.

Bloß, dass Ian nicht dort war, wo er hätte sein sollen. Er lief in der Umkleidekabine auf und ab, bereits in Lederhose gekleidet. Seine Beine waren von schwarzem Leder bedeckt, über seiner kräftigen Brust hing eine Weste.

Als er sich umdrehte, sah er fast menschlich aus. „Li, ich muss mit dir reden."

Scheiß drauf. Ian sah besorgt aus. Was zur Hölle war hier los? Liam konnte so tun, als verstände er nicht recht oder er kam direkt zur Sache. Er war nie jemand gewesen, der Ausflüchte machte. Er sah Ian geradewegs in die Augen. „Hast du die Operation geleitet, bei der mein Bruder getötet wurde, oder nicht?"

Ian blickte geradewegs zurück. „Das hab' ich, aber hab" ich andererseits auch nicht."

Liam stöhnte. „Ich spiel' keine Spielchen. Ich will die Wahrheit."

„Ich spiel' auch keine Spielchen, doch mich beschleicht das Gefühl, dass es jemand mit uns tut. Es gibt zu viele Zufälle. Diese Akten sind vergraben worden. Es hätte Weston nicht möglich sein sollen, sie zu finden."

„Du bist also stinkig, dass Weston deinen Schutzwall durchstoßen konnte?"

„Li, ich hab' die Operation nicht vertuscht. Die Agentur tat es und ich wusste bis vor ein paar Tagen nicht mal, dass sie die Beweise vergraben hatten. Ehrlich gesagt, ich hab' immer gewusst, dass wir dieses Gespräch führen werden. Ich hab's jahrelang vermieden."

„Warum?"

„Weil es so viel gibt, was du nicht weißt, und ehrlich gesagt, bin ich davon ausgegangen, dass du es auch nicht wissen musst. Das ist Vergangenheit. Und es ist eine Zeit in meinem Leben, an die ich mich nicht besonders gern erinnere."

„Wegen deiner Frau?"

Ians Gesichtszüge spannten sich. „Ja. Charlotte ist ein Teil meines Lebens, der besser begraben bleiben sollte."

„Hast du sie getötet?" Er war sich nicht sicher, ob er eine

Antwort auf die Frage wollte.

„Ja und nein."

Liam war bereit, auf eine Wand einzuschlagen. „Verflucht, Ian, gibst du mir jetzt sofort eine verfickte, eindeutige Antwort? Ich hab's satt. Ich überleg' mir sonst, den Club zu verlassen und Avery mitzunehmen."

„Wage dich verdammt nochmal nicht, mich zu bedrohen", fauchte Ian.

„Ian, beruhig' dich. Wir haben darüber geredet." Alex saß in einer Ecke, noch in Jogginghose und T-Shirt gekleidet.

Liam fuhr sich mit der Hand durchs Haar. Wäre Alex eine Schlange, hätte er ihn mehrmals beißen können. Liam rastete bald aus. „Ich hab' dich nicht gesehen."

Alex warf Liam sowas wie ein kleines halbes Lächeln zu. „Entschuldige. Ich bin hier, um dafür zu sorgen, dass ihr euch beide nicht gegenseitig niederschlagt."

„Als ob du uns aufhalten könntest", fauchte Ian zurück.

Liam war in dem Fall auf Ians Seite. Er fing an zu glauben, dass ein Niederschlag angebracht wäre. Die Scheiße aus Ian zu prügeln, ließ ihn sich vielleicht besser fühlen.

„In dem Fall fordere ich hiermit zum Spiel heraus. Adam und Jake haben hundert darauf gesetzt. Jake denkt, dass Ian dich umbringt, doch Adam rechnet damit, dass du schrecklich gemein bist." Alex lehnte sich zurück, auf das Ergebnis wartend.

„Wissen es alle außer mir?" Das war seine Angst. Er war wieder außen vor. Er war derjenige, der nicht passte.

Ian knallte einen der Spinde zu, das Geräusch hallte durch den Raum. „Nein. Alex ist die einzige Person im Team, die überhaupt wusste, dass ich jemals verheiratet war. Adam und Jake und Eve denken nur, dass ich mit dir darüber, dass du seit vier Tagen ein Arschloch bist und diese Operation gefährdest."

Ian hatte es seinem Bruder nicht gesagt? „Was ist mit Sean?"

„Mein Bruder hat so schon genug Probleme mit mir. Auch damals pflegte Sean eine Hassliebe zu mir. Hätte er von Charlie gewusst, hätte ihn das fest im Hasslager verankert, mehr als wahrscheinlich."

„Du irrst dich in Bezug auf Sean. Er hätte Verständnis dafür", sagte Alex leise. „Ebenso wie Li. Sag es ihm."

Ian war die längste Zeit still, so lange, dass Liam dachte, er würde überhaupt nicht mehr reden. „Ich wurde von der CIA durch ihr Black-Ops-Programm rekrutiert. Hin und wieder stellen sie aktive Mitglieder der Spezialeinheiten ein, um sie als Agenten auszubilden. Ich war einer von ihnen. Ich leitete zwei oder drei kleinere Missionen, die in erster Linie der Aufklärung in Afghanistan dienten. Ich leistete meinen Dienst eine ganze Weile vor Ort und hatte sehr gute Kontakte. Es war dort, als ich das erste Mal Gerede von einem Waffenhändler hörte, der ausreichend vergiftetes Material verkaufte, um eine oder mehrere schmutzige Bomben herzustellen, die mit einem koordinierten Angriff die Wirtschaft unzähliger Länder der Ersten Welt destabilisieren könnten."

„Ich kenne den Grund für die Operation, Ian", gab Liam zur Antwort. Er hatte in vielen Einsatzbesprechungen gesessen, langweilige Unterrichtungen, die ihn brutal auf jeden Aspekt der Operation aufmerksam machen sollten. Er war sich sicherer gewesen, dass sie nur deshalb so lange dauerten, um die Arbeit des Agenten, der sie informierte, zu rechtfertigen.

Ian fuhr fort. „Ich fing an, den Waffenhändler zu verfolgen, doch kam nicht nah genug an ihn ran. Er hatte Verbindungen zur russischen Mafia. Ich nicht. Ich wusste, es erforderte mehr als nur Geld."

„Ihr brauchtet jemanden mit schlechtem Ruf." Liam kannte diese Form des Exerzierens. Jemand wie Ian hätte tief untertauchen müssen. Das war hart. Die russische Mafia hatte Zugriff auf allerlei Möglichkeiten, eine Tarnung auffliegen zu lassen. Sie brauchten wen mit echten Verbindungen, und die hatte Liam. Sie waren über seinen ganzen fiesen Stammbaum verteilt.

Ian rollte mit den Augen. „Du stellst es so negativ dar wie nur irgend möglich. Du und dein Bruder hattet Verbindungen zur IRA."

„Ich hab' sie nie verschwiegen." Er hätte sie nicht verschweigen können. Als er zur Armee kam, war er ein dummer Junge, der sich kaum den Hintern abwischen konnte, geschweige denn die Tatsache verbergen, dass seine Mutter die IRA als eine Religion ansah. Er tat das nicht. Das hatte er nie. Es war für ihn fast wie eine Art der

Rebellion gewesen.

„Ich weiß, und du warst so verdammt gut in deinem Job, dass die SAS dich trotzdem einzog. Deine befehlshabenden Offiziere glaubten nicht, dass ihr eure Hände mit im Spiel der IRA hattet, doch es gab Gerüchte, und Gerüchte können guten oder schlechten Dingen dienen."

Er hatte nicht eine Sekunde lang eine falsche Vorstellung davon gehabt, warum er ausgewählt worden war, und er hatte verdammt gut gewusst, dass es einen hohen Preis haben könnte. Sein idiotisches jüngeres Ich hatte sich quasi für die Sache opfern wollen. Dieser noch dumme Liam hatte geglaubt, dass er ein Held sei. „Das wusste ich, als ich mich der Mission anschloss. Ich wusste, dass es Folgen hätte. Ich wusste, der Geheimdienst lancierte, dass Rory und ich uns noch mit Mutters alten Gefolgsleuten trafen."

„Rory traf sich mit ihnen, Li." Ians Worte schlugen zwischen ihnen ein.

Liam konnte nicht anders, als es zurückzuweisen. „Nein. Wenn er es getan hatte, dann nur für die Mission." Doch warum hatte Rory es ihm nicht gesagt? Ian musste sich irren. Abgesehen davon, dass er stets so vorsichtig war.

Ian schien seine Worte sorgfältig zu wählen. „Das hatte er schon vor der Mission. Gegen ihn wurde ermittelt, doch er überzeugte deine Vorgesetzten, dass er nur nach der Familie sehen wollte. Seine Verbindungen waren der Grund, warum ich euch beide für die Operation ausgewählt habe."

Liam spürte, wie der Boden unter ihm ins Wanken geriet. Rory hatte Kontakt zu ihren Onkeln aufgenommen? Ihre Onkel, die die Krone hassten, nach dem Motto ‚tötet sie alle'? Sie waren inmitten von Zorn und Verbitterung aufgewachsen und sie hatten versprochen, sich nie wieder dorthin zurückzubegeben, nachdem sich ihre Mutter zu Tode getrunken hatte. „Er hätte es mir gesagt."

„Wir haben alle unsere Geheimnisse, Liam. Sogar vor unseren Brüdern." Ians Blick senkte sich zu Boden.

Liam drehte sich der Kopf ein wenig, doch es musste so gewesen sein, dass sich Rory im Gegensatz zu ihm zu ihrer Familie verbunden gefühlt hatte. Warum zur Hölle hatte sein Bruder ihm nichts davon erzählt? Hatte Rory gedacht, er hätte versucht es ihm auszureden? Er hatte Recht. Er hätte es versucht, doch wenn er es ihm nicht hätte ausreden können, hätte Liam zu seinem Bruder gestanden. Er hätte sich mit ihm in die Höhle des Löwen gewagt. Hatte er nicht immer versucht Rory zu beschützen? Liam war immer derjenige gewesen, der das Chaos beseitigte, das Rory hinterlassen hatte.

War Rory in dem Glauben gestorben, er müsse sich vor seinem Bruder verstecken?

„Ich koordinierte die Aktionen mit dem MI6 und dem G2", fuhr Ian fort. „Es war genau die Zeit, als ich mich mit Charlie traf und ich meinen verfickten Kopf verlor. Ich war so scharf auf diese Frau. Sie war hinreißend und sexy und hingebungsvoll. Es war, als hätte sich jemand an meiner Libido bedient und meine Idealfrau herausgegriffen. Sie war äußerlich so verfickt perfekt. Sie war nicht der Typ, der dich nicht einfach für ihre Hingebung arbeiten ließ. Nein, nicht meine Charlie. Die Hälfte der Zeit war sie eine rechtschaffene Schlampe und das brachte mich dazu, ihr hinterer zu lechzen. Ich ließ alles schleifen. Meine Arbeit, meine anderen Beziehungen, alles. Ich heiratete sie zehn Tage, nachdem ich sie kennen gelernt hatte. Wir waren genau 32 Tage verheiratet."

Ian verstummte wieder.

„Was lief schief?", fragte Liam.

Ian gluckste, dem lag jedoch keine Komik zugrunde. „Alles. Ich bekam einen Anruf aus Langley. Die Operation sollte trotz meiner halbherzig vorbereiteten Arbeit beginnen. An dem Tag, an dem es dir gelang, die Anleihen an dich zu nehmen, sollte ich Dublin ansteuern, um mich mit dir dort zu treffen und dich auf deine letzte Mission vorzubereiten. Ich hätte in der Nacht da sein sollen, als ihr in diesen Pub gegangen seid. Ich hätte das übrigens niemals zugelassen. Mein Zimmer lag genau neben eurem und wir wollten uns an dem Abend für eine Nachbesprechung treffen. Ich lief hin, um meinen Pass zu holen, und da fand ich sie."

Der Gedanke, sich in einer völlig normalen Situation zu befinden und plötzlich Averys Leiche auf dem Boden vorzufinden, ließ ihn schaudern. „Du hast sie nicht getötet?"

„Sie war eine Botschaft an mich."

Liam konnte sich erinnern, wie sie auf den Fotos aussah.

Wunderschön. Kalt. Seelenlos. Wenn das eine Botschaft darstellte, hatte es jemand ernst gemeint. *Scheiße.* „Von wem?"

„Von demjenigen, der sie anheuerte, um mich zu verführen, nehme ich an. Sie hatte ein paar äußerst üble Verbindungen zur russischen Mafia. Ich hatte mir nicht die Mühe gemacht, mich mit ihrer Vergangenheit auseinanderzusetzen. Ich war völlig meiner Lust erlegen." Ian brachte die Worte mit größter Anstrengung hervor.

„Nenn es beim Namen, Ian", sprach Alex aus seiner Ecke heraus. „Du warst in die Frau verliebt."

Ians Mundwinkel verzogen sich zu einer grausamen Linie. „Es war pure Lust. Ich wusste verdammt nochmal nicht, wer sie war. Sie hat alles erlogen."

Alex seufzte, als ob sie das schon tausendmal durchgekaut hätten. „Nein, das hat sie nicht. Sie hat dir ihren richtigen Namen gesagt. Sie gab dir jede Gelegenheit, sie genau zu überprüfen. Du hast dich dazu entschieden, es nicht zu tun. Ich denke, sie war auch in dich verliebt, Ian."

Ian winkte ihn ab. „Das ist jetzt egal, Alex. Sie ist tot und ich hab' Liams Leben versaut, und ich hab' seitdem versucht, es wiedergutzumachen."

„Hast du die Bombe gelegt?", fragte er etwas zögerlich. Was zur Hölle geschah hier? War Ian derjenige, der alle Beweise vernichtet hatte? War er derjenige, der Wache halten sollte, als sein Bruder ermordet worden war?

„Natürlich nicht." Ian sank auf die Holzbank. „Ich würd' doch meine eigenen verdammten Agenten nicht in die Luft sprengen. Ich weiß, du hältst nicht allzu viel von mir, doch ich hätte meinen Männern niemals Schaden zugefügt. Deshalb habe ich mich auch nicht als Vollzeitagent verpflichtet. Die CIA heuert mich für bestimmte Einsätze an, ich passe jedoch nie ganz in das Profil des lupenreinen Agenten. Ich kann meine Freunde nicht verraten. Ich sprach von dem Umstand, dass ich viel zu sehr mit Charlies Tod beschäftigt war, um mich meiner eigenen Operation zu widmen. Sie brachten jemanden rein, der die Operation leiten sollte, und er hat alles verkackt."

„Wen?", fragte Liam.

Ians Gesichtszüge verhärteten sich hartnäckig. Eine unangenehme Stille erfüllte die Luft.

„Du musst verstehen, dass er erst vor kurzem davon erfahren hat", begann Alex.

„Verfickter Nelson!" Liam näherte sich Ians Raum. Eli Nelson schien überall zu sein.

„Ich wusste nicht, wer er war, als er vor einer Weile nach Dallas kam. Er gebrauchte nicht seinen richtigen Namen und ich kannte ihn nicht vom Sehen. Es ist ja nicht so, als hätten wir jedes Jahr eine Weihnachtsfeier, doch ich begann nach ihm zu forschen, nachdem er fast meinen Bruder getötet hätte." Ian erhob sich, keinen Zentimeter nachgebend.

„Ihr wisst, dass ihr Nelson beide gewinnen lasst, wenn ihr euch deshalb prügelt", betonte Alex.

„Ich will wissen, was passiert ist." Liam gab nicht nach. „Hast du gewusst, dass mir eine Falle gestellt wurde?"

„Fuck, nein. Ich wusste nichts davon, bis ich deinen Anruf erhielt, nachdem das Gebäude in die Luft geflogen war", antwortete Ian. „Ich habe...ich habe versucht mit Charlies Tod fertig zu werden. Ich war nutzlos."

„Wir nennen das Trauern in der realen Welt", sagte Alex, völlig unbewegt.

„Halt die Fresse, Alex", attackierte Ian seinen besten Freund.

„Ich kann das nicht. Adam ist nicht hier, um der ganzen Sache den dringend benötigten Sarkasmus zu verleihen, also muss ich es tun. Wirklich, ihr beide stellt neue Weltrekorde für den höchsten Testosteronspiegel in einer Umkleidekabine auf." Für einen Moment wurde er ernst. „Ich hasse es, zusehen zu müssen, wie ihr euch beide gegenseitig zerfleischt, auch wenn es gar keinen Grund dazu gibt. Ian war verletzt, weil er seine Frau liebte."

„Ich habe sie nicht geliebt", Ian brachte die Worte mühsam hervor.

„Es läuft alles aufs Gleiche hinaus", schoss Alex zurück. „Ian hat in seiner sehr langen Karriere einen Fehler begangen und fühlt sich seitdem schuldig. Es wurde noch schlimmer, seitdem er sich mehr als einen Dreck um dich schert. Lass ihn in Ruhe, Mann. Er hat seinen Verstand wegen eines Mädchens verloren. Kannst du nicht sagen, dass dir gerad' das Gleiche widerfährt? Ich bin nicht blind. Ich folge dir seit Tagen. Du bist verrückt nach Avery."

„Sie ist ein hübsches Ding." Er gäbe es nicht zu. Das Letzte, was er brauchte, war von der Operation abgezogen zu werden, weil er in jemanden verliebt war, die ihn nicht wirklich wollte. Ein Mädchen, das in ihm nichts anderes sah als einen Orgasmus auf zwei Beinen.

„Sei kein Idiot, Li." Alex schüttelte den Kopf. „Du willst nicht so enden wie er."

Ian wandte sich Alex zu. „Du willst mein bester Freund sein."

„Das bin ich", antwortete Alex. „Ich bin aber auch lang genug mit einer Psychologin verheiratet, um zu wissen, dass du die Wahrheit über Charlotte nicht erkennen willst und du so nicht weiterkommst, bis du zumindest akzeptierst, dass du die Frau geliebt hast."

Ian deutete mit dem Zeigefinger auf Alex, während er um Liam herumging. „Sagt der Mann, der sich noch Jahre später, nachdem sich seine Frau von ihm scheiden ließ, als verheiratet bezeichnet. Fick dich, Alex. Und Liam, das ist die Wahrheit. Ich hab' dir alles gesagt, was ich weiß. Wenn du das nicht akzeptierst, kannst du dich verdammt noch mal verpissen. Ich bin fertig damit."

Ian stakste hinaus, seine Stiefel schlugen einen wütenden Rhythmus auf das Hartholz.

Und Liam hatte noch Fragen. Er begann hinter Ian herzulaufen. Sie waren noch nicht fertig.

Alex stellte sich ihm in die Quere. „Tu's nicht. Er war noch nicht bereit dafür. Bitte gib ihm ein wenig Zeit."

„Er hat Jahre Zeit gehabt, Alex." Jahre, in denen er sich nicht die Mühe gemacht hat, Liam die Wahrheit zu sagen.

„Ich weiß. Und ich weiß so ziemlich alles. Ian wusste nicht, dass die Operation ein Misserfolg war, bis du ihn angerufen hast. Er hat alles getan, was er konnte, um dich rauszuholen, während er sich durch die ganze Scheiße wühlte, die zurückgeblieben war. Und soweit wir wissen, behauptete Nelson keine Ahnung zu haben, was passiert ist."

„Hat Nelson meinen Bruder getötet?" Liam fühlte, wie er die Fäuste ballte.

Alex runzelte die Stirn. „Möglicherweise, wobei es schwer zu sagen ist. Die Frage wäre, warum. Warum Unruhe stiften, wenn es scheint, als hätte er gar kein Geld dabei rausgeholt? Die Anleihen waren Millionen wert. Warum sollte er sie nicht ausgeben?"

„Du hast Recht. Wenn er die Anleihen hätte, warum sollte er auf ihnen sitzen bleiben?" Es machte keinen Sinn. Nelson war in Dallas gewesen, um Geheimnisse zu stehlen und sie an die Chinesen zu verkaufen. Warum brauchte er das Geld, wenn er die Anleihen hatte?

„Nelson ist ein geduldiger Kerl", sagte Alex. „Er mochte Pläne für die Anleihen gehabt haben. Und er arbeitete bis vor wenigen Monaten noch für die CIA. Das scheint ein sehr langatmiges Spiel zu sein, das er spielt, und es gefällt mir nicht, wie viele er von uns als Schachfiguren benutzt."

Liam auch nicht. So viele Dinge ergaben keinen Sinn. „Hat Ian daran gedacht, dass sich Leonov mich und Rory vorgeknöpft haben könnte und dies seine Version von Rache war?"

„Leonov wurde kurz danach tot aufgefunden. Wenn er einen anderen Zwischenhändler für den Deal gefunden hat, so konnte die CIA das nicht beweisen. Es wurde keinerlei Kernmaterial gefunden, noch konnte er auch nur vage damit in Verbindung gebracht werden. Falls er es hatte, ist er es losgeworden, und es gab keinen Hinweis auf den Waffenhändler, das Uran verkauft zu haben. Ian blieb ohne Waffen, ohne Agenten und ohne Anleihen zurück."

Und ohne Frau. „Warum hat er es mir nicht erzählt?"

„Weil er bis vor kurzem nicht viel wusste. Nach dieser Operation arbeitete er sehr lange nicht mehr für die CIA. Er konzentrierte sich darauf, das Geschäft für uns aufzubauen. Denk mal darüber nach, Mann. Eve und ich ließen uns gerad scheiden. Sean verließ die Armee. Jake und Adam waren in die Wüste geschickt worden. Ich hab' Charlotte nie kennen gelernt, doch ich kenne Ian schon sehr lange. Ich hab' ihn nie so freudlos erlebt, wie nach ihrem Tod. Wir waren alle verloren, bis Ian und ich den Entschluss fassten zu versuchen, ein Rettungsboot zu bauen."

„McKay-Taggart." Die Firma war alles, was ihn für einige Jahre geistig gesund hielt. Jetzt konnte er sehen, wie sich alle geradezu in den Aufbau des Unternehmens gestürzt hatten. Es war das gewesen, was sie alle gebraucht hatten. „Was zur Hölle geht hier vor, Alex?"

Alex setzte sich wieder, sein großer Körper sackte zusammen, als ob er seine Müdigkeit keine Sekunde länger ertrügd. „Ich weiß es nicht, aber es ist morgen hoffentlich vorbei. Sollten wir ihn nicht kriegen, bringen wir ihn um. Wir folgen ihm, um die Operation des MI6 nicht damit zu stören, ihn vor Molina festzusetzen oder zu töten. Sie müssen noch herausfinden, was beim United One Fund vor sich geht. Das ist die Abmachung, die wir mit ihnen haben."

„Woher hatte Weston die Akte, wenn nicht von der CIA?" Sollte Ian Recht behalten, dann triebe ihn diese Akte regelrecht aufs Äußerste.

„Der MI6 führte Akten. Sie waren als geheim eingestuft, doch Weston erwies sich als ziemlicher Profi im Umgang mit Computern. Er ist noch nicht gefeuert worden, ich vermute jedoch, das liegt daran, dass er zu nützlich für den Einsatz ist."

Er wünschte, er könnte dabei sein, wenn sie den Bastard entließen. „Na gut. Hör mal, das alles ist noch nicht vorbei. Ich hab' noch eine Menge Fragen, und du weißt genauso gut wie ich, dass Adam und Jake mit hinzugezogen werden sollten."

„Ich weiß, und das werden sie. Gib ihm einen Tag. Er verarbeitet die emotionale Scheiße langsamer als der Rest von uns."

„Bezeichnest du dich etwa noch als verheiratet mit Eve?" Anscheinend war Ian nicht der Einzige, der die Dinge langsamer verarbeitete.

Alex' Gesicht errötete, doch er schien gefestigt. „Nein. Ich weiß, dass das vorbei ist. Ich bin mir nicht sicher, ob du mir glaubst, doch ich hab' eine gewisse Erleichterung erfahren, als ich davon ausging, dass du mit ihr schläfst. Oh, ich hab' dich abgrundtief gehasst, doch es wäre wenigstens vorbei gewesen."

Liam glaubte keine Sekunde daran. „Ich dachte, du liebst sie noch."

„Ich werde sterben und sie immer noch lieben, doch sie lässt mich schon so lange in der Hölle schmoren, dass ich da nur noch raus will und es nicht kann, bis sie mich lässt."

„Sechs Jahre sind eine lange Zeit ohne Sex."

Alex runzelte die Stirn. „Wir haben Sex, Li. Wir haben sehr viel Sex."

Das war was Neues. „Willst du mich verarschen? Was ist dann dein Problem, Mann?" Es traf ihn ganz schön heftig, worin das Problem bestand. Er hatte sie zusammen in einer Szene beobachtet, ein zarter Tanz aus Schmerz und Vergnügen. Es schien immer sehr gefühlvoll zu sein, bis zu dem Moment, wenn Eve aufstand und sich dem folgenden liebevollen Auffangen entzog. Sie benutzte Alex und ging dann weg, ohne dem Dom den zweiten Teil des Austauschs – den zärtlichen Part – zu erlauben. „Sie nutzt dich für den Sex genauso aus, wie in den Szenen, in denen ihr spielt."

Alex schaute weg. „Sie hat mich seit sechs Jahren nicht mehr geküsst. Was wir haben, ist eine ekelhafte Imitation von Liebe."

„Du musst das beenden." Das musste Alex umbringen.

Alex lachte, ein hohler Klang. „Ich kann nicht. Ich bin der Grund dafür, dass sie so ist, wie sie ist. Zuerst dachte ich, dass sie zu mir zurückkommt, doch jetzt weiß ich, dass sie mich nur bestraft. Sie gedenkt nicht zu gesunden. Sie gedenkt nicht vorwärtszukommen. Sie hält mich in einem nie endenden Kreislauf gefangen, und ich glaub' nicht mehr daran, dass sie mich je loslassen wird.

„Geh weg." So sehr er Eve liebte, so sehr fühlte Liam für Alex in dem Moment.

Alex schüttelte den Kopf. „Kann nicht."

„Was ist zwischen euch beiden passiert?" Er hatte nie die ganze Geschichte erfahren. Soweit er es beurteilen konnte, wussten Adam und Jake auch nichts davon.

„Ich entschied mich für eine Operation, anstatt für sie. Ich dachte damals, dass ich das Richtige tat, doch die Konsequenz...Gott. Ich werd' mir das nie verzeihen, Li. Und sie kann es mir auch nicht verzeihen. Wenn du dich auch nur ansatzweise um dieses Mädchen, Avery, scherst, dann sag' ihr, wer du bist. Wenn du auch nur eine Sekunde lang dachtest, eine Chance auf ein gemeinsames Leben mit ihr zu haben, du sie lieben könntest, dann teil es ihr mit, bevor der Verrat nicht mehr für sie zu verkraften ist."

„Ich kann nicht. Die Mission…", begann Liam. Er hatte schon oft darüber nachgedacht.

„Wird auch ohne sie weitergehen. Sie weist keinerlei

Verbindung zu Nelson auf. Sie kann höchstens dem MI6 etwas aushelfen. Wir haben bereits alles von ihr gekriegt, was wir konnten. Mehr weiß sie nicht. Sie kann ganz leise verschwinden, und sie ist raus aus der Sache." Alex klang so vernünftig.

„Ian würde mich feuern." Dieses Argument hatte für Liam immer weniger Gewicht.

Alex winkte den Gedanken beiseite. „Hunde, die wie Ian bellen, beißen nicht. Wenn er Adam und Jake noch nicht gefeuert hat, dann wird er dich ebenso wenig feuern. Hör zu, ich kann dir nicht sagen, wie du dein Leben leben solltest. Ich weiß nur, wie du sie ansiehst."

„Sie weiß nicht, wer ich bin." Liam gestand endlich das wahre Problem. „Wenn sie es herausfindet, wird sie mich nicht mehr wollen. Ich bin ein Bastard."

„Ja, das warst du. Und dann hast du sie getroffen. Wir wissen nicht, wer wir wirklich sind, bis wir die Menschen treffen, die zu uns gehören. Sie können uns runterziehen oder uns beleben. Du magst nicht mehr wissen, wer du bist, weil du dich veränderst. Wenn du dir erlaubst, diese Frau zu lieben, wirst du ein anderer Mensch werden. Du wirst die Person sein, die Avery aus dir gemacht hat, und du wirst vielleicht feststellen, dass du diesen Mann ganz schön gern hast. Du hast dich bereits auf eine Art geöffnet, wie ich es mir nie hätte vorstellen können. Denk einfach drüber nach, okay?" Alex stand auf und öffnete seinen Spind. „Ich muss mich fertig machen. Ich glaub', Eve und ich präsentieren heut Abend eine Session für dein Mädchen."

Jetzt, da er etwas mehr wusste, was zwischen ihnen vor sich ging, schien das zu tun schrecklich zu sein. „Das musst du nicht. Ich werd sie 'was rumführen und mit ihr in ein Spielzimmer gehen und ihr eine kleine Einführung ins Bondage geben. Alex, das musst du nicht machen."

Doch Alex wandte sich um, als er seine Lederhose herauszog. „Es ist alles gut, Mann. Es ist das, was ich verdiene."

Liam griff in seinen Spind, seine vorherige Wut zu einem leichten Schmerz abklingend. Was hatte er verdient? Sicher nicht Avery. Doch er war nie ein Mann gewesen, der sich mit dem zufrieden gab, was er verdiente. Er war ein Mann, der sich nahm, was er wollte.

Kapitel Dreizehn

Avery blinzelte im schwachen Licht des Clubs. Der Garden selbst war ganz anders als die noble, traditionelle Lobby. Die Vorräume des Gardens glichen jeder x-beliebigen Hotellobby, doch der Innenraum sah anders aus als alles, was Avery je gesehen hatte. Es handelte sich um einen riesigen Aufenthaltsraum, dessen Pflanzen allesamt nachts blühten. Zu ihren Füßen befanden sich Steinböden, der Geruch von Jasmin lag in der Luft. Mondlicht strömte durch ein riesiges Dachfenster in den Raum, das zentral durchs ganze Gebäude zu scheinen schien.

Es war, als wäre sie in eine fremde Welt hinausgetreten.

Mit großen Augen beobachtete sie, wie eine zierliche Frau in oberschenkelhohen Stiefeln zerrend an der Leine eines großen Mannes in ledernder Unterwäsche an ihr vorbeiging.

Eve kam zu ihr, lehnte den Kopf nah an sie heran, um sich über die dröhnende Musik Gehör zu verschaffen. „Du solltest wirklich auf alles an diesem Ort gefasst sein."

Sie begann das langsam zu begreifen. Was auch immer sie sich unter dem Garden vorgestellt hatte, es hatte nichts mit diesem üppigen Tempel an sinnlicher Dekadenz zu tun. Sie sah sich um in der Hoffnung, Lee zu finden. Keine zwei Schritte von der Umkleide entfernt und sie wünschte sich bereits, ihre Hand läge in seiner. Sie fühlte sich komisch und entblößt ohne ihn. Als ob sie nicht dazugehörte.

Avery wünschte, sie hätte Eves Rat ernst genommen. Sie konnte wirklich nicht atmen. Das schwarz- und scharlachrotfarbene Korsett, in dem sie sich wiedergefunden hatte, stellte selbst ein Foltergerät dar. Und das Tanga-Ding war auch irgendwie scheiße. Sie hatte keine Ahnung, warum eine Frau je auf die Idee kommen sollte, so gestaltete Unterwäsche zu tragen, die Frau zwischen ihre Arschbacken schob.

„Geht es dir gut?", fragte Eve, ihre dunklen Augen strahlten vor Freude.

Avery entgegnete mit einem Lächeln. Eve wirkte nicht wie eine Frau, die viel lächelte. Wenn ihr Unwohlsein bei Eve für etwas Belustigung sorgte, dann war das vielleicht gut so. „Ich glaube, meine Brüste kommen gleich raus. Sollen sie wirklich an meinem Hals liegen?"

Ihre Brüste waren groß genug, das Korsett jedoch hob sie in epische Höhen. Sie sah nicht so hübsch aus wie Eve. Sie sah übertrieben aus. Eve sah in ihrem Korsett schlank und rank aus. Avery fühlte sich, als platzte sie bald aus allen Nähten. Und Liam hatte ihr keine Schuhe hinterlassen. Eve war schon vorher größer, doch mit ihren Stöckelschuhen an den Füßen sahen Eves Beine aus, als wären sie anderthalb Kilometer lang. Avery fühlte sich wie ein Hobbit, der in Damenunterwäsche gestopft worden war.

„Du siehst zum Anbeißen aus. Lee hat es selbst ausgesucht. Ich war mir sicher, dass er mich darum bitten würde", sagte Eve.

„Suchst du oft Dessous für Lees Subs aus?" Sie konnte nicht anders. Eve schüchterte sie ein. So wunderschön und anmutig, verstand Avery nicht, warum Lee nicht an ihr interessiert war.

Eves Augen weiteten sich für einen kurzen Moment. „Nein. Das hab ich noch nie, weil er noch keine Sub hatte."

„Noch nie? Aber er sprach darüber, wie lange er schon diesen Lifestyle lebt."

„Oh, er lebt diesen Lifestyle schon jahrelang, doch er hat nie länger als ein oder zwei Nächte mit einer Sub verbracht. Er ist sowas wie eine männliche Hure, wenn du weißt, was ich meine."

Avery schüttelte den Kopf und sah sich um, betend, dass er

ihnen nicht zuhörte. „Nenn ihn nicht so. Er mag es gar nicht, so genannt zu werden."

Eves Gesicht leuchtete auf, ein strahlendes Lächeln legte sich auf ihre Lippen. „Ich hab' gehört, du hast seinen Beruf in Frage gestellt. Oh, meine Teuerste, es wird so viel Spaß mit dir machen. Ich hab' nicht davon gesprochen, dass er ein wirklicher Stricher ist. Ich meinte, dass er noch nicht sesshaft ist. Er schien zufrieden zu sein mit dem Abschleppen von Mädchen und One-Night-Stands. Ich war sehr glücklich, als er sagte, er bringt dich her. Es ist quasi, als brächte er dich nach Hause, um seine Familie kennenzulernen."

Das Wort „Familie" traf sie wie ein Stein. Sie kriegte die Worte Lydias nicht aus dem Kopf. Hatte sie wirklich das Falsche getan? Sollte sie es zurücknehmen in der Hoffnung, ihren Schwiegereltern zu gefallen?

„Dein Herr ist unterwegs", sagte Eve, zur Tür auf die andere Seite des Raums hindeutend. Pfade waren mit Pflastersteinen ausgelegt, die sich um die Bäume und Büsche und Blumenbeete wanden, die wie getupft den Boden bedeckten, sowie um große Areale, die dem Vergnügen und Schmerz gewidmet waren.

Avery wusste in dem Moment, als sie Lee sah, dass, selbst wenn sie kein zu enges Korsett trüge, sie nicht in der Lage gewesen wäre, zu atmen. Er war wunderschön, ein Meter zweiundneunzig perfekt geformter Mann in Lederhose und einer Weste, die seine Brust perfekt zur Geltung brachte. Sein schwarzes Haar glänzte im Mondlicht, der Kristall seiner grünen Augen ließ ihn wie ein Raubtier in seiner natürlichen Umgebung aussehen. Er pirschte sich an sie heran, einem Panther eines urweltlichen Gartens gleichend.

Sein Blick fing ihren ein, und sie fragte sich, was zum Teufel er in ihr sah.

„Tu es nicht", sagte Eve.

„Was?" Sie kamen einander immer näher. Lee schien einen Freund gefunden zu haben und beide liefen in ihre Richtung. Sein Freund war nur etwas größer als Lee. Lee war ein eleganter Panther, doch der Kerl bei ihm war ein hinreißender Panzer von Mann. Was hatte sie hier zu suchen? Alle waren wunderschön.

Eve zwang sie sich umzudrehen, ihre Aufmerksamkeit von den Männern ablenkend. „Fang nicht mit Verunsicherungen an. Ich hab' dich die ganze Nacht beobachtet, und ich weiß, was du denkst."

„Na, schau ihn an. Liege ich falsch, wenn ich mich das frage? Ich gehöre nicht hierher."

„Du siehst dich nicht so, wie er dich sieht. Ich hab' nur wenig Zeit, um was zu vermitteln, was eventuell den Unterschied ausmacht, ob diese Beziehung funktioniert oder nicht, also hör mir zu. Dieser Mann hat sich verändert, seit er dich getroffen hat, zum Besseren. Egal, was später passieren wird, sei dir dessen bewusst. Lass nicht zu, dass deine Verunsicherung zwischen dir und deinem potenziellen Glück steht. Du entscheidest, wie du dich selbst siehst. Du kannst entweder deine eigene Schönheit erleben oder dein Erscheinungsbild so nachteilig beeinflussen, dass es so verzerrt ist, dass du dich nie wieder auf dieselbe Weise siehst. Frag nicht, warum er hier ist. Er ist hier und er will dich. Das kann er nicht fingieren."

Das könnte er nicht, oder? Und warum sollte er sich diese Mühe machen? Trotzdem spürte Avery die böse Schärfe der Unsicherheit, als Lee auf sie zukam. Er war so groß und stark. Sie war klein und nicht in der Lage, länger zu laufen, ohne auf ihr Gesicht zu fallen.

„Begrüßt du mich auf diese Weise?"

Komisch, dass er gar nicht schreien musste, sie dennoch kein Problem empfand, ihn über den schweren Gothic-Rock zu hören. Es war, als ob seine tiefe, dunkle Schokoladenstimme in einer Linie zu ihren Ohren stand, die kein Lärm der Welt durchbrechen konnte.

Er streckte ihr eine Hand hin. Sie hatte bemerkt, wie Eve anmutig auf die Knie gefallen war, ihr Kopf perfekt hingebungsvoll gesenkt. Avery sah sie an, jede Kurve an Eves Körper vollkommen.

Sie gelangte nicht mal in die richtige Position, ohne dass ihr eine Hand gereicht wurde.

Lees Hand fand ihr Kinn, neigte es nach oben und zwang sie, ihn anzuschauen. „Vergleich dich nicht mit ihr. Sie macht das schon seit sehr langer Zeit."

„Ich werd' mich nie so bewegen können wie sie."

Er preschte vor, sprach direkt in ihr Ohr, seine Stimme voller ungenannter Emotionen. „Äußerliche Perfektion bedeutet mir nichts, Avery. Wir machen es nicht wie die anderen. Das gehört uns. Wir werden nicht so sein wie sie, verstehst du mich? Wir sind nur wir. Das betrifft nur dich und mich, und wir machen es auf unsere Art."

Tränen drohten, denn es traf genau den Kern. Ihr wurde jetzt bewusst, dass er es die ganze Woche versucht hatte zu sagen. Er hatte mit ihr darüber gesprochen, wie er BDSM auslebt, doch sie fänden ihren eigenen Weg. Es gab keinen falschen oder richtigen Weg. Es gab nur ihren Weg.

Sie legte ihre Hand in seine und erlaubte ihm, sie auszubalancieren, während ihre Knie den Boden fanden.

„Nicht für lange, Liebes. Die Böden der Spielzimmer sind angenehmer für deine Knie, das ist nur symbolisch."

Avery legte die Hände auf ihre Oberschenkel, Handflächen nach oben und die Beine weit gespreizt.

„Das Korsett gefällt mir, Avery. Es passt perfekt."

Sie konnte nicht anders. Sie schnaubte leicht.

Lee verwirrte die Hände in ihr Haar, ihren Kopf zurücknehmend, so dass sich ihre Blicke trafen. „Was war das?"

„Naja, es ist etwas lächerlich, Lee. Es ist offensichtlich zu klein", antwortete sie. Sie wünschte, sie hätte die Worte etwas achtsamer gewählt, denn sein Gesicht verdunkelte sich.

„Du hast mir nicht gesagt, dass sie eine Göre ist." Lees Freund starrte auf sie herab, Missbilligung in sein schönes Gesicht geschrieben.

„Das liegt daran, dass ich nicht wusste, dass sie eine ist."

Göre. *Verdammt.* Das hatte sie nicht gewollt. Sie hatte selbstkritisch sein wollen. „Es tut mir leid. Ich wollte gerad nur erklären, dass ich ein bisschen zu fett für dieses Korsett bin."

Eve seufzte, ohne sich überhaupt bewegt zu haben.

„Hast du dich gerade fett genannt?", fragte Liam, der Kiefer klappte ihm halbwegs runter.

Sie geriet immer mehr in Schwierigkeiten. „Ich war nur realistisch. Sag mir, dass du das nie gedacht hast."

„Ich hab' es gerad nicht gedacht und will es auch nicht von dir hören. Ich hab' dieses Korsett gekauft, weil ich mit meiner wunderschönen Sub angeben wollte, und du benimmst dich wie eine Göre vor meinen Freunden. Ich hab' dir gesagt, dass dein Verhalten auf mich zurückfällt. Es ist eine meiner Aufgaben dafür zu sorgen, dass du verstehst, dass du schön und begehrenswert bist, während du soeben einen anderen Dom wissen lässt, dass ich meinen Job nicht gemacht habe. Nimm meine Hand und steh auf."

„Es tut mir leid."

„Ich verlange keine Entschuldigung. Ich verlange Gehorsam oder du bist mit deinem Sicherheitswort raus."

Erniedrigung schoss ihr durch den Körper. Sie hatte nur versucht witzig zu sein.

Nein. Nein, hatte sie nicht. Sie hatte gedacht, sie könne sich distanzieren, indem sie sich fett nannte. Das tat sie schon seit Jahren. Sie behauptete lustig oder realistisch zu sein, obwohl es in Wirklichkeit wahren Mut erforderte, die Schönheit ihres eigenen Körpers zu erkennen, denn so viele Menschen erkannten sie nicht. So viele Menschen warteten nur darauf, sie in der Luft zu zerreißen, doch hieß das, dass sie es zuerst tun musste – oder sollte sie doch für sich selbst einstehen? Vielleicht sah niemand, wie schön sie war, bis sie es selbst endlich glaubte.

„Es tut mir leid", sagte sie diesmal mit mehr Selbstvertrauen.

Lee hörte nicht zu. „Ich hab' dir gesagt, dass ich deine Entschuldigung nicht brauche."

„Ich habe mich nicht bei dir entschuldigt. Ich habe mich bei mir entschuldigt."

Er hielt inne, seine Augen wurden weicher. Dann ließ er sich auf die Knie nieder. „Bist du ehrlich, Liebes?"

Sie nickte. Eve hatte versucht es ihr zu sagen. Sie hatte jahrelang im Bett gelegen und sie hatte sich jeden Tag aufs Neue geschworen, dass sie wieder gehen würde. Sie hatte geglaubt, doch jetzt gestattete sie sich nicht mehr die gleiche Liebenswürdigkeit, die sie ihren Beinen entgegengebracht hatte. Es war unmöglich, dass sie sich als schön empfand, wenn sie nicht selbst dran glaubte, und dieser Mann gab ihr die Chance, diese Kraft zu finden. „Ja, das bin ich. Und ich bin jetzt bereit aufzustehen. Ich werd' mein Sicherheitswort nicht sagen, Lee. Ich möchte hier sein. Ich brauche es unbeding,t hier zu sein."

„Ich brauche das auch", schwor Liam. „Avery, egal, was die Leute denken, ich finde dich reizend und du siehst umwerfend heiß aus heut Abend. Es ist nicht zu eng. Es ist perfekt, und wenn wir in diesem oder irgendeinem anderen Club sind, trägst du, was ich möchte, dass du trägst, und begreifst, dass ich es ausgesucht habe, weil ich dich darin sehen möchte. Machst du dir Sorgen darüber, was die anderen Leute denken?"

„Ja, aber ich versuche es nicht zu tun, denn die Wahrheit ist, dass du der Einzige bist, der zählt. Du bist derjenige, dem ich gefallen möchte, deshalb sind mir alle anderen egal."

„Danke, meine Liebe. Das ist es, was ich will." Er lehnte sich vor und streichelte ihre Lippen mit seinen.

„Also müssen wir das mit dem Lustspiel nicht machen?" Vielleicht hatte sie sich aus der Sache rausreden können.

Liam schüttelte den Kopf. „Oh, nein, das machen wir auf jeden Fall. Wir wollten den Abend eigentlich damit beginnen, der Session meiner Freunde zuzusehen, doch jetzt denke ich, dass sich das Blatt gewendet hat. Alex, kannst du uns einen Bock besorgen?"

Sie biss sich auf die Unterlippe. Sie hatte über Böcke fürs Spanking gelesen. Sie hatte sie im Internet nachgeschlagen. Offenbar machte sie sich schon sehr bald mit einem vertraut.

„Ich bin sicher, dass ich das hinkriege", antwortete Alex. „Ihr könnt den Raum nutzen, den ich für Eve und mich reserviert habe."

Eve drehte leicht den Kopf, ihre Lippen verzogen sich zu einem kleinen Lächeln. *Siehst du*, formten ihre Lippen.

„Na, komm." Lee stand auf und streckte seine Hand aus.

Sie nahm sie diesmal an. Sie war aus einem bestimmten Grund hergekommen, und zwar nicht, um sich selbst niederzumachen. In den Tagen, die sie mit Lee verbrachte hatte, war sie so viel selbstbewusster geworden. Warum hatte sie es gerade so dermaßen versaut? Sie kleidete sich besser, fühlte sich sexy und lebendig. Warum war sie nur wieder ins alte Muster zurückgefallen?

Wegen dieses Anrufs. Weil sie noch immer so viel vor ihm geheim hielt. Sie hatte ihm von Madison erzählt, doch sie hatte die Bilder nicht herausgeholt, ihm ihr Baby nicht lebendig erscheinen lassen. Sie hielt stets Abstand.

„Was ist los?", fragte Liam.

Sie setzte ein sonniges Lächeln auf. Babyschritte. Sie ginge Babyschritte und betete, irgendwann an ihr Ziel zu gelangen. „Nichts. Es geht mir gut. Naja, es wird mir gutgehen, obwohl ich ahne, dass mein Hintern ein bisschen rot sein wird."

„Ich denke, ein schönes Pink ist diesmal ausreichend." Er biss die Kiefer zusammen. „Bist du sicher, dass du mir nicht irgendwas verheimlichst?"

So vieles, doch nichts, was sie sich sicher fühlte zu teilen. Sie wollte ihn so sehr. Sie konnte sich nicht vorstellen, ihn gehen zu lassen. Sie wusste, dass er nicht für immer bliebe, doch nur noch ein klein bisschen länger. „Nein. Es ist gut, Lee."

Er nahm ihre Hand, der angespannte Gesichtsausdruck war jedoch nicht verschwunden. Vielleicht war es nur sein Dom-Ausdruck.

Sie lief umher, alles aufnehmend. Obwohl dieser Ort einem wilden Garten glich, war er sauber und ordentlich. Blumen gediehen an Schlingpflanzen, die sich um eine Spielzone rankten. Eine Frau war an ein Andreaskreuz gefesselt, ihr kurviges Hinterteil voll zur Schau gestellt, während ein riesiger, in Leder gekleideter Mann eine Peitsche schwang. Avery blieb stehen und starrte und zuckte leicht zusammen, als die Peitsche durch die Luft knallte.

„Es klingt schlimmer, als es ist", sagte Lee, umschloss mit dem Arm ihre Taille und zog sie nah zu sich heran. Er sprach ihr direkt ins Ohr, ihr ein unmittelbares Gefühl von Intimität vermittelnd. Wenngleich sie von anderen umgeben waren, fühlte es sich an, als wären sie allein, die Session vor ihnen nur für sie beide stattfände. So fühlte sie sich, wenn er seine Arme um sie legte – beschützt und vergöttert. „Achte auf den Rücken der Sub. Schau dir das Abfallen ihrer Schultern an. Sie spielen schon eine Weile. Sie befindet sich bereits in ihrem Subspace."

Die Sub hielt ihren Kopf vornüber gesenkt, als ob der Wille oder der Sinn dafür fehlte, ihn aufrecht zu halten, allerdings nichts an ihrer Körpersprache verriet etwas von Schmerz oder Schwäche. Lust. Sie erzitterte mit jedem Mal, als die Peitsche auf ihr Fleisch traf.

„Wie kann das nicht wehtun?"

„Weil Damon ein erfahrener Top ist. Er trainiert seit Jahren mit einer Peitsche, wette ich. Was du hörst, ist das Knallen der Peitsche, doch der Schmerzgrad hängt davon ab, wo und wie hart er zuschlägt. Sieh dir die dünnen Linien auf ihrem Rücken an. Sie sind rosa, nicht rot, und sie bilden keine Striemen. Doch das heißt nicht, dass du nicht auch auf Subs treffen wirst, die Striemen wollen, die ein höheres Maß an Schmerzen brauchen."

Es war so verwirrend für sie. „Mir fällt der Gedanke schwer, jemanden zu verletzen, der einem wichtig ist."

„Manche Menschen joggen und lieben das Training, da sie süchtig nach den Endorphinen werden. Andere stoßen die gleichen Endorphine aus, wenn sie ihre Körper hochstemmen."

„Doch mit Bewegung kriegt der Körper etwas, das er braucht", argumentierte Avery.

„Und für einige dieser Menschen gilt, dass sie bekommen, was ihre Seele braucht. Ich bin überrascht, dass du so voreingenommen bist." Er zog sie weg, sie nach hinten führend. Ein Stirnrunzeln legte sich auf sein Gesicht.

Sie schien sehr gut darin zu sein, ihn heute Abend zu enttäuschen. „Ich versuche nur zu verstehen. Ich weiß, wir haben die ganze Woche darüber gesprochen, es jedoch vor meinen eigenen Augen zu sehen, ist etwas anderes."

Er drehte sie mit Gewalt erneut der Szene zu. „Schau genau hin. Sieh über all deine schönen Vorstellungen hinweg, wie wir in einer perfekten Welt miteinander umgehen sollten, und sag mir, was du siehst."

Sie sah, wie ein Mann eine Frau auspeitschte. Das war es, was sie sah, doch sie war es Lee schuldig, wenigstens so zu tun, als ob sie näher hinsah. Die Szene neigte sich dem Ende. Der Dom legte seine Peitsche zur Seite und schritt zum Andreaskreuz rüber, mit den Händen bearbeitete er die Fesseln, mit denen die Sub festgebunden war. Sie drehte ihr Gesicht nach oben, und statt der Erleichterung, die Avery zu sehen erwartete, schenkte die Sub ihrem Dom ein kleines Lächeln und ein Augenzwinkern und ließ sich in seine Arme sinken, als ob sie all ihre Kraft verloren hätte.

Das war jedoch nicht unbedingt schlecht, begriff sie. Manchmal musste ein Mensch seine ganze Kraft aufbringen, um an einen Ort zu gelangen, an dem er umsorgt wurde. Die Sub schmiegte sich an die Brust des Doms, ihre Zuneigung zu ihm so deutlich, dass Avery die Tränen in die Augen stiegen.

Sie war voreingenommen. Wer war sie, dass sie meinte einer Frau zu sagen, wie sie zu lieben hatte? Wie sie zu dem käme, was sie brauchte? Vielleicht gab es für eine Frau so viele verschiedene

Möglichkeiten zu lieben, wie es Frauen gab, die auf Erden wandelten.

„Was siehst du, Avery?", fragte Liam.

„Ich sehe eine Frau, die das kriegt, was sie braucht, und einen Mann, der glücklich darüber zu sein scheint, es ihr zu geben."

„Genau", antwortete Liam, mit deutlicher Erleichterung in der Stimme. „Wenn du das nicht brauchst, dann sag es mir jetzt, denn ich werde kein verdammter Sadist sein, der dich missbraucht."

Sie war sich nicht sicher, ob sie das Spanking brauchte. Lee hatte ihr beim Sex einige Male auf den Hintern gehauen und sie hatte kein Problem damit gehabt. Es hatte nichts anderes mit ihr getan, als sie heißer und bereitwilliger zu machen, doch dies hier war anders. Sie war noch nicht erregt. Sie war befremdet und ein wenig verängstigt.

Doch was hatte er ihr gegeben? Er hatte sie die ganze Woche „getoppt". Er hatte sie gezwungen, langsamer zu machen und intim zu sein. Diese Intimität hatte dazu geführt, dass sie anfing sich selbst in einem anderen Licht zu betrachten, sich Anerkennung zu zollen wie noch nie zuvor. Er hatte ihr mehr Vergnügen bereitet, als sie sich je hätte vorstellen können, und sie konnte diesen Teil ihres Lebens nicht mehr ignorieren. Er war wichtig und unerlässlich für sie und sie hätte ihn nie gefunden, wenn Lee ihr nicht feste Grenzen gesetzt hätte, was akzeptabel war und was nicht. Er hatte ihre Lust zu einem unerlässlichen Akt gemacht, um die seine zu finden, und sie dadurch gezwungen, sich wertzuschätzen, was sie bis dahin nicht geschafft hatte.

Wie konnte sie in der Hingebung Macht finden? Es schien ein Widerspruch in sich zu sein, doch sie fand sich selbst, indem sie in bestimmten Bereichen die Macht abgab.

„Ich will es versuchen." Sie wollte es erforschen und sehen, wie weit sie gehen konnte, und er führte sie durch diese neue Welt.

„Warum?" Das Wort kam leicht erstickt aus seinem Mund.

Warum? Es war sowohl schwer als auch leicht. Leicht, weil ihr eine äußerst logische Begründung einfiel, die jedoch gelogen war. Doch eine sichere Sache, die sie sagen könne. „Weil ich mich amüsiere."

Was für eine Lüge, und sie war so ein Feigling. Die richtige

Antwort wäre gewesen, dass sie in ihn verliebt war, dass er eine Avery aus ihr gemacht hatte, die sie wirklich sein wollte. Sie mochte sich, wenn sie in seiner Nähe war. Sie fühlte sich mächtig und stark, solange sie nicht ihrer Unsicherheit unterlag. Sie war verrückt nach ihm.

Doch sie sprach es nicht aus, weil sie eine Todesangst vor dem Schweigen hatte, das wohl auf diese besondere Erklärung folgte.

„Du amüsierst dich? Ich schätze, damit hätte ich rechnen müssen. Nun, ich bin froh, das zu hören." Er klang nicht erfreut. Er klang leicht verärgert.

„Was habe ich falsch gemacht?"

Sein Gesicht wurde heiterer. Er sah auf sie herab hinter einer höflichen, leeren Fassade, die sie so hasste. Ihr war es lieber, er schrie sie an, anstatt sie anzustarren, als wäre sie eine Fremde und als sei nichts zwischen ihnen geschehen. „Nichts, Baby. Gar nichts. Na, los. Lass uns die lustvolle Qual des Abends hinter uns bringen, um was zu tun, das dir Spaß macht."

Sie folgte ihm und fragte sich fortwährend, was genau sie gesagt hatte, das ihn zu diesem Gesichtsausdruck veranlasst hatte.

Zehn Minuten später schluckte sie, als sie den Bock betrachtete, auf den Alex hingewiesen hatte. Es war ein seltsam geformtes Teil bestehend aus einem langen Mittelstück, das zum Kopf hin abfiel, und vier kleineren Arm- und Beinpolstern.

„Ich erlaube dir diesmal, deine Kleidung zu tragen. Du kannst sowohl das Korsett als auch den String anbehalten. Ich werd' mich drumherum bewegen", sagte Lee und klang dabei besonders großmütig.

Ihr Hintern hinge in der Luft und das klitzekleine Stück Arschseide an ihrem Hintern bedeckte sie keinen Zentimeter. Ihre großen alten Arschbacken wären für alle Welt sichtbar.

Sie blickte hinüber und sah Alex leicht Grinsen. Was hatte das zu bedeuten?

„Ja, Liebes, er ist ganz aufgeregt zuzusehen, wie dein Hintern versohlt wird, weil es bedeutet, dass er einen Blick auf dieses köstliche Hinterteil werfen kann. Er freut sich so darauf, dass ich überlege ihm die Augen auszureißen." Lee starrte seinen Freund auf eine Art an, die Avery in die Flucht geschlagen hätte, Alex hingegen zuckte nur mit den Schultern und ließ seine Hand auf Eves Haar liegen. Die Sub hatte wieder ihre hingebungsvolle Position eingenommen, jedoch erst, nachdem Alex sie daran erinnert hatte. In dem Moment, als sie an ihrem Ziel ankamen, hatte Alex eine Hand ausgestreckt, als wäre das ihr Signal. Sie hatte ihn ebenfalls angestarrt, so dass es nicht allzu überraschte, als Lees Blick ins Leere lief. Alex schien, als tangierte es ihn alles gar nicht.

Alex glaubte, er würde es genießen sich ihr Hinterteil anzusehen? Sie hätte gern nachgefragt, doch sie kam zu dem Schluss, dass es Lee vermutlich verärgert hätte. Er hatte es nicht gemocht, dass sie schlecht über sich sprach. Das war es, was sie überhaupt erst in diese Lage gebracht hatte.

Er tat dies für sie, wurde ihr plötzlich klar. Sie hatte ihre eigene Begehrtheit in Frage gestellt, und nun stellte er sie zur Schau, nicht weil er stolz darauf war, sondern damit sie Stolz darüber empfände.

Die ganze Unsicherheit fiel von ihr ab und sie sah zu dem Mann auf, der entschlossen schien, ihr alles zu geben. „Hilfst du mir auf den Bock zu kommen? Ich möchte nicht fallen."

Ein Lächeln erhellte sein Gesicht. Das gefiel ihm. Ihr zu helfen gefiel ihm. Im Laufe ihrer gemeinsamen Zeit hatte er es zur Gewohnheit werden lassen, dass sie nach seiner helfenden Hand griff. Er streckte ihr eine Hand entgegen, sich gestattend, ihr als Balance zu dienen, während sie sich auf den Bock herabließ. Er war dick gepolstert, doch das Korsett verband ihre Brüste, die Bank hingegen schien dazu bestimmt, sie zu teilen, um ihr höchstmöglichen Komfort zu gestatten.

Das Korsett anzubehalten brächte sie in ein prekäres Gleichgewicht. Sie versuchte es, doch es fühlte sich an wie ein Ballon, der versuchte auf einem Zahnstocher zu balancieren. *So ein Mist.* Er hatte gesagt, er erlaubte ihr, ihre Kleider anzubehalten, jedoch nicht, dass er es verlangte. Er zwang sie dazu, sich zu entscheiden. Für Sicherheit und Komfort oder ihre eigene Unsicherheit.

„Stimmt etwas nicht?", fragte Lee, seine Stimme hob sich in Erwartung.

Sie runzelte die Stirn. Er wusste genau, was los war, der Bastard. Er hatte ihr eine Woche dabei geholfen, ihr beizubringen, wie sie losließ, um die Lust in vollen Zügen genießen zu können, und jetzt stellte er sie auf die Probe. Welche Seite wohl gewänne, fragte er sich wohl. Diejenige, die Angst davor hatte, ihren Körper vor ein paar Leuten zur Schau zu stellen, die tatsächlich keine Rolle spielten, oder der sexy Part, der sein Vergnügen haben und ihrem Herrn gefallen wollte? Wenn sie das Korsett anbehielte, mochte sie vielleicht ihren Stolz retten, doch sie ertrüge das Erlebnis genau so lange, bis sie endlich wieder aufstehen könne. Oder sie täte genau das, wozu sie hergekommen war. Sie könnte erkunden und herausfinden, wo sie hingehörte.

Sie schaffte es sich wieder aufzusetzen, wohl wissend, dass alle auf sie warteten. „Mein Herr, darf ich bitte das Korsett ablegen? Ich kann mich nicht auf das Gefühl konzentrieren, wenn ich mich um mein Gleichgewicht sorgen muss."

Er starrte auf sie hinab, eine Augenbraue in die Höhe gezogen. „Deine Brust wird dann hängen, ist dir das bewusst?"

Sie hatte große Brüste, die wie Pendel seitlich der Bank hinunterhingen. Sie wären nicht keck und zierlich, doch hätte er keck und zierlich gewollt, dann wäre er nicht hier bei ihr. Bräuchte er kleine, schöne Brüste, um heiß zu werden, wäre er nicht auf die Idee gekommen, sie aufzufordern seine Sub zu werden. Er mochte ihre Brüste. Er berührte sie die ganze Zeit. Er konnte es offensichtlich kaum erwarten, sie in den Mund zu kriegen. Das war es, an das sie denken musste, und nicht darüber, was andere sehen könnten. „Ich denke, es wird dir gefallen zu sehen, wie sie sich hin und her bewegen, mein Herr."

Ein strahlendes Lächeln erhellte sein Gesicht, den unnahbaren Dom vertreibend und den Mann zurückbringend, der sich nachts eng an sie anschmiegte. „Die Frau lernt. Komm und lass mich dir das abnehmen."

Seine Hände machten einen kurzen Prozess mit dem Korsett, viel geschwinder, als Eve an Zeit gebraucht hatte, um ihr das Korsett anzulegen. Ihre Brüste konnten sich frei bewegen und sie konnte wieder atmen. Und sie stand da, mehr als halbnackt vor einer Menschenmenge. Liam übergab Alex das Korsett und Avery sah sich im Raum um. Sie schienen allein gewesen zu sein, doch jetzt standen mindestens zwanzig Leute herum, bereit, die Szene zu beobachten, unter ihnen auch Lees großer blonder Freund, Ian. Er schaute auf ihre Brüste und sah nicht so aus, als müsste er sich gleich übergeben. „Woher kommen die denn alle?"

„Hey, es spricht sich herum, wenn sich eine heiße Session anbahnt. Es lockt die Leute hinterm Ofen vor", erklärte Lee. „Ich glaube, sie werden diese spezielle Session 'heiße kleine Jungfrau kriegt den Hintern voll und mehr' nennen."

„Ich bin keine Jungfrau mehr, Lee", korrigierte sie.

„Wie wenig du doch weißt, Baby. Deine Muschi ist nicht der einzige Ort für einen Schwanz. Oder willst du mir sagen, du hattest Analsex?"

Sie schüttelte den Kopf. Sie hätte wissen müssen, dass das käme. Seine Finger hatten sich schon vorher dorthin verirrt, hatten über ihr Poloch gestrichen und leicht hineingedrückt. Es war eine dunkle, verbotene Empfindung gewesen. „Nein, hatte ich noch nicht."

„Ich werde danach verlangen, Avery. Dein Arsch wird mir gehören. Ich werd' dich auf jede erdenkliche Art ficken und glaub' nicht, dass es dir nicht gefällt. Jeder Zentimeter deines Körpers wird mir gehören." Seine Finger kamen hervor, zeichneten die Linie ihres Brustbeins nach. „Ich kann dich auf viele angenehme Weisen lustvoll foltern. Vertrau mir, Avery. Lass mich dich vorführen. Lass mich ihnen zeigen, wie heiß meine Sub ist."

Sie stand in einem Raum voller Fremder und es spielte keine Rolle, denn alles, was zählte, war die Lust, die sie gemeinsam fänden. Vielleicht machte er das auch für sich. Vielleicht machte ihn der Gedanke heiß mit ihr zu posen. „Ja, mein Herr."

„Das ist es, was ich hören will." Er half ihr wieder herunter. Diesmal entspannte sie sich auf dem Bock, das Leder fühlte sich weich an auf ihrer Haut. Es war kein glänzendes Leder. Es war butterweich und bequem, so viel schöner als zuvor. So hätte es die ganze Zeit sein sollen.

„Das brauchst du jetzt nicht mehr", sagte Lee, seine Finger tauchten in ihr Höschen ein und zogen es straff.

Sie keuchte etwas, als er es abstreifte. Sie drehte sich um und sah, dass er es durchtrennt hatte. Er reichte das kleine Messer an Alex zurück, der offenbar als sein Folterassistent diente. Ihren

Tanga warf Lee zur Seite. Den bekäme sie nicht zurück. Sie war nackt und stand auf der Bühne, und ein kleiner Teil von ihr wurde weich und nass und warm. Niemand rannte schreiend weg. Niemand lachte. Sie spürte eine warme Wertschätzung, als ob sie von Menschen umgeben wäre, die sie nicht verurteilten, sie nicht zur Seite stießen, weil sie nicht perfekt war.

Sie hielt ihm auch die andere Arschbacke wieder hin, legte sich über den Bock und sah sich um. Von Lees Freunden abgesehen, waren sie eine ziemlich gemischte Gruppe. Einige waren dicker, andere von bescheidener Erscheinung. Ein älteres Paar, der Mann kahlköpfig, mit eher einer Wampe von Bauch, Händchen haltend mit seiner grauhaarigen Sub. Beide zu ihr herüber lächelnd, Anerkennung in ihren Gesichtern.

Hier ging es nicht um Perfektion. Hier ging es um Akzeptanz. Diese Menschen akzeptierten einander, und das machte es scheinbar müheloser sie zu akzeptieren.

Ein Gefühl des Friedens überkam sie. Was immer geschah, es wäre alles gut, denn er war hier, bei ihr.

„Wie lautet dein Sicherheitswort, Avery?", fragte Lee. Er sah zu ihr hinunter, doch sie konnte den Blick nicht ablassen von der enormen Erektion, die er stolz vor sich hertrug. Sie spannte seine Lederhose derart, dass sie ihre Aufmerksamkeit von allem anderen abzulenken schien. Er gluckste. „Yeah, den hab ich, seit ich realisiert hab', dass ich dir endlich gleich den Hintern versohlen werde, Baby. Den vernachlässigst du erst einmal. Er kommt später ins Spiel. Jetzt antworte auf die Frage. Wie lautet dein Sicherheitswort?"

Ein Sicherheitswort, hatte sie gelernt, war ein Wort, das, sobald von einer Sub geäußert, alle Aktionen stoppte. Was auch immer der Dom gerade machte, war das Sicherheitswort einmal ausgesprochen, hielt er inne und kam der Sub zu Hilfe. „Telefon."

„Gut." Er hielt ein Stück Seil in der Hand. „Ich binde dich jetzt fest, doch kann dich in zehn Sekunden losbinden, wenn es dich stört."

Sie war nicht beunruhigt. Er hatte in der vorherigen Nacht mit Seilen herumgespielt, sie leicht ans Bett gefesselt, bevor er seinen Mund auf ihre Muschi gelegt und sie zum Schreien gebracht hatte.

Er fackelte nicht lange ihre Hände und Füße am Bock festzubinden. Sie konnte mit den Gliedmaßen wackeln, doch sie konnte nicht entkommen. Sie war völlig hilflos. Er konnte mit ihr machen, was er wollte.

Sie sollte Angst haben, doch das Einzige, an das sie denken konnte, waren seine schmutzigen Gedanken und sie konnte kaum abwarten zu sehen, was er tat.

„Es wird bis dreißig gezählt, wenn du schlecht über dich selbst sprichst", sagte Lee.

Sie hörte, wie ein Raunen der Missbilligung durch die Menge ging. Ja, das waren keine Leute, die zuhören wollten, wie sie sich über ihre Cellulite beklagte. Sie müsste sich schon besseren Gesprächsstoff einfallen lassen.

Und dann schrie sie beinahe los, als seine Hand auf ihre Arschbacken traf, denn es war kein kleiner Klaps, wie sie ihn zuvor schon bekommen hatte. Feuer flammte auf ihrer Haut, dieser Schlag war ernst gemeint.

„Das ist der erste, Baby", sagte Lee, mit der Hand hielt er die Hitze auf ihrem Hinterteil. „Und das der zweite."

Sie keuchte, die Luft drohte ihr auszugehen, als er erneut zuschlug. Der Schmerz heulte durch ihren Körper, doch er war verrückt, wenn er dachte, dass sie wegen dieser Schmerzen nachgab. Sie war kein Leichtgewicht, wenn es darum ging. Zehn Jahre, siebzehn Operationen, jede einzelne schmerzhafter als die zuvor, und jedes dieser schrecklichen Vorkommnisse hatte zu einem geführt.

Gehen. Leben. Überleben.

Und am Ende dieser Operationen hatte es noch nicht mal einen Mega-Orgasmus mit dem heißesten Mann der Welt gegeben. Sie fühlte, wie ein Lächeln ihr Gesicht kreuzte. Ja, sie konnte mit ihm fertig werden.

Der Dritte kam wie ein Donnerschlag, doch sie fühlte sich jetzt selbstsicherer. Ihre Haut sang vor starkem Schmerz und einer seltsamen Hitze, die sich langsam aufstaute. Sicher, mancher Schmerz kam einer Peinigung gleich, doch einige Schmerzen, oh, einige Schmerzen erinnerten sie daran, dass sie lebte.

Einige der Schmerzen lösten sie von sich los. Der ganze

Kummer des Tages glitt von ihr ab. Sie musste sich hier keinen Kopf machen, was mit ihren Schwiegereltern geschehen war. Es war egal. Hier lebte sie im Augenblick und sie brauchte sich weder um die Vergangenheit noch um die Zukunft sorgen. Sie war im Hier und Jetzt, und jetzt ging es nur um Gefühle. Tränen traten ihr aus den Augen, doch sie fühlten sich reinigend an.

Als er bis fünfzehn gezählt hätte, war sie sich sicher, etwas Wunderbares gefunden zu haben. Ihr Hinterteil brannte, Lee achtete jedoch darauf, sie nie zu oft an der gleichen Stelle zu treffen. Er feuerte ihr ein Spanking auf den Hintern, die Hitze über ihre ganze Haut verteilt.

Sie konzentrierte sich auf die Empfindung. Feuer und Hitze durchtränkten ihr Fleisch, sanken tief ein und dehnten sich wieder aus. Es ging von der Stelle aus, die er traf, und schien ihren ganzen Körper aufleuchten zu lassen, alle möglichen Signale aussendend. Ihre Muschi war feucht und weich. Ihre Zehen zogen sich zusammen. Ihre Brustwarzen waren steif und sehnten sich danach, dass sie jemand berührte. Ihr Mund wurde weich, bereit für Stimulation. Sie fühlte jeden Schlag vom Kopf bis zu den Zehen, ein sinnlicher Tanz, der mit schockierendem Schmerz begann und sich in Lust, Erregung und Frieden verformte.

Lee kniete plötzlich vor ihr. „Avery, geht es dir gut? Ich habe dir eine Frage gestellt, und du hast nicht geantwortet. War es zu doll? Bist du verletzt? Du weinst ja. Du musst dein Sicherheitswort sagen."

Er hatte die Augen zusammengekniffen, Besorgnis auf seinem schönen Gesicht. Er wischte eine Träne weg.

Sie runzelte die Stirn in seine Richtung. Warum hatte er aufgehört? Sie hatte sich an einem schönen Ort befunden. „Ich möchte mein Sicherheitswort nicht sagen. Ist es schon vorbei? Ich hab' keine dreißig gezählt. Das waren kaum neunzehn."

„Die kleine Göre mag ihr Spanking." Er brummte die Worte hervor, sein Anblick voller Erleichterung. Seine Finger tauchten auf und streiften ihre Brustwarzen. „Fuck, Avery. Du magst es sehr, nicht wahr? Wie feucht ist deine Muschi?"

Er wartete nicht auf eine Antwort. Er stand auf und schlug ihr wieder auf den Arsch, bevor seine Finger zwischen ihren Beinen verschwanden. Es war überraschend, verlockend. Sie war plötzlich dankbar für die Seile, sonst wäre sie vielleicht von der Bank gefallen. Ihre Muschi war nicht nur feucht. Sie war scharf und zu allem bereit. Schon eine kleine Berührung ließ sie erzittern, steigerte ihr Verlangen.

„Du bist so feucht, Baby." Eine Hand steckte zwischen ihren Beinen, wo seine Finger an ihrer Muschi entlangglitten, während er mit der anderen genau dort auf ihren Arsch klatschte, wo ihre Oberschenkel auf ihren Hintern trafen. Avery wand sich, die gepaarte Empfindung holte sie aus diesem friedlichen, beinahe schwebenden Ort weg. Es brachte sie an einen Ort, an dem sie so viel mehr wollte. „Diese Muschi ist so verdammt feucht. Diese Pussy fleht mich einfach an."

Ein weiterer Schlag und sie fühlte, wie ein Finger hineinrutschte. Es war nicht das, was sie wirklich wollte. Sie wollte seinen Schwanz, doch sie würde nehmen, was sie kriegen konnte. Oh, sie wollte auf diesem Finger reiten, doch er hielt sie gefesselt und die Art, wie die Bank schräg stand, machte es beinahe unmöglich, ihre Hüften zu bewegen.

Klatsch. Sein dicker Finger befand sich genau zwischen ihren Vaginalwänden, sie verlockend, sie neckend. „Oh, gefallen meiner görenhaften kleinen Sub ihre Fesseln nicht mehr? Sag mir sofort, was du jetzt tun willst. Ich sehe, wie du da wackelst." *Klatsch.*

Jetzt hätte sie ihn gern geschlagen, denn er machte sie verrückt. Jeder Nerv in ihrem Körper war jetzt auf diesen Finger konzentriert, der in ihrer Muschi saß, dass er sich bewegte.

Klatsch. Klatsch. Zwei harte ließen sie aufschreien. „Sag es mir. Was würdest du tun, wenn du nicht gefesselt wärst? Wenn du es mir nicht sagst, höre ich sofort auf mit dem, was ich gerad' mit deiner Muschi tu'."

Sie dachte daran, ihm sehr höflich zu sagen, dass sie wohl versuchte sich selbst zu einem schönen Orgasmus zu verhelfen, indem sie seinen Finger als sexuelles Hilfsmittel benutzte. Und das brächte sie in große Schwierigkeiten. Lee mochte es, wenn sie schmutzig sprach, und irgendwie, wenn sie mit ihm zusammen war, schienen selbst die schmutzigsten Dinge nach Fürsorge zu klingen. „Ich möchte deinen Finger ficken, mein Herr. Ich will es so sehr.

Bitte, ich brauche mehr."

Noch ein Schlag, dieser weicher. „Das ist mein Mädchen."
Seine Stimme war reinste Zartbitterschokolade und voller
Zustimmung. Und sein Finger versank tiefer. „Gute Mädchen
werden gefickt, Baby. Mädchen, die mutig genug sind zu sagen, was
sie wollen, kriegen es."

Seine Schläge hielten an, doch ihre ganze Konzentration war
auf ihre Muschi gerichtet, als sich ein zweiter Finger mit dem ersten
verband. Doch das war stets zu wenig. Sie waren zusammen nicht
annähernd so dick und hart wie sein Schwanz, doch sie würde sie
nehmen. Sie wand sich, so sehr sie konnte, und versuchte, sie weiter
rein zu bewegen. Sein Daumen glitt hinab und begann in großen
Bögen langsam, quälend, schön um ihre Klitoris zu kreisen.
Schmerz und Lust vereinigten sich zu einer vollen, harmonischen
Symphonie. Es dauerte nicht lange, bis jede Zelle ihres Körpers um
den Höhepunkt rang. Alles, was zählte, war dorthin zu gelangen.

„Dreißig", sagte Lee, seine Stimme tief. „Deine Züchtigung ist
vorbei, doch glaub' ja nicht, dass ich mit dir fertig bin."

Es schien jedoch, als sei er fertig. Er nahm die Finger aus ihrer
Muschi. Sie hörte ihr eigenes leises Stöhnen über diesen Verlust. Sie
war dem so, so nah gewesen. Das war tatsächlich eine Peinigung der
schlimmsten Art.

Lee kniete sich hin und begann sie loszubinden. Seine Hände
arbeiteten sich schnell vor, beinahe an den Fesseln reißend. „Sei
nicht so überrascht, Avery. Ich sagte dir, ich bin noch nicht fertig.
Ich möchte es einfach nicht hier tun. Eines Tages können wir so
lange in der Öffentlichkeit ficken, wie du willst, doch ich fühle mich
noch nicht wohl dabei. Ich will dich ganz für mich allein."

Ihr Hintern war wund, als er sie von der Bank zog, doch sie ließ
ihre Arme nach oben treiben, sich an ihm festhaltend. Sie kuschelte
sich eng an ihn. Es war ihr egal, ob ihr Hintern wund war, denn ihre
Muschi bliebe nicht lange unberührt.

Und ihr Herz war vollkommen erfüllt.

Kapitel Vierzehn

Liam trat vorsichtig die Tür zum Spielzimmer auf, das morgens von ihm eingerichtet worden war. Es hatte ihm viel Zeit für die Vorbereitungen zur Verfügung gestanden, denn sie hatte ihr gemeinsames Mittagessen abgesagt. Er musste zugeben, oft daran gedacht zu haben, sie dafür lustvoll zu foltern. Die gute Nachricht war, dass sie ihm noch einen Grund geliefert hatte, ihren hinreißenden Hintern zu versohlen.

Und sie hatte noch schöner reagiert, als er es sich hätte vorstellen können. Ihre Muschi war mehr als feucht gewesen. Wäre sein Daumen auch nur ein bisschen über ihre Klitoris geglitten, sie wäre abgegangen wie eine Rakete. Er war beinahe in Versuchung geraten, es zu tun, nur um zu sehen, wie sehr er sie vor Publikum zum Orgasmus bringen könnte.

Doch er war ein gieriger Bastard, und er wollte sie ganz für sich allein haben. Es wäre schon ein bisschen lustig gewesen, sie länger zur Schau zu stellen, er wollte sie jedoch nur für sich allein, damit diese kleinen Töne, die sie von sich gab, ganz ihm gehörten.

Im Zimmer befanden sich ein Doppelbett, eine Kommode und ein Nachttisch. Er hatte das Zimmer eigens ausgestattet, um dafür zu sorgen, dass er alles hatte, was sie brauchten. Zum Bett gehörten eine schöne harte Matratze und mehrere Haken, an die eine Sub gefesselt werden konnte. Der gesamte Raum war für Bondage-Spiele bestimmt. Unterm Bett war eine Spreizstange versteckt, die

265

an ihre Knöchel befestigt wurde und sie so zu seinem Vergnügen enthüllt ließe. Er könnte sie die ganze Nacht hierbehalten und müsste sich dann vielleicht keine Sorgen darum machen, dass sie morgen zurück in die Höhle des Löwen ginge.

„Runter auf die Knie, Baby." Er hatte einiges mit ihrem Mund vor. Er schlug die Tür hinter sich zu. Sein Schwanz pulsierte in seinem Leder. So perfekt war sie, seitdem sie sich entschieden hatte, sich zu unterwerfen. Er hatte zusehen können, wie sie sich von einem schüchternen Wesen hin zu einer Frau entwickelt hatte, die ihre Befriedigung quasi verlangte und der es egal war, wer zusah oder was andere dachten.

Noch nie hatte er eine Frau so bewusst gespürt wie diese. Und er war fertig damit, sich selbst zu belügen. Er hatte noch keine so sehr gewollt, wie er Avery wollte.

Der Raum war nur mit sanftem, kerzenartigem Licht beleuchtet. Wie alles im Garden schien es so natürlich zu sein, als ob es aus den Wänden selbst schiene. Das sanfte bernsteinfarbene Licht ließ Averys Haut so warm und weich aussehen, dass er fast glaubte, er könne in ihr versinken und müsse nie wieder in die reale Welt zurückkehren. Ihr dunkles Haar fiel von ihren Schultern, leicht gelockt. Er blieb stehen und starrte sie für einen Moment an. Er hätte nie gedacht, dass er sie tatsächlich vollständig vor einer Menschenmenge hatte entkleiden können. Er hatte erwartet, dass sie sich ihrem Spanking mit Korsett bekleidet unterzöge. Er hatte ihr eine Lektion erteilen wollen und sich darauf eingestellt, sie nur leicht zu versohlen. Sie hätte es noch gespürt, doch es war unmöglich, sie härter zu versohlen, denn er wusste, dass sie ihren Subspace nicht fände, wenn sie sich im Gleichgewicht halten müsste. Doch sie hatte den Köder nicht geschluckt. Sie hatte ihn gelehrt, dass sie stärker war, als er gedacht hatte. Jetzt genoss er den Anblick ihrer Brüste. So voll und rund. Er hatte es geliebt, wie ihre Titten bei jedem Schlag auf den Arsch gehüpft waren.

Sie war sogar noch heißer, wenn sie ihm mit einem sexy Lächeln im Gesicht eine Hand entgegenstreckte, um in die Knie zu gehen.

Er war ein Bastard. Sie kämpfte noch immer mit dem Gleichgewicht und er drängte sie quasi zu Boden und zwang sie, seinen Schwanz zu nehmen.

„Hilfst du mir, mein Herr?" Sie stand wartend da. Er hatte versucht, sie so zu trainieren, dass sie auf seine Hilfe wartete. Jetzt griff sie in einer Art nach ihm, wie sie es noch nie zuvor getan hatte.

Schuldgefühle kamen auf. Er schulte sie für ein Leben, das er nicht mit ihr führen könnte. Welches Ziel verfolgte sie? Wollte sie ihn eigentlich nur für Sex oder wollte sie mehr? Könnte er ihr mehr geben? „Geht es dir wirklich gut? Ich war da draußen recht grob zu dir. Vielleicht solltest du dich ausruhen."

Selbst im gedämpften Licht konnte er sehen, wie sie errötete, doch sie ließ sich nicht unterkriegen. „Wag es ja nicht dich so zu verhalten. Ich bin nicht gebrechlich. Sei nicht zu mir, wie ich es bin. Ich kann nicht mit dir umgehen, wenn du so über mich denkst, Lee."

Sie hätte ihre Sexualität ohne ihn nicht gefunden. Er tat nichts, was ihr weh tat, und sie war nicht schwach. Sie war irre stark. Er nahm ihre Hand. „Du bist nicht gebrechlich, Avery. Nun geh auf die Knie oder du bekommst nochmal den Hintern versohlt."

Sie nahm seine Hand, offensichtlich glücklich über seine Reaktion. „Ich glaube nicht, dass das eine große Strafe ist, mein Herr. Ich mochte den Part mit dem Spanking, obwohl ich glaube, morgen wund zu sein."

Und jedes Mal, wenn sie das Wundsein spürte, erinnerte sie sich daran, wie er seine flache Hand auf ihren Hintern platziert hatte, wie er sie lustvoll gequält, sie verehrt hatte. „Es wird sich wie eine Strafe anfühlen, wenn ich dir deinen Orgasmus ein paar Dutzend Mal verweiger'. Vergiss das nicht, wenn du dein kluges Mundwerk gegen mich richtest. Ich werd' dich fesseln und dich so heiß machen, dass du es nicht mehr ertragen kannst und dann werd' ich aufhören und warten, bis du dich wieder beruhigt hast, und von vorne anfangen. Ich werd' dich darum betteln lassen."

„Das ist viel schlimmer als Spanking", gab sie zu, wobei sie lächelte, während er ihr auf die Knie half. Ihre Augen leuchteten auf, als sie sich in Position begab. „Was kann ich für dich tun, mein Herr?"

Sie starrte genau auf seine Erektion, die kleine heiße Braut. Sie wusste, was er wollte. Sie wusste, wie sehr er es wollte. Und er war in Stimmung, die Dinge ein wenig umzukehren. Er könnte es sich noch ein paar Minuten verkneifen, um ihr zu zeigen, wer hier das Sagen hatte.

Weil er sonst nirgendwo der Chef war. Er wurde langsam ihr Schoßhund, ihr folgend und dafür sorgend, dass sie in Sicherheit war. Dies war also der einzig wirkliche Ort, an dem er die Kontrolle hatte. Er hatte nicht die Absicht, sie aufzugeben.

Er gewann Abstand. „Lehn dich vor. Auf alle Viere, und die Beine schön weit spreizen."

Er liebte es, wie ihre Augen aufblitzten und ihr Mund ein süßes kleines *O* formte, bevor sie tat, was er ihr befahl, und auf Hände und Knie ging.

„Bleib so." Er ging zur Kommode. Er hatte die ganze Zeit gewusst, dass er heute Abend mit dem Training ihres Hinterns begänne. Es war keine Strafe. Es war notwendig. Er zog den kleinen Plug heraus, den er sterilisiert hatte, und das Gleitmittel, das er für sie gekauft hatte.

Er drehte sich um und war fasziniert, wie sie auf ihn wartete. Sogar ohne ihr Gesicht zu sehen, glaubte er, dass er dort einen Blick der Vorfreude fände. Es lag an der Art, wie sie ihre Wirbelsäule aufrichtete, und an der Weise, wie sie die Schultern anwinkelte. Er ging hinter ihr auf die Knie. Er konnte es nicht lassen. Er lief mit der Hand ihre Wirbelsäule entlang, die Narben dort fühlend. Die Wirbelsäule war gebrochen und zersplittert und wieder zusammengedoktert worden, schwächer als früher, doch die Frau, der sie Halt gab, war durch den Vorfall gestärkt worden. Er beugte sich vor und drückte ihr einen Kuss auf den unteren Teil ihres Rückens, dem Universum dafür dankend, was immer sie gerettet hatte.

Er legte den Plug auf ihren Rücken. „Nicht bewegen, Baby. Es wird sich etwas kühl auf deiner Haut anfühlen, doch ich verspreche, dass es sich schnell erwärmt." Er schob ihre Arschbacken auseinander und ließ das Gleitmittel direkt auf ihr Arschloch tropfen.

Sie erschauerte, bewegte sich jedoch nicht. „Tust du das, was ich denke, was du tust? Weil ich mir ziemlich sicher bin, dass du mir sagtest, das sei eine Form von lustvoller Folter, und ich habe meine Folter bereits erhalten."

„Das ist keine Folter, Baby. Das ist die Vorbereitungsarbeit."

„Was du nicht sagst", begann sie.

Er verbiss sich ein Lachen. „Ich sagte dir, dass ich dir in den Arsch ficken werde, doch erst, nachdem ich ihn vorbereitet habe. Ich werde vorsichtig sein." Er schmierte den Plug ein und platzierte ihn direkt an ihre Rosette. Sein Schwanz sprang bei dem Gedanken, sie dort zu nehmen. Sie wäre so eng. Sie schnürte ihn ein. Sie würde versuchen, ihn nicht eindringen zu lassen, doch er würde sie nehmen und dazu bringen, es zu lieben.

Avery wimmerte etwas. „Es fühlt sich seltsam an."

„Aber es tut nicht weh?"

„Nein. Weh tut es nicht. Es fühlt sich nur komisch an."

Ihr Arschloch verkrampfte sich, er spielte dennoch an dessen Rand, reizte es, dass es sich öffnete. Er fickte sie mit dem Plug in den Arsch, gewann ein paar Zentimeter und zog ihn wieder heraus, zwang sie sich zu entspannen und sich ihm zu öffnen. Immer und immer wieder schob er ihn hinein und zog ihn sanft heraus, während er zusah, wie sie Ruhe fand und nicht mehr dagegen ankämpfte. Ihre Arschbacken hatten schon fast wieder ihre normale Farbe angenommen. Nur noch ein Hauch von rosarot. Er war für ihr erstes Mal sanft genug vorgegangen. Später könnte er härter werden, um die Grenzen auszutesten, was am schnellsten funktionierte, sie in den Subspace zu befördern oder ihr Lust zu bereiten.

Was tat er da? Er dachte immer noch zukunftsweisend, und doch mochte morgen oder nächste Woche alles vorbei sein. Er konnte den Gedanken nicht ertragen, nicht derjenige zu sein, der ihr die Hand hielt, während sie diesen Lebensstil erforschte. Sie brauchte es. Sie war von Natur aus hingebungsvoll und ohne einen starken Dom könnten Männer ihren Vorteil daraus ziehen. Sie musste lernen sich zu schätzen, für sich einzustehen, auch gegen ihn. Er hatte noch nie bewusst darüber nachgedacht, doch er wünschte sich eine Partnerin, eine, an die er sich ebenfalls anlehnen konnte. Avery war diese Frau. Er fände keine andere Frau, die ihn so bewegte.

Der Plug glitt hinein, sich zwischen ihren Arschbacken vergrabend, genau wie sein Schwanz eines Tages den Weg nach Hause fände.

Avery seufzte, als er von ihren Arschbacken abließ. „Das ist gar nicht schlecht."

„Naja, es ist ein kleiner Plug. Meiner ist ein bisschen größer", gab er zu. „Doch wir arbeiten uns vor." Falls er noch hier wäre. Er beugte sich vor und küsste ihre Pobacken. Ihre Haut war so seidig und weich. „Wie fühlst du dich?"

Nun, da er sie für sich hatte, konnte er sich Zeit nehmen, in der Freude schwelgend, mit ihr zusammen zu sein. Sobald er die Tür geschlossen hatte, fühlte er einen Teil seiner Maske fallengelassen zu haben, hinter der er sich jeden Tag versteckte, und das auch in der Nähe seiner Freunde. Alex hatte Recht. Er mochte die Person irgendwie, die er war, wenn er mit ihr zusammen war, auch wenn es zeitlich begrenzt und falsch war.

„Ich fühle mich zutiefst unbefriedigt." Sie wackelte nur ein kleinwenig mit dem Hintern. Sie konnte eine so hinreißende Göre sein, wenn er sie ließe.

Er schlug ihr leicht auf den Hintern. „Ich hab' von deinem Hintern gesprochen."

„Meinem Hintern geht es gut und er ist jetzt fast ausgefüllt. Ich hatte gehofft, dass meiner Muschi eine ähnliche Behandlung widerfährt."

Jetzt noch nicht. Er kam auf die Beine, schnürte seine Lederhose auf, seinen Schwanz entfesselnd. „Das wirst du dir erarbeiten, Baby. Geh auf die Knie und sei sehr vorsichtig. Verlier den Plug nicht. Kneif die Pobacken zusammen und behalte ihn drin, während du dich um mich kümmerst."

Er half ihr auf, ein kleines Grinsen über sein Gesicht huschend, als sie zusammenzuckte und offenbar versuchte den Plug drin zu behalten. Sein Schwanz sprang bei ihrem Anblick. Sie sah urtümlich und verführerisch auf den Knien aus, seine Anweisung abwartend. Sein Schwanz war auf sie gerichtet, als wüsste das blutige Teil genau, wo es hinwollte.

„Hast du schon mal einen Schwanz gelutscht?" Er streichelte über seinen Schaft, sich zwingend langsam vorzugehen, als er seinen Schwanz eigentlich nur noch tief hineinschieben wollte. Er hätte sie mit geballter Faust in ihrem Haar so nah zu sich heranziehen können, bis er ihre Kehle spürte, doch er wartete.

„Nicht sehr lang, und selbst dann weiß ich nicht, ob ich sehr gut darin war", antwortete sie.

„Ich zeig dir, was mir gefällt. Fang an der Eichel an. Nimm noch nicht die Hände. Leck mich einfach." Er fühlte das pulsierende Gefühl eines Lusttropfens, der seine Schwanzspitze bedeckte. Er fühlte sich wie ein verdammter Teenager, nicht wie ein über Dreißigjähriger, der es auf jede erdenkliche Weise bereits getan hatte. Er bewegte sich auf sie zu, ihr seinen Schwanz hinhaltend.

Ihre Lippen öffneten sich und ihre Zungenspitze kam heraus, und ein Schaudern überkam Liam von dem Gefühl des kleinen Schmetterlings auf seiner Haut. Sein ganzer Körper verkrampfte sich.

„Gefällt es dir?", fragte Avery, ihre Stimme etwas unsicher.

„Ich liebe es." Er legte ihr eine Hand auf den Kopf. Sie brauchte die Verbindung. Er streichelte sie und fühlte, wie sie immer, immer sicherer wurde.

Sie leckte seine Eichel, rollte mit der Zunge um sie herum und spielte mit den Konturen seines Schwanzes. Sie hatte sich eingespielt und erkundete ihn nun ungeniert.

„Saug die Eichel in den Mund", wies Liam sie an.

Sie leckte sich die Lippen, bevor sie seine Eichel einsaugte. Er schauderte von dem Gefühl ihrer Zähne, die ihn ganz leicht streiften. Marter. Dies war die schönste Marterung aller Zeiten.

„Hab keine Angst. Ich bin nicht zerbrechlich. Du kannst etwas grob sein. Spiel mit ihm." Er ballte die Hand in ihrem Haar, zerrte leicht daran. Das leichte Zerren sollte nicht wehtun, sondern eine kleine schöne Empfindung auf ihrer Kopfhaut sein, die ihren Körper neben ihrem Mund mit ins Spiel brachte. Auf diese Weise spürte sie seine Hand in ihrem Haar, seinen Plug in ihrem Arsch und seinen Schwanz in ihrem Mund. Er wollte, dass sie ihn überall fühlte, sie ganz mit sich umgab.

Sie beugte sich etwas vor, sog ihn tiefer in den Mund. Jetzt glitt sie mit der Zunge in langen Zügen über seinen Schwanz, anfangs noch unbeholfen, doch mit jedem Stöhnen, das er von sich gab, an Selbstvertrauen gewinnend. Sie leckte ihn von der Schwanzspitze runter bis zur Basis und wieder zurück. Es bereitete ihm mit jedem Mal ein reines Vergnügen, trieb ihn weiter und weiter, bis an die

Grenze. Ihr ungeschulter Mund tat, was ein gut geschulter nicht konnte, ihn zu entmannen drohend. Er hatte einen Blowjob über Stunden genießen können und war nicht Gefahr gelaufen, die Kontrolle zu verlieren, doch jetzt war er kurz davor zu kommen.

Er zischte etwas und zog ihren Kopf zurück. Ihre Lippen waren geschwollen, glänzend. „Das fühlt sich so gut an, Baby. Jetzt benutz die Hände und spiel mit meinen Bällen. Ich mag es, wenn meine Eier umfasst und gerollt werden."

Sie war anfangs behutsam, eine kleine Hand, die ihn sachte umfasste. Ihre Haut war so weich, wie ihre Finger ihn umschlossen. Sie zerrte und spielte, sie in der Handfläche rollend und leicht an ihnen ziehend, bis er wieder die Kontrolle gewann. „Ich will dich schmecken, mein Herr."

Er wollte ihr alles geben. „Tu es. Saug mich aus, Avery. Du brauchst mich nicht, um dir zu sagen, was du tun sollst. Du bist perfekt."

Sie behielt eine Hand an seinen Eiern und mit der anderen nahm sie seinen Schwanz, während sie seine Eichel in den Mund sog. Sie war so viel selbstbewusster. Ihre Zunge spendete Zuneigung, während sie ihn mit der Hand rauf und runter streichelte, ihn so eng umfassend wie ihre Muschi. Er schüttelte sich leicht, als sich ihre Zungenspitze genau auf seine Schwanzspitze legte und sich hineingrub, als könne sie keine Sekunde länger warten, seinen Erguss zu schmecken und versuchte es hervorzulocken.

Derweil spielte sie mit seinen Eiern, ihre Hände und ihr Mund fanden einen Rhythmus, gegen den er sich nicht retten konnte. Seine Wirbelsäule flammte auf, seine Muskeln zitterten, während er ihren Kopf hielt.

„Nimm mich tief. Ich komme gleich und du wirst alles schlucken, was ich dir gebe. Du wirst mich runterschlucken, Mädchen." Er hörte, wie sein Akzent zu hören war, doch er konnte nicht anders. Wenn er ihr so nahe war, konnte er diesen nur schwer leugnen.

Ihr Mund öffnete sich, seinem Schwanz erlaubend tief zu versinken. Sie stöhnte, der Klang hallte seinen Schwanz entlang. Sperma wallte in seinen Eiern.

Er gab jedweden Gedanken auf, sie zu unterrichten. Alles, was zählte, war zu kommen. Er zog an ihrem Kopf, seinen Schwanz immer weiter und weiter hinein forcierend. Ihre Zunge wirbelte zunächst herum und massierte dann die Unterseite seines Schwanzes und lutschte ihn gleichzeitig, wobei ihr Mund darum kämpfte, ihn drin zu halten.

Er fühlte, wie seine Eichel die weiche Rückseite ihrer Kehle berührte, und er war fertig. Der Orgasmus knisterte an seiner Wirbelsäule entlang, sein Schwanz gab von Welle zu Welle des Ergusses nach.

Sie nahm alles, leckte seinen Schwanz noch lange, nachdem er fertig war, ein Gefühl von süßem Frieden schenkend. Seine Hand gab in ihrem Haar nach.

„Danke", sagte er. „Das war wunderschön, und jetzt will ich mich revanchieren."

Er hob sie hoch und schmiss sie vorsichtig aufs Bett. Er liebte den Blick, den er jedes Mal in ihren Augen sah, wenn er sie in den Armen hielt. Ein verträumter Blick huschte ihr übers Gesicht, als könne sie nicht ganz glauben, was soeben geschah.

„Das hat mir gefallen", sagte sie leicht lächelnd. „Ich mag es, wie du schmeckst."

„Ich mag es auch, wie du schmeckst. Spreiz die Beine." Er hatte vorgehabt sie zu fesseln, doch er traute sich nicht sie noch einmal zu kosten, sie weinen und betteln zu hören. Sein Schwanz reagierte bereits auf die Art, wie sie da lag. „Zeig sie mir."

Sie spreizte die Beine für ihn. Die Tage des Trainings schienen gewirkt zu haben. Er hatte sie jede Nacht nackt bleiben lassen und mindestens einmal am Tag von ihr gefordert, dass sie die Beine spreizte und ihm ihre Muschi zeigte. Es war ein kleines Ritual, das er verlangte. Wenn er ihr die Worte „Zeig sie mir" sagte, sollte sie denjenigen Teil von ihr präsentieren, der ihm gehörte.

Er konnte sie atmen hören, als sie ihre Finger durch die Schamlippen gleiten ließ. Sie berührte sich.

„Wem gehört sie?", fragte er, seine Stimme hart.

„Dir, mein Herr. Meine Muschi gehört dir." Sie hielt den Kopf etwas hoch. Kann ich meinen Schwanz sehen?"

Er fühlte ein strahlendes Lächeln, das sein Gesicht kreuzte, als er ihr gab, was sie wollte. Er streichelte sich zurück ins Leben. „Das ist dein Schwanz, Liebes. Allein deiner. Jetzt Hände weg von meiner Muschi, denn wenn du kommst, werd' ich dich nochmal foltern."

Ihre Hand verschwand blitzschnell hinter ihrem Kopf.

Liam kroch aufs Bett. Er konnte sie riechen. Er liebte ihren Geruch. Selbst im schwachen Licht war zu erkennen, wie feucht ihre Muschi vor Erregung war. Soviel schöner Saft, und er war ein durstiger Mann. Er drückte ihre Beine auseinander, spreizte sie weit, bevor er sie das erste Mal ausgiebig leckte.

Ihr ganzer Körper zitterte. Es bestand keine Möglichkeit, hier Stunden zu verbringen, wie er es vorgezogen hätte. Sie war zu erregt und er wollte, dass sie in der Nähe seines Schwanzes käme. Doch er wollte für einen Moment spielen.

Er drehte die schöne Perle ihrer Klitoris vorsichtig zwischen Daumen und Zeigefinger, Avery ein leises Stöhnen entlockend. „Komm ja nicht, bevor ich nicht tief in dir bin."

„Oh, Gott, Lee, das wird hart."

Er knurrte etwas. „Nicht. Lass mich dich schmecken, dann geb' ich dir, was du brauchst."

Er spießte sie mit der Zunge auf, sie in die Muschi fickend. Ihr Geschmack umhüllte seine Zunge, würzig und weiblich, so reichhaltig, dass er dachte, er mochte darin ertrinken. Er arbeitete sich mit einer Hand unter ihr vor, ließ einen Finger mit dem Plug in ihrem Arsch spielen, drückte ihn hinein und ließ sie sich unter ihm winden. Sie stieß den Atem in kurzen Zügen aus, während er mit der Zunge entlang ihrer Muschi wanderte, an ihren Schamlippen lutschte, jede einzeln einsaugend. Er leckte sich seinen Weg empor, um die Spitze ihrer Klitoris herumhuschend, berührte sie nie, neckte sie nur.

„Lee, bitte. Bitte." Ihr ganzer Körper bebte, doch es war offensichtlich, wie sehr sie versuchte seiner Anordnung zu folgen.

Er leckte sie noch ein letztes Mal intensiv und ging dann auf die Knie, an ihr vorbei nach dem Kondom greifend, das er auf dem Nachttisch liegen gelassen hatte. Gleichwohl er sich soeben in ihrem Mund ergossen hatte, war er schon wieder hart und sehnte sich nach ihr. Es war jeden Abend dasselbe. Sobald er sie besinnungslos gefickt hatte und sich sicher war befriedigt zu sein, erhaschte er ihr Lächeln oder sah, wie sie mit der Hand über seine Brust strich, und er wurde wieder hart, als ob er einfach nicht aufhören konnte sie zu wollen. Er fickte sie immer und immer wieder, bis sie beide einschliefen, seine süße, traumlose Ruhe, die ihm die Welt bedeutete. Er hatte in ihrem Bett gelegen und kein einziges Mal von diesem Tag geträumt, hatte ihn beiseiteschieben können. Jeder Teil seines Wesens war auf sie gerichtet, sie zu trainieren, ihr Lust zu lehren.

Er rollte das Kondom über seine Erektion und ließ seine Brust die ihre finden. Harte Brustwarzen rieben an seiner Haut, ein Kontrast zu ihrer weichen Brust. Er küsste sie. „So schmeckst du für mich."

Seine Zunge fand ihre und glitt an ihr entlang, seine eigene Salzigkeit dort schmeckend. Sie küssten sich, vermischten ihre Essenzen, als ihre Zungen miteinander spielten und tanzten. Sein Schwanz fand ihre Muschi, rieb sich an ihr und überfiel sie.

Ihre Nägel bissen sich in seinen Rücken und sie keuchte, als er die Hüfte wand und sich hineinzwang. Ihre Muschi war so verdammt eng, seinen Schwanz fast erdrosselnd. Er stieß so weit vor, wie er konnte, und dann war er derjenige, der stöhnte, als der Plug seinem Schwanz Widerstand leistete.

So eng. So süß. So verdammt gut.

Er ließ von ihren Lippen ab und stemmte sich auf die Ellbogen, richtete sie wieder so aus, dass sie mit jedem harten Stoß seines Körpers seine volle Länge nehmen konnte. Sie schlang die Beine um seine Taille und er fühlte, wie der Plug herausrutschte, doch das war egal. Alles, was zählte, war das Gefühl, wie die Wände ihn erfassten, wie ihre Beine und Nägel sich in ihn hineingruben, so verzweifelt versuchend ihn drinnen zu halten.

„Oh, Gott, Lee. Lee. Lee." Sie rief seinen Namen immer und immer wieder, als ihn ihre Muschi fest umklammerte und sie kam. Er fickte rein und raus, erhöhte das Tempo, nahm sie so hart, wie er wollte, denn sie kam damit klar. Er vergrub die Hände in ihr Haar und sein Gesicht in ihrem Nacken, als er ein letztes Mal tief zustieß und seinen Erguss fließen ließ.

Er ließ seinen Körper fallen, bedeckte sie und drückte sie nieder. Sie protestierte nicht, schlang nur die Arme um ihn und hielt ihn eng bei sich. Er atmete ihren Duft ein und legte seinen Kopf auf ihre Brust. Das war es, wonach er sich gesehnt hatte. Frieden. Gemütlichkeit. Das Gefühl, wie das Blut in seinen Adern pulsierte, während ihr Herz an seinem Ohr schlug.

So konnte er schlafen. Er konnte schlafen und von nichts anderem träumen als von ihr.

Er glitt gerade in den Schlaf, als er sie schniefen hörte.

Er hob den Kopf und war schockiert darüber, was er sah. Sie weinte, Tränen liefen ihr übers Gesicht.

„Avery? Avery, hab' ich dir wehgetan?" Er versuchte nachzudenken. Er war nicht härter zu ihr gewesen, als er es in der Vergangenheit gewesen war. Sie war so erregt gewesen, dass es sie nicht hätte stören dürfen.

Sie schüttelte den Kopf, als er quasi von ihr heruntersprang. Er begann nach Blutergüssen oder Ähnlichem zu suchen, das die Tränen erklärte. „Ich bin nicht verletzt. Nicht körperlich."

Das war es, was sie den ganzen Tag über bei sich behalten hatte. Er hatte es gefühlt, hatte sich gefürchtet. Er rollte das Kondom ab und warf es in den Müll, bevor er sich aufs Bett setzte. „Sag es mir einfach."

„Ich will nicht." Sie biss sich auf die Lippe, ihr Blick richtete sich nach unten, als ob sie die Tagesdecke plötzlich zutiefst interessant fände.

Er streckte die Hand aus, zwang ihr Kinn nach oben. „Avery, das kann nicht funktionieren, wenn du nicht mit mir sprichst. Ich soll zu deinem Wohlbefinden beitragen, doch du gibst nicht mal zu, dass etwas nicht stimmt. Bedeute ich dir so wenig? Bin ich nur der Typ, der dich fickt?"

„Wie kannst du sowas sagen?" Sie atmete die Frage aus.

„Weil du über nichts Wichtiges mit mir sprechen willst. Du redest über die Arbeit und was du dir gern im Fernsehen ansiehst und welche Bücher du liest, doch du sprichst nicht über deine Vergangenheit. Du redest nicht über..." Er konnte es einfach nicht sagen. Er wusste, dass er ein Heuchler war, doch das war nicht von Bedeutung.

„Über Maddie?" Sie sprach den Namen in einem Luftzug aus. Zärtlich. Zerbrechlich.

„Ja. Du sprichst nicht über sie oder sonst wen, der dir wichtig ist. Vielleicht bin ich dir nicht wichtig genug, um sie mit mir zu teilen." Er war ein verdammter Drecksack, ein beschissener, widerlicher Bastard, doch er wollte alles von ihr, auch wenn er es ihr nicht zurückgeben konnte. Er wollte all ihre Emotionen. Er wollte ihre Geschichte. Er wollte ihre Probleme und ihre Sorgen. Er wollte, dass alles, was Avery Charles ausmachte, ihm gehörte.

Sie setzte sich auf, nach einem der beiden Morgenmäntel greifend, die gefaltet auf dem Nachttisch lagen. Sie erhob sich, bedeckte ihren Körper, ihre Hände zitternd, während sie ihn um die Taille festband, und Liam erkannte, dass es das gewesen war. Das war's, dass sie ihm sagte, dass er nicht gut genug sei und sie eine gute Zeit gehabt habe, doch dass sie einen Mann finden müsse, der ihr ebenbürtig sei. Jemanden, der nett und freundlich und besser gebildet sei. Jemand, mit dem sie versuchen wollte ein weiteres Kind zu bekommen.

Für einen Moment war sie ruhig, es herrschte plötzlich eine dicke, muffige Luft zwischen ihnen, doch ihre Stimme war weich, als sie endlich sprach. „Ich erhielt heute einen Anruf von meiner Schwiegermutter. Es hat mich umgehauen. Es war ziemlich grauenhaft. Sie hatte einen Artikel in einer Zeitschrift gesehen, der sie an etwas erinnerte, das ich getan habe."

„Sprich weiter." Er setzt sich aufs Bett und wollte sie nicht abschrecken.

„Ich denke immer noch an sie als Mum. Das sollte ich nicht. Wir waren uns seit Jahren nicht mehr nahe, doch ich hoffe noch darauf. Für eine Weile war sie die einzige Verbindung, die ich noch zu Brandon hatte, doch jetzt denke ich, dass sie die einzige Verbindung darstellt, die mir zu meinem damaligen Ich geblieben ist. Alle sind fort. Manchmal ist es schwer die Einzige zu sein, die weiß, wie es war so aufzuwachsen, wie ich aufgewachsen bin, die sich an Maddie und Brandon erinnert. Ich hab' mich an die Hoffnung geklammert, dass sie mir eines Tages vergeben werden und ich wieder eine Familie haben kann.

Ein Quell der Verzweiflung nährte ihre Stimme, ihn zu zerreißen drohend. Er wünschte, er hätte nie gefragt, doch er konnte sie nicht dazu auffordern, mit dem Reden aufzuhören, wo sie sich jetzt öffnete. Er streckte die Hand nach ihr aus. Vielleicht war die

Geschichte leichter zu erzählen, wenn er sie festhielt.

Sie starrte ihn für einen Moment an, Sehnsucht war ihr ins Gesicht geschrieben, doch sie entwand sich seines Griffs. „Wenn du mich immer noch halten willst, nachdem ich dir die ganze Geschichte erzählt habe, nehme ich es gerne an, doch zuerst musst du zuhören."

„Was hast du getan, wofür du um Vergebung bittest?" Er konnte sich nicht vorstellen, dass Avery etwas tat, um jemanden zu verletzen. Hatten ihre Schwiegereltern ihr die Schuld gegeben, weil sie das Auto gefahren hatte? Den Berichten zufolge, die er gelesen hatte, war sie aus heiterem Himmel überrascht worden. Sie hatte Vorfahrt gehabt.

„Ich hab' dir erzählt, ich hatte einen Unfall." Sie hatte es ihm nur vage erzählt. „Ich fuhr. Brandon saß auf dem Beifahrersitz und Maddie saß in ihrem Autositz hinter ihm. Es war spät. Wir waren auf einer Party gewesen, aber keiner von uns hatte etwas getrunken. Ich habe noch gestillt und Brandon hatte noch nie in seinem Leben getrunken. Wir waren beide ziemlich brave Kinder. Abgesehen davon, dass ich schwanger wurde, glaube ich, das Wildeste, was wir beide getan haben, war ins Einkaufszentrum zu gehen, wobei wir eigentlich in der Bibliothek hätten sein sollen."

Und Liam war in Schwierigkeiten geraten, solange er denken konnte. Er war schon in der SAS und nur ein kleines bisschen älter als Avery gewesen, als sie den Unfall hatte. Er hatte bis dahin schon mehr als einmal getötet. Er hatte seine Unschuld lange vor seiner Jugend verloren. „Erzähl weiter."

Sie holte tief Luft. „Wir wurden von einer Jugendlichen angefahren. So viel habe ich dir erzählt. Ich erinnere mich, wie das Licht auf uns zukommt, und ich versuchte auszuweichen und dann an nichts mehr. Ich fiel ins Koma und als ich aufwachte, waren sie bereits begraben. Brandon und Maddie waren zusammen beerdigt worden und ich konnte nicht mal zu ihrer Beerdigung gehen. Lydia hatte sich selbst darum kümmern müssen. Im Verlauf desselben Jahres musste sie allein zur Verhandlung der gegnerischen Fahrerin gehen, weil Frank dichtmachte. Der Prozess war so hart für sie, doch er wollte nicht hingehen. Er ist nie über den Verlust seines einzigen Sohnes hinweggekommen. Sie war diejenige, die jede Woche kam und sich zu mir setzte. Lydia kam zu den ersten paar Operationen."

„Liebling, ich sehe keine Notwendigkeit, dass dir jemand verzeiht", sagte er sanft.

„Einige Jahre vergingen und dann kam sie zu mir."

„Sie?"

„Ihr Name ist Stephanie Gibson. Allem Anschein nach war sie ein gutes Kind. Sie war nur zwei Jahre jünger als ich, doch ich fühlte mich damals so viel älter."

Der Raum war ganz still, nur von ihren Stimmen erfüllt, und dennoch sprach Avery mit gedämpfter, fast ehrfürchtiger Stimme. Liam erwischte sich fast dabei, wie er seine Fragen flüsterte. „Ist das die Frau, die in dein Auto gekracht ist?"

Sie nickte. „Das Mädchen, ja. Wie ich schon sagte, sie war sechzehn zum Zeitpunkt des Unfalls. Sie war eine Studentin mit Auszeichnung, machte ihren Abschluss vorzeitig. Sie gab zu auf der Party zwei Bier getrunken zu haben, als die Polizei sie zum ersten Mal befragte. Wenn du in New York unter einundzwanzig bist, spielt dein Blutalkoholspiegel keine Rolle, solange sie nachweisen können, dass du Alkohol im Blut hast. Eine geringe Menge reicht aus und sie betrachten dich dennoch als betrunken. Doch ihnen unterlief ein riesiger Irrtum im Krankenhaus und ihre toxikologischen Laborwerte waren mit denen von jemand anderem verwechselt worden, und selbst der billige Anwalt, den ihre Eltern engagiert hatten, erreichte, dass der ganze Fall deshalb abgewiesen wurde. Doch ich glaube ihr das mit den Bieren. Das tue ich wirklich. Keiner auf der Party hat gesehen, dass sie mehr als zwei trank, und nach übereinstimmenden Berichten trank sie Wasser, als sie ging. Ich glaube ganz ehrlich daran, dass es die Ablenkung am Telefon war, die den Unfall verursachte."

„Das ist keine Entschuldigung, Avery. Sie hat zwei Menschen getötet."

Sie verschränkte ihre Arme über der Brust, eine Abwehrhaltung. „Du reagierst genau wie die anderen, wie ich sehe. Lass mich einfach ausreden. Stephanie kam, um mich zu sehen. Meine Schwiegermutter war wütend, weil der Fall abgewiesen worden war."

„Warum warst du nicht wütend?"

279

„Das war ich. Ich war so wütend, dass ich sie hätte umbringen können, doch du musst begreifen, dass Jahre vergangen waren."

„Jahre, in denen du nicht laufen konntest." Jahre, in denen sie allein in einer Reihe von Krankenhausbetten gelegen hatte.

„Lässt du mich ausreden oder willst du mich jetzt verurteilen?" Sie starrte ihn an, ihr Körper machte zu. Was zur Hölle würde sie ihm erzählen? Hatte sie das Mädchen irgendwie getötet? Sie fuhr fort, als er still war. „Sie kam also zu mir und sie war so ganz anders als das Mädchen, über das ich gelesen hatte. Du musst das verstehen. Ich war eine Zeit lang leicht besessen von ihr. Ich las alle Zeitungen und suchte nach ihr im Internet. Sie war lebhaft und hübsch gewesen. Sie war das Mädchen, das sich laut den Zeitungsberichten für alles freiwillig meldete. Sie hatte so viele Menschen, die bereit waren sich für sie einzusetzen. Du weißt, wenn so etwas Schlimmes passiert, wenden sich die Menschen üblicherweise ab, doch sie setzten sich für sie ein. Sie liebten sie. Sie war sehr reizend und freundlich gewesen. Von ihren Lehrern bis hin zum Koordinator der Ehrenamtlichen des Krankenhauses, in dem sie gearbeitet hatte, sagte niemand etwas Schlechtes über sie. Sie wollte Ärztin werden, weißt du? Doch das Mädchen, das an diesem Tag vor mir stand, war so düster. Dünn. Als hätte sie sich selbst fast zu Tode gehungert. Ihre Mutter hatte mir einen Brief geschickt und mich gebeten mich mit ihr zu treffen, weil sie einfach wusste, dass Stephanie sich umbrächte. Die Schuld zerfraß sie bei lebendigem Leib und ihre Mutter dachte, ich könne ihr vielleicht vergeben."

Scheiße! Hatte sich dieses Mädchen umgebracht und Avery konnte mit der Schuld nicht umgehen? Es war nicht ihre Schuld. Das Mädchen hatte Averys Mann und Kind getötet. Sie verdiente keine Vergebung.

Avery verschränkte die Arme noch enger, als versuchte sie sich gegen sich selbst zu stellen, sich zu verkriechen. „Ich hab' zugestimmt, weil ich ihr sagen wollte, sie solle zur Hölle fahren. Ich hatte vor ihr zu sagen, dass sie es tun sollte. Sie sollte sich umbringen und es so tun, dass es wehtäte. Ich wollte ihr mehrere Möglichkeiten vorschlagen, wie das geschehen könne. Ich sparte sogar meine Schmerzmittel für den Fall auf, dass sie sich wie ein Säugling gab und es auf die einfache Art bräuchte, das Bewusstsein zu verlieren."

Fuck. Was hatte sie getan? Liam hätte dem Mädchen eine Kugel durch den Kopf gejagt und hätte nie wieder an sie gedacht, jedoch nicht Avery. Avery ginge innerlich zu Grunde in dem Bewusstsein, was sie getan hatte.

Ihre Tränen flossen wieder. „Und dann kam sie herein und alles, was ich sehen konnte, war mein Baby."

„Sie war bloß ein Mädchen. Sie war nicht irgendein Monster. Und ich dachte an Maddie. Was, wenn mein Baby lebte und sie einen Fehler machte und sie niemanden hätte, der ihr verzieh? Ich musste mich fragen, ob ich Stephanies Mutter wirklich meine Hölle durchleben lassen wollte. Lydias Hölle."

„Du hast ihr vergeben." Er stieß einen langen Atemzug aus, dessen er sich nicht bewusst gewesen war, dass er ihn angehalten hatte. Ein tiefes Gefühl der Erleichterung machte sich in ihm breit. Er sah sie vor sich, wie sie es tat. Sie fände die richtigen Worte, um jemand anderen zu retten, selbst wenn dieser ihr großen Schaden zugefügt hätte. „Und deine Schwiegermutter spricht deswegen nicht mehr mit dir?"

„Es verschärfte sich noch, Lee. Ich begann mit Stephanie zu reden. Es war seltsam, weißt du, doch wir waren die einzigen beiden, die es erlebt hatten. Wir waren Überlebende und niemand sonst verstand, was es hieß, sich in unserer Lage zu befinden. Auf seltsame Weise reichten wir einander die Hand. Ich lernte dieses Mädchen richtig kennen. Sie hatte in ihrem Leben einen Fehler gemacht. Er war gewaltig, doch ich begann mich zu fragen, ob es wirklich das Ende für sie bedeuten musste. Vier von uns waren in diesen Unfall verwickelt gewesen. Mussten wir alle sterben? Ich hatte damals noch etwas Geld übrig. Ich traf eine Entscheidung. Das Budget für Stephanies College ging zusammen mit den Anwaltskosten zuneige und sie hatte nichts anderes. Ihre Eltern waren nicht reich. Sie kamen gerade über die Runden. Die Versicherung zahlte für mich, also gab ich es an Stephanie weiter für ihr College. Für ihr Medizinstudium. Ich hob es peu à peu ab, damit sie keine Steuern dafür zahlen musste. Ich schäme mich es zuzugeben, doch ich hob es in bar ab, weil ich nicht wollte, dass meine Schwiegereltern ihren Namen auf einem Scheck fänden.

Meine Schwiegermutter verwaltete mein Scheckbuch. Sie fand es trotzdem heraus. Jetzt hasst sie mich."

Er spürte, wie ihm der Kiefer herunterklappte. „Du hast was gemacht? Du hast ihr Medizinstudium finanziert? Warum zur Hölle hast du das getan?"

Sie sprach die Worte im Schnellfeuer aus, ein Maschinengewehr, das er mit seinem Ausbruch entzündet hatte. „Weil sie mir ein Leben schuldete. Sie schuldete mir zwei Leben. Kannst du das nicht verstehen? Warum versteht das niemand? Es war so grauenhaft. Es war Tod und Schrecken und Verzweiflung und ich sah, dass eine gute Sache daraus hervorgehen könnte. Ich verlor damals über alles die Kontrolle. Über alles, Lee. Doch darüber hatte ich die Kontrolle. Ich sah die Möglichkeit, eine Sache richtig zu machen, und ich ergriff sie wie eine Rettungsleine, und so besuchte sie die medizinische Fakultät. Sie studierte so hart. Sie kam schnell durch, denn sie war engagiert. Sie machte ihren Abschluss und jetzt ist sie in Afrika und leistet dort wohltätige Arbeit. Sie rettet Babys, weil ich meines verloren habe, und ich weiß, dass es niemand versteht. Ich bin mir bewusst, dass jeder denkt, ich sollte ihren Tod herbeiwünschen, doch ihr Tod hätte nichts geändert. Er hätte Maddie nicht zurückgebracht. Es brachte Brandon nicht wieder zum Leben, doch begreifst du es denn nicht? Ihr Tod wäre sinnlos gewesen, ihr Leben jedoch, oh, ihr Leben bedeutete die Welt. Und ich traf diese Entscheidung. Ich. Ich musste es tun. Für Maddie und Brandon. Für mich. Und als ich mich entschieden hatte, ihr zu verzeihen, da wusste ich, dass ich wieder gehen könne, weil ich die Entscheidung getroffen hatte, zu leben."

Er verstand es nicht. Er starrte sie einen Moment lang an, Tränen liefen ihr übers Gesicht, und ihm wurde klar, dass sie ein Rätsel war und es für ihn immer bliebe. Er könnte ewig leben und wäre nicht in der Lage, das Ausmaß zu erahnen, wie wunderbar und großartig sie war.

Er hatte sich unzählige Jahre eingeredet, dass er für das Richtige kämpfte, aber es war nur eine Ausrede. Er kämpfte einfach gern. Noch als Kind hatte er gegen jeden gekämpft, der ihm in die Quere kam. In der Armee hatte er gegen die gekämpft, gegen die er kämpfen sollte. Jetzt kämpfte er für die, die das Geld besaßen, seine

Firma zu bezahlen.

Avery jedoch hatte etwas Verblüffendes getan. Avery hatte gegen Elend und Schmerz und Verlust gekämpft und einen Weg gefunden, etwas Schönes in der Welt zu schaffen.

Avery war es wert, für sie zu kämpfen. Avery war es wert, für sie zu sterben. Avery war es wert, sie zu lieben, auch wenn sie ihn niemals zurücklieben könnte.

Liam stand auf, sein Herz klopfte, seine wahre Stimme sprach zu ihr. „Avery, mein Name ist Liam O'Donnell und ich leite Ermittlungen gegen deinen Boss wegen Waffenhandels."

Kapitel Fünfzehn

Avery war sich sicher, ihn nicht richtig verstanden zu haben. Sie war emotional, Tränen liefen ihr noch immer übers Gesicht. Manchmal, wenn sie richtig emotional war, hörte sie nicht richtig zu. „Was hast du da gesagt?"

Es war nicht nur, was er gesagt hatte. Es war die Art, wie er es gesagt hatte. Sein Akzent hatte sich von einem flachen zu einem wunderschönen, lyrisch klingenden irischen verändert – derselbe Klang, den sie manchmal gehört hatte, wenn er mit ihr schlief.

Er war noch nackt, sein perfekt geformter Körper voll zur Schau gestellt, sein Gesicht jedoch schien verdunkelt, er konnte ihr nicht wirklich in die Augen sehen. „Ich hab' mich erklärt. Mein Name ist Liam O'Donnell. Ich arbeite für eine Sicherheitsfirma namens McKay-Taggart und wir verfolgen einen skrupellosen CIA-Agenten. Er trifft sich mit Thomas Molina. In Folge unserer Ermittlungen gegen Eli Nelson stießen wir auf die Nachforschungen des MI6 über den United One Fund."

„Was? MI6? Was zur Hölle ist der MI6?"

„Das ist die britische Version der CIA. Sie untersuchen auswärtige Bedrohungen für das Land. Sie verfolgen illegale Waffenlieferungen nach Afrika."

Ihr drehte sich der Kopf. Die ganze vorangegangene Intimität des Abends war in einem Dunst aus völliger Verwirrung dahin. CIA? Waffenlieferungen? „Warum sagst du das? Ich versteh' das nicht."

Sie sollten über ihren Tag und ihre Schwiegereltern sprechen und er hätte es endlich verstanden. Er sollte die Hand ausstrecken, sollte sie festhalten und wieder mit ihr schlafen.

Er sollte Lee sein.

„Es tut mir leid, Avery." Er trat einen Schritt auf sie zu, sein Blick richtete sich endlich nach oben und sie konnte eine Fülle von Schuldgefühlen an diesen Smaragdkugeln ablesen. Seine Augen verrieten die Geschichte. Er scherzte nicht. „Ich bin das ganz falsch angegangen. Ich konnte einfach keine Sekunde mehr verstreichen lassen, ohne es zu gestehen."

Er streckte die Hand nach ihr aus, doch es war viel zu spät. Sie trat so weit zurück, wie sie konnte, ihr Rücken traf auf die Mauer. „Nicht. Fass mich nicht an."

Er ließ die Hände fallen. „Lassen mich das erklären."

„Was erklären? Erklären, dass du mich angelogen hast?" Er hatte sie angelogen. Er hatte gelogen, und das nicht wegen einer Kleinigkeit oder etwas Belanglosem. Er hatte sie nicht wegen seines Lieblingsessens angelogen oder ob er Katzen mochte oder nicht. Er hatte bezüglich seines Namens gelogen. Er hatte bezüglich seines Berufs gelogen. Er hatte über sein ganzes Leben die Unwahrheit gesagt. Er hatte sie gehalten, mit ihr geschlafen, sie eine Woche lang jede Nacht gefickt, und sie kannte nicht mal seinen Namen.

„Ja. Ich hab' gelogen, aber ich hatte Gründe dafür, Liebes. Diese Situation mit deinem Chef ist verdammt ernst und ich will dich keine Minute länger darin verwickelt sehen. Ich will dich da raushaben. Avery, ich will dich beschützen."

„Gott, bitte zieh dir was an." Sie wandte die Augen ab. Er war schon wieder hart, sein Schwanz ragte aus diesem perfekt getrimmten Nest schwarzen Haars heraus.

Er ließ sich nicht unterkriegen, doch irgendwie ließ ihn ein Mangel an Regung aggressiv erscheinen. „Was, Liebes? Vor ein paar Minuten war es dir nicht wichtig. Was auch immer du denkst, Kleine, du sollst wissen, dass das immer der Wahrheit entsprach." Er streichelte sich mit der einen Hand, die andere kam vor, um seinen Körper an der Wand abzustützen. Seine Hand war nur wenige Zentimeter von ihrer Wange entfernt, einen intimen Halbkreis formend. „Avery, wir müssen es nicht so machen. Ich hab's versaut. Lass uns von vorn anfangen. Wir gehen ins Bett, ich schlaf' nochmal mit dir und danach reden wir. Du wirst sehen, dass das hier eine gute Sache ist. Ich kümmer' mich um dich."

Er war sogar noch tödlicher, jetzt wo er sich das Theater sparte. Liam erschien unendlich tödlicher als Lee und sie hatte ihn schon vorher für vernichtend gehalten. Er beugte sich vor, seine Lippen berührten ihre beinahe. „Komm zu mir ins Bett. Ich bring das in Ordnung. Ich werd' dich halten und dir alles sagen, was du hören willst."

Sie stieß ihn mit aller Kraft von sich, denn genau das hatte er eine Woche lang getan. Er hatte ihr das gesagt, was sie hören wollte, und nicht das Geringste davon war wahr gewesen. Er hatte sie benutzt. Er hatte seinen ganzen Charme genutzt und sich auf ihre Schwäche fokussiert, und er versuchte es wieder zu tun. „Ich werd' nicht mit dir ins Bett steigen."

Sie musste hier raus. Sie war sich immer noch nicht sicher, was zum Teufel hier los war. Es war eine lächerliche Geschichte. Die UOF war in Waffengeschäfte verwickelt? Bullshit. Thomas war ein friedliebender Mann, der sein Leben der Rettung von Menschen in verarmten Ländern gewidmet hatte.

Hatte sie an diesem ersten Tag Recht gehabt? Sie hatte geglaubt, dass er Hintergedanken hatte. Sie hatte gedacht, er wollte Geld. War das seine Art, es zu bekommen? War er ein Schwindler und diese ganze Woche war ein wohldurchdachtes Arrangement gewesen?

Er lehnte sich auf dem Bett zurück und fuhr sich mit der Hand durchs Haar. „Gott, ich hab's verkackt. Avery, du musst mir zuhören. Das wird gefährlich. Ich will dich beschützen."

Sicher tat er das. Die Tränen schossen hervor. Sie hatte heute so viel geweint, doch es schien, als hätte sie eine endlose Quelle an Tränen, die sie beanspruchen konnte. Vielleicht war dies das Ereignis, das sie schließlich härter machte. Vielleicht war Lee Donnelly der Bruch, den sie letztendlich nicht heilen konnte, also panzerte sie sich. Sie musste von diesem Ort verschwinden. Sie musste nach Hause. Sie konnte nicht mal nach Hause, denn sie hatte ihm einen Schlüssel gegeben. Sie war die Idiotin, die ihrem

Betrügertypen einen Schlüssel zu ihrer Wohnung gegeben hatte.

Das spielte keine Rolle. Alles, was zählte, war von ihm wegzukommen.

„Ich will nach Hause."

Er runzelte die Stirn. „Ich glaube, wir müssen reden. Wir können nicht bei dir zu Hause reden. Bei dir ist alles verwanzt."

Sicher war es das. Ja. Ihre Wohnung war verwanzt, denn sie war ja so wichtig. Er hielt sie für eine Idiotin, doch das konnte sie ihm nicht verübeln. Alles, was er getan hatte, hatte bis zu diesem Punkt funktioniert. Warum nicht noch ein bisschen mehr versuchen?

„Gut. Kannst du dich dann wenigstens anziehen? Ich kann nicht mit dir reden, wenn du nackt bist. Ich möchte mich anziehen und das zivilisiert regeln."

Seine Augen blitzten auf, den Mund zu einem sexy kleinen wütenden knurren verziehend. Er versteckte sich offensichtlich nicht mehr, oder es war alles vielleicht nur ein weiterer Teil der Liam/Lee-Show. Er drang wieder in ihren Raum ein. Sie fühlte, wie die Hitze von ihm ausstrahlte. Er war verdammt gut in dem Teil der Nummer. Jeder Zentimeter ihres Körpers leuchtete auf, wenn ihr er so nah kam, und ihre Hormone versuchten ihr Gehirn außer Kraft zu setzen. „Daran ist nichts Zivilisiertes, Avery. Ich weiß, dass du jetzt wütend bist, aber glaube nicht, dass ich mich von dir beiseiteschieben lasse. Ich habe das wie ein ungeschickter Idiot gehandhabt, aber ich werd's wieder gutmachen. Es gibt keine Lügen mehr zwischen uns und ich lasse auch nichts anderes zwischen uns kommen. Ich werd' mich jetzt waschen und dann gehen wir an die Bar. Du brauchst einen Drink. Gott weiß, wie sehr ich einen brauche."

Er beugte sich zu ihr hinunter und küsste sie. Kein leichtes Streichen über die Lippen. Es war auch kein Versuch, sie zu überreden. Es war völlige Dominanz und sie konnte nicht anders, als zu reagieren. In dem Moment, in dem er sie berührte, schmolz sie wie warme Schokolade dahin. Seine Zunge drang in sie hinein, zwang ihren Mund auf und rieb sich an ihrem auf eine Weise, die sie sofort heiß machte. Ihrer Muschi war es scheißegal, dass er gelogen hatte. Das Einzige, was sie wusste, war, dass er ihr beigebracht hatte darauf zu reagieren. Eine Woche fast ständiger Lust hatte einiges bewirkt. Sie nahm die Arme nach oben und berührte seine Taille.

„Avery, Liebes, lass uns das nicht tun. Baby, ich will dich nur beschützen." Diese melodische Stimme sang an ihrer Haut entlang, während er ihr Küsse aufs Gesicht drückte. Seine Hände wanden sich um sie und zogen sie fest an sich.

„Du bedeutest mir alles. Ich werd' dich nicht gehen lassen."

Sie öffnete sich ihm. Sie war so dumm. „Hör auf damit. Hör sofort auf damit. Ich will das nicht."

Er trat einen Schritt zurück, ein glühender Gesichtsausdruck. Ein einzelner Finger kam hervor und zeichnete die steifen Konturen ihrer Brustwarze auf dem dünnen Gewand nach, das sie trug. „Das sagt mir etwas anderes, Avery. Ich wette, deine Muschi ist feucht und glitschig und bereit für meinen Schwanz. Ich wette, deine Muschi würde mich nicht anlügen."

„Meine Muschi trifft hier nicht die Entscheidungen." Zumindest noch nicht. Wenn er noch länger in ihrer Nähe bliebe, mochte das sogar passieren. „Ich will das nicht, Lee...Liam...wie auch immer du heißen magst. Willst du mich vergewaltigen?"

Er schloss die Augen, die Fäuste seitlich am Körper geballt. „Gut. Wie ich sagte, ich geh mich waschen und wir trinken was. Doch denk keinen Moment daran, dass es vorbei ist."

Doch denk keinen Moment daran, dass es vorbei ist. Die Art, wie er seine Vokale abrundete und einige seiner Konsonanten abschnitt, war so sexy. Und höchstwahrscheinlich alles Teil seines Plans. Er schnappte sich etwas, das auf dem Bett gelegen hatte. Den Plug. Gott, sie hatte sich einen Plug von ihm einführen lassen. Was hatte sie sich dabei gedacht? Er drehte sich um und öffnete eine Tür im hinteren Teil des kleinen Raums. Vermutlich ein Bad. Sie hörte, wie das Wasser zu laufen begann und begriff, dass sie nur wenige Sekunden hatte, um hier herauszukommen. Sie hatte nicht die geringste Absicht, hier ruhig sitzen zu bleiben, während er sie in irgendeinen durchgeknallten Plan für Gott weiß was hineinzog.

Doch die Frage war, wohin sollte sie gehen? Sie brauchte ihre Kleidung. Sie brauchte eine Mitfahrgelegenheit. Sie brauchte Unterstützung.

Ihr Telefon war in der Umkleidekabine, Liams jedoch nicht. Es lag auf dem Boden. Es war ihm aus der Lederhose gefallen. Sie schnappte es und rannte fast aus dem Raum. Ihre Hände zitterten, als sie versuchte sich an die Nummer zu erinnern, die sie brauchte. Adam. Adam und Jake könnten kommen und sie abholen. Adam und Jake besaßen die Statur, dass Liam es sich zweimal überlegte, sich mit ihnen anzulegen, und dann würde sie ein neues Schloss in der Wohnung einbauen lassen und dem Concierge sagen, er solle Lee...Liam, oder wie auch immer er sich nannte, nicht hereinlassen. Er fände heraus, dass sie kein leichtes Opfer war, und er verlöre das Interesse.

Tränen verwischten ihr die Sicht und ließen den Flur wie ein wässriges Durcheinander erscheinen. Sie lief den schmalen Korridor hinunter. Der Garden war ihr so schön und dekadent erschienen und jetzt war er ihr nur fremd und etwas angsteinflößend. Sie war so dumm gewesen. Sie hatte ihn gar nicht gekannt, und doch war sie ihm in einen BDSM-Club gefolgt. Sie hatte sich von ihm vor allen Leuten nackt ausziehen lassen. Gott, sie wollte nicht mal daran denken.

Sie hörte zu keiner Zeit auf zu laufen. Sie blickte nur herab und wählte die Nummer, dankbar, dass sie immer ein gutes Gedächtnis gehabt hatte. Es dauerte keine Sekunde, bis dass sie Adams Stimme in der Leitung hörte.

„Hey, was los? Ich hab' nicht erwartet, dass du anrufst. Ist das heute nicht der große Abend?"

„Was?" Hatte sie Adam von ihrer Verabredung erzählt?

„Avery? Scheiße! Bist du das?"

Die Tiefe seines Verrats traf sie mitten in den Bauch. Adam kannte die Nummer. Er hatte nicht mit einem Anruf von dieser Nummer gerechnet, weil er wusste, dass der Mann, dem sie gehörte, eine große Nacht vor sich gehabt hatte.

Adam kannte Liam.

„Avery? Süße? Ist Lee bei dir?"

So nett. So fürsorglich. „Liam wäscht sich. Ich fürchte, euer kleines Spiel ist vorbei, Adam. Ich weiß alles."

„Verdammt verfickte Scheiße. Avery, ich weiß nicht, was los ist, doch wo immer du bist, bleib dort. Wag' es nicht dich zu bewegen. Verlass ja nicht den Club. Ich bin in einer Viertelstunde da. Ich werd' dich aufspüren, wenn du gehst, verstanden? Es ist gefährlich für dich, wenn du allein da draußen bist."

Sie ließ das Telefon fallen. Sie hatte sonst niemanden, den sie anrufen konnte. Liam war ziemlich brillant. Er hatte eine einsame Frau gesehen und es geschafft, ihr Freunde, einen Liebhaber, ihr alles zu geben, was sie brauchte. Warum? Sie hatte kein Geld mehr. Sie hatte keinen Freundeskreis.

Außer zu Thomas. Der hatte Geld. Sehr viel Geld.

Sie rannte zur Treppe. Sie musste hier raus. Sie ginge einfach im Bademantel, und zwar direkt zur Polizei. Das war es, was sie täte. Sie ließe sich nicht wegen ihrer Handtasche oder etwas anderem abhalten. Sie liefe, bis sie eine Polizeiwache fand und ihnen alles erzählte.

Abgesehen davon, dass sie gegen eine Ziegelmauer rannte, bevor sie die Fahrstühle fand. Sie stoppte und blickte in die arktisch-blauen Augen von Liams Freund, Ian, hinauf.

„Wohin, Liebes? Wo ist Lee? Du solltest nicht ohne deinen Dom herumlaufen."

„Liam O'Donnell kann zur Hölle fahren. Ich bin mir sicher, du steckst in dem Schwindel mit drin, den er abzieht. Geh mir aus dem Weg. Ich werde nicht hier bleiben."

Sie hätte schwören können, dass die Temperatur um zwanzig Grad sank. Der Ausdruck in Ians Gesicht hätte Feuer gefrieren können. Zum ersten Mal fürchtete sie sich wirklich. Sie machte ein paar Schritte rückwärts, nur um gegen eine Wand aus Fleisch zu laufen.

„Mach ihr keine Angst, Ian. Das lass ich nicht zu." Liams Hand fand ihr Handgelenk, zog sie hinter sich, sich zwischen sie und Ian stellend.

„Das lässt du nicht zu? Du lässt es verdammt noch mal nicht zu?" Ian schien einen harten amerikanischen Akzent entwickelt zu haben. Nun, ja, klar. Sie war von Betrügern umgeben. „Sag mir, dass sie brillant ist und es ihr gelang, deinen echten Namen allein rauszufinden."

„Ich hab' ihn ihr gesagt", antwortete Liam. „Ich kann sie nicht mehr anlügen, Ian. Und ich will sie aus dieser Operation raushaben. Ich bring sie morgen früh an einen sicheren Ort und du wirst uns nicht mehr sehen müssen. Ich weiß, dass ich gefeuert bin."

„Oh, du kannst dich glücklich schätzen, wenn ich dich nur feure. Lass sie sich anziehen. Ich möchte euch beide in zehn Minuten im Konferenzraum sehen. Ich schwör' dir, wenn ihr abhaut, werd' ich euch beide finden. Hast du mich verstanden?" Ian stakste davon, seine Stiefel ließen einen brachialen Rhythmus anklingen.

Liam seufzte, sie nah an sich heranzerrend. „Das lief besser als erwartet. Er hat mich nicht getötet. Das nenn' ich einen Sieg."

Sie versuchte, sich zurückzuziehen. Sie hasste es, dass sie eigentlich nur ihre Arme um ihn schlingen und beten wollte, dass das alles nur ein böser Traum war. „Lass mich gehen."

„Nein. Du bist weggelaufen. Jetzt machen wir es auf meine Art." Er bewegte die Hand sanft durch ihr Haar. Er strich es zurück. „Na komm. Wir ziehen uns an und du lernst das Team kennen."

„Team?"

„Yeah. Ian ist der Besitzer der Firma McKay-Taggart, gemeinsam mit Alex. Eve ist die Psychologin. Adam ist der Kommunikationstyp. Jake ein reiner Schläger. Kein Hirn im Kopf. Sie werden nun alle auf dich aufpassen."

„Ich dachte, du bringst mich an einen sicheren Ort." Sie ginge nirgendwo hin. Sie fände trotzdem einen Ausweg. Sie war steif in seinen Armen, unwillig auch nur ein klein wenig nachzugeben. Er umarmte sie. Es machte alles sogar noch schlimmer, denn die Umarmung war herzig und sanft, ohne seine vorherige räuberische Aggressivität.

„Ich werd's tun, wenn's sein muss. Ich werd' alles tun, was nötig ist, um dich zu beschützen. Das schwör' ich bei meinem Leben."

„Nun, verzeih mir, wenn ich dir das nicht glaube, wo du mich mit allem anderen belogen hast."

„Ich werd' nicht mehr lügen. Nie wieder. Nicht dir gegenüber."

Er log schon wieder. Die ganze Sache war reine Lüge. Es war lächerlich. Sie war nicht in sowas wie eine Spionagegeschichte verwickelt. Er verfolgte schlichtweg sein eigenes Interesse. „Ich würd' mich jetzt gern anziehen."

Er nickte, seine Stirn an ihre streichelnd. „Avery, es tut mir leid."

Doch er kam zu spät. Sie folgte ihm den Flur entlang, entschlossen, ihn für alle Ewigkeit auszuschließen.

* * * *

Liam starrte Avery an, sich wünschend, er hätte sein verdammtes Maul gehalten. Sie sah blass aus, zerbrechlich, wie sie auf dem Stuhl saß und ruhig auf den Computerbildschirm vor sich starrte.

Er hätte es richtig planen sollen. Er hätte genau planen sollen, was er sagte, und hätte dafür sorgen sollen, dass sie nicht weglaufen konnte, bis sie es verstand. Er hätte sie fesseln, sie besinnungslos ficken, ihr die Wahrheit sagen und sie dann weiter ficken sollen.

„Das war der echte, lebendige Premierminister." Sie bewegte den Mund, doch sie blickte nur vor sich hin, als erwartete sie, dass der Computerbildschirm ihr antwortete.

Gott sei Dank gab es Damon Knight und seine Verbindungen. Sie sagte, dass sie alle eine Gruppe von Hochstapler seien, die sie für Gott weiß was versuchten zu halten. Knight hatte sie überzeugt. Sie hatte Liam nicht geglaubt, jedoch wenn der Premierminister zu ihr sprach, fasste sie es offensichtlich wie eine Heilsbotschaft auf. Sie glaubte Politikern. Sie brauchte definitiv jemanden, der auf sie aufpasste.

„Ich hab's dir gesagt." Knight war in Jeans und T-Shirt gekleidet, doch auch wenn er so lässig aussah, strahlte er immer noch Autorität aus. Und er hatte gedroht, Liam den Kopf abzuschlagen für das, was er getan hatte. Die gute Nachricht war, dass sein Kopf immer noch auf seinem Hals saß, und Knight es geschafft hatte den Premierminister in einen Videochat zu verwickeln, um Avery davon zu überzeugen, dass sie es ernst meinten. „Dies ist eine echte Operation. Sie ist wichtig für unsere beiden Länder." Knight klappte den Computerbildschirm herunter und trug ihn davon. „Und jetzt bist du auf eine Weise involviert, die sich wohl keiner von uns gewünscht hat."

„Weil wir keinerlei Beweise haben, dass sie nicht mit drinsteckt", sagte Ian, als er hereinkam. Er hatte die Lederhose gegen ein Hemd und eine Hose eingetauscht. Seine Haltung war jedoch die gleiche geblieben. Er wirkte stets wie ein gereizter Hai, der nur darauf wartete, ein Stück aus etwas herauszureißen, das dumm genug war sich ihm anzunähern.

„Sie hat mit Molinas Geschäften nichts zu tun." Wenn es eins gab, das Liam wusste, dann, dass Avery Charles keiner Fliege etwas zuleide tun könnte. Wüsste sie was, hätte sie es schon erwähnt.

Ian wandte sich gegen ihn. „Yeah, ich hab' keine Beweise dafür, doch ich muss mich jetzt damit befassen, weil dein Penis offensichtlich die Führung übernommen hat. Hab' ich dir in letzter Zeit gesagt, dass dein Penis ein komplettes Stück Scheiße ist und er keine Entscheidung treffen sollte? Hast du das verdammte Memo nicht bekommen?"

„Das muss ich übersehen haben, Boss." Er hatte nicht vor, sich von Ian einschüchtern zu lassen. Ian ließe ihn nicht aus dem Club eskortieren und erschießen. Es würde alles gut werden.

„Ich bin in nichts verwickelt", sagte Avery, von Mann zu Mann blickend.

„Ich weiß, Liebes", antwortete Liam.

„Was exakt das ist, was Sie sagen würden, wenn Sie als Gegenspionin hier wären", schoss Ian zurück, den Sitz gegenüber von Avery einnehmend. Er beugte sich vor. „Irgendwie glaube ich nicht, dass Sie hereinspazieren und zugeben würden: 'Ich liebe Geld, deshalb verkaufe ich illegal Waffen nach Afrika, und ich arbeite wirklich hart daran, mich im Nahen Osten zu etablieren. Sagt das dein Facebook-Status?"

Avery schüttelte den Kopf. „Ich habe keine Facebook-Seite."

„Das ist Ihr Problem. Die besten Waffenhändler finden Sie auf Facebook." Ians Sarkasmus schien grenzenlos zu sein.

Liam hatte Glück, wenn er seinen Chef heute Abend nicht schlüge. Er lief um den Konferenztisch herum und nahm neben Avery Platz. „Liebling, niemand glaubt, dass du darin verwickelt bist."

„Ich glaube, er tut es. Brauch ich einen Anwalt? Kann ich mein Telefon zurückhaben?" Sie verdrehte die Hände in ihrem Schoß.

„Damit Sie Thomas Molina anrufen und ihm sagen, dass wir ihm auf der Spur sind?", fragte Ian.

„Halt dich zurück, Kumpel", warnte Liam.

Avery atmete tief durch. „Macht er das wirklich? Er veranlasst im Ernst, dass jemand Waffen und ähnliches unserer

Getreidelieferung beifügt?"

Zum ersten Mal verstand Liam nun, wie schwer es für sie würde. Es war nur eine weitere Sache, die er nicht bedacht hatte, als er ausgebrochen war und die Wahrheit ausgespuckt hatte. Sie glaubte an das, was sie tat. Herauszufinden, dass sie einem Waffenhändler geholfen hatte, würde sie fertig machen. Er war die ganze Zeit mit Nelson beschäftigt gewesen, doch jetzt hätte er Molina gern die Hände um den Hals gelegt, dafür, wie er Avery benutzt hatte. Es bedeutete ihm nichts, dass der Mann körperliche Probleme hatte. Es machte die Sache nur einfacher, den Wixer zu kriegen.

„Sagen Sie mir, was Molina den Lieferungen beifügt." Ian war eine unbewegliche Sache, über die die Wissenschaft sprach. „Wussten Sie, dass eure Sendungen gewogen werden, wenn sie die Docks hier verlassen? Der MI6 hat die Aufzeichnungen untersucht. Sie stimmen nicht mit dem überein, was schließlich in den Flüchtlingslagern ankommt."

Sie schüttelte ihr dunkles Haar. „Es kann einiges mit Getreide beim Transport geschehen. Manchmal, wenn es nicht richtig gelagert wurde, kann es verfaulen oder Ratten gelangen entweder im Boot oder im Lagerhaus daran. Wir haben auch viel Ärger mit Dieben."

„Diebe stehlen siebenhundert Pfund Getreide aus der Lieferung vom letzten September? Was ist mit den fünfhundert im Dezember? Diesen Februar fraßen Ratten neunhundert Pfund Getreide? Das sind mächtig große Ratten, Miss Charles." Ian reichte ihr die Berichte.

Avery saß da und starrte vor sich hin, als begriff sie nicht ganz.

„Nichts zu sagen, hm?" fragte Ian.

„Hör auf, oder ich bring sie hier raus und finde einen Anwalt." Das war Plan *B*. Er wollte ihn nicht unbedingt befolgen, da es bedeutete, sie in die reale Welt mit hinauszunehmen, und er war sich ziemlich verdammt sicher, dass sie bei der ersten Gelegenheit davonliefe.

Die Tür zum Konferenzraum öffnete sich und Eve und Alex traten ein. Sie erschienen beide wieder in ihrer üblichen Straßenkleidung.

Alex nahm neben seinem Partner Platz und lächelte Liam

ausgiebig zu. „Gut für dich, Mann."

Ian drehte sich um. „Verarschst du mich verfickt nochmal?"

„Hey, ich hab' eine Schwäche für Happy Ends", sagte Alex.

„Das ist kein Happy End. Das ist ein fieses, verficktes Ende. Das ist monatelange Arbeit die Toilette runtergespült, weil Liam da drüben seinen Schwanz nicht daran hindern konnte, Entscheidungen zu treffen."

„Ich glaube, es war sein Herz, Mann", schoss Alex zurück, zu Liam blickend, als sei er ein Kleinkind, das seine ersten Schritte machte.

Egal, was er für Avery empfand, das zu hören ließ ihn sich übergeben wollen. Liam zuckte zusammen. „Jesus, ich glaube, es hat mir besser gefallen, wie Ian gesprochen hat. Du lässt mich wie ein verdammtes Mädchen klingen."

Averys Hand schnellte heraus und schlug ihm auf die Brust. Sie rang nach Luft. „Entschuldige. Ich weiß nicht, warum ich das getan habe."

Ah, ein süßer Fortschritt. Er nahm ihre Hand und zog sie an seine Lippen. „Denn genau das macht eine Frau, wenn ihr Mann dummes Zeug redet. Ich bin darauf vorbereitet, regelmäßig geschlagen zu werden, Liebes."

Sie zog ihre Hand aus seiner heraus, jedoch nicht bevor er sie erröten sah. „Ich bin nicht deine Frau."

Sie konnte ihn vorerst bekämpfen, doch sie brauchte ihn.

Eve saß auf der anderen Seite des Tisches. Liam kam nicht umhin zu bemerken, dass sie so weit von Alex entfernt saß, wie nur möglich. Sie lächelte in Averys Richtung. „Es tut mir so leid für die Unehrlichkeit. Wir mussten sicher sein, dass du nicht darin verwickelt bist. Ich hoffe, du verstehst das."

Ian hob die Hände in die Luft und ließ den Kopf zurückfallen, während er offenbar vor Frustration stöhnte. „Nur weil Liams Schwanz sie mag, heißt das nicht, dass sie nicht schuldig ist. Wann wurde der verdammte Liam O'Donnell zur weltweit führenden Autorität in der Beurteilung von Menschen? Darf ich euch an einige Entscheidungen erinnern, die sein Schwanz in der Vergangenheit traf? Kellnerin Cindy Lou aus der Hölle? Sie kam mit einem Baseballschläger zu seinem Auto, weil er sich nicht gemeldet hat."

„Ich hab' ihr nie gesagt, dass ich anrufe. Ich kannte das Mädchen kaum."

„Ah, aber du hast sie gefickt, nicht wahr? Ich glaub', das war im Hinterzimmer eines Hooters."

„Ian, das ist unnötig", sagte Alex.

Ian ignorierte seinen besten Freund. „Was ist mit den Zwillingen, die du gevögelt hast und dann herausfinden musstest, dass sie dich heimlich gefilmt und die Sexvideos im Internet unter der Überschrift 'Heißer Knallharter Typ mit Riesigem Schwanz' veröffentlicht haben? Waren sie auch unschuldig?"

Es reichte jetzt, was Ian tat. Liam fühlte, wie er die Fäuste ballte. „Ich schwöre bei Gott, wenn du noch ein verficktes Wort sagst, komm' ich über den Tisch, Ian. Es ist mir scheißegal, dass wir mal Freunde waren."

Ian knurrte sofort zurück. „Ich versuche, dir zu helfen, Arschloch. Du weißt nicht das Geringste über diese Frau."

„So wie du versucht hast, Sean zu helfen?" fragte Eve, ihre Stimme ein ruhiger Ton im Sturm der Wut, der durch den Raum wirbelte.

Ian hielt inne, sein Gesicht zu hartnäckigen Linien verhärtet. „Das ist nicht dasselbe."

„Es ist exakt dasselbe." Eve tippte auf den Manila-Umschlag, der sich auf dem Schreibtisch vor ihr befand. „Bis hin zum Profil, das ich erstellt habe." Sie klappte ihn auf und begann laut zu lesen. "Nach sorgfältiger Überlegung wäre ich überrascht zu entdecken, dass die Zielperson in etwas verstrickt ist, das gegen ihre offensichtlichen Wertsetzungen verstößt. Ich bin davon überzeugt, dass Avery Charles als unschuldige Agentin behandelt wird und ihr gebührende Beachtung ihrer Sicherheit widerfährt. Ich glaube, ich sagte dasselbe über Grace, und du hast mich ignoriert. Ian, du lässt zu, dass deine eigene Geschichte dein Urteilsvermögen beeinflusst, und es wird dich einen weiteren Freund kosten, wenn du dich nicht zurückhältst."

„Du hast eine Akte über mich?", fragte Avery.

Ian lehnte sich zurück, ausnahmsweise mal still und bereit, Eve die Führung zu überlassen. „Das tue ich. Ich bin Psychologin. Ich hab' vorher für das FBI gearbeitet. Jetzt arbeite ich mit diesen

Idioten, die nur selten auf mich hören. Ich hab' deine damaligen Berichte gelesen. Du wurdest psychologisch analysiert, bevor du in die medizinische Studie aufgenommen wurdest, die dir den Gebrauch deiner Beine ermöglichte, und warst davor jahrelang bei einem Therapeuten, um das Trauma des Unfalls zu verarbeiten."

„Das sollte privat sein." Avery griff nach dem Umschlag. „Was ist mit der ärztlichen Schweigepflicht?"

Eve schob ihr den Umschlag hin, ein sicheres Zeichen dafür, dass sie Avery vertraute. „Es tut mir so leid, jedoch hat mir der MI6 die Unterlagen besorgt, und sie hatten wohl die Hilfe und Zustimmung der CIA. Dies ist eine sehr wichtige Mission. Es handelt sich um hochwertige Waffen, und er verkauft immer mehr davon. Wenn es ihm gelingt, in den Nahen Osten vorzudringen, werden diese Waffen gegen amerikanische und britische Truppen eingesetzt. Sie können dazu benutzt werden, ganze Weltregionen zu destabilisieren, die wir lieber in Ruhe gelassen hätten."

„Also wird meine Privatsphäre verletzt, um Terroristen zu bekämpfen, ist das so?" Avery blätterte die Akte durch. Ihr Gesicht errötete.

„Privatsphäre ist etwas, das niemand wirklich hat, Miss Charles." Ian klang ruhiger, seine Augen beständig auf Avery gerichtet. „Privatsphäre ist etwas, das nur solange gewährt wird, bis es das Recht eines anderen auf Leben verletzt."

„Sie waren ein wesentlicher Teil dieser Untersuchung", fuhr Alex fort, seine Stimme sanfter. „Wir mussten sicherstellen, ob Sie daran beteiligt sind, die Waffen unter die Getreidelieferungen zu schmuggeln, oder nicht. Sie stehen Molina nahe."

„Gibt es eine Möglichkeit, dass es sich um jemand anderen handelt? Wie jemand in der Firma?" Sie stellte die Frage mit zittriger Stimme.

Knight schob ein Schwarz-Weiß-Foto über den Tisch. „Das ist Ihr Chef mit einem Mann namens Eli Nelson. Nelson ist ein gefährlicher CIA-Agent, der sich, allem Vernehmen nach, im kriminellen Untergrund gerade flugs zu einer einflussreichen Person entwickelt. Sie treffen sich regelmäßig, seit Sie und ihr Boss nach London gekommen sind."

„Seine Verabredung zum Mittagessen mit einem Freund." Sie

schniefte etwas, und er hatte sie unbedingt in seine Arme nehmen und festhalten wollen.

„Avery, alles, was Sie uns sagen können, hilft uns weiter. Ist Ihnen an der UOF etwas Merkwürdiges aufgefallen? Etwa seltsame Geschäftspraktiken? Etwas Ungewöhnliches, das Molina in letzter Zeit tut?", fragte Alex. Er schien zu beabsichtigen, den guten Bullen zu spielen.

„Ich denke nicht, dass Avery etwas weiß", antwortete Liam schnell. Er ließe nicht zu, sie da mit reinzuziehen. Simon Weston hatte sich nach einigen Akten erkundigt, doch er könnte im Dunkeln tappen. Solange Avery sie nicht erwähnte, könnte er dafür plädieren, sie von hier wegzubringen, vielleicht sogar zurück in die Staaten. Sie bräuchte Schutz, bis alles aufgeklärt war. Sobald er sie zu sich gebracht hätte, könnte er daran arbeiten, die Beziehung wieder aufzubauen, diesmal auf einer soliden Grundlage.

Scheiße. Er brauchte eine neue Bleibe. Seine Wohnung war schrecklich. Sie bestand aus einer auf dem Boden liegenden Matratze, einem Fernsehsessel und einem riesigen Fernseher. Das beeindruckte sie nicht.

Doch es gab ihr vielleicht etwas zu tun. Vielleicht betrachtete sie ihn als ein Projekt. Wenn er sie dazu brächte, sich an der Renovierung seiner Wohnung zu beteiligen, finge sie vielleicht an, sie auch als ihre Bleibe zu betrachten.

Oder sie brannte es mit ihm darin nieder. Er war bereit, das Risiko einzugehen, solange er sie aus England und von Molina und Nelson wegbrachte.

„Es gibt einige Akten, die Sie sich ansehen sollten", sagte sie leise.

„Avery, halt den Mund. Du kommst hier raus", befahl Liam.

Ein dickköpfiger Ausdruck hatte sich auf ihr Gesicht gelegt. „Nein. Wenn ich drinstecke, dann steck' ich drin. Falls ich diese Waffenschmuggel-Sache in irgendeiner Weise unterstützt habe, dann muss ich versuchen, es wieder gut zu machen. Ich habe einen Freund, der für den Fonds arbeitet. Ich glaube, er sieht wohl dasselbe wie ich. Es gab mehrere Multimillionen-Dollar-Spender, die aus Gründen abgewiesen worden sind, die ich nicht verstehe."

„Warum würde eine Wohltätigkeitsorganisation Geld

ablehnen?", fragte Alex.

„Aus einer Reihe von Gründen." Eve schob Averys Akte in ihre Tasche zurück, als sie sprach. „In vielen Fällen, wenn eine Wohltätigkeitsorganisation eine Spende ablehnt, hat es was mit den moralischen Ansichten des Spenders zu tun. Eine Frauengruppe mag eine solche Spende ablehnen, die von einer Gruppe exotischer Tänzerinnen getätigt wurde, die sich das Geld mit Lapdance oder einer Bikini-Autowäscherei verdienen."

„Das ist albern. Geld ist Geld und ein Lapdance bringt der Welt Freude", betonte Liam.

Avery schlug ihm auf den Arm. Sie seufzte. „Das war ein Schicksalsschlag."

Solange sie sich noch darum scherte, wie es sie aussehen ließ, wenn er was Dummes sagte, gab es noch eine Chance. „Was ich sagen wollte, ist Geld nicht gleich Geld, Eve? Du, von der ich niemals einen Lapdance akzeptieren würde."

Das war besser, oder?

„Ich glaube, sie würden sagen, dass es eine Frage des öffentlichen Eindrucks ist. Sie wollen keine Spender verjagen, die beleidigt sein könnten. Selbst wenn die Spende recht groß ist, kann es klüger sein, die kleineren, üblichen Spender bei Laune zu halten, weil sie dazu neigen, jährlich zu spenden", erklärte Eve.

„Hat das irgendetwas mit Simons Theorie zu tun?" Knight wandte sich Avery zu. „Simon Weston ist mein intern Eingeweihter. In seinem letzten Bericht sprach er von Spendern und ein paar Unterlagen, die er von Ihnen zu kriegen versuchte. Haben Sie ihm die Dokumente besorgt?"

Avery verblasste zusehends. „Simon steckt mit drin?"

„Ja, er ist derjenige, der intern auf Sie Acht geben wird", erklärte Knight. „Ich möchte, dass Sie ihn als Ihren Partner betrachten."

Oh, das würde verdammt noch mal nicht passieren. „Sie wird nicht zu diesem Ort zurückkehren."

„Sie muss." Knight runzelte die Stirn. „Wenn sie jetzt verschwindet, könnte das der ganzen Operation einen Dämpfer verpassen. Sie sind derjenige, der gehen kann, O'Donnell. Morgen wird Ihre Mission beendet sein und Simon kann die Sache von da an übernehmen. Sie können einfach zurück in die Staaten gehen, wie der nette Tourist, für den Sie alle halten."

„Ich werde nicht gehen."

Knight lehnte sich zurück. Er schien es zu genießen, die Oberhand zu haben. „Das werden Sie, wenn ich Sie rausschmeiße. Vergessen Sie nicht für eine Sekunde, dass ich Sie an Orte versetzen kann, wo Sie nicht sein wollen. Ich werde es ohne die geringsten Skrupel tun, wenn Sie meine Mission gefährden. Ich werd' Sie so tief ins Gefängnis stecken, dass sich niemand mehr an Ihre Existenz erinnert."

„Oh, sie werden sich erinnern, wenn ich ihn da raushole, Damon. So angepisst wie ich gerad bin, glaub nicht für eine Sekunde, dass ich auch nur einen Mann zurücklasse. Du willst diese Karte nicht ausspielen." Ian stand auf. „Wir können das heut Abend nicht austragen. Miss Charles, falls ich zu hart zu Ihnen war, entschuldige ich mich. Mein Schwanz hat nichts damit zu tun, also kann ich mich nur danach richten, was mein Verstand mir sagt, und der sagt mir Sie von mir fern zu halten. Da mir das nicht mehr möglich ist, muss ich darauf vertrauen, dass Eves Urteilsvermögen richtig ist und dass Sie keine supergeheime Terroristin sind, die darauf aus ist, das US-Militär zu stürzen. Sie sollten begreifen, dass wir nicht die Einzigen sind, die Sie seit Wochen beobachten. Als ich Ihr Telefon nahm, um es zu verwanzen, stellte ich fest, dass es bereits verwanzt war. Passen Sie auf, was Sie sagen und tun. Wenn es nach mir ginge, zöge ich Sie umgehend ab, doch das tut es nicht. Was dich betrifft, Li, bereden wir, wenn wir wieder in Dallas sind. Nachdem wir Nelson geschnappt haben, liegt es an dir, ob du bleibst oder nicht."

„Wir bleiben nicht", antwortete Liam. „Keiner von uns. Sie fliegt mit dem Team zurück, weil wir ihr Schutz schulden."

Avery schüttelte den Kopf. „Ich werde nicht gehen. Ich helfe dem MI6 aus."

Liam starrte sie in seiner besten Dom-Manier an. „Das wirst du nicht. Sie steckt da nicht mehr drin. Du bist raus aus der Sache."

„Sie ist nicht raus, wenn sie es nicht will", betonte Knight.

Avery drehte sich zu Liam, ihre Augen glänzten vor Tränen. „Ich werde nicht gehen, Lee. Liam. Gott, wie ich das hasse. Ich gehe nicht, weil er Waffen dahin schickt, um genau die Menschen zu töten, die ich zu retten versucht habe, die Stephanie zu retten versucht. Was zur Hölle geschieht, wenn sich irgendein Kindersoldat plötzlich in den Kopf setzt, die Klinik zu übernehmen, in der sie arbeitet, in der sie Gutes tut? Ich habe alles aufgegeben, damit sie etwas Gutes bewirken kann. Ich werd' jeden, der sich mir in den Weg stellt, zur Strecke bringen. Du denkst, dass ich so schwach bin, nicht wahr? Nun, dann sieh mir jetzt zu. Sieh mir zu. Ich werde dir nicht erlauben, mich zurückzuhalten."

Ein Schluchzen fuhr durch sie hindurch, ihr ganzer Körper schüttelte sich, und er konnte nicht anders. Er zog sie zu sich, mit der Hand strich er ihr beruhigend über den Rücken. So hatte er es gar nicht gesehen. Avery war Teil dieses Spiels, und zwar ein außerordentlicher. Sie hatte so viel von der Trauer und dem Schmerz über ihren Unfall in etwas Gutes verwandelt, und sie wäre am Boden zerstört, wenn alles schief ginge und sie daran auch nur irgendwie beteiligt wäre.

„Es ist alles in Ordnung, Liebes. Ich kümmer' mich darum. Ich bring das in Ordnung. Verstehst du? Ich werde alles tun, was nötig ist, um das zu beenden. Ich verspreche es."

Sie stieß sich von ihm weg, nachdem sie in einem süßen Moment bei ihm weich geworden war und sich von ihm hatte halten lassen. „Du schuldest mir was, Liam."

Er wollte nicht, dass es darum ging, dass er ihr etwas schuldete, doch es schweißte sie zusammen, und das konnte er ihr nicht verwehren. Ihre Geschichte, wie sie ihrer Trauer entwachsen war, hatte ihn dazu bewegt, ihr die Wahrheit zu sagen. Sie war mutig gewesen und jetzt wollte sie die Welt beschützen, die sie aufgebaut hatte, und er konnte ihr das nicht verwehren. Sie wäre nicht Avery, wenn sie es nicht versuchte. „Ich verspreche es." Er wandte sich Knight zu. „Lassen Sie mich bleiben und ich werde ein guter Soldat sein. Sag es ihm, Ian. Bitte."

Dieses „bitte" versetzt ihm einen Stoß in die Magengegend. Er bettelte nicht. Er bat um nichts. Er wäre lieber gestorben, doch so viel bedeutete sie ihm inzwischen. Es traf ihn ganz schön heftig, dass er soeben eine große Schwäche offenbart hatte. Avery könnte ihn auseinandernehmen, wenn sie wollte, und vielleicht wollte sie das nur.

„Er wird einen guten Job für dich erledigen", sagte Ian, sein Gesicht ausdruckslos. „Er wird sie beschützen und dir besorgen, was ihr braucht. Und ich will ihn lebend zurück, wenn ihr fertig seid, Damon. Lass ihn nicht umkommen."

Es war praktisch eine Liebeserklärung vonseiten Ian Taggarts.

Ian ging hinaus, die Tür hinter sich zuknallend.

Alex klopfte Liam auf den Rücken, als er sich erhob. „Ich werd' dich decken, Mann, wie immer. Egal, was morgen passiert, ich bleib' hier und geb' dir Rückendeckung. Ich denke, du hast das Richtige getan. Ich bin mir sicher, Adam und Jake werden auch zurückbleiben."

„Großartig. Ein Haufen Amis, die hier rumhängen, das hat mir noch gefehlt." Knight hob eine Hand. „Entschuldigt. Ich nehme jede Hilfe an, die ich kriegen kann, und es wäre tatsächlich optimal, wenn jeder in Averys Leben an seinem Platz bliebe. Molina hört mit, und er wird jeden zur Kenntnis nehmen, der geht. Das Letzte, was wir brauchen, ist, dass Molina beschließt, sie stände auf der falschen Seite. Hören Sie, Miss Charles, versuchen Sie die Akten zu besorgen. Wenn Simon Recht hat, liegen sie in Form eines Codes vor. Wir besorgen Ihnen ein sauberes Telefon mit Kamera. Marschieren Sie nicht mit den Akten raus. Machen Sie Fotos davon und schicken Sie sie uns. Ich vermute, sie sind verschlüsselt. Die können wir knacken. Wenn Sie das schaffen, können wir alles aufhalten."

Oder Liam könnte alle Risiken auf sich nehmen. Ihm wäre es lieber, er täte es. Oder Weston. Sie waren ausgebildet. Avery war es nicht, doch er stritt sich jetzt nicht mit dem neuen Chef, wo Knight so kurz davor gewesen war, Liam ganz aus dem Spiel zu nehmen.

Avery nickte. „Ich schaff' das. Er wird morgen nicht im Büro sein. Wenn Sie mir eine Kamera besorgen, find ich die Akten."

„Ausgezeichnet." Knight erhob sich, während er sein Hemd glattstrich. „Ich weiß, Sie werden mir nicht glauben, Miss Charles, doch ich bewundere Sie sehr und möchte nicht, dass Ihnen etwas zustößt. Mein Land wird Ihnen sehr dankbar sein für Ihre Hilfe hier. Falls Sie irgendetwas brauchen, ich kümmer' mich darum."

„Muss ich bei ihm bleiben?", fragte sie.

Fuck. Er konnte sie nicht gehen lassen. Nicht jetzt. „Das sähe schlecht aus. Alles sollte so bleiben, wie es ist."

Knight zuckte mit den Achseln. „Er hat recht. Und Sie brauchen einen Leibwächter. Ich weiß, dass Sie momentan absolut wütend sind, doch ich möchte Sie auf etwas hinweisen, das Sie vermutlich unbeeindruckt lässt, da ich ein Schwanzträger bin und Sie wohl gerade alle Männer hassen. Doch er hätte es Ihnen nicht sagen müssen. Es wäre viel einfacher für ihn gewesen, am Ende dieser Operation einfach zu verschwinden und Sie ohne eine Erklärung zurückzulassen. Genau das hätte ich gemacht. Sie fragen sich also, warum dieser dumme Kerl hier gerad alles für Sie riskiert hat. Wäre er Teil meines Teams gewesen, ich hätte ihn erschießen und beseitigen lassen. Er wird wohl seinen Job verlieren und für Typen in unserem Geschäft ist der Job das Einzige, was wir haben. Also fragen sie sich, warum er alles riskierte, um sicherzugehen, dass Sie seinen richtigen Namen kennen. Geben Sie auf diesen Mann acht, Miss Charles. Er würde sterben, um Sie zu beschützen. So gesehen ist er ein ziemlicher Idiot."

Liam fühlte, wie sein Blick dahinlitt. Wie zum Teufel sollte er darauf reagieren? Er war hin- und hergerissen, den Kerl zu schlagen oder ihn zu umarmen. Er war noch nie so verfickt verwirrt gewesen wie jetzt. Das Einzige, was er wusste, war, dass er sie beschützen und ihr gleichzeitig erlauben musste, Stellung zu beziehen. Und beides verhielt sich völlig konträr zueinander.

„Ich verstehe." Avery holte tief Luft und stand ebenfalls auf. „Ich möchte jetzt nach Hause. Wenn ich mit Liam mitgehen muss, werd' ich das tun."

Nicht die süßesten Worte, die er in seinem Leben gehört hatte, doch er nähme sie an. Er erhob sich und nickte Alex und Eve zu, bevor er Avery die Tür öffnete. Er ginge mit ihr nach Hause. Er musste darauf hoffen, dass ihm genug Zeit bliebe, sich um die Wunde zu kümmern, die er verursacht hatte.

Was den morgigen Tag betraf, stellte dieser die jüngste Hölle dar, und er würde sich dem stellen, wenn er musste.

Kapitel Sechzehn

Avery zitterte immer noch, als Liam aus dem Taxi stieg. Sie nahm sich so gut wie nie ein Taxi in der Stadt, doch Liam hatte darauf bestanden, dieses Mal nicht die U-Bahn zu nehmen. Er hatte wohl gedacht, dass sie wegliefe, doch sie meinte ernst, was sie gesagt hatte. Sie ginge nirgendwo hin. Sie ließe nicht zu, dass ihre ganze harte Arbeit umsonst gewesen wäre, nur weil es jemand wagte, vom Schmerz und Elend anderer zu profitieren.

Trotzdem wäre es einfacher mit der U-Bahn gewesen. Er hatte die ganze Zeit neben ihr gesessen, ohne ein verdammtes Wort zu sagen. Für einen Mann, der vorher noch so viel zu sagen gehabt hatte, blieb er jetzt hartnäckig still, und sie waren auf dem Weg zu ihr, wo sie über nichts reden konnten, weil die ganze Wohnung verwanzt war.

Ihre Wohnung war verwanzt, und alle um sie herum logen sie an. Sie hätte es nicht geglaubt, denn es war ziemlich schwer sich vorzustellen, dass Englands Premierminister wirklich zur Stelle stand, um einer Bande von Hochstaplern zu helfen. Klar hätte es auch ein Schauspieler sein können. Einer, der genauso aussah und klang wie der Premierminister.

Sie seufzte. Sie suchte stets nach einem Ausweg, doch es gab keinen. Wenn sie ruhig innehielt und darüber nachdachte, wusste sie tief in ihrem Inneren, dass irgendetwas bei der UOF nicht stimmte. Irgendetwas stimmte nicht mit ihrem Chef.

„Glaubst du, Brian steckte da mit drin?" Brian Molina war ihr Freund in der Physiotherapie gewesen. Er hatte sie mit seinem Bruder bekannt gemacht und ihr den Job überhaupt erst besorgt.

„Nicht hier." Liam gab dem Fahrer das Fahrgeld und griff hinein, um ihr die Hand zu reichen und ihr rauszuhelfen.

Sie ignorierte die ihr angebotene Hand. Sie müsste sich wieder daran gewöhnen, allein zu sein, da sie nicht wirklich beabsichtigte, ihn zu sehen, wenn seine Mission vorbei war. In gewisser Weise wäre es gütiger von ihm gewesen, wenn er sie einfach verlassen hätte. Sie hätte noch ein paar Tage Zeit gehabt und er wäre bald in ihrer Erinnerung verblasst. Sie wäre mit der Erinnerung zurückgeblieben, einmal geliebt worden zu sein.

„Avery." Er war sehr gut darin geworden, ihren Namen wie ein Schimpfwort klingen zu lassen, doch sie war gut darin geworden, ihn einfach zu ignorieren.

Sie schaffte es, auf den Beinen zu bleiben. Sie flitzte an ihm vorbei ins Gebäude. Er befand sich direkt hinter ihr. Als sie an der Rezeption vorbeikamen, legte er einen Arm um sie und sie steckte fest, denn sie hatte versprochen, den Plan fortzuführen. Sie lächelte den Mann hinterm Schreibtisch an und brachte es fertig, Liam nicht zu schlagen, als seine Hand hinunterglitt und auf der Kurve ihrer Hüfte ruhte.

Wie lange dauerte es, bis sie sein Gesicht vergaß? Manchmal konnte sie sich nicht mehr an Brandons Gesicht erinnern.

Als sich die Fahrstuhltüren schlossen, wollte sie ihn gerade wegzustoßen, doch er schien ihre Bewegung vorausgeahnt zu haben und drängte sie in die Ecke der winzigen Kabine, bedeckte sie ganz mit seinem Körper. Er beugte sich vor und flüsterte ihr direkt ins Ohr.

„In der linken Ecke befindet sich eine Kamera. Mach mir nicht die Hölle heiß, bevor wir nicht bei Adam und Jake sind. Es ist nicht sicher. Überall sind Kameras und eine falsche Bewegung kann deinem Chef einen Anhaltspunkt liefern." Er richtete den Kopf auf und sprach wieder wie gewöhnlich. „Bist du sicher, dass wir deine Freunde auf einen Drink treffen müssen? Ich will dich nur ins Bett kriegen, Baby."

Hitze durchdrang sie. Sie konnte ihn so sehr hassen, wie sie wollte, doch ihrem Körper war das egal. In dem Moment schon, in dem er in diesem tiefen Tonfall zu sprechen begann, reagierte ihr Körper. Die gute Nachricht war, dass ihr Körper nicht das Sagen hatte. „Ich glaube, ich werde heute Abend sehr müde sein."

Er schien auf ihren Tonfall nicht einzugehen. Er zwinkerte nur hinab, als sich die Türen öffneten. „Es ist okay. Ich werd' die ganze Arbeit machen. Du brauchst nur dazuliegen."

„Wow. Das klingt so charmant." Sie beherrschte sich. Nur noch wenige Schritte und sie hätte drauf losschimpfen können. Sie erlaubte ihm, sie aus dem Aufzug und den Flur hinunter zu führen. Sie blickte nach oben und tatsächlich waren dort Sicherheitskameras, die den Flur überwachten. Sie hatte sie nie zuvor bemerkt. Jemand beobachtete sie. Vielleicht war es der hauseigene Sicherheitsdienst oder vielleicht doch jemand anders. Alles, was sie tat und sagte, wurde beobachtet und gegen sie verwendet.

Liam zog sie in seine Arme, seine Stimme wieder tief. „Hab' keine Angst. Ich kümmer' mich um dich."

Sie wollte so sehr in seiner Stärke versinken. Sie wollte, dass er einfach nur Lee war und dass alles, was in den letzten paar Stunden geschehen war, nur ein dummer Traum war.

Doch das war es nicht, und sie musste sich wieder der Realität stellen.

Die Tür zu Adams Wohnung öffnete sich und er kam raus und sah wie der nette Mann aus, für den sie ihn gehalten hatte, nicht wie ein Geheimdienstmitarbeiter, der er eigentlich war. Er trug das, was er tagsüber getragen hatte, eine Hose und das Hemd aufgeknöpft. „Hey, ihr zwei. Ich hab' mir langsam Sorgen um euch gemacht. Kommt rein. Ich hab' einen kleinen Mitternachtssnack vorbereitet. Martini, jemand?"

„Ja, ich möchte einen Martini", sagte Liam mit skeptischer Stimme. „Bier für mich, Alter. Mein Mädchen hier könnte jedoch einen harten Drink gebrauchen."

Sie trat durch die Tür, und im gleichen Moment, als sie sich schloss, drehte sich Adam zu ihr um. Er war von größerer Gestalt als üblich, seine Schultern vollkommen aufgerichtet und jeglicher Hang an Weichheit verschwunden. „Avery, es tut mir sehr leid, dass du es so erfahren musstest."

In diesem Moment hasste sie sie alle. Gerade als sie dachte, sie hätte Freunde gefunden und sei der Phase der sozialen Misere entronnen, erfuhr sie, dass alle, mit denen sie sich angefreundet hatte, Hintergedanken hatten, ihren Chef eingeschlossen, auf den sie so ziemlich ihre ganze Zukunft gesetzt hatte. Sie hatte kein Zuhause mehr in den Staaten. Sie hatte keine Freunde mehr dort. Keine Freunde hier. Sie war so allein, wie sie es selbst nach dem Tod von Brandon und Maddie nicht gewesen war.

Allein.

„Warum bin ich überhaupt hier?", fragte sie. „Kann ich nicht einfach ins Bett gehen und morgen früh die Akten holen und muss dann nie wieder einen von euch Typen sehen?"

„Euch Typen?", fragte Adam mit einer Grimasse. Er wandte sich an Liam. „Wow. Du hast es verkackt."

Jake kam herein und warf Liam ein Bier mit der Leichtigkeit einer langen Freundschaft zu. „Fang, Alter."

„Danke. Fuck, das brauch' ich." Liam öffnete es und goss es sich in einem Zug hinunter. „Ich hab's nicht verkackt. Ich wollte, dass sie es weiß. Ich musste es ihr sagen, weil ich nicht die geringste Absicht hab', sie da blind reinlaufen zu lassen. Ich werd' nicht zulassen, dass sie verletzt wird."

Er sagte alles richtig, doch das hatte er vorher bereits auch schon. „Da wir hier sind und dies der einzige Ort zu sein scheint, an dem ich mich freimütig äußern kann, ohne abgehört zu werden, hab' ich ein paar Fragen an dich und ich verlange ein einziges Mal Ehrlichkeit."

Liam ernüchterte, sein Blick verzog sich zu einem ernsten Ausdruck. „Ich werd' dich nicht mehr anlügen, Liebes. Ich verspreche es dir."

„Hast du dir diesen ganzen 'Sex-ist-ernst'-Mist ausgedacht, bevor oder nachdem du mich getroffen hast?" Sie wollte wissen, ob er jeder den gleichen Scheiß erzählte oder ob sie von dem Wixer, der offenbar einen Sexfilm gedreht hatte, eine Sonderbehandlung erhalten hatte. Ians Vortrag über Liams sexuelle Vorgeschichte war seinem Fall nicht zuträglich gewesen.

„Nachdem ich dich kennengelernt hab'", sagte er, seine Augen auf sie gerichtet.

„Vertrau mir, ich kenne ihn seit Jahren und er hat Sex nie ernst genommen", sagte Adam. Liam knurrte vor sich hin. „Bis jetzt, natürlich."

Liam errötete nicht mal, doch ein Mann, der mit so vielen Frauen geschlafen hatte, kannte wahrscheinlich nichts, was ihm peinlich war. „Meine Beziehungen vor dir waren von kurzer Dauer und liefen meist auf den Höhepunkt hinaus, wenn du weißt, was ich meine."

„Während es in diesem Fall darum ging, während der Arbeit zum Höhepunkt zu gelangen. Die Vorteile deines Jobs sind wunderbar", schoss Avery zurück.

Seine Augen verengten sich. „Das hab' ich verdient, Liebes, doch ich möchte, dass du nicht vergisst, dass ich es war, der reinen Tisch gemacht hat, und das habe ich dir zuliebe getan."

Als er es so formulierte, wollte sie fast nachgeben, doch sie wollte allem auf den Grund gehen. „Bin ich dein Typ?"

Er hielt inne, das Bier, das beinahe seine Lippen berührt hatte, blieb in der Luft, bevor er es wieder senkte und auf den Tisch stellte.

„Hat einer von uns wirklich einen Typ?", fragte Adam.

„Haut ab. Ihr beide", sagte Liam, seine Augen unablässig auf sie gerichtet.

Das Letzte, was Avery wollte, war mit Liam allein zu sein. „Ich hätte sie lieber dabei. Schließlich haben sie auch mitgelauscht, nicht wahr?"

Adams Schweigen war Antwort genug.

Sie hatten zugehört, während sie sich zum Narren gemacht hatte. „Es ist also egal, ob sie abhauen oder nicht. Sie hören ja trotzdem alles mit. Bin ich dein Typ, Liam O'Donnell?"

Ein sturer Blick legte sich auf seine Gesichtszüge. „Du bist weiblich, also ja, bist du mein Typ."

Er wollte es ihr nicht leicht machen. Sie formulierte die Frage anders. „Hast du mich einmal angeschaut und entschieden, dass du mit mir schlafen wolltest?"

„Nein", antwortete er kurz.

„Was hast du von mir gedacht?"

Die Bierflasche knallte auf die Theke, als er sie absetzte.

„Avery, das spielt keine Rolle. Das Einzige, was zählt, ist, was ich jetzt denke. Warum ist es wichtig, dass ich eine völlig fremde Frau sah und ich sie nicht unbedingt ficken wollte? Ich will jetzt ficken. Ich will dich den ganzen Tag lang ficken, vierundzwanzig Stunden täglich und sieben Tage die Woche. Ich werd' es dir verdammt noch mal beweisen, wenn ich mit dir ins Bett steigen darf. Ich kann dir beweisen, wie sehr ich dich will."

Und sie ginge ihm direkt in die Falle. „Das würde so viele deiner Probleme lösen, oder? Wenn ich doch stets die süße Sub wäre, könntest du mir einfach sagen, was ich tun soll."

„Du hast auch vorher nicht all meine Befehle genau befolgt, Liebling. Ich weiß nicht, ob du es bemerkt hast, doch außerhalb des Schlafzimmers bist du nicht mehr unterwürfig. Du hast diese Woche immer mehr Stellung bezogen."

Das war nicht der Teil der Woche, auf den sie hinaus wollte. „Geht es bei diesem BDSM-Kram nur um so'n Scheiß? Denn es kommt mir vor, dass es eine echt gute Möglichkeit ist, eine Frau genau das tun zu lassen, was du willst."

„Es war nichts Ernstes für mich, bis ich dich traf." Liam stand auf und überragte sie, die Hände legte er auf ihre Schultern. „Ich habe damit herumgespielt, doch jetzt fühlt es sich echt verdammt ernst an. Ich hab' versprochen, dass ich nicht lüge, und das werd' ich auch nicht. Ich fühlte mich anfangs nicht zu dir hingezogen."

Ein böses kleines Lächeln ließ ihre Lippen kräuseln. „Du dachtest, ich sei unattraktiv und ein bisschen dick, nicht wahr?"

Er schloss die Augen für einen Moment, in dem sich seine Hände auf ihren Schultern anspannten, als hätte er Angst, sie loszulassen. „Warum ist das von Belang? Ich finde dich jetzt hinreißend."

„Beantworte die Frage, Liam." Sie war wirklich eine Masochistin, doch sie musste es von ihm hören.

„Gut, ich dachte, du seist leicht übergewichtig und uninteressant, doch das war mein Problem. Das kam aus dem Mund eines Mannes, der kaum den Namen einer Frau kannte, bevor er sie nicht gevögelt hatte und sogleich das Haus verließ, um sich auf die Suche nach dem nächsten warmen Körper zu machen, der nichts zählte. Adam, wie viele Freundinnen hatte ich in der ganzen Zeit, in der du mich kennst?"

„Es hängt ganz von deiner Definition des Begriffs 'Freundin' ab", begann Adam.

„Er hat niemanden gehabt, Avery." Jacob Dean seufzte und trank sein Bier. „Er war die ganze Zeit, die ich ihn kenne, völlig allein."

„Es klingt nicht so, als wäre er jemals allein gewesen." Es klang, als hätte er die Hälfte der Frauen in den USA gevögelt.

„Sex ist für einen Mann nicht dasselbe wie für eine Frau", antwortete Jacob. „Seine Gefühle waren nicht im Spiel. Es war ihm egal. Ich habe den Mann noch nie erlebt, dass er sich wirklich um jemanden scherte."

„Ich weiß nicht, ob ich in Bezug auf die emotionalen Bedürfnisse von Heteros auf euch hören sollte." Avery besah sich die beiden Männer. Jake und Adam waren seit Jahren in einer Beziehung. Sie könnten weder verstehen, wie sie fühlte, noch darüber sprechen, warum Liam tat, was er getan hatte.

„Diesbezüglich, Avery", begann Adam.

„Sie sind nicht schwul, Liebes", sagte Liam, sie loslassend, um sich frustriert mit der Hand durch die Haare zu fahren. „Dafür wird sie mir auch die Schuld geben. Sie sind nicht schwul, doch sie sind verdammt gut darin, es zu spielen. Sie sind verheiratet."

Adam erschauderte. „Das klingt so nach Vanilla. Wir sind mit der gleichen Frau verheiratet. Siehst du, wir hatten etwas Verrücktes zu verbergen."

Doch sie hatte sich so vollkommen wohl mit Adam gefühlt, weil er schwul war. „Du hast mich reingelegt."

Er errötete. „Ich habe dich beschützt."

„Hast du mich beschützt, als du mir geholfen hast, diese Kleider zu kaufen?"

„Ich hab' dir geholfen, und es hat funktioniert", antwortete Adam, seine Stimme klang weicher. „Du hast dich besser gefühlt, als du besser bekleidet warst. Avery, es war eindeutig, dass du niemanden hattest, der dir hilft. Du hast ein sehr behütetes Leben geführt. Ich hab' nur das getan, was ein echter Freund täte. Du bist eine schöne Frau, doch hattest keine Ahnung, wie du dich zu kleiden hattest. Ich hab' dir geholfen, deinen Weg zu finden."

Und es hatte funktioniert. Sie fühlte sich in ihrer neuen Kleidung sicherer. Sie fühlte sich selbstbewusster und Lee Donnelly hatte viel damit zu tun, doch er war eine einzig große Lüge gewesen. Adam war es ebenso gewesen. „Hat dir die Show gefallen?"

Liams Gesicht errötete und er wandte sich gegen seinen Freund. „Bist du mit ihr in die verdammte Umkleidekabine gegangen?"

Adam wich zurück, er hob die Hände, als wollte er ein sich annäherndes Biest abwehren. „Ich hab' eine Rolle gespielt, Li. Der schwule Adam würde nicht zögern, einer Freundin mit ihrem Reißverschluss zu helfen. Übrigens, die smaragdgrüne Unterwäsche steht dir wirklich großartig, Avery. Du hast einen tollen Hintern."

„Jacob, ich bring ihn um", knurrte Liam.

„Hey, keiner von uns hat vergessen, dass du Serena geküsst hast. Ich denke, ich unterstütze ihn dabei." Jake drehte sich zu Avery, als Liams Fäuste flogen. Die beiden Männer fingen zu kämpfen an, doch Jake tat so, als sei dies ein alltägliches Ereignis. Adam erwischte Liam mit einem flinken Kinnhaken, Liam jedoch genoss den Vorteil seiner Größe. „Und Adam wäre dieses bisschen Rache egal gewesen, wenn er nicht wüsste, dass du Liam etwas bedeutest. Liam wäre es auch egal gewesen, wenn ein Kerl hereinstolziert käme und seinen Platz bei einer Frau einnähme, solange er fertig war mit ihr. Bei dir ist es anders. Er ist besitzergreifend. Er ist sonst nie besitzergreifend."

„Sollten Sie nicht damit aufhören?" Avery beobachtete die beiden Männer. Liam hatte Adam im Würgegriff.

Jake schüttelte den Kopf und winkte die ganze Sache ab. „So sind wir, Avery. Am Ende benehmen wir uns wie dumme Tiere. So verarbeiten sie es seelisch und sind wieder Freunde. Ihr Frauen wollt den Dingen, die wir sagen und tun, alle möglichen Bedeutungen zuschreiben, aber wir sind wirklich einfach. Wir rennen ziellos rum und ficken alles, was uns in die Quere kommt, bis wir auf die eine Frau treffen, die mit uns fertig wird, die allen Scheiß in Ordnung bringt, der innerlich falsch läuft, und dann sind wir fertig, und ein Mann wie Liam ist für den Rest seines Lebens fertig. Er wird keiner anderen mehr verfallen."

„Gerade ist er keiner verfallen." Sogar noch bevor sie herausgefunden hatte, dass er sie in allem belogen hatte, wusste sie, dass es nicht für immer war. Ein Mann wie Liam würde nicht bei einer Frau wie ihr enden.

„Warum ist er dann da drüben, um Adam zu töten?", fragte Jake. „Abgesehen davon, dass Adam so absolut unausstehlich sein kann, dass ich ihn auch manchmal töten könnte."

Sie zuckte die Achseln. „Er hat ein schlechtes Gewissen, das fette, verkrüppelte Mädchen ausgenutzt zu haben."

Jacobs Augen loderten auf und er schien plötzlich ungefähr einen Kopf größer zu sein als zuvor. „Liam, deine Frau hat sich gerad als etwas bezeichnet, das dir nicht gefallen wird."

Liam löste sich von Adam und drehte sich um, seine Aufmerksamkeit auf sie richtend. Er nahm eine Hand hoch und wischte sich einen Tropfen Blut vom Mund. „Es hat besser nichts mit ihrer Größe zu tun. Dieses Gespräch hatten wir heut Abend schon mal, Liebling."

Wenn er sie so ansah, wollte sie herabsinken und ihn um Verzeihung bitten, doch das war dumm. Das ganze BDSM-Ding war genauso unecht wie der Rest von ihm. „Das geht dich nichts an."

Er stakste quer durch die Wohnung, um zu ihr zu gelangen. „Da liegst du falsch. Es geht mich sehr wohl etwas an, und es wird mich in absehbarer Zeit etwas angehen, oder willst du das hier und jetzt hinter dir lassen?"

Weggehen? Und ihn nie wiedersehen? Sie schüttelte den Gedanken von sich. Es war ein gefährlicher Gedanke und bewies nur, dass sie überhaupt nicht wirklich dachte. „Ich werde ab morgen wieder ins Büro gehen und das weißt du."

„Ich will nicht, dass du schlecht über dich selbst redest. Nicht jetzt. Nie wieder."

Er war nur ein großer alter Fiesling. „Ich will jetzt ins Bett, Liam." Sie war fertig mit dieser Konversation. Sie war fertig mit Adam und Jake. Sie war definitiv fertig mit Liam. Außer, dass er mit ihr nach Hause kommen musste. „Du kannst auf der Couch schlafen. Es gibt keine Kameras, also muss es keiner wissen. Sie werden nur wen hören, der rumheuchelt."

„Nein." Liam wandte sich um, einen Finger in Adams Richtung zeigend. „Wenn ich dich auch nur einmal dabei erwische, wie du dir ihren Arsch ansiehst, bring' ich dich um. Ich hab' Serena geküsst, um zu beweisen, dass ich Recht hatte, und es geklappt. Es hat dazu geführt, dass ihr beide zusammengearbeitet habt. Mir muss keiner was beweisen. Ich bin klüger als ihr beide zusammen."

Jake zuckte mit den Achseln. „Serena würde dem vermutlich zustimmen."

„Komm mit. Du willst ins Bett. Wir gehen ins Bett." Er zog ihre Hand in seine.

Sie widersetzte sich ihm, sich zurückziehend, weil sie verdammt gut wusste, dass sie nicht mit ihm ins Bett steigen könnte. Es wäre eine totale Katastrophe und sie stände da wie eine Idiotin. Noch einmal. „Ich schlafe nicht mit dir."

„Doch, das tust tu."

„Ich sage nicht ja, Liam. Das ist Vergewaltigung."

Er drehte sich zu ihr um und verdrehte diese smaragdgrünen Augen. „Ich werd' dich nicht ficken, obwohl wir beide verdammt gut wissen, dass es keine Vergewaltigung wäre. Ich bin bereit, dir etwas Zeit zu geben, damit du einsiehst, wie stur du bist. Du hast einen Schock erlitten und bist im Moment unsicher, doch du wirst sehen, dass sich die Dinge zwischen uns wieder normalisieren. Ich habe bezüglich meines Namens gelogen und dem Grund, warum ich dich angesprochen habe. Über sonst verdammt nichts anderes habe ich gelogen. Ich will dich, Mädchen. Ich will dich so sehr, dass ich bereit bin, die einzige Familie, die ich habe, aufzugeben. Genau das täte ich, wenn mich Ian feuert."

„Ian wird dich nicht feuern. Er hat uns nicht gefeuert und wir hätten es vermutlich mehr verdient", gab Adam zu, sich einen Beutel gefrorener Erbsen vor sein linkes Auge haltend. „Und ich wollte kein Spanner sein, Avery. Mir ist einfach keine bessere Ausrede eingefallen, warum ich dir nicht hätte helfen können. Und ich hab' meiner Frau davon erzählt."

Sie wollte ihnen allen Glauben schenken, doch sie konnte es nicht. Es war zu viel für einen Tag. Sie hatte sich in genug Elend und Verwirrung und Schmerz für eine Dauer von vierundzwanzig Stunden herumgewälzt.

Sie folgte Liam nach draußen und schwieg, als sie die Wohnung betraten, die sie noch bis vor wenigen Stunden geliebt hatte. Dieser Ort hatte für ihren Neuanfang gestanden. Sie erinnerte sich, wie sie das erste Mal die Wohnung betreten und erkannt hatte, dass dies ein Ort war, der keine schlechten Erinnerungen barg, ein Ort, an dem sie neue sammeln konnte.

Und sie hatte wochenlang allein hier verbracht, mit jemandem, der ihr auf Schritt und Tritt gefolgt war.

Liam schloss die Tür ab und zog sie weiter, ihre Füße schlurften über den Holzfußboden, die richtigen Schritte unternehmend und ausnahmsweise einmal nicht zögernd. Sie folgte ihm einfach, ihr Inneres wie betäubt. Es fühlte sich ein wenig wie ein böser Traum an, den sie zu überleben gezwungen war, bis sie erwachte. Er zog sie ins Schlafzimmer, das sie miteinander geteilt hatten, und er war ernst, als er ihr den Pullover übern Kopf zog, und ehrfürchtig, als er ihren BH öffnete.

Es war egal. Wenn er sie ficken wollte, täte er es, und sie konnte nichts dagegen tun, außer zu überleben. Sie begrüßte es beinahe, denn es wäre ihr recht noch eine weitere Sache zu haben, für die sie ihn hassen könnte.

Er beugte sich vor und küsste ihren Bauch, wie ein leichtes Streicheln, als er auf die Knie ging. Er neigte den Kopf zu ihr hoch und sie hätte geschworen, dort einen Schimmer von Tränen zu sehen.

Verzeih mir. Er artikulierte die Worte mit dem Mund. *Verzeih mir.*

Sie antwortete nicht, musste wegschauen. Sie konnte nicht mal darüber nachdenken. Noch nicht. Vielleicht könnte sie eines Tages in ferner Zukunft loslassen, jedoch nicht heute Abend. Sie schwieg, als er ihre Jeans öffnete und sie ihr auszog. Er seufzte und stand auf, zog die Decke zurück und legte sie ins Bett. Er schenkte ihr nicht den Genuss eines Nachthemds. Sie hatte nie eines in seiner Gegenwart getragen. Keine Unterwäsche und kein Nachthemd, hatte er ihr diktiert. Nichts, was zwischen sein und ihr Fleisch geriet. Doch sie brauchte kein dünnes Nylon-Hemdchen. Die Wahrheit war, es bestand eine Mauer zwischen ihnen.

Die Bettwäsche fühlte sich kalt auf ihrer Haut an. Sie wollte weinen, doch sie wollte ihm nicht die Genugtuung geben. Sie hatte die ganze Zeit gewusst, dass er zu gut war, um wahr zu sein. Er spielte noch immer sein Spiel und sie war stets seine Spielfigur.

Oder nicht?

„Hab' ich dir je von meinem Bruder erzählt?" Es war komisch ihn mit diesem flachen amerikanischen Akzent sprechen zu hören, jetzt, da sie die Gefühlsbetontheit seiner wahren Stimme gehört hatte. Er zog sich sein Hemd über den Kopf und legte es auf die Kommode. Es tat weh, ihn anzusehen, also wandte sie sich ab.

„Nein. Du hast keinen Bruder erwähnt." Er hatte gar nicht über seine Familie gesprochen.

„Wir sind hart aufgewachsen, ich und mein Bruder. Unsere Mutter umgab sich mit, sagen wir, kriminellen Kräften." Er kam zu ihr ins Bett und sie konnte sich nicht einfach schon wieder abwenden. Es schien, als erklärte er ihr seine Schwäche. Er kletterte ins Bett, nackt, wie er es mochte, auf dem Rücken liegend, einen Arm hinterm Kopf. Der Bettbezug verhüllte sie, doch ihm ging das Laken irgendwie nur bis zur Taille, sein gemeißelter Körper zur Schau gestellt. Er drehte den Kopf zu ihr. „Er war ein wildes Kind, das stets in Schwierigkeiten geriet, und die Hauptverantwortung meines Lebens. Seit ich gehen und sprechen kann, erinnere ich mich zu hören, dass ich mich um meinen Bruder kümmern sollte".

Was machte er da? Warum erzählte er ihr das jetzt?

„Ich hab' meinen Bruder so sehr geliebt, aber er war ein reines Ärgernis. Er hatte einen echt dicken Schädel. Ich weiß nicht. Ich glaub', ich seh' durch eine rosarote Brille zurück. So lautet die Redewendung, oder? Wenn du jemanden verlierst, neigst du dazu, zu versuchen, das Schlechte zu vergessen."

Sie schnaufte etwas. Sie konnte nicht anders. Brandon war die größte Schlampe der Welt gewesen.

Hatte Liam tatsächlich seinen Bruder verloren oder war das nur eine andere Geschichte, die er sich ausgedacht hatte? Sie schwieg, nicht willig sich in das Gespräch verwickeln zu lassen, doch er sprach einfach weiter.

„Er war kein schlechter Junge, zumindest sagte ich mir, dass er es nicht war. Ich weiß nicht. Vielleicht war ich schlimmer. Ich hab' mich oft geprügelt, mein Bruder hingegen war einfach total egozentrisch. Er zettelte viele Verschwörungen an. Einmal stahl er etwas aus dem Kirchenfonds, als wir Messdiener waren. Ich musste ihn decken. Er tat noch viele andere Dinge, doch ich hab' versucht wegzuschauen."

Sie hatte keine Geschwister, mit denen sie aufwuchs, doch sie konnte sich vorstellen, wie schwer es wäre, wenn eines davon auf die schiefe Bahn geriet. „Das ist schrecklich."

Er seufzte, die Augen auf die Decke gerichtet. „Wir waren hungrig. Das sagte ich mir damals. Jetzt frage ich mich, was er mit dem Geld damals vorhatte. Es spielt keine Rolle, denn am Ende hab' ich versagt, und ich glaub' , ich hab' jahrelang versucht, einen Weg zu finden, mir selbst zu verzeihen. Er folgte mir in die Armee. Es gab für uns keinen anderen Ort, an den wir gehen konnten. Er wurde mit mir nach und nach befördert, doch ich verlor ihn bei einer Mission. Ich hab' versagt."

Sie konnte nicht anders. Sie streckte die Hand aus und legte eine Hand auf seine Brust. „Du hast nicht versagt."

„Rory ist gestorben, Avery. Ich hab' versagt. Ich war nicht derjenige, der abgedrückt hat, doch ich ließ zu, in eine Situation gebracht zu werden, in der er starb, und ich hatte nicht mal eine Leiche, die ich begraben konnte. Ich vermisse ihn. Ich kann mir nicht annähernd vorstellen, wie viel schlimmer es für dich war. Ich möchte, dass du es mir beibringst."

„Dir was beibringen?"

„Wie ich so leben kann wie du. Wie ich so stark sein kann wie du."

„Ich glaube kaum, dass du etwas von mir lernen kannst." Sie begann, ihre Hand wegzuziehen, doch er hielt sie.

„Bitte, Avery. Nur so viel."

Sie drehte sich auf die Seite. Sie war sich nicht sicher, ob sie mit dem neuen, ehrlichen Liam umgehen konnte. Er war sogar noch tödlicher als der Lügner.

Sie schlief mit der Hand auf seiner Brust ein, seinen starken Herzschlag spürend.

* * * *

Der Mann, der behauptete, Thomas Molina zu sein, fühlte jeden Muskel in seinem Körper erstarren, als Lee Donnelly sprach.

Rory ist gestorben, Avery. Ich hab' versagt.

Der Raum wurde kalt.

Zufall. Es war nur ein Zufall. Das war alles, was es war. So wie die Geschichte des diebischen Messdieners nur ein Zufall war. Anspannung lief ihm den Rücken hinunter.

Er setzte seinen Scotch ab und lief durch das Büro, in dem er seine persönlichen Akten aufbewahrte. Er war sicher nicht so dumm, sie im UOF-Hauptquartier aufzubewahren. Nein. Dies war sein eigenes Büro seines privaten Stadthauses. Er hatte viele Veränderungen daran vorgenommen, seitdem er es mit Thomas Molinas ganzem schönen Geld gekauft hatte. Der Scheißkerl hatte nicht zu leben gewusst. Verfluchter Wichser.

Molina hatte nicht verstanden, was es hieß, wirklich hungrig zu sein. Seine Beine mochten nicht funktioniert haben, doch er war nie hungrig geworden. Er war ein trauriger reicher Mann gewesen, der auf Erlösung setzte. Molina hatte geweint, als ihm eine Waffe an den Kopf gehalten wurde. Er hatte laut geflennt und davon gesprochen, was er alles Gute auf der Welt getan hatte.

Gutes bedeutete nichts. Was der echte Molina nie verstanden hatte, war, dass all diese verdorbenen Dreckskerle, die aßen, was er ihnen schickte, ihm in weniger als einer Sekunde die Kehle aufgeschlitzt hätten, weil sie in der echten Welt lebten, in der Loyalität nichts bedeutete. Freundschaft bedeutete nichts.

Brüderlichkeit bedeutete nichts.

Nur Geld zählte, und das hatte er bewiesen, als er seinen einzigen Bruder in einer Bombenexplosion getötet, die verdammten Anleihen genommen und sein Geschäft mit Nelson gemacht hatte.

Dir was beibringen? Averys Stimme war über den Lautsprecher zu hören.

Wie ich so leben kann wie du. Wie ich so stark sein kann wie du.

Er musste sich fast übergeben. Was für ein Idiot. Avery war schwach. Avery war lieblich und zuckersüß und all das, warum es Spaß machte sie zu brechen und dabei zuzusehen, wie sie endlich die reale Welt begriff.

Rory O'Donnel's Welt.

Rory fluchte vor sich hin, als er die Fotos ansah, die Malcolm gemacht hatte. Warum schaute der Bastard nicht hoch? Lee

Donnelly war Meister darin, dafür zu sorgen, dass niemand sein Gesicht erwischte.

Lee Donnelly.

Der Schlüssel bei der Wahl eines Undercover-Namens, Bruder, ist es, einen zu finden, auf den du problemlos antworten kannst. Bleib dicht an der Wahrheit. Das ist das Beste.

Sein Bruder hatte immer versucht, die Führung zu übernehmen. Er hat immer versucht, ihn zu belehren. Die Wahrheit traf den Mann, der früher als Rory O'Donnell bekannt war, wie ein Schlag.

Sein Bruder war am Leben und lag mit seiner Sekretärin im Bett. Sein toter Bruder hatte es geschafft aufzutauchen, kurz bevor Rory die größte Rechnung seines Lebens begleichen konnte. Wut schauderte durch ihn hindurch. Er konnte es keinem sagen. Malcolm war bereits darauf angesetzt, Donnelly zu töten. Falls Rory Recht hatte, sollte es Malcolm wissen.

Er konnte es nicht tun. Es ließe ihn schwach aussehen. Er hatte seinem Vollstrecker die Geschichte von Liams Tod schon einige Male erzählt. Er konnte jetzt nicht schwach aussehen. Und er konnte Malcolm nicht wissen lassen, dass Nelson möglicherweise gelogen hatte. Ein Mann wie Malcolm folgte der stärksten Führungsperson, die er finden konnte. Er brauchte Malcolm nicht an Nelson zu verlieren. Hoffentlich tötete Malcolm den Kerl von Donnelly und niemand erfuhr die Wahrheit.

Rory schaute auf die Straße hinaus. Als sie Kinder waren, hatten sie in den Slums von Dublin gelebt, und sein Bruder hatte ihm jede Nacht versprochen, dass sie eines Tages in schönen Häusern wohnen und reichlich Essen haben würden.

Er war diesem Rattenloch so weit entkommen, doch es schien, als sei die Vergangenheit zurückgekehrt und versuche, ihn wieder einzuholen.

Er hatte den lieben Liam schon einmal getötet. Scheiterte Malcolm, müsste er es erneut tun.

Kapitel Siebzehn

Averys Hände zitterten leicht, als sie den Kaffee abstellte. Selbst das leichte Klappern ließ sie zusammenzucken, und das Geklapper war von ihr gekommen. Der Pausenraum des UOF-Gebäudes war so ruhig, dass jeder Laut widerhallte. Sie erschrak heut wegen allem. Sie war für diesen ganzen Spionagekram nicht geschaffen. Dies war ihr alleiniger Vorstoß in die Welt der Spionage.

Sie war mit einem Spion in ihrem Bett aufgewacht, eng aneinander gekuschelt, obwohl sie versuchte, sich von ihm abzuwenden.

Was zur Hölle gedachte sie wegen Liam zu tun? Und was stimmte nicht mit ihr? Sie steckte inmitten einer ernsten Sache und das Einzige, woran sie dachte, war ein Mann, der sie belogen hatte. Ein Mann, der sie benutzt hatte. Ein Mann, der versuchte, etwas richtig zu machen. Sie hatte kein Problem mit seiner Untersuchung, doch hatte er dafür mit ihr schlafen müssen?

„Nimmst du dir auch Kaffee oder starrst du nur auf die Tasse?"

Avery zuckte, als die maskuline Stimme zu ihr sprach. Sie drehte sich um und sah Simon Weston in der Tür stehend, cool und gefasst in seinem perfekt gebügelten Anzug. Er hatte kein Problem mit dem Spionagezeug, er war sogar ein echter Spion. Sie war plötzlich von ihnen umgeben.

Er sah sich im kleinen Pausenraum um. Obwohl der Raum leer war, sprach er mit leiser Stimme. „Bleib ruhig, Avery."

Ja, sie versuchte es. Ihr war gesagt worden, dass Simon von seinem Chef, Damon Knight, informiert worden und ihr MI6-Kontakt sei. Nach dem heutigen Tag war Liam nur noch ihr Leibwächter, wenn er überhaupt noch in ihrer Nähe war.

Ich werd' nirgendwo hingehen, Avery. Also hör auf zu denken, dass ich es täte. Ich lass dich nicht allein. Niemals.

Er hatte ihr die Worte ins Ohr geflüstert, als er neben ihr in der U-Bahn stand, vom starken Verkehr zusammengeschoben, gedrängt und wie Puzzleteile aneinandergeschmiegt.

Wie lange dauerte es, bis sie aufhörte seine Hände auf ihrem Körper zu spüren?

Sie schüttelte den Gedanken ab und griff nach der Kaffeekanne, die sofort zu klappern und zu rütteln begann. Simon fluchte und nahm sie ihr weg.

„Du wirst uns noch alle umbringen, wenn du nicht aufhörst", flüsterte er. Er goss ihr einen Becher französische Röstung ein. „Es ist ein ganz normaler Tag, wie jeder andere. Wenn der Chef das Haus verlässt, gehst du hinein und suchst diese Akten. Sobald ich sie in der Hand habe, bist du raus aus der Sache. Es ist ganz einfach, Schätzchen."

Sie nickte, doch nichts von alledem war einfach. Liam befand sich irgendwo in der Stadt und machte sich bereit einem Mann zu folgen, der ein nachgewiesener Mörder war. Er wollte ihm folgen und ihn still und leise zu Fall bringen, vermutlich mit tödlicher Gewalt. Sie hatte mit einem Mörder geschlafen und das Einzige, was sie tun konnte, war zu beten, dass er heil aus dieser Sache herauskäme. Sie würde erst wieder richtig Luft holen können, wenn sie wüsste, dass es ihm gut ginge. Doch das wollte sie ihn nicht wissen lassen.

„Ich denke nicht, dass du mit den neuen Berichten ohne mich anfangen solltest." Seine Stimme veränderte sich, wechselte schlagartig in den sanften Ton, in dem er immer sprach.

„Moin, Leute." Eine der Frauen vom Fundraising kam mit heiterem Gesichtsausdruck herein. Janet. Avery war sich fast sicher, dass dies ihr Name war und sie zwei kleine Kinder hatte. War sie an Molinas Plänen beteiligt? Waren alle beteiligt? Beobachteten sie sie alle?

Simon nickte ihr kurz zu. „Einen guten Morgen, dir. Ich hab'
Avery hier gerad gesagt, dass wir uns alle entspannen können, wenn
sie und der Big Boss weiterziehen."

Janet seufzte. „Oh, wie sehne ich mich nach den Tagen mit
dreistündigen Mittagessen und Ping-Pong-Schlachten. Und die arme
Avery wird sich mit harter Arbeit in Dubai begnügen müssen. Ich
fühle mit dir, Liebes. Das tu' ich wirklich. All der Sand und die
Sonne und der Reichtum."

Es hatte vorher wie ein Abenteuer erschienen, doch jetzt machte
sie sich Gedanken.

Janet schnappte sich eine Kanne und begann, Wasser für Tee zu
erhitzen, während sie weitersprach. „Ich wünschte, ich hätte
gewusst, dass der Chef eine Assistentin sucht. Ich hätte mich auf
diese Stelle beworben. Nicht, dass ich das hätte wissen können. Ich
arbeite seit fast zehn Jahren für die UOF und das ist das erste Mal,
dass ich den Mann persönlich sehe. Ich hab' ihn auch nicht auf
Bildern gesehen, jetzt wo ich darüber nachdenke. Es ging immer das
Gerücht um, er sei ein ans Haus gefesselter. Wisst ihr, was ich
meine? Einer jener Menschen, die nicht rausgehen, weil sie die
Weite draußen nicht ertragen können. Wie werden sie noch genannt?
Es gibt ein Wort dafür."

„Agoraphobie", antwortete Avery.

Janet schnippte mit den Fingern. „Das war's. Ich denke, es war
nur eines dieser Gerüchte, denn er sagte mir neulich, ich müsse auf
den Fahrstuhl warten, weil er enge Räume nicht erträgt. Ich fand es
etwas unhöflich, dass er den ganzen Aufzug für sich und seinen
Schlägertyp von Fahrer in Anspruch nimmt." Sie zuckte mit den
Achseln. „Ich schätze, die Reichen sind doch anders. Ich weiß nicht.
Warum fragen wir nicht Mr. Second-in-line-for-the-Throne oder so
ähnlich?"

Simon verdrehte die Augen. „Ich bin nicht der zweite in der
verdammten Thronfolge, Liebes. Ich stehe etwa an
dreiundzwanzigster Stelle oder so."

Simon und Janet fuhren damit fort, sich gegenseitig Seitenhiebe
zu geben, doch Avery dachte nach. In den Monaten, in denen sie mit
Thomas zusammen war, hatte er kein einziges Mal ein Problem
damit gehabt, draußen zu sein. Janet musste sich irren oder die

Gerüchte waren falsch. Wie viel wusste sie tatsächlich über ihren Chef? Als sie begann für ihn zu arbeiten, hatte sie sich nicht mit seinem Hintergrund befasst. Sie war zu glücklich gewesen, den Job gekriegt zu haben, und er war ein Philanthrop. Für sie musste das bedeuten, dass er ein guter Mensch war.

Wie viele Geheimnisse hatte er?

„Avery? Kommst du?" Simon stand an der Tür, einen Becher in der Hand.

Sie zwang sich selbst ins hier und jetzt zurück. „Na klar."

„Und vergiss nicht, worüber wir gesprochen haben." Simon wandte sich um und machte sich auf zu seinem Teil des Gebäudes zu laufen.

Worüber hatten sie gesprochen? Berichte. Sie verfasste keine neuen Berichte. Sie stellte ihren Kaffeebecher auf den Schreibtisch und richtete sich ein. Sie konnte Thomas in seinem Büro hören, wie er leise mit jemandem sprach. Ihr Computer war gleich hier, mit seinen Internetverbindungen und Links zu allem, was sie herausfinden mochte.

Sie konnte nicht anders. Sie öffnete den Browser und tippte Thomas' Namen hinein. Es war harmlos. Sie war seine Assistentin. Wenn er sie erwischte, könnte sie sagen, dass sie nur nach Nachrichtenartikeln für den Ball suchte, die seine Philanthropie herausstellten. Es gab viele Werbematerialien des UOF herzustellen.

Sie übersprang jedoch alles kürzlich Geschehene und zog es vor, weiter in die Tiefe zu gehen. Es gab zahlreiche Artikel über Thomas Molina und die Stiftung. Er war wohlhabend aufgewachsen, doch ein Reitunfall hatte geschwächte Gliedmaßen und Schwierigkeiten beim Gehen verursacht. Sie kannte diese Geschichte nur zu gut. Es gab mehrere Artikel, die davon berichteten, dass der Multimillionär und Philanthrop ein hardcore Agoraphobiker sei. Der Artikel einer Finanzwebsite behauptete, niemand hätte vor Beginn dieser Tour Thomas Molina über Jahre persönlich zu Gesicht bekommen, mit Ausnahme seines Bruders. Er hatte in einem kleinen Gästehaus auf dem Gelände des Herrenhauses gelebt, das er geerbt hatte. Er hatte sein Imperium vom Computer aus geleitet und nur selten Anrufe entgegengenommen.

Er hatte sich verändert. Ihr Herz schmerzte vor Sympathie für ihn. Er hatte kämpfen müssen und es war nicht leicht gewesen.

Konnte sich Liam in Bezug auf ihren Chef irren?

„Avery, Schätzchen? Was in aller Welt tust du da?"

Sie keuchte etwas. Thomas befand sich direkt hinter ihr und sie hatte überhaupt nicht gehört, dass er sich bewegt hatte. Sonst machten Stützen oder Stock, was auch immer er an diesem Tag nutzte, ein kratzendes Geräusch auf dem Boden, doch heute hatte sie nichts gehört. Sie drehte sich um und schenkte ihm, wie sie hoffte, ein strahlendes Lächeln. „Ich habe nach ein paar Bildern oder Artikeln gesucht, die wir für die Werbematerialien des Black-and-White-Balls nutzen könnten. Ich dachte, ich stelle einen Flyer unseres Profils für die Pakete zusammen, die wir unseren Spendern geben."

Er rang leicht nach Luft. „Keiner will etwas über mich lesen, Liebes. Konzentrier dich auf die Prominenten, die auftreten werden, doch was immer du vorhast, füge keine Bilder von mir dazu. Wir vergraulen die Leute."

„Echt? Das glaube ich nicht. Du bist ein recht faszinierender Mann. Ich las soeben, wie mutig du nach deinem Unfall warst, und du warst noch so jung."

„Ich mag nicht viel darüber nachdenken. Ich nehme an, das haben wir gemeinsam."

Sie nickte. „Ja, das haben wir. Es ist manchmal ganz schön hart, überhaupt in ein Auto zu steigen."

„Nun, ich muss mir keine Sorgen machen, wieder auf ein Pferd zu steigen." Er seufzte und ein trauriger Blick kreuzte sein Gesicht. „Ich gehe jetzt zum Mittagessen. Ich treffe meinen Freund. Ich denke nicht, dass ich heute Nachmittag wiederkomme. Ich muss mich zu Hause noch um ein paar Dinge kümmern."

„Okay. Wir sehen uns dann morgen."

Er schlurfte hinaus, ein distanzierter Ausdruck auf seinem Gesicht.

Könnte MI6 sich irren? Was, wenn Thomas gar nicht involviert war? Was, wenn er genau das war, was er zu sein schien? Jemand anderes könnte der Waffenhändler sein oder jemand von außerhalb benutzte die UOF und niemand wusste davon.

Sie stand auf. Vielleicht entlasteten die Beweise ihren Chef. Sie wüsste es nicht, bis sie etwas fände. Sobald das getan sei, könnte sie dem ganzen Chaos und Liams Leben entrinnen. Sie zog den Zweitschlüssel aus dem Schreibtisch und sah, wie Thomas im Aufzug verschwand.

Momentan war sie allein. Sie mochte keine bessere Chance kriegen. Bei dem Versuch zur Tür zu gelangen, stolperte sie und riss sich das Knie auf. Schmerz flammte auf, paarte sich mit Frustration. Avery kam wieder auf die Beine. Geduld. Sie brauchte mehr Geduld. Ruhig und cool zu bleiben war die einzige Möglichkeit. Es war absolut normal, dass sich die Verwaltungsassistentin im Büro ihres Chefs aufhielt.

Beruhig dich, Mädchen. Geh's langsam und ruhig an.

Sie konnte Liams Stimme hören. Er hatte sie auf dem gesamten Weg zum Gebäude belehrt. Er hatte ihr ins Ohr gesprochen, während sie U-Bahn fuhren, sein Atem warm auf ihrer Haut.

Benimm dich, als gehörte der Laden dir. Warte den richtigen Zeitpunkt ab. Es muss nicht heut geschehen. Die Dinge geschehen, wenn du sie geschehen lässt, und keinen Moment eher.

Sie wollte, er wäre hier. Wenn sie ihn anriefe, käme er dann herbeigeilt? Thomas wäre den ganzen Nachmittag fort. Ließe er seinen Auftrag stehen und liegen und stände an ihrer Seite? Würde er ihre Hand halten und ihr versprechen, dass alles in Ordnung ginge?

Ihre Hände zitterten, als der Schlüssel endlich in der Tür steckte, und sie richtete sich auf. Sie brauchte Liam nicht. Er hatte seine Aufgabe zu erfüllen, und sie ihre. Sie konnten zu keinem Schluss gelangen, solange diese Operation nicht beendet war. Tief in der Nacht war sie zu dem Schluss gelangt, dass, wenn Liam etwas für sie empfände, es vermutlich nur von temporärer Natur sei, ein Effekt seines Undercover-Auftrags. Es ginge vorbei, wenn er nicht mehr bei ihr lebte, und sie musste auf diese Eventualität vorbereitet sein.

Sie war drin. Thomas' Büro sah absolut picobello aus. Kein Ordner fehl am Platz. Sein Schreibtisch war frei von jeglichem Abfall, der ihren regelmäßig verunreinigte.

Sie schritt quer durch den Raum. Thomas hatte das Eckbüro.

Ein spektakulärer Blick auf den St. James Park in der Ferne begrüßte sie, als sie sich den Fenstern näherte. Er hielt sie immer offen. Er behauptete, die Aussicht auf den Park zu lieben. Die Fenster reichten beinahe von der Decke bis zum Boden, dem ganzen Büro die Illusion verleihend, in der Luft zu schweben, die Welt vor ihr ausgebreitet. Es war sensationell.

Es war etwas, das sich ein agoraphobischer Mann zweimal überlegen müsste.

Könnte jemand eine so tiefsitzende Angst überwinden, dass er eine weite Sicht letztendlich liebte?

Avery wandte sich ab und beschloss, mit dem Schreibtisch anzufangen. Er hatte keinen Aktenschrank. Er bevorzugte Reinlichkeit und Minimalismus. Die Akten mussten in seinem Schreibtisch liegen.

Avery öffnete die Seitenschublade. Gewiss waren dort einige Akten, doch sie sahen wie Ordner der Beschäftigten aus. Nichts weiter als Namen und Adressen und Entgelttabellen. Sie grub tiefer, fand jedoch nur ein paar Vorschläge und Pläne für Veranstaltungen zugunsten der Wohltätigkeitsorganisation und Thomas' jüngstem Aktienportfolio.

Wo zum Teufel war dieser Ordner? Sie hatte ihm die Akte Lachlan Bates selbst gegeben. War es möglich, dass er es mit nach Hause genommen hatte?

Sie öffnete die Schublade auf der anderen Seite und seufzte. Nichts als Minzbonbons und eine weiße Flasche Kochsalzlösung und etwas, das wie Kontaktlinsen aussah.

„Was machst du, Avery?"

Avery riss sich zusammen wie nur irgend möglich, um den Schreibtisch langsam wieder zu schließen. Monica stand in der Tür, auf ihrem lieblichen Gesicht lag ein Stirnrunzeln.

„Ich suche nach der Liste der Spender, die am Black-and-White-Ball teilnehmen. Ich kann meine nicht finden und ich muss den Sitzplan fertig stellen." Ihre Stimme war ruhig, doch sie fühlte, wie ihre Haut errötete. „Was machst du hier? Gibt es was, wobei ich dir helfen kann?"

„Ich habe Thomas gesucht." Es schien, als sei Monica an der Reihe, rot zu werden. Ihre blasse Haut färbte sich rosarot.

„Er ist zum Mittagessen, doch er wird nicht zurückkommen."

Monica nickte. „Gut. Dann werd' wohl später mit ihm sprechen müssen."

Sie drehte sich auf dem Absatz um und ging.

Avery holte tief Luft. Die Ordner waren nicht hier. Er musste sie bei sich zu Hause haben oder hatte sie jemandem gegeben. Sie musste in sein Stadthaus gelangen und das Büro dort durchsuchen. Es war die einzige Antwort.

Sie könnte vorher jedoch noch eine kleine Recherche anstellen. Sie hatte die Namen der Spender. Sie könnte sehen, ob sie sie fand, und versuchen eine Verbindung zwischen ihnen herzustellen. Es musste Verbindungen geben.

Doch nun hatte sie eine weitere Frage zu beantworten. Wenn Thomas keine Kontaktlinsen zum Sehen brauchte, wessen Kontaktlinsen hatte er dann? Warum würde er lügen, dass er keine Kontaktlinsen brauchte?

Avery ging zurück zu ihrem Schreibtisch und fing an, nach Antworten zu suchen. Sie konnte nur hoffen, dass Liam mehr Glück hatte als sie.

* * * *

Liam blickte von seinem Posten über die Themse. Er hatte den Raum in der Hoffnung gemietet, die beste Aussicht auf den Treffpunkt zu haben. Er behielt Recht. Durch das mächtige Zielfernrohr, das er in den Händen hielt, hatte er eine perfekte Sicht auf das Restaurant. Er hatte auch ein leistungsstarkes Gewehr, vermutlich jedoch gestattete er sich dessen Benutzung nicht.

Natürlich könnte er, wenn er wirklich wollte, beide Ziele einfach ausschalten und Avery wäre sicher.

Und er bekäme keine Antworten. Er wollte Eli Nelson lebend. Er wollte wissen, was mit seinem Bruder geschehen war. Er hatte letzte Nacht schon wieder diesen Traum gehabt. Er hatte in der Mitte dieses verdammten Raumes gestanden, Leichen überall um ihn herum, und das Einzige, was er sah, waren die Stiefel seines Bruders, die hinter der Couch hervorragten, als sein Telefon zu klingeln begann.

Nur dieses Mal war Avery mit ihm im Traum erschienen. Sie hatte hinter der Couch gestanden, ihre Augen fest auf ihn gerichtet. *Es sind nur Stiefel. Hier ist nichts weiter von deinem Bruder.*

Sie hatte die Stiefel hochgehalten, als das Telefon zu klingeln anfing. Kurz bevor er sich zwang aufzuwachen, hatte er gesehen, wie sich eine schattenhafte Gestalt hinter ihr bewegte, deren Hände bereit, ihr den Hals zuzuschnüren.

Er war schweißgebadet aufgewacht, zitternd.

Warum konnte er nicht aufhören, über diese Stiefel nachzudenken?

„Hast du eine gute Sichtlinie?" Ians Stimme war über die kleine Funkverbindung zu hören, die in Liams Ohr steckte. Es brachte ihn in die Gegenwart zurück. Für die Außenwelt sah es aus wie ein Bluetooth-Gerät, doch es verband nur das Team miteinander.

„Ich hab' eine klare Sichtlinie." Alex klang entspannt und ruhig.

„Ich bin in Position", sagte Adam.

„Ich auch. Bereit für das Stichwort", antwortete Jake.

Adam und Jake waren vor Ort. Sie folgten Nelson, wenn er sein Treffen mit Molina verließ.

Und dann hätte Liam ein paar Fragen an den Mann. „Wie lange gehört der Bastard uns, bevor ihn die Agentur übernimmt?"

„Wer sagt, dass sie davon wissen müssen?", antwortete Ian. „Damon hat mir versichert, dass wir Nelson für eine Weile im Garden festhalten dürfen. Es scheint, dass der Kerker unseres MI6-Freundes tatsächlich, na ja, ein Kerker ist."

„Schön", sagte Jake.

„Er war derjenige, der mich angerufen hat." Es war die einzige Erklärung. „Nelson hat mich aus diesem Haus geholt. Nun stellt sich die Frage Warum. Er wollte diese Mission. Er hat dir eine Falle gestellt, um sie dir wegzunehmen."

„Ich weiß." Ians knappe Antwort biss sich quasi durch die Leitung, doch Liam konnte seinem Chef in diesem Punkt nicht viel Raum lassen. Er musste es wissen.

Nachdem er aus seinem Traum erwacht war, hatte er sich bis zum Morgengrauen aufgesetzt und sich über jeden Moment der Mission besonnen. Mit Avery abends zuvor über Rory gesprochen zu haben, hatte ihn gezwungen, sich einigen Wahrheiten über seinen

Bruder zu stellen. Rory hatte von Anfang an Schwierigkeiten gemacht. Er war egoistisch und ein kleiner Söldner gewesen. Ein ziemlicher Söldner, doch offenbar hatte es umgedreht. Der SAS hätte ihn neu definiert.

Hatte er das wirklich? Welche Geheimnisse hatte sein Bruder vor seinem Tod für sich behalten? Laut Ian hatte er Kontakt zu den alten IRA-Kontakten ihrer Mutter. Warum?

„Glaubst du, mein Bruder hat mit Nelson zusammengearbeitet?" Liam war sich zutiefst bewusst, dass ihn jeder in der Leitung hören konnte. Er hatte es viel zu lange geheim gehalten. Diese Männer und Eve waren seine Familie geworden und er hatte viel zu lange damit verbracht, den sarkastischen, rotzfrechen Bruder zu spielen, der nichts wirklich zurückgab. Sie waren seine Freunde. Sie hatten ihn beschützt. Ian mochte ein ziemlicher Bastard sein, doch er hatte sein Äußerstes gegeben, um sie alle zusammenzuhalten. Hatte er gelogen? Vielleicht, doch es handelte sich um eine Halbwahrheit, die Liam unter den gleichen Umständen selbst hätte aufrechterhalten können. Liam hatte eine Entscheidung getroffen. Wenn er mit im Boot saß, saß er bis zum Ende drin. Wenn er Averys Mann sein wollte, musste er eine bessere Person abgeben. Er musste einen Weg finden, seiner Familie zu vertrauen.

Das Problem war, dass Liam den Eindruck gewann, dass seine Blutsverwandten einen Komplott geschmiedet hatten, mit dem Ziel ihn zu töten.

„Wir sprechen darüber unter vier Augen, Li", befahl Ian.

„Sag einfach Ja oder Nein. Ich werd' sowieso alle darüber informieren. Das ist nicht mehr nur mein Problem. Es betrifft das ganze Team und ich werd' es nicht länger verheimlichen, denn das ist peinlich." Und Ian ebenso wenig. „Nelson hatte etwas mit der Mission zu tun, die meinen Bruder getötet hat, und ich fürchte, dass er schon lange ein Spiel spielt, das wir noch nicht ansatzweise verstanden haben."

„Komm jetzt runter." Ian seufzte in der Leitung. „Wir können persönlich darüber reden, und jeder wird mit am Tisch sitzen. Geht das klar? Können wir den Wichser erstmal ausschalten?"

„Ja, Boss." Er hüllte sich wieder in Schweigen, das Restaurant im Auge behaltend, doch sein Kopf gab keine Ruhe. Avery steckte immer noch in Schwierigkeiten und mit Molina stimmte was nicht. Er musste ein Treffen mit dem Bastard arrangieren, und sei es auch nur, um sich persönlich ein Bild von dem Mann machen zu können. Irgendwas stimmte an der ganzen Sache nicht, doch er konnte nicht sagen, was. Wenn Rory mit Nelson gemeinsame Sache gemacht hatte, was war mit ihm geschehen? Hatte Nelson ihn getötet, als er ihm nicht mehr von Nutzen war?

Und bezüglich Simon Weston war er sich auch nicht sicher. Er war gezwungen worden, Avery an Simon zu übergeben, als sie heute Morgen in ihrem Büro zurückgelassen hatte.

Wie zum Teufel war er an vertrauliche MI6-Akten gelangt? Adam war dazu in der Lage, doch Adam hatte Systeme gehackt, seit er alt genug gewesen war, sich vor Computer zu setzen und zu tippen. Nichts an Westons Hintergrund überzeugte Liam, dass er dazu fähig war. Ian hatte nicht nachgedacht. Ian hatte in dem Moment aufgehört zu denken, als er gezwungen worden war, sich wieder seiner Frau zu erinnern. Vielleicht hatte er ab dem Moment nicht mehr denken können, seit er in London den Boden berührt hatte.

Und vielleicht war es genau das, was Eli Nelson geplant hatte.

Ein kalter Schauer lief Liam den Rücken hinunter. Das Restaurant war so offen. Warum säße ein kaltblütiger CIA-Agent am helllichten Tag draußen auf einer Terrasse, wenn London über eines der besten Überwachungskamerasysteme der Welt verfügte?

„Alex?", fragte Liam.

„Jo."

„Du hast Sichtlinie darauf, wo Nelson auf dem Bild saß, das wir gekriegt haben, richtig?"

Alex war postiert worden, um den Innenhof von vorn von Seiten der Themse gründlich zu beobachten.

„Wo ist die nächste Kamera? Die, von der wir ihn erwischt haben." Diejenige, von der die Aufnahmen gemacht wurden, wegen der sie überhaupt nach London gekommen waren.

Adams Stimme kam über die Leitung. „Ich steh darunter."

„Ist sie versteckt?" Es könnte sein, dass er sie nicht gesehen hatte, dass Nelson nichts davon gewusst hatte.

„Nein. Sie ist ganz klar sichtbar."

„Hurensohn." Ians Fluchen brannte sich durch die Leitung. „Er wusste es. Er musste es gewusst haben. Er wollte, dass wir ihn sehen."

„Nun, er wollte, dass ihn jemand sieht. Und er ist fünfzehn Minuten zu spät", fügte Jake hinzu. „Er hat das Treffen verschoben. Er wird nicht kommen."

Es gab weiteres lautes Gefluche in der Leitung, als Ian zweifelsfrei bewies, dass er ein ganzes Repertoire an Schimpfwörtern kannte. Er war erfinderisch. Das musste Liam ihm lassen. Ian nannte eine Reihe von Gegenständen, die er Nelson in den Hintern schieben wollte, und Liam war sich sicher, er täte dies wohl ohne die Hilfe von Gleitmittel. Ian beabsichtigte auch, wie es schien, äußerst brutal vorgehen zu wollen, denn er sprach von Eingeweiden und darüber, die Gedärme des Mannes um seine Kehle wickeln zu wollen, jedoch erst nach der bereits erwähnten Anal-Folter.

Liam blieb ruhig, als er seine Ausrüstung zusammenpackte. Nelson hatte sie hergelockt. Nelson hatte die ganze Zeit gewusst, dass sie hier waren, also warum hatte Molina nicht versucht sie auszuschalten? Was für ein verficktes Spiel wurde da gespielt?

„Wir treffen uns wieder im Club. Wir müssen alles neu überdenken." Ian klang müde nach seiner Schimpftirade. Ein langer Seufzer kam über die Leitung. „Liam, entfern sie morgen. Bring sie hier raus. Aber tu's leise. Nelson wird uns heut Abend beobachten. Alles muss einigermaßen normal aussehen. Hol Avery von der Arbeit ab, bringen sie zu dir nach Hause und geht erst, wenn es dunkel ist. Checkt um sechs bei Adam und Jake ein, sie werden euch für die Nacht bewaffnen. Du und Avery werdet von einem Abendessen und einer Show sprechen. Molina hört mit, also hört Nelson auch mit. Sagt nichts, was euch verraten könnte. Findet die größte Menschenmenge, die ihr finden könnt, und verliert euch darin. Bleibt über Nacht draußen. Eve wird euch beide neue Ausweise besorgen, und am Morgen bringen wir euch weg von hier. Trefft sie am Liverpooler Bahnhof, um acht morgens. Willst du das Mädchen?"

Er wollte sie mehr als alles andere, was er sich je in seinem Leben gewünscht hatte, doch er hatte Fragen, auf die er Antworten brauchte. „Ian, ich glaube, Nelson hat meinen Bruder getötet."

„Du musst eine Entscheidung treffen, Mann. Wenn du dich entscheidest hier zu bleiben, wird Adam sie wegbringen."

„Und du wirst deine Chance verlieren", sagte Alex, der das erste Mal seit der Enthüllung sprach. „Li, vertraust du uns? Ich werd' tun, was nötig ist, um die Wahrheit ans Licht zu bringen, doch du wirst dich zwischen Rache und ihr entscheiden müssen. Ich bezweifle, dass sie dich jemals wieder hineinlässt, wenn du sie verlässt."

Liam wusste jedoch was über Avery, das der Rest des Teams nicht wusste. Er wusste, wie gut sie vergeben konnte. Sie würde ihm schließlich verzeihen und er könnte beides haben. Er könnte die Wahrheit finden. Er hatte jahrelang darauf gewartet, die Wahrheit zu finden. Er träumte jede Nacht davon – außer an den wenigen Tagen mit Avery, an denen er nur von ihr geträumt hatte.

Sie würde ihm verzeihen, doch er bewies damit nur, dass er absolut nichts gelernt hatte. Die Vergangenheit war erledigt. Er konnte seinen Bruder nicht zurückbringen und er konnte sich nicht länger vormachen, dass sein Bruder ein guter Mensch gewesen war. Nelson hatte einen von ihnen gebraucht.

Und Rory war derjenige gewesen, der die Pints gekauft hatte. Er war derjenige, der Liam davon überzeugt hatte, sich nur eines zu gönnen, bevor sie sich zurückzogen.

Fuck. Sein Bruder hatte ihm höchstwahrscheinlich K.o.- Tropfen verabreicht. Er war von seinem eigenen Bruder unter Drogen gesetzt und dann von Nelson gerettet worden. Nelson hatte gewusst, dass das Haus in die Luft flog, doch Rory war der Sprengstoffexperte gewesen.

Nichts davon machte Sinn, es sei denn, sie arbeiteten zusammen, doch warum zum Teufel hatte Nelson Liam gerettet? Die Antworten befanden sich hier.

Und er wollte sich von ihnen fernhalten, weil er ein Mädchen liebte. Weil sie mehr zählte als alles andere und er vertraute ihre Sicherheit keinem anderen an. Er konnte sie morgen rausholen. Er konnte dafür sorgen, dass sie in Sicherheit war. Das war seine wirkliche Lebensaufgabe. „Sag Eve, sie soll uns mindestens zwei verschiedene Pässe besorgen und uns dann an einen warmen Ort schicken."

„Wird gemacht", antwortete Ian. „Hol Avery ab und mach die Schotten dicht für heut Abend. Der Rest von euch bewegt eure Ärsche zum Club. Wir müssen herausfinden, was der Wichser will."

Liam holte tief Luft. Er ließ alles hinter sich, was er jahrelang verschwiegen hatte. Über Jahre war es nur darum gegangen herauszufinden, was mit ihm geschehen war, doch jetzt hatte er eine Zukunft. Er wollte sie mit beiden Händen ergreifen und nie mehr loslassen. Avery verzieh ihm. Sie musste es, weil er beweisen würde, dass er ihrer würdig war.

Er nahm den Funkknopf ab, packte seinen Kram zusammen und ließ die Schlüsselkarte auf dem Bett liegen. Er musste so schnell wie möglich zu ihr gelangen. Er hätte sie lieber schon heute Abend fortgebrach, doch Ian hatte Recht. Es gab Fragen, die geklärt werden mussten, und sie wollten Nelson nicht warnen. Oder Molina.

Liam öffnete die Tür und erhaschte durch den Spalt etwas metallisch aufblitzen. Er sprang zurück, stieß die Tasche nach oben und fing die Waffe ab, als sie soeben mit einem kleinen, leisen Ping losging. Schalldämpfer.

Fuck. Jemand war ihm gefolgt und er hatte es nicht mal bemerkt. Er hatte seine Bestform eingebüßt.

Adrenalin überflutete seinen Körper. Sein Gegner wurde unvorbereitet überrascht und Liam streckte die Hand aus, den Arm ergreifend, der die Waffe hielt, bevor der Mann erneut zielen konnte. Er zog seinen Angreifer nach innen. Das Letzte, was er brauchte, war die Einbeziehung von Scotland Yard. Er zog das Knie hoch und traf den Mann in die Eingeweide, während er die Hand, die die Waffe, hielt verdrehte. Sie fiel akkurat auf den Boden, während sein Gegner versuchte sich zu wehren.

Liam ließ seinen Instinkten freien Lauf und vergaß alles außer den Kampf. Er brachte seine Faust in einem sauberen Kinnhaken nach oben, der genau den Kiefer seines Gegners traf. Ein schönes Knacken spaltete die Luft, als der Knochen brach und Blut zu fließen begann. Der Mann fiel zu Boden, doch nicht bevor Liam es schaffte, die Waffe in die Hände zu kriegen. Es war Zeit für ein bisschen Folter. *Fuck*. Er hoffte, der Kerl könne noch reden. Liam schaute auf ihn hinab. Vielleicht könnte er alle sachdienlichen

Informationen einfach aufschreiben. Liam hatte ihm nicht die Hände gebrochen. Noch nicht.

Es stellte sich als ein furchtbarer Tag heraus, doch ein kleines Verhör war genau das, was der Arzt empfahl. Sein innerer Sadist stand beinahe auf und jubelte.

Bis ihn der zweite Bastard überfiel.

„Mr. Molina sagt Hallo, Mr. Donnelly. Er möchte, dass Sie sich von seiner Freundin fernhalten. Dauerhaft." Der zweite Mann trug einen makellosen Anzug und war für eine Schießerei ausgerüstet.

Liam setzte einen Fuß auf den bewusstlosen, hoffentlich-noch-nicht-toten Mann, wobei er eventuell etwas zu viel Gewalt angewendet hatte, denn der Kerl bewegte sich nicht. Liam musste zugeben, eventuell Knochenstücke direkt ins Hirn des Idioten gejagt zu haben. Er konnte manchmal ein wenig energisch sein, doch er wollte seinem aktuellen Angreifer nicht verraten, dass sein Partner vielleicht schon tot war. „Wie wär's, wenn Sie die Waffe weglegen und ich Ihren Freund hier nicht töte?"

Der Neue schoss einmal und Liam war nicht länger besorgt, den ersten Angreifer getötet zu haben. Der Kerl auf dem Boden hatte nun eine Kugel im Gehirn. Sein neuer Gegner lächelte nur. „Ich hab' ihn sowieso nie besonders gemocht."

Liam feuerte einen Schuss ab, bevor er sich hinter dem großen Himmelbett wegrollte. Es bot nicht viel Deckung, doch es war alles, was er hatte. Dieser Kerl spielte nicht und er war weit besser ausgebildet als der Idiot, der zuerst in der Schusslinie gestanden hatte.

„Sie sind nicht der, der Sie vorgeben zu sein, Mr. Donnelly. Ich dachte, ich erschieße einen Kerl, der das Pech hatte, die Frau zu vögeln, die mein Chef will, doch Sie sind wegen was anderem hier, nicht wahr? Wer hat Sie geschickt? Sie sind kein verdammter Bauarbeiter."

Und dieser Kerl hatte nun auch zu sterben. Er ließe ihn nicht einfach entkommen. Liam kauerte sich hinters Bett und sah im Spiegel über der Kommode an der gegenüberliegenden Wand, wie sich der Mann bewegte. Er trat über seinen toten Landsmann hinweg, sein Gesicht völlig ausdruckslos, als hätte der Mann schon hunderte Male getötet.

Liam legte seinen Körper flach auf den Teppich und feuerte den einzigen Schuss ab, den er hatte, den Knöchel des Mannes spaltend und ihn zu Boden bringend, wo er prompt bewies, was für ein Profi er war. Er sah flüchtig, wie der Körper zu Boden ging und dann den Schuss, der geradewegs unterm Bett hindurch ging und Liams linken Bizeps traf. Schmerz flammte auf, Feuer lief über seine Haut.

Und es gab keine Zeit, um den Schmerz genauer abzuwägen. Er ging in die Knie, als ein zweiter Schuss seine Hüfte streifte. Er rollte auf die Seite und ließ alles außer dem Kampf von sich abfallen. Es gab nichts nach diesem Moment und dem Mann. Er lebte oder er starb, alles kristallisierte sich heraus. Die Zeit schien sich zu verlangsamen, sein Blick wurde schärfer, wie mit einem Laser fokussiert.

Atme ein. Geh zur Seite.

Atme aus. Peil das Ziel an, ein kleiner Punkt genau zwischen den Augen des Gegners. Heb die Waffe.

Atme ein. Feuer.

Der Kopf des Mannes bewegte sich ruckweise zurück, hinter ihm Blut spritzend, auf seiner Stirn jedoch nur ein kleines, sauberes Loch.

Ian würde ihn umbringen. Liam sackte in sich zusammen, den Rücken zur Wand. Sein linker Arm schmerzte, doch es sah so aus, als wäre er nur gestreift worden. Er seufzte. Er hatte viel besser abgeschnitten als seine Gegner. Der MI6 würde ihm für diese Leichen ein neues verdammtes Arschloch aufreißen.

Doch Molina wusste nicht, wer er war, oder zumindest sagte er es seinen Leuten nicht. Der Möchtegern-Mörder hatte ihn Lee Donnelly genannt, und das mit der Arroganz eines Mannes, der dachte, alle Karten in der Hand zu halten. Entweder verbarg es Molina vor ihnen oder Nelson hatte Molina nicht verraten, dass sie hier waren.

Sehr interessant.

Liam zwang sich, sich zu bewegen, auf die Beine kommend, um die Brieftasche des Toten zu durchwühlen. Malcolm Glass. Staatsbürger von England. Er hatte ein paar Zehner und einen Haufen Kreditkarten auf mehrere Namen. Nichts, was ihm wirklich etwas sagte.

Liam griff in seine Tasche. Er fand sein Telefon und wählte die einzige Person an, mit der er nicht sprechen wollte.

„Ja, bist du unterwegs, um dein Paket abzuholen?" Eine gewöhnliche Mobilfunkleitung. Ian führte eine schwammige Unterhaltung.

Und Liam täte es genauso. „Bin auf ein kleines Problem gestoßen, Chef."

Er hörte ein schwaches Knurren. „Von der Art, in der wir noch Fragen stellen können?"

„Ne. Ich würd' sagen, die Fragerei ist vorbei."

„Fuck." Ich schick' jemanden zu dir. Wie schlimm ist es?"

„Nur etwas. Doch wir sollten in Betracht ziehen, unsere Freunde anzurufen und den Namen eines guten Reinigers zu ergattern." Jemand musste sich um die Leichen kümmern.

Das Gefluche begann und Liam ließ sich wieder zu Boden sinken. Ian würde die Sache von hier aus erledigen. Ein Gefühl des Friedens überkam ihn. Gewiss kämpfte es gegen das Adrenalin an, das vom Schuss herrührte, doch er fühlte es trotzdem. Er war nicht allein. Er hatte sich selbst etwas vorgemacht. Er war schon lange nicht mehr allein. Der Moment, in dem er aufgewacht war, mit dreckigem Dockwasser in der Lunge und einer Leerstelle in seiner Erinnerung, war der Moment seiner Wiedergeburt gewesen. Zum ersten Mal verstand er ein kleines bisschen von dem Funken, der Avery trotz allem, was sie durchgemacht hatte, am Leben hielt.

Ein Mann war nicht seine Vergangenheit. Ein Mann war seine Zukunft und sie war etwas, wofür er kämpfen musste. Und Familie gründete sich nicht unbedingt auf Blut. Die Bande der Freundschaft konnten enge familiäre Bindungen formen.

Adam drang durch die Tür. Er musste näher als jeder andere gewesen sein und es war offensichtlich, dass er sich den Arsch abgehetzt hatte. „Heilige Scheiße. Alter, was hast du mit diesen Typen gemacht? Und das ist mein Hemd. Scheißkerl. Du hast mein Hemd mit Blut verschmutzt."

Brüder. Sie konnten einem die Hölle heiß machen, doch er war verdammt froh, sie zu haben.

* * * *

„Warum haben Sie mir nicht gesagt, dass mein Bruder lebt und gesund ist und meine Sekretärin vögelt?" Molina wartete gerade lang genug, bis die Kellnerin wegging, bevor er sich auf Nelson stürzte.

„Es ist mir selbst erst vor etwa einem Jahr klar geworden. Als ich zufällig mit seinem Team an der Operation gearbeitet hab', die zu meinem vorzeitigen Ruhestand bei der CIA führte." Nelson beugte sich vor, sein Gesicht sehr ernst in der Düsternis des Pubs. Anders als der Ort zuvor, auf den Nelson bestanden hatte, war diese Kneipe dunkel und lag in einer ruhigen Straße. Das Restaurant war völlig offen gewesen. „Wollen Sie mir sagen, dass sich Liam O'Donnell hier in London aufhält?"

„Wollen Sie mir sagen, dass Sie das nicht wussten, Sie verfluchter Bastard?"

„Vorsicht, Thomas." Nelson legte die Betonung auf Thomas. „Die Leute könnten sich fragen, warum ein amerikanischer Millionär so spricht, als stände er mit 'nem Pint in der Hand auf den Docks von Dublin."

Molina versuchte, seine Emotionen im Zaum zu halten. Sie schienen ihn immer öfter zu überkommen, seit ihm klar geworden war, dass der liebe Liam noch am Leben war. „Wie ist er aus diesem Haus rausgekommen? Ich hab's so eingestellt, dass es am Morgen nach meiner Abreise in die Luft fliegt. Früh. Er hätte immer noch auf Medikamente sein müssen, die ich ihm verabreicht hab'."

Nelson zuckte mit den Achseln, eine gleichgültig anmutende Geste. „Er muss eine stärkere Verfassung gehabt haben, als Sie vermutet haben. Sie haben mir nie gesagt, warum Sie ihn nicht einfach umgebracht haben wie die anderen. Warum hatten Sie das Bedürfnis, diese Kinder zu töten?"

„Ich mochte es. Es hat Spaß gemacht." Und er hatte das Bedürfnis, einen Ort in die Luft zu jagen. „Es musste mir möglich sein zu verschwinden, und es sollte gut aussehen. Und ich konnte nicht ganz sicher sein, dass der Sprengstoff auch explodierte. Alles Mögliche kann passieren. Diese toten Kinder waren mein Notfallplan, um mit Liam fertig zu werden, falls alles schief gegangen wäre."

„Warum nicht auch Ihren Bruder erstechen? Er hätte nie nach Ihnen suchen können, wenn er tot gewesen wäre."

Es war ein Moment der Schwäche gewesen. Sein Bruder war in das Bett des Mädchens gefallen. Er war so mit Drogen vollgepumpt gewesen, dass er nicht merkte, wie Rory das Mädchen vergewaltigte und erwürgte. Das war schon lustig gewesen. Er hatte sie gefickt und getötet und großer Bruder schlief währenddessen direkt neben ihnen. Doch als Rory ihm ein Messer in den Bauch stoßen wollte, öffnete er seine Augen. Ein dummes Lächeln hatte sich auf sein Gesicht gelegt.

Uns geht es jetzt gut, Rory. Uns geht es gut, dir und mir.

Und Rory war aufgestanden und hinausgegangen und hatte sich gesagt, das reiche aus, um mit den Anleihen klarzukommen. Liam überlebte nicht. Er wachte nicht mal auf. Er würde es nie erfahren.

„Das war anscheinend ein Fehler gewesen, doch einer, um den sich soeben gekümmert wird, während wir sprechen."

Nelsons Augen verengten sich, sein ganzer Körper verlor sein früheres lässiges Auftreten. „Sie schalten Ihren Bruder aus?"

„Ich hab' zwei meiner besten Männer geschickt, um es erledigen zu lassen." Jeden Augenblick erhielte er von Malcolm eine SMS mit der Nachricht, dass sein Bruder tot sei und sie sich in Sicherheit befänden. „Glauben Sie, er hat mit dem MI6 zusammengearbeitet?"

„Ich weiß, dass er mit einem Mann namens Ian Taggart zusammengearbeitet hat, der noch immer hin und wieder für die CIA tätig ist. Sie jagen mich, nicht Sie, und wenn Sie nur zwei Männer hingeschickt haben, um ihn zur Strecke zu bringen, dann schätze ich, dass Ihre Männer jetzt tot sind und Liam weiß, dass Sie hinter ihm her sind. Sie hätten mit mir reden sollen, bevor Sie so eine Nummer abziehen."

Rory fühlte, wie sich sein Rücken straffte. Die Art, wie Nelson mit ihm sprach, gefiel ihm nicht. „Seit wann führen Sie sich auf wie mein Chef?"

Nelson lehnte sich vor, seine Stimme ein leises Grollen. „Seit dem Tag, an dem ich Sie aus der SAS rausgezogen und Ihnen das Leben geschenkt hab', nach dem Sie sich immer gesehnt haben. Wäre ich nicht gewesen, wären Sie am Ende aus der Armee geflogen. Wie lang hätte es gedauert, bis Ihr Bruder von Ihren kriminellen Verbindungen erfahren hätte? Wie lang, bis er von all den Geheimnissen erfahren hätte, die Sie verkauft haben? Glauben Sie, er hätte Ihnen, so wie ich, geholfen? Nein. Er hätte Sie direkt der Regierung übergeben und Sie würden noch heute im Gefängnis verrotten."

Die Kellnerin kam mit einem von Zahnlücken geschmückten Lächeln zurück. Sie stellte zwei Pints vor ihnen ab, doch Rory rührte seinen nicht an. Er pfriemelte daran herum, doch er trank nicht mehr. Er erlaubte sich nicht mehr auch nur für einen Moment außer Kontrolle zu geraten. Doch sobald er endlich die Thomas-Molina-Verkleidung ablegte, wäre er wieder er selbst. Er würde trinken, vögeln und töten, wann immer er wollte.

Und Avery könnte dem ganzen zuschauen. Es wäre die perfekte Strafe dafür, dass sie seinen Bruder gefickt, es jedoch vermieden hatte, ihn zu berühren. Sie hatte ihn wie ein verdammtes Kind behandelt, doch für ihn die Beine gespreizt, so schnell sie konnte, seitdem Liam durch die Tür gekommen war.

Die Kellnerin ging weg und Nelson lehnte sich zurück. „Ich denke, ich sollte den Aufbau des nahöstlichen Teils des Geschäfts übernehmen. Sie haben in Afrika recht gute Ergebnisse erzielt, doch meine Kontakte in Asien sind besser als Ihre."

Also so wollte er spielen. Eine wilde Wut begann sich in ihm auszubreiten. Jeder schien zu versuchen, sich gierig an seinem Eigentum zu vergreifen. Es fing an, ihm den letzten Nerv zu rauben, andererseits kochte er innerlich, denn er war extra nach England zurückgekehrt. „Nein. Das ist mein Business. Sie haben von mir vom ersten Tag an einen Anteil gekriegt, und das ist alles, was Sie je von mir kriegen werden."

Mehr war er Nelson nicht schuldig. Zum Teufel, er schuldete Nelson keinen verfluchten Penny. Jetzt, wo er darüber nachdachte, war er derjenige gewesen, der die Anleihen gekriegt hatte. Er war derjenige gewesen, der die Ladung angebracht hatte. Er war derjenige, der alles so vorbereitet hatte, dass niemand nach ihm gesucht hatte.

Nelson war derjenige, der nicht mal bemerkt hatte, dass Liam überlebte, und anscheinend war Nelson derjenige, der den lieben Bruder auf seine Fährte gesetzt hatte.

Vielleicht war es an der Zeit, seinen Mentor loszuwerden.

Nelson runzelte die Stirn, doch seine Augen blieben kalt. „Also brauchen Sie meine Kontakte nicht? Sie können ohne mich in den pakistanischen und afghanischen Markt einsteigen?"

Das könnte er, sobald der Deal mit Lachlan Bates abgeschlossen war. Die Terrorzelle im Sudan war seine Chance, um zu islamistischen Extremistengruppen vorzudringen. Wenn er dafür sorgte, dass die Vorräte reichten, kämen sie zu ihm. Es gab Millionen zu verdienen und Macht zu gewinnen. Und er hatte nicht die Absicht, davon irgendetwas mit Nelsen zu teilen, doch das konnte er den Mann nicht wissen lassen. Es wäre wie eine Ankündigung, ihn bald ermorden zu wollen.

„Es tut mir leid. Natürlich brauche ich Ihre Kontakte." Molina hoffte, dass er ernst aussah. Denn er war es nicht. Er dachte darüber nach, wie er den Bastard schnellstens unter die Erde bringen könnte. Nelson war hilfreich gewesen, doch seine Zeit war vorbei.

Nelson schien sich etwas zu entspannen. „Ich weiß, dass ich Ihnen helfen kann. Wie ich schon sagte, Sie haben eine großartige Arbeit auf den afrikanischen Märkten geleistet, doch Sie werden sehen, wie viel Geld wir verdienen können, wenn Sie mir dort auch Zutritt verschaffen. Haben Sie Ihr MI6-Problem gelöst?"

Um den MI6 machte er sich keine Sorgen. Er war besorgt wegen seines Bruders. „Sie haben die Codes nicht rausgekriegt." Er hatte sie selbst entwickelt, so dass sich nicht mal Nelson Zugang zu seinen Konten und Kunden verschaffen konnte ohne den Codierschlüssel, der sich in seinem Safe zu Hause befand. „Das werden sie nicht. Sie verstehen noch nicht mal, dass es einen Geheimcode gibt. Sie haben einige seltsame Gewichtsangaben der verschiedensten Häfen. Ich muss nur die richtigen Leute finden, die ich bestechen kann."

Er hatte ein paar Pannen gehabt, doch er war dabei, sie zu bereinigen.

„Weston stellt also kein Problem dar?"

Molina verdrehte die Augen. Um diesen Idioten machte er sich überhaupt keine Sorgen. „Weston ist ein Aristokrat, der gern Spion spielt. Er war absolut erfolglos, und sobald ich London den Rücken zukehre, wird er nicht einmal die Chance bekommen, über etwas zu stolpern. Wenn der Ball zu Ende ist und die Kassen voll sind, werde ich alles nach Dubai verlegen. Ich habe ein sehr privates Grundstück. Nur die Vertrauenswürdigsten erhalten Zugang. Ich werd' das Geschäft von dort aus leiten."

„Und Miss Charles wird mit Ihnen dort sein?"

Bei Avery war er sich nicht mehr so sicher. Er wusste nicht, ob er die Überbleibsel seines Bruders haben wollte. Es war nur eine Schande, dass sein Bruder nicht wusste, wenn er die Schlampe umbringen ließ. Sein Bruder war immer so moralisch gewesen. Sein Bruder hatte an Sünde und Ehre geglaubt, obwohl ihnen derartige Werte in der Kindheit nicht mitgegeben worden waren. Liam war dumm gewesen. „Ich glaube nicht. Ich denke, es ist an der Zeit, dass ich eine andere Assistentin finde. Diese fühlt sich etwas zu benutzt an, wenn Sie wissen, was ich meine."

Sie war so unschuldig, doch sie hatte ihr wahres Gesicht gezeigt. Sie war eine Hure wie alle anderen, und er würde sie immer noch nehmen können. Er würde sie ficken und ihr dann seine Hände um den Hals legen. Dann wüsste sie, wer ihr Gott ist. Er ließe sie dafür zahlen.

Was dauerte so lange? Malcolm hätte ihm schon längst eine SMS schreiben sollen. Er schaute auf sein Telefon.

„Stimmt was nicht?", fragte Nelson.

„Ich dachte, Malcolm hätte mir inzwischen eine Nachricht geschickt. Er sollte Liam ausschalten. Er ist ihm gefolgt."

Nelson schüttelte den Kopf. „Malcolm ist tot. Liam und seine Crew haben ihn getötet. Ich versichere Ihnen, dass Sie O'Donnell auf keinen Fall mit zwei Männern ausgeschaltet haben. Er wurde von Ian Taggart ausgebildet. Was auch immer Sie von Ihrem Bruder halten, seien Sie sich bewusst, dass er jetzt ein gut ausgebildeter Killer ist. Er ist zäher, als Sie sich vorstellen. Taggart ist niemand, den man unterschätzen sollte."

Er wählte Malcolms Nummer. Nichts. Der Anruf wurde direkt an die Mailbox geleitet. *Fuck*. Malcolm hatte noch nie nicht geantwortet. Was zum Teufel war passiert? War Liam noch da draußen? Wusste Liam überhaupt, dass er am Leben war?

„Sie brauchen Hilfe, Rory. Ich kann das für Sie erledigen." Nelson sprach in den gleichen sanften Tönen, wie vor all den Jahren, als sich Rory auf seinen Deal mit der CIA-Version des Mephistopheles geeinigt hatte.

„Wie?" Er wollte Nelson nichts schuldig sein, doch vielleicht sollte er ihn ein letztes Mal benutzen.

Nelson beugte sich vor. „Ich sag's Ihnen."

Nelson begann zu sprechen. Ja. Das war sogar noch besser. Auf diese Weise könnte sein Bruder zusehen, wie Rory seine Frau vergewaltigte.

Und Rory könnte derjenige sein, der ihn umbringt. So, wie es sein sollte.

Schließlich waren sie Brüder.

Kapitel Achtzehn

„Was genau meinst du damit, dass du die Akten nicht finden konntest?" Simon sprach die Worte zerknirscht aus, seine Stimme leise, sein Gesicht nach unten gewandt, während sich der Aufzug Richtung Erdgeschoss bewegte.

Avery war sich nicht sicher, wie viel sie sagen sollte. Sie war etwas paranoid geworden, belauscht zu werden. Sie versuchte, so zu klingen wie üblich. „Ich hab' gesucht und konnte sie nicht finden."

„Ich hab' dich gebeten, nicht ohne mich an den neuen Berichten zu arbeiten." Simon drehte sich mit dem Rücken zu dem kleinen roten Licht, das von einer Kamera in einer der Ecken ausging.

Oh. Das war es, was er gemeint hatte. Er hatte versucht, ihr zu sagen, sie solle auf ihn warten. Das hätte es für Monica schwieriger gemacht, sie zu erwischen. „Tut mir leid."

Er drehte sich wieder um, sein hübsches Gesicht von wütendem Stirnrunzeln geprägt. Die Fahrstuhltüren öffneten sich, und Avery trat heraus. Trotz allem, was er getan hatte, wurde ihr Herz weich, als sie Liam auf sie warten sah. Er lehnte gegen das Gebäude, sein Blick tastete die Straße ab. Sein Kiefer war angespannt und sagte ihr, dass er sich Sorgen machte, doch es war seine Körpersprache, die ihr wirklich Angst bereitete. Liam bewegte sich immer anmutig. Er war groß und schlank und so stark, doch jetzt fielen seine

Schultern in sich zusammen.

Sie vergaß Simon und beeilte sich zu Li zu kommen. „Was ist passiert?"

Er drehte sich zu ihr, und sie nahm seinen düster verzogenen Mund wahr, doch er lächelte, als sie bei ihm war. Er griff mit der rechten Hand nach ihr und zog sie zu sich. „Wir verschwinden morgen früh von hier."

Eine Woge der Panik kam auf. „Ich kann nicht. Ich hab' die Akten nicht gefunden."

„Das ist jetzt Westons Problem." Er warf einen Blick zu dem anderen Mann. „Sie ist raus."

Weston nickte. „Gut für Sie, Kumpel. Passen Sie auf sie auf. Und erzählen Sie mir nichts anderes. Es interessiert mich nicht."

„Als ob ich das täte." Liam schlang einen Arm um ihre Schulter. „Ich hab' eine Frage an Sie. Wo haben Sie wirklich all diese Informationen über Ian her? Versuchen Sie nicht, mir zu erzählen, Sie hätten das System gehackt. Das ist nicht Ihre Expertise. Ich bin überrascht, dass Knight es Ihnen abgekauft hat."

Nur ein schwacher Hauch der Röte färbte die Wangen des Engländers. „Ich kann sehr überzeugend sein. Die Schauspielerei ist meine Expertise. Ich spiele diese Rolle recht gut, doch ich frage mich langsam, ob ich nicht getäuscht worden bin."

„Sie bekamen die Informationen von einer anonymen Quelle, stimmt das?"

„Damals dachte ich, ich würde helfen", antwortete Weston. „Ich konnte belegen, dass alle Angaben der Wahrheit entsprachen. Jetzt frage ich mich, warum jemand im MI6 Ihrem Team Ärger bereiten will."

Liam schnaufte, als hätte er es die ganze Zeit gewusst. „Weil es nicht vom MI6 kam. Es war Nelson. Er ist das bindende Glied. Er ist die gepunktete Linie, die wir alle ignoriert haben. Er war der Agent, der Ian nach dem Tod seiner Frau ersetzt hat, und ich fange an zu vermuten, dass er es war, der sie getötet hat. Er könnte derjenige gewesen sein, der sie überhaupt erst zu Ian geschickt hat. Ich bin mir beinahe sicher, dass er es war, der meinen Bruder getötet und mich aus irgendeinem Grund gerettet hat."

„Was hat das mit uns zu tun?", fragte Avery, ihr drehte sich der

Kopf vor Rätseln und Wendungen. „Ist das der Mann, mit dem sich Thomas trifft?"

„Wir müssen langsam los. Lass uns zur U-Bahn gehen. Oder hast du einen Fahrer, der auf dich wartet?" Liam begann die Straße runterzulaufen, doch etwas mit seinem Gang stimmte nicht. Er schlurfte etwas, als liefe er lieber auf dem linken Bein.

„Verpiss dich", schoss Weston zurück. „Ich hab' keinen verdammten Fahrer. Und ich würd' auch gern wissen, was Nelsons alte Operation mit dieser zu tun hat. Und was zum Teufel ist mit Ihrem Bein los?"

Liam zuckte die Achseln. „Nur ein paar Kugeln. Mir geht's gut. Nur Streifschüsse."

Avery blieb fast mitten auf der Straße stehen. „Nur ein paar Kugeln?"

„Nicht so laut, Liebes." Er gluckste etwas und nickte in Richtung des Gebäudes, an dem sie soeben vorbeigingen. „Das ist Scotland Yards Hauptquartier. Lass uns nicht über Kugeln oder Waffen sprechen."

Er war angeschossen worden. Auf Liam war geschossen worden und offenbar mehr als einmal. Ihr Herz drohte aus der Brust zu schlagen. Er hätte sterben können und es war sehr wahrscheinlich, dass sie nie davon erfahren hätte. Sie hätte vor dem Gebäude auf ihn gewartet. Wäre er nicht aufgetaucht, wäre sie davon ausgegangen, dass er mit ihr fertig sei. Bei dem Gedanken, ihn nie wieder anfassen zu können, fühlte sie sich angegriffen. Die Vorstellung von Liam, sein großer Körper kalt und tot, unvorstellbar.

Sie war in ihn verliebt. Sie hatte die letzten vierundzwanzig Stunden damit verbracht, sich einzureden, dass es nicht so sei, doch es war eine Lüge. Sie versuchte, sich selbst zu schützen. Es war unmöglich, dass Liam sie wirklich liebte. Er fühlte sich schuldig. Soweit sie wusste, war dies das erste Mal, dass er gezwungen war, einer Frau nahe zu kommen ohne den Gebrauch von Fesseln und Videokameras. Wenn sich die Dinge beruhigt hätten, wollte er sie nicht mehr haben.

Doch sie war besorgt darüber, dass sie ihn immer wollte.

Sie liefen auf der Victoria Street entlang und Westminster Abbey kam in Sicht. Es war nicht der Weg, den sie normalerweise gingen, doch Liam schien gewillt mit Simon zu sprechen und vielleicht war es besser, das in der Öffentlichkeit zu tun.

„Ich gehe davon aus, dass Sie Ihre Arbeit nicht beendet haben", sagte Simon, in Richtung Westminster Station gehend.

Liam runzelte die Stirn, sein Basecap richtend. „Nein. Er ist nicht aufgetaucht. Er ist uns auf der Spur und er war es wahrscheinlich die ganze verdammte Zeit. Irgendwas stimmt da nicht. Ich weiß nicht, ob Molina es weiß, doch Nelson spielt ein ausgeklügeltes Spiel mit uns allen. Deshalb zieh ich sie raus."

„Ich kann nicht weg. Ich hab' die Akten nicht gefunden." Avery kämpfte Schritt zu halten. Selbst verletzt war Liam schneller als sie.

Er wurde langsamer, ihre Hände ineinander verflechtend. „Entschuldige, Liebes. Ich bin beunruhigt. Und du wirst morgen früh mit mir kommen. Der Rest des Teams wird das Chaos enträtseln, du hingegen bist fertig."

Die Mission konnte nicht vorbei sein. „Ich denke, die Akten sind bei ihm zu Hause. Ich komme da rein."

„Avery, kennst du einen Mann namens Malcolm Glass?", fragte Liam und ignorierte ihre Aussage.

Warum erkundigte er sich nach Malcolm? Die Akten waren doch hier das Wichtigste. „Ja, er arbeitet für Thomas. Er ist Thomas Fahrer."

Simon schnaubte. Nur er konnte das Geräusch elegant klingen lassen. „Er ist Molinas Vollstrecker. Er hat eine ganz schöne Geschichte. Er saß schon ein paar Mal im Gefängnis, doch zuletzt schien er schlauer zu sein. Ich glaube, er ist Molinas Schläger."

„Er ist tot", sagte Liam unverblümt. „Ich hab' ihm vor nicht ganz zwei Stunden eine Kugel in den Schädel gejagt. Er war geschickt worden, um mich zu töten, weil ich mit dir schlafe. Er hat das ziemlich deutlich zur Sprache gebracht. Molina will dich und er ist ziemlich wütend darüber, dass ich dich gekriegt hab'. Verstehst du, was ein Mann wie er tut, wenn er beschließt, dich haben zu wollen?"

Ein Schauer lief ihr über den Rücken. Thomas hatte Malcolm geschickt, um ihren Freund zu töten? „Das ist nicht so."

Doch jetzt wunderte sie sich. Thomas hatte sie gern berührt. Sie hatte gedacht, das sei nur Zuneigung, doch es hatte Zeiten gegeben, in denen er sie zu lange umarmt hatte oder seine Hände abgerutscht waren. Und er schien äußerst besitzergreifend zu sein.

„Er ist es, der dafür gesorgt hat, dass du keine Freunde im Büro findest", betonte Simon. „Er hat dich isoliert. Er ist tatsächlich recht komisch, weißt du. Es war mir nicht möglich, viel Zeit mit ihm zu verbringen. Jedes Mal, wenn ich es versuchte, hat er mich hingehalten."

„Weil er Sie vor langer Zeit durchschaut hat." Liams Augen wanderten zu der riesigen Kathedrale.

Simon blieb stehen. „Scheiße. Wie hat er mich durchschaut? Ich war vorsichtig."

Liam gab Simon zu verstehen, dass er mit ihnen weiter Schritt halten sollte. „Egal, doch wenn Nelson wusste, an wen er Ians Dateien zu schicken hatte, dann sollten Sie sich besser als durchschaut betrachten und der MI6 wird sich einen neuen Plan überlegen müssen. Sie könnten mit dem MI5 oder Scotland Yard sprechen. Versuchen Sie, einen legalen Durchsuchungsbefehl für Molinas Stadthaus zu kriegen. Ich denke, das wird Ihre einzige Chance sein oder Sie müssen es von einem anderen Land aus erledigen. Wie auch immer, Avery ist raus. Sie ist nicht nochmal mit diesem Bastard allein."

„Habe ich da nicht mitzureden?", fragte Avery. Es ging ihr alles zu schnell.

„Nein", antworteten beide Männer gleichzeitig.

„Du bist raus, Avery. Ich werd' dich tretend und schreiend aus diesem Land tragen, wenn es sein muss", schwor Liam.

„Sie geben einiges auf, Kumpel. Glauben Sie im Ernst, dass dieser Typ, Nelson, Ihren Bruder getötet hat? Sie werden es nie mit Sicherheit wissen, wenn Sie mit ihr abhauen." Simon schritt mit einem Lächeln im Gesicht daher, als redeten sie über das Wetter, als hätte er nicht soeben eine Bombe gezündet, die vor Averys Gesicht in die Luft gehen könnte.

Liam würde gehen. Er musste es. Er würde die Wahrheit finden müssen. Selbst als sie seinen richtigen Namen noch nicht gewusst hatte, hatte sie den Mann gekannt. Er war in so vielerlei Hinsicht unnachgiebig. Obwohl er Probleme mit seinem Bruder gehabt hatte, musste Liam den Mann finden, der ihn getötet hatte.

Diesmal war Liam derjenige, der stehenblieb. „Ich bin durch mit der Sache. Verstehen Sie, Weston?"

„Verflucht. Das hätte ich nicht gedacht." Simon zog sich zurück. „Dann trennen sich unsere Wege hier. Ich denke, ich sollte mich Richtung Club bewegen. Meine Zeit für den UOF zu arbeiten ist wohl vergangen. Hey, vielleicht erspart mir Knight ja eine formelle Schelte und feuert mich einfach gleich auf der Stelle. Ich wünsche euch beiden viel Glück."

Simon verschwand in der Menge.

„Du verlässt mich doch nicht?", fragte Avery, sich bewusst, dass sie die Frage verletzlich, seufzend vorgebracht hatte.

„Ich sagte dir, dass ich nicht wieder weggehen werde."

„Aber du hast darüber nachgedacht."

Sein Griff um ihre Hand verengte sich, als hätte er Angst, sie loszulassen. „Natürlich habe ich das. Ich hab' lange und intensiv darüber nachgedacht und bin zu dem Schluss gekommen, dass du wichtiger bist als Rache oder die Wahrheit oder sonst irgendwas. Jetzt lass uns nach Hause kommen, damit du ganz in Ruhe packen kannst. Ich werd' duschen und mich frisch machen und dann gehen wir heute Abend aus. Ein schöner Abend in der Stadt."

„Wir gehen nicht zurück." Sie wäre auf der Flucht. Es schien unverständlich. Noch gestern war ihre größte Sorge, was sie ihm zum Abendessen kochte, und heute hatte sie Angst um ihr Leben. Und um seins.

„Nein, wir gehen nicht zu dir nach Hause zurück. Ich weiß nicht, wo wir sein werden. Wir werden es morgen früh herausfinden, doch wo immer es ist, ich werde mich um dich kümmern. Ich werde nicht zulassen, dass er dir wehtut. Die Jungs werden das herausfinden. Das verspreche ich dir. Wir werden uns nicht ewig verstecken."

„Du kommst mit mir." Das klang dumm. Warum sollte er mit ihr gehen? Hatte er so viel Mitleid mit ihr?

„Das werde ich, Avery. Du wirst mich nicht los. Das hab' ich dir doch gesagt." Er machte einen starrköpfigen Gesichtsausdruck, dann wandte er sich gen Bahnhof. „Na los. Ich will so schnell wie möglich raus aus der Wohnung. Wir müssen verschwinden. Es gefällt mir nicht, dass er dich will."

Das machte sie etwas krank. „Es tut mir leid, dass ich die Akten nicht finden konnte, aber ich hab' was entdeckt. Er trägt Kontaktlinsen. Warum sollte er das tun, wenn er ein perfektes Sehvermögen hat? Zumindest sagte er mir das. Und findest du es nicht seltsam, dass er agoraphobisch war und jetzt alles bei ihm in Ordnung zu sein scheint?"

„Hast du die Kontaktlinsen gesehen? Waren sie farbig?" Liam griff ihre Hand.

„Ich habe nicht nachgesehen."

„Und du bist dir sicher, dass er sie nicht zum Sehen braucht?"

Sie hätte sie öffnen und nachsehen sollen. „Ich weiß es nicht. Ich denke, er könnte gelogen haben, aber warum?"

„Verdammte Scheiße", fluchte Liam, den Kopf schüttelnd. „Das hätte mir früher auffallen sollen. Molina geht nie aus und dann steht er plötzlich auf und will sich das Geschäft persönlich und aus nächster Nähe ansehen. Simon hat Recht. Er sollte gefeuert werden. Ich wette Geld darauf, dass Nelson schon vor Jahren jemanden eingeschleust hat. Er brauchte eine Möglichkeit, um die Waffen hin und her zu schieben, und er brauchte Geld, um das Ganze zu decken. Selbst ein paar Millionen hätten nicht ausgereicht, um sowas in großem Maßstab abzuziehen. Doch ein paar Millionen gestatteten die Täuschung, Molina durch jemanden ersetzen zu lassen. Molina war ein Einzelgänger."

Sie begann, seiner Logik zu folgen. „Er hatte nur zu seinem Bruder eine Beziehung. Er mochte nicht mal das Personal in seiner Nähe haben, laut den Berichten über ihn."

„Sein Bruder war drogensüchtig und hatte den Treuhandfonds aufgezehrt, den seine Eltern ihm hinterlassen hatten. Sie setzten den Großteil des Geldes auf Thomas, weil sie wussten, dass Brian es aus dem Fenster schmiss. Warum hab' ich diese Möglichkeit nicht eher erkannt? Was, wenn der Mann, den du als Thomas Molina kennst, jemand anderes ist?"

Das kann nicht sein. „Es gab Bilder von Thomas, bevor das hier anfing. Er sieht genauso aus."

„Genau dafür war das Geld ursprünglich gedacht. Dafür waren die Anleihen gedacht, um jemanden als Thomas Molina ausgeben zu geben. Er müsste ungefähr die richtige Statur und Größe haben, doch abgesehen davon bewirkt die plastische Chirurgie Wunder. Sie kann jedoch nicht die Augenfarbe einer Person korrigieren. Er bräuchte Kontaktlinsen, wenn sie ihr nicht entspräche."

„Und er könnte ohne Probleme die Firma übernehmen, weil er zu niemandem enge Beziehungen pflegte. Er musste sich nicht mal wirklich unbequemen Fragen stellen." So vieles in ihrem Leben war innerhalb der letzten sechs Monate eine einzige Lüge gewesen. „Ich traf Brian in einer Reha-Einrichtung. Für meine Beine, nicht zur Drogenrehabilitation. Er erholte sich von einer Verletzung. Er sagte, er sei gerad zu einem Haufen Geld gekommen. Er starb ein paar Monate später, nachdem er mich Thomas vorgestellt hatte." Sie schüttelte den Kopf, entsetzt über ihre eigene Naivität. „Ich war überrascht darüber, dass jemand wie Thomas eine Assistentin mit so wenig Erfahrung einstellen wollte, doch dann sagte Brian mir, er nähme sie gern, solange sie noch unschuldig seien. ‚Umso leichter sind sie zu bestechen', sagte er. Ich dachte, er mache Witze, doch er meinte das wohl ernst, oder?"

„Vermutlich. Aber das spielt jetzt keine Rolle mehr, denn du bist raus aus der Sache, so wie ich. Wobei ich mich frage, wen Nelson dazu gebracht hat, diese kleine Aufgabe für ihn zu erledigen. Wer könnte sein Leben so sehr gehasst haben, dass er bereit war, alles zu tun, um es zu ändern?" Liam erblasste, ein Zittern ging durch seinen Körper, doch er schüttelte es von sich. „Wie gesagt, es spielt keine Rolle mehr. Na los, Liebes. Ich brauch' meine Dusche und einen Scotch."

Er nahm sie bei der Hand und führte sie zu den Zügen. Sie drängten sich nah aneinander, jeder Moment ihrer gemeinsamen Zeit spielte sich nochmal in ihrem Kopf ab. Sie folgte ihm, völlig betäubt. Sie war ein Zombie, der hinging, wohin Liam ihr sagte, dass sie gehen sollte, weil sie wusste, sie hatte eine Entscheidung zu treffen, und sie war noch nicht bereit dafür.

Zwanzig Minuten später ließ er sie auf ihrer Couch Platz nehmen und reichte ihr ein halbes Glas Scotch, den er Anfang der Woche gekauft hatte. „Ich brauch nicht lange." Er gestikulierte durch den Raum, als wolle er sie daran erinnern, dass jemand zuhörte. „Wir müssen in einer Stunde los. Die Vorstellung beginnt um Punkt 19.30 Uhr. Wir können im West End zu Abend essen. In

Ordnung?"

Sie sollte sich genau ausdrücken, wenn sie Mithörer hatten. „Ja. Das klingt gut."

Er nickte und ging weg, sie zum ersten Mal allein lassend.

Er nähme sie mit auf die Flucht. Er würde sie vierundzwanzig Stunden am Tag, sieben Tage die Woche beschützen, bis die Bedrohung vorüber war. Es war unmöglich, dass sie sich nicht in die Arme nehmen ließe. Sie würde wieder bei ihm im Bett landen. Sie würde sich ihm wieder unterwerfen. Sie würde sich wieder in ihn verlieben.

Wann wäre es vorbei? Alles hatte ein Ende. Wann würde es mit Liam O'Donnell enden und warum sollte sie überhaupt versuchen, diese Chance zu ergreifen? Sie hatte jeden verloren, den sie geliebt hatte. Sie würde ihn wohl auch verlieren.

Sie schlurfte durch die Wohnung, ihre kleine Londoner Wohnung, wo es schien, als hätte alles kurz vor der Blüte gestanden. Dies sollte ihr zweiter Akt gewesen sein, doch ihr wurde klar, dass sich alles vor dem Tag, an dem sie Liam getroffen hatte, nur um eine Generalprobe gehandelt hatte. Er war wirklich der zweite Akt. Er war ihre Chance, doch sie war sich nicht sicher, ob sie sich traute sie zu ergreifen.

Tränen standen ihr in den Augen, doch sie konnte nicht weinen. Sie würden sie hören. Leise öffnete sie Schubladen und sammelte die wenigen Dinge, die sie nicht zurücklassen konnte. Ihr echter Ausweis. Wechselsachen. Ihre Medikamente.

Ein kleines Fotobuch lag tief in ihrer Schublade vergraben. Bilder ihrer Eltern, ihres Mannes, ihres Babys. Sie hatte es hier vergraben, es so weggesteckt, als wäre es etwas, das gehortet werden sollte, etwas, das es zu verstecken galt.

Als sie es öffnete, fielen die Tränen. Ihre Eltern. So liebevoll, so gütig. Sie waren viel zu früh gegangen und sie vermisste sie noch immer jeden Tag in ihrem Leben. Brandon. Wären sie noch verheiratet? War es wirklich Liebe gewesen oder hatte sie nur nach einem Ausweg gesucht? Sie hatte so lange mit Fragen gekämpft, die keine Rolle mehr spielten. Er war gut zu ihr gewesen. Er hatte es nicht verdient, versteckt zu werden.

Und Maddie. Ihr kleines Mädchen, der das Leben verweigert

worden war.

Sie hatte sich so lange darum gesorgt, dem Mädchen zu verzeihen, das sie getötet hatte, dass sie sich nie vergeben hatte, selbst überlebt zu haben.

Deshalb war sie bereit gewesen, einen Mann wie Liam O'Donnell wegzustoßen. Sie hatte sich das Laufen beigebracht, doch sie saß immer noch in diesem Auto. Sie konnte sich vormachen, dass sie lebte, sie war jedoch nicht gezwungen worden, tatsächlich zu leben. Sie war nicht gezwungen worden, ihr Herz aufs Spiel zu setzen und zu beten, dass alles gut ginge, denn das Leben konnte hart und grausam sein. Sie hatte sich noch nicht zwischen Angst und Hoffnung entschieden.

Sie sah sich ihre Tochter an, so klein und süß in den Händen ihres Vaters. Brandon sah verängstigt aus, doch er hielt Maddie nah bei sich.

Sie hatte sich gefragt, was Stephanie ihr schuldig war, doch was schuldete Avery diesen beiden wertvollen Menschen? Was war sie ihnen schuldig? Was schuldete sie sich selbst?

Ein Leben. Sie schuldete ihnen ein Leben, und nicht halb zu leben, wie sie gelebt hatte. Sie war eine Touristin gewesen. Sie hatte gekämpft wieder gehen zu können, und dann war sie nur noch gewillt zuzusehen, wie das Leben an ihr vorbeiging. Sie hatte ihre ganze Zeit in Museen und Kunstgalerien verbracht und sich von keinem berühren lassen. Es war einfacher gewesen, doch sie konnte es nicht mehr. Sie schuldete allen, die sie geliebt hatten, ein wahres Leben, mit echtem Risiko.

Mit echter Liebe.

Liam O'Donnell mochte irgendwann zur Vernunft kommen. Er mochte aufwachen und feststellen, dass sie nicht schön genug für ihn war, doch niemand würde ihn jemals so lieben wie sie. Sie musste das Risiko eingehen.

Sie hörte, wie die Dusche lief, und zog sich langsam aus. Sie ließ ihre Sachen auf die Fläche neben dem Waschbecken fallen. Ein blutiger Verband lag da, ein kleinerer daneben. Er hatte ihn sich offenbar abgerissen, bevor er in die Dusche gegangen war. Zwei frische waren vorbereitet und warteten zusammen mit Alkohol und einigen Tupfern. Wollte er ihn sich selbst anlegen? Er rechnete nicht damit, dass sie ihm helfen würde?

Sie musste ihm klar machen, dass sie sich auch um ihn kümmern wollte.

Sie konnte ihn durch das Glas der Dusche sehen. Eine Hand war gegen die Wand gedrückt. Den Kopf hatte er nach unten geneigt, als könne er ihn nicht mehr hochhalten. Ihr Herz schmerzte, als sie ihn ansah. Er sah müde aus. Wie viel hatte es ihn gekostet ihr zu sagen, wer er war? Sie hatte es falsch aufgefasst, sich alle möglichen dämlichen Motive für seine Taten erdacht, doch er hatte so viel für sie riskiert. Was, wenn er es nur aus dem reinsten aller Gründe getan hatte? Was, wenn er es aus Liebe zu ihr getan hätte?

Die Glastür aufschwingend, trat sie ein. Es gab nichts zu verbergen vor diesem Mann.

„Avery?"

Sie streckte eine Hand aus und berührte seinen muskulösen Rücken. Sie liebte es, wie er sich anfühlte, harte Muskeln unter weicher Haut. Seine grünen Augen trafen ihre. Dort klaffte eine wütende Wunde an seinem Bizeps. Gott, er war wirklich angeschossen worden. „Bist du dir sicher, dass es dir gut geht? Solltest du dich wirklich so nass machen?"

Er drehte sich um und es entging ihr nicht, wie hart sein Schwanz wurde, wie ein Magnet, den sie anzog. Es beruhigte sie. Jedes Mal, wenn er in ihrer Nähe war, wurde ihre Muschi weich und war bereit für ihn. Sie gehörte ihm in einer Weise, wie sie noch nie jemandem gehört hatte. Alles an ihr leuchtete auf, wenn er den Raum betrat.

Ein langer Seufzer entströmte seiner Brust. Sein Arm war nicht die einzige Stelle, die verletzt war, und ihr wurde klar, wie viel Schaden sie angerichtet hatte. „Es geht mir gut. Es ist alles in Ordnung, Liebes. Ich hab' schon Schlimmeres erlebt. Ich kann mich immer noch um dich kümmern, kein Problem. Es tut nicht weh. Und es musste nicht mal genäht werden, was gut ist, denn Adam könnte selbst dann nicht nähen, wenn sein Leben bedroht wäre."

Sie streckte die Hand aus und berührte es. Es sah eher wie eine Verbrennung aus als alles andere. „Ich möchte dir helfen."

Er drehte sich wieder zum Duschkopf, das Wasser fiel ihm ins Gesicht. „Das brauchst du nicht. Das wird dir nicht guttun, Avery.

Gib mir eine Sekunde, dann lass' ich dich in Ruhe duschen. Ich möchte in einer Stunde hier raus sein, doch wir müssen auch noch bei Adam und Jake vorbeischauen."

Er langte nach der Seife.

„Ich will nicht, dass du weggehst. Ich will dir helfen." Sie streckte die Hand nach ihm aus und war erschrocken, als er sich zurückzog.

„Das ist nicht genug." Er ließ das Wasser laufen. Wärme erfüllte den Raum.

Hier konnten sie reden. Das Rauschen des Wassers übertönte den Klang ihrer Stimmen. Sie trat zurück. Sie war nicht genug? Hatte sie sich geirrt?

Liam wartete ihre Antwort nicht ab. „Ich möchte nicht, dass du mir hilfst, Avery. Ich möchte, dass du mich liebst. Ich werd' nicht als dein Vergnügungstyp agieren. Hast du mich verstanden? Ich werd' nicht nachgeben, wenn es um dich geht. Ich kann dich dazu bringen, mich zu lieben. Ich weiß, dass du verärgert bist. Ich weiß, du denkst, du kennst mich nicht, doch du weißt mehr über mich als jeder andere."

„Liam", fing sie an. Er stand unter einem seltsamen, falschen Eindruck.

Seine Hände fanden die Kurve ihrer Hüften. „Nein. Ich hör' dir heute Abend nicht zu. Ich weiß, dass ich Scheiße gebaut hab'. Ich weiß, dass ich gelogen hab', doch hierüber lüge ich nicht. Ich liebe dich. Das hab' ich in meinem ganzen Leben noch zu keiner anderen Frau gesagt. Ich liebe dich, Avery. Vielleicht ist meine Liebe noch nicht viel wert, aber ich arbeite daran. Ich werd' mich bessern. Ich werd's wert sein. Ich werd' von dir lernen. Ich ändere mich für dich. Ich werd' ein guter Mann sein. Ich werd' ein Mann sein, von dem du dir mehr als nur einen Orgasmus wünschst. Ich werd' ein Mann sein, dem du vertrauen kannst."

Oh, sie hatte ihm so einen Bärendienst erwiesen. Dachte er tatsächlich, sie wollte ihn nur wegen dieses wunderbaren Körpers? Da sie entschieden war ihn mit offenem Herzen zu sehen, sah sie, wie reizend er wirklich war. Er war ein Mann, dem sie vertrauen konnte. Er hatte seine Karriere und die Wahrheit aufgegeben, nach der er seit Jahren gesucht hatte, und alles, worum er bat, war, dass sie ihm erlaubte, sie zu beschützen. „Was meinst du, warum ich hier bin?"

Sie war neugierig. Warum um Himmels willen dachte er, sie stünde nackt vor ihm?

Sein Kiefer verkrampfte sich. „Du willst Sex. Ich hab' dir beigebracht, Sex zu wollen."

Dummer Mann. Mit der Hand zeichnete sie die schlanken Muskeln seiner Hüften nach. Gott, sie liebte jeden Zentimeter an ihm. Es gab nichts an diesem Mann, das nicht perfekt war. „Du hast mich gelehrt, dich zu wollen."

Nichts war je so süß gewesen, wie Liebe mit Liam O'Donnell zu machen, egal wie er hieß. Sie hatte jede Minute mit ihm geliebt, doch sich auch zurückgehalten. Es wäre jetzt besser. Sie gäbe ihm alles.

Er verzerrte das Gesicht, aber das machte ihn nicht weniger schön. „Avery, ich weiß, das sagst du jetzt nur so, doch ich werd' dich das auch glauben lassen. Ich werd' dich dazu bringen, mich zu lieben. Das ist jetzt meine Mission."

„Liebst du mich?" Das waren die süßesten Worte, die sie je gehört hätte. Er liebte sie.

„Verdammt, Frau, ich bin bereit, alles aufzugeben, um dich zu beschützen. Natürlich liebe ich dich. Ich liebe alles an dir. Ich brauche dich, Avery. Ich brauche dich so sehr." Seine Hände versteiften sich an ihren Hüften und zogen sie nach vorn, bis sein Schwanz ihren Bauch berührte. „Ich liebe dich, Baby. Ich liebe dich."

Vielleicht hielt es nicht ewig. Vielleicht starb er morgen, oder sie, doch sie hätte ihn geliebt und das war es, was zählte. Liebe zählte. Glaube zählte. Er zählte. „Ich liebe dich auch."

Ungewissheit trübte seine Züge. „Ich weiß nicht, ob ich dir glaube."

Er bewegte die Hände unruhig auf ihren Hüften und zeichnete ihre Linien nach, während sein Schwanz gegen ihren Bauch stupste. Er legte seine Stirn auf ihre und schmiegte ihre Köpfe aneinander.

„Ich liebe dich, Liam." Sie konnte seinen Namen hier in der Dusche aussprechen. Morgen konnten sie reden ohne Angst zu haben, belauscht zu werden, heute Abend hatte sie ihm jedoch noch ein paar Dinge zu sagen. „Ich liebe dich, aber du musst wissen, dass ich noch was von dir will."

„Ich geb' dir alles."

„Ich will einen Ring und so ein Halsband-Dings."

Seine Hand suchte ihr Haar, mit den Fingern drehte er es ein und zog sanft daran. Es brachte sie von der Kopfhaut bis zu ihren Zehen zum Glühen. Sein Mund, diese schönen vollen Lippen, schwebten über ihren. „Willst du meine Sub sein?"

Sie wollte von nun an ehrlich zu ihm sein, auch wenn sie sich dadurch verletzlich machte. „Ich will deine Frau werden."

Sie erschauerte bei dem arroganten, dominanten Blick, der seine vorherige Vorsicht ablöste. „Das ist unumstritten, Liebes. Meine Frau, meine Sub. Das ist für mich das gleiche, doch sei dir gewiss, dass, sobald wir es sicher unter Dach und Fach bringen können, du vor einem Richter oder Priester oder wem auch immer stehst und öffentlich dein Gelübde ablegst. Und sei dir im Klaren darüber, dass, wenn du „Ja" sagst, ich schon jetzt dein Mann sein werd'. Und ich bin ganz dein Herr. Weißt du, was das bedeutet?"

Es bedeutete sehr wahrscheinlich, dass sie morgen früh Muskelkater hätte. Er war ein hungriger Herr. Wenn er in Fahrt kam, konnte er die ganze Nacht ficken, als wäre er ein vor Hunger Sterbender und sie das Festessen seines Lebens. Es machte ihm nichts aus, dass sie auf der Flucht waren. Er fände eine Möglichkeit, sie zu nehmen, und sie fände Gefallen daran. Er brauchte sie. Genauso, wie sie ihn brauchte. Sie nahm die Hände hoch, um die scharfen Konturen seines Kiefers nachzuzeichnen. Er stellte männliche Perfektion dar und er gehörte ganz ihr. „Ja, Liam. Ich weiß, was das heißt. Und ich sag' „Ja". Ich werd's jeden Tag sagen."

Sie wusste, wie kostbar jeder Tag mit ihm wäre.

„Gebieter. Du nennst mich „mein Gebieter", wenn ich dich ficke, Schätzchen."

Wie konnte er das Wort „ficken" so aussprechen, als sei es eine Liebeserklärung? Es klänge schmutzig, wenn jemand anders es sagte. Eigentlich hatte sie das Wort vorher gehasst, doch jetzt verstand sie, was „ficken" bedeutete. Ficken hieß, sich gegenseitig zu verschlingen, schmutzig und sexy und liebevoll. Es bedeutete, sich in ihm zu verlieren, doch fühlte sie sich nicht verloren. Das

Ficken mit Liam machte sie mehr zu Avery, als sie sich jemals zuvor gefühlt hatte. Sie rieb ihren Bauch an seinem Monsterschwanz. „Ja, mein Herr."

Er senkte sein Gesicht zu ihr herab, seine Hände umklammerten ihre Pobacken. „Avery, das ist nicht der richtige Zeitpunkt, Liebes. Wir sind in Gefahr."

Sie waren schon die ganze Zeit in Gefahr. Das war ihr jetzt bewusst. „Wir sitzen hier für eine Weile fest, Liam."

„Ich muss mich konzentrieren, Avery." Seine Hände strichen ihr Haar zurück.

„Adam und Jake befinden sich auf der anderen Seite des Flurs. Sie können hören, was in dieser Wohnung vor sich geht. Sie halten Wache. Wir sind so sicher, wie es nur geht. Und sollten wir uns nicht normal verhalten?" Er hatte es im Zug betont. Sie sollten so tun, als wäre alles in Ordnung.

„Bring mich nicht in Versuchung."

Doch sie wollte ihn in Versuchung führen. „Li, wir lieben uns die ganze Zeit. Was hast du in der nächsten Stunde geplant? Sie hören mit. Sollen wir ein Brettspiel spielen? Nein, ich glaube nicht. Wir sollten ihnen eine Show bieten."

Er küsste sie auf den Kopf. „Fuck, Schätzchen, jetzt bist du dran. Hast du eine Ahnung, was ich alles mit dir machen will? Ich will dich auf jede erdenkliche Weise. Ich möchte über jeden Millimeter von dir dein Herr sein."

Er täte es. Er nähme sie auf jede erdenkliche Weise, und sie gäbe ihm alles. Und sie wollte etwas von ihm zurück. Sie war endlich bereit. Ihr Herz hatte sich endlich weit genug geöffnet. „Ich will noch ein Baby, Liam. Es muss nicht jetzt sein, doch ich will es bald."

Sein Gesicht wurde weich, sein Körper schmiegte sich an ihren. „Vielleicht bin ich ein schrecklicher Vater. Ich hatte selbst keinen, Liebes."

Sein irischer Akzent war stark und brachte kehlige Laute hervor, wenn er emotional wurde. Sie presste ihn an sich. „Du wirst großartig sein. Ich werd' alles von vorne lernen müssen, doch wir werden großartig sein."

Sie konnte fühlen, wie sein Schwanz an ihrem Bauch pulsierte, als seine Lippen ihr Gesicht fanden. Er ließ überall Küsse folgen, als er ihr jetzt nasses Haar glattstrich. Er küsste ihre Stirn und jedes Auge einzeln. Er schmiegte ihre Nasen aneinander, bevor er sie auf jede Wange küsste. „Meine. Du gehörst mir."

Liam O'Donnell zu gehören fühlte sich gut an und sie war bereit zu beweisen, wie sehr sie ihm gehörte. Sie ging auf die Zehenspitzen und wanderte mit der Zunge an seiner sexy Unterlippe entlang. „Und du gehörst ganz mir."

Er ging auf die Knie, bis dass sich sein Gesicht auf Höhe ihrer Brüste befand. „Das sind meine." Mit seinen großen Händen umklammerte er sie und presste ihre Brüste zusammen. „Diese herrlichen Titten gehören nur mir."

Seine Zunge kam zum Vorschein, die an ihrer Brustwarze leckte, bevor er sanft zubiss. Wärme breitete sich auf ihrer Haut aus, ihre Muschi wurde weich und feucht. Warmes Wasser schlug ihr auf die Brust, doch es war nichts im Vergleich zu der Hitze seines Mundes, als er ihre Brustwarze einsaugte. Er wirbelte mit seiner Zunge herum, bevor er wieder zubiss, oh so sanft, so dass es genau richtig schmerzte.

Liam näherte sich ihrer anderen Brust, die gleiche Behandlung vornehmend wie bei der ersten. Mit den Fingern spielte er um ihre Brustwarze herum. „Ich möchte, dass du deine Brustwarzen für mich pierct. Ich möchte, dass du äußerlich so weich und süß erscheinst, einfach wie die schöne Mutter und Ehefrau, unter deiner Kleidung jedoch meine kleine, ungezogene Sub bist."

Es wäre ein Zeichen von Zugehörigkeit, nur für ihn. Und es erinnerte sie immer daran, dass sie eine Frau war, eine Geliebte. „Ja, mein Herr. Ich will auch etwas. Ich will ein Tattoo auf deiner Brust, etwas, das ich mir aussuche."

Sie wollte ihr eigenes „Eigentum von"-Zeichen.

Er zwickte ihr fest in die Brustwarze, was sie erzittern ließ. „Such ja was maskulines aus. Nichts Mädchenhaftes. Keine Rosen oder rosa Herzen."

„Ich verspreche es."

Er saugte ihre Brustwarze wieder in den Mund, sie mit seiner Zunge anbetend. Er ließ ihre Brustwarze wieder herausspringen. „Sag mir etwas. Wie feucht ist meine Muschi?"

„So feucht." Sie konnte fühlen, wie weich und glitschig sie war.

„Zeig sie mir." Er lehnte sich zurück, seine Augen verschlangen ihren Körper, wanderten unmittelbar zu ihrer Muschi. Er genoss es, sie anzusehen.

Sie ließ die Hand an ihrem Körper hinunterwandern, vorbei an ihren schmerzenden Brustwarzen. Ihre Klitoris war bereits geschwollen und willig. Ihre Fingerspitze glitt hinüber.

„Wag dich ja nicht zu kommen. Du wirst nicht mögen, was dir sonst blüht. Ich werd' dir den Hintern versohlen, bis er rot anläuft, und dann deinen hübschen Titten lustvolle Qualen bereiten. Du wirst mich anflehen, dich kommen zu lassen, doch ich lass dich nicht."

Er war so herrschsüchtig und leicht überdramatisch. „Ich komm' bestimmt nicht, wenn ich meine Muschi anfasse."

Es war falsch, das zu sagen. Oder sie hatte den falschen Tonfall gewählt. Sie empfand ihr Verhalten als görenhaft und anscheinend war es in ihrer Stimme zum Ausdruck gekommen. Ob es nun daran lag, was sie gesagt hatte, oder an der Art, wie sie es gesagt hatte, Avery stand plötzlich mit dem Gesicht zur Wand, sein harter Körper drückte sie gegen die Duschwand.

„Das sind zehn, Göre. Und du lässt mich mit deinem Arsch spielen."

Sie erzitterte leicht. Die Duschtür öffnete sich und er war weg, sie wüsste es aber besser, als ihre Position zu verlassen. Er wollte ihr den Hintern versohlen. Er wollte die Hand an ihren Hintern anlegen. Er wollte, dass ihre Haut seinetwegen heiß und rosa werde. Es war sein Kink und sie war glücklich ihn verwöhnen zu können. Sie hielt sich am Griff der Duschwand fest und spreizte die Beine, wobei sie ihren Hintern nach hinten hinausschob. Das Wasser fiel überall auf sie herab, eine weitere Empfindung, die es zu erleben galt.

Die Duschtür öffnete sich und sie hörte Liam einen tiefen Atemzug holen. „Fuck. Das ist ein wunderschöner Anblick, Liebes. Du hast gar keine Angst vor mir, oder?"

Sie hatte keine Angst vor ihm. Sie wollte ihn ganz genauso, wie er war. Sie wollte ihn schmutzig und böse und, ach, so lieb. „Du sagtest, du wolltest mir den Hintern versohlen."

Der Knall seiner Hand füllte die Dusche aus, und Avery musste sich festhalten.

„So ist es richtig, Liebling. Das Wasser wird es nochmal aufbrennen lassen. Warte, bis ich diese schönen Backen ausgepeitscht hab." Er schlug ihr erneut auf den Hintern. „Das mag dich lehren, mir gegenüber nochmal dieses görenhafte Mundwerk zu haben."

Klaps Nummer drei traf ihre Poritze und er hielt die Hand dort, als könne er so die Hitze auf ihrer Haut halten. Seine Finger rutschten tiefer hinein und spielten in ihrer Muschi. Es fühlte sich so vollkommen an, wie seine großen Finger an ihrer Muschi entlangglitten. Sie wand sich ein wenig, ihn dazu zu bringen versuchend, in sie einzudringen.

Seine Finger entfernten sich und er schlug ihr erneut auf den Hintern, dreimal in harter Abfolge. Avery konnte sich das aufkommende Stöhnen nicht verkneifen. Ihr Hintern tat weh und sie zitterte vor Verlangen.

„Beug dich vor, Liebes, und ich mach es kurz." Seine Stimme klang nicht gleichmäßig. Mit einer Hand übte er Druck auf ihr Kreuz aus, drückte sie tiefer in die Beuge.

Sie ließ sich von ihm niederdrücken, ihre Glieder dehnten sich köstlich. Zwei weitere Klapse ließen ihre Haut singen, sie perfekt auf dem Grat zwischen Vergnügen und Schmerz reiten.

„Ich liebe dich, Avery. Ich liebe dich so verdammt sehr." Ein weiterer Klaps. „Sag mir, dass du mich liebst. Lass es mich glauben."

„Ich liebe dich." Sie wackelte mit dem Hintern. „Ich liebe jeden schmutzigen Zentimeter von dir."

Er schlug ihr ein letztes Mal auf den Hintern. „Ich werd' niemals müde werden dich das sagen zu hören. Ich weiß nicht, warum du einen dämlichen Tölpel wie mich liebst, aber ich nehm' dich, Liebling. Ich nehm' dich. Lass mich dir geben, was du brauchst, damit ich krieg, was ich brauch."

Sie konnte sich denken, was er wollte. Sie wurde nervös, jedoch war alles, was er bisher mit ihr gemacht hatte, mehr als Atem beraubend gewesen. „Ich will dich auf jede Weise, die eine Frau einen Mann nehmen kann."

Er drehte sie um, seine Hände ergriffen ihren Arsch, als er sie mit einem kräftigen Ruck hochhob. „Leg die Beine um mich. Ich zeig dir genau, was dir gehört."

Sie rang nach Luft, als er sie auf seinen Schwanz aufspießte. Er drang in sie ein, füllte sie ganz aus, obgleich sie seit dem Moment feucht gewesen war, als er sie berührt hatte, und der Saft ihrer Erregung erleichterte das Eindringen. Ihre Brüste berührten seine Brust, die ihre Brustwarzen zum Leben erweckte.

„Du fühlst dich so verdammt gut an. Gott, das habe ich noch nie getan. Ich hab' noch nie eine Frau ohne Kondom genommen. Nur dich." Er drehte sich um, drückte sie mit dem Rücken an die Wand und gewann Gleichgewicht, als er sich einen weiteren Zentimeter hineinzwang.

Avery hielt sich fest, als ginge es um ihr Leben, schlang ihre Beine um seine Taille, spreizte die Beine weit für ihn. Sie wollte jeden Zentimeter, den er ihr geben konnte.

Er rieb sich an ihr, sein Becken berührte ihre Klitoris. Immer und immer wieder stieß er aufwärts zu.

„Gib's mir. Ich will es hören." Er stieß in sie hinein, mit seinem Schwanz traf er die süße Stelle tief in ihrer Muschi. Sie fühlte, wie sich ihre Muskeln zusammenzogen, als der Orgasmus durch ihren Köper raste. Hitze und Lust strömten durch ihre Adern. Das war richtig. Das war Perfektion. Sie ließ sich gehen, es war ihr egal, wer sie hörte. Sie stöhnte und kämpfte für jeden Moment ihres Lustempfindens. Sie wollte nicht, dass es aufhörte. Sie klammerte sich fest an ihn, wollte den Erguss, den er ihr schenken konnte.

Liam fiel der Kopf nach vorn, als er kräftig zustieß, und sein Stöhnen vereinigte sich mit ihrem. Er schlang die Arme fester um sie, sein Schwanz schwoll an. Hitze erfüllte sie, als er kam, ihr seinen Erguss opferte.

„Ich liebe dich, Liam. Ich liebe dich so sehr." Mehr konnte sie nicht verlangen.

Er hielt sie fest an sich. „Und ich liebe dich, Liebling. Jetzt wirst du mich nie mehr los. Und glaube nicht, dass ich auch nur annähernd fertig bin."

Er half ihr hoch und begann, ihren Körper einzuseifen. Sanfte Hände wuschen sie rein, und sie war bereit, wieder ganz von vorne anzufangen.

Kapitel Neunzehn

Liam fühlte, wie ein tiefes Gefühl des Friedens den Schmerz in seinem Körper bezwang. Sein Arm schmerzte und in der Hüfte spürte er ein kleines Stechen, doch das spielte keine Rolle, denn sein Herz war ausgefüllt. Allein der Gedanke an diese Worte ließen ihn sich beinahe etwas übergeben wollen, doch er nahm an, er käme darüber hinweg. Er war einfach ein Idiot, der in ein Mädchen verliebt war, und das fühlte sich gut an. Er würde es jedoch keinem der Jungs gegenüber zugeben. Keine Chance.

Er sah auf die Frau in seinen Armen hinunter. Sie ließ sich fallen, den Kopf an seine Brust gelehnt, nur seine Kraft hielt sie noch auf den Beinen. Sie erschien so klein in seinen Armen, so süß und verletzlich. Durch die feuchte Hitze der Dusche hing ihr Haar länger herab, glitt in anmutigen Wellen den Rücken hinunter. Ihr Körper war kurvenreich, ihre Hüfte und Brüste waren wie für die Hände und den Schwanz eines Mannes gemacht. Alles an ihrem Körper sprach ihn an, von ihren vollen Brüsten bis hin zu ihrer runden Hüfte und dazu die schönste Muschi, die eine Frau haben konnte.

Doch nichts an ihrer Schönheit wäre von Bedeutung, wenn sie nicht das weichste Herz besäße, das er je kennengelernt hatte. Weich, aber so verdammt stark. Das war sein Mädchen. Sie hatte das Schlimmste erlebt, was das Leben ihr hatte bieten können, und sie hatte es bezwungen. Als sich ihre Welt in die reinste Hölle verwandelt hatte, vergab sie ihm und machte sie zu einem verfickt besseren Ort. Es war für ihn unverständlich, aber auch schön. Er verdiente sie nicht, doch er hatte gemeint, wie er es gesagt hatte. Er nähme sie sich. Er beschützte sie. Sie war jetzt seine wichtigste Mission.

Avery Charles bedeutete ein guter Kampf. Avery war alles Süße und Gute in der Welt und es wäre ihm eine Ehre, sie mit seinem verfickten Leben zu beschützen. Wenn die Welt wieder über sie hereinbrechen wollte, musste sie an ihm vorbei.

Er hob ihren Kopf, streichelte mit seinen Lippen über ihre. Er war noch nicht fertig mit ihr. Er wollte sie nochmal. Und nochmal. Und noch einmal.

Sein Schwanz rührte sich. Er sollte nicht so schnell wieder hart werden, doch sie war die Richtige. Er hatte nie geglaubt, dass es eine Frau auf der Welt für ihn gäbe, sie aber war es. Sie war cleverer, heißer, schöner als alle anderen Frauen auf der Welt. Sie strahlte für ihn wie ein Leuchtfeuer. Avery Charles brachte ihn dazu, ein besserer Mann sein zu wollen, und er beabsichtigte sein Versprechen einzulösen.

Liam schnappte sich die Seife und begann ehrfürchtig, ihren Körper einzureiben.

Ihre Augen blickten ein wenig verträumt, als sie ihm erlaubte, sie einzuseifen. „Sollte die Sub nicht den Dom bedienen?"

„Dummes Mädchen. Hast du noch nichts vom liebevollen Auffangen gehört? Es ist ein Begriff, den wir gebrauchen, damit es ernst klingt, doch es meint die Zeit, in der wir Doms uns unserer eigentlichen Aufgabe widmen, unsere Subs zu ehren. Lass dir von keinem was anderes erzählen." Er drehte sie in Richtung des Wassers. Wenn sie wieder in den Staaten waren, würde er ein neues Haus kaufen. Jeden Cent, den er gespart hatte, würde er in den Kauf des besten Lebens investieren, das er ihr bieten konnte.

Und ihren Kindern.

Er war ein Mann, der in der Vergangenheit gelebt hatte, und eine ganz neue Zukunft lag vor ihm. Es war überwältigend und wunderschön. Seine Vergangenheit spielte keine Rolle. Die Zukunft, die er sich aufbauen konnte, war das Einzige, was zählte.

Sein Schwanz war angespannt, er ignorierte es jedoch vorerst.

Er schwelgte darin, ihr zu dienen. Das war das Schöne am Austausch. Sie gab ihm ihre Sanftheit, ihr Vertrauen, und er ehrte sie dafür. Von außen betrachtet mochte sich eine BDSM-Beziehung wie ein Austausch von Weichheit gegen Stärke darstellen, doch es funktionierte nicht, wenn sie nicht beide stark wären. Avery war in so vielerlei Hinsicht stärker als er. Sie baute ihn auf und ließ ihn sich besser fühlen, und er konnte dasselbe für sie tun. Er konnte ihr zeigen, wie wunderbar sie war.

„Das fühlt sich so schön an." Sie lehnte sich zurück in seine Kraft, ihre Brüste in den Wasserstrahl getaucht.

„Du fühlst dich schön an, Liebes." Es tat so gut, sich nicht vor ihr zu verstellen. Er küsste ihr Ohrläppchen, lief mit der Zunge daran entlang. Er knabberte an ihrem Ohrläppchen und liebte es, wie sie trotz der Hitze in der Dusche in seinen Armen zitterte. „Sag's mir noch mal."

Diese Worte nährten seine Seele.

Sie kräuselte die Lippen. „Ich liebe dich, Dummerchen. Ich liebe dich sehr."

„Ich liebe dich auch." Es wurde immer leichter, die Worte auszusprechen. Sie waren bedeutungsvoll. Er hatte gesehen, wie Sean und Jake und Adam sich verliebt hatten, und es war ihm so unbegreiflich erschienen, doch jetzt war er sich fast sicher, dass er es besser konnte als sie. Jake und Adam hatten einander gebraucht, um Serena genug Liebe entgegenzubringen, und Sean, nun ja, Sean war ein Koch. Es war ein bisschen idiotisch. Liam wäre auf jeden Fall der beste Ehemann. Und, zur Hölle, auf gar keinen Fall gesellte er sich zu ihnen, wenn sie ihre Vagina-Gespräche führten.

Es sei denn, er brauchte wirklich einen Rat.

Sie stieß einen kleinen sexy Atemhauch aus, als er die Seife zwischen ihre Beine gleiten ließ, über ihren Kitzler strich und einen süßen Kreis darum zog. Seinem Mädchen gefiel es, wenn er mit ihrer Muschi spielte. Er beabsichtigte, es häufiger zu tun. Die nächsten Wochen umfassten eine ausgiebige Lernphase. Er würde sich mit jedem Zentimeter von ihr vertraut machen und herausfinden, was sie zum Schnurren brachte.

„Gefällt dir das?"

„Oh, ja." Ihre Hände drifteten nach hinten, umfassten seine

Hüfte.

„Das freut mich, Liebes. Aber jetzt bin ich dran, und weißt du, was das bedeutet? Weißt du, was ich will?"

Ihr Kopf fiel zurück, ihr Körper war offen für ihn. So vertrauensvoll. Er ließe sie nicht im Stich. „Ich weiß, was du willst."

Er war ein Mistkerl, doch er wollte es aus ihrem Mund hören. Sie hatte schmutzige Dinge gescheut, als sie sich kennen gelernt hatten, doch er wollte ihr zeigen, wie schön es schmutzig sein konnte, wie heiß sie miteinander wären. „Sag es mir."

Sie zögerte nur eine Sekunde. „Du willst meinen Arsch, mein Herr."

Yeah, das tat etwas bei ihm. Er wollte seinen Schwanz tief hineinschieben in dem Bewusstsein, dass sie niemand jemals so hätte wie er. „Ich will alles. Wirst du es mir geben?"

Sie drehte sich um, den Kopf nach oben geneigt. Schläfrige, sexy Augen blickten ihn an. „Sei sanft, Baby, und alles, was ich hab', gehört dir."

Das brachte seinen Schwanz wieder richtig zum Brummen. Er schwoll an der Kurve ihres Arsches an, als wüsste er ganz genau, wo er hin wollte. „Lass mich dich abtrocknen und dann gehen wir ins Bett." Er küsste sie auf die Nase. „Ich werde auf dich Acht geben, weißt du? Ich werd' dich beschützen."

Er sprach über so viel mehr als nur Sex. Er sprach über ihr Leben und ihr Herz. Sie wäre bei ihm sicher. Immer.

Tränen traten ihr in die Augen. „Bei mir bist du auch sicher." Sie legte eine Hand auf seine Brust. „Ich pass' auf dich auf."

Ihre Stärke war beruhigend, jedoch leidenschaftlich. Sie kämpfte für ihn. Sowas tat sie. Sie kämpfte und sie siegte. Sie hatte ihm eine ganz neue Art zu kämpfen beigebracht.

Er stellte die Dusche ab und führte sie hinaus, griff sich dabei ein Handtuch. Sie war seins, um die es sich zu kümmern galt. Er hatte bislang nicht verstanden, was das bedeutete. Er wickelte sie ein und ließ sich damit Zeit, sie abzutrocknen. Er hob ihre Arme, glitt mit dem Handtuch überall auf ihrem Körper entlang und sorgte dafür, dass sie sich warm fühlte. Während all dem küsste er sie, wobei seine Lippen ihre Finger und ihre Ellbogen, ihre Schultern und ihren Nacken lobpreisten. Er rieb das Handtuch über ihr Haar und nahm es hoch, um die Stelle auf ihrem Nacken zu finden, die sie erschaudern und erzittern ließ. Er fuhr mit der Zunge über ihre Wirbelsäule und küsste die Narben auf ihrem Kreuz.

„Geh und leg dich aufs Bett. Warte dort auf mich." Er vertiefte seine Stimme. Das war der Ort, an dem er die Kontrolle hatte. In ihrem Bett war er der Gebieter. Er war immer „Herr" gewesen. Avery war die Einzige, die ihn je „mein Gebieter" nannte.

Sie zwinkerte ihm zu. Sie hatte sich so weit von dem schüchternen Mädchen entfernt, das sie gewesen war, als er sie kennengelernt hatte. „Ja, mein Gebieter."

Sie wandte sich ab und lief los, das freche Zwinkern ließ ihn wissen, dass er nur dachte, er habe die Kontrolle. In Wirklichkeit war er ihr Sklave, doch heute Abend übernahm er das Kommando. In etwas weniger als einer Stunde wären sie auf der Flucht, doch er hatte etwas Zeit, um ihr zu zeigen, wie viel sie ihm bedeutete. Adam und Jake beobachteten das Gebäude. Sie waren so sicher, wie sie nur sein konnten. Er konnte sich etwas entspannen.

Er würde sich in ihr verlieren. Er würde all seine Verdächtigungen vergessen. Sie waren jetzt nicht mehr von Belang. Sie lagen in der Vergangenheit und Avery war seine Zukunft. Selbst wenn sich das, was ihm sein Instinkt sagte, als wahr erwies, war es unbedeutend, denn er definierte sich nicht über seinen Bruder. Er war frei und selbständig und er würde seine eigene Familie einfordern.

Blut war bedeutungsvoll, doch es machte nicht unbedingt eine Familie aus. Liebe und Freundschaft schufen auch Familien.

Und Gleitmittel. Gleitgel mochte keine Familie erwirken, doch verdammt, es machte es ihm so viel leichter, das enge kleine Loch seiner Frau zu ficken. Er nahm das Gleitgel und lief aus dem Badezimmer. Er musste wieder Lee sein, wenn auch nur für einen kleinen Moment. Er verfiel wieder in den amerikanischen Akzent, den er nach diesem Tag wahrscheinlich nur noch selten gebrauchte. Er hatte sich jahrelang dahinter versteckt, doch er wollte wieder er selbst sein. Er erkannte schließlich, dass er sich vom Guten in der Vergangenheit bedienen, den Rest wegschmeißen und weitermachen konnte.

Und seine Fast-Frau fand seinen irischen Akzent anscheinend

sexy. Yeah, den Teil behielte er bei.

„Avery, ich denke, wir fangen mit dir auf den Knien an."

Sie runzelte leicht die Stirn beim Klang seiner amerikanischen Stimme. Sie formte die Unterlippe zu einem bezaubernden Schmollmund. So eine Göre. Er schüttelte den Kopf und gestikulierte durch den Raum, um sie daran zu erinnern, dass Molina mithörte und jetzt wusste, dass sein Plan, Liam auszuschalten, nicht funktioniert hatte. Wusste „Thomas Molina" bereits, wer er war? Liam bezweifelte das. Er war verdammt vorsichtig gewesen, sein Gesicht stets von den Kameras abzuwenden, und es war nicht erwähnt worden, wer er war, als Molinas Schläger versucht hatten, ihn zu töten.

Avery nickte und sank auf die Knie, sich zur Unterstützung am Bett festhaltend. Ihre fehlende Anmut ließ sich sein Herz irgendwie komisch anfühlen. Er hatte Subs vor sich knien lassen, ihre schlanken Körper ein Muster an Perfektion und Kontrolle. Averys Körper kämpfte mit sich, doch irgendwie machte es ihre Hingebung dadurch noch bedeutungsvoller.

Er legte eine Hand auf ihren Kopf. Weiche Haare, warme Haut. Zu Hause.

„Berühr mich, Liebes. Ich möchte deine Hände und deinen Mund spüren. Mach mich hart, damit ich dich in den Arsch ficken kann."

Ihre Augen wurden etwas größer, als sie seinen Schwanz erblickte. „Tatsächlich? Du musst härter werden?"

Er war schon wieder schmerzhaft hart. Er hätte ihr für den Sarkasmus ihren frechen Hintern versohlen sollen, doch er konnte nur lächeln. „Es ist ein Spiel. Spiel mit mir."

Ihre Zunge kam heraus und berührte die Spitze seines Schwanzes. Hitze schoss durch ihn hindurch. Verfickte Scheiße, wie liebte er ihren Mund. Sie sog ihn ein, nur die Eichel. Ein sanftes Saugen war an seiner Eichel zu spüren, während ihre Hand seine Eier massierte.

„Mehr. Ich brauche mehr." Er verwirrte seine Hand in ihrem Haar und zog leicht daran, dabei gab er ihr seine volle Länge. Ihre Zunge wirbelte herum und drehte sich um sein Muskelfleisch. Ja, er konnte härter werden. Es schien unmöglich, doch jeder Hieb ihrer

Zunge ließ seinen Schwanz weiter anschwellen.

„Ich liebe es, wie du schmeckst", sagte sie, bevor sie ihn wieder einsog.

„Gleichfalls, Baby. Du schmeckst so gut. Deine ist die köstlichste Pflaume, die ich je probieren durfte."

Sie hielt inne, schaute auf zu ihm. „Pflaume? Wirklich? Ich bin so blöd. Das meinten sie mit „Pflaume". Jake und Adam. Bäh."

Er würde sich nicht die Zeit nehmen, herauszufinden, was sie damit meinte. Er wollte in dem Moment noch nicht mal an Jake und Adam denken. „Zurück an die Arbeit oder du kriegst eine weitere Portion lustvoller Schläge."

Sie machte sich sexy lächelnd an ihre Aufgabe, ihre Lippen öffnend, um ihn sich einzuverleiben. Sie ergriff den Schaft seines Schwanzes und ließ ihre Hand über ihn gleiten. Ihr beizubringen, einen Schwanz zu lutschen, war eines der besten Dinge, die er je getan hatte. Zu Beginn war sie so schüchtern gewesen und sie innerhalb der letzten Woche so aufblühen zu sehen, ließ ihn sich ganz groß fühlen. Das war nicht dieselbe Frau, mit der er in der ersten Nacht Liebe gemacht hatte. Diese Frau bereitete Vergnügen in dem Bewusstsein einer Liebhaberin, die wusste, dass sie alles von ihm zurückkriegte.

Diese Frau wusste, dass sie geliebt wurde, und er hatte die Absicht sicherzustellen, dass sie es stets wusste.

Er holte tief Luft und genoss das Gefühl ihres Mundes um seinen Schwanz. Er fickte sie in langen Zügen, drückte sich tiefer hinein und eroberte ihren Raum. „Nimm alles, Baby. Du schaffst das."

Als er den Kopf senkte, sah er zu, wie sie darum kämpfte, ihn hineinzubekommen. Sie bemühte ihren Kiefer, Raum zu schaffen, während er sich hineinschob. Sie tat, was er ihr beigebracht hatte. Sie atmete gleichmäßig durch die Nase ein und gab einen Rhythmus vor. Immer wieder und hinein. Vor und zurück. Mit den Fingerspitzen kitzelte sie seine Eier. Ihr Haar war noch feucht und auch das nutzte sie, indem ihre weichen Strähnen bei jedem langen Zug ihres Mundes seine Oberschenkel berührten.

Er spürte ein Schaudern, das ihn am unteren Teil seiner Wirbelsäule überfiel, und Liam musste sich rausziehen. Er zog ihr am Haar. „Nicht weiter, Baby. Wenn du mich weiter so doll lutschst, werd' ich kommen und das will ich noch nicht. Ich will es, wenn ich tief in diesem Arsch stecke. Steig aufs Bett und lass mich dich nehmen."

Sie lehnte sich vor, ein kleines böses Lächeln im Gesicht, als sie ihm einen letzten kleinen Kuss auf die Eichel gab und mit der Zunge den Lusttropfen ableckte, der ihm aus dem Schlitz floss. So ein böses Mädchen.

„Eines Tages werd' ich dich richtig gut fesseln. Ich werd' dir die Hände ans Bett fesseln und dir eine Spreizstange zwischen die Beine legen und dich stundenlang schreien lassen, du Göre."

„Versprechungen, Versprechungen", flüsterte sie, als sie aufs Bett kroch. Sie stieg auf alle viere und hob ihren heißen Hintern in die Luft.

Er schlug hart zu, genau auf den fleischigen Teil, und er liebte die Art, wie sie wimmerte. Er liebte auch, wie ihre Muschi mit Sahne pulsierte und bewies, dass es ihr gefiel. „Ich werd' dir alles versprechen, Baby."

Das täte er. Sobald sie außer Gefahr waren, würde er sie festbinden und fesseln und sie zu seinem Vergnügen warten lassen. Er würde sie auf jede Weise an sich binden, wie es einem Mann nur möglich war, eine Frau an sich zu binden, und in seinem Kopf implizierte das, sie schlichtweg an sein Bett zu fesseln, damit sie ihm nicht entgleiten konnte.

„Ich weiß nicht, ob mir dieses Lächeln gefällt, Li." Doch sie entgegnete ihm mit einem Lächeln. „Ich glaube, es bedeutet, dass ich in Schwierigkeiten stecke."

Oh, sie steckten beide in Schwierigkeiten, weil er sich ziemlich sicher war, dass er einer dieser Schmuse-Doms werde, die sich von ihrer Sub am Schwanz herumführen ließen, und es gab verdammt nichts, was er dagegen tun wollte. „Hör auf zu versuchen mich abzulenken."

Er schnappte sich die Gleitcreme und starrte sie einen Moment lang an. Sie befand sich in der hingebungsvollsten Position, die er sich denken konnte, und bot ihrem Gebieter ihren ganzen Körper zu seinem Vergnügen an. Darin lag keine Anspannung, sondern nur die herzliche Bereitschaft sich darzubieten und sich im Gegenzug verwöhnen zu lassen. Da war es wieder, dieses dumpfe Flattern in seinem Herzen, bei dem seine männliche Seite darauf bestanden hätte, dass es nichts weiter sei als ein Herzinfarkt, doch er begann zu verstehen, dass es nur das war, was sie ihn fühlen ließ.

Er legte eine Hand auf ihr Kreuz. „Sag mir, wenn es zu viel wird. Wir gehen es langsam und vorsichtig an. Ich möchte, dass es dir gefällt. Spreiz die Knie auseinander. Lass mich dich sehen."

„Ich sollte mich schrecklich schämen. Was hast du mir angetan, dass das hier in Ordnung erscheint?" Sie kicherte ein wenig, als sie die Beine weit spreizte und ihre Pobacken sich zu teilen erlaubte, so dass er ihr Arschloch sehen konnte.

„Alles ist in Ordnung, wenn zwei Menschen sich lieben." Alles war tiefgründiger und bedeutungsvoller. Alles nahm eine Süße an, die vorher gefehlt hatte. „Und du bist überall hinreißend, Baby."

Sie vergrub ihren Kopf in der Steppdecke. „Du bist pervers."

Und er stellte sicher, dass sie auch pervers war. Er mochte sie prüde und anständig, aber er liebte es, wenn sie sich herabließ und schmutzig war. Er spritzte ihr Gleitgel auf den Hintern, ließ es auf ihr enges Loch tropfen. Es kräuselte sich so süß. Das Loch kämpfte gegen ihn an, doch er käme schon rein. Er wäre in jederlei Hinsicht ihr Gebieter.

„Halt still", befahl er, die Kontrolle wieder übernehmend. Er schmierte sich einen Finger ein und fing zu spielen an, rieb an ihrer Rosette, neckte sie. Sie hatte den Plug auf schöne Weise angenommen. Sie nähme seinen Schwanz genauso gut, wenn er sie darauf vorbereitete. Er zog Kreise um ihr Fleisch, sich jedes Mal etwas stärker hineindrückend.

„Es fühlt sich komisch an, aber tut nicht weh."

„Es wird nicht wehtun. Nicht, wenn ich es richtig mache." Wieder und wieder, herum und herum. Noch etwas Gleitgel. Noch ein weiterer Kreis und er war drin, sein Finger glitt hinein wie ein Schlüssel, der sein Schloss gefunden hatte. „Das ist es, was ich will."

Sie keuchte leicht, und ihr Hintern krallte sich um seinen Finger. „Ist das alles?"

Er fickte sie mit dem Finger, rein und raus, und schob einen zweiten hinein. „Nein, Avery. Ich bin größer als das, doch dir wird es gut gehen. Wir passen perfekt zusammen, du wirst sehen."

Sie wackelte mit dem Hintern, passte sich ihm an, ihr Hintern öffnete sich ihm und ließ einen dritten Finger zu. Er dehnte sie, doch sie war bereit. Er zog die Hand weg.

„Hey, daran habe ich mich gerade gewöhnt."

„Ich muss mich nur schnell um was kümmern, Baby. Beweg dich nicht. Kein bisschen." Er eilte zum Bad, wusch sich die Hände und kehrte zurück, um sie als sehr gehorsames Mädchen anzutreffen. Er schnappte sich wieder das Gleitgel und rieb seinen Schwanz damit ein. Keine Spielchen mehr. Er drang jetzt in sein Mädchen ein. Er zeigte ihr alles, was er ihr zu bieten hatte. „Das ist der harte Part, Avery. Du musst deinen Rücken flach halten, während ich mich hineinmanövriere. Verkrampf dich nicht. Entspann dich nur."

Sein Schwanz sprang wie ein Welpe, der begierig spielen wollte. Er brachte seinen Schwanz an ihr noch leicht geöffnetes Loch heran und gewann sofort an Boden. Er drückte sich hinein, nur die Spitze, Hitze umgab ihn. Es war so anders als ihre Muschi. Es war enger. Es war ein Kampf.

„Oh, oh. Der ist so viel größer als der Plug." Sie stieß den Atem in nervösen kurzen Zügen aus.

Mit der Hand streichelte er an ihrer Wirbelsäule hinauf und hinab, ließ sie sich daran gewöhnen. Es war so verfickt schwer, denn das Einzige, was er wollte, war sich einfach nur hineinzuschieben, sie zu dominieren, doch das erforderte es. Geduld und Fürsorge. Er bewegte die Hüfte bedächtig stoßweise, machte es seiner Eichel leichter sich rein und raus zu bewegen und hier und da einen Zentimeter zu gewinnen. „Entspann dich. Das Schlimmste ist vorbei. Sag mir, wie du dich fühlst."

Er glitt mit einer Hand um ihre Hüften und spielte mit ihrer Klitoris. Ihre Muschi war mehr als feucht und angeschwollen. In dem Moment, als er mit der Daumenspitze über ihre Klitoris rieb, drückte sie sich rückwärts gegen ihn und nahm ihn tiefer, sein Schwanz glitt tiefer und schob sich vorsichtig hinein.

„Ich fühle mich ausgefüllt, Li. So ausgefüllt. Es brennt leicht, doch ich glaube, ich mag es." Ihr Rücken zitterte, als sie mit der Hüfte rollte, ihn tief nehmend.

Seine Haut leuchtete auf, als er hineinglitt, seine Eier schmiegten sich an ihre Arschbacken an. Er musste innehalten, die Hitze und Anspannung wirken lassen. Seine Eier lagen geborgen an seinem Körper, darauf wartend, wieder loszulegen, ihr sein Sperma zu geben. Es gehörte ihr. Er wollte nie wieder ein verdammtes Kondom benutzen. Nichts zwischen ihnen. Sie liefe mit seinem Erguss in ihr umher und er brauchte nie wieder das Gefühl missen, wie sie seinen Schwanz umklammerte.

„Geht es dir gut?" Er betete, dass es ihr gut ging. Er lag im Sterben.

„Es geht mir gut. Es ist ganz gut."

„Gut. Dann sag mir, wie sich das anfühlt." Er zog vorsichtig seinen Schwanz raus, bis nur noch die Eichel in ihr war.

„Oh mein Gott. Was ist das?"

„Nerven, von deren Existenz du bis jetzt noch nichts wusstest." Er grub sich wieder hinein, jeder Zentimeter eine reine Freude. Er durfte ihr zeigen, wie gut es sein konnte.

Sie schob ihn zurück. Das war das Stoßen und Anziehen, das er sich wünschte. Das war der süße Kampf. Avery begann sich zu bewegen, im Versuch, ihn in sich zu halten und ihn wieder rauszudrängen. Sie war wunderschön auf seinem Schwanz aufgespießt und schien jeden dieser Momente zu lieben.

Und es ging alles zu schnell. Sie fühlte sich zu verfickt gut an, zu heiß und zu eng und zu perfekt. Er hielt es nicht durch. Er fickte tief hinein und rieb an ihrer Klitoris.

Averys Schreie erfüllten den Raum und sie umklammerte seinen Schwanz, als sie kam, und stürzten ihn in seinen eigenen Orgasmus. Samenflüssigkeit schoss aus seinen Eiern, füllte sie aus und sandte eine Welle der Lust entlang seiner Wirbelsäule. Er stürzte vorwärts, völlig erschöpft, sein Körper stieß ihren ins Bett. Der Lavendelduft der Seife, mit der er ihr die Haut gewaschen hatte, füllte seine Nase und er rieb sein Gesicht an ihrem feuchten Haar. Sein Arm schmerzte höllisch, doch er zwang sich, ihn zu bewegen, um sie in die Arme schließen zu können.

„Meine", sagte er und drehte sich um, um sie nicht zu erdrücken.

„Hat dir schon mal jemand gesagt, dass du etwas

besitzergreifend bist?", fragte Avery glücklich seufzend, als ihr Kopf seine Brust fand.

„Kein einziges Mal." Er war es nicht gewesen, bis er sie getroffen hatte. Er drückte sie fest und küsste sie auf die Stirn. „Ich liebe dich, Baby. Wir müssen aus dem Knick kommen. Zurück in die Dusche mit dir. Ich will unsere Show nicht verpassen."

Sorgen verdunkelten ihre Miene. „Ist gut."

Der Moment war zerstört, doch er versprach, sie hätten mehr dergleichen. Sie würden verschwinden. Sie gingen dahin, wo die Vergangenheit ihn nie wieder berühren konnte.

Avery stand traurig, leicht lächelnd auf und Liam legte sich zurück.

„Ich hab' deine Stiefel an die Tür gestellt. Vorhin wäre ich fast über sie gestolpert", rief Avery. „Wir werden über deine Fähigkeiten als Haushälter sprechen müssen."

Stiefel. Für eine Sekunde war er wieder in seinem nächtlichen Traum, auf diese Stiefel herunterschauend, die ihm immer so falsch erschienen waren. Er stand da, all die vergangenen Jahre herauszufinden versuchend. Die Erinnerung war eine knifflige Angelegenheit.

Es traf ihn wie der Blitz, wie ein Blitzschlag, der ihn für einen Moment blendete.

Seine Träume hatten versucht, ihn zu warnen. Nur ein dummer Mensch hörte nicht auf sie. Er schloss die Augen und versuchte, sich zu erinnern. Es war noch immer undeutlich, wie ein Band, das leicht verzerrt war, doch es war stets da. Die Stiefel waren der Schlüssel. Er hatte nicht verstanden, warum er sich jedes Mal an diesen Stiefeln aufgehalten hatte. Er hatte sich vorgestellt, es seien die Stiefel gewesen, die ihn wissen ließen, dass sein Bruder tot war.

Aber jetzt erinnerte er sich ganz eindeutig. Rorys Stiefel hatten am Rand der Couch in diesem maroden Todeshaus gelegen, er hatte sie jedoch nicht getragen.

Die Stiefel waren falsch, denn sie waren ungetragen gewesen, einer auf der Seite liegend, der andere aufrechtstehend, als hätte der Besitzer sie einfach fallen lassen, nachdem er sich eine frische Bekleidung angelegt hatte, eine unversehrte Verkleidung.

Rory hatte sie zurückgelassen, genauso wie er Liam

zurückgelassen hatte, Spuren seines alten Lebens, die er wie alten Müll in eine Verbrennungsanlage geworfen hatte.

Puzzleteile begannen sich in seinem Hirn zusammenzufügen. Wenn Rory mit Nelson zusammenarbeitete, dann hatte Nelson vermutlich seine Pläne für ihn gehabt. Nach allem, was er verstand, hatte Nelson diese Anleihen nicht dazu benutzt, sich an einem komfortablen Ort niederzulassen. Nein. Er hatte sie benutzt, um etwas aufzubauen. Zehn Millionen reichten einem Mann wie Nelson nicht. Und Rory reichte es auch nicht. Was beide Männer am Ende wirklich wollten, war Macht. Nelson war verschlagen. Was, wenn er Rory am Leben gelassen hatte? Was, wenn er größere Pläne für Rory gehabt hätte?

Wenn Rory noch lebte, was hatte er die letzten fünf Jahre getan?

Sehr viel Macht und Geld umwob das Waffengeschäft. Das faszinierte einen Mann wie Nelson, doch es war etwas anderes, als eine Tankstelle zu eröffnen. Es erforderte Zeit und Planung und Jahre der Geduld, um einen großen Wurf zu landen. Nelson hatte die Kontakte, doch er verfügte nicht über das Geld, um tätig zu werden. Er hätte keine Infrastruktur, um im großen Stil veräußern zu können.

Die UOF verfügte nicht nur über ordentlich viel Geld sondern auch die Möglichkeit, den Absatz durch ihre Hilfslieferungen zu sichern. Und an deren Ruder stand ein Mann, den jahrelang niemand zu Gesicht bekommen hatte, bis zu seinem Entschluss, seine Wohltätigkeitsorganisation wieder zu übernehmen.

Thomas Molina trug Kontaktlinsen, die er eigentlich gar nicht benötigte. Es sei denn, er versuchte, grüne Augen mit braunen zu verdecken. Sein Bruder war immer ein guter Schauspieler gewesen und seine Akzente waren unfehlbar. Das war einer der Gründe, warum G2 ihn für sein Training in Betracht gezogen hatte. Das Ausmaß des Verrats seines Bruders überwältigte ihn. Er hatte es geahnt, als Avery ihm von den Kontaktlinsen erzählt hatte, doch jetzt war er sich der Sache sicher.

Die Dusche begann zu laufen und er konnte hören, wie Avery summte. Es war komisch, wie das Leben so spielte. Noch komischer war, wie er über das verdammte Leben nachsann. Wäre er vorher dahintergekommen, hätte es ihn verbittert und gefühlskalt werden lassen, und er wäre höchst wahrscheinlich seinem eigenen Team davongelaufen.

Doch er hatte Avery getroffen. Seine Liebe. Seine Frau.

Er würde Rory nie verzeihen, was er getan hatte, doch er konnte sich schließlich selbst verzeihen, dass er es zugelassen hatte.

Liam seufzte, die Vergangenheit hinter sich lassend, während er im Begriff war, seiner Zukunft zu begegnen.

Kapitel Zwanzig

Avery knöpfte ihren Pullover zu, während sie für sich die Lebenserfahrung erörterte, zum ersten Mal Analsex gehabt zu haben, bevor sie sich auf die Flucht vor einem potenziellen Mörder begab. Das Positive war, dass sie so irre in Liam O'Donnell verliebt war, dass sie vermutlich glühte.

Der Nachteil war, dass sie eigentlich zu Hause bleiben und sich auf einen Beutel gefrorener Erbsen setzen wollte.

„Na los, Baby." Liam stand an der Tür. Sie schienen einen magischen Zeitpunkt erreicht zu haben, der ihn zu einem ernstzunehmenden Pessimisten machte. Er hatte sie schnell ihre Dusche nehmen lassen mit dem Resultat, dass sie diesmal tatsächlich sauber war. Er hatte sie sich schnell anziehen lassen. Jeder Augenblick schien von der Angst erfüllt zu sein, diesen Ort zu verlassen.

Sie würde es vermissen. Sicher, es war der Ort, an dem ihr gruseliger Ex-Boss beim Sex mitgehört hatte, doch es war auch der Ort, an dem sie Frieden und Liebe gefunden hatte. Liam schien zu denken, dass dies der Ort war, an dem sie auf schreckliche Weise getötet werde, wenn sie sich nicht beeilten.

„Ich komme", sagte sie und schnappte sich ihre Handtasche. Sie hatte ihre große Handtasche gewählt. Sie hatte ihre Bilder und Medikamente und einmal Wechselkleidung dabei. Unterwäsche hatte sie zurückgelassen, da der herrische Typ nicht so auf

Unterwäsche stand.

Was stimmte nicht mit ihr? Sie ließ alles zurück, was sie kannte, und machte innerlich Witze. Avery war sich bewusst, dass es todernst war, doch es fühlte sich irgendwie wie ein Abenteuer an. Liams Hand nehmend, ging sie zur Tür hinaus und musste schnell feststellen, dass ihr Abenteuer in Adams und Jakes Wohnung begann. *Sehr exotisch.*

Adam hielt die Tür geöffnet, als Liam sie in den Flur hineinführte. Jake stand neben der Theke mit einem düsteren Gesichtsausdruck. Avery blickte sich in der ehemals heiteren Wohnung um. Jetzt sah es wie ein Kriegszimmer aus. Karten waren ausgebreitet und zwei separate Computer liefen. Schlimmer noch, es waren eine ganze Menge Waffen ausgelegt.

„Was gibt's?", fragte Liam, nachdem Adam die Tür geschlossen hatte. „Wir müssen hier raus. Wir sind spät dran."

„Ja, das haben wir verstanden. Ich weiß nicht, ob es das war, was Ian mit normalem Verhalten meinte", sagte Adam leicht hinausschnaubend.

Avery fühlte, wie ihre Haut errötete. Sie hatte völlig vergessen, dass mehr als ein Paar Ohren mithören konnte. Sie hatte sich in dem Moment ziemlich verloren. „Könnt ihr nicht aufhören, bei diesen Sachen mitzuhören?"

Liam schüttelte den Kopf. „Sie können es jetzt. Bislang war es notwendig. Sie waren unsere Unterstützung, falls etwas schief ging."

„Ja, wir mussten sichergehen, dass Li dort kein kleines Versehen unterlief. Anscheinend vergisst er beim Sex seinen Akzent", sagte Jake. „Wobei du heute verdammt gute Arbeit geleistet hast. Kein einziges Mal dein singender Tonfall."

Liam zuckte die Achseln. „Das nur, weil du mich in der Dusche nicht hören konntest."

„Yeah, nun, wir haben alles andere gehört. Ich denke, ich kann mit Sicherheit sagen, dass wer immer mitgelauscht hat, nicht glaubt, dass ihr vorgewarnt worden seid. Arme Kleine. Sie wird wund sein und du wirst sie durch ganz London hetzen. Brauchst du eine Ibuprofen?", fragte Adam.

Oder vielleicht wären sie einfach für immer auf der Flucht und sie müsste Jake und Adam nie wiedersehen.

„Hör du auf, meine Kleine, mich in Verlegenheit zu bringen, Adam. Also, wenn das alles ist, machen wir uns los. Sag Evie, sie soll mir eine Nachricht schicken, falls sich was an der Planung ändert." Liam lief zur Tür. „Und sag Ian, ich muss mit ihm reden. Ich glaube, ich weiß, mit wem wir es zu tun haben, doch es ist kompliziert. Sag ihm, es geht alles auf die irische Operation zurück."

„Das wird warten müssen. Der Plan hat sich geändert. Ian hat einen Anruf von Nelson erhalten." Jake legte sich ein Schulterhalfter um, eine fies aussehende Waffe in dessen Seite anpassend.

„Die Drecksau hat einfach auf dem Handy angerufen?", fragte Liam, den Kiefer leicht heruntergeklappt.

Jake zuckte die Achseln. „Ja. Er rief vor etwa dreißig Minuten an und bat um ein Treffen mit Ian. Ihm zufolge hat er Informationen, die uns weiterhelfen könnten."

Liam schüttelte den Kopf. „Er kann nicht glauben, dass Ian ihn dann nicht zur Strecke bringen wird. Er hat Ians Bruder ein paar Kugeln in den Kopf gejagt und fast Ians Schwägerin getötet. Nelson ist kein Idiot. Er muss sich bewusst sein, dass Ian Rache verlangt."

Adams Mund verzog sich zu einer flachen, harten Linie. „Er scheint zu denken, dass was immer er weiß, Ian davon überzeugen wird, ihn nicht zu töten."

Sie konnte die Angst spüren, die Liam ergriff.

„Es muss irgendeine Art Falle sein." Liam begann auf und ab zu schreiten, seine Augen auf den Boden fixiert. „Das ist nicht richtig und das weißt du. Kurz bevor wir aufbrechen, steht Nelson auf der Matte und kommt aus dem nichts daher? Nein. Ian muss abhauen, und zwar sofort, verdammt noch mal. Wir alle müssen England verlassen und uns neu formieren, wenn wir wissen, was verfickt noch mal hier wirklich los ist. Überlassen wir die Aufräumarbeiten dem MI6."

Jake fuhr sich mit der Hand durchs Haar. „Meinst du nicht, dass wir diesen Gedanken nicht schon durchgespielt haben?"

„Ian meint, er schafft das. Alex ist bereits vor Ort des Treffens. Wir haben hoffentlich alles in Deckung. Es ist in der Öffentlichkeit, so dass Ian den Wichser hoffentlich nicht einfach umbringt", erklärte Adam.

„Ich mache mir eher Sorgen darüber, dass der Wichser Ian tötet." Liams Hand trieb zu seinem Arm hinauf. Avery hatte die Wunde versorgt, sorgfältig gereinigt. „Molina hat bereits versucht, mich umzubringen."

„Ich glaube, Ian hofft, dass Nelson sich gegen Molina wendet. Damon ist informiert und der MI6 wird ebenfalls eingeschaltet. Ian ist geschützt." Jake blickte Liam lange an. „Ich bin nicht besorgt, dass Nelson Ian tötet. Wir können ihm den Rücken freihalten, aber ich bin bei dir. Irgendwas geht hier vor. Irgendwas daran ist AGFA."

„AGFA?", erkundigte sich Avery. Sie wusste nicht, was das bedeutete, doch der Zeitpunkt von Nelsons Anruf kam ihr seltsam vor.

„Alles glatt für'n Arsch. Das ist ein sehr präziser militärischer Begriff." Adam öffnete eine Kiste, die auf der Theke stand. Darin steckten einige glänzende Pistolen zusammen mit ein paar großen, mattschwarzen. Er nahm eine und reichte sie Liam. „Ian möchte, dass du bewaffnet bist. Du kannst sie Eve morgen zurückgeben und sie wird sie entsorgen. Es ist ausgeschlossen, dass du dich damit ins Flugzeug setzt, Alter."

Liam nahm die Pistole und ließ sie in seiner Tasche verschwinden, nachdem er einige Hebel gedrückt und Dinge überprüft hatte, von denen sie nichts verstand. Er hatte wirklich Ahnung von Waffen. „Gib mir auch ein paar Messer. Falls ich ein paar dreckige Arbeiten zu erledigen habe, halte ich lieber hinter'm Berg damit, wenn du weißt, was ich meine."

Sie hatte keine Ahnung, was er meinte, doch Adam anscheinend schon. Er zog das obere Futteral der Kiste heraus, eine zweite Schicht enthüllend, in der er scheinbar Messer lagerte. Liam wählte einige aus, die in verschiedenen Teilen seiner Kleidung verschwanden.

„Haltet ihr zwei Ian den Rücken frei?", fragte Liam.

Adam zog ein bösartig aussehendes Messer heraus, das in seinem Stiefel verschwand. „Jake steuert das Treffen. Ich hab' die Freigabe bekommen, zu Serena zu fahren. Sie steigt morgen in einen Flieger, doch wenn Nelson mit harten Bandagen kämpfen will, könnte er sich eine unserer Frauen schnappen. Wir wollen uns auf den Weg in Stadt machen, genau wie ihr beide."

„Kommen sie mit uns?" Es wäre schön, ein Pärchen dabei zu haben.

Liam schüttelte den Kopf. „Nein. Wir teilen uns auf. Es ist schwieriger für jemanden, jeweils zwei von uns zu verfolgen. Das ganze Team bricht morgen auf. Bleibt jemand zurück? Ich bin sicher, Ian wird es, wenn er heute Abend nicht in eine Falle tappt und ihm sein Arsch aus dem Hinterhalt weggeblasen wird. Was denkt er? Auf keinen verdammten Fall hat Nelson beschlossen, heute Abend einfach nur zu reden. Er führt etwas im Schilde."

Jake spannte den Kiefer an. „Ich weiß, aber Ian kann nicht klar denken. Er ist in gewissem Maße besessen von Nelson und ich bin mir nicht sicher, warum. Ich schätze, aufgrund dessen, was mit Sean geschehen ist."

„Da steckt mehr dahinter, doch Ian muss dir die Geschichte selbst erzählen", erklärte Liam. „Ich sag nur, dass du auf ihn Acht geben musst, Jake. Er kann das nicht professionell angehen."

Jake hielt inne, jeder seiner Muskeln angespannt. „Ian ist immer professionell. Ian ist ein Fels."

„Hierbei ist er es nicht. Er und Nelson haben eine gemeinsame Vergangenheit, wenn du weißt, was ich meine. Ich würde verdammt nochmal nichts sagen, wenn ich nicht so besorgt um ihn wäre, doch ihr müsst ihm den Rücken freihalten, Kumpel. Er braucht dich und Alex, um heute Abend kluge Entscheidungen für ihn treffen zu können."

Jake nickte. „Das werde ich. Blickt Alex da durch?"

„Ja. Alex weiß mehr als jeder andere. Er passt auch auf Ian auf", meinte Liam.

„Was sind das für Infos, die Ian wissen sollte?", fragte Jake.

Liams Augen verengten sich und er nickte zum hinteren Teil des Apartments. „Komm mit nach hinten."

Sie gingen zusammen weg, Liam sprach leise.

Adam starrte sie erstaunt an, seine warmen Augen mitfühlend. „Das bedeutet nicht, dass er dir nicht vertraut."

Sie starrte geradewegs zurück. Sie wusste genau, was Liam tat. Sie würde die Frau eines Mannes werden, der mit sehr heiklen Fällen zu tun hatte. Sie erwartete nicht, dass er ihr alles erzählte. Sie wäre ihm eine Stütze und ließe ihn seine Berufsgeheimnisse für sich behalten. „Er versucht, mich zu beschützen. Ich bin mir dessen bewusst."

Ein Lächeln kreuzte Adams Gesicht. „Du wirst darin so viel besser sein als meine Frau. Sie würde jetzt gerade versuchen, mitzuhören."

Avery wollte nicht zuhören. Das war Liams Kompetenz. Wenn das vorbei war, fände sie einen neuen Job, und das wäre ihr Ding. Liam zu lieben wäre ihre Kompetenz, und dazu gehörte auch, ihm zu vertrauen. Er war weggegangen, weil er ihr entweder keine Angst machen wollte oder befürchtete, dass das, was er zu sagen hatte, sie verletzte. Er sprach über Thomas. Er versuchte, sie zu beschützen. Vielleicht würde sie nie die ganze Geschichte aus ihm herausbekommen.

Und das war in Ordnung, weil sie jetzt wusste, was für ein Mensch Thomas war. Er war unheimlich und kriminell und wollte sie sehr wahrscheinlich verletzen. Sie hatte sich entschieden. Sie war mit Liam zusammen und sie würde ihm bis ans Ende vertrauen.

Sie hoffte nur, dass das Ende nicht so bald käme.

„Er wird auf dich Acht geben", versprach Adam.

„Ich weiß." Sie konnte die Erwartung in seiner Stimme hören. „Und ich werd' auch auf ihn Acht geben."

„Du wirst dich gut mit meiner Serena verstehen, weißt du. Sie wird dich abgöttisch lieben. Wenn wir endlich wieder in Dallas sind, kannst du Serena und unsere Freundin Grace kennenlernen. Du wirst gut in die Familie passen."

Es klang allerliebst, eine Gruppe von Freunden. Eine Familie. Sie hätte nicht mehr verlangen können. „Ich möchte sie sehr gerne kennen lernen."

Sie finge von vorne an – wieder. Das hatte sie schon so oft, doch dieses Mal fühlte es sich richtig an. Sie war nicht allein. Liam war bei ihr.

Jake kam zurück, seine Augen verhärtet. Er blickte zu seinem Partner. Verdammt, doch Avery wollte wissen, wie das liefe. „Wie machen wir das mit den Aufräumarbeiten?"

Adam schlug den Koffer zu und hob eine kleine Kuriertasche vom Boden auf. „Ich hab' alles, was Serena und ich brauchen. Ich denke, wir reisen heute Abend nach Paris und fliegen morgen von dort aus los. Ich werd' die Daten auf den Computern löschen und sie dalassen. Alles andere lassen wir so, wie es ist."

Liam trat vor. „Hau rein. Serena ist allein. Ich kann die Daten löschen und abschließen."

Jake nickte Liam zu. „Danke, Alter. Wir sehen euch dann zu Hause. Avery, es hat mich gefreut und ich freue mich darauf, dir Dallas zu zeigen." Er wandte sich zu Adam. „Zeit zu gehen, Bruder. Kümmer' dich um unser Mädchen, ich kümmer' mich um unsere Freunde."

Adam streckte eine Hand aus, doch Jake zog ihn in seine Arme, beide Männer drückten sich maskuline Schmatzer auf und Avery bekam einen Einblick, wie es lief. Jake regelte die harten Sachen, denn er wusste, dass sich Adam um ihre Frau kümmerte.

Liam schüttelte beiden die Hand, als sie zur Tür hinausgingen. Liam hatte keinen Partner. Er war gezwungen worden, sich zu entscheiden, und er hatte sich für sie entschieden.

„Ich kann mit Adam mitgehen. Liam, ich weiß, dass du daran irgendwie beteiligt bist."

Er schob einen Magneten über die Computer und klappte sie zu. „Ich hatte vor ein paar Jahren eine Operation, die misslang. Nelson war involviert. Ich verlor meinen Bruder und seitdem suche ich nach Antworten."

Sie spürte einen Knoten im Bauch. Das Letzte, was sie wollte, war von Liam getrennt zu sein, doch sie konnte nicht zulassen, dass er diese Gelegenheit verpasste. „Dann lass mich mit Adam gehen und du kannst dich mit diesem Typen Nelson treffen. Liam, ich will, dass du die Antworten findest, die du brauchst. Ich verspreche dir, dass ich alles tun werde, was Adam mir sagt. Ich werd' mich in keinerlei Schwierigkeiten bringen."

Er legte den Magneten hin und wandte sich zu ihr. „Du bist wichtiger."

„Aber ich schaffe das schon."

Sein wunderschönes Gesicht wurde ernst, als er auf sie zuging. Er blieb vor ihr stehen, so nah, dass sich ihre Körper aneinanderschmiegten. Seine Hand kam vor, ihr Gesicht zu seinem aufrichtend. „Das tut mir nicht gut, Avery. Ich kann hier nicht ohne dich rausgehen und, obwohl ich Adam wie einen Bruder liebe, ich werd' deine Sicherheit unter diesen Umständen niemandem überlassen außer mir. Dafür gib dir selbst die Schuld, meine Liebe."

„Warum?" Sie flüsterte die Frage, denn seine Lippen näherten sich ihren. Sie würde sich nie an die Schmetterlinge gewöhnen, die sie fühlte, sobald er ihr nah kam, von seinem Blick gefesselt und sie wissen lassend, wie sehr er sie wollte.

Er küsste sie, eine sanfte Verschmelzung ihrer Lippen. „Du hast mir beigebracht, dass Rache mir nichts bringen wird, nicht wirklich. Was wir haben, ist es wert, alles aufzugeben. Ich mag ein dummer Mann sein, doch ich bin nicht blöd. Ich will wissen, was passiert ist, doch ich werde nicht zulassen, dass die Vergangenheit meine Zukunft ruiniert. Nicht, wenn ich gerad herausgefunden hab, dass es eine für mich gibt."

Sie lehnte sich an ihn, so dankbar für seine Stärke. „Du hattest immer eine Zukunft, Liam."

„Yeah, doch die bestand aus Hähnchenflügeln und Bier. Um ehrlich zu sein, Liebes, ich wurde dessen schon langsam überdrüssig." Er küsste sie nochmal. „Hast du alles? Hast du deine Bilder? Ich will nicht, dass du sie zurücklässt."

„Ich habe sie." Sie kam ihm näher, die Geborgenheit in seiner Nähe suchend. Er nahm sie in die Arme. „Ich hab' nur das kleine Buch hier. Es wartet eine ganze Lagereinheit in den Staaten auf mich. Nur eine kleine, doch darin befinden sich all meine Andenken. Werden wir in Dallas leben?"

Sein Gesicht entspannte sich. „Falls mich Ian zu guter Letzt nicht feuert." Er lachte etwas. „Das wird er nicht, Liebes. Falls er mich feuert, lieg' ich irgendwo tot in einem Graben. Ian ist so eine Art von Boss."

Vielleicht brauchte er einen neuen Beruf. „Ich bin mir nicht sicher, ob mir das gefällt."

„Es ist okay. Ian bellt lauter, als dass er beißt. Du wirst schon sehen, Liebes. Sobald wir verheiratet sind, beruhigt er sich und wird dich wie einen Teil unserer Familie behandeln."

„Du machst dir Sorgen um ihn."

„Er ist gefühlsgeleitet. Das bin ich auch, deshalb weiß ich, wie dumm ein Mann sein kann, wenn es um eine Frau geht. Der Mann, den wir verfolgen, hatte etwas mit dem Tod von Ians Frau zu tun. Und verbreite das nicht weiter, meine Liebe. Er hat es nicht jedem erzählt. Sein eigener Bruder weiß nicht mal, dass er verheiratet war."

Doch Liam hatte es ihr anvertraut. „Ich denke, ich kann schweigen. Ich fühle mich schlecht, dass ich die Akten nicht beschafft habe. Ich werde alles, was ich weiß, aufschreiben, wenn du es den richtigen Leuten zugängig machen kannst. Ich hab' lange genug für Thomas gearbeitet, um seine Gewohnheiten zu kennen. Wenn er die Akten hatte, gibt es vermutlich ein Backup. Er ist bei der Datensicherung sehr pingelig. Er sagte immer zu mir, dass er nie wüsste, wann er etwas braucht, deshalb musste ich ihm immer Dokumente einscannen." Ihr kam ein Gedanke in den Sinn. *Verdammt!* Warum hatte sie nicht daran gedacht? „Er trägt sein Telefon und Tablet überall mit sich herum. Auf einem von beiden könnten die Daten sein."

„Wir lassen es den MI6 wissen, doch damit machen wir einen Strich darunter, okay?"

Sie war bereit, einen Strich darunter zu ziehen. Sie wollte zur Ruhe kommen. Vielleicht könnte sie die nächsten Wochen als eine Art Flitterwochen betrachten. „Ist gut."

Liam ging zur Tür. „Das ist der letzte Ort, an dem wir reden können, bevor wir aus dem Gebäude raus sind, okay? Sag nichts, bis wir uns in der Station befinden. Dann sollten wir wieder sprechen können. Wir werden den Zug und die entsprechende Linie wechseln, bis ich mir sicher bin, dass wir nicht mehr verfolgt werden."

Sie nickte. Kein Gerede im Flur. Es gab überall Kameras. Sie konnten sich nicht sicher sein, ob Thomas zusah oder nicht.

Die Tür öffnete sich, Liam ging als erster hinaus. Er streckte eine Hand aus, um Avery wissen zu lassen, dass alles in Ordnung war.

Der Flur war ruhig, beinahe gespenstisch. Häufig hat sie die Geräusche der anderen Bewohner hören können, doch heute hörten sie nichts, nur das Quietschen des Bodens unter ihren Füßen und das leise Klacken der Tür, als verschlossen und verriegelt wurde. Jeder Muskel in Liams Körper schien angespannt und bereit zu sein, doch er verzog keine Miene.

„Bereit für eine Nacht in der Stadt?" Sein flacher amerikanischer Akzent war wieder da. Jetzt, da sie seine echte Stimme kannte, sehnte sie sich danach. Der Klang des Mittleren Westens verriet die Emotionen des echten Mannes nicht.

Dennoch lächelte sie ihm, wie sie hoffte, glücklich zu. „Auf geht's."

Sie nahm seine Hand, blickte jedoch zu ihrer Wohnung zurück, ihre kleine Wohnung in London. So viel war dort geschehen. Dieser Ort und der Mann, den sie hier kennenlernen durfte, hatten sie unumstößlich verändert. Trotz der schlimmen Dinge empfände sie immer eine Zuneigung für diese Wohnung.

Und dann bemerkte sie es, ein winziger Spalt in der Tür, von der sie sicher war, dass sie sie verschlossen hatten, begann sich zu öffnen.

„Li, da is' jemand in meiner Wohnung." Ihre Stimme war ein Flüstern, dünn und erstickt.

Der Aufzug dröhnte vor ihnen, signalisierend, dass sich die Türen bald öffneten. Sie konnten es bis zum Aufzug schaffen und die Türen dann schließen. Im Aufzug wären sie sicher.

Liam schien dasselbe zu denken. Er blickte zurück zum Flur. Avery schloss sich ihm an, schaute zurück, um zwei große Männer zu sehen, die ihre Wohnung verließen. Sie kannte sie aus Thomas' Haus. Er hatte immer ein paar Männer bei sich behalten, die ihm dabei halfen sich zu bewegen, wenn er seinen Rollstuhl benutzte. Sie waren auch ausgebildete Sicherheitskräfte, wobei sie normalerweise keine wirklich großen Gewehre trugen. Heute taten sie es.

Avery hatte Mühe mitzuhalten, ihr Bein schwach unter ihrem Gewicht und dem Tempo. Sie wäre beinahe gestolpert, doch Liam hielt sie mit einer Hand, ihr weiterhelfend. Wenn sie es nur bis zum Aufzug schafften. Ihr Herz drohte aus der Brust zu schlagen. Sie konnte hören, wie die Männer hinter ihnen herliefen, doch der Flur war lang und sie waren fast da.

Liams Waffe kam zum Vorschein. „Wenn wir beim Aufzug sind, bleib hinter mir."

Die Türen teilten und öffneten sich, ihren heiligen Ort offenbarend.

Liam fluchte und blieb stehen, sie fast zu Boden befördernd. Seine Hand schloss sich um ihr Handgelenk.

Zwei weitere Männer kamen aus dem Aufzug, einer von ihnen ihr Chef. Thomas Molina war in einen gut geschnittenen Anzug gekleidet und er gebrauchte weder seinen Stock noch die Stützen oder ein anderes Hilfsmittel, das sein Gehen erleichterte. Er schritt weiter und obwohl sie das Gesicht kannte, stellte dies einen völlig anderen Mann dar.

Liam schwang den Kopf hin und her, als ob er nicht wüsste, welcher Weg zur Hölle sie am schnellsten dorthin führte. Er bedeckte ihren Körper mit seinem und drückte sie mit dem Rücken an die Wand. „Lass das Mädchen gehen und ich lass die Waffe fallen."

Das schien keine gute Idee zu sein. „Ich verlasse dich nicht."

„Das wirst du, verdammt noch mal", flüsterte Liam ihr zu.

Sie saßen in der Falle, vier gegen einen, und Liam zögerte. Sie wusste, warum. Ihretwegen. Er würde sterben, weil er nicht riskierte, dass sie verletzt wurde. Sie versuchte, vorzutreten. Wenn Thomas sie wollte, konnte er sie haben.

„Thomas, ich gehe mit dir mit." Ihre Stimme zitterte, doch sie konnte nicht zulassen, dass sie Liam einfach erschießen würden.

„Halt die Klappe, Avery." Liam konzentrierte sich auf Thomas.

„Yeah, halt verdammt noch mal die Klappe, Darling." Thomas klang nicht mal mehr wie Thomas. Er klang Liam schrecklich ähnlich. „Du kommst mit mir, doch dein kleiner Freund da auch. Ich denke, wir sollten reden, meinst du nicht, Li?"

„Ich denke, dass wir definitiv reden sollten", sagte Liam. „Aber lass das Mädchen gehen. Das ist eine Sache zwischen Brüdern."

„Was?", fragte Avery. Wie konnte Thomas Liams Bruder sein?

Ein böses Lächeln huschte über Thomas' Gesicht. „Hast es rausgefunden, nicht wahr, Bruderherz? Ich kann das Mädchen jetzt nicht weglassen, oder? Weißt du, es ist schade. Wir standen immer auf den gleichen Typ. Jungs, lasst uns das irgendwohin verschieben, wo wir ungestörter sind."

Liam fluchte und ein Schuss ertönte, der die Luft um sie zum Spalten brachte. Vom Boden war ein dumpfer Aufschlag zu hören, als ein Mann zu Boden ging.

„Ich will beide lebendig!" rief Thomas.

Eine fleischige Hand zog sie von Liam weg und sie fühlte, wie ihr etwas spitzes in den Hals stach. Sofort erschien die Welt vage und unwirklich. Panik kam auf. Ihr Sehvermögen verlor an Fokus. Sie sah mit Schrecken zu, wie Liam anfing zu kämpfen. Er bewegte sich mit solcher Anmut, doch jemand stach ihm eine Nadel in den Arm. Dessen ungeachtet schoss er erneut. Sie setzte zu einem endlosen Fall zu Boden an, die Zeit verlangsamte sich. Liam kämpfte. Ein weiterer Schuss folgte, doch dieser klang von ganz weit her. Zwei Männer befanden sich bei Liam und sie sah das Aufblitzen von etwas Metallischem, bevor Liam zu Boden ging. Er sah sie an, die Droge wirkte offensichtlich in seinem Körper, doch er streckte die Hand nach ihrer aus.

Dunkelheit trat ein, die Welt mit einem Augenzwinkern verdunkelt wie mit einer Kerze, die jemand auslöschte.

* * * *

Rory O'Donnell blickte auf seinen Wäre-heute-längst-im-Grab-zu-Staub-zerfallenen Bruder, ein kleines Körnchen Befriedigung in der Magenhöhle. Vielleicht war es so besser. Dieses Mal tötete er Liam persönlich. Er würde beweisen, dass er dieses Mal nicht der kleine schwache Bruder war. Dieses Mal wären Liams Augen geöffnet und er sähe zu, wie sein Bruder den Sieg davontrug.

„Angus ist tot, Boss. Was wollen Sie, was ich mit ihm mache?", fragte Colin, sich am Kopf kratzend, als er auf die Leiche hinunterblickte.

Gute Handlanger waren so verdammt schwer zu finden. Zwangsläufig neigten sie dazu, unglaublich dumm zu sein. Malcolm war gerissen gewesen, doch er war nicht schnell genug, um Liam auszuschalten. „Bringen Sie die Leiche in die Wohnung und wir holen sie später. Schnell. Es ist mir gelungen, die Etage zu räumen, doch mein Mann an der Rezeption wird sie nicht ewig draußen halten können."

Colin half Brett, den toten Angus in die Wohnung zu schleifen, in der Avery gewohnt hatte.

Rory sah auf seinen Bruder herab. Er hätte den Mistkerl wohl einfach umbringen sollen, doch Rory hatte Pläne. Sein Bruder stand auf BDSM. Es wäre schön zu sehen, wie ihm ein bisschen Folter gefiele. Liam hatte ihn in seinen ersten Club mitgenommen. Rory dachte, er habe es wohl getan, um ihm einen gewissen Grad an Kontrolle nahezubringen und ihm ein sicheres Ventil für seine sadistischen Neigungen zu bieten. Er zog ein Stück Seil aus seiner Tasche. Das Problem war, dass Rory kein sicheres Ventil wollte. Er wollte imstande sein, ein Gelegenheitsmädchen zu töten, um des Grinsens willen.

Eine Frau zu töten war das Recht eines mächtigen Mannes. Er nähme sich das Recht mit Avery heraus, und er ließe seinen Bruder zusehen.

Er summte leise, als er die Hände seines Bruders hinter seinem Rücken fesselte. Liam hatte immer schon auf kleine Fesselspiele gestanden. Vielleicht nicht solche, doch Liam hatte jetzt nicht mehr das Sagen.

Er richtete seine Aufmerksamkeit auf Avery. Süße, dumme Avery. Sie würde sich wünschen tot zu sein, noch bevor er fertig war. Er würde sie ganz bestimmt irgendwann umbringen, doch er ließe sie erst darum betteln.

Sollte er Avery vergewaltigen und sie vor Liam töten? Oder Avery vergewaltigen und Liam dann töten?

Entscheidungen, Entscheidungen. Es war etwas in der Art, bei der sich ein Mann auf seinen Instinkt verlassen musste, um sich zu entscheiden. Er träfe die Entscheidung nicht jetzt. Er hatte ein paar Stunden Zeit. Er wollte spielen.

„Soll ich das Mädchen knebeln, Boss?", fragte Colin.

„Nein. Sie stellt keine Bedrohung dar. Ich behalte sie bei mir im Auto. Mit der Dosis, die wir ihr verabreicht haben, sollte sie besinnungslos sein, bis wir zu meinem Hause zurückkehrt sind. Sie setzen uns ab und sorgen dafür, dass mein Bruder hier einen schönen Sitzplatz hat, und dann erwarte ich, dass Sie zum Flughafen fahren und dafür sorgen, dass alles vorbereitet ist. Wir fliegen heute Nacht nach Dubai."

Er hatte bereits Geld verschoben. Natürlich nicht alles, doch genug, um bis zum Abschluss des Lachlan-Bates-Deals über die Runden zu kommen, und dann würde er Nelson erlauben, sein kleines Geschäft in den Nahen Osten zu verlagern, und er wäre startklar. Dann wäre es sicher, Nelson zu töten.

Colin nahm Liam hoch und warf ihn über seine Schulter.

„Werfen Sie ihn in den Kofferraum." Er wollte nicht in Liams Nähe sein, Avery jedoch war eine andere Geschichte. Er nahm sie selbst hoch. Sie war kein Leichtgewicht, doch er hatte noch nie dünne Mädchen gemocht. Sie starben viel zu schnell.

Sie war wirklich ziemlich hübsch. Es war zu schade, dass sie sich als eine solche Hure entpuppt hatte.

Er seufzte und küsste sie auf die Wange. Sie lag schlaff in seinen Armen. Sie würde ihm noch etwas Spaß bereiten, bevor er sie tötete, ein Mittel, um sich die Zeit bis zu seinem Abflug zu vertreiben.

Er folgte seinen Männern die Treppe hinab und zum wartenden Auto.

Die Nacht hatte gerade erst begonnen.

Kapitel Einundzwanzig

Liam hielt den Kopf gesenkt, als er zu verschwommenem Bewusstsein kam. Er war sich nicht sicher, womit ihn sein kranker Drecksack von Bruder zugedröhnt hatte, doch er hätte gewettet, dass es Ketamin war. Es war das, was er benutzt hätte. Es war ein tierärztliches Beruhigungsmittel, das nicht allzu schwer zu kriegen war, wenn ein Krimineller die richtigen Kontakte besaß.

Er zwang sich gleichmäßig zu atmen, seinen Körper zu entspannen. Er öffnete die Augen ein ganz klein wenig und war dankbar, dass er seine Haare zu lang hatte wachsen lassen. Teppich lag zu seinen Füßen, kein billiger Läufer. Er schien in einem satten rot und sah orientalisch aus. Er versuchte äußerst vorsichtig, die Arme zu bewegen. Ein Seil fixierte ihn. Er hatte die Hände hinterm Rücken und er schien auf einem Stuhl zu sitzen. War jemand hinter ihm? War es sicher anzufangen, die Seile zu bearbeiten? Sie saßen fest, doch er konnte sich zwingen, sie mit den Händen zu bearbeiten. Er musste nur die Knoten finden.

Und Avery. Er musste Avery finden. Er sah sie von hier aus nicht und er konnte sie nicht hören. War sie noch bewusstlos? Wie viel Zeit war vergangen?

Eine tiefe Stimme erfüllte den Raum. „Ich kann sehen, dass du dich bewegst, Bruder. Ich hab' mein SAS-Training nicht ganz vergessen. Vielleicht möchtest du deine Augen ganz öffnen und sehen, was ich für dich habe."

Das kalte Grauen machte sich in seinem Bauch breit. War sie schon tot? Wenn Avery nicht mehr wäre, hätte er nur noch eine einzige Aufgabe auf der Welt zu erfüllen. Er würde dafür sorgen, dass sein Bruder litt. Und anschließend würde er den hochverräterischen Mr. Black, Eli Nelson – wie auch immer er sich nannte – finden und töten. Er wäre tot.

Liam hob den Kopf, die Welt drehte sich nur noch leicht. Noch während er den Blick schärfte, konnte er den Knoten fühlen. Rory war schon immer faul gewesen. Er hatte den Knoten dort belassen, wo es Liam möglich war, an ihm rumwerkeln zu können. Es war kein Fehler, den Liam gemacht hätte. Mit den Handballen begann er die Knoten zu lösen. „Nelson war also nur eine Ablenkung?"

Rory saß hinter einem großen, verzierten Schreibtisch. Er hatte die Kontaktlinsen weggeworfen und seine tiefgrünen Augen waren sichtbar. Die Augen ihrer Mutter. „Er ist mein Partner. Das war er von Anfang an. Als wir bemerkten, dass du und deine Crew hier seid, sorgte er entgegenkommenderweise für die Ablenkung, die ich brauchte, um mich dir widmen zu können. Er kümmert sich natürlich auch um dein Team."

Tat er das? Nelson hatte nicht die Schlagkraft, um sich Ian entgegenzustellen, und schon gar nicht auf den Straßen Londons. Nelson war die Ruhe selbst. Er täte verdammt nichts, ohne alles genau durchzuplanen. Und wie kam Rory darauf, Nelson hätte nichts von ihnen gewusst? Nelson hatte seine Visitenkarte verschickt und sie quasi eingeladen, nach England zu kommen.

Wer stellte die wahre Ablenkung dar?

Und wo war Avery? Er konnte die verdammte Frage einfach nicht stellen. Rory war ein Sadist höchster Ordnung. Liam hatte versucht, die Tendenzen einzudämmen, aber er hatte versagt. Wenn Rory wüsste, wie sehr er Avery liebte, könnte das eine lange, schmerzhafte Nacht für sie bedeuten.

„Du warst mit ihm an der Operation beteiligt, die mich fast

getötet hätte." Das war keine Frage. Liam wusste die Antwort, doch er musste seinen Bruder am Reden halten. Er musste sich aus den Fesseln befreien und herauskriegen, wo Avery war und ob er sie retten konnte.

„Das tat ich. Nelson nahm mich unter Vertrag. Er sah mein Potenzial. Und er sah auch die Chance, Marktführer des äußerst lukrativen Waffengeschäfts zu werden. Es gab kein Uran. Das war alles nur eine Finte, um Leonov zum Anbeißen zu bewegen. Nelson stieß auf Leonov und erfuhr von den Anleihen. Zehn Millionen leicht zu verschiebbare Dollar, doch er kam nicht an ihn ran. Irgendwie hörte Taggart von der Geschichte und startete die Operation, noch bevor Nelson alles vorbereiten konnte."

„Also schickte Nelson eine sehr nützliche Ablenkung mit." Ians Frau war Mittel zum Zweck gewesen.

Rory zuckte mit den Achseln. „An dem Teil des Geschäfts war ich nicht beteiligt. Ich weiß nur, dass Nelson zum richtigen Zeitpunkt übernahm, und wir kriegten die Anleihen. Nelson tötete dann Leonov und gemeinsam übernahmen wir sein Geschäft. Leonov verfügte über eine nette Liste an Kontakten, doch wir entschieden uns, dass wir es besser machten."

Sein Bruder, der Entrepreneur. „Und aus dir wurde Thomas Molina."

Ein zufriedenes Lächeln erhellte Rorys Gesicht. „Das Problem ist der Transport der verdammten Waffen. So viele Kontrollen heutzutage, doch alle wollen armen, hungernden Kindern helfen. Wir brauchten nur eine angesehene Wohltätigkeitsorganisation, die bereit war, uns zu helfen, die Waffen zu verstauen."

Wo zur Hölle war Avery? Trotz des Beruhigungsmittels in den Venen, konnte er spüren, wie sich sein Herzschlag beschleunigte. Was verdammt nochmal hatte Rory mit Avery gemacht? Welche Schmerzen hatte sie bereits durchstehen müssen? *Lass sie nur am Leben sein.* Er half ihr bei der Heilung. Er wäre bei ihr. Er würde sie halten und lieben und sie wieder aufpäppeln. Sie musste nur am Leben sein.

Und er war dabei, es zu vergeigen. Ruhig. Cool. Sachlich. Er musste professionell bleiben, sonst wären sie beide tot. Und Rory schien redselig zu sein. Liams Schulter brachte ihn um, doch er zwang seine Finger zur Arbeit, ohne die Arme zu bewegen. Der Knoten war genau hier. Es gab ein Spiel, das sie im Sanctum spielten. Fessel den Dom und sieh zu, wer als bester herauskam. Ian war der Seil-König, doch Liam war nur knapp Zweiter geworden.

Waffen. Er hatte über Waffen und die Wohltätigkeitsorganisation gesprochen. Er starrte seinen Bruder an. Nur die Augen waren noch die gleichen. „Wie viele chirurgische Eingriffe hat es benötigt?"

Lippen, die nicht seine eigenen waren, verzerrten sich in Rorys verändertem Gesicht. „Ziemlich viele. Ich war fast ein ganzes Jahr lang nicht zu erreichen. Ich wurde mehrfach operiert und habe Thomas Molina sorgfältig studiert. Nelson hatte Molina als das perfekte Ziel identifiziert. Er schloss eine Art Freundschaft mit Brian Molina."

Brian Molina war drogenabhängig gewesen. Liam konnte erraten, welche Art von Freundschaft Nelson mit ihm geschlossen hatte. „Er wurde Brians Dealer?"

„Nelson kennt viele Leute, und Brian war leicht zu kontrollieren, solange er seinen Stoff bekam. Brian behielt seinen Bruder im Auge, während ich mich auf meine Rolle vorbereitete, und dann paukte er mir die Geschichte und Eigenheiten seines Bruders ein. Ich konnte nicht einfach eines Tages auftreten. Ich musste Verbindungen herstellen. Ich musste mir Zeit nehmen. Die Tatsache, dass er vollkommen verängstigt war, sein Haus zu verlassen und es hasste, mit Menschen direkt, anstatt über seinen Computer zu kommunizieren, machte es einfach. Sogar nachdem Brian und ich den Fonds übernommen hatten, musste ich ihn noch eine Weile um mich herum behalten, um den rechten Augenblick abzuwarten."

„Du hast sie beide getötet?" Das war eine dumme Frage, doch sie ließe ihn weiterreden.

„Jawohl." Rory schnurrte beinahe. „Natürlich musste Molina sterben, damit ich seinen Platz einnehmen konnte, und Brian war mir solange nützlich, bis ich als sein Bruder agierte. Ich konnte nicht zulassen, dass er hier herumhängt. Letztendlich wollte er etwas von meinem Geld."

„Ich wette, Nelson will mehr."

Der erste Bruch spürbar, ein Stirnrunzeln verdunkelte Rorys Gesicht. „Ich leite das Geschäft. Ich besitze die ganze Macht. Eli Nelson ist nur der Mann, der mir den Anfang ermöglichte."

„Ja, Bruder, er ist auch so ein Philanthrop. Er sucht einfach nur nach kleinen Kriminellen mit Hoffnung in den Augen und holt sie aus dem Dunkeln und arrangiert etwas für sie, weil er so ein großes Herz hat." Schmerz flammte in seinem Arm auf, doch er hatte seinen kleinen Finger schon unter den Knoten geschoben. *Geduld. Gewinne an Boden und bearbeite das Seil.*

Ian hatte ihm das beigebracht. Ian, das Arschloch. Ian, der eher wie ein Bruder für ihn gewesen war als der Mann vor ihm. Ian hatte es ihm beigebracht und Jake hatte mit ihm geübt. Adam hatte im Hintergrund gesessen, Bier getrunken und sarkastische Bemerkungen gemacht, während Sean die Zeit gestoppt hatte. Seine echten Brüder waren hier stets bei ihm. Die Fähigkeiten, die sie ihm beigebracht hatten, setzten sich am Ende durch.

„Ich werde mit Nelson fertig", sagte Rory, seine Finger klopften ungeduldig auf den Schreibtisch.

„Das bezweifle ich. Wenn er dich in eine Position gebracht hat, dann nur, um Nutzen daraus zu ziehen und dich eventuell loszuwerden, wenn er beschließt zu übernehmen. Nelsons großer Zahltag ist ihm entgangen. Mein Chef hat ihm den vor ein paar Monaten versaut. Er kann nicht zur CIA zurück. Er braucht Geld, und wahrscheinlich braucht er es dringend. Hast du das gesamte Geld der Anleihen für chirurgische Eingriffe ausgegeben?"

Rory zuckte mit den Schultern, eine gleichgültige Gebärde, die Liam an ihre Kindheit erinnerte. „Mit zehn Millionen kommst du nicht so weit, wie du denkst. Die Eingriffe kosteten Geld, die Infrastruktur des Unternehmens aufzubauen kostete Geld. Die Anleihen waren schnell aufgebraucht. Deshalb brauchten wir Molina. Es war leicht für mich, mich an seinen Einnahmen und seinem Treuhandfonds zu bedienen, wobei ein Teil davon rechtlich gebunden ist. Ich hab' das Geld peu à peu auf andere Konten gepackt. Wenn ich heut Abend von hier wegfahr', werden mir Millionen zur Verfügung stehen."

„Wie wirst du Averys Tod erklären?"

„Das ist ein Problem, Tatsache. Vielleicht bring' ich sie nicht um. Vielleicht nehm' ich sie mit nach Dubai und heirate sie. Wir werden lange in Afrika und im Nahen Osten sein. Dort passieren viele schlimme Dinge." Er gluckste. „Tatsächlich könnte ich mir mit dem kleinen Weibsstück etwas Geld verdienen. Ich werd' eine gute Versicherung abschließen und lass sie dann umbringen. Yeah, das gefällt mir. Danke, Bruder."

Wut machte sich in seinem Bauch breit. Wenn sein Bruder Hand an Avery legte, würde er Rorys verdammte Eier abschneiden und sie ihm in den Hals stopfen. Er würde ihm die Gliedmaßen einzeln abreißen. Doch sie lebte. Sie war verdammt nochmal noch am Leben.

„Mach mit dem Mädchen, was du willst. Es ist mir egal."

Ein langer Seufzer erfüllte den Raum. „Ach, Liam, wirklich? Ich hab' zugehört, als du die Schlampe gefickt hast. Avery, Liebes, warum kommst du nicht rein?"

Eine Tür öffnete sich und einer von Rorys Schlägern schubste Avery herein. Sie hatte sich verändert oder war dazu gezwungen worden. Sie trug ein langes weißes Kleid, seidig und reizend. Es brachte ihre Figur wunderbar zur Geltung und es ließ sie ein wenig wie eine Braut in ihrer Hochzeitsnacht aussehen.

Das einzige Problem war, sie war seine Braut, und Rory versuchte, sie sich zu nehmen.

Avery stolperte, ihr Bein gab unter ihr nach. Sie schlug auf den Teppich, ihr Körper sackte zusammen. Er wollte heulen. Seine Frau. Die es zu beschützen galt, und er konnte nicht zu ihr gelangen, weil er verdammt nochmal gefesselt war. Er war machtlos und wertlos, und sie würde den Preis dafür bezahlen.

„Ah, schau, der kleine Krüppel scheint ihren Halt verloren zu haben. Das ist in Ordnung, Liebes. Ich brauch' dich nicht für deine Grazie." Rory schob den Stuhl zurück und stand auf. „Colin, du darfst uns verlassen. Geh und bewache die Tür. Wir fahren in etwa einer Stunde und haben eventuell einen Gast dabei. Ich hab' mich noch nicht entschieden."

Der massive Schlägertyp nickte und ging hinaus, die Tür hinter sich schließend.

Perfekt. Nur noch er und sein Bruder und das Seil, das ihn band.

Avery lag auf dem Boden. Ihr Gesicht nach oben geneigt, so

wunderschön, so verletzlich. „Li."

Rory gluckste. „Lee? Oh, Liebes, kennst du überhaupt seinen richtigen Namen?"

Liam wartete, betend, dass sie mitmachte.

Avery wandte sich von ihm zu seinem Bruder. „Er ist Lee Donnelly."

Gutes Mädchen. Ein leidenschaftlicher Stolz drohte ihn zu erfüllen. Er hatte keinen Zweifel daran, dass sie nach Liam und nicht nach Lee gerufen hatte.

Rory verdrehte die Augen und ging auf ein Knie. Herablassung triefte ihm vom Mund. „Sein Name ist Liam O'Donnell, du dumme Schlampe. Er ist mein Bruder."

„Ich verstehe das alles nicht. Ich dachte, Brian ist dein Bruder. Warum kannst du jetzt so gut laufen?" Sie drehte sich wieder ihm zu, ihre Rolle wunderbar spielend. Tat sie das wirklich? Er hatte ihr seine Vermutung nicht mitgeteilt. War sie schockiert, dass sein Bruder ein Waffenhändler war? Würde es die Art und Weise beeinflussen, wie sie ihn sah? „Ist das wahr? Hast du mich angelogen?"

„Du warst nur Mittel zum Zweck, Liebes." Sie war der Grund, dass er atmete, doch das ließe er seinen Bruder nicht wissen.

„War sie das?", fragte Rory.

Es war an der Zeit, ein wenig in Aktion zu treten und sich auf das zu stützen, was sein Bruder über ihn wusste. „Ich bitte dich. Glaubst du im Ernst, sie ist mein Typ, Ror? Ich mag sie was hübscher als das."

Rory schob eine Hand in ihr Haar und zwang ihr Gesicht nach oben. Liam konnte ihr den Schmerz in den Augen ansehen. Fuck, er ließe seinen Bruder dafür zahlen. „Ich weiß nicht. Sie ist ziemlich hübsch auf eine sehr unschuldige Ich-hatte-noch-nie'nen-Schwanz-im-Arsch-Weise. Findest du nicht? Natürlich kann der Schein trügen."

Er zog Avery an den Haaren hoch, ihr Gewicht gegen sie einsetzend. Als sie vor Schmerz aufstöhnte, war es wie ein Schlag in seiner Seele.

„Stopp!" Avery kämpfte, sie trat mit den Füßen aus und versuchte, Boden zu finden.

Und Liam musste so tun, als wäre es ihm egal. Wenn er nachgäbe, und sei es auch nur für einen Augenblick, ließe er Avery auf eine Art und Weise leiden, die sie sich nicht vorstellen konnte. Es war ihm bewusst, dass er damit vermutlich jede Hoffnung auf eine Zukunft mit ihr aufgab, doch er täte alles, um sie zu retten. „Sie hat einen schönen strammen Hintern, Bruder. Du solltest ihn probieren."

Die Galle kam ihm hoch, doch seine Finger arbeiteten hart und er fühlte das Messer am Fuß in seinem Stiefel. Sie hatten ihm seine Pistole und ein weiteres Messer abgenommen, doch das Stilett war noch da.

„Nein!" Avery begann sich zu wehren. Sie gebrauchte die Fäuste, doch gegen Rorys Kraft war es wirkungslos. Sie schlug ihm auf die Brust, er lachte jedoch nur und hielt sie von sich fern.

„Vielleicht tu' ich es, Bruder", antwortete Rory. Ein scharfer Blick traf ihn. „Ich hab' die ganze Zeit zugehört, weißt du."

Ein Dominoeffekt. Ein weiteres Stück des Knotens löste sich. Er hatte jetzt etwas mehr Spielraum zum Arbeiten, doch er musste vorsichtig sein. Er konnte jetzt auch die Arme leichter bewegen und das mochte das ganze Spiel verraten. „Ich hab' ihr die ganze Zeit nur was vorgemacht. Du bist schon ziemlich lang aus dem Geschäft raus, wenn du tatsächlich glaubst, dass ich irgendeine emotionale Bindung zu ihr habe. Sie war ein Betrugsopfer, Alter. Du erinnerst dich, wie's läuft. Ich geb' zu, dass sie ein ziemlich langweiliger Fick war."

Avery rang nach Luft, ihr Gesicht ihm zugekehrt. Tränen rannen ihr übers Gesicht. Sie würde ihm nie verzeihen. Er würde ihr nicht erklären können, warum er sich von ihr abgewandt hatte, als sie am verletzlichsten gewesen war. Sie würde ihn hassen. Sie würde ihn verachten und hassen, und er konnte es nicht zurücknehmen. Er behielt einen gleichgültigen Gesichtsausdruck, teilnahmslos. Als hätte er sie nicht geliebt. Als wäre sie nicht der beste Teil seiner Seele.

„Ich bin nur erstaunt", sagte Rory, verdrehte die Faust in ihrem Haar und zwang sie, ihr Gesicht seinem zuzuwenden. Das Kleid, das sie trug, rutschte ihr über die Schulter, der Brustansatz ragte aus dem Stoff hervor. „Auf den Bändern klang sie wirklich heiß. Sie hat es geliebt, als du ihr den Hintern versohlt hast."

„Nein", sagte Avery, ihre Stimme gequält, während sie gegen ihn ankämpfte.

„Es gibt Subs, die sagen nur, dass es ihnen gefällt. Sie sind einfach nur verzweifelt nach einem Schwanz aus. Sie kriegen keinen, also machen sie alles mit, damit sie auch 'nen Mann abkriegen. Und wenn du so aussiehst wie ich, tja, dann machen die Mädchen so ziemlich alles, was du willst."

Tränen liefen ihr über die Wangen. Es brach ihm das Herz, doch er musste sie retten, auch wenn es bedeutete, sie dadurch zu verlieren. Er würde den Rest ihres Lebens über sie wachen, doch er legte es darauf an, dass das noch eine lange Zeit war. Er nähme sich keine andere Frau. Er gehörte zu ihr. Wenn sie ihn nie wieder berührte, bliebe er allein. Er würde sie immer lieben.

Ein weiteres Stück des Seils löste sich. *Fuck.* Es lag immer noch so viel Seil zwischen ihm und Averys Leben. Er stand kurz davor, es zu verlieren. Wie viel Schaden könnte er anrichten, während er an einen Stuhl gefesselt war? Er könnte dem Scheißkerl einen Kopfstoß verpassen, was Avery vielleicht die Chance gäbe wegzulaufen, doch wie viele Schlägertypen warteten da draußen?

Rory trug eine Waffe in seinem Schulterhalfter. Er könnte Avery in den Rücken schießen. Liam musste Geduld haben. Er musste sicherstellen, dass er sie decken könnte. Die Schmerzen, die sie in der Zwischenzeit ertrug, mochten für ihr Überleben stehen.

„Sehnst du dich verzweifelt nach einem Schwanz, Mädchen?" Rorys bösartiges Lachen nahm den ganzen Raum ein. „Ich hab' da einen Schwanz für dich. Weißt du, warum ich dich eingestellt habe, du Schlampe?"

Sie wimmerte, ihre Brust bebte.

„Ich hab' dich eingestellt, weil du so dumm und unschuldig bist. Du bist die dumme Schlampe, die der Frau verzeiht, die Ihr Baby tötet. Weißt du, wie falsch das ist?" Rory schaute zu ihr herab, mit der Hand schob er sie zurück auf den Boden. Sie fiel auf die Knie. „Was für eine verfickte Frau bist du eigentlich?"

Avery schrie auf und versuchte zu entkommen, doch er hielt sie fest.

„Sie haben Recht damit, dich zu hassen, deine

Schwiegereltern", flüsterte Rory. „Du hast es nicht verdient, eine Familie zu haben."

Und er hatte es? Rory hatte jeden beschissen, der ihn gerngehabt hatte. Er spielte nicht in Averys Liga. Er konnte nicht verstehen, was sie getan hatte. Sie hatte etwas Gutes der Rache vorgezogen. Sie hatte der Welt Gnade und Liebe zurückgegeben, derweil die meisten Leute sich für Hass entschieden hätten.

Rory hielt den Blick auf Avery gerichtet, als versuchte er, sich an ihrem Elend zu laben. Liam nutzte den Moment, um sich unbehinderter zu bewegen, den Knoten so schnell er konnte zu lösen.

„Lasst mich in Ruhe!" Avery streckte eine Faust aus und bewies, dass sie stärker war, als Rory annahm.

„Das wird nicht passieren", knurrte Rory zurück. Er ballte die Faust fester zusammen, zog sie wieder vom Boden hoch. Liam hasste es, wie ihre Muskeln hervortraten, während sie gegen ihn ankämpfte. „Ich hab' eine Menge Arbeit in dich gesteckt, du Nutte, und ich kauf' meinem Bruder seine kleine Nummer hier nicht ab. Ich hab' mitgehört. Ich hab' gehört, wie er dich gefickt hat. Er hat wie ein kleines, trauriges Mädchen geklungen, wie er dir sagte, dass er dich liebt, wie er sagte, dass er dich braucht. Es macht mich fast krank, dir die Wahrheit zu sagen. Mein Bruder war mal ein richtiger Mann."

Er war ein trauriger Mann gewesen. Er war ein Mann gewesen, der einfach nahm, was ihm angeboten wurde, und nichts wirklich zurückgab. Er war eine erbärmliche Hure gewesen, die sich durchs Leben gefickt hatte, ohne wirklich zu begreifen, was er haben konnte, was er geben konnte. Ein weiterer Teil des Knotens löste sich, doch er geriet in Panik. Da waren noch immer nicht mehr als wenige Zentimeter Luft zwischen seinen Händen. Er hatte es noch nicht mal annähernd geschafft. Er bekäme es hin, doch wie viel müsste Avery noch ertragen, bis er in die Puschen kam?

„Er ist ein Lügner. Er ist kein Mann." Die Worte klangen wie erstickt aus ihrer Kehle.

Sie trafen ihn unmittelbar in den Eingeweiden, doch er konnte es nicht zeigen. „Tut mir leid, Schatz. Es hieß entweder ich oder Ian. Wir warfen eine Münze und ich hab' verloren."

Rorys Augen verzogen sich zu Schlitzen. „Also macht es dir überhaupt nichts aus, wenn ich das hier mache?" Er vergrub die Hand in ihrem Haar, zog Averys Körper nah an seinen heran. Ihre Glieder zitterten, doch sie versuchte immer noch zu entkommen. „Hör auf, gegen mich anzukämpfen oder ich werd' dich hier und jetzt ausweiden."

„Er meint es ernst." Ihr Kampfgebaren richtete nichts an, sondern machte Rory nur noch wütender. Sie war stark, doch nichts im Vergleich zu Rorys Masse. Rory ließe sie ein wenig bluten, um dann trotzdem damit fortzufahren, was er sowieso vorhatte.

„Ich hasse euch beide." Avery blieb ruhig, doch er konnte ihr die Abneigung in den Augen ablesen, als Rory ihre Brust umschloss.

Und nun bestand das zusätzliche Problem darin, dass Avery zu einem Schutzschild geworden war.

Rory drückte mit der Hand fester zu. „Sie ist furchtbar weich. Bist du sicher, dass du sie nicht wolltest? Als wir heranwuchsen, mochte Liam immer die Flauschigen."

„Jetzt mag ich sie lieber dünn." Nur noch ein bisschen. Seine Handgelenke bluteten jetzt ebenfalls. Die Reiberei hatte seine Schürfwunden an den Händen aufgerieben. Umso besser. Mehr Gleitmittel, so dass die Fesseln leichter abglitten.

Und Rory war etwas vertieft. Rorys Blick war auf Averys Brust gerichtet. Er hatte ihr das Kleid von der Schulter gezogen und starrte herab. „Ich mag dicke Mädchen. Sie ertragen mehr als dünne."

Avery starrte Liam mit tränenüberströmten Augen, jedoch mit trotzigem Kiefer an. Sie hatte Ausdauer. Sie ertrug es, doch sie musste ihn für jeden Moment hassen, den sie dastand.

Das spielte keine Rolle. Nichts spielte eine Rolle, solange sie nicht in Sicherheit war. Eine Hand rutschte über seinen Knöchel. Alles, was er wirklich brauchte, war eine.

„Ich glaub', ich werd' deine Schlampe hier auf dem Schreibtisch ficken. Auf allen Vieren. Liam ist pervers. Ihm wird die Show gefallen. Das ist mein letztes Geschenk an dich, Bruder. Letzten Endes hast du mir so viel beigebracht. Liam war derjenige, der mich in meinen ersten Club mitgenommen hat. Er hat mir gezeigt, wie ich eine Frau zu fesseln habe und ihr zeige, wer wirklich der Boss ist."

„Ja, du warst immer schon ein fauler Hund, wenn es darum

geht, dir was beizubringen." Er bewegte sich so schnell er konnte, befreite eine Hand und griff nach seinem Messer.

Avery wurde wild, wehrte sich und schlug um sich. Das war perfekt, denn Liam bewegte sich schleppender als sonst. Er verkniff sich den aufkommenden Schmerz, als sein Kreislauf in Gang kam und sein Blut zurück in die Hände floss. Er zwang sich dazu, sich zu bewegen und zog das Messer aus seinem Stiefel.

„Runter, Avery!"

Rory gab ihr noch eine Ohrfeige, bevor sie zu Boden fiel. Rory griff nach seiner Waffe, doch es war bereits zu spät. Noch bevor er auch nur in deren Nähe kam, drang das Messer in seine Brust ein, Liam hatte perfekt getroffen.

„Li?" Rory starrte auf das Messer hinab und zog es heraus, als er langsam auf die Knie sank. Blut strömte über sein Hemd.

Sein Bruder. Ihm war gesagt worden, er müsse Rory beschützen, doch es gab keinen Schutz für Rory vor sich selbst. Rory war irgendwann in seinem Leben zu einem schlechten Menschen geworden und er entschied sich dafür, es zu bleiben. Sein Bruder war vor langer Zeit gestorben, Rory hatte sich selbst mit seinen düsteren Ambitionen umgebracht. Was Liam zur Strecke gebracht hatte, war nur ein weiteres Raubtier.

„Avery?" Er kam auf ein Knie, ein wenig verängstigt sie zu berühren, aus Angst, dass sie gegen ihn ankämpfte. Er musste vorsichtig mit ihr umgehen. „Baby, wir müssen hier raus, und zwar leise."

Sie setzte sich auf, ihr ganzer Körper zitterte. „Ich weiß. Das Fenster in diesem Zimmer führt in einen Garten und dahinter in eine Gasse. So kommen wir raus."

Er half ihr auf die Beine. „Avery, ich hab' keines der Worte ernst gemeint."

Ihr Gesicht angespannt, ein spöttischer Ausdruck in den Augen. „Das weiß ich. Du hast deine Liebe nicht unbedingt erklären können. Hältst du mich wirklich für so dumm? Doch du kriegst so einiges davon zurück. Ich werd' mich mindestens zweimal täglich wie eine Göre benehmen, ohne Angst vor Vergeltung, für mindestens ein Jahr."

Er zog sie in seine Arme, genoss es, wie gut sie sich anfühlte.

„Ich hatte so verdammt Angst. Fuck, Liebes, ich dachte, du würdest mich hassen, doch ich durfte mir nicht anmerken lassen, wie besorgt ich war."

„Du hättest mir sagen können, dass ich für deinen Bruder arbeite", murrte sie, doch sie legte die Arme um ihn. „Liam, du blutest. Wir müssen die Akten finden und dich hier rausholen."

„Vergiss die Akten." Er küsste sie auf die Stirn. Sie sähe interessant aus mit seidenem Nachthemd durch London zu laufen. Er musste Ian anrufen, aber sie hatten ihm sein Handy zusammen mit seiner Waffe abgenommen. Zum Glück war sein Bruder gestorben, der ihm eine sehr schöne SIG Sauer hinterlassen hatte. Liam griff nach unten, um sie aufzuheben. „Ian und der MI6 können die Akten finden, Liebes."

Er hatte die Waffe fast erreicht, als sein ganzer Körper zurückprallte und Schmerz durch seine Schulter schoss. *Was zum Teufel?* Er fiel nach hinten, Höllenqualen ließen ihn stöhnen.

„Ich fürchte, das kann ich nicht zulassen, Mr. O'Donnell."

Panik begann den Schmerz zu verdrängen, als Liam gewahr wurde, dass er die Ablenkung gewesen war – er und Avery, nicht Ian. Eli Nelson kam durch die Tür gelaufen, ganz in Schwarz gekleidet, ein ruhiges Lächeln im Gesicht.

„Jetzt geht der Spaß erst richtig los", sagte Nelson.

* * * *

Avery fiel auf die Knie. Liam war angeschossen worden. Abermals. Doch diesmal war es kein kleiner Brandfleck. Die Kugel war in seine linke Schulter eingedrungen und tränkte sein Hemd bereits mit Blut. Die Tränen trübten ihr die Sicht. Sie sah sich um. Sie musste die Blutung stoppen.

„Avery, verschwinde von hier." Liam sah zum Neuankömmling auf, der sich bückte und die Waffe vom Boden aufhob. Sofern ihn die Leiche irritierte, zeigte er es nicht. Liam bemühte sich, sich aufzusetzen. „Das ist zwischen dir und mir, Nelson."

Das war also der berühmt-berüchtigte Eli Nelson, der Mann, der mit ihrem Chef gemeinsame Sache gemacht hatte.

„Oh, das war nie etwas zwischen Ihnen und mir, Mr. O'Donnell.

Sie schreiben sich viel zu viel zu. Sie waren nur eine Marionette, nicht mehr." Nelson seufzte, als er zu ihrem ehemaligen Chef herabsah. „Genau wie Ihr Bruder nur eine Marionette war."

„Sie haben mich damals an diesem Tag gerettet", sagte Liam. Obwohl er heftig blutete, sah sie in seinen Augen, wie er sich umsah, um seinen nächsten Schritt zu planen. Sie musste nur geduldig sein.

„Das habe ich." Nelson verstaute die zusätzliche Waffe. Sie hätte versuchen sollen, sie an sich zu nehmen, doch sie war stattdessen zu Liam geeilt und war ohnehin nicht die Schnellste. Doch vielleicht kam sie an das Messer heran. Es lag dort auf dem Boden, blutverschmiert. Der Gedanke daran, es zu berühren, war abstoßend, doch sie täte es, wenn sie dadurch Liam retten konnte.

„Weil Sie wussten, dass ich Ihnen eines Tages als gutes Druckmittel gegen Rory dienen würde." Liam versuchte anscheinend, sie hinter sich zu bringen, doch er hatte Schwierigkeiten sich zu bewegen.

„Ich habe gern einen Plan B. Unterschätze nie, was ein kleines Chaos bewirken kann. Rory erwies sich als schwierig. Ich gewährte ihm das Geschäft und er traf den Entschluss, mich nicht fair beteiligen zu wollen, also nehme ich jetzt, was mir zusteht. Mir wurde klar, dass Ihr Team für mich nützlich sein könnte. Der MI6 tat sich schwer, Sie verstehen. Also schwenkte ich meinen Zauberstab und Ian Taggart folgte mir, wie ich mir sicher war, dass er es täte, und brachte sein Team gleich mit. Da konnte ich Sie doch nicht alle durch London herumrennen und nach mir suchen lassen, also ließ ich Weston Ians Akten zukommen. Auch hier brachte Chaos den Ausgleich. Es gefiel Ihnen nicht, was Sie über Ians Vergangenheit erfuhren, nicht wahr? Sie haben zugemacht und das verschaffte mir die Zeit, die ich brauchte. Ich wusste, sobald Rory hier herausfände, dass Sie noch lebten, ließe seine Konzentration nach und der Preis würde mir gehören. Wie geht es übrigens Sean? Und Grace? Wie ich hörte, ist sie mit dem Leben davongekommen. Was für eine Überraschung."

„Nicht dank Ihnen." Liam ergriff ihre Hand in dem Versuch, sie hinter sich zu schieben. „Avery hat nichts damit zu tun. Wenn Sie sich an Ian rächen wollen, sollten Sie das mit mir aushandeln und sie gehen lassen."

Avery ginge nirgendwo hin. Sie sah sich um in dem Versuch, etwas zu finden, das half.

Nelson verzog das Gesicht zu einer irritierten Maske. „Hier geht es nicht um Rache, Liam. Es handelt sich um ein lustiges Spiel zwischen Rivalen. Ian denkt, so viel klüger zu sein, doch ich bin darin so viel besser als er. Ich spiele es seit Jahren und er hat nicht mal gemerkt, dass das Spiel überhaupt stattfindet. Und ich werde Avery Charles auf jeden Fall brauchen. Eines der Dinge, die Ihr Bruder richtig gemacht hat, war alles zu verschlüsseln. Ich weiß noch nicht mal, wie ich Kontakt zu meinen neuen Kunden herstellen kann, um ihnen mitzuteilen, dass sich Veränderungen im Management ergeben haben. Ich hab einen Deal mit einem seiner Männer gemacht, um mir den Codierschlüssel zu besorgen, doch ich verfüge über nichts, das es zu entschlüsseln gilt. Übrigens, danke, dass Sie Malcolm getötet haben. Es hat mir den Ärger erspart, es selbst tun zu müssen. Ich hatte natürlich nie die Absicht, ihn zu bezahlen. Miss Charles, wenn Sie so lieb wären, die Akten zu holen."

Sie schüttelte den Kopf. „Ich weiß nicht, wo sie sind."

Nelson runzelte die Stirn. „Das ist wirklich zu schade."

Er zog die Waffe und Liams andere Schulter prallte zurück, von einer Kugel getroffen. Avery schrie. Wie viele Kugeln könnte er noch verkraften? Keiner seiner Arme schien zu funktionieren, doch er versuchte, auf die Beine zu kommen.

Nelson seufzte, als ob ihn das alles langweilte. „Machen Sie sich keine Vorwürfe, meine Liebe. Ich wollte sowieso noch mal auf ihn schießen. Ich kann nicht zulassen, dass er an das Messer gelangt. Doch jetzt liegt es wirklich an Ihnen. Der nächste Schuss, den ich abgebe, wird tiefer treffen. Ich schalte erst seinen rechten Lungenflügel aus und dann seinen linken, also sollten Sie diese Akten unbedingt finden."

Wut drohte die Kontrolle zu übernehmen. Wer zum Teufel war dieser Mann, der meinte, er könne hier einfach hereinspazieren und sich nehmen, was er wollte? Sie konnte Liam nicht verlieren, doch sie war völlig hilflos. Nelson hatte die Waffen und sie bezweifelte, dass er ihr erlaubte, an das Messer zu kommen.

„Ich geb' Ihnen eine Chance, Liebes. Wenn Sie die Akten finden, verschwinde ich. Das Einzige, was mich interessiert, sind die Akten. Ich persönlich glaube ja, dass, wenn ich O'Donnell am Leben lasse, sich Ian Taggart für ein paar Monate von meinem Arsch fernhält." Er klang so vernünftig.

„Beweg dich nicht. Du machst es nur noch schlimmer", sagte sie zu Liam, ihrer Liebe, ihrem Gebieter. Er versuchte noch immer, sie zu beschützen, doch er hatte seine Arbeit getan, und jetzt war es Zeit, dass sie ihre tat. „Meint er das ernst?"

„Er hat Sean am Leben gelassen", gab Liam zu.

„Hören Sie, ich könnte Sie beide töten und die Akten selbst suchen. Es wäre wirklich einfacher." Nelson schaute auf seine Uhr.

Avery kämpfte, um auf die Beine zu kommen. „Er bewahrt sie in Papierform auf. Sie waren nicht im Büro auf der Arbeit, also müssen sie hier sein. Ich war erst ein paar Mal hier."

„Ich sähe im Schreibtisch nach. Beeilen Sie sich, meine Liebe. Die Uhr tickt." Er hielt seine Waffe auf Liam gerichtet.

Sie öffnete die oberste Schublade und durchwühlte sie. Nichts. Sie überprüfte die Schubladen an der Seite. Alles war ordentlich, und es gab keine Akten, die es zu finden galt.

„Okay. Ich werde barmherzig sein. Diesmal nehm' ich mir ein Bein vor." Ein kleines Ping ertönte durch den Raum.

Avery schrie, als Liams Oberschenkel anfing zu bluten.

„Noch zwei Minuten und ich fang mit den Lungen an."

Sie wollte betteln. Sie konnte ihn nicht verlieren. Wo hatte er die Akten versteckt?

Er war im Begriff abzureisen. Er hatte einen Flug nach Dubai gebucht.

„Es ist in seinem Gepäck. Seiner Aktentasche. Wo ist seine Aktentasche?" Avery schrie die Frage fast hinaus.

„Kluges Mädchen. Ich denke, Sie sollten hineinschauen und sich vergewissern. Ich wollte nicht herausfinden, dass Sie sich geirrt haben." Er gestikulierte hinter sie und tatsächlich stand sie da, die Designertasche, die er mitgenommen hatte, wenn sie gereist waren. Er hatte sie nie zur Aufbewahrung gegeben und es immer vorgezogen, sie bei sich zu behalten.

Sie ging auf die Knie, den Rücken Nelson zugewandt. Es gab

noch was anderes, das er darin aufbewahrte. Sein Telefon und sein Tablett. Nelson nähme sie komplett mit, doch ihr ging es um das Backup. Sie ließe den Mann nicht einfach weggehen, denn, falls er sie verriet, fände es der MI6 und Simon könnte den Code damit knacken.

Die Ordner befanden sich gleich hier in der Seitentasche neben seinem Tablett.

„Und? Soll ich eine weitere Kugel auf Mister O'Donnell abfeuern?"

„Gib ihm ja nichts, Avery", knurrte Liam.

Sie zog das Tablet heraus und schleuderte es weg über den Boden. Sie schnappte sich die Ordner und stand auf. „Ich hab' sie. Es sind drei."

„Ausgezeichnet. Ich nehm' die ganze Tasche."

Tief durchatmen. Ruhig bleiben. Das Tablet war schwarz. Wenn sie vorsichtig wäre, bemerkte er es nicht. Sie schob die Akten wieder hinein und drehte sich um, ihre Hände zitterten. Sie könnte ihn körperlich nicht bekämpfen, doch sie wollte ihn nicht gewinnen lassen. Sie versuchte, geradlinig auf ihn zuzugehen, so dass ihr Körper verdeckte, was sie zurückgelassen hatte.

Nelson nahm die Tasche mit einem Augenzwinkern. „Ein Deal ist ein Deal. Ich lass' euch zwei Turteltäubchen hier." Er ging auf die Tür zu. „Ich hab' mich um den Gorilla Ihres Bruders gekümmert. Ihr seid ganz allein im Haus. Ach, übrigens, Ihr Bruder konnte sehr gut mit Sprengstoff umgehen und hat nie gern etwas zurückgelassen. Er hat das ganze Stadthaus verkabelt, damit es in die Luft fliegt, falls er nicht zurückkehrt. Ich hab' den Timer eingestellt. Ich glaube, Sie werden feststellen müssen, dass Sie weniger als drei Minuten Zeit haben, um zu verschwinden. Ich denke, es wird interessant sein zu sehen, ob Miss Charles bei ihrem Liebhaber bleibt oder wegläuft. Und, falls Sie überleben sollten, lassen Sie Ian Taggart wissen, dass ich noch nicht mit ihm fertig bin."

Er drehte sich um und ging hinaus, und Avery lief zu Liam. Sie kniete sich zu ihm. Er war so blass. „Ist das sein Ernst?"

Er hatte so viel Blut verloren, doch seine Augen waren geöffnet. „Das ist es. Verschwinde verdammt noch mal hier, Avery. Das ist ein Befehl."

Sie würde ihn nicht sich selbst überlassen. Sie ließe sich lieber in diesem verdammten Haus den Arsch in die Luft jagen, als zu leben, ohne versucht zu haben, ihn zu retten. Der Tod würde ihr nicht noch jemanden nehmen. Nicht noch einen Menschen, den sie liebte. Nicht heute. Sie ginge mit ihm unter. Sie betete, dass es noch etwas jenseits dieses Ortes gab, denn sie bliebe nicht ohne ihn hier.

„Komm schon. Kannst du laufen?" Avery sah auf sein Bein hinunter. Sie konnte seine Hose nicht sehen, die schon von so viel Blut durchtränkt war. Es lief mittlerweile auf den Teppich. Sie verbiss sich einen Schrei. Er sah so schlimm aus.

„Ich kann nicht laufen, Liebes. Verschwinde verdammt noch mal von hier. Ich mein' es ernst. Ich versohl dir gleich den Hintern, wenn du nicht sofort abhaust."

Das war ein Dom. „Du musst mir im Jenseits den Hintern versohlen, wenn du dich nicht sofort bewegst."

Seine Hand umklammerte ihre. „Ich kann nicht, Liebes. Baby, du musst wegrennen. Ich liebe dich. Du musst am Leben bleiben. Bitte."

Ihr Herz schmerzte, doch diesmal ließe sie das Betteln unerhört. Sie stand auf und zog ihn am Arm. Sie war schwach. Sie wusste es, doch sie ließe sich davon nicht abbringen. Sie musste ihn hier rauskriegen. Sie musste jetzt die Starke sein. Er hatte die Kugeln für sie abgefangen. Er hätte vor ihrer Wohnung fliehen können, doch er hatte die Hand nach ihr ausgestreckt. Er hatte sie nicht allein gelassen. Er würde sie nie allein lassen.

„Ich werde nicht gehen, Liam. Ich bleibe hier bei dir", würgte sie heraus. „Ich werd' genau hier sitzen bleiben und dich festhalten, bis diese Minuten vergangen sind. Ich werde niemals ohne dich gehen."

„Verfickte Scheiße, Frau. Lass mir 'was Platz." Er biss die Zähne zusammen und drehte sich um, seine Knie zwingend sich zu bewegen. Ein leises Stöhnen entwich seinem Mund, als er sich hochdrückte und auf die Beine kam. Er hielt sich am Schreibtisch fest, sein Gesicht kreideweiß. „Hast du das Tablet gefunden?"

Sie nickte und huschte an ihm vorbei, um es zu holen. Sie steckte es sich unter den Arm.

„Hast du eine Ahnung, wie bezaubernd du bist?" Er schwang

einen Arm um ihre Schultern. „Ich liebe dich, Liebling. Und ich werd' dir im Jenseits den Hintern versohlen."

Sie war nicht auf dem Weg ins Jenseits. Sie hielt sich an ihm fest und bewegte sich auf das Fenster zu. Es war der schnellste Weg hinaus. Drei quälende Schritte und sie waren da. Sie drückte das Fenster auf.

„Das wird wehtun, Baby." Sie konnte sich den Schmerz, den er durchmachte, nicht vorstellen.

„Schieb mich raus und folge mir." Sein Gesicht war bestimmt.

Er stöhnte kaum und sie forcierte ihn durchs Fenster. Er schlug draußen auf die Büsche und rollte sich ab. Avery folgte ihm. Wie viel Zeit bliebe ihnen noch?

Sie stieg aufs Fenster, doch eine große Hand wurde nach ihr ausgestreckt und packte sie. Sie kreischte, als sie aus dem Haus gezogen und in starke Arme gehoben wurde. Sie sah auf und in Ian Taggarts Gesicht, das auf sie hinabblickte.

„Wie kommst du hierher?", fragte Avery.

„Als Nelson nicht auftauchte, war uns klar, dass an diesem Ende etwas schiefgelaufen sein musste. Wir fanden einen toten Schlägertypen in deiner Wohnung und kriegten Li nicht ans Telefon. Dies war der erste Ort, den es zu überprüfen galt. Alex? Hast du ihn?" Ian schien ihr Gewicht nicht mal zu bemerken.

„Ich hab' ihn", rief eine tiefe Stimme. „Und wenn er nicht verrückt geworden ist, dann müssen wir verfickt noch mal rennen. Er sagt, hier fliegt gleich alles in die Luft und wir müssen ihn ins Krankenhaus bringen, so schnell wie möglich."

Sie schaute an Ians breiter Schulter vorbei und sah, wie sich Alex McKay Liam über die Schulter warf.

Ian rannte los, holte seinen Partner ein und lief durchs Gartentor. Jake wartete, das Tor aufhaltend.

„Fuck, ist Li am Leben?", fragte Jake.

„Beweg dich, Dean. Lunte brennt", schrie Ian, als er vorbeirannte. „In Deckung."

Sie fand sich plötzlich auf dem Boden wieder, Ian deckte sie mit seinem großen Körper. Sie konnte nicht atmen, doch sie spürte ein weiteres Gewicht auf sich. Jake Dean lieh ihr seinen eigenen Körper, um sie zu beschützen. Sie schaffte es, ihren Kopf zu bewegen und Liam im Mondschein zu suchen. Er wurde von Alex gedeckt. Liam streckte die Hand aus und schlang sie zwischen die schützenden Körper, um ihre zu finden. Er erfasste ihre Hand.

Sie war nicht allein. Sie wäre nie wieder allein.

Ein lauter Knall erfüllte die Welt und die Nacht erhellte sich. Avery hielt sich an dieser Hand fest, während die Welt um sie herum in die Luft flog.

Kapitel Zweiundzwanzig

Drei Monate später
Dallas, TX

Liam sah auf das kleine Stück Menschentum hinab, das in eine rosa Decke gehüllt war. Es war sogar recht niedlich, doch es war so verdammt klein. Angesichts wer ihr Vater war, hatte er mehr Substanz an Kind erwartet. „Bist du sicher, dass sie von dir ist, Sean?"

Er grummelte, als Averys Hand herauskam und ihm auf die Brust schlug. Seiner Frau machte es nichts, ihm zu sagen, wenn er sich dumm verhielt. „Das ist schrecklich, Li."

Sean verdrehte nur seine blauen Augen. „Das kam nicht völlig unerwartet. Die Heirat hat deinen Sarkasmus nicht gezügelt, Alter. Sie hat ihn auf eine Art verfeinert."

Die Heirat hatte alles verfeinert. Er sah zu seiner hinreißenden Frau, seiner Geliebten, seiner besten Freundin, seiner Sub. „Ich bin jetzt in allem besser."

Mit Sicherheit war er besser darin, ihr zu gefallen. Das war seine Lebensaufgabe.

Avery lachte, sie verdrehte die Augen. Das gefiel ihm

verdammt sehr. Es war ihre Art, ihm zu sagen, dass sie amüsiert war. Er war auch sehr gut darin, sie zu amüsieren. „Hört ihm zu. Er ist so arrogant."

Er war nicht arrogant. Er wusste einfach, wo sein Platz war. Er war an der Seite Averys, und sie war die verdammt klügste Frau der Welt. Sie war auch schwanger. Das kam nicht überraschend. Er lag die meiste Zeit auf ihr. „Glaubst du, unser Kind wird so runzlig sein?"

Grace blickte vom Krankenhausbett finster herüber. Das Zimmer füllte sich schnell. Grace hatte erst vierundzwanzig Stunden zuvor entbunden, doch sie lächelte bereits wieder und sah schön aus, wie sie ihr winzig kleines Mädchen im Arm hielt. „Sie ist nicht runzlig. Sie hat viel Zeit in der Gebärmutter verbracht. Billige ihr das wenigstens zu."

Serena trat vor. „Baby Carys ist nicht runzlig. Sie ist wunderschön. Seht euch die kleinen speckigen Babybeine an."

Adam bewegte sich hinter seiner Frau, seine Hand lag auf ihrem leicht gerundeten Bauch. „Sie ist wunderschön, Schatz."

Auch Jake nahm seinen Platz an ihrer Seite ein. „Unser Sohn wird auch wunderschön."

Jake und Adam waren sich sicher, dass das Baby in Serenas Bauch ein Junge war, doch Liam war es scheißegal. Er wollte nur ein gesundes Baby. Und es machte ihn auch irgendwie wahnsinnig. Er war sich immer noch nicht sicher, ob er das Zeug zum Vater hatte, doch er liebte seine Frau so sehr, dass er es versuchen musste. Das Baby wäre ein Teil von Avery. Das Baby bekäme all ihre Güte. Das Baby wäre das Beste, was er in die Welt setzen könnte. Er war zwar wie aus dem Häuschen verängstigt, doch gleichzeitig ging es ihm gut, weil Avery bei ihm war. Avery war seine Stärke. Er zog sie zu sich heran, kuschelte mit ihren Haaren. Hier wohnte er. Avery O'Donnell war sein Zuhause.

„Sie ist furchtbar süß, Liebes", bot Liam an.

Avery schenkte ihm ein breites Grinsen. „Das ist sie."

Die Tür öffnete sich hinter ihm und Ian, Alex und Eve kamen herein. Die gesamte Bande war da. Ian hatte einen skeptischen Gesichtsausdruck, als er hineintrat. Es war ihm etwas peinlich, einen riesigen Teddybären zu tragen.

Sean richtete sich gerader auf, sein Kiefer nur leicht angespannt. Er hatte seinem Bruder noch nicht verziehen, doch er kam Graces zuliebe damit klar. Liam hatte sich kurz mit Sean über Rory unterhalten. Er hatte irgendwie gehofft, dass sein nichtsnutziger, Waffenhandel treibender, vergewaltigender, Mörderbruder Ian gut aussehen ließe. Er musste Sean wissen lassen, dass er es leicht hatte, wenn es um das verdammte Thema Familie ging.

Grace schenkte ihrem Schwager ein strahlendes Lächeln. „Willst du deine Nichte kennenlernen?"

„Ja." Die Antwort kam herausgeplatzt, Ian errötete leicht. Er schüttelte es ab. „Doch sie ist so…klein. Ich habe Angst, ich könnte sie zerbrechen."

Großer Tag stand über dem Baby gebeugt und blickte völlig hilflos drein. Carys strampelte mit ihren Babybeinen und schaffte es, die Decke weg zu strampeln, in die sie gewickelt war. Eine winzige Faust befreite sich und es war unmöglich, das stolze kleine Schmunzeln zu übersehen, das Ians Gesicht kreuzte.

„Nimm sie einfach hoch, Alter", sagte Sean, seufzte. „Sie ist hart im Nehmen. Sie ist eine Taggart."

Liam hatte noch nie zuvor gesehen, wie Ian errötete, doch das tat er, als er auf das kleine ein Tag alte Mädchen hinabblickte. Seine großen Arschpfoten kamen zum Vorschein, um den Säugling hochzuheben.

„Sie ist wunderschön. Obwohl ich glaube, dass sie das von Grace hat. Nicht von dir, Sean", sagte Ian und schaute auf seine Nichte herab.

Ein breites Lächeln brach über Seans Gesicht herein. „Ja. Sie sieht aus wie ihre Mama."

Liam hasste diesen Teil, den Part, bei dem ihm die Augen tränten und sich sein Magen flau anfühlte. Emotion. Es fühlte sich immer noch irgendwie an, als wenn er kotzen müsse, doch er täte alles für diese Menschen. Seine wahre Familie. Er war ein verdammt glücklicher Mann. Er hatte sich seine Familie aussuchen dürfen und sie waren unglaublich. Er zog Avery zu sich. Seine Frau. Seine bessere Hälfte. Er hatte seinen Bruder verloren, doch er hatte seine Seele gefunden.

Ian lächelte auf das Mädchen herunter. „Ich werd' jeden deiner

Freunde kennenlernen."

Grace schüttelte den Kopf. „Das arme Mädchen. Sie wird sich nie verabreden. Sean hat schon Pläne gemacht."

Ian überreichte Sean das Baby, es vorsichtig übergebend. Das Baby war kostbar. Er wandte sich Liam zu, gestikulierte zur Tür.

Liam folgte ihm hinaus. „Was ist los, Boss?"

Es waren ein paar ruhige Monate gewesen. Avery zu heiraten und die Geburt von Carys waren die großen Ereignisse in ihrem Leben gewesen. Es war eine wunderbare Art zu leben.

Die Tür schloss sich, und Ian drehte sich zu ihm um. „Ich hab's den anderen schon erzählt, doch der MI6 hat soeben den ersten von Nelsons Käufern festgenommen."

Eine heftige Befriedigung durchströmte seine Adern. Seine Frau hatte dafür gesorgt. Sie hatte einen Terroristen mit Köpfchen und Verstand zur Strecke gebracht. Sie hatte nicht nachgegeben. Sie war eine Kriegerin, sein Mädchen. „Saugeil. Haben sie Nelson erwischt?"

Ians Gesicht wurde ausdruckslos. „Er ist nicht aufgetaucht. Jemand hat ihm einen Tipp gegeben. Dank Avery haben wir den Code. Weston hat ihn geknackt, doch wir können nur hoffen, dass Nelsons Gesicht bald auftaucht. Er hat seine Leute innerhalb der CIA. Das ist offensichtlich. Doch wir haben seinen Waffenhandel vorläufig gestoppt und der MI6 hat die UOF-Mitarbeiter verhaftet, die deinem Bruder behilflich waren. Thomas Molinas Konten sind eingefroren und der MI6 ist sich sicher herausgefunden zu haben, wo Rory das Geld versteckt hat, das er vom UOF gestohlen hat."

Ihm den Zugang zu den Geldern zu versperren, machte Nelson nur noch gefährlicher. „Er hat mir gesagt, dass das alles nur ein Spiel sei, und er beabsichtigt, dich zu schlagen."

Liams Narben waren noch sichtbar. Er war in ein Krankenhaus gebracht worden und hatte fast eine Woche darin verbracht. Er hatte eine Menge neuer Narben gekriegt, mit denen er angeben konnte, doch er lebte noch, dank Alex und Ian und Jake. Seine Frau hatte ihn in den Hintern getreten, sich zu bewegen, und seine Brüder hatten ihn gerettet. Seine Brüder hatten ihm und Avery mit ihren eigenen Körpern Deckung gegeben, als die Welt um sie herum in die Luft flog. In dem Moment, als ihn sein Blut verriet, hatte er seine wahre

Familie gefunden. Der alte Liam hätte sich in sich zurückgezogen und alle anderen ausgeschlossen.

Averys Liam hatte sich geöffnet. Er hatte seine Familie in die Arme geschlossen. Er war ein liebevoller Ehemann, ein stolzer Bruder, ein beschützender Onkel. Er hatte Averys Hand gehalten, als sie das Grab ihres ersten Mannes und ihres ersten Babys besuchten. Er ehrte sie, weil sie einen solchen Platz im Herzen seiner Liebe innehatten.

Und er hatte ihre Schwiegereltern besucht. Es war nicht perfekt, doch sie sprachen miteinander. Seine Frau war zu liebenswürdig, um sie abzuweisen. Sie hatte ihm die Welt geöffnet. Sie hatte ihm beigebracht, sich selbst zu vergeben.

Ian schlug ihn auf den Arm. „Ich kümmer' mich um Nelson."

Liam war so verfickt besorgt um seinen Freund. „Ich glaube, Nelson plant, sich um dich zu kümmern."

Ein wilder Blick kreuzte Ians Gesicht. „Das soll er versuchen."

„Er wird wieder hinter uns her sein." Liam hatte keinerlei Zweifel.

Ian nickte. „Ich weiß. Ich werd' versuchen mich vor ihm in Acht zu nehmen. Ich bring' übrigens ein neues Mitglied ins Team rein. Ich habe ihn gestern eingestellt. Wir haben jetzt einen Bündel an Familienvätern. Ich brauche einen klugen Agenten, der nicht zimperlich ist, wenn es um eine schmutzige Operation geht."

„Wen? Hat Alex zugestimmt?" Liam hatte Alex' Meinung zu schätzen gelernt.

„Alex ist einverstanden, du wirst ihn nicht mögen." Ian zuckte kurz mit den Schultern.

Liam stöhnte. „Nicht Weston. Bitte. Hat er kein Königreich zu regieren, oder so?"

Ians Grinsen sagte ihm, dass er richtig lag. „Er hat den MI6 verlassen, weil er's verkackt hat. Ich denke, das macht er nie wieder, und er war es, der den Code geknackt hat. Wir haben Nelson seinetwegen den Geldhahn zugedreht. Damon meint, dass er ein wenig verfolgt wird, weil er sich an Nelsons Daten gemacht hat. Ich hab' ihm versprochen, dass ich mich um ihn kümmern werde. Wir haben alle mal den falschen Leuten vertraut. Ich denke, er könnte sich als hilfreich erweisen."

Er ginge Liam auf den Sack, und falls der Mistkerl auch nur auf die Idee käme, seine Frau falsch anzugucken, würde er Simon ausschalten. Aber ansonsten, er gehörte zum Team. „Ich werd' ihm die Seile zeigen, Boss."

Er war es Ian schuldig. Er war es ihnen allen schuldig. Simon Weston bekäme die Chance, sich zu beweisen.

„Danke, Alter." Ian sah sich um, sein Unbehagen war spürbar. „Sag Grace auf Wiedersehen von mir. Ich liebe das Kind, doch ich weiß nicht, wie ich mit ihr umgehen soll. Ich hab' bereits einen Treuhandfonds für ihre Schule eingerichtet, falls das einen Unterschied macht. Ich werd' keine Kinder haben. Ich denke, ich kann bei Seans helfen."

„Klar, Kumpel." Liam beobachtete, wie Ian wegging. Nelson tauchte wieder auf, doch sie wären vorbereitet. Sie hatten diese Schlacht gewonnen, der Krieg jedoch wütete weiter.

Er öffnete wieder die Tür. Avery hatte Carys im Arm und schaukelte das Baby beherzt. Sie blickte auf, ihre Augen strahlten.

Sie war sein ganzes verficktes Leben.

„Hey, Baby", sagte sie mit einem Lächeln.

Liam ließ die Tür hinter sich zufallen. Es war alles in Ordnung. Er war bei seiner Familie.

* * * *

Tief in der Nacht schaltete Alex seinen Laptop ein. Er wollte nur seine E-Mails checken, bevor er zu Bett ging. Verdammt, wem wollte er etwas vormachen? Er bliebe stundenlang hier sitzen. Sobald er sich ins Bett legte, fühlte er sich daran erinnert, dass Eve nicht bei ihm war.

Sean und Grace und ihr Baby zu sehen, hatte ihn direkt in den Magen getroffen. Er freute sich für sie. Er freute sich für sie alle. Alle waren verheiratet und hatten, wie es schien, schwangere Frauen. Adam und Jake hatten immer eine Familie gründen wollen. Fuck, sogar Lieb-und-verlass-sie-Liam ließ sich häuslich nieder. Er würde vor Alex ein Vater sein.

Das war es, was ihm den Magen umdrehte. Er und Eve hätten schon mehrfache Eltern sein sollen. Von zwei oder drei Kindern. Sie sollten in der Vorstadt wohnen mit ein paar Mädchen, die wie Eve aussahen, und einem dummen Jungen, der sich wie Alex benahm. Sie hätten eine Zukunft haben sollen.

Er hatte alles verkackt. Er hatte gedacht, so verdammt schlau zu sein, doch Michael Evans hatte es ihm gezeigt. Er schloss die Augen, die Erinnerungen fühlten sich so frisch an, als sei der Horror erst gestern passiert und nicht schon vor Jahren. Doch die Wunden heilten nie, wenn ein Mann sie immer wieder aufriss.

Müdigkeit überkam ihn, als der Bildschirm aufschien. Er hatte den Herzschmerz verdient. Er war noch keine ganze Stunde aus Eves Bett gestiegen und seine Seele schmerzte bereits. Er hatte dort gelegen und sich nur für einen Moment vorgestellt, dass sie ihn nicht rauswarf. Er hatte sich erlaubt zu hoffen, dass sie sich zu ihm umdrehte, den Kopf auf seine Brust legte und sie engumschlungen einschlafen könnten.

Sie war aufgestanden und hatte geduscht, als ob sie es nicht erwarten könnte, ihn von ihrem Körper zu waschen. Er hatte sich hinausgeschlichen und verdammt gut gewusst, dass sie mit ihm für diese Nacht fertig war.

Ihre Welt veränderte sich und er fragte sich, ob er sich nicht mit ihr veränderte.

Er konnte nicht damit umgehen. Er liebte Eve, doch er ertrug die lustvolle Qual mit ihr nicht mehr. Er liebte sie und er hatte sie zerbrochen.

Wenn er sie nicht bald heilte, mochte sein Leben vorbei sein.

Er sah zu den E-mails herab. Arbeit. Die Arbeit war das Einzige, was ihn die Hälfte der Zeit motivierte sich zusammenzureißen. Er konnte sich in Arbeit verlieren. Er beantwortete ein paar Fragen zu laufenden Fällen. Es gab nichts Besonderes auf der Liste, bis er ungefähr bei der Hälfte angelangt war.

Er betätigte die Auswahl-Taste, sein Herz überschlug sich leicht. Seine Augen durchforschten die Nachricht, sein Blutdruck stieg.

Michael Evans war wieder da, und es schien, als wolle er ein kleines Spiel spielen.

Eve war in Schwierigkeiten. Eve war in Gefahr. Vielleicht will sie seine Hilfe nicht. Aber sie würde sie bekommen. Es war an der Zeit, seine Frau zu beschützen.

Ob sie es wollte oder nicht.

Das Sicherheitsteam von McKay-Taggart kehrt mit *Im Geheimdienste ihrer Herrschaft* zurück.

Anmerkung der Autorin

Ich werde oft von wohlwollenden Lesern gefragt, wie sie helfen können, ein Buch, das ihnen gefallen hat, bekannt zu machen. Es gibt so viele Möglichkeiten Autor(inn)en zu helfen, die Sie mögen. Hinterlassen Sie eine Bewertung. Wenn Ihr E-Reader es Ihnen erlaubt, ein Buch zu verleihen, teilen Sie es bitte mit einer Freundin oder einem Freund. Gehen Sie zu Whatchareadin und verbinden Sie sich mit anderen. Empfehlen Sie die Bücher, die Sie lieben, weil Geschichten dazu bestimmt sind, geteilt zu werden. Vielen Dank, dass Sie dieses Buch gelesen haben, und dafür, alle Autor(inn)en zu unterstützen, die Sie lieben!

Im Geheimdienste ihrer Herrschaft
Herren und Diener, Buch 4
Von Lexi Blake
Jetzt im Handel!

Ihre Hingabe erfüllt sie

Als Eve St. James Alex McKay heiratet, liegt ihr ganzes Leben noch vor ihr. Tagsüber sind sie das goldene Paar des FBIs, doch nachts gibt sich Eve der Welt ihres Mannes hin, die, von Dominanz und Hingabe geprägt, voller Genüsse ist, nach denen sie sich schließlich sehnt.

Sein Verrat zerstört sie

Aus Sorge vor ihrer Sicherheit stellt sich Alex einer gefährlichen Mission und lässt Eve zurück. Doch Alex hätte es nie für möglich gehalten, dass Eve das eigentliche Ziel ist und ihre Vertrauensseligkeit von einem Irren zerstört wird. Als er sie rettet, hat sich seine Frau für immer verändert.

Doch als ihr Leben in Gefahr ist, stellt er ihre einzige Hoffnung dar

Außerstande, die Verletzungen zu heilen, sind Alex und Eve zusammen im Kreislauf von Lust und Elend gefangen, den auch ihre Scheidung nicht zu durchbrechen vermag. Jedoch als eine Bedrohung aus Eves Vergangenheit wiederauftaucht, schreckt Alex vor nichts zurück, um ihr Leben zu retten und ihr Herz zurückzugewinnen.

* * * *

„Du hast nicht wirklich das Recht, dich darüber zu beschweren, wo ich schlafe."

Sie kehrte sich ab, es kümmerte sie nicht mehr, was er einzusehen gedachte. „Du stehst auf der falschen Seite der Tür."

„So will ich nicht gehen", sagte er. Er ballte seitlich die Fäuste.

„Dann geh nicht. Lass Ian das erledigen. Er kann diese Rolle spielen."

„Das kann ich nicht."

Es gab noch eine andere Lösung für das Problem. „Dann nimm mich als Sub mit. Wenn es so einfach ist, sie zu täuschen, dann lass mich eine dunkle Perücke tragen, und da wir beide wissen, wie viel ich abgenommen hab', werd' ich sicher eine andere Haltung haben."

Er machte ein versteinertes Gesicht. „Ich nehm' dich nicht mit."

Sie konnte auch stur sein. Wut flammte in ihr auf. „Dann hast du deine Entscheidung getroffen und solltest mein Büro verlassen. Du sollst auch wissen, dass ich nicht mehr hier bin, wenn du zurückkommst. Ich werd' mir eine andere Arbeit suchen. Scheiße, ich werd' mir eine andere Stadt suchen und dann muss das keiner von uns noch mal durchmachen."

Seine Hände kamen hervor, er umfasste ihre Arme und zog sie zu sich heran. „Ich will nicht, dass du gehst."

„Und ich will nicht, dass du gehst." Sie musste ihn wegstoßen. *Sofort. Stoß ihn einfach weg und schaff ihn aus deinem Büro, bevor du was Dummes tust. Wahnsinnig Dummes. Und hör auf, seine Lippen anzusehen.*

Ihre Augen hörten nicht. Gott, er hatte die hinreißendsten Lippen. Sie waren voll und sinnlich, und wenn er lächelte, konnte er einen Raum erleuchten. Alex ragte vor ihr auf, jeder Millimeter seiner einsachtundneunzig ein Beleg reiner männlicher Schönheit, von seinen goldbraunen Haaren über seine tiefgrünen Augen bis hin zu einem Körper, den sie berühren wollte, sich jedoch nicht zu berühren erlaubte.

Er zog sie näher zu sich. „Ich will keine andere Frau. Du bist die Einzige, die das mit mir macht."

Er rieb seinen Schwanz an ihrem Bauch und sie musste beinahe stöhnen. Er war so hart. Lang und dick, sein Schwanz so perfekt wie der Rest von ihm. Sie konnte nicht anders. Sie bewegte sich auf ihn zu. Egal, was zwischen ihnen geschah, es war ihr nicht möglich, ihre Reaktion zu unterdrücken. Sie konnte die Interaktion kontrollieren, doch sie sehnte sich nach ihm. Jeden Moment eines jeden Tages wollte sie Alexander McKay in sich haben.

Obwohl sie sich in ihrem Büro befanden und sie nur wenige Türen vom Rest des Teams trennten, war ihr ganzer Körper weich geworden, sich darauf vorbereitend, ihn in ihrem Inneren willkommen zu heißen.

„Lass mich dich küssen." Er tauchte seinen Kopf zu ihr herunter.

Sie wandte sich ab. Das war eines der Dinge, die sie an ihrem Vertrag ändern wollte, aber nicht jetzt. Jegliches Motiv, warum sie den Vertrag überhaupt erst hatte schreiben lassen, war wieder im Spiel. Er wollte unbedingt Rache und ließe sie zurück.

„Verdammich." Seine Hände waren schnell, schon schob er einen Arm unter ihre Beine. Er hob sie problemlos hoch, sein Gesicht verhärtet, als er auf sie runterblickte. „Dann nehm' ich mir, was du mir gibst. Du wirst mir erlauben, dich woanders zu küssen, nicht wahr, Eve?"

Er legte sie auf den Schreibtisch. Er brauchte nichts zu verschieben, denn ihr Schreibtisch war so makellos und frei von Unordnung wie ihr Leben. Alles hatte seinen Platz und sie behielt es so mit brutaler Kompetenz bei.

Sie lag mit dem Rücken auf dem Schreibtisch und sie wusste, dass sie protestieren sollte, doch er machte bereits weiter, schob den Rock hoch und zog an dem Tanga, den sie trug.

„Ich hasse diese verfickten Dinger, aber deshalb trägst du sie auch, oder?" Er knurrte die Frage heraus, während er ihr den kleinen Seidentanga vom Leib riss.

Und sie konnte es nicht abstreiten. Es ging ihr nicht wirklich um das Bewusstsein, dass er die Dinger hasste. Es ging eher darum, wieder eine Identität zu erlangen. Als sie verheiratet waren, hatte Alex ihr verboten, Unterwäsche zu tragen, und noch lange nach der Scheidung hatte sie das Gefühl, sie auf der Haut zu spüren, nicht ertragen können. Sie hatte das perverse Bedürfnis gespürt, sich zu beweisen, dass sie die Kontrolle über ihre Kleidung hatte, genauso wie sie es auch beim Essen empfunden hatte. Alex hatte verlangt, dass sie sich stets etwas gönnte, also hatte sie die Kontrolle übernommen und es aufgeteilt, wie es ihr erlaubt war.

Er zog sie an den Fußgelenken zu sich, zwang sie soweit vom Schreibtisch, bis ihr Hintern fast in der Luft hing. Er spreizte ihre Beine, aber er war sich verdammt sicher, was das mit ihr tat. Nur so gestattete sie sich noch, sich hinzugeben. Sie hatte für einen

Moment geglaubt, dass sie mehr haben könnten, doch wenn das alles war, was sich noch zwischen ihnen abspielte, dann ließe sie sich darauf ein.

„Frag mich."

Sie schloss die Augen. Er verlangte es immer von ihr. Es war das Einzige, woran er sich festhielt. Er hatte eingewilligt, darauf zu verzichten, sie zu küssen und kuschelnd miteinander einzuschlafen, doch sie wusste, dass er hiervon niemals abrückte.

„Alex, willst du mich berühren?"

„Nicht gut genug."

Er wollte sie schmutzig reden hören. „Alex, legst du deinen Mund auf mich?"

Er drehte sie so schnell um, dass sie die Bewegung kaum wahrnehmen konnte. In einem Moment lag sie flach auf dem Rücken, im nächsten lag sie mit dem Gesicht nach unten auf dem Schreibtisch, mit den Beinen suchend, um an Boden zu gewinnen. Ein heftiges *Klatschen* hallte durchs Büro und sie fühlte, wie ihr die Tränen aufstiegen. Er klatschte ihr fünf Mal hintereinander auf den Arsch und jeder Zentimeter ihrer Haut leuchtete mit genau dem richtigen Maß an Schmerz auf. Gott, wie sie das brauchte. Sie hatte keine Ahnung, wie sie jemals einen Tag überstehen sollte, ohne die Möglichkeit, seine Hände auf ihr zu spüren.

Trotz allem, was sie durchgemacht hatten, konnte sie nicht davon ablassen, diesen Mann zu wollen. So war es von dem Moment an gewesen, als sie ein Auge auf ihn geworfen hatte, und sie war sich verdammt sicher, dass sie zu Grabe getragen werde mit ihm in ihrem Herzen.

Er beugte sich vor, eine Hand in ihrem Haar verheddert. Er zog sanft, doch jeder Nerv in ihrer Kopfhaut wurde lebendig. Der Mistkerl wusste genau, was das An-den-Haaren-Ziehen mit ihr machte. Ihre Muschi fing an zu pulsieren, um Erlösung flehend. Sie konnte seine Erektion an ihrer Arschritze spüren. Jahr für Jahr. Jahrelang hatte er sie so genommen, seit er ihr diesen massiven Schwanz reingeschoben und sie dazu gebracht hatte, seinen Namen rauszuschreien. „Ist gut, mein Engel, hier ist die Wahrheit. Du wirst mir geben, was ich will. Du magst mich so mit Regeln zuballern, dass ich die Hälfte der Zeit nicht mehr klar sehen kann, doch ich bin der Herr hier. Du wirst die Worte sagen, die ich hören will, oder ich gehe. Kein Spanking. Kein Sex. Du wirst dich den ganzen Tag schmerzhaft fühlen und dir wünschen, du hättest die Worte einfach gesagt."

Er zog ihr an den Haaren, seinen Standpunkt beweisend, als sie vor Lust nach Luft rang.

„Bitte, Alex, bitte leck meine Muschi. Bitte leck mich und beiß mich und fick mich mit deiner Zunge."

Über Lexi Blake

Lexi Blake lebt in Nordtexas mit ihrem Mann, drei Kindern und dem faulsten Rettungshund der Welt. Schon in jungen Jahren begann sie zu schreiben und konzentrierte sich auf Theaterstücke und Journalismus. Erst als sie anfing Liebesgeschichten zu verfassen, fand sie Erfolg. Sie mag es, Humor an den seltsamsten Orten zu finden. Lexi glaubt an Happy Endings, egal wie seltsam das Paar, ein Dreier oder Vierer auch scheint. Sie schreibt auch zeitgenössische Western-Ménage als Sophie Oak.

Facebook: Lexi Blake
Twitter: https://twitter.com/authorlexiblake
Website: www.LexiBlake.net